DIE VERWANDLUNG DES CYPRIAN "DIE KOMPLETTE SERIE"

EIN MILLIARDÄR BAD BOY LIEBESROMAN SAMMLUNG

JESSICA FOX

INHALT

Veröffentlicht in Deutschland:

Von: Jessica F.

ISBN: 978-1-64808-951-0

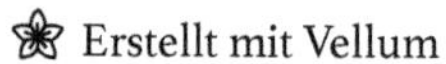

KLAPPENTEXTE

Cyprian Girard ist ein 35-jähriger, milliardenschwerer Investor, der die ganze Woche lang hart arbeitet, um für sich (und andere) eine Menge Geld zu verdienen. Jedes Wochenende feiert er dann, als gäbe es kein Morgen. Als eiserner Junggeselle, der so schnell nichts anbrennen lässt, versucht er sein Glück bei einer Supermarkt-Kassiererin. Sie entfacht ein Feuer in ihm, denn sie fällt nicht so schnell auf seine Tricks herein.

Camilla Petit ist 25 Jahre alt und studiert Wissenschaft an der Clemson University in Clemson, South Carolina. Nebenbei arbeitet sie im Supermarkt an der Kasse, um im College über die Runden zu kommen. Sie arbeitet nachts und jedes Wochenende sieht sie den Fahrer des überreichen Cyprian, wie er bei ihr Kondome und anderen Kram kauft. Eines Nachts steigt er selbst aus seinem Auto aus, um seine Einkäufe zu erledigen, erblickt sie und nimmt sie sofort ins Visier.

DER FLIRT

Cyprian

Ein goldener Glanz legt sich auf die Menschen, die unter der Diskokugel, die von gelbem Licht angeleuchtet wird und deren tausend Spiegel es reflektieren, tanzen. Laute Musik durchdringt meinen Körper, während ich praktisch unsichtbar am oberen Ende der Wendeltreppe sitze, die in den Ballsaal der Villa meines Vaters führt.

Er feiert wieder einmal eine Party, wie er es jeden Freitag und Samstag tut. Sonntags kümmert er sich um andere soziale Anlässe. Sonntags gehen wir meist zum Pferderennen, während mein Vater mit seinen Kollegen um Geld feilscht. Manchmal fliegen wir auch mit dem Jet irgendwo hin und mein Vater schließt mit irgendwelchen anderen Leuten Wetten ab.

Einmal haben wir uns ein Hunderennen angesehen und das war nett, weil er mich davor zu den Hunden gebracht hat und ich ein paar davon streicheln durfte. Die Pferde sind vor dem Rennen immer zu aufgekratzt. Sie darf ich nie anfassen.

Ich bin, so nennen meine Eltern es, ein glücklicher Unfall. Meine Mutter hat mich an meinen Vater übergeben, als ich vor einem Jahr in den Kindergarten gekommen bin. Bis dahin habe ich bei ihr in Los

Angeles gewohnt. Wir hatten dort eine kleine Wohnung und sie war immer bei mir.

Dann hat sie beschlossen, dass sie wieder anfangen könne, zu arbeiten, da ich ja nun in die Schule kommen würde. Deshalb bin ich zu meinem Vater nach Clemson in South Carolina gezogen. Ich bin so etwas wie ein Wunderkind.

Mit drei Jahren konnte ich bereits lesen und schreiben. Mit fünf malte ich Bilder, die Preise abräumten. Jetzt bin ich sechs Jahre alt und habe bereits ein paar Klassen übersprungen. Ich besuche die dritte Klasse und meine Lehrer glauben, dass ich auch in Zukunft ein paar Klassen überspringen werde.

Mein Vater besitzt eine Firma, die Anlagen für andere Leute übernimmt. Er bringt mir jetzt schon bei, was eine gute Anlage ist. Oft sagt er zu mir, dass wir eine Familie sind, in der hart gearbeitet und noch härter gefeiert wird.

Ich blicke zu den Männern und Frauen herab, die tanzen, sich umarmen, sich küssen und Sachen trinken, von denen sie manchmal anfangen zu wanken und zu lallen. Dann entdecke ich meinen Vater in der Menge, eine Frau an jedem Arm.

Er spürt wohl, dass ich ihn anblicke, denn sein Blick wandert die Treppe hinauf, bis er mich findet. Er lächelt und lüpft kurz seinen Hut. Die Frauen winken und werfen mir Kusshände zu.

Ich erwidere ihre Geste und sie tun so, als fingen sie meine Küsse und drückten sie sich aufs Herz. Mit einem Seufzen stehe ich auf und gehe in mein Schlafzimmer, um zu lernen, bevor ich ins Bett gehe.

Mein Leben ist voll, nicht so wie die Leben der anderen Kinder. Ich habe andere Dinge zu tun. Ich verbringe meine Schultage damit, mit meinem Vater zu frühstücken, bevor sein Chauffeur mich zur Schule bringt. Dort bleibe ich ziemlich lange und dann bringt sein Chauffeur mich wieder nach Hause. Mein Kindermädchen sorgt dafür, dass ich zu Abend esse und bade und dann gehe ich ins Bett und schlafe.

Meinen Vater sehe ich nur morgens. Wir gehen die Zeitung durch, um zu sehen, was an der Börse passiert. Dann gehen wir in die Arbeit – so sagt er das immer.

Am Wochenende sehe ich ihn morgens nicht. Dann versorgt mich mein Kindermädchen und vielleicht kriecht mein Vater mittags aus seinem Schlafzimmer. Er hat immer eine andere Frau dabei, wenn er sich blicken lässt. Manchmal hat er sogar zwei oder drei Frauen im Schlepptau.

Ich weiß nicht, was sie machen, wenn er seine Übernachtungspartys mit ihnen feiert. Ich weiß nur, dass ich nicht mitspielen darf. Und ich darf die Frauen nicht kennenlernen. Ich soll freundlich grüßen und mich von ihnen verabschieden, aber das ist auch schon alles.

Mein Vater hat mir immer schonungslos klargemacht, dass keine dieser Frauen einen Platz in unserer kleinen Familie habt. Er und ich sind eine Familie und meine Mutter und ich sind eine weitere kleine Familie.

Ich habe meinen Vater einmal nach der Liebe gefragt. Ein Schulfreund hat mir erzählt, dass seine Mutter und sein Vater verliebt sind und dass sie geheiratet haben und zusammen wohnen. Er hat mir erzählt, dass er Brüder und Schwestern und eine richtige Familie hat. Nicht so wie ich.

Als ich meinen Vater danach gefragt habe, hat er nur gesagt, dass manchen Leuten so ein Leben gefällt, aber ihm nicht. Er hat keine Zeit für Beziehungen. Seine Zeit verbringt er lieber damit, für sich und andere Leute Geld zu verdienen. Und wenn er das gerade nicht tut, will er kein Drama. Er sagt, in einer Ehe gibt es davon immer reichlich.

Ich schätze, er hat recht. Einmal habe ich eine meiner Lehrerinnen gesehen, wie sie sich im Gang mit einem Mann gestritten hat. Als ich sie gefragt habe, ob alles in Ordnung sei, weil sie weinte, hat sie mir erzählt, der Mann sei ihr Ehemann und sie hätten sich wegen etwas gestritten.

Wenn ein kleiner Streit eine Person, die verliebt ist, zum Weinen bringen kann, dann will ich das auch nicht. Genau wie meine Mutter und mein Vater. Ich habe noch nie einen von den beiden weinen gesehen und ich habe auch selbst noch nie geweint, außer mir hat etwas körperlich wehgetan.

Ich habe ein wenig geweint, als meine Mutter mich hier bei meinem Vater und meinem Kindermädchen gelassen hat. Aber sie hat mir gesagt, alles wäre gut und sie käme mich besuchen, sobald sie könne. Ich sehe sie einmal im Monat. Am letzten Wochenende des Monats kommt sie immer auf die Party meines Vaters und dann sehen wir uns. Sie hatte natürlich recht, mittlerweile geht es mir wieder gut.

Ich habe sie einmal auf einer der Partys tanzen sehen. An diesem Abend habe ich herausgefunden, welchen Job sie wieder aufnehmen wollte. Sie ist eine exotische Tänzerin, so nennt mein Vater das.

Auf einer der Partys meines Vaters habe ich auf der Treppe gesessen und meine Mutter dabei beobachtet, wie sie sich die Kleider vom Leib riss, als mein Kindermädchen mich entdeckt und weggeholt hat. Sie hat mich in mein Schlafzimmer gebracht und sich auf einen Stuhl vor die Tür gesetzt, damit ich nicht wieder entwischen konnte. Sie hat mir gesagt, bei so etwas sollte ich meiner Mutter nicht zusehen.

Ich habe sie gefragt, ob es falsch sei, was meine Mutter da tat. Sie hat mir erklärt, dass es kein richtig oder falsch gibt. Aber dass Kinder manche Dinge eben nicht sehen sollten.

Da ich kein richtig oder falsch kenne, ist es wohl mein Schicksal, in die Fußstapfen meiner Eltern zu treten. Vielleicht gibt es die Liebe im Leben der anderen Leute. Aber ich bin nicht so wie sie. Ich bin wie die, die mich geschaffen haben.

Mein Vater hat mir einmal erzählt, dass ich kein Wunschkind war. Er fand es nicht schlimm, als ich geboren wurde, aber er ärgerte sich über etwas namens Kondom, das mich zu ihm und Mutter gebracht hat.

Scheinbar hat dieses Ding namens Kondom die Macht, zu verhindern, dass aus einem Ei ein Baby schlüpft. Er hat gemeint, das Kondom, das er benutzt hat, hatte wahrscheinlich ein Loch. Er hat mir geraten, nie die billigen Kondome zu kaufen und immer einen großen Vorrat davon zu besitzen, wenn es einmal soweit wäre.

Ich weiß nicht, wann das sein soll, aber ich werde mir seinen Rat merken. Er wird schon wissen, wovon er redet, denn er hat nach mir nie wieder einen glücklichen Unfall gehabt. Meine Mutter ebensowenig.

Ich höre Gelächter aus dem Gang vor meinem Zimmer, erhebe mich aus dem Bett und schleiche mich zur Tür. Ich öffne sie nur einen winzigen Spalt, um zu sehen, wer die Treppe hochkommt.

Mein Vater hat die gleichen zwei Frauen im Arm, mit denen ich ihn unten gesehen habe. Sie küssen ihn abwechselnd auf die Wange und er sieht sehr glücklich und entspannt aus. Nicht so, wie er ausgesehen hat, als er heute Abend aus der Arbeit zurückgekommen ist.

„Gute Nacht, Papa", rufe ich ihm zu und öffne die Tür ein wenig weiter.

Alle drei drehen sich zu mir um. „Hey, Süßer", sagt die rothaarige Frau zu mir, „dein Schlafanzug ist ja richtig schick!" Mein Vater rüttelt sie ein wenig, damit sie ihn anblickt. „Nicht mit dem Kind reden, Bonnie." Er sieht mich an und grinst. „Gute Nacht, mein Sohn. Wir sehen uns morgen Mittag. Jetzt schlaf ein wenig."

„Du auch, Papa", sage ich und schließe die Tür.

Ich gehe wieder ins Bett und muss schon zugeben, dass mein Vater viel glücklicher aussieht als meine verheiratete Lehrerin. Seine Art zu leben muss wohl die beste sein. Er und meine Mutter sind glückliche Menschen. Ich will auch glücklich werden.

Mein Schulfreund tritt vermutlich auch in die Fußstapfen seiner Eltern und auf einmal tut er mir schrecklich leid dafür, wie sein Leben sich entwickeln wird.

Der arme Kerl ...

1

CYPRIAN

Die Diskokugel leuchtet lila und rosa, während ich die Wendeltreppe zu meiner Abschlussparty hinuntergehe. Ich habe endlich meinen Bachelorabschluss im Anlagegeschäft erhalten. Ich brauche immer noch meinen Master in Finanzwesen, denn noch kann ich nicht Geschäftsführer von Papas Firma werden. Aber ich arbeite bereits jetzt als Assistent des Rechtsvorstand Stan Franco bei Libertine Investments. Er kümmert sich um alle rechtlichen Dinge der Firma.

Mit meinen sechzehn Jahren bin ich der jüngste Mitarbeiter der Firma meines Vaters. Aber niemand behandelt mich wie ein Kind. Schließlich gebe ich mich wie ein Erwachsener. Und es schadet sicher auch nicht, der Sohn des Chefs zu sein.

Als ich an der letzten Stufe angelange, kommen zwei Schönheiten auf mich zu. „Ich bin Roxanna", verkündet mir die Brünette. Sie legt ihren Arm um meine Taille, als sie sich vorbeugt, um mir einen Kuss auf die Wange zu geben. Dabei reibt sie absichtlich ihre Brust leicht an meinem Arm.

„Hallo, Roxanna", sage ich und drehe meinen Kopf leicht, sodass meine Lippen ihre berühren. Unsere Zungen spiele miteinander und sie schmeckt nach Rum und Cola.

Jemand grabscht mir an den Arsch und ich löse mich von ihr und blicke die dünne Blondine an, die auch meine Aufmerksamkeit will. „Ich bin Bambi. Ich arbeite bei deiner Mutter im Club in L.A." Ihre Brüste platzen fast aus dem engen Kleid, das sie trägt. Die silbernen Perlen, die darauf aufgenäht sind, reflektieren das Neonlicht der Disko, sodass sie zu leuchten scheint.

„Freut mich, dich kennenzulernen, Bambi", sage ich und küsse auch sie auf ihren wartenden, roten Mund.

Sie küsst besser als die andere Frau. Aber die andere ist kurviger, und das mag ich besonders gerne.

Dann werde ich wohl beide behalten müssen!

Die Musik wird leiser und ich höre ein Klirren. Beide Frauen schmiegen sich an mich und ich schlinge meine Arme um sie, während mein Vater alle um ihre Aufmerksamkeit bittet, während er die Bühne betritt.

An den Schläfen bekommt er langsam graue Haare, er wird älter und daran erinnert er mich oft, denn er hat es scheinbar eilig, dass ich seinen Platz als Geschäftsführer der Firma einnehme. Er blickt all die Menschen an, die zu meiner Party gekommen sind.

Ich habe keine meiner Schulfreunde eingeladen. Im College habe ich keine Freundschaften geschlossen. Ich war schließlich nicht dort, um Freunde zu finden, das hat mein Vater mir eingebläut. Schule ist Arbeit, kein Ort für Soziales.

Er hat immer dafür gesorgt, dass auf seinen Partys jede Menge Leute waren. Er probiert gerne von jeder Sorte. Und Escort-Ladys gehen freizügig mit ihren Körpern um. Die Männer, die zu seinen Partys kommen, sind Geschäftspartner. Manche von ihnen sind verheiratet, wie ich weiß, aber sie erfreuen sich trotzdem an dem Büffet der Schönheiten, die einem Mann nur zu gerne Vergnügen bereiten.

Ich sehe meinen Vater, wie er meine Abschlussurkunde in der Hand hält und lächelt.

„Heute Abend möchte ich mit euch den Erfolg meines Sohnes Cyprian Girard feiern. Er hat seinen Bachelor in Anlagewesen gemacht. Er braucht jetzt noch seinen Master, bevor er meinen Job bei Libertine Investments übernehmen kann, aber das erledigt er ohne Zweifel im Sauseschritt. Schließlich hat er das bei akademischen Herausforderungen immer so gemacht. Und auch bei sexuellen Herausforderungen! Stimmt's oder hab ich recht, Ladies?"

Die Frauen im Saal jubeln und pfeifen. Ich lächle, winke und verbeuge mich vor ihnen. Der Apfel fällt nicht weit vom Stamm. Ich habe mein Können von den sexuell aufgeschlossensten Frauen des Planeten gelernt, da mein Vater sehr großzügig ist, wenn es darum geht, Frauen zu seinen Partys einzuladen.

Die beiden, die mich für heute Nacht an sich gerissen haben, halten an ihrem Hauptgewinn fest und ich muss lächeln, als ich sehe, wie andere Frauen mich mit begehrlichen Blicken bombardieren und mir sogar Körperteile von sich zeigen, um mich zu verführen.

Als ich mit dreizehn mein Sexleben eingeläutet habe, habe ich schnell herausgefunden, dass ich es nicht mit zu vielen Frauen auf einmal übertreiben sollte. Mein Vater hat ein ernstes Gespräch mit mir geführt, nachdem ich die ganze Nacht mit sieben Frauen verbracht hatte. Er hat mir erklärt, dass ich es damit halten muss wie mit Süßigkeiten oder Schnaps: Ich darf mir nicht mehr einschenken, als ich vertragen kann. In allen Dingen regiert die Mäßigung.

Also nehme ich heutzutage maximal drei Frauen auf einmal mit. Ich entdecke noch eine kesse Frau mit pinkem Haar, die mich hungrig beäugt. Sie dürfte diese Dreierkonstellation um Einiges bereichern.

Mein Vater spricht weiter, während ich die Süße zu mir herwinke, die bei meinem Anblick praktisch anfängt zu sabbern. Sie kommt zu mir herüber. „Cyprian ist die einzige Frucht dieser Lenden", fährt mein Vater fort und schwingt dabei die Hüften, sodass die Frauen wieder johlen. „Mein glücklicher Unfall macht mich heute sehr stolz, er macht mich immer sehr stolz. Bitte helft mir, ihm zu zeigen, wie sehr wir ihn alle lieben." Die Anwesenden jubeln erneut und die Frau mit den pinken Haaren sinkt vor mir auf die Knie.

Ich blicke die Frauen rechts und links neben mir an.

„Ihr beiden dürft entscheiden. Darf Pinky heute Nacht mitspielen?"

Roxanna fragt die neue Frau: „Macht es dir etwas aus, eine Frau zu küssen?“

„Sehr gute Frage, Roxanna“, sage ich und gebe ihr einen flinken Kuss auf die Wange.

Pinky, wie ich sie getauft habe, schüttelt den Kopf. Ich blicke Bambi an. „Hast du noch eine andere Frage?“

Sie mustert Pinky von oben bis unten und fragt dann: „Hast du Piercings, die unsere Spielchen heute Nacht noch geiler machen könnten?“

Sie öffnet den Mund und zeigt uns ihr Zungenpiercing. Bambi und Roxanna keuchen beide auf und dann sagt Roxanna: „Es wäre toll, sie heute Nacht dabei zu haben, Cyprian. Bitte lad sie in unsere Runde ein.“

„Scheint so, als dürftest du mitspielen, Pinky“, sage ich und sie steht auf und streicht mir über die Brust.

„Ich heiße Paula, aber Pinky ist auch in Ordnung“, sagt sie und küsst mich, wobei sie mit der Kugel ihres Piercings über meinen Gaumen streicht.

Mir gefällt der Neuzugang zu unsere Gruppe und ich bin langsam bereit, zu tanzen, zu trinken und es den Rest der Nacht zu treiben wie die wilden Tiere.

Das Leben ist schön ...

2

CYPRIAN

Es ist Freitag und meine Nerven liegen blank, denn das Vorstandsmeeting hat länger gedauert als angenommen. „Der Iran geht gar nicht", sage ich und haue mit der Faust auf den riesigen, dunklen Eichentisch. „das lasse ich mir niemals ausreden! Ich bin nicht wie mein Vater. Ich mache keine Geschäfte mit terroristischen Ländern."

„Aber ihr Geld ist für uns genauso gut, Cyprian", argumentiert Bob Steward, unser Finanzchef.

„Nicht für mich. Können wir diese Diskussion jetzt beenden?", frage ich und blicke misstrauisch in die Runde. „Ich werde euch nicht nachgeben. Ich bin jetzt Geschäftsführer. Mein Vater, Corbin Gerard, hat mir seine Firma übergeben und ich habe eine lange akademische Laufbahn hinter mir, um hierher zu kommen. Ich habe mir genau angesehen, was die Folgen solcher Anlagen sein können. Und in einer Zeit des Krieges, wie wir sie heute erleben, könnten derartige Geschäfte jegliche politischen Vorhaben eurerseits durchkreuzen."

„Wieso bist du dir da so sicher?", fragt mich Claudette, ein älteres Vorstandsmitglied, die schon ewig und drei Tage mit dabei ist, und blickt mich an, als sei ich ein dummes Kind.

Ich bin letzte Woche sechsundzwanzig geworden. Ich bin alles andere als ein dummes Kind und ich bin gebildeter als alle anderen hier am Tisch. Ich habe mir vor ein paar Jahren meinen Master gemacht und bin endlich durch mit der Ausbildung und bereit, die Firma zu leiten, die mein Vater aufgezogen und mir dann überschrieben hat. Trotzdem widersetzt sich mir dieser steinalte Vorstand jedes Mal, wenn ich etwas ändern möchte.

Ich stehe auf, nehme meine Aktentasche und antworte: „Claudette, dich interessiert eine politische Karriere nicht, aber manche in diesem Raum sehr wohl. Und obwohl mir Politik egal ist, bin ich ein waschechter Amerikaner, der eine Menge Respekt vor Leuten hat, die einen Krieg gefochten haben, der schon viel zu lange andauert. Ich werde kein Geld von einem Feind der Vereinigten Staaten annehmen. Und damit schließe ich dieses Meeting, denn es ist schon acht Uhr abends und mein Vater hält heute eine tolle Party ab, zu der ihr alle eingeladen seid."

Claudette blickt mich böse an, während ich den Saal verlasse. Es ist offensichtlich, dass sie sauer ist, weil ich das Meeting vorzeitig beendet habe. Aber ich bin der CEO und ich darf das.

Ich bin richtig erschöpft von den vielen Hürden, die ich diese Woche überwinden musste. Ich komme keinen Tag vor elf Uhr ins Bett. Ich habe so hart gearbeitet und zu wissen, dass in der Villa ein ganzer Ballsaal hübscher Mädchen auf mich wartet, ist einfach zu verlockend. Ich kann jetzt nicht mehr hierbleiben und mich mit der alten Hexe zanken.

Ein kalter Schauer läuft mir über den Rücken, als ich höre, wie sie mit ihren Zwei-Zentimeter-Absätzen hinter mir herstöckelt.

„Cyprian, das letzte Wort ist noch nicht gesprochen."

„Ist es aber doch, Claudette. Ich wünschte, du kämest uns mal in der echten Welt besuchen. Deine Art zu denken ist völlig veraltet und mittlerweile gefährlich", erkläre ich ihr. „In so unsicheren Zeiten müssen wir besonders solide sein, um das Land zu bleiben, das wir schon immer gewesen sind. Meiner Meinung nach ist es ein Verbrechen, dieser iranischen Firma zu helfen, noch mehr Geld zu verdienen. Lass es einfach sein. Für nächste Woche habe ich eine tolle Firma in Hawaii in petto. Wir fahren alle in das Resort, das der riesigen Firma gehört. Es wird richtig entspannt, sie bezahlen alles, das wird dir gefallen. Du solltest deine Enkelin mitbringen. Wie heißt sie noch einmal?“

Auf einmal schmilzt ihre eiskalte Fassade dahin. „Margie ist eine tolle junge Frau. Sie ist in deinem Alter und so umwerfend. Sie würde eine wunderbare Ehefrau für einen begehrten Junggesellen wie dich abgeben. Sie ist sehr gebildet und hilft immer in der Kirche mit. Sie ist wirklich toll!“

Sobald das Wort „Ehe“ fällt, bin ich leider raus.

„Sie soll heute Abend auf die Party kommen.“

„Um Himmels willen, bloß nicht!“ Sie schüttelt den Kopf. „Cyprian, sie ist ein wohlerzogenes Mädchen. Aber ich könnte dir ihre Nummer geben und du könntest mit ihr auf ein schönes Date gehen. In einem schicken Restaurant bei einem guten Wein ein nettes Gespräch führen. Hört sich das nicht toll an?“

Hört sich nach gähnender Langeweile an. „Vielleicht ein andermal. Ich bin immer noch total fertig von dieser Woche. Ich muss mich entspannen und in diesem Zustand wäre ich keine gute Begleitung für so eine nette junge Dame. Vielleicht ein andermal.“ Ich eile in den Lift und Claudette folgt mir.

Sie reibt sich die Hände und versucht offensichtlich, noch eine Idee für ein Date auszuhecken. „Unsere Kirche trifft sich immer kurz nach dem Gottesdienst am Sonntag. Ihr beiden könntet euch dort treffen. Das wäre doch nett. Du bist doch so patriotisch, bist du dann auch fromm und gottesfürchtig?“

„In die Kirche? Da war ich noch nie. Wir gehen sonntags immer zur Rennbahn. Das weißt du doch“, sage ich und bin erleichtert, als die Tür sich öffnet und ich die alte Schachtel endlich loswerde.

Es ist meine Schuld, dass sie sich so für mich interessiert, und das weiß ich, denn ich habe den Fehler gemacht, nach der Frau zu fragen, deren Fotos ich gesehen habe, als ich sie zu bestimmten Anlässen zu Hause besucht habe.

„Zu welcher Rennbahn gehst du diesen Sonntag?“, fragt sie und ich sehe, wie ihre kleinen Augen leuchten. Sie will ihre Enkelin dorthin bringen und erwartet von mir, dass ich sie umgarne.

„Weiß du was“, sage ich und tue so, als sei mir gerade etwas eingefallen. „Diesen Sonntag gehen wir gar nicht zur Rennbahn. Ich besuche meine Mutter in ihrem Club in L.A. Das habe ich total vergessen. Verschieben wir es lieber, Claudette.“

Mein Fahrer fährt den Wagen vor und steigt aus, um mir die Tür zu öffnen. Meine lange, schwarze Limousine ist sehr geräumig, sodass darin jede Menge Sitzplätze und eine voll ausgestattete Bar Platz finden. Jede Menge Platz, um miteinander Spaß zu haben, während man an einen Ort fährt, an dem man noch mehr Spaß haben wird.

Im Inneren wartet bereits eine aufgebrezelte Wasserstoffblondine mit langen Beinen auf mich. Claudette ist überrascht, als sie einen Blick in den Wagen wirft. „Wer ist denn das?“, fragt sie.

Ich zucke mit den Schultern und frage: „Wie heißt du?“

„Lola“, antwortet sie, „dein Vater hat mich zu dir geschickt, damit ich dir auf der Fahrt nach Hause nach deiner harten Woche ein wenig Gesellschaft leiste, Cyprian.“

„Das ist aber nett“, sage ich und lasse mich auf den schwarzen Ledersitz gleiten. „Dann bis nächsten Freitag, Claudette.“ Mein Fahrer schließt die Tür, während Lola sich an meinem Hals zu schaffen macht, an mir saugt und knabbert, während sie meine empfindlichsten Stellen massiert.

Ich liebe mein Leben ...

3

CYPRIAN

„Die Wände sind hier in einem dekadenten Gelb gestrichen“, erklärt mir die Maklerin, während ich ihr durch das Haus auf dem Anwesen folge, das ich mir kaufen möchte.

„Ich habe noch nie von jemandem gehört, der ein Gelb dekadent genannt hat“, sage ich, während ich mir die Wände ansehe, die ich als Kanariengelb beschreiben würde. „Aber netter Versuch. Die zehn Schlafzimmer und das Heimkino im Keller gefallen mir aber sehr gut. Ich wette, der Sound dort unten ist unschlagbar.“

„Da bin ich mir sicher. Soll ich Ihnen das mal vorführen, Mr. Girard?“, fragt sie mich, denn sie möchte scheinbar alles geben, um mir dieses Anwesen zu verkaufen.

Ihre Kommission beträgt wahrscheinlich mehr, als die meisten in einem Jahr verdienen. Ich denke, es ist an der Zeit, ein wenig zu verhandeln. „Mein Vater hat gemeint, ich solle mir ein eigenes Zuhause anschaffen. Es ist eine gute Geldanlage. Ich suche deshalb ein Haus, das ich ein wenig herrichten kann. Ich kann die Reparaturen von der Steuer absetzen. Aber ich zahle nicht mehr als das, was dieses Haus im Moment meiner Meinung nach wert ist.“

„Verstehe. Dieses Anwesen passt ausgezeichnet zu ihren Vorstellungen, Mr. Girard“, sagt die Frau und erklärt mir, wie veraltet das Dach ist. „Das müsste alles ersetzt werden.“

Ich sehe mich in dem riesigen Eigenheim um, das auf einem Grundstück von hundert Hektar steht, und überlege, wie viele Leute ich einstellen und wie viel Geld ich ausgeben müsste, um es wieder herrichten zu lassen. Die Menge an Arbeit und die Menge an Dienstleistungen, die ich von der Steuer absetzen kann, scheinen mir ideal.

Das Anwesen liegt etwas außerhalb von Clemson in South Carolina. Mein Büro ist nur dreißig Minuten von hier entfernt, auf der anderen Seite der Stadt. Es könnte entspannend sein, jeden Abend wieder hierher zu fahren.

Ich öffne die Tür der Küche und horche nach den Grillen, die in der kühlen Nachtluft zirpen. „Schön, friedlich, entspannend. Ich denke, das ist genau das, was ich brauche.“

„Und so viel Platz ist vorzüglich für einen Mann, der schon bald über Heirat und Familie nachdenken wird“, sagt sie und blickt an mir vorbei auf den großen Garten hinaus.

Über ihren Gedanken muss ich lachen. „Ich werde aber nicht heiraten. Niemals.“

„Tut mir leid“, sagt sie und blickt auf ihr Klemmbrett. „Ich sehe nur hier, dass Sie 35 Jahre alt sind. Sie wollen doch sicher irgendwann Wurzeln schlagen. Ich meine, ewig kann man damit auch nicht warten.“

„Das werde ich aber. Ich bin nicht der Typ für die Ehe. Ich arbeite zu viel. Ich habe keine Zeit für das Gezänk, das man sich mit einer Frau und Kindern einfängt. Nein, danke!“ Ich trete nach draußen und atme den Duft der frischen Luft ein. Dann blicke ich in den Himmel, auf dem bereits die Sterne erkennbar sind, die hier nicht von der Lichtverschmutzung versteckt werden. „Es ist super hier. Ich nehme es.“

Kein Wort fällt mehr über Ehe und Kinder, als sie auf einmal Dollarzeichen in den Augen bekommt und aufgeregt auf und ab springt. „Fantastisch!“

Ich werde also bald ein Hausbesitzer sein. Das bin ich noch nie gewesen. Ich werde der Herr dieses Hauses sein. Ich werde über alle bestimmen, die alles hier am Laufen halten.

Ich drehe mich um, um wieder hineinzugehen, und muss lachen. „Ich habe noch nie Dienstmädchen und Gärtner und so beschäftigt. Hoffentlich bin ich gut darin."

„Da bin ich mir ganz sicher, Mr. Girard. Wann möchten Sie sich also treffen, um die Papiere zu unterschreiben und das Finanzielle abzuklären?", fragt sie, während wir zur Tür gehen.

„Ich bezahle bar. Wenn der Verkäufer mein Angebot annimmt." Ich nehme ihr Klemmbrett und schreibe die Summe darauf, die ich für das Anwesen bezahlen möchte. „Ich habe ein kleines Vermögen angespart."

Tatsache ist, dass ich bereits mehrere Milliarden schwer bin, da ich ja als Geschäftsführer arbeite und noch bei meinem Vater wohne. Ich habe nie daran gezweifelt, dass ich dieses Ziel verwirklichen würde. Ich habe es mir als Kind gesteckt und habe etwa fünfundzwanzig Jahre gebraucht, um es in die Realität umzusetzen.

Das zweite Ziel in meinem Leben ist, dafür zu sorgen, dass ich in meinem Leben glücklich und sorglos bin. Zumindest sorglos in Bezug auf Frauen. Frauen und Kinder spielen nur begrenzte Rollen in meinem Leben.

Mag ich Kinder?

Sicher, aber nur in Maßen.

Mag ich Frauen?

Natürlich, aber nur in Maßen.

Ich sehe mich nicht als jemanden, der Frauen benutzt. Ich sehe mich als einen Mann, der sich selbst kennt und weiß, was er will. Bin ich fähig, eine Beziehung zu führen?

Ganz ohne Frage.

Möchte ich eine Beziehung?

Ohne Frage nicht!

Frauen sind wunderschöne Geschöpfe. Ihre Körper kommen in allen Größen und Formen und das finde ich bezaubernd. Wieso sollte ich mich auf eine festlegen, wenn ich so viele davon haben kann?

Mein Vater zehrt immer noch von den Vorzügen seines Junggesellenlebens. Meine Mutter ist auch als Single sehr glücklich. Ich denke, ich werde als alleinstehender Mann zufrieden sein, solange ich tolle Wochenenden mit Frauen verbringe, die nichts von mir erwarten außer umwerfendem Sex.

Das kann ich zwei Nächte pro Woche bieten. An jedem anderen Tag bin ich ohnehin fertig von der Arbeit. Mir war nie klar, wie hart mein Vater wirklich arbeitet, bis ich seine Firma übernommen habe. Der Job ist unglaublich fordernd. Man arbeitet ewig. Und so viele Leute sind jetzt von mir abhängig.

Wieso sollte ich all dieser Verantwortung noch eine Frau und Kinder hinzufügen?

Wieso sollte überhaupt jemand das tun wollen?

Das ergibt einfach keinen Sinn für mich. Mir liegen jede Menge wunderschöne Frauen zu Füßen, zwei Nächte pro Woche und sonntags den ganzen Tag. Was will man mehr?

Ich bin ja nicht gierig. Ich habe schon Männer gesehen, die verheiratet sind und Familien haben, und trotzdem mit den Frauen auf den Partys meines Vaters verkehren. Sie tanzen auf einem Drahtseil. Wenn sie jemals erwischt werden, verlieren sie die Hälfte von dem, was sie sich aufgebaut haben.

Ich habe dagegen nichts zu befürchten. Ich habe schon gesehen, wie Männer plötzlich davonlaufen und sich verstecken, wenn ihre Frauen unerwartet auftauchen. Ich habe vielen geholfen, über Geheimausgänge zu verschwinden und in Autos davonzufahren, von denen ihre Frauen gar nichts wussten, während ich gleichzeitig diese Frauen bestens versorgt habe, die auf der Suche nach ihren abtrünnigen Ehemännern waren.

Das will ich alles nicht. Ich will mich nicht schuldbewusst nach einer Frau umblicken müssen, die mich festnageln will. Ich möchte nicht so tun, als wäre ich jemand, der ich gar nicht bin. Ich möchte nicht mit einer Frau ein Leben aufbauen und ihr sagen, sie solle mir treu sein, während ich meine Frucht auf reichlich Äckern säe.

Das ist doch einfach fies. Wieso sollte ich das jemandem antun? Wieso sollte ich jemandem so wehtun?

Wenn man ehrlich bleibt, ist das gar nicht nötig. Einfach keine falschen Versprechen machen, einfach nicht sagen: „Ich liebe dich und ich werde immer nur dich lieben."

Das ist doch gar nicht möglich!

Ich habe keinen Grund, eine Frau anzulügen. Ich habe keinen Grund, mich selbst anzulügen. Ich mag Frauen. Das werde ich immer tun. Aber ich werde mich nie für eine Frau in ein Gefängnis von Furcht, Täuschung und Gesetzeslosigkeit begeben.

Ja, manche nennen das Liebe. Aber kann man das so einfach auf ein Wort reduzieren? Geht das wirklich so einfach?

Ein „Ich will" kann sich blitzschnell in ein „Ich will nicht mehr" verwandeln. Wieso sollte ich mir und irgendeiner armen Frau so etwas antun?

Die Vorstellung gefällt mir gar nicht. Das ist nicht mein Ziel.

Das will ich nicht!

„Ich weiß, dass die Besitzer diese Summe absegnen werden. Wie wäre es mit morgen?", fragt mich die Maklerin. „Ich kann Sie im Handumdrehen in dieses Haus befördern. Ich weiß genau, dass Sie es gut behandeln werden, Mr. Girard. Sie werden es mit aller Liebe und Zärtlichkeit verwöhnen, die es braucht. Schon bald blüht dieses Anwesen wieder auf. Ich kann es kaum erwarten, zu sehen, wie Sie Hand anlegen."

Ich starre die Frau ausdruckslos an und ein kalter Schauer läuft mir über den Rücken. Es hört sich an, als beschreibe sie eine Frau. Auf einmal scheint es mir eine riesige Verantwortung zu sein, ein Haus zu besitzen.

„Ich denke nochmal drüber nach", sage ich, während ich das Haus verlasse.

„Ich dachte, wir hätte einen Deal!", ruft sie mir nach und winkt verzweifelt in der Luft herum.

Ich steige in meine Limousine und knalle die Tür zu. „Fahr los, Beau. Diese Frau versucht, mich festzunageln!"

Er beschleunigt und ich drehe mich noch einmal um, um zu sehen, wie sie bedrückt zu ihrem Auto geht. Vielleicht habe ich sie gerade ein wenig Zeit gekostet, aber sie wollte mich mit diesem Haus in die Falle locken.

Und das geht gar nicht …

4

CYPRIAN

„Was soll das bedeuten, du willst dich nicht an ein Haus binden, Cyprian?", fragt mich mein Vater und blickt mich über seine morgendliche Tasse Kaffee hinweg an.

„Es hört sich einfach schrecklich an", sage ich und überfliege den Börsenbericht der New York Times. „Hast du schon gesehen, wie teuer Schweinebauch geworden ist, das ist doch nicht zu fassen!"

„Habe ich", sagt er und schiebt die Zeitung sanft nach unten, damit er mich wieder anblicken kann. „Du solltest dich von ihnen fernhalten. Aber jetzt noch mal zum Haus. Du brauchst eines, Cyprian. Jeder Mann braucht sein eigenes Reich."

„Diese Villa ist doch toll. Wieso sollte ich umziehen?", frage ich, während ich die Zeitung wieder zusammenfalte und sie beiseitelege.

„Es ist ja nicht so, als wollte ich, dass du ausziehst", sagt er und trommelt mit den Fingern auf dem Tisch aus Kirschholz, an dem wir jeden Morgen frühstücken. „Es scheint mir nur, als stagniertest du ein bisschen. Du hast in den letzten zehn Jahren keinebesonders große Fortschritte gemacht. Klar, du hast meinen Posten übernommen, aber da bist du auch stehen geblieben. Ich sehe dir so gerne bei deinen Fortschritten zu. Das machst du normalerweise so gut."

„Ich weiß nicht, was du damit meinst. Ich habe in den letzten zehn Jahren Milliarden Dollar für Libertine Investments eingefahren. Was ist daran bitte stagnant?", frage ich ihn, während er mit seinen Augenbrauen zuckt und darüber nachdenkt, was ich gesagt habe.

„Ich meine auf einer persönlichen Ebene, mein Sohn", sagt er und legt seine Hand auf meine, während er mir in die Augen blickt. „Du bist immer schnell durch das Leben gelaufen. Du steckst dir Ziele und erfüllst sie auch und dann steckst du dir neue. Aber seit du Geschäftsführer der Firma bist, hast du dir keine neuen Ziele gesteckt. Das meine ich mit Fortschritt. Ich finde, dir ein Eigenheim zu kaufen und es nach deinen Vorstellungen zu gestalten sollte dein nächstes Ziel sein. Du bist so viel glücklicher, wenn du auf etwas hinarbeitest."

Ich wende mich von ihm ab und lasse meinen Blick aus dem Fenster über den großen Pool der Villa schweifen; dabei denke ich darüber nach, was er gesagt hat. „Papa, ich habe all diese Zeit immer nur ein Ziel gehabt. Das war, deine Stelle als Geschäftsführer der Firma aufzunehmen, damit du in Frührente gehen kannst. Und dieses Ziel habe ich erreicht. Ich habe gesehen, dass du mehr Geld hast, als du in deinem Leben je ausgeben könntest, und kann dir dabei zusehen, wie du deine Freizeit genießt. Das ist die Belohnung für meine harte Arbeit."

„Cyprian, das ist ja sehr ehrenwert von dir, aber es ist eben kein Ziel für deine eigene Entwicklung. Es ging bei diesem Ziel um mich. Jetzt ist es an der Zeit, dich selbst auf etwas zu fokussieren. Auf ein Zuhause, in dem du auf neue Ideen kommen kannst. Das ist eine tolle Erfahrung. Wenn ich an den Tag denke, an dem ich dieses Haus gekauft habe, empfinde ich immer ein Gefühl der Freude. Es war das Teuerste, was ich je gekauft habe, und es hat nur mir allein gehört."

Ich senke meinen Blick und blicke den leeren Teller an, auf dem Erdbeercrêpes waren. „Aber dann bin ich dir aufgezwungen worden und du musstest dein Zuhause auf einmal teilen. Und in Wirklichkeit möchtest du deinen Frieden wieder und wünscht deshalb, dass ich endlich ein eigenes Zuhause finde. Das verstehe ich jetzt. Ich rufe die Maklerin an und sage ihr, dass ich die Villa doch will. Ich habe gar nicht daran gedacht, dass du dein altes Leben zurück wollen könntest, bevor ich es so verändert habe."

Er legt mir seine Hand auf die Schulter und ich blicke ihn an. „Mein Sohn, das stimmt überhaupt nicht. Ich weiß, dass deine Mutter und ich dich als unseren glücklichen Unfall bezeichnen, aber für mich warst du ein Geschenk des Himmels. Ich nehme an, deine Mutter empfindet das genauso. Ich weiß es nicht, denn wir reden kaum miteinander. Sie und ich haben noch nie besonders viel geredet."

„Dann ist das also gar nicht der Grund? Aber warum willst du dann so unbedingt, dass ich ausziehe?", frage ich, denn ich verstehe es überhaupt nicht und normalerweise verstehe ich immer so gut wie alles.

„Du musst deinen eigenen Weg im Leben finden. Ich habe dir jetzt lange zugesehen, wie du in meine Fußstapfen trittst, und das ist nicht besonders fair dir gegenüber. Du bist viel nachdenklicher, als ich es je war. Oder deine Mutter. Ich habe das Gefühl, du glaubst, es gebe nur ein Leben, aber es gibt viele Möglichkeiten, sein Leben zu formen", sagt er und ich frage mich auf einmal, ob er vielleicht recht hat.

„Ich glaube aber, ich möchte so leben wie du und Mutter, Papa. Ihr seid immer glücklich, wenn ich euch sehe. So möchte ich auch sein. Ich möchte das Leben führen, das ihr beiden führt", sage ich und sehe, wie mein Vater auf einmal düster dreinblickt.

Sein Haar ist mittlerweile völlig ergraut. Aber er ist immer noch ein gutaussehender Mann.

Er kann immer noch jede Frau kriegen, die er will!

„Mein Sohn, ich werde jede Sekunde älter. Und seit ich im Ruhestand bin, wird mir immer klarer, dass ich , so wie ich gelebt habe, für immer allein bleiben werde." Er blickt sich in dem leeren Zimmer um. „Die Diener huschen durch diese Gänge wie Geister und sorgen dafür, dass mir nie an etwas fehlt, wie ich sie früher darum gebeten habe. Aber damals war ich so beschäftigt und hatte tausend Probleme im Kopf."

„Willst du damit sagen, dass du jetzt unglücklich bist, Papa?“, frage ich, denn auf mich hat er gar nicht unglücklich gewirkt.

Er nickt. „Ich weiß nicht, wie man mit Frauen redet. Ich flirte mit Frauen, wenn ich weiß, dass ich es darf, oder unterhalte mich über Geschäftliches mit den Frauen aus meiner Geschäftswelt. Aber ich habe keine Ahnung, wie ich mit einer Frau rede, als wäre sie eine Freundin. Ich möchte nicht, dass dir das passiert. Ich möchte, dass du mehr vom Leben hast.“

„Du hast mir so oft erzählt, dass eine Beziehung vor allem ewige Streitereien und Unglück bedeutet und dass man dann immer andere Leute vor die eigenen Bedürfnisse stellen muss. Und jetzt änderst du also deine Meinung?“

„Was mich betrifft, nein. Ich bin schon alt und eingefahren. Selbst wenn ich das jetzt versuchen würde, könnte ich das nicht aushalten. Aber du hast dein Leben bisher an mir orientiert und ich finde, es ist an der Zeit, dass du auf dein eigenes Herz hörst. Damit du herausfindest, was du eigentlich im Leben willst. Ein eigenes Zuhause ist dafür schon ein sehr guter Anfang“, sagt er und blickt aus dem Fenster, an dem gerade ein Spatz vorbeifliegt, um zu seinem Nest in dem Baum neben dem Haus zu gelangen.

„Und wenn ich beschließe, meinen eigenen Partysaal zu konstruieren und genauso weiterzuleben, wie ich es jetzt tue – bist du dann enttäuscht von mir?“, frage ich, denn so habe ich meinen Vater noch nie gesehen.

Er schüttelt den Kopf. „Ich werde nie von dir enttäuscht sein. Niemals. Du darfst leben, wie du möchtest. Aber tu es, weil du es willst. Nicht weil du denkst, ich erwarte etwas von dir.“

Ich bin völlig verwirrt. „Du warst immer so stolz auf meine vielen Eroberungen.“

„Ich bin immer stolz auf dich, egal was passiert, Cyprian. Ich werde immer stolz sein.“ Er steht auf und tätschelt mir den Rücken. „Ich lege mich ein wenig hin. Tu, was auch immer du möchtest, mein Sohn. Bleib hier oder kauf das Haus und zieh aus, wie du willst. Ich werde immer stolz auf dich sein.“

Ich sehe meinem Vater zu, wie er das Zimmer verlässt, stehe auf und gehe ins Büro. Ich habe immer nur getan, was die anderen meiner Meinung nach von mir erwarteten. Ich habe nie kapiert, dass niemand etwas von mir erwartet.

Ich gehe zu dem wartenden Mercedes, in dem der Chauffeur meines Vaters mich heute in die Arbeit fährt, an einem verhassten Montag. Ich lasse den Chauffeur die Tür für mich öffnen und sehe ihm zu, wie er sie wieder schließt, ohne dass wir ein Wort miteinander gewechselt hätten.

Es ist seltsam, wie verloren ich mich auf einmal fühle. Es ist, als wäre mir der Boden unter den Füßen weggezogen worden, auf dem ich in den letzten Jahren meinen Pfad ausgetreten habe.

Ich darf also machen, was ich will?

Das sollte mich glücklich machen. Niemand erwartet irgendetwas von mir und alles, was ich tun möchte, darf ich auch tun. Papa wird immer noch stolz auf mich sein, genauso wie Mama. Aber warum fühle ich mich dann so einsam?

Das Auto fährt aus der geräumigen Ausfahrt auf die Straße hinaus. Ich zücke mein Handy und schreibe der Maklerin eine Nachricht. Ich werde das Anwesen kaufen. Ich werde dort alleine wohnen und mal sehen, was ich aus meinem Privatleben machen will.

Geschäftlich muss ich mir keine weiteren Gedanken machen. Ich bleibe der Geschäftsführer der Libertine Investments, bis ich einen geeigneten Nachfolger finde. Natürlich nicht mein eigener Sohn. Kinder will ich immer noch nicht. Ich habe keine Ahnung, wie man so ein Balg richtig aufzieht.

Aber mit meinem eigenen Haus könnte ich die Frauen auch übernachten lassen, sie könnten sogar am nächsten Tag noch etwas bleiben. Sie könnten eine Woche bleiben, einen Monat, ein Jahr, wenn ich das so wollte. All die Jahre habe ich geglaubt, mein Vater verlöre den Respekt vor mir, wenn ich eine Frau oder mehrere Frauen öfter als eine Nacht sähe.

Ich glaube, ich nehme alles immer zu wörtlich. Die kleinen Feinheiten, die manche Menschen verstehen, entgehen mir völlig. Vielleicht habe ich durch meine überdurchschnittliche Intelligenz die Fähigkeit verloren, zwischen den Zeilen zu lesen. Oder überhaupt zu verstehen, dass ich nicht dem Lebenspfad meiner Eltern folgen muss.

Ich fühle mich frei, aber genau das lähmt mich paradoxerweise. Mein erster Schritt dahin, herauszufinden, wer ich bin und was ich will, liegt völlig in meiner Verantwortung. Ich kaufe bald mein erstes eigenes Haus und finde heraus, wie ich leben möchte.

Wer weiß, was mir passieren wird …

5

CYPRIAN

Jetzt wohne ich schon sechs Monate lang in meinem eigenen Haus und muss immer noch herausfinden, wer ich eigentlich sein möchte. Ich bin gerne der, der ich immer schon war und ich glaube, dass ich so auch in Wirklichkeit bin.

Es ist Freitagabend und eine junge Frau namens Cookie sitzt auf meinem Schoß, während mein Chauffeur uns nach Hause fährt. Ich habe noch keinen Partysaal in meiner Villa eingerichtet, denn der meines Vaters ist immer noch unglaublich – wieso sollte ich versuchen, damit zu konkurrieren?

Wir halten vor dem letzten Supermarkt am Rande der Stadt, bevor wir zu meinem Anwesen hinausfahren, und mein Fahrer geht hinein, um wichtige Dinge für heute Nacht zu besorgen.

„Holt er etwas für uns heute Nacht?", fragt Cookie mich und spielt an meinen Haaren herum.

„Ja. Brauchst du irgendwas?", frage ich und streiche ihr die braunen Haare aus dem Gesicht.

„Schlagsahne", sagt sie und streicht sanft über die Beule in meiner Hose, „ich habe Lust auf Banana Split, falls du verstehst, was ich meine."

„Das tue ich und ich werde dir eine gehörige Portion davon auftischen. Ich glaube, ein paar Kirschen würden auch vorzüglich dazu schmecken", sage ich, hebe sie hoch und nehme sie von meinem Schoß. Ich fahre das Fenster herunter und lehne mich nach draußen. „Ashton, kannst du auch Schlagsahne und ein paar Kirschen kaufen? Und ich will diesmal die gerippten Kondome."

Er nickt und Cookie kichert, während sie sich wieder auf meinen Schoß setzt und mir einen Kuss auf den Mund gibt. „Gerippt für ihr Vergnügen", sagt sie, löst ihre Lippen von meinen und prustet vor Lachen.

Ich lache und ziehe sie wieder an mich, um noch einmal in den Genuss ihrer biegsamen Zunge zu kommen. Jemand klopft am Fenster, wir lösen uns voneinander und sehen, dass Ashton vor dem Fenster steht und wartet. Ich fahre das Fenster wieder herunter. „Ja, Ashton?"

„Sie haben keine gerippten mehr. Die Kassiererin hat gesagt, im Lager sind auch keine mehr und Sie sollten diesen Freitag etwas Neues ausprobieren, wie zum Beispiel, ihn in der Hose zu behalten, Sir." Er kichert. „Die Kleine ist ganz schön kess. Naja, haben Sie sonst irgendwelche Vorlieben oder soll ich einfach die normalen nehmen?"

Ich bin ein wenig sauer. „Wer ist diese Kassiererin und für wen hält sie sich?"

„Ach, das ist die gleiche junge Dame, die mich jeden Freitag und Samstag bedient, wenn ich Ihre Sachen hole. Sie ist echt witzig. Sie bringt mich immer zum Lachen, wenn sie mich bedient. Sie meint das nicht böse. Sie ist einfach eine witzige Frau. Ich hole einfach eine andere Sorte. Außerdem frage ich sie, ob es morgen wieder gerippte gibt", sagt er und dreht sich um, um wieder hineinzugehen.

„Ach, Ashton", ruft Cookie ihm zu. „Ich hätte gerne eine Limonade. Überrasch mich, okay?"

Er nickt und zeigt ihr das Peace-Zeichen, während er wieder durch die Glastüren tritt. Ich verrenke mir beinahe den Hals, um ein Blick auf diese kesse Kassiererin zu werfen, von der er erzählt hat. Aber das Fensterglas vor der Kasse ist zu dunkel und ich kann sie nicht erkennen.

„Cyprian, ich muss auf die Toilette. Wie weit ist es noch bis zu dir nach Hause?“, fragt mich Cookie, während ich immer noch versuche, das Mädchen zu erspähen, mit dem Ashton sich gerade unterhält. Auf einmal bricht er in Lachen aus.

Ich habe Grund genug, zu denken, dass sie über mich lachen, und das macht mich wütend. Ich schiebe Cookie von meinem Schoß. „Geh nach drinnen und sieh nach, ob du dort eine Toilette finden kannst. Jetzt muss ich auch.“

Wir steigen aus und ich sehe, wie Ashton mich fies anblickt und sein Lächeln verschwindet. Der Mann ist etwa fünfzig Jahre alt. Wenn er jemanden als jung bezeichnet, kann das auch heißen, dass die betreffende Person ein paar Jahre jünger ist als er. Aber ich muss wissen, wer diese Frau ist.

Sie macht sich über mich lustig, so viel steht fest!

Ashton schiebt die Tür auf. „Ich bin fertig. Sie hat doch noch irgendwo hinter der Theke in Päckchen mit gerippten aufgetrieben. Komm jetzt.“

Er scheint aus irgendeinem Grund total nervös zu sein. „Sie muss pinkeln“, sage ich ihm und wir gehen weiter auf die Tür zu.

„In ein paar Minuten sind wir schon zu Hause. Ich würde Ihnen nicht empfehlen, die Toilette hier zu benutzen, Sir“, sagt er und wedelt dann mit der großen Limo. „Sehen Sie, Miss, ich habe hier Ihr Getränk. Es ist ein Mr. Pibb.“

„Toll! Den liebe ich“, freut sich Cookie und dreht sich um, um das Getränk entgegenzunehmen. „Ich kann warten, bis wir bei dir sind, Cyprian.“

„Toll, dann steig wieder ein. Ich brauche auch nicht lange. Ich muss wirklich dringend. Ich kann es nicht abwarten“, sage ich und trete durch die gläserne Tür.

Ein helles Glockenläuten kündigt mich an. „Hallo, willkommen in Ty’s Quick Shop“, höre ich eine Frauenstimme sagen, aber ich sehe niemanden.

„Hallo“, sage ich und gehe dann nach hinten durch, wo ein „WC“-Schild leuchtet. Auf meinem Weg dorthin blicke ich in jeden Gang, um zu sehen, ob ich die Kassiererin entdecken kann.

Ich sehe eine kleine Frau, die Süßigkeiten im Regal verräumt. Sie trägt einen grünen Overall und grinst mich breit an. „Hallo. Kann ich Ihnen mit etwas helfen?“

Ich hebe die Augenbrauen und kichere. „Nein, ich glaube, ich brauche nichts.“

Ich gehe auf die Toilette und kichere dabei in mich hinein. Ich weiß wirklich nicht, was in mich gefahren ist. Ich war gerade noch so wütend darüber, was die Frau über mich gesagt hat, aber jetzt, da ich gesehen habe, dass es sich dabei nur um eine hutzelige, alte Frau handelt, die neben diesem Laden wahrscheinlich kein Leben hat, bin ich gar nicht mehr sauer.

Ich gehe ins Bad und sehe, wie sauber es ist und wie gut es duftet. Die Tür auf der anderen Seite des Ganges öffnet sich und ich höre eine sanfte Stimme sagen: „Frauen sind schmutziger als Männer, Gina. Wusstest du das?“

Die Stimme der Frau ist tief für eine weibliche Stimme. Sie ist geschmeidig und hat den Hauch eines französischen Akzentes. Es klingt nach nichts, was ich je zuvor gehört habe.

„Camilla, ich weiß, dass du erst seit sechs Monaten Kassiererin bist, aber ich mache den Job schon seit fünfzehn Jahren. Natürlich sind Frauen schmutziger als Männer, wenn es um öffentliche Toiletten geht. Was ich hier schon alles gesehen und gerochen habe“, sagt die Frau, die ich als die kleine, alte Frau wiedererkenne.

Die andere Frau unterbricht sie. „Nein, bitte erzähl mir nicht mehr. Mir ist immer noch ein wenig schlecht von dem, was ich gerade aufwischen musste.“ Ich höre, wie sie an meiner Tür vorbeigehen. „Ich frage mich, warum der Schlitten dieses reichen Kerls immer noch vor der Tür steht. Ich habe diesem Perversling seine gewünschten Gummis organisiert.“

Perversling!

„Ich weiß auch nicht“, sagt die andere Frau, denn sie hat keine Ahnung, dass ich der reiche Perversling bin.

„Ich wette, dieser Typ ist voll abgestürzt. Offensichtlich hat er mehr Geld als ein Mensch braucht und so viele Gummis, wie er kauft, sollte er dafür eingebuchtet werden. Wer vögelt so viel in einer Nacht, aber immer nur freitags und samstags? Das ist doch lächerlich, wenn man für jede Nacht eine neue Packung braucht. Ich wette, er ist alt und glatzköpfig und muss seine Frauen bezahlen. Eine bessere Erklärung fällt mir nicht ein."

„Nehme ich auch an", sagt die ältere Frau. „Er kommt ungefähr hierher, seitdem du hier arbeitest. Sein Fahrer hat mir erzählt, er hat sich ein Anwesen ein wenig außerhalb der Stadt gekauft. Ich habe ihn in keinem Lebensmittelladen gesehen. Ich bin mir sicher, er hat Personal, das solche Dinge für ihn erledigt.

„Ein Anwesen ein wenig außerhalb. Ich wette, er hat das alte Franklin-Anwesen gekauft. Dann wohne ich direkt bei ihm in der Nähe. In einer kleinen Zweizimmerwohnung, die ich dort miete. Vielleicht jogge ich mal die Straße hinauf und sehe nach, ob ich den fetten Kerl entdecke", sagt das Mädchen, von dem ich nun weiß, dass sie Camilla heißt.

Ich finde, ich habe genug gehört. Ich öffne die Tür zur Männertoilette und gehe zu den Limonaden. „Habt ihr leckere Limonaden?", frage ich, ohne die Frauen eines Blickes zu würdigen.

„Unser Kaffee schmeckt besser. Aber noch gesünder ist das stille Wasser", höre ich ihre samtige Stimme sagen.

Ich höre zu, während ihre Schritte sich hinter die Ladentheke bewegen, und gehe zum Kühlschrank, in dem ich das stille Wasser finde, das die kleine Göre mir empfohlen hat.

„Danke. Du hast ja so recht, Wasser ist so viel gesünder. Bist du Doktor oder so?", frage ich kichernd, denn kein Arzt würde je so einen beschissenen Job annehmen.

„Ich bin Wissenschaftlerin. Ich promoviere erst in zwei Jahren, aber dann bin ich wohl ein Doktor", sagt sie.

Ich höre auf zu kichern, öffne die Tür des Kühlschrankes, nehme eine Flasche Wasser heraus und drehe mich langsam um.

Eine Wissenschaftlerin!

Ich kann es kaum erwarten, die erste Frau anzublicken, der ich je die Leviten lesen werde, weil sie sich über mich das Maul zerrissen hat.

Doch als ich mich umdrehe, steht niemand hinter der Kasse. Dann taucht die kleine Frau vor mir auf. „Ist das alles, Sir? Kann ich abrechnen?“

Ich versuche, an ihr vorbeizuspähen, um die andere Frau zu sehen. „Noch nicht ganz. Ich bin ein wenig hungrig, aber ich sehe hier nichts wirklich Gesundes. Vielleicht weiß ja die Wissenschaftlerin was.“

„Im der Regalreihe dort drüben gibt es Nüsse. Es gibt eine Nussmischung, die so ziemlich das Gesündeste ist, was man in diesem Laden finden wird.“ Ich höre sie, aber ich sehe sie nicht.

Ich gehe also in die besagte Regalreihe und finde die Nussmischungen. Es gibt sechs verschiedene. „Welche empfiehlst du mir, Doc?“

„Das Päckchen ganz vorne rechts. Da sind Mandeln drin und die sind super für Männer. Für Frauen auch, aber für Männer ganz besonders.“ Ich höre sie wieder, aber ich sehe sie immer noch nicht.

„Gehst du hier zur Uni?“, frage ich und versuche, ihrer Stimme zu folgen.

„Auf die Clemson U, ja. Ich arbeite hier, um über die Runden zu kommen. Und Sie, Sir?“, fragt sie.

Ich verordne ihre Stimme in der Nähe der Ladentheke und gehe dorthin. Aber als ich angelange, sehe ich sie immer noch nicht. „Ich mache so dies und das. Wo bist du?“

Ein Kopf mit einem strengen, schwarzen Dutt, aus dem sich ein paar Locken gelöst haben, taucht von hinter der Theke auf. „Hier unten. Ich musste Geld in den Safe sperren und dazu muss man hier herunterklettern. Es nervt total.“

Ich beobachte sie dabei, wie sie unter der Theke hervorkriecht und ihren grünen Overall glattstreicht, der ihren kurvigen Körper perfekt betont. Als sie den Kopf hebt, sehe ich ihre Augen. Wunderschöne, blaue Augen, die von vollen, schwarzen Wimpern eingerahmt sind. Sie blicken direkt in meine. Ihre rosenroten Lippen verziehen sich zu einem Lächeln und legen schneeweiße Zähne frei, die im Kontrast zu ihrer karamellfarbenen Haut toll aussehen. „Ist das alles, Sir?“

„Wie bitte?“, frage ich, denn bei dieser Schönheit fehlen mir die Worte.

Sie blickt das Wasser und die Nussmischung in meinen Händen an. „Ich kann die für Sie scannen, wenn Sie nichts weiter kaufen wollen, Sir.“

Ich lege meine Einkäufe auf die Theke und stottere: „Klar, ähm, ja, das wär’s dann.“

Zweimal ertönt ein Piepen und dann sind meine Einkäufe auch schon erledigt, sodass sie mir erneut ihr schönes Lächeln schenkt. „Drei fünfzehn, Sir.“

Ich überreiche ihr meine Kreditkarte und sehe, wie ihr Lächeln verschwindet. „Oh, tut mir leid, Sir.“ Sie zeigt auf ein kleines Schild auf dem Tresen, das erklärt, dass hier keine Kartenzahlungen für weniger als fünf Dollar entgegengenommen werden.

„Mist“, sage ich, „ich habe nie Bargeld dabei. Ich lege sie zurück.“

Bevor ich mich abwenden kann, legt sie ihre Hand auf meinen Arm. „Das geht auf mich. Machen Sie sich einen schönen Abend, Sir. Trinken Sie das Wasser und essen Sie die Nüsse und machen Sie sich einen gesunden Abend, das geht auf mich.“

Ich werfe einen Blick auf ihr Namensschild und lächle. „Danke, Cami. Ich werde mich dafür revanchieren.“

„Ist nicht nötig“, sagt sie und blickt auf ihr Namensschild. „Haben Sie mich gerade Cami genannt?“

„Das habe ich“, sage ich kichernd. „Ich habe irgendwie die Angewohnheit, Spitznamen für Frauen zu erfinden. Tut mir leid. Das war unhöflich.“

„Ist doch kein Drama. Ich fand es ganz süß. Dann bis bald mal, Sir. Kommen Sie ruhig mal wieder vorbei.“ Sie dreht sich um, um davonzugehen und wieder unter die Theke zu kriechen.

„Cyprian, nicht Sir“, sage ich und lehne mich auf den Tresen. „Du kannst Cyprian zu mir sagen.“

Sie hält inne und lächelt mich erneut an. „Cyprian? Was für ein hübscher Name.“

„Danke“, sage ich und öffne die Flasche Wasser. „Was machst du nach Feierabend, Cami?“

„Ich gehe nach Hause und lerne“, sagt sie und sieht auf einmal nervös aus. Sie spielt ein wenig mit ihren Haaren und das finde ich süß.

„Musst du? Ich meine, ich würde dich gerne ein wenig näher kennenlernen“, sage ich. Ich höre kaum, dass die Tür sich öffnet und jemand hereinkommt, denn ich kann meinen Blick nicht von Cami losreißen. „Ich wette, deine Haare sehen toll aus, wenn du sie aufmachst.“

Sie wird leicht rot und ich höre auf einmal eine Männerstimme hinter mir. „Mr. Girard, mir ist gerade eingefallen, dass ich Ihnen gar nicht gesagt habe, dass hier keine Kartenzahlungen für unter fünf Dollar angenommen werden“, sagt mein Chauffeur und ich sehe, wie Cami nun tiefrot wird.

„Du bist das?“, fragt sie und tritt drei Schritte zurück, als hätte ich die Lepra oder sonst eine ansteckende Krankheit.

„Wer?“, frage ich. Ich weiß genau, was sie meint, aber ich muss sie trotzdem fragen.

„Der Kerl mit den Kondomen?“, fragt sie.

Jetzt werde ich rot. Mein Fahrer knallt einen Fünfer auf den Tresen. „Bitte sehr, Miss. Wir fahren dann mal weiter.“

Auf einmal höre ich noch jemanden hereinkommen und als ich Cookies Stimme vernehme, krümme ich mich fast zusammen vor Scham. „Cyprian, fahren wir jetzt zu dir nach Hause und legen los, oder was?“

Cookie sieht ungefähr so billig aus wie nur möglich. Ihre Haare sind fast weiß mit blauen Spitzen, sie ist dürr und blass. Keine Tageslichtschönheit, aber im Dunkeln sieht sie heiß aus und so habe ich sie auf der Party meines Vaters ja kennengelernt.

Cami senkt den Kopf und grinst. Es irritiert mich, wie amüsant sie meine Damenwahl findet. Ich nehme mein Wasser und die Nüsse und verlasse beschämt den Laden. „Komm mit, Cookie.“

Ich höre Cami losprusten, da bin ich mir sicher, als sie den Namen meiner Begleitung hört.

Ich zittere vor Wut und Scham, das Gefühlschaos ist wirklich komplett, als ich mich in den Rücksitz meines Autos sinken lasse.

„Das war schrecklich“, murmle ich, während Cookie versucht, sich wieder auf meinen Schoß zu setzen.

„Was war schrecklich?“, fragt sie und schlürft ihre Limo.

„Nichts, ist egal“, sage ich, schließe die Augen und lehne mich zurück.

Was denkt sie jetzt bloß von mir ...

6

CAMILLA

Jetzt, da ich weiß, wie der stinkreiche Perversling mit seinem unersättlichen Trieb – wie ich ihn insgeheim genannt habe – aussieht, muss ich meine Meinung über ihn gründlich ändern.

„Er ist ja doch nicht fett und glatzköpfig, nicht wahr?", frage ich Gina, während ich ihr dabei helfe, die Regale zu putzen.

„Nein, gar nicht", nickt sie zustimmend.

„Er sah sogar ganz gut aus", füge ich hinzu und putze eine Dose grüner Bohnen.

„Ja, tut er", stimmt sie wieder zu.

„Hast du gesehen, wie groß er war, als er aus der Tür gegangen ist? Er ist bestimmt zwei Meter groß", sage ich und denke daran, wie er beinahe am Türrahmen angestoßen ist. „Er war auch so muskulös."

„Er hat auch eine schöne Haar- und Augenfarbe, hellbraun", fügt Gina hinzu und überreicht mir einen sauberen Lappen. „Nimm diesen hier, Schätzchen. Der macht die Sachen nur noch schmutziger."

„Und diese Wangenknochen", bemerke ich. „Und die romanische Nase? Das war die perfekteste Nase, die ich je in meinem Leben gesehen habe. Und seine Lippen. Die waren echt mal was anderes. Die Oberlippe war ein wenig voller als die Unterlippe."

„Ich nehme an, deshalb braucht er immer so viele Kondome", sagt Gina und reißt mich aus meiner Trance, in die ich mich selbst gesteigert habe.

„Ja ja, er ist eine männliche Hure, ich weiß schon", sage ich und schüttle den Kopf, um ihn wieder frei zu bekommen.

„Er hat mit dir geflirtet, Camilla. Glaubst du, er wollte dich dazu einladen, dich zu ihm und dieser Frau zu gesellen?", fragt sie mich grinsend. „Und was, wenn er es getan hätte?"

„Natürlich nicht!", rufe ich und gehe davon, denn auf einmal wird mir ganz heiß. „Du weißt doch, dass ich nicht so bin. Ich weiß, dass es ungewöhnlich ist, wenn man mit fünfundzwanzig erst drei Männer gehabt hat, aber ich will nur mit Typen ins Bett, für die ich auch Gefühle habe. Meine Eltern und Großeltern wären richtig sauer auf mich, wenn ich das anders handhaben würde."

„Was, wenn du ihnen nicht erzählen würdest, was du so treibst, Camilla?", fragt sie und ich muss darüber nachdenken.

„Ich bin eben ein Produkt meiner Erziehung. Dieser Glaube ist so tief in mit verankert. Ich werde niemals nur eine Bettgeschichte für einen Kerl sein. Egal wie gutaussehend, heiß und flüssig er ist", sage ich und gehe wieder zum Tresen.

„Du beschreibst doch gerade den stinkreichen Perversling, Camilla!", stellt Gina lachend fest.

„Er hat jetzt einen Namen, Gina. Cyprian Gerard. Sein Nachname ist französisch", sage ich, während ich aus dem Fenster auf den leeren Parkplatz hinausblicke. Es wäre schön, dieses lange schwarze Auto wieder auffahren zu sehen, einzusteigen und diesen Typen noch einmal zu sehen, bevor ich einschlafe.

„So wie deiner, Camilla Petit. Aber du hast noch einen kleinen Akzent und er hat das gar nicht", sagt sie und kommt zu mir hinter den Tresen.

„Mein Vater ist hierhergekommen, als er noch ein kleiner Junge war, und meine Großeltern reden noch viel Französisch. Ich frage mich, wie meine Familie ihn wohl fände", murmle ich.

„Camilla, er ist ein Schürzenjäger, ein Weiberheld. Du musst gut aufpassen, dass du ihm nicht verfällst. Er ist viel zu gutaussehend und wenn er sich Mühe gibt, ist er mit ziemlicher Sicherheit unwiderstehlich", sagt sie und ruft mir ins Gedächtnis, dass ich Abstand von ihm wahren muss.

„Meinst du, er wird wieder hereinkommen, nur um mich anzumachen?" Ich schalte das Licht draußen aus, damit wir den Laden schließen können.

„Wahrscheinlich. Er hat dich mit solch einem feurigen Blick bedacht. Ehrlichgesagt, wenn ich jünger wäre, würde ich sofort zusagen. Er ist reich, gut gebaut und der schönste Mann, den ich je gesehen habe. Ich würde sofort mit ihm durch die Laken tollen. Aber ich war auch damals ein wenig umtriebiger als du."

Ich muss über die kleine Frau Mitte fünfzig lachen. „Gina, du bist der Hammer. Komm, wir gehen nach Hause. Morgen werden wir ja sehen, was passiert. Ich bezweifle aber, dass er wieder an mich denkt. Ich meine, wieso sollte er das? Und selbst wenn, dann zählt das doch auch nichts. Ich bin kein Flittchen und er steht offensichtlich auf solche Frauen. Wenn man sich Cookie genau ansieht, wird einem das sofort klar." Wir prusten los, während wir den Laden abschließen und zu unseren Autos gehen.

„Bis morgen Abend, Camilla. Ruh dich gut aus."

Ich steige in meinen kleinen 67er Mustang, fahre nach Hause und sehe dabei, dass das Licht in der alten Franklin-Villa an ist. Das Haus ist ein ganzes Stück von der Straße entfernt. Es ist durch ein Tor abgetrennt, von dem eine lange Auffahrt zur Haustür führt.

Ich verliere mich in Gedanken darüber, was der heiße Mann wohl gerade tut, sehe auf einmal, wie ein Tier die Straße überquert und muss mein Steuer herumreißen, damit ich es nicht überfahre.

„Verdammt!"

Ich muss mir diesen Typen aus dem Kopf schlagen. Er bedeutet nichts als Übel!

DER WOLF

Cyprian

Vater hat heute Nacht für eine Lichtshow gesorgt, die aussieht, als fände über unseren Köpfen ein riesiges Feuerwerk statt. Zwei Frauen haben mich in ihren Fängen. Aber zum ersten Mal frage ich mich, wie ich sie loswerden kann, bevor ich nach Hause gehe.

Denn ich denke Tag und Nacht nur noch an jemand anderen. Die junge Frau aus dem Supermarkt hat mir völlig den Kopf verdreht. Ich habe ihr heute einen Strauß Rosen in den Laden liefern lassen. Ashton hat mir verraten, dass sie jedes Wochenende dort arbeitet, ich bin mir also ziemlich sicher, dass sie sie bekommen hat, als sie in der Arbeit eingetroffen ist. Ich hoffe, sie hat sich darüber gefreut.

Ich habe nichts auf die Karte geschrieben außer „Für Cami, von dem stinkreichen Perversling." Hoffentlich fand sie das witzig.

Ich habe sie für heute fest im Visier. Ich würde nur zu gerne ihren leichten französischen Akzent hören, während wir in meinem Kingsize-Bett miteinander spielen.

Ashton hat mir schon gesagt, dass der Laden heute Nacht um zwei Uhr schließt, und ich will der letzte Kunde sein. Ich habe einen idiotensicheren Plan geschmiedet: Sie muss mich nach Hause fahren, denn ich werde mich von Ashton einfach dort absetzen lassen.

Sie scheint die Sorte Frau zu sein, die einen anderen Menschen nicht im Stich lassen würde. Wenn sie erst einmal bei mir ist, lade ich sie auf einen Drink ein. Ein Betthupferl, so werde ich das formulieren.

Sie wird meine Einladung annehmen, um nicht unhöflich zu sein. Und wenn wir den Drink geleert haben und ich ihr ein paar strategische Küsse gegeben habe, wird sie mir auch willig ins Bett folgen. Der Plan ist perfekt und ich wüsste nicht, was schief laufen sollte.

Aber ich muss die anderen beiden Frauen loswerden, die sich praktisch an mir festgekrallt haben und mich so fest halten, dass niemand anders mich wegschnappen kann. Ich vergesse ständig ihre Namen, das sieht mir gar nicht ähnlich.

„Ich muss mal eben auf die Uhr sehen", sage ich der Dame links. Auf der Seite trage ich meine Armbanduhr.

„Wieso, möchtest du schon los?", fragt sie. „Das wäre für mich in Ordnung . Wir können gleich los."

Ich winde mich aus ihrem Griff, blicke auf die Uhr und stelle fest, dass es schon fast halb zwei ist. „Noch nicht", sage ich. „Ich muss noch kurz auf Toilette. Ich bin gleich wieder da."

Die Frauen wechseln einen besorgten Blick, dann sagt die rechte: „Wir kommen mit. Wir können dir auf dem Klo helfen."

Die Angst schießt mir in die Glieder. Ich muss sie unbedingt loswerden! Also platze ich heraus: „Ich muss kacken!"

Sie verziehen ihr Gesicht und mir wird klar, dass mein Ausbruch unangemessen war. „Ach so", bemerkt die linke, „dann mach mal ruhig. Wir warten lieber hier auf dich."

Nach meiner Klo-Ouvertüre lassen mich endlich beide los und ich bin wieder frei. Ich winke den beiden freundlich zu, aber sie werden mich nie wieder sehen. Zumindest nicht heute Nacht.

Ich schleiche mich aus einer Seitentür hinaus, die hinter der Bühne versteckt ist. Draußen wartet bereits Ashton auf mich, wie ich ihn angewiesen habe. „Sind Sie sich Ihrer Sache sicher, Sir? Sie ist nicht wirklich Ihr Typ.“ Er öffnet die hintere Tür des BMW, in dem er mich heute Abend hierhergefahren hat.

„Ich bin mir sicher, außerdem ist jede Sorte Frau mein Typ. Wovon redest du?“, frage ich und setze mich auf die Rückbank.

„Aber bei der hier müssen Sie sich ein wenig Mühe geben. Das mussten Sie noch bei keiner Frau“, sagt er und schüttelt den Kopf. „Schuster, bleib bei deinen Leisten.“

„Du nervst, Ashton. Fahr mich einfach zu dem verdammten Laden, okay?“ Ich schließe die Tür, denn er will mich nur aufhalten.

Wenn ich sie seinetwegen verpasse, wird er die Folgen zu spüren bekommen!

Er steigt vorne ein und dreht sich zu mir um. „Sind Sie sicher?“

„Ja! Jetzt fahr los, verdammt!“ Ich zittere schon fast vor Angst, dass wir sie verpassen werden. „Du scheinst diese Frau vor irgendwas beschützen zu wollen. Was ist da los, Ashton? Willst du sie selbst? Vielleicht lasse ich dich mal kosten, ist mir doch egal. Aber erst, wenn ich satt bin.“

„Sehen Sie, genau davon rede ich. Sie ist nicht wie die Frauen, die Sie sonst kennen. Und die Antwort ist nein, ich habe kein romantisches Interesse an ihr. Sie ist ein nettes Mädchen. Ich glaube, Sie brocken sich da etwas ein, was Sie nur enttäuschen wird. Das ist alles“, sagt er und fährt endlich los.

„Glaubst du, dass ich sie nicht um den Finger wickeln kann? Ich kann dir versichern, dass ich bin durchaus fähig bin, eine Frau aus der Fassung zu bringen, bis sie sich mir hingibt. Es ist noch nicht oft passiert, dass eine Frau sich nicht sicher ist, das stimmt. Aber ganz wenige haben an meiner Bettkante noch gezögert und die habe ich trotzdem rumgekriegt. Ich komme mit einer Herausforderung schon klar, wenn es darum geht, das zu bekommen, was ich will.“ Ich lehne mich zurück und blicke in den Sternenhimmel durch das Dachfenster des Autos.

„Ich glaube, sie ist ein wenig zu taff für Sie. Und ich bezweifle, dass sie so mir nichts, dir nichts mit Ihnen ins Bett gehen wird. Wenn Sie sich auf sie verlassen, um Ihren sexuellen Durst zu stillen, werden Sie heute Nacht vermutlich durstig ins Bett gehen, Cyprian", sagt er und blickt mich im Rückspiegel an.

„Meinst du wirklich?", frage ich und blicke aus dem Fenster, wo die Lichter der Stadt langsam verschwinden, während wir uns dem Stadtrand nähern. Mein Herz fängt an, schneller zu schlagen, da wir uns ihr nähern.

„Das meine ich, Sir", sagt er und ich mache mir auf einmal auch Sorgen.

„Vielleicht dauert es ein wenig, bis ich sie dorthin bekomme, wo ich sie haben will. Ich will sie ja nur einmal. Öfter habe ich es noch nie mit einer Frau getan, es bleibt immer bei einem Mal. So entwickelt niemand Gefühle."

„Ich glaube nicht, dass das ihre Art ist, Sir. Aber Sie scheinen fest entschlossen zu sein, es versuchen zu wollen. Vielleicht ist das ein Ziel, das Sie nicht erreichen können", sagt er, während er in den Parkplatz ihres Ladens einfährt. Er parkt an der Seite und nicht vorne wie sonst immer, stellt den Motor ab und dreht sich zu mir um.

„Sind Sie sicher? Sie sind noch nie abgewiesen worden. Ich weiß nicht, wie Sie mit der Zurückweisung umgehen werden."

Seine Negativität färbt langsam auf mich ab und ich werde richtig nervös. Ich muss weg von ihm. „Ich rufe dich an, wenn sie mich doch nicht mitnimmt."

Er nickt, während ich alleine aussteige und ihm bedeute, dass er wegfahren soll. Ich blicke auf die Uhr und sehe, dass sie in drei Minuten schließen. Ich gehe nach vorne zum Eingang des Ladens.

Als ich gerade die Tür aufschieben will, gehen die Lichter draußen aus. Ich trete trotzdem ein und sehe sie und die gleiche Frau wie gestern hinter dem Tresen stehen. Cami sagt schnell: „Wir haben geschlossen. Ach, du bist es."

„Freut mich auch", sage ich ein wenig gekränkt.

„Ich habe die Kasse schon geschlossen. Du bist wohl eine Minute zu spät dran für deine samstägliche Kondomration, tut mir leid", sagt sie und greift nach etwas unter dem Tresen.

„Ich habe noch ein paar von gestern, also kein Problem. Ich habe sogar zehn. Glaubst du, das reicht für heute Nacht?", frage ich und stütze mich auf dem Tresen ab.

Sie blickt mich an, als wäre ich bescheuert, und sagt dann: „Woher soll ich das bitte wissen? Wie viele Flittchen sitzen heute Nacht in deinem Auto?"

„Kein einziges. Und ich muss dich um einen Riesengefallen bitten, Cami. Die Frau von meinem Chauffeur Ashton ist plötzlich krank geworden. Er musste mich hier absetzen, damit er sie aufsuchen und möglicherweise ins Krankenhaus fahren konnte. Ich habe ihm gesagt, er solle es tun. Jede Sekunde hat gezählt. Ich habe ihm versichert, dass du mich nach Hause fahren könntest. Das tun Nachbarn doch für einander, oder nicht?" Hinter meinem Rücken drücke ich die Daumen, so etwas habe ich noch nie zuvor getan.

„Oh Mann", stöhnt sie und ich bin völlig überrascht. „Ich wollte eigentlich nach Hause fahren, ein Weinchen trinken und mir eine Schnulze reinziehen. Morgen habe ich frei – keine Uni und keine Arbeit. Es sollte ein gemütlicher Abend werden. Aber ich schätze, die fünf Minuten, um dich abzusetzen, machen das Kraut auch nicht fett. Ist ja eh bei mir um die Ecke." Sie geht um den Tresen herum, zieht ihren grünen Overall aus und wirft ihn auf den Tresen, sodass ein sehr schönes Paar Titten zum Vorschein kommt.

Unter ihrem engen, weißen Shirt ist ein blauer Spitzen-BH zu erkennen. In ihrer engen, schwarzen Jeans sehe ich endlich die Form ihres Arsches – er ist wunderbar rund und zum Anbeißen.

„Du weißt das vielleicht nicht, aber ich habe einen ganzen Keller voller internationaler Weine. Ich habe auch ein tolles Heimkino, das ich noch nicht einmal eingeweiht habe. Willst du nicht ein bisschen bei mir abhängen?", frage ich sie, während sie einen Schlüssel aus ihrer Tasche holt.

„Nein, danke", sagt sie, als hätte ich ihr gerade ein total langweiliges Angebot gemacht.

Dann sehe ich die Blumen in dem Regal hinter dem Tresen. „Willst du die nicht mitnehmen?", frage ich, während ich auf die große, teure Kristallvase mit den roten Rosen zeige.

„Wieso sollte ich die Blumen des Managers mitnehmen?“, frag sie und sieht mich planlos an.

„Die gehören dir“, sage ich und gehe hinter den Tresen, um sie zu holen.“

„Woher willst du das wissen?“, fragt sie mich und kreuzt die Arme über der Brust.

Ich hole sie herunter, nehme die Karte, die ich beim Floristen geschrieben habe, und überreiche sie ihr. „Weil ich sie dir geschickt habe. Hat dir das niemand gesagt?“

„Offensichtlich nicht“, sagt sie, verdreht die Augen und nimmt die kleine Karte, die ich ihr hinhalte. Dann lächelt sie und lacht sogar und auf einmal war alles die Mühe wert. „Du bist witzig.“

Schritt Eins geschafft.

7

CAMILLA

Gina zeigt mir den Daumen nach oben, während Cyprian sich in den Beifahrersitz meines Autos setzt. Ich zeige den Daumen nach unten und sie schüttelt darüber nur den Kopf. Dann setze ich mich hinters Steuer und sehe den heißen Kerl in meinem Auto an.

Er trägt einen Smoking und sieht umwerfend aus. „Auf was für einer Gala warst du heute Nacht?"

Er streicht über den teuren Stoff seines Jacketts und lächelt mich an, wobei perfekt weiße, gerade Zähne zum Vorschein kommen. Seine Lippen sind karamellfarben mit einem Hauch pink. Sie sehen zum Anknabbern aus. „Mein Vater schmeißt jeden Samstag Partys mit Dresscode. Alle Männer müssen Smoking tragen."

„Schick", sage ich und fahre aus meiner Parklücke heraus. Als ich den ersten Gang einlege sehe ich, wie er bemerkt, wie nah meine Hand dabei seinem Bein kommt.

„Weißt du, ich bin noch nie ein Auto mit Gangschaltung gefahren. Vielleicht wärst du ja so nett, mir das beizubringen." Er blickt mir tief in die Augen und ich muss meinen Blick abwenden, denn ich bekomme davon direkt Schmetterlinge im Bauch.

„Vielleicht“, sage ich. „Dann erzähl mal, wie es dir gelungen ist, ohne weibliche Begleitung die Party zu verlassen, Cyprian.“

„Das war gar nicht so einfach, das kann ich dir sagen. Ich musste mir eine krasse Notlüge einfallen lassen, damit ich heute Nacht alleine sein kann“, sagt er und ich frage mich, wieso er das überhaupt wollte.

„In all den sechs Monaten, die ich jetzt hier arbeite, ist kein Freitag oder Samstag vergangen, an dem dein Fahrer nicht hereingekommen ist, um Kondome zu kaufen. Was geht da ab?“, frage ich und fahre auf die Hauptstraße auf.

Seine Hand berührt meine, während ich die Gänge schalte. „Darf ich meine Hand mit deiner bewegen, während du die Gangschaltung betätigst, Cami?“

Mir wird ganz heiß und ich muss den Kopf schütteln, um wieder klar denken zu können. Er runzelt die Stirn über meine Geste, mit der ich gar nicht seine Frage beantworten will. „Ja, kannst du. Dann bekommst du mit, wo sich die einzelnen Gänge befinden.“

Seine Stirn glättet sich und er lächelt mich an, während er seine Hand wieder auf meine legt. „Gut. Ich wüsste nur zu gern, wie man mit Gangschaltung fährt. Dieses Auto ist echt cool. Die meisten Leute haben nicht so ein schönes Auto. War es ein Geschenk oder hast du es selber gekauft?“

„Mein Papa hat es mir geschenkt, als ich vor sieben Jahren von der High School abgegangen bin“, sage ich ihm und versuche, das Pulsieren in meiner Mitte zu ignorieren.

Wenn ich schon bei der Berührung seiner Hand so geil werde, habe ich echt ein Problem!

„Papa, so nennst du deinen Vater?“, fragt er und lächelt aus irgendeinem Grund wie verrückt.

„Ja, so nenne ich ihn. Meine Mutter nenne ich Mama. Papa kommt aus Frankreich. Seine Eltern sind nach New Orleans gezogen, als er sieben Jahre alt war. Meine Grand-Mère und mein Grand-Père wohnen immer noch dort, nur ein paar Häuser von meinen Eltern entfernt.“ Ich verstumme, denn ich habe das Gefühl, ich plappere nervös vor mich hin.

„Ich nenne meinen Vater auch Papa. Meine Mutter nenne ich Mutter. Wir stehen uns nicht besonders nahe. Sie lebt in Los Angeles. Sie hat mich hierher geschickt, um bei meinem Vater zu wohnen, als ich fünf war."

„Wow", sage ich gedankenlos. „Das tut mir leid."

„Leid? Wieso?", fragt er mich verwirrt.

Selbst mit einem verwirrten Gesichtsausdruck sieht er immer noch heiß aus!

„Ich habe deine Mutter gedanklich verurteilt. Tut mir leid", sage ich, als ich das riesige, schmiedeeiserne Tor erblicke, dem wir uns nun nähern. „Hier wohnst du, oder nicht?"

„Jawohl", sagt er. „Und jetzt erfährst du auch den Zugangscode." Er lächelt breit und ich sehe etwas Teuflisches in seinen Augen aufblitzen.

„Du kannst aussteigen und den Code eingeben. Ich brauche ihn nicht", sage ich und halte gerade so nahe an der Tastatur, dass er sie erreichen kann.

„Fahr näher ran, Cami. Es macht mir nichts, wenn du den Code weißt", sagt er lachend.

Ich zucke mit den Schultern, fahre näher ran und fahre mein Fenster herunter. „Von mir aus." Mein Finger schwebt wartend über den Ziffern, während ich auf seine Anweisungen warte.

„696969", sagt er und ich drehe mich zu ihm um, um sein Lächeln zu erhaschen.

„Im Ernst jetzt? So ein Schwachsinn!" Ich gebe dir Nummern ein und das Tor öffnet sich. „Ich wusste es doch. Ich wusste es gleich von Anfang an!"

„Was wusstest du?", fragt er und legt seine Hand wieder auf meine, damit er wieder Gänge schalten kann.

„Dass du ein Perversling bist", sage ich lachend.

„Ich finde es echt nicht schön, dass du so über mich denkst", sagt er und tätschelt mir die Hand. „Ich bin kein Perversling. Ich bin eben ein Mensch mit großem sexuellen Appetit, der es genießt, mit vielen verschiedenen Frauen zu schlafen. Aber ich bin kein Perversling."

„Von mir aus kannst du dir das einreden“, sage ich, während ich zu seiner riesigen Villa hinauffahre. „Dieses Haus ist echt gigantisch.“

Die ganze Fassade ist hell erleuchtet. Der Garten ist wunderschön hergerichtet. Von der Straße aus ist das nicht so gut erkennbar. „Gefällt es dir?“, fragt er mich, als ich vor der Tür halte.

„Es ist umwerfend. Du hast offensichtlich viel Arbeit hineingesteckt. Sieht toll aus. Also, bis dann, Cyprian“, sage ich, als er die Tür öffnet.

Er hält inne und dreht sich zu mir um. „Komm doch mit hinein. Ich zeige dir auch die Wohnräume.“

„Ich muss echt nach Hause“, sage ich, denn allein mit diesem Kerl vertraue ich mir nicht. *Vor allem bei ihm zu Hause nicht!*

„Wer wartet zu Hause auf dich, Cami?“, fragt er mich und blickt mich ohne Gefühlsregung an.

„Niemand“, sage ich und blicke in seine dunkelbraunen Augen.

„Dann komm mit rein. Ich schenke dir einen kleinen Wein ein. Zeige dir mein wunderbares Zuhause. Und vielleicht beschließt du dann, mit mir im Heimkino einen Film zu schauen. Bitte“, schließt er seine Bitte ab.

„OK“, entfährt es mir, ehe ich mich’s versehe.

Was habe ich nur getan ...?

8

CYPRIAN

Ich schenke zwei Gläser Wein ein und bringe sie zu Cami hinüber, die vor einem der Gemälde in der Bar steht. Sie sieht sich jeden Pinselstrich genau an. Das Gemälde zeigt einen Hengst, der vor einem Stall voller Stuten herumstolziert. Ich habe es gemalt.

Ich stelle ihr Glas auf den Tisch neben sie und lehne mich sanft an ihre Schulter. „Gefällt es dir?"

„Schon, es ist so realistisch." Ihre Finger schweben kurz über der Leinwand, dort wo ich das Bild signiert habe. „Das kann ich nicht lesen. Wie heißt der Künstler?"

„Cyprian", sage ich und trinke einen Schluck.

„Oh mein Gott!" Sie dreht sich zu mir um und weicht einen Schritt zurück. „Ist das dein Ernst?"

„Das ist mein Ernst", sage ich, nehme ihr Glas und halte es ihr hin. Sie nimmt das Glas an und dann reiche ich ihr meinen Arm. „Komm mit, dann zeige ich dir das Haus."

Sie legt ihre Hand in meine Ellenbeuge und ich führe sie in das nächste Zimmer. „Das ist mein Arbeitsraum."

„Strategisch direkt neben der Bar platziert", sagt sie lächelnd. „Wie schlau von dir."

„Das bin ich. Ich war ein Wunderkind. Wusstest du das?“, frage ich sie.

„Cyprian, ich kenne mich in der Welt der Reichen nicht aus. Ich weiß rein gar nichts über dich. Außer, dass du am Wochenende Unmengen an Kondomen kaufst.“ Sie schlürft ihren Wein, während sie sich in dem Raum mit den deckenhohen Regalen voller Bücher umsieht.

„Ich habe sehr früh die Schule abgeschlossen. Mit fünfundzwanzig war ich bereits der Geschäftsführer von Libertine Investments.“

„Beeindruckend“, sagt sie. „Was für geheime Talente hast du denn noch, Cyprian?“

Knurrend beuge ich mich vor und flüstere: „Wenn du mich in mein Schlafzimmer begleitest, kann ich dir noch ein paar zeigen.“

Sie lacht schallend. „Du bist so witzig!“

Ich bin ein wenig aus der Bahn geworfen und reiße mich zusammen, während wir zum nächsten Raum gehen. „Das war kein Witz. Aber gut, gehen wir weiter.“ Ich öffne die Tür und führe sie in mein Tagungszimmer. „Hier muss ich erst noch ein Meeting abhalten, aber wenn ich mal eines zu Hause ansetzen würde, dann würde es hier stattfinden.“

„Wie ein Ältestenrat, was?“, fragt sie, während wir durch den großen Raum mit holzverkleideten Wänden spazieren.

„Genau so.“ Ich öffne die nächste Tür, die uns in die kleine Küche führt. „Wenn ich je ein Meeting hier abhalten sollte, wird mein Personal hier die Verpflegung zubereiten.“

„Diese Küche ist dreimal so groß wie die in meiner Wohnung. Schon ziemlich cool, muss ich sagen. Alles topmodern.“ Sie bleibt stehen und sieht sich die Arbeitsflächen aus Granit an. „Du hast wirklich nicht gespart, was?“

„Natürlich nicht“, sage ich. „Alles, was ich an diesem Laden renoviert habe, kann ich von der Steuer absetzen. Wieso sollte ich sparen, wenn ich das eh alles geltend machen kann?“

„Ziemlich clever, Cyprian. Du denkst wie eine Maschine“, sagt sie und mir fällt noch ein sexy Kommentar ein.

Ich beuge mich vor und flüstere: „Ich bin auch in anderen Dingen eine ziemliche Maschine, Cami."

Sie lacht wieder und verwirrt mich damit völlig. „Ach, Cyprian! Du bist echt zum Schießen!"

Zum Schießen?

Eine Tür führt aus dieser kleinen Küche auf eine kleine Terrasse und ich beschließe, sie dort hinaus zu führen. Vielleicht bringen die kühle Brise und die Geräusche der Nacht sie auf andere Gedanken. Auf heißere Gedanken. *Denn momentan hat sie die auf keinen Fall!*

„Vielleicht wäre eine kleine Pause auf unserer Tour angemessen, um frische Luft zu schnappen", sage ich, während ich sie zur Tür führe und sie öffne. Ich lasse das Licht absichtlich aus, damit der Mondenschein alles besonders romantisch macht.

„Hier ist es wunderschön. Selbst im Dunkeln", sagt sie, während ich ihr bedeute, sich auf eines der kleinen Sofas auf der Terrasse zu setzen.

Ich setze mich neben sie. Die Couch ist so eng, dass unsere Beine sich berühren und ich meine Hand auf ihrem Oberschenkel ablege. „Hier draußen ist es so friedlich. Ich verbringe jeden Abend mindestens fünfzehn Minuten hier, wenn ich nach Hause komme, entweder auf dieser Terrasse oder auf einer anderen. Dieses Haus hat sechs Terrassen, drei Freisitze und fünf Balkone. Die Master Suite hat einen riesigen Balkon. Der wird dir gefallen. Darauf steht sogar ein Bett mit einem Mückennetz und allem."

Ich spüre, wie ihr Puls rast, als sie sich mir zuwendet. „Cyprian, darf ich fragen, wie alt du bist?"

„Fünfunddreißig. Und du?"

„Fünfundzwanzig. Ich bin zehn Jahre jünger als du und es fällt mir schwer, dich wirklich zu durchschauen. Die meisten Typen in deinem Alter sind verheiratet. Sie haben schon Kinder und Familie. Wieso hast du das nicht?", fragt sie mich, wie ein unschuldiges Kind das tun würde.

Ich streiche über ihren Wangenknochen und beantworte ihre Frage. „Camilla, ich bin kein Mann, der solche Dinge möchte. Mein Leben ist ohnehin schon voll genug."

„Glaubst du, du wirst immer so stark und lebendig sein, Cyprian?“, fragt sie mich und ihre Augen blicken suchend in meine.

„Wieso fragst du mich das?“ Ich streiche sanft mit dem Finger über ihre Lippen und lege meine Hand dann auf ihre Wange, während ich den Wangenknochen mit meinem Daumen streichle.

„Ich frage dich das, weil ich glaube, dass du eines Tages jemanden haben wollen wirst, mit dem du dein Leben teilen kannst. Meine Eltern und Großeltern sind schon Jahrzehnte verheiratet. Sie sagen mir immer wieder, wie ihr Leben ohne den anderen nicht lebenswert wäre. Ich weiß, dass es wichtig ist, mit einer anderen Person ein Leben aufzubauen. Mit nur einer Person, mit der man alt werden kann.“

„So denke ich nicht“, sage ich und streiche nun über ihre Schulter.

„Vielleicht solltest du aber darüber nachdenken, wie du dein Leben bisher gelebt hast und wie sich das schlussendlich auswirken wird. Kannst du dir vorstellen, alleine in deinem Bett zu liegen, wenn du schon nicht einmal mehr aufstehen kannst vor Schmerzen, und niemanden zu haben, der dir aufhilft oder dir etwas holt? Das hört sich schrecklich an für mich“, sagt sie.

„Ehrlichgesagt denke ich überhaupt nicht so über die Zukunft nach. Ich denke an meine zukünftigen Geschäfte, aber nicht an mein zukünftiges Selbst. Ich schätze, für mich wird es ähnlich laufen wie für meine Eltern. Sie sind immer noch Single und leben immer noch genauso, wie sie es in ihrer Jugend getan haben.“

„Wie langweilig“, sagt sie und trinkt einen Schluck Wein, „wie überaus langweilig, immer nur das Gleiche zu tun. Kein persönliches Wachstum. Immer die gleichen Leute auf immer den gleichen Partys. Tagein, tagaus nur das Gleiche.“

„Krass! Das hört sich aus deinem Mund aber übel an“, sage ich und muss dabei nicht einmal lachen.

„Nicht wahr?“, fragt sie und blickt mich wieder an.

„Und was tust du, Camilla? Was ist so faszinierend an deinem Leben? Bitte erkläre mir das“, frage ich sie, lehne mich zurück und lasse meine Finger endlich von ihr.

„Nun, ich bin Wissenschaftlerin, und obwohl das vielleicht langweilig klingt, ist es das ganz und gar nicht. Ich bringe Dinge zusammen, um daraus neue Dinge zu schaffen. Ich nehme Dinge auseinander, um herauszufinden, wie sie funktionieren, und baue sie dann wieder zusammen. Mein Job ist so abwechslungsreich. Ich mache nie das Gleiche zweimal. Das einzig Langweilige an meinem Leben ist mein Job in diesem Laden." Sie trinkt ihr Glas Wein leer und stellt es auf dem Tisch ab. „Und jetzt sag mir, was du tust."

„Ich lese jeden Morgen beim Frühstück die New York Times", erkläre ich ihr.

„Ist das nicht irgendwie immer das Gleiche?", fragt sie mich neckisch.

„Nun ja, jein", sage ich. „Montags gibt es Pancakes. Dienstags Rühreier. Also, es gibt nicht jeden Tag das Gleiche."

„Hmm." Sie tippt sich mit dem Finger ans Kinn. „Jetzt verstehe ich auch den unglaublichen Verschleiß an Frauen. Du tust jeden Tag das Gleiche, aber die Frauen ändern sich. Ich wette, du hast höchstens mit einer Handvoll mehr als einmal geschlafen."

„Da irrst du dich!", verkünde ich und stehe auf, um ihr meine Hand zu reichen. Ich habe noch nie mit einer öfter als einmal geschlafen. Aber das werde ich ihr nicht verraten.

„Ist mein Besuch vorbei?", fragt sie und nimmt meine Hand.

„Nein", sage ich und leere ebenfalls mein Glas. „Dein Glas ist leer und wir müssen nachschenken. In der Küche, aus der wir gerade herausgekommen sind, ist noch mehr Wein. Außerdem muss ich dir noch den Rest des Hauses zeigen, weil ich glaube, dass dir der Kinosaal gefallen wird."

Ich ziehe sie hinter mir her und bin ein bisschen sauer darüber, dass sie mich so ins Grübeln gebracht hat. Ich habe zuvor noch nie mein Leben als langweilig betrachtet. Das von meinen Eltern auch nicht. *Für wen hält sie sich eigentlich?*

„Cyprian, was hast du morgen vor?", fragt sie mich, während wir nach drinnen gehen.

„Sonntags gehen wir immer zum Pferderennen", sage ich und das bringt sie zum Lachen.

„Also gehst du freitags und samstags immer feiern. Ich sehe dich unter der Woche nie. Ich wette, du reißt dir in der Arbeit immer den Arsch auf und gehst dann nur pennen. Und sonntags gehst du zum Pferderennen. Hast du nicht morgen Lust auf ein wenig Abwechslung?“

„Woran hast du gedacht?“, frage ich sie, während ich uns mehr Wein einschenke.

„Wie wäre es, wenn wir beide den Tag miteinander verbringen, Filme schauen, grillen und einfach chillen? Ich habe hier einen Pool gesehen. Da könnten wir gemeinsam hineinhüpfen. Uns einfach einen schönen, entspannten Tag machen. Was hältst du davon?“

Während ich sie anblicke und frage, was zum Teufel sie da mit mir anstellt, öffnet sich mein Mund wie von selbst und folgende Worte kommen heraus: „Ja, das klingt gut. Einverstanden.“

Krass! Was ist denn da gerade passiert ...?

9

CAMILLA

Nachdem wir uns noch eine Stunde lang sein Haus angesehen haben, winke ich Cyprian zum Abschied, der nun in der Ausfahrt steht, nachdem er mich zu meinem Auto hinausbegleitet hat. Er hat versucht, mich zu küssen, aber ich habe meinen Kopf zur Seite gedreht, sodass er nur meine Wange erwischt hat. Ich musste darüber kichern und auch er musste lächeln.

„Wir sehen uns mittags, Cami!", ruft er mir zu, während ich losfahre.

„Ich werde kommen!", rufe ich ihm zu.

„Und bring deinen Bikini mit!", ruft er, während ich mich immer weiter entferne.

Ich habe keine Ahnung, was ich eigentlich mit diesem Kerl treibe. Ich kann gar nicht glauben, dass ich mich mit ihm auf ein Date verabredet habe. *Und ich kann noch viel weniger glauben, dass er meine Einladung angenommen hat!*

Ich habe mich noch nie sonderlich gefragt, was die Reichen eigentlich so treiben. Aber es hat mich doch schockiert, herauszufinden, dass er all die Jahre immer nur das Gleiche getan hat. Ich bin einmal in jüngeren Jahren drei Wochen hintereinander in den gleichen Club gegangen. Beim dritten Mal fand ich es schon sterbenslangweilig. Die gleichen Gesichter, die gleiche Musik, die gleiche Atmosphäre. *Es war schrecklich!*

Ich kann gar nicht verstehen, wie er das so lange durchgehalten hat. Er hat mir erzählt, wie er immer die Partys seines Vaters beobachtet hat, als er noch ein Kind war. Als er erst fünfzehn war, hat ihn sein Vater schon eingeladen, daran teilzunehmen. Dieses Leben hat ihn so früh in Beschlag genommen.

Es ist wirklich traurig. Aber er sieht das überhaupt nicht so. Ich habe wirklich Mitleid mit ihm. Und ich glaube, er braucht jemanden, der seine kleine Welt ein wenig aus den Fugen bringt. Ich bin mir nicht sicher, ob ich diese Person sein sollte, aber ich möchte es wirklich gerne tun.

Der Mann braucht ein wenig Substanz in seinem Leben. Arbeit, Partys und Pferdewetten sind ja ganz nett, aber das kann doch nicht alles sein.

Er malt wenigstens noch. Er ist wirklich ein Künstler. Vielleicht sehe ich das in ihm. Er verfügt über eine gewisse Tiefe. Mehr als ihm selbst bewusst ist. Ich glaube, ich könnte ihm helfen, das zu erkennen.

Ich fahre auf meine Auffahrt auf, die ich mir mit der anderen Wohnung aus dem Haus teile, stelle mein Auto ab und steige aus. Ich hole mein Handy aus der Tasche und schalte die Taschenlampe an, damit ich meine Haustür aufsperren kann. Dabei bemerke ich, dass es bereits vier Uhr morgens ist.

Ich habe mehr als eine Stunde mit dem Mann verbracht, dem ich eigentlich gar keine Zeit schenken wollte. Als ich die Tür öffne, fallen mir auch die Blumen wieder ein, die er mir gegeben hat und die ich hinter dem Beifahrersitz verstaut habe. Ich gehe zurück zum Auto und hole sie hervor.

Als ich mich mit der Blumenvase wieder auf den Weg zu meiner Haustüre mache, entdecke ich ein kleines Stinktier, das auf der Stufe zur Terrasse steht und mich anblickt. Ich bekomme es mit der Angst zu tun, denn es hebt seinen Schwanz und besprüht das Innere meines Hauses, bevor es die Flucht ergreift.

„Oh nein!“, rufe ich aus und halte die Luft an, während ich nach drinnen gehe. „Igitt!“

Ich gehe sofort in mein Schlafzimmer, denn der ganze vordere Teil des Hauses ist schon von dem Gestank eingenommen. Ich hoffe, ich rieche nicht so eklig wie dieser widerliche Nager.

Was denkt Cyprian bloß von mir, wenn ich morgen wie ein Stinktier rieche? Mist. Ich muss wohl absagen.

Aber ich habe seine Nummer nicht. *So ein Mist!*

10

CYPRIAN

Ich gehe ins Schlafzimmer, aber ich bin überhaupt nicht müde. Ich weiß nicht genau, was es ist, aber diese Frau hat einfach etwas.

Ich kann auch gar nicht glauben, dass ich mich auf eine Art Date mit ihr eingelassen habe. Ich habe noch nie alleine Zeit mit einer Frau bei mir zu Hause verbracht. Außer für Sex. Aber danach lasse ich sie normalerweise immer von meinem Chauffeur nach Hause fahren, damit ich schlafen kann.

Ich werde morgen den ganzen Tag mit Cami verbringen. Den ganzen Tag. *Was sollen wir bloß anstellen?*

Sie hat scheinbar nicht einmal meine Andeutungen kapiert, was ich am liebsten mit ihr machen würde. Oder vielleicht hat sie meine Avancen auch absichtlich ignoriert. Andererseits – wie soll denn das funktionieren? Ist sie vielleicht aus Stein?

Vielleicht hatte Ashton ja recht. Vielleicht ist sie nicht die Sorte Frau, die mit einem Mann ohne weitere Verpflichtungen ins Bett geht. Aber ich kann ihr nie mehr als meinen Körper schenken.

Es ist also möglich, dass ich den ganzen Tag mit ihr verbringe und am Ende nicht einmal etwas davon habe. Was soll ich dann tun? Mich noch einmal mit ihr verabreden?

Ganz bestimmt nicht!

Nein, dann sehe ich mich einfach anderweitig um und lasse Camilla Petit Camilla Petit sein. Ihr Problem! Schließlich lässt sie sich da was entgehen und nicht ich.

Ich kann schließlich jede Frau haben, die ich will. Sie ist diejenige, der eine tolle Erfahrung durch die Lappen geht. Sie wird unglücklich darüber sein, dass sie keinen unglaublichen Sex mit mir gehabt hat. Umgekehrt wird es ganz bestimmt nicht sein.

Ich lege mich ins Bett und ziehe die Decke über meinen nackten Körper. Das letzte Mal, dass ich an einem Samstagabend ohne Sex ins Bett gegangen bin, war ich gerade fünfzehn geworden. Es fühlt sich ganz komisch an.

Ich bin ziemlich aufgedreht, aber schlecht fühle ich mich deshalb nicht. Heute Nacht Zeit mit Cami zu verbringen, war ziemlich interessant. Es war vielleicht nicht unbedingt unterhaltsam aber doch angenehm, obwohl wir wirklich nichts getan haben als mein Haus zu besichtigen und uns zu unterhalten.

Komisch, aber auf eine gute Art und Weise. Ich frage mich, wie es morgen laufen wird. Beim Schwimmen werden wir beide so gut wie nackt sein. Dann lässt sie sich bestimmt erweichen. Und wenn ich sie einmal rumgekriegt habe, haben wir bestimmt den ganzen Tag lang Spaß. Danach kann ich mich wieder auf eine neue Herausforderung konzentrieren.

Ich sollte dem Personal freigeben. Sie ist vermutlich viel zugänglicher, wenn keine anderen Menschen da sind. Ich werde sie nach allen Regeln der Kunst verführen müssen, so viel steht fest.

Aber warum bin ich überhaupt so versessen auf die Frau, wenn ich genauso gut morgen mit meinem Vater zum Pferderennen gehen und dort ein paar Weiber aufreißen könnte?

Das ist eine wirklich gute Frage ...

11

CAMILLA

Ein bellender Hund weckt mich aus meinem tiefen Schlaf. Ich habe gerade von Cyprian und mir in seinem wunderschönen Haus geträumt. Ich habe ihm dabei geholfen, eine kleine Party für ein paar Leute zu organisieren, die er unbedingt beeindrucken wollte.

Es war so seltsam. Und jetzt, da ich wach bin, kann ich auch wieder den Stinktier-Gestank in der Küche riechen. Mit Sicherheit stinke ich genauso. Ich gehe also in die Küche und halte mir dabei die Nase zu, denn im vorderen Teil des Hauses ist der Gestank kaum auszuhalten.

Es ist kaum zu glauben, dass der gleiche Duftstoff in manchen Parfums zum Einsatz kommt. Aber das bringt mich auf die Idee, dass ich etwas entwickeln könnte, was mit dem Duft harmoniert anstatt zu versuchen, ihn zu übertünchen.

Vanille, Zimt und braunen Zucker, den ich erst anbrennen lassen muss. Und ich brauche ein paar Tropfen Zitronenöl. Ich finde ein paar Dosen mit Tomatensoße in der Vorratskammer. Mit dem Dosenöffner öffne ich sie, nehme sie mit ins Bad und reibe meinen ganzen Körper und sogar mein Haar damit ein.

Mein Blick fällt auf mein Spiegelbild und ich muss schallend lachen. Ich sehe aus wie eine Kreatur aus einem Horrorfilm. „Echt heiß“, mache ich mir selbst ein Kompliment.

Nachdem ich eine Stunde lang voller Tomatensoße herumgesessen bin, dusche ich das Zeig ab und mache mich dann an meine Mischung, mit der ich das Haus und mich selbst beduften will. Dann fahre ich mal zu Cyprian, um nachzusehen, ob er überhaupt zu Hause ist. Vielleicht hat er sich ja doch umentschieden und geht lieber seiner sonntäglichen Routine von Glücksspiel und willigen Grazien nach.

Ich ziehe mir eine blaue Jeansshorts und ein Spaghettitop über meinen schwarzen Bikini an, gehe zum Auto und setze mir dabei meine Sonnenbrille auf.

In Flip-Flops kann man keine Kupplung bedienen, also ziehe ich meine aus und fahre barfuß zu der Villa hinauf, aus der ich gestern Abend erst so spät nach Hause gekommen bin. Ich frage mich, ob Cyprian bei Tageslicht betrachtet unser Vorhaben doch nicht mehr so gut findet.

Ich fahre vor seinem Tor vor, gebe den versauten Zahlencode ein und sehe zu, wie es sich öffnet. Dann fahre ich vor die Haustür und bin schockiert, als ich sehe, dass er bereits draußen auf mich wartet.

„Na, du?“, sagt er und pfeift durch die Zähne.

Ich ziehe meine Schuhe wieder an und steige aus dem Auto, während er zu mir kommt, um mir die Tür zu öffnen. „Hi“, sage ich ein wenig schüchtern.

„Was für eine Haarpracht! Ich wusste doch, dass es toll aussieht, wenn du dein Haar offen trägst.“ Zu meinem Entsetzen packt er ein paar Strähnen und riecht ausgiebig daran. Wie peinlich das gleich wird! Ich kneife die Augen zusammen. Doch er sieht es hinter meiner Sonnenbrille nicht. „Wow, dein Haar riecht unglaublich. So etwas habe ich noch nie gerochen. Du musst mir dein Shampoo verraten. Das ist echt überirdisch.“

Wie soll ich ihm das bloß erklären?

Ich lache, als er mich an der Hand nimmt und hinter sich her zieht. „Ich habe es selbst gemischt“, bringe ich heraus.

„Du machst Witze“, sagt er, bleibt stehen und riecht an meinem

Hals. „Dann riecht wahrscheinlich dein ganzer Körper so gut. Und du hast das wirklich selbst gemacht?“

Ich nicke. „Das habe ich.“

„Du bist wohl ziemlich schlau, was?“, fragt er und zieht mich hinter sich her.

„Das sagt man“, sage ich, nehme meine Sonnenbrille ab und folge ihm nach drinnen. Ich lege meine Sonnenbrille auf ein Tischchen neben der Tür, damit ich sie später nicht vergesse.

„Du solltest ein Patent darauf anmelden und die Formel verkaufen. So gut riecht das.“ Er bleibt stehen, schließt die Tür und stellt sich dann vor mich, sodass ich zwischen ihm und der Tür gefangen bin. „Hast du mich gestern Abend noch vermisst?“

Ich lege meine Hände auf seine Brust und lächle ihn an. „Soll das etwa heißen, dass du mich vermisst hast, Cyprian?“

„Und wenn ja?“, fragt er und streicht mit seiner Nase über meinen Hals, damit er mich noch einmal riechen kann.

„Dann würde ich sagen, dass das so gar nicht nach dir klingt. Also, was machen wir als Erstes? Ich habe solchen Hunger und hätte daran gedacht, dass wir zunächst mal grillen könnten.“

Er drängt seinen Körper an meinen und drückt mich an die Wand, während er zu mir herabblickt. „Ich habe eher daran gedacht, dass wir diese sexuelle Spannung zunächst mal aus dem Weg räumen könnten.“

„Dann musst du noch ein bisschen kreativer werden“, sage ich und entwinde mich seinem Griff. „Ist dein Personal da? Ich würde mich so gerne mit deinem Koch unterhalten.“

„Ich habe ihnen heute freigegeben“, sagt er, nimmt meine Hand und zieht mich wieder an ihn. „Wir sind ganz alleine.“ Er nimmt mich in seine starken Arme und ich muss lachen.

„Ich bin nicht hier, damit du an mir deinen sexuellen Dampf ablassen kannst. Gehen wir lieber in die Hauptküche und sehen nach, was wir aus deinem Kühlschrank zaubern können. Ich hätte so gerne ein paar Jalapeno Wraps. Hoffentlich hast du welche und auch ein bisschen Frischkäse. Ich bin mir sicher, dass du Bacon hast. Schließlich hat das jeder, oder nicht?“

Er kichert und sagt: „Du faselst nervös vor dich hin. Gibt es etwas, was dich nervös macht, Camilla?“

„Mich?“, frage ich und merke, wie meine Stimme ein wenig zu hoch erklingt.

„Ja, dich.“ Er lässt mich los und führt mich in die Küche.

„Ich bin nicht nervös. Ich habe einfach nur Hunger“, lüge ich.

In Wirklichkeit törnt er mich ziemlich an und ich muss mich mit irgendetwas ablenken. Ich bin schließlich keine Frau, die ihren Körper einem Mann schenkt, ohne echte Gefühle für ihn zu haben.

„Die Küche ist super ausgestattet, da bin ich mir sicher. Kochen wir also, was du willst. Danach beruhigst du dich vielleicht ein wenig. Es gibt übrigens nichts, weswegen du nervös sein müsstest. Ich bin entweder sanft oder ruppig, ganz nach deinen Vorlieben“, sagt er, knurrt tief und zieht mich wieder in seine Arme. „Was sind so deine Vorlieben, Cami?“

Er hat offensichtlich vor, mich ins Bett zu quatschen und ich will das genaue Gegenteil. Ich lege meine Hände auf seine Brust und schiebe ihn von mir weg. „Wenn ich mich zum ersten Mal mit einem Mann liebe, mag ich es sanft. Wenn du es ganz genau wissen willst. Später dann mag ich es auch ein bisschen rauer. Aber heute wird weder das eine noch das andere laufen. Ich habe dir ja gestern schon gesagt, dass ich nicht auf Casual Sex stehe. Wenn du möchtest, dass ich jetzt gehe, dann tue ich das.“

Sein Blick wird sanfter und ein Lächeln legt sich auf seine Lippen. „Ich möchte nicht, dass du gehst. Keine Sorge, ich mache langsam. Aber vergiss nicht, dass ich dich wirklich will.“

„Ja, das ist kaum zu übersehen“, sage ich, winde mich aus seinen Armen und blicke pointiert auf die Beule in seiner Hose. „Es ist wirklich offensichtlich, Cyprian. Können wir jetzt in die Küche gehen?“

Seufzend nimmt er meine Hand und wir gehen in die Küche. Hoffentlich benimmt er sich in Zukunft nicht mehr dauernd so. Ich weiß nicht, wie lange ich das sonst noch so aushalten soll.

12

CYPRIAN

„Ich glaube aber, dass ein paar Knoblauchzehen dem Ganzen eine fantastische Note verleihen würden", argumentiere ich, denn sie möchte sie partout nicht den Jalapeno Wraps hinzufügen, die sie da gerade zusammenschustert.

„Ich glaube, das wird überhaupt nicht zu dem Hühnchen, den Garnelen, dem Frischkäse, dem Bacon und der Paprika passen", sagt sie und wickelt ein Stück Bacon um eine der gefüllten Paprikas.

„Aber ich habe schon eine ganze Knolle geschält", sage ich und zeige auf mein Werk.

„Das kann ich sehen", sagt sie und blickt flüchtig dorthin. „Wie wäre es, wenn du jetzt eine weiße Zwiebel schnippelst und den Knoblauch auch kleinmachst und dann können wir das in der Pfanne braten und auf die Steaks legen, die auf den Grill kommen?"

„Das klingt gut", sage ich und mache mich auf die Suche nach einer Zwiebel. „Ich habe noch nie gekocht. Aber das macht irgendwie Spaß."

„Eigentlich sollte mich das überraschen, aber so stinkreich, wie du bist, überrascht es mich kein bisschen. Du hast nicht zufällig ein bisschen Bier hier?", fragt sie, während sie eine weitere gefüllte Paprika umwickelt. „Ich kann sonst kurz welches holen fahren."

„Du fährst nirgendwo hin. Ich habe jede Sorte Bier der Welt. Welches trinkst du gerne?“, frage ich sie, während ich zu dem dritten Kühlschrank hinübergehe und ihn öffne.

Sie blickt staunend die Auswahl an Bieren an. „Wow, okay, wie wäre es mit dem da? Auf dem Label ist ein Totenkopf, das finde ich irgendwie cool.“

„Okay, das könnte einem Leichtgewicht wie dir ein wenig zu viel sein, aber ich passe gut auf dich auf, falls du dich betrinkst“, sage ich, öffne die Flasche und bringe sie ihr.

Sie lacht. „Leichtgewicht? Wirklich? So hat mich noch nie jemand genannt. Schließlich bringe ich ein ordentliches Gewicht auf die Waage.“

Ich schlinge meinen Arm um ihre Taille, die ziemlich stattlich aber nicht unästhetisch ist. „Ich finde dich perfekt und ich halte dich tatsächlich für ein Leichtgewicht. Du bist zumindest leichter als ich.“

Sie lächelt schüchtern und senkt den Blick. „Das sind wohl die meisten. Du bist ein richtiger Muskelberg.“

„Das ist dir also aufgefallen? Schön zu hören, Cami, ich dachte, du wendest stets deinen keuschen Blick ab.“ Ich lasse sie stehen, um mein eigenes Bier zu holen, drehe mich dann aber plötzlich um, um sie dabei zu erwischen, wie sie mir hinterher blickt.

Sie wendet sich schnell wieder der Paprika in ihrer Hand zu, aber ihre Wangen röten sich leicht. Ich drehe mich wieder um und bin mir mittlerweile ziemlich siegessicher, was meinen Plan für heute angeht. Sie hält sich wohl für sehr diszipliniert, aber ich sehe schon, wie ihre Fassade langsam bröckelt.

Vielleicht hat sie heute ja doch noch mehr Spaß als gedacht ...

13

CAMILLA

Nach einem köstlichen Mittagessen sitzen wir neben dem Pool und halten unsere Beine ins Wasser. „Du bist eine tolle Köchin. Fast so gut wie eine, die ich hier angestellt habe. Bist du vielleicht auf der Suche nach einem Job?“, fragt er mich und lächelt mich an.

„Ich habe schon einen und bald werde ich auch beruflich Karriere machen. Aber danke. Was hältst du übrigens davon, wenn wir das hier zur neuen Sonntagsroutine ausrufen? Ich muss, wenn, dann erst um sieben Uhr abends arbeiten. Den Nachmittag könnten wir gemeinsam verbringen. Ich bringe dir bei, wie man kocht und wie man ein Auto mit Gangschaltung fährt.“

„Mal sehen. Ich plane nicht so gerne im Voraus. Das hat mir noch nie gefallen. Willst du nicht ins Wasser?“, fragt er mich, während er sich sein T-Shirt auszieht und seine beeindruckende Bauch- und Brustmuskulatur enthüllt. Vom Anblick seines riesigen Bizeps bin ich jetzt schon feucht und ich bringe nur ein Nicken zustande.

Als er aufsteht und mich mit sich hochzieht, überrascht er mich, indem er mein T-Shirt am Saum packt und es mir über den Kopf zieht. Mit flinken Fingern öffnet er meine Shorts und zieht sie mir aus, sodass ich in meinem schwarzen Bikini vor ihm stehe.

Er pfeift durch die Zähne und nimmt mich dann in die Arme. „Halt dich fest, Cami. Wir springen rein."

Ich schlinge meine Arme um ihn und halte die Luft an. Er rennt los, springt und wir plumpsen ins Wasser. Als wir wieder auftauchen, klebt mir mein Haar im Gesicht und er lacht. Er kippt mich nach hinten, sodass mein Haar aus meinem Gesicht verschwindet. „Danke", bedanke ich mich bei ihm.

„Ja, du hast echt eine Menge Haare. Ich konnte doch nicht zulassen, dass du daran erstickst", sagt er und schreitet durch das Wasser, mich immer noch in den Armen.

Noch nie hat ein Mann mich hochgehoben und herumgetragen. Ich bin jetzt kein Wal, aber ich bin auch kein Fliegengewicht. Ich finde es also ziemlich cool, dass Cyprian mich einfach so hochhebt, als wiege ich nichts.

Ich wünschte nur, er wäre nicht ein solcher Player.

Unsere Körper berühren sich, Haut an Haut, und mir kommen auf einmal total verbotene Gedanken. Er setzt mich auf eine Art Bank am Ende des Pools, stützt seine Hände neben mir ab und lässt seine Beine hinter sich im Wasser schwimmen. „Cyprian, wo siehst du dich in, sagen wir mal, fünf Jahren?"

„Genau hier, ich mache dann immer noch, was ich jetzt tue. Ich arbeite. Ich verdiene Geld für andere Leute. Ich schätze, in der Zeit bist du schon eine erfolgreiche Wissenschaftlerin geworden." Er nimmt seine Hände von der Bank und legt sie auf meine Beine.

Ich streiche ihm eine hellbraune Locke aus der Stirn. „Das will ich hoffen. Der Sommer ist schon fast vorbei und meine Vorlesungen fangen bald wieder an. Ich habe gerade nur einen Sommerkurs und bin nicht so beschäftigt, aber wenn das Semester wieder anfängt, geht es richtig rund."

„Dann solltest du so viel Spaß haben wie möglich, solange das noch geht", sagt er und kommt mir immer näher.

Ich weiche vor ihm zurück. „Mit Spaß meinst du wohl Sex und das ist überhaupt nicht die Sorte Spaß, die ich mit dir haben will."

„Ich glaube, du willst das doch", sagt er und versucht erneut, mich zu küssen.

Ich drehe wieder meinen Kopf zur Seite, sodass seine Lippen meine Wange berühren, aber weit von meinen Lippen entfernt sind sie nicht. Ich muss mich zusammenreißen, um meinen Kopf nicht zurückzudrehen und seinen Kuss anzunehmen. Aber es gelingt mir. „Cyprian, du machst nur Blödsinn." Ich lache darüber und stelle fest, wie er mich auf einmal in seine Arme zieht.

Unsere Körper sind ganz heiß und ich spüre sein Pulsieren an meinem Bauch, während er immer größer wird. Obwohl das Wasser kühl ist, komme ich ins Schwitzen. „Nur einen Kuss, Camilla. Einen lieblichen Kuss, dann lasse ich dich ein wenig in Ruhe."

„Nein", sage ich schnell.

Er beugt sich über mich, hält mich fest und streicht mit seinen Lippen über meinen Hals, bis sie an meinem Ohrläppchen ankommen, an dem er sanft knabbert. Meine Knie werden weich und ich bin froh, dass wir im Wasser sind, sonst wüsste er sofort, welche Wirkung er auf mich hat. „Machst du dir Sorgen, dass du danach nicht genug von mir bekommen könntest?"

Ich weiß nicht, was ich sagen soll. Die Antwort ist ja, aber das soll er natürlich nicht wissen. „Cyprian, bitte hör auf damit."

Er lässt von mir ab. Dann weicht er ein Stück zurück und schwimmt ein wenig weg von mir. „In Ordnung. Willst du mit mir von dem großen Felsen springen?"

Ich nicke und schwimme ihm hinterher, während er zu dem großen Fels geht, der am anderen Ende des Pools steht. In meinem Körper kribbelt es immer noch und ich glaube, es war keine gute Idee, ihn hier zu besuchen.

Das ist alles viel schwerer als erwartet ...

14

CYPRIAN

„Jäger des verlorenen Schatzes? Diesen alten Streifen willst du dir ansehen? Ich kann dir jeden Film hier auf die Leinwand holen, der gerade in den Kinos läuft, und das suchst du dir aus?“, frage ich Cami, die sich mit einer hellblauen Decke in einen der ledernen Kinosessel gekuschelt hat.

Ihre Haare sind noch feucht und fallen ihr in Locken um das Gesicht. Am liebsten würde ich sie in die Arme nehmen und schnurstracks in mein Schlafzimmer tragen. Und dann in den Himmel entführen. Aber sie scheint ein Profi darin zu sein, sich von den Schlafzimmern der Männer fernzuhalten.

„Ich habe diesen Film nur einmal als Kind gesehen und er hat mir gefallen, aber danach habe ich ihn nie wieder gesehen. Wenn du ihn nicht ansehen willst, kann ich das schon verstehen“, sagt sie gespielt beleidigt.

„Na schön, wie sehen ihn uns an“, sage ich und drücke den Knopf, um diesen ollen Streifen zu bestellen. „Es gibt zwar einen brandneuen Film mit jeder Menge Verfolgungsjagden und anderem coolen Zeug. Aber wenn du willst, sehen wir uns den hier an.“

Ich hole uns je eine Flasche Bier und eine Tüte Popcorn und setze mich in den Sessel neben sie. Sie lehnt sich an meine Schulter, während sie die Flasche annimmt, die ich ihr überreiche. „Weißt du, es ist erst vier Uhr nachmittags. Wir können ja danach den Film ansehen, den du sehen willst. Das würde zwar bedeuten, dass ich länger mit dir abhängen müsste als erwartet, aber das tue ich gerne, wenn du das willst."

„Wir könnten zwischen den beiden Filmen ein paar Reste aufwärmen", sage ich und bin auf einmal ganz aufgeregt, obwohl ich nicht verstehe, warum. „Das hört sich doch toll an."

Sie nimmt eine Handvoll Popcorn aus der Tüte, die zwischen meinen Beinen steht, und mein Schwanz regt sich, als die Tüte daran vorbeistreift. *Na sowas, diese Tüte werde ich besser keinen Zentimeter mehr bewegen!*

Ich nehme die Fernbedienung und drücke den Abspielknopf, woraufhin ich auch das Licht im Saal dämpfe. Ich freue mich darüber, dass sie erneut ihren Kopf an meine Schulter legt. „Danke, Cyprian. Du bist ein netter Kerl."

Ich bin alles andere als nett!

Ihre Hand legt sich auf mein Bein und sie lässt es dort liegen. Sie scheint sich bei mir wohl zu fühlen und mir geht es langsam genauso. *Das ist alles so seltsam.*

„Lass das!", ruft sie auf einmal.

„Was habe ich gemacht?", frage ich völlig verdattert.

„Ach, du doch nicht. Indy", erklärt sie mir kichernd.

Ich sehe mir weiter den Film an und spüre, wie sie zusammenzuckt, als das bemalte Gesicht eines Urwaldmenschen auf einmal auf der Leinwand auftaucht. Sie versteckt ihr Gesicht an meiner Brust. „Sag mir, wenn der Teil vorbei ist."

Ich kichere und streiche ihr durch die Haare. „Schon in Ordnung, Cami. Ich lasse nicht zu, dass der gruselige Mann dir wehtut. Er ist schon weg."

Sie linst kurz in Richtung Leinwand und ich lege meinen Arm um sie. Sie lehnt ihren Kopf nun an meine Brust und ich erinnere mich an keine andere Gelegenheit in meinem Leben, zu der ich mich so zufrieden gefühlt hätte. *Das ist doch verrückt!*

Die Urwaldmenschen tauchen wieder auf und sie klettert über die Armlehne zwischen uns, um sich auf meinen Schoß zu setzen, damit sie ihr Gesicht noch besser in meiner Brust verbergen kann. „Himmel, ich erinnere mich gar nicht daran, dass dieser Film so verdammt gruselig war. Bitte sag mir, wenn es vorbei ist."

„Ich finde das überhaupt nicht gruselig. Du bist wirklich ein Angsthase." Ich lache sie aus und sie boxt mich in die Brust. „Au!"

„Ich bin kein Angsthase. Ist es schon vorbei? Ich höre Indiana wieder reden."

„Es ist vorbei, aber du kannst auch bleiben, wo du bist", sage ich, während sie zu mir aufblickt. „Ich mag es, wenn du dich auf meinen Schoß kuschelst."

Ich blicke in ihre tiefblauen Augen und spüre, wie ich ihr langsam näher komme. Und endlich weicht sie einmal nicht zurück. Ich nähere mich ihr immer mehr und mein Herz fängt an zu hämmern.

„Cyprian?", fragt sie mich.

„Ja."

„Du verstehst doch, was für ein Mensch ich bin, oder?"

Ich nicke. „Du bist ein guter Mensch."

„Ich meine, was für ein Mensch ich in Bezug auf Sex bin", sagt sie. „Ich möchte das alles nicht mit dir machen, solange ich dich nicht besser kenne und weiß, dass sich zwischen uns etwas Festes entwickelt."

Etwas Festes!

Das lässt mich innehalten. „Cami, ich bin echt nicht der Typ für etwas Festes. Das habe ich dir schon gesagt. Nur weil wir ein wenig Zeit miteinander verbracht haben, bedeutet das nicht, dass ich mehr will."

Sie erhebt sich von meinem Schoß und setzt sich wieder in ihren Stuhl. „Ich bin aber kein Flittchen. Tut mir leid, wenn ich deine Zeit verschwendet habe. Ich gehe jetzt besser. Bestimmt kannst du eine von deinen Nutten anrufen."

Ehe ich weiß, wie mir geschieht, hat sie bereits ihre Schuhe angezogen und ergreift die Flucht. „Cami, warte!"

Sie bleibt nicht stehen und das grelle Licht, das durch die Tür strömt, als sie sie aufreißt, blendet mich. „Lass mich einfach in Ruhe, Cyprian. Ich kann gar nicht glauben, dass ich gedacht habe, du würdest dich schon noch als netter Mensch entpuppen."

Ich hole sie endlich ein, als sie die Haustür erreicht. Während sie sie aufreißt, packe ich sie und drücke die Tür wieder zu, sodass sie zwischen mir und der Tür eingeklemmt ist. „Was soll das heißen?"

„Du bist so oberflächlich. Du bist hohl. Du hast nicht den geringsten Tiefgang. Du hast kein Herz. Du wirst alleine sterben. Und ich werde mich nicht zu einem deiner Kollateralschäden machen lassen." Ihr Blick ist eiskalt. Sie scheint mich zu verurteilen.

„Für wen hältst du dich, mir solche Dinge an den Kopf zu werfen? Du kennst mich doch gar nicht!", brülle ich sie an.

„Wer kennt dich denn überhaupt?", fragt sie und stemmt die Hände in die Hüften. „Kennst du dich selbst überhaupt, Cyprian?"

„Natürlich tue ich das."

„Dann erklär dich mir mal", sagt sie und ihr Gesichtsausdruck verändert sich. Sie sieht nun weicher und offener aus.

„Wieso sollte ich das tun?", frage ich sie, während ich mit meiner Hand über ihre glatte Wange streiche. „Deine Haut ist so weich wie Rosenblüten. Haben dir die Blumen gefallen, die ich dir geschickt habe? Du hast nie etwas gesagt."

„Ich finde sie wunderschön. Ich werde diese Kristallvase mein ganzes Leben lang behalten. Danke." Sie dreht ihren Kopf und ihre Lippen berühren meine Handfläche.

Mir wird ganz heiß und ich spüre, wie mein Schwanz zu pulsieren beginnt. „Cami, bitte geh nicht." Ich beiße mir auf die Lippe und warte ab, was sie wohl sagen wird.

„Cyprian, ich habe Angst vor dir."

„Du befürchtest, dass ich dir wehtun werde?", frage ich, denn ich habe keine Ahnung, wieso sie sich vor mir fürchten sollte.

„Ich weiß, dass du das tun wirst." Sie streicht mir über die Wange. „Ich kenne mich nämlich sehr gut und ich weiß genau, dass ich von dir die Finger lassen muss. Sonst will ich immer mehr und ich weiß, dass du mir das nie geben wirst."

„Du glaubst also, dass du mich wiedersehen wollen würdest?“, frage ich und streiche ihr eine Strähne aus dem Gesicht.

„Das würde ich sogar unglaublich gerne.“ Sie beugt sich vor und küsst mich auf die Wange.

Ich schiebe sie sanft von mir. „Ich bin kein Lügner. Ich benutze Frauen nicht. Ich bin die ganze Woche sehr beschäftigt und am Wochenende will ich mich nur entspannen, damit ich für die neue Woche Kräfte sammeln kann. Ich will keine Beziehung und ich bezweifle, dass sich das ändern wird.“

„Danke, dass du mir die Wahrheit gesagt hast, Cyprian. Das ist nett von einem Mann wie dir. Ich weiß deine Ehrlichkeit zu schätzen. Ich muss auch dir gegenüber ehrlich sein. Ich schlafe nicht mit Männern, in die ich nicht verliebt oder mit denen ich nicht zusammen bin. Wir können Freunde sein“, sagt sie.

Ich trete einen Schritt zurück, sodass wir einander nicht berühren. Das frustriert mich sonst nur. „Ich habe keine Freunde. Ich habe nur Kollegen und Partybekanntschaften, das ist alles. Ich habe keine Zeit für Freunde. Wenn wir also nicht ficken werden, kannst du von mir aus gehen.“

Ihr ganzer Körper versteift sich und ihr steigen Tränen in die Augen. „Wir werden mit Sicherheit nicht ficken. Und es tut mir leid, dass ich deine kostbare Zeit verschwendet habe, Cyprian. Schönes Leben noch. Ich fürchte nur, es wird ein sehr einsames Leben werden.“

Ich beobachte sie dabei, wie sie aus der Tür geht, und fühle mich sofort einsam. So habe ich mich noch nie gefühlt. Normalerweise macht es mir nichts aus, alleine zu sein.

Ich drehe mich um und versuche, mich mit etwas abzulenken, damit ich nicht an sie denken muss. Doch dann entdecke ich auf dem Tisch neben der Tür ihre Sonnenbrille und seufze, als ich sie aufhebe. Ich gehe wieder zur Tür, öffne sie und sehe, dass sie nur im Auto sitzt und den Kopf auf das Lenkrad gelegt hat. Sie ist noch nicht losgefahren.

„Hey, du hast deine Sonnenbrille vergessen“, rufe ich.

Ich gehe zu ihr und als sie aufblickt, sehe ich, dass Tränen ihr Gesicht herabströmen.

Was habe ich mir bloß eingebrockt?

15

CAMILLA

„Verdammt!“, zische ich, denn er hat mich dabei erwischt, wie ich wegen ihm heule, und jetzt komme ich mir echt dämlich vor. Ich starte den Motor und fahre los, aber er ist zu schnell an der Beifahrertür und ich möchte ihn nicht überfahren.

„Cami, nicht weinen“, sagt er, öffnet die Tür und steigt ins Auto. „Da bekomme ich ein ganz schlechtes Gewissen.“

„Danke, dass du mir meine Sonnenbrille gebracht hast. Und tschüss.“ Ich nehme sie ihm ab und knalle sie auf das Armaturenbrett.

Er wischt mir eine Träne aus dem Gesicht. „Ich habe noch nie jemanden zum Weinen gebracht. Noch nie. Das ist schrecklich. Komm wieder rein. Bitte. Fangen wir noch einmal von vorne an. Es tut mir leid.“

„Nein, ich kann nicht wieder hineingehen. Das ist mein Problem, nicht deines. Verstehst du, ich verliebe mich immer viel zu schnell. Das ist mir immer schon so gegangen. Deshalb bin ich auch jetzt Single. Ich verliebe mich Hals über Kopf und wenn es nicht klappt, bin ich am Boden zerstört. Ich muss lernen, meine Gefühle zu kontrollieren. Ich gehe damit viel zu leichtfertig um und das ist dumm.“

„Verliebt?“, fragt er mit gerunzelter Stirn. „Cami, so weit solltest du noch gar nicht denken.“

„Denkst du, das weiß ich nicht, Cyprian?“, brülle ich ihn an. „Ich habe gestern Nacht von uns geträumt. Ich war bei dir in diesem Haus und habe dir bei irgendeiner Party geholfen. Es war, als wären wir verheiratet oder so etwas.“

„Verheiratet?“, fragt er und lacht dann.

„Total lächerlich, ich weiß“, sage ich und spüre, wie mir erneut die Tränen in die Augen stiegen.

Er hört auf zu lachen und wischt sie mir wieder weg. „Cami, bitte hör auf zu weinen. Das macht mich echt fertig.“

„Ich würde meinen, dass du ständig Frauen wegen dir heulen siehst.“ Ich schniefe und hole mir ein Tempo aus dem Handschuhfach.

„Wegen mir musste noch niemand weinen. Ich date keine Frauen. Es hat noch nie eine gegeben, die nicht genau gewusst hat, was bei mir Sache ist. Niemand hatte je einen Grund, darüber zu heulen, dass wir nur Sexpartner sind. Und ehrlichgesagt habe ich nie länger als einen Tag oder eine Nacht mit einer Frau gevögelt.“

Das überrascht mich nicht und er liest es an meinem Gesicht ab. Er scheint sich zu schämen.

„Wenn das deine Art ist, warum hast du es dann bei mir versucht?“, frage ich, denn ich habe keine Ahnung, warum dieser Typ gestern zu mir gekommen ist.

„Ich kann es nicht erklären, Cami. Du gehst mir nicht mehr aus dem Kopf, seit ich dich kennengelernt habe. Ich dachte, wir würden einfach ein wenig Spaß miteinander haben und dann könnte ich mich wieder auf andere Dinge konzentrieren“, sagt er und schockiert mich damit völlig.

„Hörst du dich selbst reden?“, frage ich ihn, denn er hält seinen Ausspruch anscheinend für vollkommen akzeptabel. „Ich bin froh, dass du ehrlich zu mir bist, Cyprian, aber das ist eine schreckliche Einstellung. Du willst mich vögeln, damit du nicht mehr an mich denken musst. Und du hast mich praktisch als unwichtig abgestempelt.“

„Das habe ich nicht so gemeint. Ich bin mir sicher, dass du einer Menge Leute sehr wichtig bist. Aber ich habe keine Zeit dafür, dass Leute mir wichtig werden. Wenn du auch nur einen Tag mit mir auf der Arbeit verbringen würdest, dann würdest du das verstehen."

„Ist dein Job so vereinnahmend, dass du nicht den geringsten Platz für eine Person hast, mit der du dein Leben teilen könntest? Denn wenn das so ist, dann solltest du eher daran etwas ändern. Es gibt jede Menge reiche Leute auf dieser Welt, die Zeit für eine Familie haben."

„Jetzt hör doch mal auf, über Familien und gemeinsame Leben zu reden", brüllt er mich an. „Du löst da Gefühle in mir aus, bei denen ich die Flucht ergreifen will."

Ich blicke ihn an. „Hast du Angst vor mir, Cyprian?"

„Ich habe vor gar nichts Angst. Ich will einfach nicht über Dinge reden, die in meinem Leben nie stattfinden werden. Und zwar, weil ich sie nicht will. Ich will keine Frau, ich will nicht einmal eine verdammte Freundin. Ich will mit Sicherheit keine Familie. Ich habe weiß Gott keine Zeit für diesen Kram. Und auch keinen Bock darauf!"

„Warum sitzt du dann hier bei mir im Auto? Du solltest nicht einmal mit mir reden. Ich will all die Dinge, die du so verabscheust. Warum sitzt du also hier?"

„Das ist eine sehr gute Frage." Er steigt aus meinem Auto und knallt die Tür hinter sich zu. Ich sehe ihm zu, wie er davongeht und auch die Haustür hinter sich zuknallt.

Das war's dann wohl ...

DER VERFÜHRER

Cyprian

Die Lichter des letzten Geschäftes am Stadtrand von Clemson fallen mir ins Auge, wie es mir schon die ganze letzte Woche passiert. Es ist Freitagabend und ich fahre nach Hause. Ich habe überhaupt keine Lust zu feiern.

Diese verdammte Frau verfolgt mich in meinen Träumen. Sie ist Tag und Nacht in meinen Gedanken. Wie es ihr gelungen ist, in meinen Schädel einzudringen, ist mir ein Rätsel. Aber sie ist da und geht auch nirgendwo hin.

Ich habe mir echt Mühe gegeben, sie zu vergessen, aber es scheint mir unmöglich. Ihre Worte hallen ständig in meinem Gedächtnis wieder. „Du wirst einsam sterben."

Werde ich das? Ist das mein Schicksal? Muss das so sein?

Mein Fahrer Ashton fährt langsamer, als wir uns dem Laden nähern, in dem sie arbeitet. Ein Auto wendet vor uns, sodass wir stehenbleiben müssen, und als wir das tun, spaziert sie aus dem Laden und nähert sich einer der Zapfsäulen mit einem Lappen und Putzmittel.

Ihre Augen tanzen, als sie einen der Kunden begrüßt, der gerade tankt. Sie spricht mit einem Mann. Der große Mann schenkt ihr ein strahlendes Lächeln und sie scheint nicht einmal zu bemerken, dass er sie attraktiv findet.

„Fahr rein, Ashton", sage ich, während ich sie lächeln und lachen sehe, während dieser Typ sich an ihrem Humor erfreut.

„Sind Sie sicher, Sir?", fragt er mich und sieht mich im Rückspiegel mit erhobenen Augenbrauen an.

„Ich bin mir sicher." Ich streiche meine Armani-Anzughose glatt, streiche mein Haar nach hinten und seufze, als wir auf den Parkplatz auffahren. Ich will eigentlich nur kurz ihre Stimme hören.

Als er geparkt hat, bleibe ich sitzen und warte, ich beobachte sie, während sie die Zapfsäulen reinigt und mit dem Mann redet, der noch nicht weitergefahren ist, obwohl sein Tank schon voll ist. Sie kapiert überhaupt nicht, dass er jede ihrer Bewegungen verfolgt.

In nur drei Schritten ist er bei ihr, während sie gerade auf dem Boden kniet, um den unteren Teil der Säule zu putzen. Seine Hand legt sich auf ihre Schulter und sie dreht sich um, um ihn anzublicken.

Sie schüttelt den Kopf und er nickt. Ich wette, er bittet sie um ein Date. Mein Herz schlägt immer schneller, während ich ihre Reaktion abwarte.

„Soll ich aussteigen und Ihnen etwas holen, Sir?", fragt mich Ashton.

„Nein. Ich steige aus, wenn sie wieder reingeht." Ich kann meinen Blick nicht von ihr losreißen. Ich habe sie seit Sonntag nicht mehr gesehen, nachdem ich sie zurückgelassen habe.

Ich war wütend, dass sie mich und mein Leben verurteilt hat. Aber diese Wut hat sich in Nachdenklichkeit gekehrt, während ich darüber nachgedacht habe, wie ich mein Leben bis jetzt geführt habe. Sie hatte gar nicht Unrecht mit dem, was sie über mich gesagt hat.

Ich bin hohl.

Ich wusste schon, dass ich nicht perfekt war. Aber ich wusste nie, dass ich gänzlich unmenschlich war und mich selbst betrogen habe mit der Art, wie ich mein Leben gelebt habe und vorhatte, es zu leben.

Camilla entfernt sich nun von dem Mann, blickt über ihre Schulter und sagt etwas zu ihm, während sie weggeht und er sie beobachtet. Ich öffne die Hintertür des Mercedes, in dem Ashton mich abgeholt hat, und steige aus dem Auto.

Sie blickt zu mir herüber und bleibt wie angewurzelt mitten auf dem Parkplatz stehen. Dann senkt sie ihren Kopf und will hineineilen. Ich bin schneller als sie an der Tür und halte sie ihr auf.

Sie sagt nichts zu mir, während sie sich an mir vorbeischeibt. Ich bin ihr auf den Fersen, gehe direkt hinter ihr, denn ich bin mir sicher, dass sie sich vor mir verstecken will, womöglich in der Damentoilette.

Doch da irre ich mich, denn sie geht einfach zum Kühlschrank und legt ihre Hand an den Griff. „Bleib stehen", sage ich. Ich lege meine Hand auf ihre Schulter und halte sie gerade fest genug, dass sie nicht vor mir fliehen kann.

„Wieso?", fragt sie und dreht sich nicht einmal zu mir um.

„Weil ich mit dir reden will." Ich nehme sie an der Schulter und drehe sie zu mir um.

Ihre Augen funkeln angriffslustig. „Es gibt nichts zu reden. Du willst etwas von mir, das ich dir nicht geben möchte. Das war's. Ich mache weiter mit meinem Leben." Ihre roten Lippen zittern ein wenig und sie leckt darüber.

Sie ist sauer und ich bin wieder einmal daran schuld. „Es tut mir leid."

„Was? Dass du bist, wer du bist?", fragt sie und schüttelt den Kopf. „Das muss es nicht. Mir tut es leid. Mir tut es leid, dass ich je eine Sekunde meiner Zeit mit dir verbracht habe. Aber das war meine Schuld. Ich habe dich sofort durchschaut. Ich wusste schon, wie du dich verhältst. Ich habe schließlich deinem Fahrer ständig diese Kondome verkauft, die du mit unzähligen Frauen verpulvert hast. Es war so dumm von mir, zu denken, du könntest mich für mehr als einen One-Night-Stand gebrauchen."

„Ich kann nicht aufhören, an dich zu denken", sage ich ihr und sehe, wie ihr Blick sich verhärtet.

Ihr Körper spannt sich noch mehr an und ihr Gesicht rötet sich.

„Und was soll ich dir dabei helfen, Cyprian? Ach, warte, ich weiß es schon. Ich soll dich vögeln, was? Damit du endlich wieder einen klaren Kopf bekommst und dich auf wichtigere Dinge konzentrieren kannst. Tja, da hast du Pech gehabt. Ich bin nicht die Sorte Frau, die sich für so etwas hergibt. Du wirst also wohl noch eine Weile an mich denken müssen."

„Okay, das habe ich verdient", sage ich und weiche ihrem wütenden Blick nicht aus. „Komm nach der Arbeit bei mir vorbei. Wir sollten uns echt unterhalten."

Sie schüttelt langsam den Kopf. „Du bist verrückt, wenn du glaubst, dass ich noch einmal zu dir nach Hause fahre, damit du versuchen kannst, mich für dein Leid zu erweichen."

„Hast du denn gar nicht an mich gedacht?"

Sie blickt zur Seite und die Anspannung weicht ein wenig aus ihrem Körper, während sie seufzt. „Das tut nichts zur Sache." Dann blickt sie wieder mich an. „Komm, ich helfe dir dabei, die Gummis für heute Nacht auszusuchen, Cyprian."

Ich schüttle den Kopf. „Ich brauche keine. Ich gehe heute nicht auf die Party meines Vaters. Und wahrscheinlich werde ich auch morgen keine Lust darauf haben."

Sie grinst und blickt auf ihre weißen Turnschuhe herab, mit denen sie nun auf dem Boden tippt. „Verstehe."

Ich kann sehen, dass es sie freut, dass ich nicht hingehe, also frage ich sie direkt nach dem Mann, den ich draußen beobachtet habe. „Hat dieser Typ dich um ein Date gebeten?"

„Was?", fragt sie und blickt zu mir auf. „Woher weißt du das?"

„Ich habe euch beobachtet. Was hast du zu ihm gesagt?" Ich beiße mir auf die Zunge, falls sie etwas sagt, was ich nicht hören möchte.

„Ich habe ihm einen Korb gegeben. Er ist nicht mein Typ." Sie wendet den Blick von mir ab, als die Türklingel ertönt und sie ablenkt. „Ich muss jetzt wieder an die Arbeit. Das verstehst du doch sicher."

Ich lasse sie los und nicke. „Das verstehe ich. Wenn du es dir heute Abend noch anders überlegst, ruf mich einfach an." Ich lasse meine Visitenkarte in die Tasche ihres Overalls gleiten. „Es tut mir wirklich leid, Camilla."

Sie nickt und lässt mich neben dem Kühlschrank stehen, während eine Frau sich daraus eine Limonade nimmt und uns anblickt. Die Frau sieht mir in die Augen. „Alles gut bei euch?"

Ich schüttle den Kopf und drehe mich um, um zu gehen. Meine Füße bewegen sich nur langsam. Ich will nicht von ihr weg. Ich möchte von ihr hören, dass sie gleich noch bei mir vorbeikommt. Ich will, dass sie mir vergibt und ich will ihr alles erzählen, worüber ich so nachgedacht habe und auch hören, worüber sie nachgedacht hat.

Stattdessen gehe ich an der Kasse vorbei, an der sie gerade einen anderen Kunden bedient. Ein älterer Mann, der sie voller Mitgefühl anblickt. „Du siehst deprimiert aus, Kleine. Was ist passiert?"

Ihre strahlend blauen Augen blicken kurz zu mir und ich zucke zusammen, denn ich fühle mich schrecklich dabei. Sie hat recht, ich bin ein schrecklicher Mensch. Ich schenke ihr einen letzten, flehenden Blick und sie wendet ihren von meinem ab. „Ich bin nicht traurig über mich, Bernie. Ich bin traurig über jemand anderen. Jemanden, der nicht verstanden hat, worum es im Leben geht."

Nach diesen Worten verlasse ich den Laden und steige wieder in mein Auto. „Fahr mich nach Hause, Ashton. Das war ein riesiger Fehler."

Er sagt nichts, während wir vom Parkplatz fahren und den Weg nach Hause antreten. Aber im Rückspiegel blickt er immer wieder zu mir und ich weiß, dass er etwas sagen möchte.

„Hast du etwas zu sagen, Ashton?"

„Es ist nur, ich habe Ihnen ja gesagt, dass das passieren würde, Sir. Sie ist nicht wie die Frauen, die Sie sonst kennenlernen. Ich fürchte, Ihr Vater hat Ihnen mit den vielen Escorts auf seinen Partys die Idee eingepflanzt, dass alle Frauen sich so willig jedem hingeben. Diese junge Frau ist kein Escort. Sie ist einfach nur ein normales Mädchen und will normale Dinge."

„Diese Frau ist alles andere als normal, nehme ich an. Und du hast recht damit, dass ich nichts über normale Frauen weiß und wie man sich bei ihnen verhält." Ich werde also Nachforschungen anstellen und mich gut darüber informieren. Ich kann nämlich an nichts anderes mehr denken, nur daran, wie ich diese Frau wiedersehen soll. Und ich muss dafür sorgen, dass sie nicht mehr wütend auf mich ist. Ich wünsche mir so sehr, ihr schönes Lächeln zu sehen. Ich will sie lachen hören. Ich will ihre Haut auf meiner spüren.

„Vielleicht können Sie ein paar Dinge nachlesen und dann Ihr Problem lösen, Sir. Schließlich sind Sie ein schlauer Mann“, sagt er, und schon sind wir zu Hause angekommen und steigen aus dem Auto.

Mein Herz ist schwer und mein Kopf ist voll. Ich muss einen Weg finden, wie sie mir vergeben kann.

Ich will eine Chance bei ihr, eine echte Chance ...

16

CAMILLA

Ich sperre den Laden ab und stelle fest, dass dabei meine Hände zittern, denn in der anderen Hand halte ich seine Visitenkarte. Ich konnte an nichts anderes mehr denken, nachdem er mich im Laden besucht hat.

Ich denke doch schon die ganze Woche nur an ihn.

Es hat mich so sehr verletzt, wie er sich am Sonntag von mir abgewendet hat. Er war so plötzlich so kalt und hat sich so schnell dazu entschlossen, mir den Rücken zu kehren. Ich glaube, das ist tief in ihm verwurzelt. Schnelles Abdampfen, wenn die Dinge nicht so laufen, wie er sich das vorstellt.

Ich gehe zu meinem Auto und werfe meinem jugendlichen Kollegen noch einen Blick zu, während er in sein Auto steigt. „Gute Nacht, Kyle."

„Arbeitest du morgen?", fragt er mich.

„Nein, dieses Wochenende habe ich frei." Ich stecke den Schlüssel in die Autotür und sperre sie auf.

„Hast du Pläne?", fragt er.

Ich schüttle den Kopf und sage: „Nein. Wir sehen uns nächste Woche."

Er nickt und steigt in sein Auto. Nachdem er weggefahren ist, blicke ich wieder die Visitenkarte in meiner Hand an und setze mich hinters Steuer.

Cyprian ist nicht zu der Party gegangen, auf der er sonst jeden Freitag und Samstagabend ist – seit seiner Kindheit. Ich weiß, dass ich der Grund dafür bin und frage mich auf einmal, ob Cyprian nicht doch fähig ist, sich zu ändern.

Was, wenn dem so ist und ich ihm dabei helfen kann? Was, wenn er diese eine Gelegenheit hat, ein volles Leben in Liebe und Gemeinschaft zu führen? Was, wenn ich ihn und meine Gefühle ignoriere? Was geschieht dann mit dem Kerl? *Was geschieht dann mit mir?*

Mein Herz schmerzt. Das tut es schon, seit er sich an diesem Tag von mir abgekehrt hat. Und ich habe das Gefühl, er kann mir viel mehr wehtun, als das bisher jemand geschafft hat. Doch trotzdem sehe ich meinen Fingern zu, wie sie seine Nummer in mein Handy eintippen.

Es läutet nur einmal. „Cami?“, erklingt seine tiefe Stimme und mir wird ganz heiß.

„Ich weiß, es ist schon spät“, sage ich.

Schnell sagt er: „Ich finde es nicht zu spät, um dich noch zu sehen. Ich liege die ganze Zeit schon wach und hoffe, dass du anrufst. Kommst du vorbei?“

„Versprichst du mir, dass du nicht versuchen wirst, mich ins Bett zu bekommen?“, frage ich und knalle meinen Kopf gegen das Steuer. Was mache ich hier eigentlich?

„Darf ich dich berühren? Ich vermisse das Gefühl deiner Haut.“

„Ich schätze, ein paar Berührungen können mir nichts anhaben“, sage ich, obwohl ich glaube, dass sie das doch tun werden.

„Ich warte vor der Tür auf dich, Cami.“

Ich beende das Gespräch und fahre vom Parkplatz. Wahrscheinlich werde ich das bereuen. Aber meine innere Stimme sagt mir, dass dieser Mann mich braucht. Doch eine andere Stimme rät mir, mich nicht zu schnell zu verlieben. Dieser Typ ist eine Risikoanlage. Und ich spiele nicht auf Risiko.

Ich bin viel schneller an seinem Tor, als ich erwartet hätte. Ich gebe den Code ein und fahre auf sein Anwesen. Ich sehe ihn schon draußen auf mich warten, in seinem Schlafanzug. Keine Schuhe, in einem hellblauen T-Shirt und einer dunkelblauen Schlafanzughose. Er sieht aus wie jemand, vor dem ich mich hüten sollte.

Ein Hingucker im Pyjama, der über mich herfallen will.

Er kommt an meine Autotür, sobald ich stehenbleibe, und öffnet sie für mich. Dann zieht er mich in seine Arme und hält mich fest. „Danke, Cami. Danke, dass du gekommen bist."

Er hält mich fest, als wäre ich eine Art Rettungsring auf stürmischer See. „Ist alles in Ordnung?"

„Nein", sagt er, „ich muss über so viel mit dir sprechen." Er lässt mich los und nimmt meine Hand. „Komm rein."

Ich folge ihm und muss mich fragen, ob ich mich da nicht auf mein Unheil einlasse. Er ist nicht der gleiche Mann, den ich am Samstag und Sonntag gesehen habe. Er ist irgendwie durch den Wind.

Er nimmt mich mit nach drinnen und zieht mich hinter sich her, bis wir auf einer Terrasse stehen, auf deren Tisch er eine Flasche Wein und zwei Gläser deponiert hat. Daneben steht auch eine Platte mit Käse, Crackern und Obst. Er führt mich zu einem kleinen Sofa, das mit dunkelgrünem Stoff bezogen ist. Ich setze mich, während er das Essen vom Tisch holt und es auf ein Tablett neben mich stellt.

„Ist das für mich?", frage ich, während ich ihm dabei zusehe, wie er unsere Weingläser füllt.

„Das ist es", sagt er. „Ich habe mir gedacht, du hättest bestimmt Hunger nach der Arbeit." Er stellt ein Weinglas auf den Tisch neben mich und setzt sich auf die andere Seite neben das Tablett.

„Das ist aber freundlich von dir." Ich nehme das Glas, trinke einen Schluck und nehme mir dann ein Stück Apfel.

„Ich denke eben an dich, Cami." Er blickt mich an, während er selbst einen Schluck Wein zu sich nimmt.

„Du wolltest mit mir über etwas reden?", frage ich, denn unter seinem durchdringenden Blick fühle ich mich irgendwie nackt.

„Du hattest recht, was mich angeht, Cami. Ich bin eine Hülle von einer Person. Ich bin innerlich leer, das habe ich vorher gar nicht gewusst. Weißt du, die Frauen, an die ich so gewöhnt bin, waren alle

Escorts, die mein Vater für seine Partys engagiert hat. Ich weiß nicht, wie ich mit einer Frau wie dir romantisch umgehen soll."

„Erstens klingt ‚umgehen' ziemlich beleidigend", erkläre ich ihm, nehme einen Cracker und lege ein wenig weißen Käse darauf.

„Okay, verstanden. Was soll ich stattdessen sagen?", frage er mich und blickt mich ernst an.

„Wie wäre es, wenn du dich fragst, wie du dich am besten mit mir verstehst?", frage ich, während ich das Tablett auf den niedrigen Tisch vor uns stelle. „Wenn ich das neben mir stehen lasse, esse ich so lange weiter, bis es leer ist."

Er lächelt und rückt näher zu mir. „Ich bin froh, dass es nicht mehr zwischen uns steht." Seine Hand streicht über meinen Arm, auf und ab, ganz sanft. Seine Brust hebt und senkt sich, während er tief atmet. „Es ist so eine Erleichterung, dich berühren zu können."

Seine Berührung löst Elektroschocks in mir aus und ich lege meine Hand auf sein Bein. „Hast du mich also wirklich vermisst? Das war kein blöder Spruch?"

„Ein Spruch?", fragt er. „Cami, ich kenne überhaupt keine Sprüche. Ich habe sie noch nie verwenden müssen."

„Erzähl mir von diesen Partys mit den Escorts, die du schon so lange besuchst. Wie alt warst du bei deiner ersten?", frage ich ihn, während ich sanft seinen Schenkel drücke und genieße, wie muskulös er ist.

„Ich war fünfzehn Jahre alt, als mein Vater mich offiziell in seine Welt eingeführt hat." Er trinkt einen Schluck.

„Und damals hast du schon Sex gehabt?"

Er stellt sein Glas ab und wendet den Blick ab, während er leise sagt: „Ja, habe ich."

„Und dein Vater hat dem zugestimmt?", frage ich, denn meine Eltern würden so etwas nie erlauben.

Er nickt und blickt mich immer noch nicht an. „In meiner Familie ist Sex eben Sex. Das macht man eben am Ende einer langen Woche, um den Stress auszugleichen, den man in der Arbeit hat."

„Das ist ja mechanisch", sage ich und trinke einen großen Schluck. „Und deine Mutter und dein Vater, wie verstehen die sich?"

„Mutter versteht sich gut mit meinem Vater. Sie kommt nicht mehr einmal im Monat wie damals, als ich noch klein war. Aber an Feiertagen schafft sie es meistens. Sie schläft auch mit anderen Männern, wenn sie hier ist. Nie mit meinem Vater. Das hätte ich nicht ein einziges Mal mitbekommen."

Ich strecke meine Hand aus und berühre seine Wange, denn er wendet sich immer noch von mir ab. „Macht dich das traurig?"

„Traurig ist nicht das richtige Wort. Es verwirrt mich einfach. Sie sind herzlich zueinander. Es hat nie schlechte Gefühle zwischen ihnen gegeben. Ich war ein Fehler, sie nennen mich ihren glücklichen Unfall."

Ich keuche auf und lege meine Hand auf meine Brust. „So nennen sie dich?"

„Wenn du das sagst, klingt das schrecklich, Camilla", sagt er und blickt mich erstaunt an.

„Das ist es doch auch. Es ist schrecklich, als Unfall bezeichnet zu werden. Haben sie dich auch so behandelt?", frage ich völlig entgeistert.

„Ich glaube nicht. Sie haben mich gut behandelt. Ich habe die ersten paar Jahre bei meiner Mutter gelebt. Sie ist bei mir zu Hause geblieben, dank dem Geld, das mein Vater ihr geschickt hat. Ich erinnere mich nicht daran, dass sie mich schlecht behandelt hätte. Dann hat sie mich zu meinem Vater gebracht, als ich fünf war, damit ich die Schule besuchen konnte. Sie wollte weiter an ihrer Karriere arbeiten."

„Und als was arbeitet sie?", frage ich und trinke einen Schluck.

„Als Stripperin", sagt er, als sei das keine große Sache.

Ich verschlucke mich fast an meinem Wein. Er tätschelt mir den Rücken und nimmt mir das Glas ab, damit ich nichts verschütte, während ich nach Luft ringe. Endlich erlange ich meine Kontrolle wieder. „Sie ist Stripperin?"

„Das war sie", korrigiert er mich. „Jetzt führt sie einen Stripclub, den mein Vater ihr gekauft hat."

„Okay, das ist nicht so viel besser, aber wenigstens etwas", sage ich und er gibt mir mein Glas Wein zurück, aus dem ich einen weiteren

Schluck trinke. „Sie hat dich also zu deinem Vater gebracht, um wieder Stripperin zu werden, in Ordnung. Kanntest du deinen Vater schon, bevor sie dich bei ihm abgesetzt hat?"

„Nein, ich hatte ihn damals noch nie gesehen."

„Wie lang ist sie bei dir geblieben, damit du ihn kennenlernen konntest, bevor sie dich verlassen hat?", frage ich ihn und sehe zu, wie er richtig blass wird.

„Sie ist gar nicht geblieben. Sie hat mich zu ihm gebracht, hat mich auf die Wange geküsst, nachdem sie uns vorgestellt hatte, und ist gegangen mit den Worten, es werde alles gutgehen. Und das ist es ja letztlich auch." Er trinkt sein Glas Wein leer.

Ich bin entsetzt, rücke näher an ihn und nehme ihn in die Arme. „Cyprian, das ist ja schrecklich. Himmel, was du durchgemacht haben musst. Du hattest sicher solche Angst."

Seine Hand streicht durch mein Haar, während seine Lippen sanft über die Stelle hinter meinem Ohr fahren. „Das hatte ich."

Jetzt verstehe ich ihn langsam besser ...

17

CYPRIAN

Wir unterhielten uns noch die ganze Nacht, bis wir so müde waren, dass wir nicht mehr wach bleiben konnten. Und jetzt liegen wir hier. Ich habe unser kleines Picknick ins Haus verlegt und auf dem Boden vor einer der Feuerstellen eine Decke ausgelegt. Ich habe ihr eines meiner T-Shirts gegeben, damit sie ihre Arbeitsklamotten ablegen und es sich gemütlich machen konnte. Sie sieht supersüß darin aus.

Die Atmosphäre war genau richtig, um Cami ein wenig aus der Reserve zu locken. Sie hat mir erlaubt, sie im Arm zu halten, während wir über mich und meine Vergangenheit gesprochen haben. Sie hat mir auch eine Menge über ihre eigene Vergangenheit erzählt. Wir kommen beide aus sehr unterschiedlichen Welten. Ich glaube, keinem von uns beiden würde die Welt des anderen gefallen.

Sie hat mir erzählt, dass sie nie meine Eltern kennenlernen möchte, weil sie dann fürchtet, sie könnte damit herausplatzen, was sie davon hält, wie sie mich erzogen haben. Es ist seltsam, was für Gefühle sie in mir weckt. Es ist fast, als wolle sie mich beschützen. Das hat noch nie zuvor jemand versucht.

Ihre Familie würde mich hassen. Sie hat das nicht so gesagt. Aber ich weiß, dass sie es tun würden. Den Sohn einer ehemaligen Stripperin und eines Mannes ohne Sexualmoral. Ich wusste ja nicht, dass mein Vater so war, bevor Cami es mir aufgezeigt hat.

Und anscheinend bin ich genauso. Ein Mann ohne Sexualmoral und ohne Ahnung, wie man ein Gefühl für Moral entwickelt.

Ich kann nicht lügen und behaupten, sie hätte meine Meinung geändert, was Casual Sex angeht. In meinem Leben hat Sex immer einen bestimmten Zweck erfüllt: Dampf abzulassen. Mich nach einer anstrengenden Woche zu entspannen, das war alles.

Cami hat mir erzählt, dass sie annimmt, dass Sex genau so etwas ist und dass das wahrscheinlich das Einzige ist, was ich kenne. Liebe zu machen sei anders, sagt sie. Und ich muss mich fragen, ob sie nicht vielleicht recht hat.

Sie bewegt sich ein wenig. Ich halte sie noch fester, denn ich will nicht, dass sie aufwacht und beschließt, nach Hause zu gehen. Sie schmiegt sich in meine Arme und schnarcht leise. Ich küsse sie auf die Wange und lege mich wieder hin.

Ihr Arsch drängt auf einmal direkt an meinen Schritt. Da es Morgen ist, bin ich schon standfest und ich kann nicht anders, als mich ein wenig an ihr zu reiben. Ich halte inne, als sie auf einmal stöhnt.

Sie greift nach hinten und streicht über den Arm, den ich um sie gelegt habe. Ich bin steif wie ein Brett und warte ab, ob sie mir nun endlich erlauben wird, sie zu vögeln.

Ich bewege mich noch ein wenig, dränge mich gegen ihren Arsch und reibe ihn ein wenig an ihr, sodass sie noch mehr stöhnt und ihren Arsch weiter an mich drängt. Ich werde mutiger, schiebe ihr Haar auf die Seite und küsse sie auf den Hals. Sie stöhnt auf. „Cyprian."

Wenigstens ist ihr klar, dass ich hinter ihr liege. Ich flüstere ihr ins Ohr: „Camilla." Dann knabbere ich sanft an ihrem Ohrläppchen.

Sie drängt ihren Arsch nun noch fester gegen mich, sodass mein Schwanz langsam anfängt zu zucken und mir wird auf einmal klar, dass ich kein Kondom dabei habe. Die sind alle im Schlafzimmer.

Wie soll ich sie von hier unten nach dort oben verfrachten, ohne dass sie auf einmal anfängt, zu sehr über alles nachzudenken?

Ich widme mich stärker ihrem Hals, sodass sie ein paar entzückende Laute von sich gibt und ich mich weiter an ihr reiben kann, also ziehe ich sie nach hinten, stehe auf und schlinge meine Arme um sie, um sie hochzuheben.

Aufgerüttelt von der Bewegung öffnet sie die Augen. Erst blicken sie mich verträumt an und sie lächelt sanft. „Cyprian." Sie lehnt ihren Kopf an meine Brust und schlingt ihre Arme um meinen Hals.

„Schh", flüstere ich und fange an, sie nach oben zu tragen.

Ihre Fingerspitzen streichen über meine Brust. Wir sind immer noch angezogen, darum werde ich mich auch kümmern müssen. Wenn ich mich zu sehr beeile, wird sie mit Sicherheit ganz wach und wenn es zu lange dauert, fängt sie vielleicht auch an, nachzudenken, und das geht nicht.

Sie scheint wieder eingeschlafen zu sein, als ich im Schlafzimmer ankomme. Ich öffne die Tür, die nur angelehnt war, und schließe sie dann leise wieder. Als ich an dem gemachten Bett ankomme, lege ich sie auf eine Seite und gehe zu der anderen hinüber, um die Decke zurückzuschlagen.

Während ich zu ihr zurückgehe, ziehe ich meinen Schlafanzug aus. Sie hat sich ins Kissen gekuschelt. Ich atme tief ein und fange an, ihr T-Shirt auszuziehen. Ich ziehe es langsam von unten hoch und hebe es dann an, bis es knapp unter ihren Brüsten ist.

Auf einmal reißt sie ihre Augen auf. „Cyprian! Was machst du da?" Sie setzt sich auf und packt meine Hände. „Du bist nackt!"

„Es hat dir gefallen. Erinnerst du dich nicht?", frage ich sie und sie blickt mich mit großen Augen an.

„Ziehst du dir bitte was an?", schreit sie mich an.

Ich ziehe schnell wieder meine Schlafanzughose über und sehe, wie sie das T-Shirt herunterzieht, um sich zu bedecken. „Es hat dir auch gefallen, Cami."

„Ich habe geschlafen!" Sie rollt sich vom Bett und steht auf. „Ich gehe jetzt nach Hause. Ich habe dir vertraut, Cyprian!"

„Warte, bitte. Ich schwöre dir, es hat dir auch gefallen. Denk doch einen kurzen Moment nach." Ich packe ihren Arm, damit sie nicht davongeht, und sie reißt wütend ihren Kopf herum.

„Ich habe geschlafen!“ Sie entreißt mir ihren Arm und ich lasse ihn los, damit ich ihr nicht wehtue.

„Cami, es tut mir leid“, sage ich und setze mich auf das Bett. „Wirklich. Ich dachte, du wärst wach und wolltest es genauso sehr wie ich. Es tut mir leid.“

Sie wirbelt herum und blickt mich mit müden Augen an. „Cyprian, wenn wir das jemals machen, müssen wir vorher darüber sprechen und feststellen, ob wir bereit sind. Das darf nicht passieren, wenn wir einfach zu viel getrunken haben. Oder abhängen, gemeinsam einschlafen und kaum richtig wach sind. Ich für meinen Teil will bei unserem ersten Mal geistig anwesend sein. Falls es je ein erstes Mal gibt.“

„Dir ist es verdammt wichtig, verliebt und in einer Beziehung zu sein, was?“, frage ich, denn mir wird klar, dass es verdammt viel Arbeit sein wird, diese Frau dorthin zu bekommen, wo ich sie haben möchte.

Ihr Gesichtsausdruck wird ganz weich, alle Entrüstung ist verschwunden. „Cyprian, natürlich will ich, dass das so ist. Ich habe gedacht, dass du mich nach letzter Nacht besser verstehen würdest.“

„Das tue ich auch.“ Ich blicke sie an, wie sie in meinem T-Shirt in meinem Schlafzimmer steht, die Haare zerzaust, und halte sie für die schönste Frau, die ich je in meinem Leben gesehen habe. Und ich habe eine Menge Frauen gesehen.

„Wieso tust du dann so was?“, fragt sie, stemmt die Hände in die Hüften und streicht ihre Haare zurück.

„Ich will dich“, sage ich schlicht, „und wenn du ehrlich zu dir bist, willst du mich auch. Sonst hättest du deinen Arsch nicht so an meinen Schwanz gedrückt, Cami. Du hättest nicht gestöhnt davon, wie gut es sich anfühlt und du hättest mir nicht erlaubt, deinen Nacken zu küssen, wie ich das getan habe. Du hast ein paar Knutschflecken von der Aufmerksamkeit, die ich dir zugewendet habe.“

Ihre Hand legt sich auf ihren Hals und sie wird blass. „Nein!“ Sie rennt zum Spiegel über meinem Anziehtisch und schiebt ihr Haar zurück, wobei zwei sehr große, lila Flecken an ihrem langen, eleganten Hals sichtbar werden. „Das sieht ja furchtbar aus!“

Ich stehe auf, stelle mich hinter sie, schlinge die Arme um sie und sehe mir die Male an, die ich auf ihr hinterlassen habe. „Mir gefällt es.“ Ich drehe sie in meinen Armen um und blicke ihr in die Augen. „Gib es zu. Du willst mich ebenso wie ich dich, Cami.“

„Von mir aus, ich gebe es zu. Aber ich verfüge über ein großes Maß an Selbstdisziplin. Ich kann warten, bis unserer Gefühle sich wirklich festigen.“ Sie schlingt ihre Arme um mich und umarmt mich. „Wenn sie das überhaupt je tun.“

Ich halte sie umschlungen und blicke in den Spiegel, während sie mich umarmt. Dabei denke ich darüber nach, was sie gesagt hat. Ich ziehe sie also mit mir, um mich auf das Bett zu setzen und ihre Hand zu halten. „Cami, ich glaube nicht, dass ich weiß, wie man jemanden liebt. Ich bin noch nie wirklich jemandem nahe gewesen. Das könnte sehr lange dauern und vielleicht geschieht es auch nie. Was passiert dann?“

„Dann sind wir beiden einfach nicht für einander bestimmt. Ich will mich nämlich mit nichts Geringerem zufrieden geben. Ich will einen Mann, der mich liebt. Der durch Dick und Dünn für mich da ist. Der mich schätzen und zu seiner obersten Priorität machen wird. Und ich werde mich nie mit weniger zufrieden geben. Denn ich werde ihn genauso behandeln. Wenn du das Gefühl hast, deine Zeit zu verschwenden, dann verstehe ich das.“ Sie blickt mich an, als wollte sie abschätzen, ob ich dazu fähig bin, sie zu verstehen.

„Geh nach Hause“, sage ich.

Sie nickt und steht auf. Kein Streit. Keine Fragen. Sie steht einfach nur auf und entfernt sich von mir. „In Ordnung.“

„Ähm, willst du nicht wissen, warum ich das gesagt habe?“, frage ich, stehe auf und gehe zu ihr hinüber. Sie schüttelt den Kopf und ich halte sie auf, indem ich sie an den Schultern packe und zu mir umdrehe. „Ich möchte, dass du nach Hause gehst, dich herrichtest und etwas Nettes anziehst. Ich möchte den Tag mit dir verbringen. Ich möchte dich zu einem schönen Frühstück ausführen. Dann gehen wir ein bisschen shoppen und essen zu Mittag. Danach könnten wir ins Kino gehen und uns dann ein phänomenales Abendessen gönnen. Ich möchte dich auf ein sehr langes Date ausführen. Was hältst du davon?"

„Ich würde sagen, du solltest besser aufpassen, wie du mich um ein Date bittest. Ich hatte eher den Eindruck, du würdest mit mir Schluss machen. Auf solche Spielchen stehe ich gar nicht."

„Heißt das ja?", frage ich, da ich mir immer noch nicht ganz sicher bin.

Sie nickt und umarmt mich. „Du und ich haben entweder einen sehr langen Weg vor uns oder einen sehr kurzen, Cyprian."

„Hoffentlich ist es der lange", sage ich. „Findest du nicht auch?"

Sie lässt mich los und schüttelt den Kopf, während sie zur Schlafzimmertür geht. „Ich hoffe, dass es ein langer Weg ist, der nicht in eine Sackgasse mündet." Und damit verlässt sie mich und ich frage, ob das die Mühe wert ist.

Die Frau hat es sich fest in den Kopf gesetzt: Erst Liebe und dann Sex. Und wenn ich nie die Liebe für sie empfinde, die sie sich wünscht, werde ich wohl nie von ihr kosten dürfen und werde auch nie aufhören, an sie zu denken.

Ich frage mich, ob man sich zwingen kann, sich zu verlieben ...

18

CAMILLA

„Hast du schon jemals einen Liebesfilm gesehen, Cyprian?", frage ich ihn, während er meine Hand hält und wir den Bürgersteig entlangspazieren, der durch den pittoresken Park mitten in der Stadt führt.

Er verhält sich wie mein Freund. Ich glaube, er versucht, das Bild abzugeben, das ich mir wünsche. Aber ich will nicht, dass er nur so tut.

„Nein, warum fragst du das?", fragt er, zieht unsere verschlungenen Hände hoch, küsst meine, lässt sie dann los, legt seinen Arm um mich und gibt mir einen Kuss auf die Schläfe.

„Du verhältst dich heute irgendwie anders. Beim Frühstück hast du meinen Schinken für mich geschnitten. Beim Mittagessen hast du mich mit deinen Pommes gefüttert. Und jetzt spazieren wir durch den Park, bevor wir uns ein Theaterstück ansehen. Das ist alles sehr romantisch und du bist gar kein Romantiker."

„Ich dachte, das willst du", sagt er, bleibt stehen und blickt mich an. „Ich tue, was du willst. Willst du damit sagen, dass du immer noch Fehler bei mir entdecken wirst, auch wenn ich zu dem Mann werde, den du willst?"

„Nein!“ Ich schüttle meinen Kopf und bin verwirrt. „Cyprian, ich möchte, dass du du selbst bist. Ich versuche nicht, dich zu ändern.“

„Tust du doch.“ Er zieht mich weiter auf unserem Weg zu dem kleinen Open-Air-Theater auf der anderen Seite des Parks. „Du belügst dich selbst, wenn du das wirklich denkst. Du willst mich nicht so, wie ich bin. Du willst mich so, wie du mich willst. Als perfekten Gentleman, der völlig vernarrt ist in seine Freundin.“

Auf einmal erkenne ich, wer er wirklich ist. Ein Mann, der nun das tut, was von ihm erwartet wird. Und das bricht mir das Herz. „Cyprian, bitte sei einfach, wer du sein willst. Entweder mag ich dich dann oder nicht, aber verstell dich bitte nicht bei mir.“

„Ich verstelle mich nicht. Ich habe nur das noch nie gemacht, was wir hier tun. Ich fühle mich leicht und frei. Ich fühle mich gesund und ehrlichgesagt habe ich auch das Gefühl, ich kann dir dafür danken. Deshalb halte ich dich für eine ganz besondere Frau und genieße es, bei dir zu sein, egal was wir tun. Auch wenn wir nichts tun. Tut mir leid, wenn du denkst, ich verstelle mich nur. Das tue ich nicht.“

„Du scheinst wirklich heiterer zu sein. Und du wirkst glücklich.“ Ich blicke ihn aus dem Augenwinkel an und sehe das Lächeln, das schon fast den ganzen Tag sein Gesicht ziert.

Als wir am Theater ankommen, sehe ich auf der Anzeige, dass heute Romeo und Julia aufgeführt wird. „Hast du dieses Stück schon einmal gesehen?“, fragt er mich.

„Ich war noch nie im Theater. Ich habe das Buch gelesen und den alten Film gesehen. Hast du es schon einmal gesehen?“

Er schüttelt den Kopf, geht in Richtung der vorderen Reihen und entdeckt einen schönen Hügel für uns, auf den wir uns setzen können. Er legt die Decke, die er mitgebracht hat, auf dem Boden aus, setzt sich und zieht mich dann zu sich herab, sodass ich zwischen seinen Beinen Platz nehme. „Du kannst dich an mir anlehnen, dass ist bequemer für dich. Ich war übrigens auch noch nie im Theater. Wir hatten auch zu Hause ein Heimkino. Dort habe ich alle Filme angesehen, auf die ich Lust hatte. Viele waren das nicht, denn nach der Schule habe ich die meiste Zeit gelernt. Die Wochenenden waren immer durchgeplant. Als ich anfing zu arbeiten, hatte ich nur am Wochenende frei und du weißt ja, wie ich diese Zeit verbracht habe.“

„Also ist das für uns beide etwas Neues. Das ist schön“, sage ich und lehne mich an ihn.

Immer mehr Pärchen kommen, legen ihre Decken aus und bereiten sich darauf vor, das Theaterstück anzusehen. Dieser Abend ist wirklich pärchenmäßig und ich bin überrascht, dass Cyprian so schnell darauf gekommen ist. Schließlich war er noch nie ein großer Romantiker.

Er streichelt mir den Nacken, während er seinen Kopf an meine Schulter lehnt. „Du siehst heute so hübsch aus, Cami. Mir gefällt besonders das blaue Band, mit dem du deine Haare zurückgebunden hast. Und dein hellrosa Kleid ist auch hübsch.“

Ich lächle, denn er scheint sich wirklich Mühe zu geben, nette Sachen zu sagen. „Danke. Du siehst auch sehr ansehnlich aus in deiner schwarzen Anzughose und in deinem hellgrünen Hemd.“

Seine Lippen drücken sich an meinen Hals, auf dem ich Makeup angebracht habe, um die Knutschflecken von heute Morgen zu überdecken. „Du musst mir noch erlauben, deine süßen Lippen zu küssen, Cami.“ Er stupst meinen Kopf ein wenig an, sodass sich mein Blick auf die anderen Pärchen legt, die sich küssen.

„Na, von mir aus“, sage ich und drehe mich ein wenig um, damit wir einander anblicken können. Ich schlinge meine Arme um seinen Hals. „Du bist heute ein sehr guter Freund gewesen. Ich finde, du verdienst einen Kuss.“

Seine Augen leuchten, während ich ihm eine Strähne seines hellbraunen Haares aus dem Gesicht streiche. Seine Lippen öffnen sich, er leckt sie sanft und blickt mich an. „Du tust das, weil wir in der Öffentlichkeit sind und es nicht weiter gehen kann als ein Kuss, nicht wahr?“

Ich nicke und er lächelt. „Natürlich, Cyprian.“

„Du wirst dir wünschen, wir wären allein, Camilla.“ Seine Hand legt sich um meinen Kopf, sodass ich stillhalte. Sein Gesicht bewegt sich so langsam, dass ich mich zügeln muss, mich nicht mit meinem auf seines zuzubewegen.

Seine Lippen berühren meine kaum, sie schweben knapp davor. Sein Atme fühlt sich warm an auf meinen Lippen, die sich danach verzehren, seine auf ihnen zu spüren. Er gibt mir einen kleinen Kuss, dann drei weitere unmittelbar hintereinander.

Mein Herz hämmert und mein Körper vergeht vor Sehnsucht, während er mit mir spielt. Die kleinen Küsse wecken in mir das Verlangen auf mehr und dann spüre ich endlich seinen Mund auf meinem. Seine Zunge schiebt sich an meinen Lippen vorbei in meinen Mund hinein und streichelt meine Zunge auf eine Art und Weise, die ich noch nie gespürt habe.

Seine Finger fassen mich am Hinterkopf, während er mich schmeckt, aber nur eine Sekunde lang. Dann löst er seinen Mund von mir und ich keuche auf. Er sagt kein Wort, aber er blickt mir tief in die Augen. „Hast du das gespürt, Camilla?"

Ich blinzele und nicke. „Ich habe etwas gespürt, was ich noch nie zuvor gespürt habe."

Die Schauspieler treten auf die Bühne und alle klatschen. Cyprian dreht mich wieder nach vorne und lehnt meinen Rücken an seine Brust, schlingt seine starken Arme um mich und ich bin immer noch total atemlos nach diesem einen Kuss, der in meinem Kopf völliges Chaos ausgelöst hat.

Ich habe mir immer wieder eingebläut, mich nicht so schnell in ihn zu verlieben wie in die anderen Typen bisher. Ich muss mich vor diesem Mann in Acht nehmen. Vielleicht tut er so, als ginge es ihm wirklich um mich, aber so ist er tief drin doch gar nicht. Er ist ein Mann, der nie gelernt hat, wahre Gefühle für andere zu entwickeln. Und deshalb kann er mir gefährlich werden.

Aber wie soll ich mich zügeln, wenn ich jetzt weiß, wie er küsst ...

19

CYPRIAN

Ich tanze mit Camilla in der kühlen Abendluft auf einer Freiluft-Tanzfläche, halte sie im Arm, genieße, wie ihr Duft sich mit der Brise vermischt und mich an einen Ort transportiert, an dem ich noch nie zuvor gewesen bin. Es ist so leicht, mit ihr Zeit zu verbringen.

Ich habe mich außer bei der Arbeit noch nie mit einer Person gestritten. Ehrlichgesagt würde ich wahrscheinlich einfach einer Frau den Rücken kehren, wenn ich den Eindruck hätte, sie wolle mit mir streiten. Aber Cami kann ich nicht einfach den Rücken kehren. Und ich werde das vermutlich nie wollen.

Sie hat mir Gefühle beschert, die ich noch nie gehabt habe. Und als wir uns geküsst haben, war das anders als alles andere je zuvor. In meinem Kopf hat sich ein echtes Feuerwerk abgespielt. Mein ganzer Körper hat gekribbelt. Es war umwerfend!

Wir sind an diesen Ort gekommen, um Abend zu essen und zu tanzen – etwas, was ich früher immer für total lahm gehalten habe. Aber in Wirklichkeit ist es alles andere als lahm. Zumindest mit ihr. Sie und ich waren shoppen und ich habe uns ein Partnerlook-Outfit nach dem anderen gekauft.

Sie hat mich gefragt, ob ich je einen Liebesfilm gesehen hätte und ich habe nicht gelogen, als ich das verneint habe. Die Wahrheit ist, ich habe vielleicht zehn Bücher gekauft und sie gelesen, seit ich sie in dem Laden kennengelernt habe.

Ashton hat mich daran erinnert, wie klug ich bin, und ich habe ein E-Book nach dem anderen heruntergeladen, um zu verstehen, was die Liebe ist und was Leute tun, die verliebt sind. Ich habe das also zur Hilfe genommen, aber das ist doch sicher nichts Schlimmes.

Sie findet das aber vielleicht schon. Ich behalte diese Info also lieber für mich. Das hat auch einer der Autoren geraten. Frauen und Männer denken ihm nach unterschiedlich, deshalb wird in einer gesunden Beziehung auch so viel gestritten.

Ich habe herausgefunden, dass eine Beziehung ohne Streit oberflächlich und nicht gesund ist. Meine Eltern und ich haben oberflächliche Beziehungen. Es ist schwer, mir das als ihr Kind einzugestehen, denn wenigstens mit den Eltern sollte man eine enge Beziehung führen.

Die einzige Information, die mir nicht gefallen hat, war die, dass ein Mensch seine Persönlichkeit in den ersten sechs Jahren seines Lebens herausbildet. Wenn das stimmt, dann werde ich es schwer haben, denn in dieser Zeit hat es in meinem Leben so gut wie keine Gefühle gegeben. Und das könnte die Dinge erschweren, wenn es darum geht, mit Cami die Liebe zu finden.

Und das will ich doch so sehr. Jetzt, da ich gelesen habe, wie erfüllend Liebe sein kann, möchte ich das auch verspüren. Aber in den Büchern stand auch, dass man Liebe nicht mit jeder nächstbesten Person finden kann. Man braucht Chemie, eine Verbindung und gemeinsame Werte.

Wir beide haben die ersten beiden Dinge, aber am dritten Punkt hapert es. Dennoch arbeite ich an mir. Vielleicht werde ich Sex nie so betrachten, wie sie es tut, aber das muss ich ja auch gar nicht. Ich muss mich auch gar nicht mehr mit ihr darüber unterhalten. Ich kann ihr einfach zustimmen und die Dinge in der Hinsicht ganz locker nehmen. Darüber scheint sie sich nämlich am meisten Sorgen zu machen.

Das Lied geht zu Ende und sie löst ihren Kopf von meiner Schulter, um mich anzusehen. „Das war schön, Cyprian. Danke für den Tanz."

Ich nehme ihre Hand und führe sie zurück zu unserem Tisch, wo ich den Stuhl für sie herausziehe. Der Abend geht schon bald zu Ende und die Lichter gehen an, weil das Restaurant bald schließt.

Sie lächelt mich an. „Zeit, nach Hause zu gehen, Cyprian. Es hat mir mit dir sehr gut gefallen."

Ich nehme ihre Hand, helfe ihr hoch und begleite sie zum Auto. Ich habe uns heute gefahren, damit wir alleine sein könnten und sie sich normaler fühlen würde als wenn mein Chauffeur uns herumkutschiert.

„Ich bin froh, dass es dir gefallen hat. Ich fand es auch sehr schön. Überraschenderweise." Ich öffne die Tür und helfe ihr ins Auto. Sie lächelt.

Sie hat heute sehr oft gelächelt, ebenso wie ich. Es macht mich einfach glücklich, in ihrer Gesellschaft zu sein.

Ich möchte sie unglaublich gerne mit nach Hause nehmen, aber dann dauern die Dinge wahrscheinlich noch viel länger, als ich das möchte. Ich setze mich hinter das Steuer meines BMW und blicke sie an. „Was möchtest du gerne morgen unternehmen?"

„Noch ein Date?", fragt sie mich und blickt mich überrascht an. „Glaubst du wirklich, dass du das hier noch toppen kannst?"

„Ich kann es zumindest versuchen", sage ich, während ich das Auto anlasse und losfahre.

„Wie wäre es, wenn ich dich aussuchen lasse? Heute hast du echt gute Arbeit geleistet. Ich mache alles mit, was du möchtest."

„Dann muss ich noch darüber nachdenken." Ich fahre an den Rand der Stadt und halte ihre Hand.

Es fällt mir so schwer, sie nicht zu bitten, mich nach Hause zu begleiten. Es ist mir so fremd, so lange ohne Sex durchzuhalten. Ich habe das Gefühl, es hätte sich einiges in mir angestaut und ich bin ziemlich frustriert. Ich habe noch niemandem von ihr erzählt. Nur mein Chauffeur weiß von uns, sonst niemand. Ich bin ein ziemlich privater Mensch. Und außerdem ist das mit uns noch gar nicht fix.

Das Tor zu meinem Haus taucht vor uns auf und ich fahre daran vorbei. Sie blickt mich lächelnd an. „Du willst nicht einmal einen Versuch starten, Cyprian?"

„Nein, Madame. Ich bin fest entschlossen, dich wie eine feine Dame zu behandeln. Ich möchte, dass du weißt, dass ich auf deine Worte höre. Ich respektiere sie. Und ich gebe mir Mühe, dich so zu behandeln, wie du dir das wünscht."

Sie lächelt, als ich in ihre kleine Auffahrt auffahre. „Ich bin froh, dass du Verständnis für mich hast."

Ich parke das Auto, steige flugs aus, öffne ihr die Wagentür und begleite sie zum Haus. Ich werde sie nicht fragen, ob ich mit hineinkommen kann. Das wäre unangemessen. So steht es zumindest in einem der Bücher, die ich gelesen habe. „Wann darf ich dich morgen abholen?"

„Ich schätze, das hängt davon ab, was du vorhast." Sie klimpert mit den Wimpern.

„Ich möchte den ganzen Tag mit dir verbringen. Ist das in Ordnung?", frage ich sie, während ich mich zwischen sie und die Tür stelle.

„In Ordnung, wenn du das möchtest. Wie wäre es mit elf Uhr? Dann können wir zum Brunch. Ich liebe Brunch." Sie fährt sich mit den Fingern durch das Haar.

„Dann plane ich das alles für uns. Bekomme ich jetzt einen Gute-Nacht-Kuss?"

Sie nickt und legt ihre Arme um meinen Hals. Ich komme ihr näher und beobachte ihre Augen, die nervös hin und her huschen, und ihre Lippen, die anfangen zu zittern. Ihr Herz schlägt wie verrückt, während meine Lippen ihre berühren.

Sie hält mich fest und ihr Mund gibt sich meinem hin. Ich dominiere sie in einem wilden Kuss, der eine Reaktion von ihr fordert. Unsere Körper sind ganz hitzig, während ich sie an die Tür dränge. Sie bebt unter meinem Kuss und ich weiß, dass sie ganz heiß auf mich ist.

Ich bin auch heiß auf sie und habe mich kaum noch unter Kontrolle. Aber ich finde die Kraft in mir, den Kuss zu beenden. Ich muss sie ein bisschen zappeln lassen, sonst gibt sie mir nie nach.

Ihre Hände streichen über meine Brust. „Cyprian, ich hoffe, du bist jetzt nicht enttäuscht."

„Wieso sollte ich das sein?", frage ich sie und hebe ihr Kinn an. „Ich glaube, du kannst mich gar nicht enttäuschen, Cami." Ich gebe ihr einen sanften Kuss auf die vollen Lippen. „Gute Nacht. Morgen um elf hole ich dir hier ab."

„Gute Nacht, danke für den schönen Tag." Dann sperrt sie die Tür auf und geht hinein.

Ich gehe zu meinem Auto und fühle mich gequält. Ich will sie so sehr, dass ich es schon schmecken kann. Ich lecke mir über die Lippen und schmecke sie. Ich möchte jeden Zentimeter ihres Körpers schmecken und diese Warterei stellt mich echt auf die Probe.

Während ich nach Hause fahre, spüre ich die Beule in meiner Hose, die ziemlich unbequem ist. Ich schätze, eine kühle Dusche wird dem Abhilfe schaffen. Schließlich bin ich jetzt länger abstinent, als ich es in den letzten zwanzig Jahren gewesen bin. Außerdem will ich diese Frau mehr als alles andere auf der Welt.

Mein Schwanz liest meinem Hirn die Leviten, dass ich eine Frau mit so starken Moralvorstellungen ausgesucht habe.

Er will eine Frau spüren, und zwar sofort!

Ich fahre durch mein Tor und parke vor dem Auto, als ich feststelle, dass dort bereits ein langer, schwarzer Wagen steht. Als ich aussteige, öffnet sich die hintere Tür des Wagens und zwei Frauen steigen aus. Beide kichern und eine hält eine Flasche Champagner in der Hand. Die dunkelhaarige streckt ihre Arme aus. „Dein Vater hat uns zu dir geschickt, Cyprian. Ich bin Lola und das ist Becca. Wir gehören den Rest der Nacht dir."

Becca hat langes, blondes Haar, Zwölf-Zentimeter-Absätze und ein enges, rotes, kurzes Kleid, das kaum ihre großen Brüste bedeckt. Lola trägt einen kurzen Rock, bei dem man fast alles sieht, und mein Schwanz zuckt schon gierig.

„Ich kann nicht!", rufe ich aus und trete ein paar Schritte zurück.

„Wie bitte?", fragt Lola, während sie dennoch auf mich zu kommen. „Jetzt komm schon. Dein Vater hat uns erzählt, dass du schon über eine Woche keine weibliche Gesellschaft mehr hattest. Was ist los mit dir?“

„Ich treffe mich mit jemandem. Ich kann das nicht mit euch tun. Danke, aber sagt meinem Vater, ich brauche seine Hilfe nicht, um Frauen zu finden.“ Ich muss auf die andere Seite des Autos flüchten, da sie immer noch auf mich zukommen.

Becca übernimmt nun die Führung. „Cyprian, wir haben von den anderen Frauen auf den Partys deines Vaters schon viel von dir gehört. Bitte erlaube uns, dich zu erleben. Schließlich hat man uns schon bezahlt. Und ich kenne ein paar Tricks, die du vielleicht noch nie gesehen hast.“

„Was für Tricks?“, frage ich, ohne es zu wollen.

Sie winkt mich mit ihrem Finger zu sich her. „Ich kann mit diesem Finger wahre Wunder geschehen lassen.“

„Was denn zum Beispiel?“ Ich schwöre, mein Schwanz hat die Kontrolle über mein Sprachzentrum übernommen, denn mein Hirn weiß genau, dass ich das eigentlich niemals herausfinden darf.

Ehe ich mich's versehe, haben sie mich gepackt und gehen mit mir auf die Haustür zu. Kirschrote Lippen legen sich auf meine, die Tür geht auf und wir treten ein.

Mein Schwanz pulsiert nun heftig und Lola legt ihre Hand auf ihn, während sie mit der anderen meine Hose öffnet. Sie befreit ihn und Becca küsst mich. Wir gehen rückwärts, bis ich mit dem Rücken an die Wand pralle und die kühle Luft spüre, während Lola meine Unterhose runterzieht. Dann legt sich ihr feuchter Mund um meinen Schwanz und ich bin verloren.

Das Tier in mir kommt zu Vorschein, während die Frauen meinen ganzen Körper stimulieren. Becca nimmt meine Hand und hilft mir dabei, ihre Titte aus ihrem Kleid zu ziehen. Ich knete sie eifrig, während Lola mir einen lutscht.

Mein ganzer Körper bebt mit dem Orgasmus, der sich jetzt schon aufbaut. Es ist zu lange her. Ich kann es nicht kontrollieren. Also spritze ich ihr einfach in den Mund, während sie stöhnt und alles gierig herunterschluckt.

Man könnte denken, ich sei jetzt fertig, aber das ist ganz und gar nicht der Fall. Ich gehe mit ihnen in das nächste Zimmer. „Auf alle Viere, Becca“, befehle ich, während Lola mir das Hemd auszieht. Sie entdeckt eine Fernbedienung für die gasbetriebene Feuerstelle und macht sie an.

„Ich will alles sehen“, schnurrt sie, während ich Beccas kurzes Kleid nach oben schiebe und ihr das Spitzenhöschen vom Leib reiße. Ich bin so bei der Sache, dass ich beinahe ein wichtiges Detail vergesse.

„Verdammt! Hat eine von euch ein Kondom?“

Lola holt eines aus ihrem schwarzen BH und zieht es mir über. Mein Körper zittert dabei und ich glotze Beccas Arsch an, den sie wartend in die Luft reckt.

Mit dem Gummi auf meinem Schwanz ziehe ich Lola zu mir hoch und küsse sie stürmisch. „Geh nach oben, die erste Tür links ist mein Schlafzimmer. In der Schublade neben meinem Bett ist eine Schachtel mit Gummis. Bring sie herunter, du bist als nächstes dran.“

„Geil“, kichert sie und eilt nach oben. Ich wende mich wieder der wartenden Becca zu und streichle ihren perfekten Arsch. Dann ramme ich meinen Schwanz in sie und genieße das Gefühl, endlich wieder bis zum Anschlag in einer Fotze zu stecken.

Ich ficke sie wieder und wieder, bis sich die Anspannung in Ekstase verwandelt und ich meine Geilheit hinausschreie. Keuchend lehne ich mich an ihren Körper und lasse alles raus.

Als ich ihn gerade aus Becca rausziehe, kommt Lola mit den Gummis zurück. Ich bin ein wenig fertig, nachdem mein Körper so viel Flüssigkeit verloren hat. „Ich hole mir eine Flasche Wasser und komme gleich wieder. Wollt ihr auch was?“

Die beiden schütteln den Kopf, während sie einander auskleiden und ich zur Bar im nächsten Zimmer gehe. Ich bin bis jetzt nur ein bisschen entspannter und weiß, dass ich mich die ganze Nacht an ihnen vergehen muss, um die Anspannung der letzten Woche zu lösen.

Ich nehme eine kühle Flasche Wasser aus dem kleinen Kühlschrank und trinke sie in drei Schlucken leer. Das Kichern der Mädchen verstummt und ich frage mich, warum.

„Wer seid bitte ihr beiden?“, höre ich eine tiefe Frauenstimme und weiß sofort, dass es sich um Camilla handelt.

Ich erstarre, denn ich habe keine Ahnung, was ich tun soll. Dann läuft mein Hirn auf einmal auf Hochtouren und ich rase durch die Zimmer, um in mein Schlafzimmer zu gelangen und mich anzuziehen.

Wieso habe ich das geschehen lassen?

Was wird sie jetzt tun?

Ich erreiche mein Schlafzimmer und eile ins Bad, damit ich mich waschen kann. Dann gehe ich zum Schrank und ziehe mir eine Unterhose, Shorts und ein Hemd an. Dann gehe ich aufgeregt auf und ab, kratze mich am Kopf und frage mich, was ich jetzt sagen oder wie ich mich verhalten soll.

Wir haben nicht gesagt, dass wir einander exklusiv daten, das ist eine Tatsache. Ich habe sie auch nicht gebeten, hierher zu kommen, auch das ist Tatsache. Sie hätte meine Bedürfnisse befriedigen können, hat sie aber nicht. eine weitere Tatsache!

Wieso zittere ich dann in Anbetracht all dieser Tatsachen so? Wieso verhalte ich mich wie die Männer, über die ich mich schon so oft lustig gemacht habe, die verheiratet sind und sich auf den Partys vergnügen?

Ich bin nicht verheiratet und nicht einmal in einer Beziehung!

Also warum geht es mir so?

20

CAMILLA

„Cyprian!“, brülle ich, während ich das benutzte Kondom zwischen zwei Fingern hochhalte. Es ist zusammengeknotet und voll mit seinem Samen.

Die Frauen ziehen schnell ihre knappen Sachen wieder an. „Sein Vater hat uns geschickt. Das ist nicht seine Schuld“, sagt die Blonde.

„Ach, wirklich?“, frage ich, denn sie scheint sehr nervös zu sein. „Vielleicht ist es ja doch seine Schuld, dass er eine von euch gevögelt hat. Ist das alles, was bisher gelaufen ist?“

Die Blonde reckt ihr Kinn in Richtung der Dunkelhaarigen heraus. „Sie hat ihm einen geblasen.“

„Halt die Fresse, Becca“, zischt die Dunkelhaarige. „Das ist bestimmt die Frau, mit der er sich trifft.“

„Er hat euch also erzählt, dass er sich mit jemandem trifft, und hat euch dann trotzdem gevögelt?“, frage ich und schüttle den Kopf. „Wisst ihr was, ich brauche darauf nicht mal eine Antwort. Er hätte das nie tun dürfen. Ist nicht eure Schuld. Ihr werdet schließlich hierfür bezahlt.“

„Ja, das stimmt. Sein Vater zahlt uns eine Menge, damit wir am Wochenende auf seine Partys kommen, und er erwartet von uns, dass wir die Männer richtig anmachen. Das ist unser Job“, sagt Becca.

„Verstehe. Bitte überlasst ihn mir", sage ich und bringe sie zur Tür. Ein langes, schwarzes Auto wartet davor, schätzungsweise ist es wegen ihnen da.

Lola blickt über ihre Schulter zu mir zurück und fragt: „Nur für die Zukunft, wirst du ihn jetzt wieder freisetzen? Falls sein Vater uns mal wieder zu ihm schickt. Wir wollen keinen Stress mit angepissten Freundinnen oder Frauen."

„Er wird wieder vogelfrei sein." Ich schließe die Tür und mache mich auf die Suche nach Cyprian. „Na, wo steckst du? Zeige dich."

Offensichtlich versteckt er sich vor mir, weil er Angst davor hat, sich mir zu stellen. Ich bleibe bei der Toilette im Foyer stehen und werfe das benutzte Kondom in den Müll, bevor ich mir ordentlich die Hände wasche.

Ich habe keine Ahnung, was mich gepackt hat, als ich es gesehen habe. Ich habe einfach meine Hand ausgestreckt und es aufgehoben. Daneben lag ein zerfetztes Spitzenhöschen, das wahrscheinlich dem Mädel im roten Kleid gehört hat.

Während ich meine Reise fortsetze, um Cyprian zu finden, sehe ich das Tablett mit Schokokeksen, das ich für ihn gemacht habe. Ich habe es auf den Boden fallen lassen, als ich gesehen habe, was hier vor sich geht.

Zwei nackte Frauen, die sich küssen und anfassen. Eine Spur aus Cyprians Kleidung von der Haustür bis ins Schlafzimmer. Feuer im Kamin für romantisches Licht und dann noch das benutzte Kondom und das Höschen auf dem Boden, neben einem Gewirr seines Hemdes und der Kleidung der Weiber.

Er versteckt sich wohl in seinem Schlafzimmer, also gehe ich nach oben und stelle fest, dass die Tür abgesperrt ist. „Hast du Angst vor mir, Cyprian?"

Ich höre, wie er die Tür aufsperrt und mich in seine Arme zieht. „Gottseidank, du bist da. Ich wollte dich anrufen, aber mein Handy war in meiner Hose und die haben sie mir abgenommen. Ich konnte ihnen endlich entkommen und bin hier hoch gelaufen, um mich vor ihnen einzusperren. Mein Vater hat sie geschickt. Ich hatte ja keine Ahnung. Das schwöre ich dir!"

Ich stemme meine Hände gegen seine Brust und schubse ihn von mir weg. „Du wurdest also vergewaltigt?“

„Vergewaltigt? Nein“, sagt er und tritt einen Schritt zurück. „Vielleicht eher belästigt.“

„Diese zwei kleinen Geschöpfe haben dich belästigt, Cyprian?“, frage ich. „Dann sollten wir das vielleicht den Bullen melden.“

„Nein, mein Vater hat sie geschickt.“ Er blickt mich verlegen an.

„Aber du hast ihnen erlaubt, alles mit dir zu machen, was sie wollten, und du hast eine von ihnen gevögelt. Sie haben mir alles gebeichtet“, sage ich und kreuze die Arme über der Brust. „Nur damit du es weißt: Eine von ihnen hat mich gefragt, ob du weiterhin in einer Beziehung sein würdest, wie du es ihnen gesagt hast. Ich habe ihr gesagt, sie brauche sich keine Sorgen machen.“

„Wir führen doch gar keine Beziehung. Ich habe das nur gesagt, damit sie mich in Ruhe lassen. Sie haben mich verführt, Cami! Sie haben mich einfach gepackt und ins Haus gezogen und ausgezogen, bevor mir überhaupt klar war, was da passiert. Eine hat mich geküsst, während die andere mich in ihren Mund genommen hat. Ich war total verwirrt von der ganzen Stimulation. Ich konnte nicht anders. Das musst du doch verstehen!“

„Ich muss verstehen, dass zwei so winzige Frauen das alles mit dir machen konnten? Ich muss verstehen, dass du gegen dein sexuelles Verlangen nicht angekommen bist?“ Ich verstumme und schüttele den Kopf. „Heute war einer der besten Tage meines Lebens. Ich hatte das schönste Date aller Zeiten. Du warst einfach toll. Aufmerksam, witzig, lieb, süß, und das war alles nur gelogen.“

„Es war nicht gelogen, Cami! Es war echt. Es war das Echteste, was ich je in meinem Leben getan habe. Wenn ich mit dir zusammen bin, fühle ich mich menschlicher denn je. Sonst fühle ich mich eher wie ein Roboter. Sex ist genau so, wie du es beschrieben hast: total mechanisch. Einfach nur eine Handlung, um körperliche Bedürfnisse zu stillen. So sehe ich das.“

„Ach, also war das, was du getan hast, ungefähr vergleichbar damit, wie wenn du kacken gehst. Du suchst eine Toilette auf, egal welche, und entleerst dich darin. Dann spülst du ab und niemand braucht sich darüber Gedanken machen, was du da gerade getan hast. Es ist einfach nur ein körperliches Bedürfnis, jeder muss das tun, um zu überleben. So siehst du das also, was du gerade getan hast?“

Er setzt sich auf das Bett und blickt zu Decke. „So ziemlich, ja.“

„Du wirst nie der Richtige für mich sein. Du wirst nie das sein, was ich in meinem Leben will. Und ich glaube, es ist besser, dass ich das herausgefunden habe, bevor ich mich bis über beide Ohren in dich verliebt habe, Cyprian. Denn das wäre mir mit Sicherheit passiert. Danke, dass du diese Mädels wenige Minuten nach unserem Date gevögelt hast. Danke, dass du mir gezeigt hast, dass du kein Mann bist, dem ich Platz in meinem Leben einräumen möchte.“

Ich drehe mich um, um davonzugehen, doch er hält mich auf und fragt: „Warum warst du überhaupt hier?“

Ich drehe mich wieder zu ihm um und diesmal habe ich Tränen in den Augen. „Ich habe dir Schokokekse vorbeigebracht. Ich wollte sie mit dir teilen und dazu ein Glas Milch trinken und dann wollte ich dir noch einen Gute-Nacht-Kuss geben.“ Ich drehe mich wieder um.

Seine Hand legt sich auf meine Schulter und hält mich auf. Er dreht mich zu sich um, doch ich kann sein schönes Gesicht nicht anblicken. Es ist einfach zu schwer. „Cami, ich brauche Sex. Ich brauche es. Du scheinst mich nicht zu verstehen. Wenn ich mich dir gegenüber verpflichte, bekomme ich dann auch den Sex, den ich brauche? Dann können wir vielleicht hieran arbeiten. Ich habe doch Gefühle für dich und ich verbringe so gerne Zeit mit dir. Du bist mir die liebste Person auf der Welt und wenn ich dich verliere…“

„Du hast mich schon verloren“, sage ich ihm, bevor er noch etwas loswerden kann. „Ich werde mich von dir nicht zum Sex nötigen lassen. Ich werden mich keiner Verpflichtung hingeben, die nicht auf Liebe basiert. Ich kann dir nicht vertrauen, Cyprian.“

„Ich verzichte die ganze Woche lang auf Sex. Am Wochenende treibe ich es deshalb schon seit zwanzig Jahren zur Genüge, Cami! Du kannst nicht von mir erwarten, dass ich auf kalten Entzug gehe ohne zu wissen, wann ich je wieder eine Frau spüren darf. Wann ich wieder weiche Brüste an meine Brust gedrückt spüren darf. Wann ich wieder süße Lippen schmecken darf. Du kannst meine Bedürfnisse gar nicht nachvollziehen. Aber ich habe sie eben, Camilla."

„Ich kann meine Denkweise aber nicht ändern, nur damit du abspritzen kannst. Ich vögele nicht, ich liebe mich mit jemandem. Du hast für nichts und niemanden echte Gefühle. Jede Frau ist für deine Erleichterung gerade gut genug. Damit kann ich nicht umgehen. Tut mir leid, Cyprian. Du verlangst mehr von mir, als ich dir geben kann."

Ich löse mich von ihm und lasse ihn in seinem Schlafzimmer zurück. Ich versuche nicht, ihn zu bestrafen oder zu manipulieren. Ich möchte mich nur davor schützen, verletzt zu werden.

Ich gehe die Treppen hinunter, lasse mich aus dem Haus, steige in mein Auto und fahre bis zum Tor, bevor die Tränen mich übermannen.

Wieso muss alles so verdammt schwer sein?

LADY KILLER

Cyprian

Die Pferde donnern vor unseren Augen über die Rennstrecke. Der Nachmittag ist warm und ich ziehe meine Jacke aus und rolle die Ärmel meines Hemdes hoch. „Trink einen Pfeffi, Cyprian“, sagt mein Vater und reicht mich ein langes, schlankes Glas.

Ich bin eingepfercht zwischen zwei Brünetten. Simone hat grüne Augen und Joanies Augen sind fast schwarz. Sie haben sich an mich dran gehängt, sobald ich in die Box meines Vaters gekommen bin. Er ist nun stolzer Besitzer des Charlemagne’s Choice, ein reinrassiger Hengst, auf den er schon seit einiger Zeit sein Auge geworfen hat.

Joanie überreicht mir das kühle Getränk. „Bitte sehr, austrinken. Ich habe schon bald große Pläne für dich.“

Simone blickt zu der anderen Frau hinüber. „Pfoten weg, Joanie. Ich will ihn ganz für mich allein.“

„Ladies, ihr müsst euch wirklich nicht zanken. Ich brauche von keiner von euch Aufmerksamkeit. Ich bin heute einfach nicht in Stimmung, tut mir leid“, erkläre ich ihnen und ernte dafür von allen ein Stirnrunzeln – auch von meinem Vater.

„Komm mit, mein Sohn“, sagt er, steht auf und geht in dem kleinen, schön dekorierten Raum ganz nach hinten. Er legt seine Hände auf meine Schultern, als ich ihn erreiche. „Was ist bloß mit dir los? Du kommst gar nicht mehr auf meine Partys. Haben die Mädels, die ich dir gestern Nacht geschickt habe, dich gut behandelt?"

„Papa, ich habe Mist gebaut. Ich habe jemanden kennengelernt. Eine gute Frau. Eine tolle Frau sogar. Die Mädels von gestern haben das für mich ruiniert. Sie will nichts mehr mit mir zu tun haben. Sie hat uns erwischt und ich bin darüber am Boden zerstört." Ich nehme einen großen Schluck der minzigen Flüssigkeit, um die Schmerzen zu lindern, die ich seit gestern Nacht verspüre.

„Du meinst also, eine Frau gefunden zu haben? Also, eine Freundin?", fragt er, stellt sich hinter die Bar und mischt sich erneut einen Drink.

„Das habe ich zumindest geglaubt", erkläre ich ihm und setze mich auf einen der Barhocker, „aber ich habe es versaut. Ich hätte die Mädchen wegschicken sollen, aber ich habe zugelassen, dass sie mit mir spielen."

„Wenn du eine Freundin hattest, warum hattest du dann das Bedürfnis, mit den Mädels von gestern rumzumachen? Befriedigt deine Freundin dich etwa nicht?"

Ich hebe meine Augenbrauen und sage: „Sie will Sex nur mit Liebe. Und sie will auch gar keinen Sex, sie will, dass wir Liebe machen."

Sein Lachen ist tief und hohl, während er Eiswürfel in sein bernsteinfarbenes Getränk purzeln lässt. „Liebe? Was wissen wir schon davon?"

„Ich habe ein paar Bücher darüber gelesen. Das Leben, das wir bis jetzt geführt haben, hatte nichts mit Liebe zu tun. Mit ihr möchte ich das erleben. Sie heißt Camilla Petit. Sie kommt aus New Orleans. Und sie ist umwerfend, lieb, witzig, einfach toll. Und ich habe es versemmelt, nur wegen einer schnellen Nummer. Ich bin moralisch korrupt, genau wie sie gesagt hat."

„So hat sie dich beleidigt?", fragt er und trinkt einen Schluck seines Cocktails. Er verzieht das Gesicht, sieht sich in der Bar um und findet dann einen Würfel Zucker, den er in sein Glas fallen lässt.

Ich sehe zu, wie der Zuckerwürfel auflöst und sage: „Nicht wirklich. Sie ist nicht fies. Sie ist einfach nur ehrlich. Ich weiß nicht, warum ich es getan habe. Ich weiß es wirklich nicht. Vielleicht, weil ich darauf konditioniert bin, Sex anzunehmen." Ich blicke meinen Vater an. „Manchmal fühle ich mich einfach wie eine Maschine, ständig nur Arbeit und am Wochenende dann nur Party. Natürlich ist es mir wichtig, womit ich mein Geld verdiene, aber bis jetzt ist es mir noch nie wichtig gewesen, wo ich meinen Sex herbekomme. Aber Cami will eine Verpflichtung, die ich ihr nun auch angeboten habe. Sie hat sie abgelehnt. Sie möchte nicht, dass Sex ein Teil dieser Verpflichtung ist. Und dann hat sie mich alleine gelassen. Papa, ich habe mich in meinem Leben noch nie so alleine gefühlt."

„Du fühlst dich also gerade traurig und hoffnungslos, was?", fragt er mich und rührt in seinem Getränk herum.

Ich stütze mich an der Bar ab. „Das tue ich."

„Siehst du nun, was Liebe und Beziehungen einem antun? Genau aus diesem Grund habe ich mich davon ferngehalten. Weißt du, ich hatte ich in der High School eine Freundin. Alles war toll. Dann haben wir angefangen, uns wegen nichts zu streiten. Sie wollte einen Hotdog und ich hatte ihr einen Hamburger gekauft. Sie hat behauptet, ich sei unaufmerksam." Er hält inne und trinkt einen Schluck, als bringe die Erinnerung Gefühle hervor, mit denen er lieber alleine wäre.

„War sie also deine einzige Freundin?", frage ich, setze mich auf und höre ihm zu.

„Nein, im College hatte ich auch eine. Sie war schlau und hatte Klasse. Die Art Frau, die man mit nach Hause bringen kann, weißt du?"

„Das weiß ich genau. Genau so ist Cami. Sehr respektabel."

Er nickt. „Na, dann kannst du dich darauf einstellen, dass sie möchte, dass du genau so respektabel bist. So war meine Freundin damals. Mein Trinken hat ihr nicht gepasst. Sie hat gesagt, sie wolle nicht, dass ich das tue, außer bei sozialen Anlässen. Ich habe also meinen nächtlichen Scotch aufgegeben und nur noch jedes zweite Wochenende getrunken."

„Das ist doch nicht schlimm", sage ich. „Das ist sogar sehr gesund."

„Ist es wirklich. Und wenn es meine Entscheidung gewesen wäre, hätte es mich vielleicht auch nicht gestört. Doch das war nicht genug. Im College habe ich nämlich meine Liebe zum Pferderennen entdeckt. Und Glücksspiel fand sie einfach verachtenswert. Sie wollte mir also auch das ausreden." Er trinkt einen weiteren großen Schluck und starrt dann auf den Boden seines Glases hinab.

„Sie war kontrollierend", sage ich und nicke.

„So sind alle Frauen diesen Typs. Diejenigen, die du deinen Eltern vorstellen kannst, sind alle gleich. Sie wollen, dass du dein Leben auf die Reihe kriegst und schön neben ihnen herläufst. Sie wollen dich einkleiden, deinen Speiseplan festlegen. Sie wollen dich ihren Regeln unterwerfen, sonst kannst du ein friedliches Zusammenleben mit ihnen vergessen. Letztendlich ist aber selbst das völlig unmöglich, selbst wenn du dich bis zum Gehtnichtmehr verbiegst."

„Ich habe gelesen, dass in gesunden Beziehungen nicht immer alles glatt läuft. Man streitet sich, weil Frauen und Männer Dinge unterschiedlich betrachten. Der Schlüssel zu einer glücklichen Beziehung ist der Kompromiss. Aber selbst wenn man diesen Grundsatz verinnerlicht hat, wird man sich immer noch ab und zu streiten. Daran kommt man nicht vorbei", sage ich ihm und schüttle den Kopf.

„Aber wieso sollte man so etwas dann wollen?", fragt er mich und blickt mir tief in die Augen. „Wieso sollte überhaupt jemand sich so etwas antun?"

„Wahrscheinlich, um sich fortzupflanzen. Es liegt in unserer Natur." Ich blicke mich nach den zehn Frauen um, die mein Vater heute zum Rennen mitgebracht hat. „Du willst von Frauen umgeben sein, Papa. Aber diese Frauen sind bezahlt. Sie werden sich genau so verhalten, wie du das wünscht. Wenn du unterwürfige Frauen willst, werden sie dir das bieten. Wenn du aggressive Frauen willst, werden sie sich so verhalten. Es ist alles nur gespielt. Alles, auch der Sex, ist nur gespielt. Das ist doch nicht echt."

„Aber es ist friedlich. Es gibt keinen Streit. Vielleicht werden sie bezahlt und schauspielern für mich, aber was ist kein Schauspiel im

Leben, mein Sohn? Jeden Tag unseres Lebens spielen wir doch alle nur Theater. Wir müssen jeden Tag aufstehen und in die Arbeit gehen, ob uns das gefällt oder nicht. Es ist alles nur Schauspiel. Niemand will das wirklich tun, aber es muss eben sein."

„Ich bin gerne zur Schule gegangen und ich gehe auch gerne in die Arbeit. Das stimuliert meinen Geist und ich brauche diese Stimulation. Ich verzehre mich danach."

Er schüttelt den Kopf. „Bei mir war das nicht so. Ich habe nur getan, was ich tun musste, um das Geld zu verdienen, das meinen Lebensstil unterstützen würde. Und das habe ich auch erreicht. Dann bist du gekommen und ich sah in dir meine Gelegenheit, dich darauf zu trimmen, meinen Posten zu übernehmen und meine Vision bis zum Ende zu verwirklichen: die Freiheit zu erlangen, nie mehr arbeiten zu müssen. Einfach nur zu entspannen."

„Und ich bin froh, dass ich dir das ermöglichen konnte. Aber ich bin anders als du. Ich brauche die Probleme und ich löse sie gerne." In meinem Kopf rattern die Rädchen, während ich darüber nachdenke, was ich gerade gesagt habe.

Ich löse gerne Probleme!

Habe ich vielleicht gestern die Entscheidung gefällt, mich gestern Nacht diesen Frauen hinzugeben, um ein Problem zu schaffen, wo zuvor keines war? Habe ich das vielleicht getan, damit ich mein Hirn einsetzen müsste, um meine Probleme mit Camilla zu lösen? Bin ich wirklich ein Mensch, der sich selbst so etwas antut?

„Du bist wirklich anders, Cyprian. Also, wieso hat diese Frau mit dir Schluss gemacht, wegen der du so traurig bist? Hattest du dich ihr bereits verschrieben?", fragt er, sucht hinter der Bar nach etwas und fördert auf einmal eine Wurst-und-Käseplatte zutage.

„Nein, es war noch nicht offiziell", sage ich und nehme mir ein Stück Salami.

„Wieso sollte sie dann mit dir Schluss machen? Du bist doch ein freier Mensch. Hast du ihr das nicht erklärt?", fragt er, während er Aufschnitt und Käse auf einem Cracker stapelt.

„Das habe ich, aber es hat nichts gebracht. Sie hatte außerdem recht mit ihrer Entscheidung. Wir waren gerade erst von einem unglaublichen Date zurückgekehrt. Exakt fünf Minuten, nachdem ich sie abgeliefert hatte, habe ich es bereits mit zwei anderen Frauen getrieben. Es hat sie verletzt, das habe ich in ihren Augen gesehen. Sie war am Boden zerstört. Und jetzt bin ich das auch."

„Ich kann dir einen Rat geben. Ich erkläre dir jetzt ein psychologisches Spielchen, das man manchmal einsetzen muss, wenn man eine Frau für sich gewinnen will. Ich habe es noch nie gebraucht, denn nach diesen zwei Albträumen hatte ich jegliches Interesse an Beziehungen verloren." Er kommt hinter der Bar hervor und setzt sich neben mich.

„Ich steh nicht auf Psychospielchen, Papa."

„Wenn du eine Beziehung willst, solltest du wissen, dass du ein paar Spielchen spielen musst. Eifersucht ist ein ausgezeichneter Auslöser. Du willst dieser Frau zeigen, dass du nicht rumsitzen und darauf warten wirst, dass sie wieder zur Vernunft kommt. Das muss sie verstehen."

„Ich glaube, das tut sie schon. Sie ist schließlich nicht dumm, Papa. Sie ist eine Wissenschaftlerin. Sie ist ausgesprochen schlau. Sie wird sofort dahinterkommen", erkläre ich ihm, denn ich bin skeptisch dem Gedanken gegenüber, sie eifersüchtig zu machen. Schließlich hat sie genau deswegen überhaupt mit mir Schluss gemacht.

„Wenn du diese Karte noch nicht ausspielen willst, halt sie einfach ein wenig unter Druck. Schick ihr Blumen und Pralinen. Besuche sie so oft wie möglich. Gibt es irgendeinen Ort, an dem du sie antreffen könntest?", fragt er und beobachtet wieder das Pferderennen.

„Sie arbeitet in einem kleinen Laden am Rande der Stadt. Dort habe ich sie kennengelernt."

„Sie ist also eine Wissenschaftlerin, aber sie arbeitet in einem Laden?", fragt er und schüttelt den Kopf. „Sie führt dich an der Nase herum, mein Sohn."

„Nein, Papa, das tut sie nicht. Sie ist noch am College an der Clemson University", sage ich und muss über die Skepsis meines Vaters lachen.

„Wenn du einen Ort kennst, an dem du sie antreffen kannst, ist es genau das, was du brauchst. Sei nett zu ihr, auch wenn sie kurz angebunden ist. Rufe ihr schöne Momente zwischen euch beiden in Erinnerung. Und beende jeden kurzen Besuch mit einer Einladung an sie, dich zu besuchen. Wenn das nach mehreren Versuchen noch nicht glückt, kannst du aggressiver werden. Behandle sie so, als gehöre sie dir."

„Diese Frau wird sich so eine Behandlung niemals gefallen lassen. Niemals. Das wäre ein unglaublicher Fehler. Aber vielleicht hast du recht damit, dass ich sie öfters besuchen sollte. Ich werde diesen Plan in die Tat umsetzen und schauen, was passiert."

„Lass es dir sagen, mein Sohn. Komm mit einer hübschen Frau am Arm vorbei und sieh zu, wie sie Berge versetzt, um dich zurückzugewinnen", sagt er und ich denke langsam, dass er vielleicht recht hat. Aber ich würde es trotzdem lieber auf eine andere Art versuchen.

Ich habe sie ohnehin schon genug verletzt ...

21

CAMILLA

„Männer haben eben Bedürfnisse, Schätzchen", erklärt mir Gina, während wir die Kaffeemaschinen im hinteren Teil des Ladens säubern.

„Und ich habe das Bedürfnis, zuerst zu wissen, ob er mich liebt, bevor ich mich einem Kerl hingebe. Zählen meine Bedürfnisse etwa nichts?", frage ich und putze eine der gläsernen Kaffeetassen.

Gina schrubbt gerade an einer Kaffeekanne, die jemand zu lange auf der Heizplatte gelassen hat und in dem sich der Kaffeerand festgesetzt hat, doch nun hält sie inne. „Das Date, auf das er dich ausgeführt hat, klang zumindest vielversprechend. Mindestens bedeutest du ihm etwas. Und ich kann sehen, dass auch er dir etwas bedeutet."

„Er ist ein Mann ohne jegliche Moral", sage ich, wasche die Kaffeetasse und stelle sie auf das Abtropfgitter.

„Dann bring ihm bei, was du von ihm erwartest. Er wird dir auch zeigen, was er von dir erwartet. Und das bedeutet, dass er eine Freundin will, die ihm den Sex gibt, den er nötig hat, um zu funktionieren. Du verstehst nicht, wie manche Männer eben denken. Ich war schon dreimal verheiratet. Ich habe diese Biester zur Genüge studiert. Sie sind im Grunde ganz einfach gestrickt. Füttere sie, verhätschele sie wenn nötig und mach sie im Schlafzimmer glücklich oder wo auch immer sie sich austoben wollen. Sei nicht so prüde, Camilla.“

Prüde!

„Ich bin überhaupt nicht prüde, Gina!“

„Ich finde, du bist es doch ein wenig. Woher sollt ihr beide wissen, ob ihr zusammenpasst? Stell dir vor, ihr vögelt weiterhin nicht und seid irgendwann Hals über Kopf verliebt – falls das ohne Sex überhaupt geht. Dann heiratet ihr und in der Hochzeitsnacht stellst du fest: Na sowas, er ist schlecht im Bett! Was dann? Dann hast du dir einen beschissenen Liebhaber ans Bein gekettet.“

„Ich habe ja nicht gemeint, dass wir bis zur Hochzeit warten müssten“, sage ich beleidigt. „So schlimm bin ich nun auch wieder nicht. Ich meinte nur, bis wir uns beide sicher sind, dass wir niemand anderes daten wollen. Das war alles.“

„Aber hast du mir nicht erzählt, dass er dir genau das angeboten hat? Kurz bevor du ihn verlassen hast?“, fragt sie.

„Nun, ja“, sage ich und werfe das Geschirrtuch, an dem ich mir die Hände abgewischt habe, in den Eimer für die schmutzigen Tücher. „Aber er hatte eine Bedingung, und zwar Sex. Das hat mir gar nicht gefallen.“

„Dir gefällt es nicht, Sex in einer richtigen Beziehung zu haben?“, fragt sie und schüttelt den Kopf. „Du bist doch wirklich unrealistisch. Wieso sollte sich überhaupt jemand zu einer Beziehung bekennen, wenn nicht aus diesem Grund?“

„Im Leben geht es um mehr als nur Sex, Gina“, sage ich und stolziere davon, denn die Tür klingelt und kündigt einen neuen Kunden an. „Ich kümmere mich um den hier. Du hast schließlich die Hände voll.“

„Für einen Mann geht es um nichts anderes!“, ruft sie mir hinterher, während ich das Hinterzimmer verlasse.

„Willkommen in Ty’s …“ Ich bleibe wie angewurzelt stehen, als ich Cyprian am Tresen warten sehe.

„Hi“, sagt er.

Ich schüttle die Panik ab, die mich auf einmal überkommt, und gehe auf ihn zu. „Lass mich raten, du brauchst mal wieder ein paar Gummis."

„Nein", sagt er und stützt sich mit den Händen auf dem Tresen ab. „Ich brauche dich. Du bist das Einzige, was ich brauche."

„Wie schön", ertönt es hinter mir. Offensichtlich lauscht Gina uns.

„Hi, Gina", ruft Cyprian ihr zu. „Wie läuft es bei dir heute Abend?"

„Gut und bei dir?", fragt sie.

„Es würde mir besser gehen, wenn eine bestimmte Person mir meine idiotischen Anwandlungen vergeben und mir eine zweite Chance geben würde", sagt er.

„Ach, Camilla, jetzt sei nicht so stur. Ich würde mich für so einen Mann überschlagen", sagt Gina und ich bedeute ihr mit einer Handbewegung, dass sie sich verzischen soll.

Ich drehe mich wieder zu ihm um, während sie im Hinterzimmer verschwindet, und gehe auf den Mann zu, der mir mit seinem unmoralischen Verhalten ein Loch ins Herz gerissen hat. „Cyprian, weißt du was, ich mache dir das ja gar nicht zum Vorwurf. Du bist, wer du bist. Ich kann einfach nicht damit umgehen."

„Ich war ein Idiot, und zwar ein sexuell verdammt frustrierter. Ich gebe dir nicht dafür die Schuld, ich erörtere einfach nur die Tatsache. Und all das kann sich ändern, aber es liegt in deiner Hand, Cami. Ich will dich. Ich will dich ganz und gar. Ich möchte dich jeden Tag sehen. Ich habe noch nie so gerne mit jemandem Zeit verbracht." Er lächelt mich an, als würde das alles wieder gut machen.

„Habe ich ein Glück", sage ich sarkastisch. „Dann tun wir mal einen Augenblick so, als wäre es möglich für mich, dir immer dann Sex zu geben, wenn du ihn verlangst. Denn manchmal werden wir einfach keinen Sex haben können. Aus körperlichen Gründen, verstehst du?"

„Ich bin nicht süchtig, Cami. Ich komme schon damit klar, wenn du einmal im Monat aussetzen musst oder wenn du krank bist. Ich brauche es auch nicht die ganze Zeit. Aber ich will zumindest, dass es möglich ist. Ich verpflichte mich dir gerne. Ich werde mich nur mit dir treffen. Ich werde mich von den Partys meines Vaters fernhalten und auch von der Rennbahn, aber ich werde von dir erwarten, dass du diese Lücken in meiner Freizeit füllst."

„Cyprian, es gefällt mir gar nicht, wie du das alles darstellst. Es klingt ja so, als schlössen wir ein Handelsabkommen. Im Gegenzug für deine Treue darfst du mich vögeln, wann es dir passt", sage ich, schnaube und verschränke die Arme vor der Brust.

„Aber das ist doch eine Beziehung im Kern oder nicht, Cami? Und es gibt keinen Grund, vulgär zu werden, wenn es um Sex geht. Natürlich wird es auch nicht immer dann geschehen, wenn ich gerade Lust darauf habe. Du bist doch nicht meine Sexsklavin. Wir werden eine Beziehung führen. Wir geloben einander Treue und kümmern uns um die Bedürfnisse des jeweils anderen. Es tut mir leid, wenn du meine Ansprache zu direkt findest. Ich kenne das nunmal nicht anders. Ich bin ein Geschäftsmensch und es liegt mir am nächsten, die Sache mit dir ähnlich anzugehen", sagt er und knallt seine Faust auf die Ladentheke. „Komm zu mir nach Hause, wenn du Feierabend machst, dann können wir die Details besprechen."

Ich lache und schüttle den Kopf. „Cyprian, ich werde mich ganz sicher nicht mit dir zusammensetzen und einen Vertrag für uns festlegen. Tschüss."

Ich gehe davon, während er mir hinterherstarrt. Dann dreht auch er sich weg und geht und ich spüre auf einmal einen Stein auf meinem Herzen.

Musste ich so streng mit ihm sein ...?

22

CYPRIAN

„Gib mir ihre Adresse", sagt mein Vater, während ich auf dem Sofa in seiner Bude schmolle. „Ich rede mit ihr. Ich erkläre ihr, wie du bist."

„Papa, sie würde dich in Stücke reißen. Es gefällt ihr gar nicht, wie du mich aufgezogen hast", gebe ich ihm zu bedenken, bevor er einen Riesenfehler macht.

„Mich in Stücke reißen?", fragt er und seine Hand legt sich auf seine Brust. „Das möchte ich bezweifeln."

„Ich nicht. Sie hat eine scharfe Zunge. Und sie hat bestimmt ein paar bissige Retorten für dich übrig. Ich war letzte Woche jeden Abend bei ihr im Laden. Sie ist brutal", sage ich und trinke einen großen Schluck von dem Scotch, den mein Vater mir verabreicht hat, nachdem ich auch heute ohne Erfolg versucht habe, die meterhohen Wogen mit Cami zu glätten.

„Das Risiko gehe ich ein. Ihre Adresse, Cyprian! Bitte zwing mich nicht, sie selbst herauszufinden." Er nimmt sein Handy und will einen Anruf tätigen, der ihm die nötigen Informationen beschafft.

„Papa, du musst mich den Kampf mit ihr alleine ausfechten lassen. Ich habe mir das selbst eingebrockt. Ich hätte diese Frauen einfach wegschicken sollen. Ich verdiene diese Behandlung." Ich trinke einen weiteren Schluck und sehe ihm dabei zu, wie er auf seinem Handy herumtippt. „Was machst du da?“

„Deine Mutter ist in der Stadt. Ich schicke sie los, damit sie diese störrische Frau ein wenig zur Vernunft bringt.“

„Papa, nein! Sie ist auch kein Fan von Mutter. Bitte überlass mir das alles!“ Ich stehe auf und gehe im Zimmer auf und ab. „Warum steckst du deine Nase in meinen persönlichen Kram?“

„Das habe ich noch nie getan“, sagt er. „Aber ich kann dich einfach nicht so unglücklich sehen. Ich muss etwas dagegen tun.“

„Du hast es wohl schon zuvor getan. Unzählige Male. Es war auch eine Einmischung in mein Privatleben, mich an diesem schicksalhaften Tag zu meiner ersten Party einzuladen. Du hast mir beigebracht, dass man nur so mit Frauen umgehen kann. Du hast mich bejubelt, als diese Frau, diese erwachsene Frau, mich in mein Schlafzimmer begleitet hat. Der ganze Saal hat gejubelt. Kein Wunder, dass ich keine Vorstellung von Moral habe und nicht fähig bin, eine normale Beziehung zu führen. Cami hat recht, ich verlange zu viel von ihr und das wird mir gerade erst klar.“ Ich gehe auf die Tür zu. „Ich muss hier raus.“

„Cyprian!“ ruft mein Vater mir zu. „Das ist nicht deine Schuld. Du hast nichts falsch gemacht. Ihr beiden wart einander noch nicht verpflichtet. Hör auf, dich zu entschuldigen. Sei ein Mann!“

Ich eile davon und ignoriere ihn. Er hat unrecht und ich weiß es, und außerdem weiß ich jetzt, dass auch ich unrecht hatte. Ashton wartet im Auto auf mich, denn es ist Freitag und ich habe ihm erklärt, dass ich kurz mit meinem Vater sprechen, aber wieder weg sein wollte, bevor die Gäste kamen.

Er öffnet bereits die Tür des Cadillac für mich, mit dem er mich in die Auto gefahren hat. Ich steige ein. „Fahr mich zu Cami.“

„Sir, das ist wirklich keine gute ...“

Ich unterbreche ihn. „Tu es einfach!“

Er schließt die Tür, schüttelt den Kopf und geht um das Auto herum, um einzusteigen. Er ist still wie eine Kirchenmaus den ganzen Weg zu ihr nach Hause. Ich sehe ihr Auto in der Einfahrt stehen und steige aus.

Sie öffnet die Tür, kurz bevor ich sie erreiche. In ihrer Hand hält sie ihren grünen Overall. „Ich habe keine Zeit für diesen Kram, Cyprian."

Sie versucht, an mir vorbeizugehen, aber ich packe sie am Arm. „Ich will dir nur eine Sache sagen, Camilla. Ich will dir sagen, dass es mir leid tut und dass ich mein Angebot zurückziehe."

Sie bleibt völlig ruhig stehen und blickt mir in die Augen. „Tatsächlich?"

Ich nicke, drehe mich um und lasse sie in Ruhe. Ich möchte sie weder verletzen noch manipulieren. Ich überbringe ihr lediglich die Information, dass ich sie nicht weiterhin um etwas bitten werde. Ich habe versucht, die Dinge zu beschleunigen, damit ich sie in die Kiste bekommen kann, und damit bin ich durch.

Heute Abend ist der Beginn eines neuen Lebens. Und ich brauche Cami nicht in meinem Bett, um etwas an mir zu ändern. Ich muss die beste Version meiner selbst werden und aufhören, ständig an mein Sexleben zu denken.

Sie hat recht, es geht im Leben um mehr als nur Sex. Es geht um so viel mehr und ich bin gerade erst dabei, herauszufinden, was ich in dieser Welt alles noch nicht entdeckt habe.

Wenn ich für die Liebe bestimmt bin, wird sie zu mir finden. Aber ich kann Camilla nicht benutzen, nur um diese Erfahrung zu machen. Das ist einfach falsch.

Als ich in mein Auto steige, sehe ich, wie Cami in ihres steigt und frage mich, ob sie darüber nachdenkt, was ich gesagt habe.

Hoffentlich hat es sie nicht verletzt ...

23

CAMILLA

Eine ganze Woche ist vergangen, ohne dass ich auch nur ein Wort von Cyprian gehört hätte. Jeden Abend halte ich nach einem seiner Autos Ausschau, aber bis jetzt hat noch keines auf dem Parkplatz unseres Supermarktes geparkt.

Er hat mir gesagt, er ziehe sein Angebot zurück, aber ich hätte nicht gedacht, dass er damit wirklich meint, dass er durch ist mit mir. Seit er nicht mehr da ist, spüre ich eine Leere in mir, von der ich nicht einmal wusste, bis er mich mutterseelenallein gelassen hat.

Ich sehe mehrmals am Tag auf mein Handy und überlege, ihn anzurufen. Ich weiß, dass ich das nicht tun sollte. Ich bin mir sicher, dass er bei seinem Vater untergekrochen ist und pausenlos vögelt, nachdem er seine Zeit nicht mehr bei mir verschwendet.

Jetzt ist Samstagabend und ich sperre den Laden ab. Ich blicke mich nach einem Zeichen um, ob ich Cyprian nicht irgendwo finden kann, ob er nicht zufällig Ausschau nach mir hält. Ich sehe ihn aber nirgends und ich weiß, dass ich zu weit gegangen bin. *Er ist über mich hinweg.*

Ich habe es verdient, das weiß ich. Ich war zu streng mit ihm. Im Laufe der Zeit sind mir einige Dinge über diesen Mann klar geworden. Seine Vergangenheit habe ich gar nicht bedacht, als ich ihn so scharf für die Escortdamen verurteilt habe.

Dieser Mann hat in seinem Leben nur schreckliche Vorbilder gehabt. Ich hätte netter zu ihm sein sollen. Ich hätte nettere Dinge zu ihm sagen können. Ich musste nicht aufgeben und sein Angebot annehmen, aber ich hätte auch nicht so fies in meinen Formulierungen sein müssen.

Wenn ich jetzt auf die Dinge zurückblicke, die ich ihm an den Kopf geworfen habe, finde ich sie selbst böse. Und ich möchte mich dafür entschuldigen, so verurteilend gewesen zu sein. Das sieht mir eigentlich gar nicht ähnlich.

Ich fahre die Straße entlang, sehe sein Tor, blicke zum Haus hinauf und sehe, dass jedes Fenster erleuchtet ist. Ich würde mich nie trauen, ihn einfach so zu überfallen.

Das tue ich mir nicht noch einmal an!

Aber vielleicht rufe ich ihn einfach an und sage ihm, dass es mir leid tut, wie ich mit ihm geredet habe. Er ist fähig dazu, ein guter Mann zu sein. Ich habe es an dem Tag unseres wunderbaren Dates gesehen. Es ist alles da, unter der Oberfläche.

Eine Oberfläche, die durch ein repetitives Leben ohne Beispiel einer liebevollen Beziehung verhärtet worden ist. Und ich habe mit ihm geredet, als wäre er daran schuld.

Er war doch nur ein Kind, um Himmels willen!

Ich fahre in meine Auffahrt ein und bereue meine Handlungen auf einmal bitter. Deshalb gehe ich nach drinnen und werfe mich einfach auf das Sofa. Der blassgrüne Stoff ist schon abgewetzt, denn die Möbel waren in meiner Wohnung bereits drin.

Ich glotze immer noch mein Handy an, obwohl ich weiß, dass es spät ist. Es ist halb drei Uhr morgens. Anstatt ihn anzurufen und aufzuwecken oder jede Menge Weiber im Hintergrund zu hören, schicke ich ihm lieber eine SMS.

-Ich möchte mich für meine Worte bei dir entschuldigen. Ich verstehe es gut, wenn du nicht mit mir reden willst. Ich würde mich gerne persönlich bei dir entschuldigen, zumindest aber am Telefon.-

Als ich keine Antwort erhalte, lege ich das Handy auf das Kaffeetischchen und gehe ins Bett. Ich habe schon geahnt, dass er nichts mehr mit mir zu tun haben will. Und recht hat er damit.

Ich habe den Mann gescholten, der kaum Kontrolle über seine Handlungen hatte. Der sich nur so verhalten hat, wie es ihm seit seinem fünften Lebensjahr eingebläut worden ist. Nur zehn Jahre später hat man ihm schon den ersten Sex aufgedrängt. Und ich habe ihn in Stücke gerissen, als hätte er sich völlig unter Kontrolle.

Es ist geradezu so, als brüllte ich einen Blinden an, weil er mir auf die Füße getreten ist. Cyprian hat Fehler gemacht. Aber er hatte offensichtlich erkannt, dass es ein Fehler war. Früher war ihm das nicht einmal bewusst.

Alle Leute in seiner Umgebung akzeptierten es, dass er schlief, mit wem er wollte. Ich gehe mit dem Kerl auf ein Date und glaube, wir sind ein Paar und behandle ihn, als wäre ich seine Ehefrau.

Hat er sich dafür geschämt, zwei Frauen zu vögeln, nachdem er mich gerade erst zu Hause abgeliefert hatte?

Da bin ich mir sicher!

Aber ich habe ihm nie die Gelegenheit gegeben, diese Dinge mit mir durchzusprechen. Ich habe ihn einfach nur verurteil und bin abgedampft. Ich war genauso kühl zu ihm wie er am Anfang zu mir.

Ich verdiene keine zweite Chance. Das weiß ich. Aber ich möchte, dass er weiß, wie leid es mir tut, wie gemein ich ihn behandelt habe. Es war falsch von mir und ich will einfach nur die Gelegenheit, ihm das zu sagen. Aber scheinbar will er mir die nicht geben und ich muss akzeptieren, dass ich nicht das bekommen werde, was ich will. Und ich werde lernen müssen, damit zu leben.

Aber es fühlt sich leider schrecklich an ...

24

CYPRIAN

Nachdem ich mich zwei Wochen in einen Retreat zurückgezogen habe, um mich von den Giften zu reinigen, die mir seit meiner Geburt verabreicht worden sind, habe ich einen Guru gefunden, der mir dabei hilft, mein Inneres Selbst hervorzubringen, das schon mein ganzes Leben lang unterdrückt wird.

Tabitha ist eine fünfzigjährige Frau, die viel jünger aussieht, denn sie hat gelernt, wie man das Leben auf positive Art und Weise lebt. Sie hat ebenso viele Hürden in ihrem Leben überwinden müssen wie alle Besucher ihres Retreats und ihr ist nicht nur das gelungen, sie hat auch davon gelernt und ihre Schicksalsschläge zu Trittbrettern gemacht, mit denen sie sich aus ihrer misslichen Lage befreit hat. Sie hat uns eine Menge Techniken beigebracht, um uns zu helfen, unsere Ziele ebenfalls zu erreichen.

Als erstes mussten wir unsere Handys abgeben, damit wir uns darauf konzentrieren konnten, unser wahres Ich kennenzulernen. Den Regeln nach mussten wir sie zu Hause lassen und das habe ich getan.

Während des Retreats habe ich herausgefunden, dass ich mehr vom Leben will, als ich mir je hätte vorstellen können. Ich habe mir nie die Zeit genommen, innezuhalten und darüber nachzudenken, was ich eigentlich will.

Ich habe beispielsweise immer gedacht, ich sei unfähig, Kinder großzuziehen, aber jetzt verspüre ich ein tiefes Verlangen, mich selbst in einem anderen Menschen zu sehen. Jetzt gehören also auch Kinder zu meiner Vorstellung von einem erfüllten Leben.

Tabitha hat uns erklärt, dass wir nur ein Leben bekommen und das in vollen Zügen genießen müssen, aber das bedeutet für jeden Menschen etwas Unterschiedliches. Sie ist sehr weise. Ihre schlauen Worte kommen mir oft wieder in den Sinn.

Ich bin gerade kurz davor, zum ersten Mal seit zwei Wochen mein Haus zu betreten, mein Handy zu nehmen und mit meinem Leben weiterzumachen, aber diesmal mit einer völlig neuen Einstellung.

Ich werde in Zukunft maximal zwischen acht und zehn Stunden pro Tag arbeiten. Ich hätte gedacht, ich wäre nie zu einem Urlaub fähig. Aber die Firma hat ja auch die letzten zwei Wochen ohne meine Hilfe geschafft, sie werden also auch klarkommen, wenn ich ein paar Stunden pro Tag weniger da bin.

Jedes Wochenende möchte ich etwas unternehmen, was ich noch nie getan habe. Dieses Wochenende ist das Skydiven. Tabitha sagt, es war für sie eine unglaubliche Erfahrung, die jeder Mensch mindestens einmal im Leben machen sollte.

Sonntage sollte man zur Reflektion nutzen und es langsam angehen lassen. Man sollte so viel ruhen wie nötig und sich etwas Heiteres durchlesen oder ansehen. Ich habe mir ein Buch aus dem Oprah Buchclub bestellt und werde das am Sonntag lesen.

Mir geht es körperlich und geistig viel besser denn je. Ich bin fest davon überzeugt, dass es mein Leben zum Besten gewendet hat, Tabithas Seite zu finden und in ihr Retreat zu fahren.

Heute ist Sonntag und morgen fange ich wieder mit der Arbeit an. Dann muss ich wieder in die normale Welt zurück und werde feststellen, ob ich mein neues Wissen in meinem echten Leben umsetzen kann.

Ashton hält vor meiner Tür. „Da wären wir, Sir. Haben Sie ihre Villa vermisst?“ Er will aus dem Auto aussteigen, um mir zu helfen.

„Nein, Ashton, lass mich das machen. Ich weiß deine Hilfe zu schätzen, aber ich kann das auch selbst erledigen“, sage ich und öffne meine eigene Tür.

Er lässt den Kofferraum aufschnappen, damit ich meine Taschen holen kann, und ich sehe, dass er trotzdem aussteigt. „Cyprian, Sie bezahlen mich dafür, dass ich das für Sie erledige. Bitte erlauben Sie mir, meine Arbeit zu machen.“

„Ich bin schon zu lange verwöhnt worden.“ Ich nehme eine Tasche und sehe, wie er die andere nimmt.

„Das ist nicht verwöhnt, Sir. Sie bezahlen mich hierfür.“ Er fängt an, die Tasche auf meine Tür zuzutragen und ich folge ihm mit der anderen Tasche.

„Ashton, du musst mich nicht mehr Sir nennen. Nenn mich bei meinem Namen. Du bist älter als ich. Du solltest nicht mit mir sprechen, als wäre ich dein Vorgesetzter. Tabitha sagt, dass wir alle gleich sind und uns auch so verhalten sollten.“ Ich warte, während er das Sicherheitssystem ausschaltet, das er einsetzen hat lassen, während ich weg war.

Ich habe ihn gebeten, das zu tun, kurz bevor ich am Flughafen aus dem Auto gestiegen bin, um zu dem Retreat zu fahren. Ich habe ihn auch den Torcode ändern lassen. Ich will keine Überraschungsbesuche mehr.

Nachdem er die Tür geöffnet hat, überreicht er mir eine Karte. „Hier sind alle wichtigen Codes notiert, Cyprian. Und was das ‚Sir‘ angeht, ich bin einfach daran gewohnt, Sie so zu nennen, es wird also hin und wieder passieren. Nehmen Sie mir das nicht übel. Ich bin alt und eingefahren.“

„Wo wir schon beim Thema sind, wie alt bist du eigentlich, Ashton?“, frage ich ihn, denn ich schätze ihn auf ca. fünfzig.

„Ich bin dreiundfünfzig“, sagt er und bringt meine Tasche nach drinnen.

„Nun, ich möchte ja nicht unhöflich sein, aber Tabitha ist fünfzig und sie sieht viel jünger aus. Sie unterstützt ihre Ernährung mit Ergänzungsmitteln, außerdem isst sie jede Menge rohes Gemüse und Bio-Gewürze, die dafür besonders wichtig sind. Du solltest mir erlauben, dir ihren Speiseplan zu geben. Das könnte dich um Jahre verjüngen. Und vielleicht klappt es bei deiner Frau auch", sage ich ihm, während wir nach drinnen gehen.

„Das ist aber nett von Ihnen", sagt er. „Soll ich die in Ihr Schlafzimmer bringen?"

„Nein, das erledige ich schon. Ich möchte mich nur wieder einleben und ein wenig meditieren."

„Dann lasse ich Sie in Ruhe." Er dreht sich um, um zu gehen, und ich nehme die Taschen und gehe hinauf in mein Zimmer. „Schön, dass Sie wieder da sind, Cyprian."

„Ich hoffe, dass ich das genauso schön finden werde, Ashton. Wir sehen uns morgen früh. Mal sehen, wie das jetzt läuft."

Ich gehe in mein Schlafzimmer, lege meine Sachen ab und sehe, dass mein Handy noch auf dem Nachtkästchen liegt, wo ich es gelassen habe. Scheinbar hat das Hausmädchen das Ladegerät eingesteckt und ich kann direkt nachsehen, was in meiner Abwesenheit angefallen ist.

Ich habe meinen Eltern erzählt, was ich vorhatte, und beide haben mich unterstützt. Mein Vater hat zugegeben, dass er keine Ahnung hatte, wie man ein Kind erzieht, und er hat mir Glück dabei gewünscht, die Person zu entdecken, die ich sein wollte. Meine Mutter war ein wenig verärgert darüber, wo ich hinreisen wollte. Sie fand, dass das eher nach Sekte klang, aber sie unterstützte mich durchaus in dem Gedanken, mich bessern zu wollen.

Mit Tabitha hat es sich wirklich angefühlt wie eine kleine Familie. Wir haben uns alle auf der kleinen Farm wie zu Hause gefühlt. Im hinteren Teil der Farm waren sechs Bungalows, je einer für einen der sechs Gäste. Sie sagt, sie hält die Gruppen immer so klein, damit jeder genügend Aufmerksamkeit bekommt.

Sie kommt am Mittwoch in die Stadt. Sie wird meinem Personal einen Workshop geben. Ich glaube, wir können alle etwas von ihrer geistigen Medizin gebrauchen. Ich kann es kaum erwarten zu hören, was sie von ihrer Ansprache halten.

Ich setze mich auf mein Bett, hebe mein Handy auf und verspüre auf einmal Angst. Ich habe mich nur zwei Wochen vor der Realität versteckt, aber es fühlt sich an wie eine Ewigkeit.

Ich will noch nicht in die Realität zurückkehren.

Aber ich muss, also gehe ich mein Handy durch und als ich es öffne, entdecke ich eine Nachricht an mich. „Cami."

Ich habe sie in eine innerliche Schublade gesteckt und jegliche Besessenheit verbannt. Sie entschuldigt sich dafür, wie sie mit mir gesprochen hat. Und mein Herz hämmert wild in meiner Brust.

Tabitha hat gemeint, es sei keine gute Idee, mich sofort mit jemandem einzulassen. Sie hat meine Seele wie eine Wunde beschrieben, die geöffnet und ausgekratzt worden ist und die nun heilen muss, bevor sich jemand anders ihr annähern kann. Ich fühle mich nicht mehr so verzweifelt wie zuvor. Aber ich will Cami immer noch.

Ich beschließe also, das fürs Erste sein zu lassen. Ich bin nicht stark genug, um ihr gegenüberzutreten. Ich muss mir Zeit nehmen, um zu heilen und mich wieder an mein Umfeld zu gewöhnen. Diesmal werde ich alles so machen, wie ich das will.

Aber ich schreibe ihr dennoch zurück, um ihr Bescheid zu geben, dass ich die Nachricht erhalten habe und sie nicht ignoriere.

-Cami, danke für die Entschuldigung. Ich weiß das zu schätzen. Ich arbeite an mir. Wenn ich bereit bin, komme ich dich besuchen. Dann können wir uns persönlich jeweils beim anderen entschuldigen und die Vergangenheit Vergangenheit sein lassen.-

Das sollte sie beruhigen, falls sie sich Sorgen gemacht hat. Ich wollte sie nicht in Sorge versetzen durch meine Reise. Ich musste einfach nur an mir arbeiten.

Ich frage mich, ob sie sich um mich Sorgen gemacht hat ...

25

CAMILLA

Es ist schon eine Woche her, dass ich Cyprian geschrieben habe, und erst jetzt schreibt er mir zurück und sagt mir, er habe an sich gearbeitet und komme mit mir reden, wenn er bereit sei. Ich möchte ihn sofort sehen, aber es klingt eher so, als wäre er soweit, mich hinter sich zu lassen. *Das finde ich ziemlich schwer zu verdauen.*

Ich habe heute frei und es ist noch nicht einmal mittags. Es wird mir sehr schwer fallen, nur ein paar Häuser von ihm entfernt zu sitzen und nicht zu ihm hinüber zu gehen. Aber ich schätze, mir bleibt nichts anderes übrig.

-Cyprian, danke für deine Antwort, ich habe mir schon Sorgen um dich gemacht. Schön zu hören, dass es dir gut geht. Ich freue mich auf den Tag, an dem du wieder mit mir reden möchtest.-

Ich stehe vom Sofa auf, packe meine Laufschuhe und beschließe, dass es wohl das Beste ist, ich wandle diese Nervosität in Laufenergie. Mir war gar nicht klar gewesen, dass er so tief in mich vorgedrungen war, dass der Gedanke, ihn zu vergessen, mir so wehtun würde.

Es ist ja nicht so, als hätte ich mir großartige Illusionen gemacht, dass wir eines Tages doch noch zusammenkommen würden. Das habe ich überhaupt nicht gedacht. Ich habe einfach gedacht, er wäre bei seinem Vater und würde es dort mit willkürlichen Frauen treiben wie ein Karnickel. Herauszufinden, dass er irgendwo war und an sich gearbeitet hat, widerspricht all meinen Erwartungen.

Ich laufe los in die Richtung, die mich an seinem Haus vorbeiführen wird. Es ist unwahrscheinlich, dass ich einen Blick auf ihn erhaschen werde, aber das Risiko gehe ich ein.

Ich will ihn nur einen Augenblick lang sehen!

Ich jogge die Landstraße entlang und meine Gedanken kreisen stetig um diesen Kerl. Ich frage mich, wo er hingegangen ist, um an sich zu arbeiten. Ich frage mich, ob er das für sich selbst oder für mich getan hat. Ich frage mich, was er über sich selbst gelernt hat und ob er nun denkt, dass wir beide einfach zu verschieden sind.

Ich weiß, dass ich diese Gedanken bereits gehabt habe. Es würde gar nicht gut laufen, wenn ich ihn meiner Familie vorstellen würde. Ebenso wenn er mich seiner Familie vorstellen würde, denn seine Eltern hätten meiner Meinung nach nie ein Kind haben dürfen.

Vielleicht sind wir einfach nicht füreinander bestimmt.

Vielleicht ist er für jemand anderen auf dieser Welt bestimmt. Eine Frau mit jeder Menge Geduld und Mitgefühl. Eine Frau, die ihm dabei helfen kann, seine Geister loszuwerden. Eine Frau, die alles für ihn sein will, wie ich mir das nie vorstellen könnte.

Was stimmt bloß nicht mit mir?

Ich hatte die Gelegenheit, mit einem umwerfenden, muskelbepackten, beinahe perfekten Adonis zusammenzukommen und ich habe auf meine Moral bestanden und mich geweigert, ihm die eine Sache zu geben, die er von mir gebraucht hätte. Alle bei der Arbeit halten mich für eine Idiotin. Und zwar nicht nur ein bisschen, sie halten mich für eine riesige Idiotin, die ihre Chance mit einem Typen vergeigt hat, der diese gesamte Stadt kaufen und verkaufen könnte.

Als Cyprian weg war, habe ich ihn gegooglet und herausgefunden, dass er unglaublich reich ist. Er ist steinreich. Er ist Multimilliardär und ein sehr respektierter Geschäftsmann.

Ich habe jede Menge Bilder von ihm mit seinen Kollegen gesehen. Manche dieser Kollegen sind Frauen und in den Bildern hat er überhaupt nicht wie eine männliche Hure ausgesehen. Es sah eher aus, als behandle er sie mit Respekt. Das hatte ich vorher noch gar nicht in ihm erkannt.

Ich hatte einfach das Pech, ihn verurteilt zu haben, bevor ich ihn wirklich kannte. Ich habe ihn als Frauenheld und nichts weiter abgestempelt. Ich hielt ihn für einen Mann, vor dem ich mich hüten muss.

UND JETZT IST es wahrscheinlich zu spät, ihm zu erklären, dass ich meinen Fehler einsehe. Es war falsch, dass ich ihm nicht die gebührende Liebe geschenkt habe. Es war falsch, dass ich versucht habe, ihn zu ändern. Ich habe mich so sehr geirrt, dass es nicht mal mehr witzig ist.

AUF EINMAL UNTERBRICHT der Anblick seines Tores meine Gedanken. Ich laufe auf der Stelle, während ich es anblicke, und erblicke dahinter das Haus, das in den Himmel ragt.

Scheiß drauf!

ICH LAUFE zum Tor und gebe den Sicherheitscode ein, 696969. Doch es ertönt nur ein Surren. *Der Code ist geändert worden!*

ICH EILE DAVON, denn ich will nicht, dass er mich auf seiner Kamera sieht. Sie ist auf das Tor und damit direkt auf mich gerichtet.

ICH FÜHLE mich wie solch eine Idiotin!

Er hat bestimmt den Code geändert, um mich fernzuhalten. Er hat mich schon vergessen, so viel ist klar. Ich muss auch etwas tun, um mir ihn aus dem Kopf zu schlagen.

IRGENDETWAS GROßES!

Vielleicht sage ich einfach zu dem nächsten Date ja, um das man mich bittet. Ich muss etwas tun, um ihn zu vergessen. Er hat sich in meinem Kopf eingenistet und sogar in meinem Herzen. Ich muss etwas tun, um ihn von dort zu verjagen. Er ist mich offensichtlich schon losgeworden.

Hat er vielleicht eine Freundin? Hat er vielleicht eine Frau gefunden, die besser zu ihm passt, und mich links liegen lassen? Habe ich das geschehen lassen? Mit uns?

Bin ich wirklich so dumm gewesen ...?

26

CYPRIAN

Die Woche dehnt sich ewig aus, denn jede Nacht fahre ich an Camis Laden vorbei und weiß, dass sie dort drin ist; ich sehe ihren Mustang daneben geparkt stehen. Aber Tabitha und ich sprechen jeden Tag darüber, dass ich mich immer noch vor allen in Acht nehmen muss. Ich bin ihrem Rat gefolgt und habe nur meinen Eltern geschrieben, dass ich immer noch Zeit für mich brauche, um mich wieder zu sortieren.

Es ist Mittwoch und Tabitha hält einen Workshop mit meinem Personal ab. Das war meine Idee und niemand war so wirklich begeistert. Aber ich musste darauf bestehen. Ich brauche Leute um mich herum, die verstehen, wie ich die Dinge haben möchte.

Ich warte ab, dass der Workshop endet, denn ich habe Tabitha eingeladen, bei mir zu schlafen, anstatt sie in einem Hotel unterzubringen. Sie war schließlich auch freundlich genug, uns alle in ihrem Heim aufzunehmen, also kann ich mich bei ihr revanchieren.

Die Tür zu dem Sitzungsraum öffnet sich und meine Mitarbeiter kommen heraus. Es ist neun Uhr abends und die meisten scheinen es eilig zu haben, endlich weg zu kommen. Sie lächeln und nicken mir alle zu, aber niemand sagt etwas.

Schließlich kommt Tabitha heraus, glücklich und voller positiver

Energie, wie immer. Ihr blonder Bob wogt sanft um ihren Kopf, während sie mir zunickt. „Es ist super gelaufen! Danke, dass du das möglich gemacht hast, Cyprian. Ich glaube, deine Mitarbeiter haben heute das Licht gesehen!"

Meine Sekretärin, Mrs. Peterson, blickt mich über die Schulter an, dann blickt sie zu Tabitha und wendet den Blick ab. Ich sehe keine Hoffnung in ihren braunen Augen. Ich sehe Sorge.

Warum macht sie sich Sorgen?

Tabitha hakt sich bei mir ein und erlaubt mir, sie aus dem Büro zu geleiten. „Ich bin mir sicher, einige von ihnen verstehen es und andere eben nicht. So läuft das. Wie du es gesagt hast, wir befinden uns alle auf unterschiedlichen Ebenen."

„Das stimmt, Cyprian. Und ich glaube, ich kann dir heute Nacht auch mit deiner Sache mit dieser Camilla helfen. Meinst du, dass sie heute in der Arbeit ist? Ich glaube, es wäre wichtig für deine Genesung, dass ich sie treffe. Ich würde mir gerne ein Bild von ihrer Persönlichkeit machen. Ich befürchte nämlich, dass du sie zu ernst nimmst und glaubst, ihre Schönheit mache aus ihr automatisch einen guten Menschen. Doch das stimmt selten. Die meisten schönen Frauen haben ein kaltes Herz."

„Das glaubst du doch wohl nicht wirklich, Tabitha", sage ich, als wir das Auto erreichen. Ashton öffnet die hintere Tür und ich lasse sie als erste einsteigen.

Als ich einsteige, sehe ich, wie sie die Stirn runzelt. „Ich weiß, dass es stimmt. Weißt du, Cyprian, viele Männer lassen sich von schönen Frauen leicht um den Finger wickeln."

„Aber du bist doch selbst schön, Tabitha. Willst du mir damit sagen, dass du das bereits ausgenutzt hast, um Männern wehzutun?", frage ich sie und beobachte, wie ihre hellblauen Augen tanzen.

„Das habe ich." Sie blickt mir in die Augen. „So alt wie ich bin findest du mich wirklich noch schön?"

Ich nicke und sage: „Das tue ich. Du bist schön. Du strahlst von innen. Du bist innerlich und äußerlich schön. Es ist ein Privileg, dich kennen zu dürfen."

Sie lacht ein wenig. „Das Kompliment kann ich nur zurückgeben. Du hübscher Kleiner."

Ihre Hand legt sich auf meine und sie hält sie fest. „Brauchst du positive Energie?", frage ich sie, denn sie hat uns auf dem Retreat beigebracht, wie wir unsere Energie mit anderen teilen und sie auch empfangen können.

An den Händen halten, sich umarmen und solche Dinge sind perfekte Methoden, positive Energie zu empfangen und zu verschenken.

„Das brauche ich tatsächlich", sagt sie. „Verstehst du, ich brauche so viel ich nur kriegen kann, damit ich positiv bleiben kann, wenn ich diese Frau kennenlerne, die dich motiviert hat, dich zu ändern. Ich fürchte, sie wird meine Arbeit mit dir als Bedrohung ansehen."

„Ich sehe keinen Grund dafür", sage ich. „Wir sind schließlich kein Paar. Daran ist sie schuld. Nun, ich habe auch Schuld daran, da ich mich anderweitig vergnügt habe, aber trotzdem wollte sie nie meine Entschuldigung annehmen und mir eine zweite Chance geben. Ich glaube nicht, dass sie mich will. Ich glaube, den Schaden, den ich angerichtet habe, kann ich nicht rückgängig machen. Ich arbeite noch daran, das zu akzeptieren. Etwas, was ich getan habe, hat so eine heftige Reaktion bei ihr hervorgerufen, dass es wohl all ihre Gefühle für mich im Keim erstickt hat."

Sie wendet den Blick ab und blickt mich dann wieder an. „Ich hoffe, du hast recht."

Diese Worte verwirren mich ein wenig. *Ich hoffe, ich habe nicht recht!*

„Bitte tu mir einfach den Gefallen und halt meine Hand fest oder leg sogar den Arm um mich. Dann bekomme ich deine positive Energie und kann meine Reaktion auf sie zügeln. Nach allem, was du mir über sie erzählt hast, fällt es mir schwer, sie zu mögen. Und ich will sie mögen."

„Ich mache ihr keinen Vorwurf. Das solltest du auch nicht", sage ich, denn ich verstehe sie gerade überhaupt nicht.

„Du bist mir wichtig geworden, Cyprian. Du bist ein seltener Juwel von einem Menschen. Dein Vater und deine Mutter, ich kann verstehen, warum sie dir das angetan haben, was sie dir angetan haben. Sie wussten schließlich nicht, was sie da tun. Im Gegensatz dazu habe ich den Eindruck, Camilla wusste es nur zu genau. Sie hat dich auf Sexentzug gesetzt, damit du alles tust, was sie will. Das ist eine beliebte Taktik bei Frauen, dich zu manipulieren."

„Also, ich glaube nicht, dass sie versucht hat, mich damit zu manipulieren. Sie ist einfach sehr moralisch. Sie wollte eben erst verliebt sein. Ich verstehe das schon. Und ich kann es respektieren."

„Das ist einfach nur altmodisch. Und außerdem kommt es gar nicht in Frage, sobald sie im Bilde ist über deine sexuellen Gewohnheiten. Sie hätte dich mehr in deinen Bedürfnissen unterstützen sollen anstatt dir dafür ein schlechtes Gewissen einzureden. Und sie ist auch noch Wissenschaftlerin. Eine gebildete Frau, die wissen sollte, dass kalter Entzug selten gut läuft. Du solltest es ihr zum Vorwurf machen, was sie getan hat. Du musst das tun, um dich selbst zu schützen."

Ich sage es Tabitha nicht, aber ich glaube nicht, dass ich das Camilla je zum Vorwurf machen könnte. Sie hat einfach nur versucht, im Einklang mit ihren Prinzipien zu handeln. Aber ich habe keine Lust, mich mit Tabitha zu streiten. „Ich gebe mein Bestes."

Sie zieht unsere verschränkten Hände an ihr Herz. „Mehr kannst du auch nicht tun, Cyprian." Dann küsst sie meine Hand und legt unsere verschränkten Hände wieder auf den Sitz zwischen uns.

Während wie uns dem Laden nähern, fange ich an zu schwitzen und mein Herz fängt an zu hämmern. Cami nach fast drei Wochen der Trennung wiederzusehen, wird mir sehr schwer fallen. Denn ich glaube, ich werde ihr meine Arme um den Hals werfen wollen und sie um mehr bitten, als sie mir jetzt geben kann.

Und auch mehr, als ich ihr geben kann ...

27

CAMILLA

Es ist schon fast zehn Uhr an diesem Mittwochabend, im Laden ist nichts los und ich langweile mich schrecklich, denn ich habe alle meine Aufgaben schon abgearbeitet. Ich habe Mary, meine ältere Kollegin, heute verfrüht nach Hause geschickt. Sie hatte Rückenschmerzen und es gibt keinen Grund, zwei Leute hierzubehalten, wenn keine Kunden da sind.

Ich lehne mich auf die Ladentheke, blicke aus dem Fenster und denke darüber nach, früher abzuschließen und frage mich, ob ich dafür gefeuert werden würde. Wahrscheinlich schon.

Ein schwarzes Auto hält auf einmal vor dem Laden und mein Herz setzt einen Schlag aus. „Cyprian!“ Ich warte ab, um zu sehen, ob er es ist, denn da bin ich mir ziemlich sicher.

Die Tür geht auf und er steigt aus und ich will auf ihn zu rennen und ihn in die Arme nehmen. Ich gehe um die Theke herum, bleibe dann wie angewurzelt stehen und gehe wieder zurück. Er ist in Begleitung einer Frau und die beiden halten Händchen.

Die Tränen steigen mir in die Augen und ich blinzele wie wild, um sie loszuwerden. Die Türklingel ertönt und ich atme tief durch, um meine Nerven zu beruhigen, die gerade heiß laufen. „Hallo, Cyprian“, sage ich mit zitternder Stimme.

„Cami, wie geht es dir?“, fragt er mich, während er die Hand der Frau loslässt und seinen Arm um sie legt. „Das ist Tabitha. Sie hilft mir dabei, mich grundlegend zu ändern. Sie ist wirklich ein Geschenk des Himmels.“

„Gut“, sage ich, aber ich meine es nicht ernst. „Dir geht es also besser. Das ist toll. Freut mich, dich kennenzulernen, Tabitha.“

Sie reicht mir ihre Hand und ich drücke sie, doch ihr Druck ist fester. „Camilla, ich wollte dich kennenlernen. Cyprian hat mir jedes kleinste Detail eurer kleinen Affäre erzählt.“

Affäre!

„So hat er das formuliert?“, frage ich und bin sofort sauer.

„Nein“, sagt er. „Das zwischen uns war mehr als nur eine Affäre, aber das Timing war schlecht, Ich war nicht der Mann, den du gebraucht hast.“

„Und du warst nicht die Frau, die er brauchte“, sagt sie.

Ich will sie anbrüllen, aber ich tue es nicht. „Ich schätze nicht. Ich wollte mich gerne mit Cyprian unter vier Augen unterhalten, um mich für die fiesen Dinge zu entschuldigen, die ich zu ihm gesagt habe. Ich habe überhaupt nicht seine Vergangenheit mit bedacht, als ich ihm diese Dinge an den Kopf geworfen habe. Ich war verletzt und habe das an ihm ausgelassen. Das tut mir schrecklich leid.“

„Wie lange schon?“, fragt mich Tabitha.

„Wie bitte?“, frage ich, denn sie verwirrt mich.

„Er hat mir erzählt, dass er eine Woche lang jeden Abend zu dir in den Laden gekommen ist. Er hat sich immer wieder bei dir entschuldigt und du hast ihn immer wieder weggeschickt, sodass er sich richtig erbärmlich gefühlt hat“, sagt sie und blickt mich an, als wäre sie eine Anwältin, die ihrem Klienten eine viel bessere Entschuldigung holen möchte als die, die er von mir bekommen hat.

„Hören Sie mal, Madame, ich muss mich vor Ihnen überhaupt nicht rechtfertigen. Cyprian und ich können uns später unter vier Augen unterhalten.“

Sie hält ihre Hand hoch, um mich zu unterbrechen. „Nein, das könnt ihr nicht. Ich übernachte heute bei ihm und ich habe ihn auch zu dir beraten. Er ist noch viel zu verletzt, als dass ihr beiden euch unter vier Augen unterhalten könntet. Du hast eine Angewohnheit, schroff zu ihm zu sein und dass kann ich einfach nicht zulassen.“

Mein Blick wendet sich von ihr ab und legt sich auf Cyprian, der ziemlich verlegen aussieht. „Willst du das auch, Cyprian?“

Er nickt und blickt zu Boden. „Tabitha ist eine weise Frau.“

„Das sehe ich. Sie hat dich unter der Fuchtel.“ Ich verschränke meine Arme vor der Brust, denn ich durchschaue diese Frau.

Sie sieht auf den ersten Blick jung aus, aber wenn man genau hinsieht, erkennt man die Falten um ihre Augen herum. Mit Sicherheit ist sie schon Ende vierzig und trotzdem leuchten ihre Augen noch so, wenn sie Cyprian anblickt.

Da bin ich mir ganz sicher!

Er blickt Tabitha an, um die er immer noch den Arm gelegt hat. „Du bist ja jetzt noch da, könnten wir uns vielleicht jetzt kurz unterhalten? Im Hinterzimmer vielleicht?“, fragt er sie.

Sie schüttelt den Kopf, blickt ihn an und streicht ihm über die Wange. „Cyprian, du bist noch zu zerbrechlich.“

„Ha!“, lache ich. „Er ist alles andere als zerbrechlich. Er ist ein starker Mann. Ich habe ihn noch nie so gesehen und ehrlichgesagt gefällt mir das gar nicht.“ Ich gehe um die Theke herum und sehe, wie sie sich vor ihn stellt.

„Nein, du darfst jetzt nicht mit ihm alleine sein. Genau das habe ich befürchtet.“ Sie blickt wieder Cyprian an. „Wir müssen jetzt los.“

Er nickt und geht rückwärts aus der Tür hinaus, als sei ich ein Terrorist, der es auf ihn abgesehen hat. „Cyprian, bitte ruf mich später an. Bitte.“

Seine Augen bohren sich in meine, während sie ihn nach draußen drängt. „Er wird dich nicht anrufen. Ich sehe es in deinen Augen. Du bist nicht die Frau, für die er dich hält. Du bist eine egoistische, manipulative Frau. Du bist wahrscheinlich nur auf sein Geld aus. Deshalb hast du ihn auf Sexentzug gesetzt und ihn gezwungen, Liebe für dich zu entwickeln, damit du ihn schließlich in einer Ehe gefangen nehmen kannst.“

Ich blicke Cyprian an. „Sie ist verrückt, das weißt du genau. Ruf mich an, Cyprian. Ich habe Gefühle für dich. Ich vermisse dich. Und ich mache mir Sorgen um dich. Ruf mich an."

Er wird aus der Tür geschoben und blickt mich immer noch an. Offensichtlich verwendet sie ihr Expertenwissen als Heuchlerin, um sich an ihn ranzumachen. Mein Herz hämmert und ich folge ihnen nach draußen. Sie schiebt ihn schnell auf den Rücksitz, bevor ich sie erreichen kann, und es macht mich unglaublich sauer. Wütender als damals, als ich ihn mit diesen Escortweibern erwischt habe!

Damit kommt sie nicht davon ...

28

CYPRIAN

Mir schwirrt der Kopf, als wir das Haus betreten. „Ich möchte mich mit ihr unterhalten, Tabitha."

Sie nimmt meine Hand und zieht mich hinter sich her. „Zeig mir dein Zuhause, Cyprian. Wir können Wein trinken. Du musst diese Frau vergessen. Sie ist nicht gut für dich. Ich fürchte, dass sie der Grund für deinen Nervenzusammenbruch ist."

„Ich würde das nicht als Nervenzusammenbruch bezeichnen. Ich wollte einfach nur ein besserer Mensch sein, Tabitha." Ich bleibe stehen und sie muss auch stehen bleiben.

„Zeig mir bitte erst mein Zimmer." Ihre Augen leuchten.

Ashton tritt mit ihrem Koffer ein. „Ich bringe ihn hoch."

Sie schüttelt den Kopf. „Ist schon in Ordnung. Lass ihn einfach neben der Tür stehen. Ich bringe ihn später hoch, Ashton. Könntest du so nett sein und uns alleine lassen? Ich muss Cyprian mit etwas helfen, was sich zu einer waschechten Krise entwickeln könnte, wenn ich nicht mit ein paar drastischen Maßnahmen eingreife."

Ich blicke Ashton an, der die Stirn runzelt. „Sind Sie sich sicher, Sir?"

„Wie bitte?", fragt Tabitha, während sie ihn aus der Tür drängt. „Dieser Mann ist bei mir besser aufgehoben als bei sonst irgendjemandem. Auf Wiedersehen. Wir sehen uns morgen. Falls ich da schon fahre. Vielleicht braucht er eine Weile meine Hilfe."

Er blickt mich wieder an. „Sir, sind Sie sich ganz sicher?"

Tabitha dreht sich zu mir um und stemmt ihre Hände in die Hüften. „Cyprian, wirst du ihm wohl sagen, dass du dir sicher bist?"

Ich nicke und er dreht sich um und geht, aber ich sehe, dass er das nicht möchte. Tabitha packt wieder meine Hand und legt meinen Arm um meine Taille. „In Ordnung, ich zeige dir dein Zimmer, Tabitha. Wahrscheinlich möchtest du dich erst einmal frisch machen."

Wir gehen nach oben und sie sieht die vielen Türen. „Welches Zimmer ist deines?"

Ich zeige auf meine Tür und sie lächelt. Dann gehe ich mit ihr bis ans Ende des Ganges und sehe, wie sie die Stirn runzelt. „Wieso so weit weg von deinem, Cyprian?"

„Damit du deine Ruhe hast", sage ich. „Das war mich wichtig." Ich öffne die Tür und bleibe davor stehen, während ich ihr bedeute, einzutreten. „Bittesehr. Ich warte unten im Wohnzimmer am Fuße der Treppe."

Sie nimmt mich an meinen Händen und zieht mich zu sich in den Raum. „Cyprian, wir müssen uns unterhalten. Ich sehe doch, dass du noch mehr Hilfe von mir nötig hast. Du wirst nur wieder einen Rückfall zu Camilla Petit erleiden, wenn ich nichts Drastisches unternehme."

„Das sagst du ständig." Ich blicke sie an und frage mich, was sie damit eigentlich meint.

„Ich meine damit, dass du körperliche Hilfe brauchst. Ich muss dein Energiefeld mit Haut-an-Haut-Berührungen wieder aufladen. Hände halten oder Umarmen genügt nicht, um dir positive Energie zu vermitteln. Du suchst nach dem Negativen, verkörpert durch Camilla Petit. Ich muss dir etwas von meiner positiven Energie zuteilwerden lassen."

„Haut an Haut", sage ich, denn das hört sich irgendwie so an, als wolle sie nackt mit mir sein.

Sie tritt einen Schritt zurück und fängt an, ihr Hemd aufzuknöpfen, unter dem sie nur ein Unterhemd trägt. „Zieh deine Kleidung aus, Cyprian. Ich muss dich Haut an Haut im Arm halten, um dir ausreichend positive Energie zu vermitteln. Du hast sie bitter nötig."

„Das kann ich nicht tun, Tabitha." Ich schüttle meinen Kopf, während sie sich weiterhin vor meinen Augen auszieht.

„Doch, kannst du, Cyprian. Ich helfe dir nur als Mensch. Ich habe das schon ab und zu mit anderen Patienten gemacht. Es wirkt Wunder. Wie gesagt, ich bleibe nun bei dir, bis ich eine Verbesserung bei dir sehen kann, wie du mit deinem neuen Leben umgehst." Als sie fertig gesprochen hat, steht sie splitternackt vor mir und hält ihre Arme auf. „Wenn du dir nicht sicher bist, wie viel dir das helfen könnte, umarme mich ruhig angezogen, dann siehst du schon, wie gut sich das anfühlt. Du wirst sehen, wie viel besser du dich fühlst."

Ich bin wie angewurzelt und bin mir ziemlich unsicher bei der ganzen Sache. Aber sie tritt vor, nimmt meine Hände und legt sie auf ihren Arsch, während sie mich eng umarmt. „Tabitha."

„Schh. Nicht reden. Schließ die Augen und spüre die Energie, die ich dir schicke. Mein ganzer Körper schickt dir positive Energie."

Ich gehorche ihr, denn ich bin nicht nackt, und versuche, die Energie zu spüren, die sie mir schickt. Sie hat bis jetzt immer recht gehabt. Und das Hände halten und Umarmen hat mir auch nichts mehr gebracht.

Ein paar Minuten später lässt sie mich los, blickt mich an und knöpft dann auch mein Hemd auf. Ich nehme ihre Hand und gebiete ihr Einhalt. „Tabitha, ich halte das für keine gute Idee."

„Unsinn", sagt sie, „ich spüre immer noch die negative Energie, die von dir ausgeht." Sie zieht mir schnell mein Hemd aus und schmiegt sich dann wieder in meine Arme, legt meine Hände auf ihren Arsch. „Drück meine Arschbacken ruhig fest zusammen. Stell dir vor, sie wären wie die Stressbälle, die ich euch im Retreat gegeben habe. Verwende sie, um deine Anspannung zu lösen."

Ihre Brüste drücken sich gegen meine nackte Brust und ich gehorche, sodass mir auf einmal schreckliche Gedanken kommen. Ich versuche wirklich, das Ganze als Therapie zu sehen, aber mein Schwanz sieht das ganz anders. „Tabitha, wir müssen damit sofort aufhören. Ich bekomme schon unlautere Gedanken."

„Es ist nicht unlauter, mehr zu wollen. Wir können auch das tun. Wir können unsere Energie austauschen. Ich nehme deine negative Energie und du bekommst von mir die positive. Ich kann meine Energie viel schneller wieder aufbauen als du. Lass mich dir dabei helfen, zu heilen, Cyprian."

Ihre Hände finden den Knopf meiner Hose und im Handumdrehen hat sie mir Hose und Unterhose ausgezogen. „Tabitha, ich kann nicht. Du hast gesagt, dass ich so etwas nicht tun sollte, weißt du nicht mehr?"

„Mit niemandem aus deinem Bekanntenkreis, Cyprian, die wollen dir alle nur Böses. Ich hingegen will dich heilen. Jetzt komm mit mir ins Bett und versenke dich in meiner Quelle des Guten, damit ich deine Schmerzen beseitigen und dich mit Licht erfüllen kann."

Sie lässt mich los und blickt auf meine Schuhe und Socken herab, außer denen ich bereits nichts mehr anhabe. „Zieh auch die aus. Wir müssen völlig nackt sein, damit das funktioniert."

„Ich brauche ein Kondom. Ich habe ein paar in meinem Zimmer", sage ich und möchte dieser misslichen Lagen entkommen.

„Das brauchen wir gar nicht. Ich bin sauber und gesund und nehme die Pille. Du kannst dich entspannen. Jetzt komm, Cyprian. Ich kann dir mehr helfen als du denkst."

Während ich mich von ihr zu meinem Bett führen lasse, spüre ich, wie ich innerlich dagegen ankämpfe.

Werde ich das jetzt wirklich tun …?

DER HENGST

Camilla

Cyprians Auto fährt wieder vor dem Lagen vor und ich mache mich auf ein weiteres Gefecht mit der Tante gefasst, die zu glauben scheint, dass sie Cyprian vor mir verteidigen muss. Stattdessen rennt sein Fahrer plötzlich zu mir in den Laden. „Kannst du mitkommen, Camilla? Cyprian braucht dich!"

Ich fälle einen drastischen, schnellen Entschluss, schnappe mir meine Schlüssel von unter der Ladentheke, um abzuschließen, und schalte im Gehen das Licht aus. „Was ist los?"

„Diese Frau", sagt er, während er mich nach draußen bugsiert. „Sie will ihn ausnutzen. Ich weiß es einfach. Komm mit."

Ich setze mich in den Beifahrersitz, während er sich hinter das Steuer setzt und vom Parkplatz fährt. „Ashton, was, wenn er mit ihr zusammen sein will?"

„Das will er nicht. Er durchschaut diese Frau und ihre Motive überhaupt nicht. Ich aber lese in ihr wie in einem Buch. Sie wollte sofort in ihr Zimmer gebracht werden und wollte auch nicht, dass ich sie begleite, um ihren Koffer hinaufzutragen. Sie hat mir deutlich gesagt, sie beiden alleine zu lassen, damit sie etwas mit ihm machen könnte, um irgendeinen Nervenzusammenbruch zu verhindern oder so einen Unsinn."

„Einen Nervenzusammenbruch?", frage ich. „Hat er so etwas schon einmal gehabt?"

„Nein", erklärt er mir. „Diese Frau zieht einfach nur eine Nummer mit ihm ab. Ich bin mir nicht sicher, ob sie ihm nur an die Wäsche will oder noch viel mehr, aber sie ist ziemlich durchsetzungsstark und ich mache mir Sorgen um Cyprian."

„Was, wenn ich hineingehe und sie dabei erwische, wie sie es gerade treiben, Ashton?" Ich schüttele den Kopf. „Das will ich nicht noch einmal sehen. Das kann ich nicht! Das letzte Mal hat es so wehgetan."

„Er braucht dich, Camilla", erklärt er mir, während er vor dem Tor vorfährt und den Code eingibt.

„Aber was, wenn sie es gerade miteinander tun?", frage ich ihn. „Ist das möglich?"

Er sagt kein Wort und ich sehe, wie er auf einmal nicht nur besorgt, sondern regelrecht krank aussieht. „Ich hoffe nicht. Ich habe in Cyprian nicht das Verlangen danach gesehen, aber in ihr sehr wohl. Und Sex schlägt er wirklich selten aus. Aber ich habe einfach das Gefühl, dass sie sein Vertrauen ihr gegenüber ausnutzt, um ihn zu manipulieren. Das kann ich gar nicht ausstehen. Ich bleibe bei dir, Camilla. Aber auf dich wird er viel eher reagieren."

Wir halten vor der Tür und mein Herz setzt einen Schlag aus. „Bitte mach, dass sie gerade nicht so vereint sind!" Ich steige aus dem Auto und zittere wie Espenlaub.

Ashton gibt einen Code in eine neue Box an der Haustür ein. Das Licht wird grün und wir gehen nach drinnen. Neben der Tür steht ein Koffer und ich höre nichts.

„Gehen wir nach oben", flüstert Ashton.

Ich folge ihm, doch mir ist ganz schlecht, während wir die Treppen hinaufgeben und immer noch nichts hören. Als wir den ersten Stock erreichen, höre ich Cyprians Stimme: „Ich kann wirklich nicht. Ich habe das nicht von dir erwartet, Tabitha. Ich gehe jetzt auf mein Zimmer. Wir sehen uns morgen früh."

Ashton und ich verstecken uns auf der Treppe. Es scheint so, als könne Cyprian gut für sich selbst Sorgen. Aber als ich an Ashton vorbeilinse, sehe ich, dass Cyprian seine Klamotten in der Hand trägt und nackt ist. Ich werde wütend und dann steht auf einmal diese verdammte Schnepfe auch splitterfasernackt im Gang. „Cyprian, komm her. Nun sei doch nicht so. Ich möchte dir nur meine positive Energie übertragen, via Penetration. Du musst nicht einmal in mich hineinstoßen, wenn du nicht möchtest. Obwohl dabei dann in der Regel mehr Energie übertragen wird."

Er bleibt stehen und dreht sich um. „Das nennt man Sex, Tabitha! Hältst du mich für einen naiven Jungen?"

Mein ganzer Körper zittert vor purem Hass auf diese Frau. „Cyprian, als deine Therapeutin muss ich hierauf bestehen. Du stehst kurz vor einem Nervenzusammenbruch. Du bist näher dran, als du denkst."

Bevor er auch nur ein Wort sagen kann, dränge ich mich an Ashton vorbei und renne auf die Frau zu, während ich sie anbrülle: „Du verdammtes Miststück!"

Sie macht riesige Augen, geht schnell wieder in ihr Zimmer zurück und sperrt die Tür ab. Ich hämmere auf die Tür ein, aber sie wird sicher nicht aufsperren.

„Cami?", fragt mich Cyprian und kommt auf mich zu.

Ich drehe mich um und sehe, dass er seine Hose angezogen hat. „Wieso warst du nackt, Cyprian? Bist du denn völlig von Sinnen?"

„Nein!", ruft er. „Und danke, dass du gekommen bist!"

Mein Körper zittert, ich ziehe ihn in meine Arme und fange an zu weinen wie ein Baby. „Cyprian, was hast du dir da nur eingebrockt?"

„Schh, nicht weinen", flüstert er und streicht mir über das Haar. „Alles ist gut."

Ich löse mich von ihm und schüttle den Kopf. „Wieso warst du nackt?"

Er zieht mich mit sich den Gang hinunter und sieht dann Ashton. „Du hast sie hierhergebracht?"

Er nickt. „Ich habe gesehen, was diese Frau mit dir vorhatte, auch wenn du es nicht gesehen hast. Ich musste sie holen, damit sie mir hilft. Ich wusste genau, dass sie mit ihrer Wut gegen diese alte Schachtel ankommt."

Cyprian lächelt den Mann an, der ihn die letzten paar Jahre überall hingefahren hat. „Danke. Ich hatte schon befürchtet, sie würde mich die ganze Nacht lang unter Druck setzen."

„Und das hätte sie auch", sagt Ashton. „Ich bringe sie jetzt in ein Hotel und sorge dafür, dass sie morgen Früh in einem Flieger nach Hause sitzt. Bitte sag mir, dass du nichts mehr mit dieser Frau zu tun haben wirst."

Cyprian nickt und sieht nun ein wenig schlauer aus. „Darauf kannst du Gift nehmen. Ich hätte das nie von ihr erwartet. Ich hatte ja keine Ahnung, dass sie so etwas abziehen würde. Ich werde eine Rezension auf ihrer Webseite veröffentlichen, damit zukünftige Kunden gewarnt sind. Sie hat mir gesagt, sie hätte diesen Energieaustausch mit einigen ihrer Kunden durchgeführt."

Ich schaudere bei dem Gedanken, wie schrecklich diese Frau ist. Sie nutzt Menschen aus, die bei ihr um Hilfe suchen. „Energieaustausch? Meine Faust möchte sich gerne mal mit ihrem Gesicht austauschen. Diese widerliche Hure."

Hinter uns quietscht die Schlafzimmertür und wir drehen uns alle um, um eine angezogene Tabitha zu erblicken, die ausgerechnet wütend aussieht. „Widerliche Hure?", fragt sie und kommt auf uns zu.

Jetzt stellen ich und Ashton uns vor Cyprian, um sie von ihm fernzuhalten. „Ja, du bist eine teuflische, abstoßende Hure. Was du getan hast, ist ein Verbrechen. Dieser Mann hat sich für psychologische Hilfe an dich gewendet und du hast sein Vertrauen missbraucht, um ihn zum Sex zu nötigen. Du bist eine der erbärmlichsten Kreaturen, die mir je begegnet ist", sage ich ihr und funkele sie an. „Ich würde dir am liebsten den Kopf abreißen und damit Fußball spielen."

„Tatsächlich?", fragt sie herablassend. „Cyprian wusste nur zu gut, wie wir körperliche Energie dazu nutzen, andere Menschen zu heilen. Er hat schließlich freiwillig zwei Wochen mit mir verbracht."

„Und jetzt willst du mir also verkaufen, ihr beiden hättet eine besondere Verbindung oder so einen Unsinn?“, frage ich sie. Cyprian fasst meine Hand und hält sie fest.

„Das stimmt auf keinen Fall, Cami“, flüstert er.

Die Frau richtet ihre Schultern auf und blickt an mir vorbei zu Cyprian. „Ich habe dir nie wehgetan und ich würde das auch nie tun. Ich bin nur hier, um dich zu heilen. Du erleidest vor meinen Augen einen Nervenzusammenbruch und diese Leute tun nichts, um dir zu helfen. Sie sind nur wütend und beanspruchen sich für dich, sodass du eine gänzlich negative Energie entwickelst. Wenn du sie wegschickst, kann ich dich von dieser Negativität befreien.“

„Indem du ihn vögelst?“, frage ich und schüttle meinen Kopf. „Kannst du vergessen, Bitch. Cyprians Chauffeur fährt dich jetzt in ein Hotel und morgen steigst du in das erste Flugzeug, das dich von hier wieder in dein erbärmliches Zuhause bringt. Wenn du Cyprian auch nur eine SMS schickst, mache ich dich in den sozialen Medien fertig und ruiniere deine fadenscheinige Karriere.“

„Wer sollte dir denn glauben?“, fragt sie lachend.

Ashton macht einen Schritt vor und packt sie am Handgelenk. „Es gibt eine Menge Leute, die ihre Anschuldigungen unterstützen würden. So, jetzt machen wir uns auf den Weg.“ Er zieht sie mit sich, während sie versucht, Cyprian dazu zu bekommen, sie anzusehen.

„Cyprian, bitte. Du weißt doch, dass ich dir nicht wehtun werde“, sagt sie, während sie weggebracht wird.

„Das hast du doch schon“, sagt er und blickt mich an.

„Bringt sie bloß schnell weg von hier, Ashton“, sage ich, während ich über Cyprians Wange streiche. „Könntest du mich bitte in den Laden zurückfahren, damit ich ihn richtig abschließen kann?“

Er streicht mir auch über die Wange. „Das mache ich gerne. Danke dir, Cami.“

„Wozu hat man Freunde?“, frage ich, nehme seine Hand und gehe den Gang entlang. „Vielleicht willst du dir aber noch ein Hemd und Schuhe anziehen.“

Wir bleiben direkt vor seiner Schlafzimmertür stehen, damit er sich die Klamotten holen kann, die er auf dem Boden abgelegt hat.

Anstatt sie aufzuheben, hebt er mich hoch und umarmt mich fest. „Ich habe dich so sehr vermisst, Cami, mehr als mir bewusst war."

„Ich habe dich auch vermisst. Aber mir war es sehr wohl bewusst", sage ich, und dann legen sich seine Lippen auf meine und ich schmelze dahin wie Eis im Sommer.

Klappt es wohl diesmal endlich?

29

CYPRIAN

Ihr Körper fühlt sich in meinen Armen einfach richtig an und ich küsse sie so, wie ich zuvor nur davon geträumt habe. Sie schlingt ihre Arme um mich und ich habe das Gefühl, dass sie mir endlich für meinen Moment der Schwäche vergibt.

Ich beende den Kuss mit kleinen Küsschen und entdecke diesmal Tränen der Trauer in ihren Augen, nicht Tränen der Wut. „Cyprian, es tut mir leid, dass ich dich mit dieser Frau habe ziehen lassen. Das hätte ich nicht tun sollen."

„Gib dir nicht die Schuld dafür, Cami." Ich gebe sie frei, nehme mein Hemd und ziehe es mir an. „Ich versuche gerade krampfhaft, mich neu zu erfinden. Ich hätte gar nicht erst auf einen Retreat bei einer Frau ohne wirkliche Auszeichnungen fahren sollen."

„Wieso versuchst du so sehr, dich zu ändern?", fragt sie, während ich meinen zweiten Schuh anziehe und ihre Hand nehme, um hinauszugehen.

„Ich muss mich ändern. Ich bin nicht derjenige, der ich sein könnte. Ich habe Dinge über mich erfahren, während ich in diesem Retreat war. Es war nicht nur schrecklich. Tabitha war nicht so, wenn wir in Gesellschaft anderer Leute waren. Sie hat erst damit angefangen, als sie mich alleine besucht hat. Ich weiß nicht, was auf einmal in sie gefahren ist."

„Du bist einfach verdammt heiß, Cyprian. Das ist in sie gefahren." Wir betreten die Garage und ich sehe, wie Cami große Augen macht, als ich das Licht einschalte. „Krass! Du hast echt viele Autos, Cyprian!"

„Such dir eines aus", sage ich und warte neben dem Schlüsselbrett mit all den Autoschlüsseln.

Sie zeigt auf einen roten Lamborghini. „Wie wäre es mit dem?"

Ich blicke sie unsicher an. „Cami, mit dem bin ich noch nie gefahren. Er wurde geliefert, während ich weg war. Glaubst du, du kommst damit klar?"

„Ich?", quietscht sie und schüttelt den Kopf. „Ich fahre ihn sicher nicht. Außerdem muss ich mein Auto abholen. Such du dir aus, mit welchem du fahren willst."

„Oder du könntest dein Auto über Nacht dort lassen und mit mir wieder hierher zurückkommen. Wir könnten eine kleine Spritztour in dem Lambo unternehmen. Was hältst du davon?", frage ich sie und drücke insgeheim die Daumen.

Nach einem langen Augenblick, in dem sie das Auto bewundert, nickt sie. „Das fände ich super." Sie blickt mich an und zwinkert. „Ich glaube, du kannst ein wenig Gesellschaft nach allem, was du durchgemacht hast, ganz gut gebrauchen."

Mit einem Lachen hebe ich sie hoch und trage sie zum Auto. „Gut! Morgen fahre ich dann mit diesem Ding herum, damit ich mich daran gewöhnen kann."

„Ich freue mich ja schon so! Komm jetzt, Cyprian, testen wir ihn aus!"

Ich helfe ihr hinters Steuer und sehe zu, wie sie sich in dem Auto umsieht. „Gefällt e dir?"

„Ich liebe ihn, ein geringeres Wort wird dem gar nicht gerecht", sagt sie.

„Dem stimme ich zu", sage ich und schließe die Tür. Und ich meine damit nicht einmal das Auto.

Nachdem ich eingestiegen bin und mich angeschnallt habe, lege ich meine Hand auf ihre, als sie sie auf den Schaltknüppel zwischen uns legt. „Bist du bereit?"

Sie nickt. „Und du?"

Ich nicke und sage: „Mehr als bereit. Komm, los geht's, Baby."

„Ich bin ein wenig nervös", sagt sie und blickt das einschüchternde Armaturenbrett an.

„Das musst du gar nicht sein. Es ist einfach nur anders. Aber mach erst einmal langsam. Dieses Ding hat jede Menge PS", warne ich sie.

Ich öffne das Garagentor mit der Fernbedienung und sie fährt langsam hinaus. „Oh mein Gott, ich spüre jetzt schon die pure Macht!"

Jetzt werde ich nervös, denn ich weiß nicht wie sie fährt, und ich muss aus dem Fenster blicken und mir auf die Unterlippe beißen, damit ich nichts Falsches sage und wieder alles kaputtmache.

Wir fahren die Ausfahrt entlang und sie macht das ganz gut. „Wie fühlt es sich an? Glaubst du, du bist der offenen Straße gewachsen?"

Sie lacht und es macht mir ein wenig Angst. „Na das werden wir schon sehen! Halt dich gut fest!" Das Tor geht auf, sie fährt hinaus und biegt dann auf die verlassene Straße ab, die in die Stadt führt. „Los geht's!"

Ich halte mich an meinem Stuhl fest, während sie nach draußen fährt. „Krass!", brülle ich, während sie die gerade Straße entlangjagt.

Mein Herz schlägt mir bis zum Hals, während wir so über die dunkle Straße brettern. „Wow!", ruft sie begeistert aus.

Ich blicke sie an und sehe, wie sie aufgeregt lächelt, sodass ich auch lächeln muss. Obwohl ich eine Heidenangst habe. Und zwar vor mehr als nur einem Unfalltod.

Vielleicht wird das hier ernst. Vielleicht ist sie wirklich die Richtige für mich. Und ich bin alles andere als der Mann, den sie braucht und verdient. Ich bin mir nicht sicher, wie ich das machen soll.

Mein erster Versuch, mich zu verbessern, ist kolossal gescheitert. Ich kann mich nicht auf mich verlassen, die richtigen Entscheidungen zu treffen, um den Kerl zu ändern, der ich bin. Und ich muss mich für sie ändern. Das weiß ich.

Aber bin ich wirklich dazu fähig, der Mann zu werden, der perfekt für sie ist?

30

CAMILLA

Vanilleeis tropft meinen Arm hinab, während ich in die Küche eile, um es abzuwaschen. Mein Eis, das Cyprian für uns gekauft hat, bevor ich die Kasse geschlossen habe, kleckerte, denn ich habe zu lange gebraucht, um es zu essen.

Er sitzt auf der Theke und lächelt mich an, während ich zur Spüle renne, bevor ich Eiscreme auf meinem sauberen Boden verteile. „Beeile dich besser, du Raser!"

Ich lache, denn er hat sich einen schlauen Spitznamen für mich ausgedacht. Er behauptet, ich sei sein Auto zu schnell gefahren. Ich finde, ich bin angemessen schnell gefahren, denn dieser Schlitten ist einfach fett.

Ich schaffe es rechtzeitig zur Spüle, sodass nichts auf den Boden tropft, stopfe mir den Rest der Waffel in den Mund und wasche meine klebrigen Hände und Arme. Auf einmal spüre ich, wie er seine Arme um mich legt, und ich drehe mich zu Cyprian um. Mein Mund ist voller Eis und er lächelt mich an und küsst mich auf die Nasenspitze.

Er wartet ab, bis ich geschluckt habe, und küsst mich dann sanft, bis meine Knie ganz weich sind. „Cami, ich möchte, dass du etwas weißt."

Nach ein paar weiteren kleinen Küssen frage ich: „Was möchtest du, dass ich weiß?“

Er küsst mich noch ein paar Mal, dann sagt er: „Ich werde dich nicht bitten, heute Nacht mit mir zu schlafen.“

Ich streichle über seine prallen Bizeps und stelle fest, dass ich ein wenig enttäuscht bin. „Cyprian, ich kann das sein, was du brauchst.“ Ich beiße mir auf die Lippe und warte ab, was er wohl dazu sagt.

Ein Lächeln breitet sich auf seinem Gesicht aus und sein Schmollmund verschwindet. „Cami, wir können das ganz langsam angehen.“

Ich nicke, aber ich finde, dass wir es schon eine ganze Weile langsam angehen. Wir haben uns vor über einem Monat kennengelernt und schon viel Zeit gemeinsam verbracht. Wir wissen beide, dass wir den anderen vermisst haben. Und jetzt, wo ich Sex zu einer Option mache, schiebt er es hinaus?

Was soll das?

Aber ich sage nichts, denn er küsst mich so tief und leidenschaftlich, dass mich eine Welle des Verlangens bis tief ins Mark durchfährt. Ich knutsche normalerweise nie so hemmungslos mit jemandem, wenn ich nicht aufs Ganze gehen will. Ich glaube, Cyprian erlebt sein blaues Wunder, wenn er denkt, dass er es bei einem heißen Kuss belassen kann.

Meine Arme sind um seinen Hals geschlungen und jetzt legt er meine Beine um seine Taille. Er geht mit mir durch den Raum, setzt mich auf der Ladentheke ab und reibt sich an mir. Auf einmal fällt mir ein, wie spät es ist und dass sich die Alarmanlage bald anschaltet. „Cyprian, wir müssen hier raus!“

Er knurrt, zieht mich von der Theke und nimmt mich an der Hand. „Ja, das müssen wir!“

Ich schnappe mir meine Schlüssel von der Ladentheke, folge ihm aus der Tür und sperre hinter uns ab. Wir sind noch nicht mal am Auto, als ich die drei Pieptöne höre, die signalisieren, dass vom Hauptquartier aus die Sicherheitsanlage angeschaltet worden ist. „Wir haben gerade rechtzeitig aufgehört, rumzumachen. Wir wären bin sechs Uhr morgens eingesperrt gewesen, wenn wir noch länger geblieben wären."

Er öffnet die Beifahrertür und lächelt mich dabei an. „Das wäre echt dumm gewesen. Darf ich fahren, kleiner Raser?"

Ich steige lachend ein. „Na klar. Ich würde nur zu gern sehen, ob du dich bei diesem Biest unter Kontrolle hast."

„Kontrolle ist mein zweiter Name, Baby." Er schließt die Tür und geht um das Auto herum, um einzusteigen.

„Kontrolle?", frage ich ihn, während er sich anschnallt.

„Ja, und ich werde auch dich kontrollieren." Er nimmt meine Hand, küsst sie und blickt mich dabei an. „Ich werde der respektable Mann werden, den du brauchst."

„Ich habe dir schon gesagt, dass du dich für mich nicht ändern brauchst." Ich runzle die Stirn.

Er lässt den Wagen an, fährt los und rast aus dem Parkplatz heraus, sodass er Reifenspuren auf dem Asphalt hinterlässt. „Wow! Diese Kiste hat echt was drauf, was?"

Er scheint andere Dinge im Kopf zu haben und so ist das Gespräch über Veränderung erst einmal auf Eis gelegt – vor allem als er das Radio so laut aufdreht, dass wir davon beinahe taub werden.

Er hat gesagt, dass er mich kontrollieren will. Ich mache mir Sorgen, dass das bedeutet, dass er wie wild mit mir knutschen und sonst nichts weiter machen kann. Wahrscheinlich denkt er, dass ich das so will. Aber das stimmt überhaupt nicht.

Ich musste mich echt bisher zusammenreißen, um stark zu bleiben, was ihn angeht. Seine Berührungen gehen mir durch Mark und Bein. Sein Kuss löst in mir tiefes Verlangen aus. *Ich kann nicht einfach mit ihm rummachen und nichts weiter!*

Er biegt links ab und wir fahren auf die Autobahn auf. Er schaltet den Radar ein und blickt mich dann mit leuchtenden Augen an. „Halt dich fest, Baby. Die Autobahn ist frei!"

„Scheiße!", schreie ich, während er das Gaspedal durchdrückt.

Die Lichter ziehen so schnell an uns vorbei, als wäre es Stroboskoplicht. Ich kreische immer noch, während er die Straße entlangbrettert. Dann schließe ich meinen Mund und meine Augen, aber ich spüre immer noch die Energie des Autos, während es die leere Autobahn entlangfährt.

Endlich bremst er ein wenig ab und wir keuchen beide, als er das Radio leiser dreht. „Ganz schöner Kick, was?"

Ich kann nur nicken, denn mein Herz schlägt mir bis zum Hals. Er fährt bei der nächsten Ausfahrt raus und wir fahren wieder nach Hause, mit nur sechzig km/h. Endlich habe ich genug geschluckt, sodass mein Herz wieder an den richtigen Fleck gerutscht ist. „Das war unglaublich!"

„Du hast ausgesehen, als würdest du gleich in Ohnmacht fallen", sagt er kichernd. „Habe ich dir Angst eingejagt?"

„Na, und wie! Aber schlussendlich habe ich dir vertraut." Ich lache, während ich immer noch ganz aufgeregt bin.

„Ich bin froh, dass du mir vertrauen konntest, Cami." Er berührt meine Hand mit seinen Fingerspitzen. „Ich werde dir heute die ganze Nacht lang zeigen, wie sehr du mir vertrauen kannst."

Ich blinzle ihn an, denn ich fürchte, ich weiß, was er tun wird. Und ich weiß nicht, ob ich diesem Druck gewachsen bin. „Was wirst du tun, Cyprian?", frage ich, um sicherzugehen.

„Das wirst du schon sehen. Ich werde mir selbst eine Lektion in Selbstkontrolle erteilen. Du bist Expertin. Du kannst mir helfen." Er lächelt mich an.

Mir ist ein wenig schlecht, denn er scheint zu denken, dass ich genau weiß, wie man keusch bleibt. Aber ich habe den Entschluss gefasst, ihm genau das zu geben, was er braucht, wenn er mir je eine zweite Chance gibt.

Jetzt sitzt er also vor mir und sagt, ich solle ihm zeigen, wie man dafür sorgt, dass man nicht zu weit geht. „Wie weit willst du gehen?", frage ich ihn, denn ich habe keine Ahnung.

„Das musst du mir sagen", sagt er und fährt vor seinem Tor vor. „Du bist die Expertin, du weißt, wie weit man gehen darf oder auch nicht."

Das weiß ich überhaupt nicht!

Ich habe keine Ahnung, wie weit wir gehen können, bevor ich

alles brauche. Und ich glaube, dass er heute Nacht die Grenzen austesten will. Das bedeutet, dass auch meine Grenzen getestet werden. Ich bin mir nicht sicher, dass ich damit fertigwerden kann!

Als er wieder in die Garage einfährt, muss ich ihn fragen: „Cyprian, fühlst du dich schon bereit, einzuwilligen, keine anderen Frauen zu daten?"

Er blickt mich ein wenig zu lange an und sagt dann: „Cami, ich möchte der Mann werden, den du verdienst, bevor wir so weit gehen. Ich möchte mir sicher sein, dass ich der beste Mann für dich sein kann, bevor ich dich darum bitte, dich mit niemandem sonst zu treffen."

„Heißt das, dass wir andere Leute daten können, wenn wir wollen?", frage ich, denn ich bin mir nicht sicher, was dieser Mann will.

Er seufzt, steigt aus dem Auto und geht darum herum, um mir herauszuhelfen. Er legt seinen Arm um mich, hilft mir hoch und lehnt seine Stirn an meine. „Wenn du mit jemand anderem ausgehen möchtest, darfst du das natürlich immer noch. Aber ich sage dir gleich, ich werde versuchen, dich vollständig für mich zu beanspruchen."

„Und was ist mit dir?", frage ich ihn, denn ich habe gerade gar kein gutes Gefühl.

„Ich habe momentan kein Interesse an anderen Frauen. Aber diese Tür steht mir natürlich auch offen. Ich möchte nicht, dass wir eine Trennung durchmachen müssen, wenn wir nicht die Person sein können, die der andere braucht. Siehst du das genau so?"

„Ich schätze, so läuft das bei allen Leuten, die daten, ohne sich zu verpflichten. Also kann ich diesen Bedingungen zustimmen." Ich bin mir nicht sicher, wie ich mich dabei fühle, aber wenigstens machen wir einen Schritt nach vorne.

„Gut", sagt er, legt seinen Arm um meine Taille und führt mich hinein. „Heute Nacht lernen wir einander auf eine andere Art und Weise kennen. Wir wissen bereits Bescheid über die Vergangenheit und Familiengeschichte des anderen. Jetzt können wir herausfinden, was wir sonst noch gerne mögen. Und du kannst mir Selbstkontrolle in Sachen Sex beibringen."

Mit einem Seufzen gehe ich hinein, um unbekanntes Terrain zu erforschen, und stelle fest, dass ich nervöser bin als ich es wäre, wenn er mich direkt mit ins Bett nehmen würde.

Wie soll ich damit bloß umgehen ...?

31

CYPRIAN

Das Stimmung ist ganz wunderbar, wie wir so auf dem Ledersofa vor einem Fenster mit Aussicht sitzen, von dem aus wir einen Blick auf den Garten haben. Ein voller Mond steht am Himmel und das Himmelszelt ist übersät mit Sternen.

Cami und ich sitzen nebeneinander und unsere Beine berühren sich, während ich meinen Arm um sie gelegt habe. „Ich habe keine Ahnung, wie man das hier wie ein Gentleman angeht, Cami. Du musst mir beibringen, was du von mir erwartest."

Sie rutscht ein bisschen, um mich anzusehen. „Wie hast du es mit den anderen Frauen gemacht, mit den Escorts? Hast du sie ausgesucht oder sie dich?"

„Meistens haben sie mich ausgesucht. Ganz selten habe ich eine gesehen, mit der ich unbedingt etwas haben musste. Aber ein paar Mal ist das schon passiert." Ich spiele mit einer ihrer Locken, die sich aus ihrem Knoten gelöst hat.

Ich habe ihr ein T-Shirt gegeben und eine Schlafanzughose, anstatt ihr nur ein Shirt zu geben – dann wäre sie ja fast nackt. Ich habe mir auch einen Schlafanzug angezogen. Wir haben beide gleich viele Klamotten an und ich habe keinen Schluck Alkohol getrunken, um mich zu enthemmen. Ich brauche einen klaren Kopf, wenn ich lernen möchte, mich ab einem bestimmten Punkt zu zügeln.

„Musstest du diese Frauen bezirzen, damit sie mit dir ins Bett gegangen sind?“

Ihre Naivität bringt mich zum Lächeln. „So läuft das nicht bei Escorts. Ich habe einfach nur auf sie gezeigt und sie zu mir her gewunken, das war’s.“

„Verstehe. Und wie ist das dann so gelaufen? Gab es ein Vorspiel?“ Sie blickt mir tief in die Augen und ich frage mich, ob sie wirklich die Wahrheit erfahren sollte. „Ich muss wissen, was für Erfahrungen du gemacht hast, damit ich abschätzen kann, wo deine Schwächen liegen.“

„Na, dann solltest du wissen, dass es meistens eine, zwei oder drei Frauen waren. Wir haben manchmal im Ballsaal mit dem Vorspiel angefangen. Wenn wir dann in meinem Zimmer waren, ging es richtig ab.“

Ich beobachte ihren Gesichtsausdruck, der ganz nüchtern wird. Sie nickt. „Wie viele Orgasmen hattest du normalerweise pro Stelldichein?“

„Ganz unterschiedlich. Zwischen fünf und zehn. Und dann haben wir meistens bis zum Morgen geschlafen und wieder losgelegt, dann bin ich nochmal zirka drei bis fünf Mal gekommen.“ Sie scheint das alles mit wissenschaftlichem Interesse zu folgen, zumindest besser, als ich erwartet habe. Andererseits hätte ich auch nie erwartet, dass sie mir solche Fragen stellt.

„Und das hast du freitags und samstags jeden Abend gemacht?“, fragt sie, denn sie scheint im Kopf alles zusammenzurechnen.

„Ja. Insgesamt waren es an einem durchschnittlichen Freitagabend vielleicht zehn Orgasmen. Dann fünf am Samstagmorgen. Dann nochmal zehn am Samstagabend. Und nochmal zehn am Sonntag.“

„Nochmal zehn am Sonntag?“, fragt sie mich verwirrt.

„Ja, am Morgen ungefähr fünf. Dann sind wir immer zum Pferderennen und da sind normalerweise fünf Frauen nacheinander zu mir gekommen und wir haben dann eine schnelle Nummer auf dem Klo geschoben. Oder irgendwo sonst, wo wir unsere Ruhe hatten." Sie runzelt ein wenig die Stirn.

„Du vögelst also gerne in der Halböffentlichkeit", sagt sie und verarbeitet auch diese Information.

„Ich habe jetzt nicht gesagt, dass mir das gefällt oder ich es vorziehe. So ist mir das einfach beigebracht worden. Ich möchte jetzt aber meinen eigenen Weg finden, es zu genießen. Ich will Dinge mit dir machen, damit wir unseren eigenen Weg finden können." Ich streiche ihr über die Schulter und fahre ihre roten Lippen nach, während ich in ihre tiefblauen Augen blicke. „Für dich möchte ich ein anderer Mann werden, Camilla."

Sie nickt. „Ich sehe schon, egal wie oft ich dir sage, dass du dich für mich nicht ändern brauchst, du lässt dich nicht davon abbringen."

„Ich möchte mich auch meinetwegen ändern. Und ich muss nicht jedes Wochenende so viele Orgasmen haben. Das war vor allem so, weil ich so viele verschiedene Frauen zur Verfügung hatte. Außerdem habe ich unter der Woche nie gevögelt, auch nicht sonntagabends. Wenn wir nur noch einander daten, könnte ich auch an anderen Tagen Sex haben. Es ist ja nicht so, als müsste ich ständig ganz viel Sex haben. So war es eben nur bisher. Verstehst du?"

Sie nickt und blickt mich auf einmal anders an. „Bist du beleidigt, wenn ich das als eine Art wissenschaftliches Experiment betrachte? Ich habe immer noch Gefühle für dich, versteh mich nicht falsch. Aber ich würde gerne sehen, ob ein Mann, der sich zwanzig Jahre lang an diesen sexuellen Rhythmus gewöhnt hat, wirklich so eine große Änderung vollziehen kann."

„Das beleidigt mich überhaupt nicht. Mach nur. Mich interessiert das ja auch sehr", sage ich ihr, während ich ihr durch die seidigen, dunklen Haare streiche.

„Du musst aber völlig ehrlich zu mir sein", sagt sie und spielt an meinem Bizeps herum. „Du musst mir sagen, wenn du auf einmal die Notwendigkeit verspürst, zu kommen, während wir noch alles über Selbstkontrolle lernen. Und wenn wir eine echte Beziehung eingehen, musst du mir sagen, ob dich das glücklich macht und du findest, dass wir ausreichend und guten Sex haben. Es ist wichtig, dass ich das weiß und dass du ehrlich zu mir bist. Mach dir keine Sorgen, meine Gefühle zu verletzen."

„In Ordnung", sage ich und streiche mit meinen Lippen über ihre Wange, bis sie ihr Ohr erreichen. „Können wir gleich anfangen?"

„Das können wir", sagt sie, streicht mir über den Rücken und ich setze mich vor sie und halte sie im Nacken, während ich meinen Mund wieder auf ihren lege.

Unsere Lippen pressen sich aneinander und ohne Zunge küsse ich sie wiederholt ganz sanft, mal kurz und mal lang. Ihre Lippen öffnen sich sanft und ich wage mich hinein. Unsere Zungen berühren einander und wir erkunden den Mund des jeweils anderen, lernen, wie es sich anfühlt, wenn man sich ganz bewusst einem Kuss hingibt.

Es ist gar nicht so schwer, wie ich dachte, meinen Schwanz ein wenig unter Kontrolle zu halten. Ich erlaube mir nicht, die richtig versauten Gedanken zu denken, ich konzentriere mich einfach auf den Kuss und das ist alles. Als unsere Münder sich voneinander lösen, fragt sie mich: „Geht es dir gut?"

Ich nicke und lege meine Hand auf ihre Brust. „Zweite Phase?"

Sie nickt und zieht mich wieder in einen Kuss, während ich ihre Brüste massiere. Es wird nun ein wenig schwerer, die Kontrolle über mich zu behalten, aber ich denke an Cami und wie sehr ich sie respektiere und dass ich sie auch mit Respekt behandeln muss.

Ihr Körper ist weich und geschmeidig, als ich mit meiner Hand unter ihr Shirt fasse und ihre nackte Brust umfasse. Das klappt auch noch ganz gut, also wage ich den nächsten Schritt. Ich drücke sie auf das Sofa, sodass sie auf dem Rücken liegt, küsse mich zu ihrer Brust hinab und nehme sie in den Mund, während ich mit der anderen spiele.

Ihre Hände streichen durch mein Haar und sie stöhnt ein wenig. Ihr Stöhnen treibt mir ein Lächeln ins Gesicht, denn ich kann sehen, dass es ihr gefällt und dass ich mich immer noch bei ihr kontrollieren muss.

Normalerweise ist zu diesem Zeitpunkt mein Schwanz schon hart wie ein Stein und will sich in irgendwas hineinbohren. Aber noch geht es mir gut. Mir kommt der Gedanke, dass Cami möglicherweise schon lange keinen Sex mehr gehabt hat und ihr das ziemlich schwer fallen könnte.

Ich löse meinen Mund von ihrer köstlichen Brust, blicke sie an und sehe, wie sie sich auf die Lippen beißt. „Cami, wie lange ist dein letzter Orgasmus schon her?“

Sie blickt zur Decke. „Schon ewig.“

„Mir geht es noch gut. Und ich möchte mich wirklich auf die Probe stellen. Darf ich dir einen Orgasmus bescheren, natürlich ohne mit dir zu sh?“

Sie blickt mich eine Weile lang an und seufzt dann. „Das wäre nicht fair dir gegenüber.“

Doch ich habe einen brillanten Einfall, denn ich erinnere mich an die Geschichte eines Schulkameraden, der mit einer Freundin trockengevögelt hat, bis sie beide gekommen sind.

„Hast du schon mal trockengevögelt?“, frage ich und warte ihre Reaktion ab. „Ich habe das noch nie. Aber ich glaube, wir könnten dabei eine Menge Anspannung loswerden, ohne wirklich Sex zu haben. Was hältst du davon?“

Sie sieht ein wenig nervös aus. „Aber danach ist dein Schlafanzug doch voll dreckig.“

„Dann ziehe ich mir eben einen neuen an. Aber wir müssen nicht einmal so weit gehen, wenn du das unangemessen findest. Ist dir das zu körperlich? Ist es zu weit? Zu viel und zu schnell?“

„Das ist ja nicht wirklich Sex. Also ist es bestimmt in Ordnung.“ Sie zieht mich wieder auf sich, aber ich halte sie auf. „Warte, dabei lerne ich aber nicht, wie ich rummachen kann, ohne selbst zum Orgasmus zu kommen. Darf ich dir mit meinem Mund einen Orgasmus bescheren?“, frage ich, als mir ein weiterer Einfall kommt. „Heute Nacht soll es nur um dich gehen.“

Sie blickt mich ganz lange an. Ihr Körper ist angespannt, während sie ihre Entscheidung trifft. „Das ist dir gegenüber nicht fair.“

„Ich muss lernen, mich zu kontrollieren. Bitte.“

Seufzend nickt sie und ich lege mich auf sie. „In Ordnung, aber wir fangen mit ein wenig Trockenvögeln an. Ich möchte sehen, was das bei mir bewirkt. Vielleicht klingt das komisch, aber ich hätte gerne einen Ständer, wenn ich dich zum ersten Mal schmecke."

Sie stöhnt und zieht mich zu sich. „Verdammt nochmal, Cyprian, du bist ein Wüstling, nicht wahr? Du bist unwiderstehlich." Ihr Mund ist heiß, denn ich bin zu weit gegangen, als dass sie noch über ein Quäntchen Selbstkontrolle verfügen könnte.

Ich bin mir nicht sicher, ob das eine Rolle spielt. Schließlich verlässt sie sich auf mich, dass ich meinen Schwanz nicht in ihr versenke.

Schaffe ich das wirklich ...?

32

CAMILLA

Sein starker, muskulöser Körper liegt auf mir, er reibt sich an mir und der weiche Baumwollstoff meiner Kleidung reibt dadurch an meiner Klit und macht mich richtig hungrig.

Ich kann gar nicht glauben, dass er das alles tun will, ohne aufs Ganze zu gehen!

Ich bin schon fast soweit, als er aufhört, mich zu küssen und sich an mir zu reiben, ehe er meinen Körper entlang nach unten rutscht. Er zieht mir die Schlafanzughose gerade so weit runter, dass er an mein Schatzkästchen kommt.

Ich bäume mich ihm entgegen, während er sanft auf mich bläst. Meine Finger krallen sich in das weiche Leder des Sofas. Er bläst und bläst, bis ich fast den Verstand verliere: Ich muss unbedingt seine Lippen auf mir spüren.

Kurz bevor ich anfange, ihn anzuflehen, berühren seine Lippen mich und ich stöhne laut und lang, während seine Zunge sich auf eine Art bewegt, die ich noch nie erlebt habe. „Cyprian. Ja."

Er summt zur Antwort und dadurch vibriert es tief in mir. Ich kann nicht aufhören zu stöhnen und mich zu winden, während er absolut zauberhafte Dinge in mir auslöst. Er macht immer weiter und sein intimer Kuss ist noch besser, als wenn er mich auf den Mund küsst.

Ein Gedanke geht mir nicht aus dem Kopf: Ich möchte ihn nie mehr loslassen. Ich will ihn noch mehr als zuvor. Ich kann mir nicht vorstellen, dass irgendjemand anders das mit mir anstellt.

Ich möchte herausrufen, dass ich ihm gehöre, nur ihm, jeder soll es hören. Niemand kann mich so etwas fühlen lassen. *Niemand!*

Mein Körper fängt an zu zittern und ich komme einem Punkt immer näher, den ich schon über ein Jahr nicht mehr erreicht habe. Mein Stöhnen wird höher und immer höher, während die Welle mich schier wegspült. Ich schrei vor Erlösung auf und er packt dabei fest meinen Arsch, schiebt seine Zunge in mich hinein und steigert meine süße Ekstase nur noch mehr.

Als mein Höhenrausch nachlässt, blickt er mich an, das Gesicht feucht von meinen Säften. Seine dunklen Augen sind hungrig wie die eines wilden Wolfes. Er schluckt fest und sein Adamsapfel hüpft in seinem Hals auf und ab.

Ich habe das Gefühl, er kämpft nun gegen sich an. Seine Brust hebt und senkt sich, während er versucht, sich zu beruhigen. Ich ziehe mein T-Shirt aus und winke ihn zu mir her. „Willst du mit mir schlafen, Cyprian? Ich bin mir nämlich ziemlich sicher, dass ich dich liebe. Glaubst du, du liebst mich vielleicht auch?“

Er nickt und zieht auch sein Shirt aus. Dann wird er wild, reißt mir die Schlafanzughose vom Leib, zieht sich die eigene aus und hebt mich hoch. Ich schlinge meine Beine um ihn, während er mich höher hebt als er selbst ist und mich anblickt, während er mich an sich herabsenkt.

„Ich habe dich besiegt“, knurrt er. „Ich habe dich zu dem gemacht, was ich befürchtet habe.“

Ich schüttle den Kopf. „Nein! Nein, ich weiß, dass ich dich liebe. Du hast mich überhaupt nicht besiegt. Das ist richtig und gut. Wir lieben einander. Das bedeutet etwas.“

„Das wünsche ich mir“, sagt er und beißt die Zähne zusammen. „Nimmst du die Pille?“

„Ja, du kannst dich bei mir ganz frei fühlen, Cyprian. Es ist ganz sicher. Ich bin sauber und du bist das bestimmt auch, so viele Gummis wie du bei mir gekauft hast.“ Ich kichere ein wenig und er knurrt mich an.

„Ich habe das noch nie getan, ohne mich dabei mit einem Kondom zu schützen.“ Seine Augen fangen an zu leuchten und er blickt mich hungrig an. Dann blickt er sich im Zimmer um und sein Blick bleibt an etwas kleben.

Er packt meine Hand, zieht mich hinter sich her und geht schnellen Schrittes zu einem kleinen, runden Tisch mit ein paar Stühlen darum herum. Er dreht mich um, damit ich ihn anblicke. „Cyprian, kannst du mir sagen, dass du mich liebst?“

Er nickt und streicht mir über die Wange. „Ich liebe dich, Camilla. Ich glaube, ich habe dich schon geliebt, bevor ich dich überhaupt kennengelernt habe. Habe bitte keine Angst, aber in mir brennt ein animalisches Feuer. Ich werde sehr aggressiv mit dir umgehen, aber danach liebe ich dich süß und sanft. Es ist schon zu lange her und ich muss erst einmal Dampf ablassen.“

Mein Herz rast und ich bin total aufgeregt. „Tu, was du tun musst.“

Sein Mund stößt fest mit meinem zusammen und ich schmecke ein wenig Blut, denn einer von uns hat sich aufgestoßen. Ich spüre keinen Schmerz, denn ich befinde mich im Adrenalinrausch. Ich zittere vor Erwartung davor, was er gleich mit mir machen wird.

Er beendet den Kuss, dreht mich um, beugt mich schnell über den Tisch, drückt mich mit einer Hand nach unten und streicht mit der anderen Hand über meinen Arsch.

Zwei schnalzende Klapse lassen mich erbeben, dann rammt er sich in mich hinein und nimmt mich brutal. Immer wieder stößt er zu und versohlt mir dabei immer wieder den Arsch, während Hitze mich durchströmt.

Ich bin noch nie so behandelt worden und seine feurige Lust reißt mich mit. Er atmet schwer und selbst das hört sich lustvoll an.

„Gefällt dir das?“, fragt er mich mit zusammengebissenen Zähnen, während er mir wieder auf den Arsch haut.

„Ja“, sage ich und meine Stimme zittert dabei.

„So fickt man, Camilla. So kenne ich das. Ich habe es noch nie anders gemacht. Du wirst mir zeigen, wie man sich sanft liebt, aber erst zeige ich dir mal, was ich weiß."

„Ich beschwere mich ja gar nicht, Cyprian", bringe ich hervor, denn ich bin noch nie so erregt gewesen.

Ich bin ziemlich sauer auf mich selbst, dass ich diesen Typen habe warten lassen. *Er ist unglaublich!*

Mein Körper fängt an zu zittern und meine Knie geben nach, während er mich immer härter und wilder nimmt. Ich schreie bei dem heftigsten Orgasmus, den ich je erlebt habe, und er stöhnt auch auf, während er gleichzeitig mit mir kommt. Bei seiner Erlösung beißt er mich in den Rücken.

Das müsste eigentlich wehtun, aber das tut es nicht. Stattdessen intensiviert es das Gefühl nur noch. Ich fühle mich wie im Himmel und kann nicht glauben, dass ich das Gefühl in meinem Leben noch nie verspürt habe.

Bevor die Orgasmen abgeflaut sind, zieht er mich hoch und legt mich auf den Boden, bevor er sich auf mich legt. Seine Augen glänzen, während er mich anblickt. „Das war fünfzig Mal besser als alles, was ich bisher getan habe." Er küsst mich sanft und lieblich. „Jetzt darfst du mir zeigen, wie du es gerne magst."

Ich schlinge meine Arme um ihn, ziehe ihn an mich und umarme ihn. „Nein, du weißt genau, was du da tust. Ich muss dir nichts beibringen. Ich glaube, ich habe es bisher nur mit Typen gemacht, die es ganz falsch gemacht haben. Zeig es mir nach deiner Art, Cyprian. Nimm mich mit in deine Welt. Meine Welt ist so langweilig."

Er lacht, steht auf und hebt mich dabei auf. „Dann ab ins Schlafzimmer mit uns. Das Personal kommt um sieben und es wäre mir lieber, dass sie uns nicht hier finden."

„Meinst du wirklich, dass wir es dann noch treiben werden?", frage ich, während er mich zu seinem Schlafzimmer hinaufträgt.

„Bis dahin und noch länger, Baby. Ich habe mich noch nie so gefühlt. Vielleicht bist du meines unbändigen Appetits auf dich bald müde", sagt er und knurrt erneut.

„Wer weiß. Ich habe schließlich auch ziemlich Hunger auf dich." Ich lehne meinen Kopf an seine breite Brust, während er die Treppe hinaufgeht.

„Tut mir leid, dass ich geschafft habe, dich zu ändern und nicht andersherum. Ich habe mir solche Mühe gegeben, mich zu ändern."

„Das weiß ich doch." Ich streiche über seine Brust und denke darüber nach, dass ich noch nie so befriedigt gewesen bin und er noch nicht einmal mit mir fertig ist. „Ich verspreche es dir: So wie ich es bisher getrieben habe, wäre dir nicht genug. Jetzt, da ich gesehen habe, wie es sein kann, wirst du mich nicht mehr los."

Er bleibt stehen und blickt mich ernst an. „Ich kann mir beim besten Willen nicht vorstellen, dich loswerden zu wollen."

Ich seufze, während er seine Schlafzimmertür auftritt und mich nach drinnen bringt. „Hoffentlich langweilst du dich nicht doch irgendwann."

„Ich hoffe bei dir das Gleiche", sagt er und wirft mich auf das Bett. „Du willst also den echten Cyprian, was?"

Ich nicke, blicke ihn an und drehe mich auf die Seite, wobei ich ihn beobachte, wie er da so neben dem großen Bett steht. „Das will ich."

„Wie oft bist du bisher in einer Nacht gekommen?", fragt er mich und öffnet eine Schublade neben dem Bett.

„Maximal zweimal, soweit ich mich erinnern kann. Und dazwischen lagen ein paar Stunden."

Er schüttelt den Kopf und zieht auf einmal einen großen Dildo aus der Schublade. Er schaltet ihn an und er fängt an, pink zu leuchten. „Dann muss ich dir beibringen, was für dich normal sein wird." Er lässt das vibrierende, pulsierende Ding auf das Bett fallen, sodass auch die Matratze anfängt zu vibrieren, greift noch einmal in die Schublade und zieht einen spitzenbesetzten, pinken Schal heraus. „Ich verbinde dir damit die Augen, damit du von nichts abgelenkt bist."

Er nimmt eine Fernbedienung in die Hand und auf einmal erfüllt laute Musik das Zimmer. Der Beat ist stark und ich erbebe innerlich von dem Bass. Ich setze mich auf und er verbindet mir die Augen. Ich kann immer noch Formen erkennen, sonst aber nichts.

Er zieht mich die Matratze hoch, bis ich mit dem Rücken am Kopfende lehne. Hinter meinen Kopf klemmt er Kissen, dann spüre ich kaltes Metall an meinem Handgelenken, er zieht meinen linken Arm hoch und kettet mich mit Handschellen an das Bett. Ich beiße mir auf die Lippe, als er das Gleiche mit der anderen Hand macht.

Er stellt meine Beine auf und kniet sich dann zwischen sie und auf einmal vibriert es an meiner Klit, als er das Gerät an sie hält.

Ich sehe seinen Schatten, während er sich über mich beugt und den Vibrator wieder wegnimmt. Seine Lippen berühren mein Ohr. „Vertraust du mir, Cami?“

„Ja“, sage ich und spüre, wie sich mir vor Aufregung der Magen zusammenzieht. Ich habe noch nie so etwas gemacht!

„Wenn es dir zu viel wird, muss du ‚Zitrone‘ sagen. Du kannst ‚Stopp‘ schreien, aber das wird mich nicht zum Aufhören bringen. Wenn du wirklich willst, dass ich aufhöre, dann musst du ‚Zitrone‘ sagen.“

„Warum sollte ich dich bitten, aufzuhören?“, frage ich, denn ich kann mir nicht vorstellen, dass das passieren wird.

„Manchmal kann die Lust so intensiv werden, dass man ihr entfliehen möchte. Deshalb bist du auch festgekettet. Aber ich will so lange weitermachen wie möglich, damit ich dich auf mein Niveau bringen kann. In Ordnung?“

„Ja“, sage ich und bekomme es auf einmal mit der Angst zu tun. „Es ist noch niemand an einer Überdosis Orgasmen gestorben, oder?“

„Zumindest nicht bei mir. Andererseits habe ich meistens mit Profis zu tun. Sag es mir also rechtzeitig, wenn es zu viel für dich wird.“

Mein Herz rast, während er mich stürmisch küsst und dann den Vibrator an meine Lippen hält. „Was?“, frage ich, aber da ist es schon zu spät. Er hat ihn mir in den Mund geschoben.

Er lässt ihn rein und raus gleiten. Wahrscheinlich will er mir zeigen, wie er gerne einen geblasen bekommt, da ich darin nicht so erfahren bin, kann ich diese Lektion gleich annehmen.

Sein Schwanz streicht über meinen Bauch, während er das Ding in meinem Mund bewegt. Er wird immer härter. Dann zieht er den Vibrator aus meinem Mund und schiebt ihn mir rein. Ich habe noch nie so ein Ding benutzt und das Gefühl ist anders, als alles bisher gekannte.

Es stimuliert mich überall und dann legt er etwas an meinen Anus und ich spanne mich an.

„Drücken, Cami."

„Was?", frage ich. „Was drücken?"

„Als würdest du kacken", sage ich.

„Was hast du da?", frage ich, denn es fühlt sich irgendwie klein an.

„Meinen kleinen Finger. Jetzt drück und hör auf, Fragen zu stellen. Fühl einfach. Erlebe es."

Ich halte die Klappe und gehorche ihm und spüre, wie sein kleiner Finger in mich gleitet. Ich stöhne auf, während er ihn rein und raus gleiten lässt und ich von allen Seiten stimuliert werde. Ich spüre einen Orgasmus im Anmarsch und explodiere schließlich, als er den Vibrator noch höher dreht.

Ich schreie vor Geilheit. Es hört einfach nicht auf, ich werde immer orgastischer, er dreht den Vibrator noch höher und er wird langsam warm. Er zieht seinen kleinen Finger heraus und ersetzt ihn mit einem dickeren Finger und ich brülle auf, denn der Orgasmus lässt einfach nicht nach. Er ist so heftig und ich will mich winden, aber es geht nicht. Meine Hände sind unbeweglich festgekettet und meine Beine klemmen unter seinen fest. Ich kann mich nicht bewegen, aber es fühlt sich zu gut an.

„Cyprian, hör auf!"

Er zieht den Vibrator aus mir heraus und dann steckt er auf einmal in mir. „Ja, geil, du bist schon bereit für mich. Deine Muschi ist nasser als sie wahrscheinlich je gewesen ist. Sie pulsiert um meinen Schwanz herum. Ich habe noch nie gespürt, wie feucht eine

Frau tatsächlich werden kann. Das ist unglaublich. Mach weiter, Baby. Mach weiter. Du bist besser als alle anderen Frauen zuvor."

Seine Lobgesänge beruhigen mich ein wenig und ich falle mit ihm in einen beständigen Rhythmus. Der heftige Orgasmus ebbt endlich ab und wird zu einem dumpfen Pulsieren, während er sich weiterhin bewegt wie ein Experte.

„Ich liebe dich, Cyprian", flüstere ich heiser.

„Ich liebe es, dich zu ficken, Cami. Ich bin jetzt völlig süchtig nach dir." Er beißt mich in den Nacken und ich zittere.

Süchtig? Ich habe ehrlichgesagt auf etwas anderes gehofft. Und er liebt es, mich zu ficken – nicht mich per se?

Habe ich die schlimmste Entscheidung meines Lebens getroffen?

33

CYPRIAN

Gelbe Sonnenstrahlen fallen durch die Vorhänge, während Cami sich in meinen Arm kuschelt. Sie war besser als ich erwartet hatte. Und ich habe immer noch Lust auf sie. Ich hätte gedacht, dass das vorbeigehen würde, wenn ich sie endliche einmal ins Bett bekäme, aber das Gegenteil ist der Fall.

Ich knabbere an ihrem Hals und flüstere: „Ich muss zur Arbeit, aber du kannst hierbleiben."

Sie grummelt und streckt sich. „Das geht nicht. Du musst mich beim Laden abliefern, damit ich mein Auto abholen kann. Ich habe heute Nachmittag eine Prüfung im College. Eine Abschlussprüfung, die darf ich nicht verpassen."

„Dann beweg mal deinen faulen Hintern", witzele ich, während ich ihr einen sanften Klaps auf den Po gebe.

„Autsch!", stöhnt sie und dreht sich um. „Ich bin total wund."

„Das will ich wetten", sage ich und küsse sie auf die geschwollenen Lippen. „Ich glaube, heute Nacht lege ich noch eine Schippe drauf."

Ihre schläfrigen Augen öffnen sich und sie blinzelt mich an. „Du brauchst noch eine Schippe mehr?"

Ich nicke, lächle sie an und stehe dann auf, wobei ich die Decke mitziehe, um ihren nackten Körper zu entblößen. Ich habe überall darauf meine Spuren hinterlassen. „Ich habe dich wirklich vernascht, nicht wahr?"

Ihre Hände streichen über ihren Körper und der Anblick gefällt mir nur zu gut. „Das hast du." Sie lächelt beim Gedanken daran.

Ich werfe ihre Kleidung auf das Bett und gehe ins Bad, um schnell zu duschen. „Stehst du eher auf blond oder brünett, Cami?"

„Blond, schätze ich. Du bist für mich blond. Aber ich hatte eigentlich noch nie einen Typ." Ich blicke sie über die Schulter hinweg an und frage mich, wie sie wohl meiner Idee gegenüberstehen wird. Ich möchte, dass sie heute Nacht etwas Besonderes erlebt.

Während das warme Wasser über meinen Körper rinnt, denke ich darüber nach, was für ein Glück ich habe, bei meinem abnormalen Sexverlangen eine normale Frau gefunden zu haben. Das Schicksal hat uns zusammengeführt, das sehe ich jetzt.

Als ich aus der Dusche trete, sehe ich, dass sie bereits angezogen ist und ihre wilden Haare zu einem Pferdeschwanz zusammenbindet. Sie lächelt mich an, als ich das Zimmer betrete. „Wie läuft das also jetzt, Romeo?"

„Ich hätte gerne, dass du hier so oft wie möglich übernachtest", sage ich und hole dann einen Anzug aus meinem Schrank.

„In Ordnung. Heute Abend muss ich arbeiten, aber nur bis elf. Ist das zu spät für dich?"

„Nein, das ist super. Ich kann es kaum erwarten." Ich ziehe mich an, nehme sie in die Arme und gebe ihr einen süßen Kuss. „Du bist eine echte Seltenheit, Camilla Petit. Wahrscheinlich machen deine französischen Wurzeln dich so draufgängerisch."

Sie kichert und errötet sanft. „Da hast du wohl recht. Aber ich bin total wund. Ich weiß nicht, wie viel ich heute Abend aushalte."

„Keine Sorge, heute Abend wirst du sanfter angefasst. Du vertraust mir doch, nicht wahr?"

Sie nickt und ich nehme sie bei der Hand und führe sie aus dem Haus zu dem wartenden Auto. Ashton empfängt uns an der Tür und öffnet sie für uns. „Guten Morgen, ihr beiden. Das ist ja eine Überraschung."

„Guten Morgen, Ashton“, sagt Cami und setzt sich auf die Rückbank.

„Gewöhn dich besser dran. Sie wird oft hier vorbeikommen“, erkläre ich ihm. „Hast du die Verrückte bereits in ein Flugzeug verfrachtet?“

„Das habe ich“, sagt er nickend. „Um sechs Uhr morgens. Sie wird Ihnen keine Probleme mehr machen.“

„Cool“, sage ich und setze mich zu Cami.

Sie lehnt ihren Kopf an meine Schulter, während wir zu ihrer Arbeit fahren. Ich schmiege mich an ihre Wange und flüstere: „Ich kann es kaum erwarten, dich heute Abend zu vernaschen, Baby.“

Sie seufzt und blickt mich an. „Ich liebe dich, Cyprian.“

Ich blicke in ihre blauen Augen und sehe es auf einmal. Davor war es noch nicht da, aber nun ist es da. In jemanden verliebt zu sein, der auf die gleichen Abenteuer steht, habe ich mich nicht einmal zu wünschen getraut.

„Ich werde dir Dinge zeigen, an die du noch nie zuvor gedacht hast, Camilla.“

Sie schaudert und ich halte das für ein gutes Zeichen. „Wirklich?“

„Wirklich. Du wirst dich mit mir nie langweilen. Zumindest nicht im Bett.“ Ich küsse ihre erwartungsvollen Lippen und genieße das Gefühl.

Schon bald halten wir vor dem Laden, vor dem ihr Auto geparkt ist, und ich muss sie gehen lassen. Ich bringe sie zu ihrem Auto, strecke meine Hand nach ihren Schlüsseln aus und schließe es für sie auf. „Bis heute Abend“, sagt sie und steigt in das Auto.

Ich winke ihr und steige dann in meines. Ich kann es kaum erwarten zu sehen, wie sie auf meine Überraschung reagiert!

Ich weiß, dass sie das noch nie zuvor getan hat ...

34

CAMILLA

Mein Körper steht schon den ganzen Tag bei dem Gedanken, was Cyprian sich wohl für mich ausgedacht hat, unter Spannung. Ich bin kurz davor, vor Aufregung zu zittern, als ich vor seiner Tür halte.

Er empfängt mich mit einem großen Glas ab. „Trink das schnell. Das beruhigt dich und du fühlst dich weniger wund."

Ich kippe es runter und frage nicht einmal, was darin ist. Es schmeckt nach Zitronenlimo. „Danke", sage ich und gebe ihm das Glas zurück.

Er nimmt mich an der Hand und führt mich direkt in sein Schlafzimmer. „Ich habe dir etwas Hübsches zum Anziehen gekauft. Es ist im Schritt offen." Er bleibt vor seinem Bett stehen und ich sehe ein dunkelblaues Spitzennegligee darauf liegen. „Zieh es an und mach deine Haare auf. Mach dich für mich sexy, Baby."

Ich lächle, während er sich auf das Bett setzt. Selbst trägt er auch nur eine dunkelblaue Pyjamahose aus Satin. Ich ziehe mir den Hauch von Nichts an und blicke mich in dem großen Spiegel an. Ich habe noch nie so etwas angehabt. *Ich sehe echt superheiß aus!*

Mit offenen Haaren sehe ich geradezu wild aus und ich muss

über mein Spiegelbild lächeln. „Bist du bereit für etwas Schmutziges?"

Ich komme aus dem Bad und stelle fest, dass das Licht gedimmt worden ist, die Musik ist an, aber nicht so laut, und Cyprian wartet mit einer blauen Satinaugenbinde auf mich. Auf dem Bett liegen zwei plüschige Handschellen im gleichen Blau. Er zeigt auf etwas am anderen Ende des Raumes und ich erkenne dort eine Videokamera. Das Licht leuchtet rot, sie ist also noch nicht an. „Vertraust du mir immer noch?", fragt er mich augenzwinkernd.

„Lieber Himmel. Du willst mich filmen?", frage ich und bin auf einmal schüchtern.

„Das will ich. Schließlich erlebst du so etwas heute zum ersten Mal und ich möchte, dass du es dir später ansehen kannst." Sein Lächeln ist breit und er scheint total aufgeregt zu sein. „Natürlich nur, wenn du mir die Erlaubnis gibst."

„Was wirst du mit mir machen?", frage ich. „Wenn es komisch aussieht oder wenn Teile von mir zu stark gezeigt werden, finde ich das nicht gut."

„Nein, nichts Ekliges. Du wirst auf keinen Fall hässlich aussehen. Ich will es einfach nur, damit du später sehen kannst, wie sehr du es genossen hast."

„Na gut. Ich vertraue dir. Cyprian, liebst du wirklich mich oder liebst du es einfach nur, das mit mir zu tun?", frage ich, denn seit gestern gehen mir seine Worte nicht mehr aus dem Kopf.

Er streicht mir über die Arme. „Beides."

Ich seufze und nicke. „Das kann ich akzeptieren, schätze ich."

„Ich liebe Sex und Sex mit dir ist unvergleichlich. Danke dafür, Cami." Seine Lippen berühren meine einen Augenblick lang. Dann tritt er einen Schritt zurück und hält die Handschellen hoch. „Bist du bereit, in Stellung zu gehen?"

„Ist unser Sicherheitswort immer noch Zitrone?", frage ich und lege mich auf das Bett.

„Ja. Heute Nacht möchte ich, dass du es dir gut überlegst, bevor du es verwendest. Es wäre besser, wenn du es überhaupt nicht sagen würdest. Genau wie letzte Nacht. Du bist sehr weit gekommen und dein Körper ist jetzt schon fast auf meinem Niveau. Ich glaube, du kommst schon mit fast allem klar, mit dem ich auch klarkomme", sagt er und befestigt die Handschellen am Bettgeländer.

„Darum mache ich mir keine Sorgen. Du bringst mir viel darüber bei, wozu der menschliche Körper fähig ist. Ich finde es ebenso interessant wie genussvoll." Ich gebe ihm einen kleinen Kuss auf die Wange, während er sich über mich beugt und meine andere Hand an das andere Ende des Kopfendes kettet.

„Gut. Heute Nacht werden dir die Augen für die Welt öffnen, aus der ich komme, Cami. Ich hätte dich gerne soweit, dass du dich wohl damit fühlst, ab und zu auf eine Party meines Vaters mitzukommen."

Ich schlucke, denn ich bin mir nicht sicher, dass ich das schaffen würde. „Ich weiß ja nicht, Cyprian", sage ich, während er die Augenbinde nimmt und mir damit die Augen verbindet.

„Das sagst du nur, weil du nicht weißt, was auf diesen Partys vor sich geht. Ich werde dir zeigen, warum wir dort das tun, was wir dort tun. Warst du heute nicht entspannter denn je?"

„Ja, irgendwie schon. Aber ich finde das in Ordnung, weil ich wirklich etwas für dich empfinde."

„Und ich empfinde wirklich etwas für dich und ich möchte dich auch glücklich machen. Geht es dir mit mir genauso?", fragt er und streicht mit einer Feder über meine Brust.

„So geht es mir", sage ich und merke, wie er sich über mich beugt.

Seine Lippen berühren mein Ohr, während er flüstert: „Mach dich bereit, an einen Ort zu gehen, der so befriedigend ist, wie du es dir nie erträumt hast." Die Musik wird lauter und er entfernt sich von mir.

Durch die Augenbinde kann ich nichts sehen. Mein Körper ist ganz angespannt. Was wird er wohl gleich tun? Er spreizt meine Beine und dann spüre ich, wie kühle Luft auf mich gepustet wird. Seine Hände kneten meine Brüste und ich spüre die Wirkung des Getränkes, während ich mich entspanne. Ich habe mich ihm verschrieben und er weiß, wie man mit meinem Körper umgeht. Also gebe ich mich ihm hin und lasse zu, dass er mich verzaubert. Seine Zunge streicht über meine Spalte. Sie ist nass und kalt. Ein Eiswürfel wird über meine wunden Stellen gerieben. Dadurch fühlen sie sich nicht so wund an, während die weiche Zunge darüberfährt.

Er küsst mich sanft. So sanft, dass ich es kaum glauben kann. Seine Hände lösen sich von meinen Brüsten und dann streicht stattdessen eine Feder darüber. Sein Mund löst sich einen Augenblick von mir und er fragt mich: „Gefällt dir das, Cami?“

„Ja“, stöhne ich.

„Willst du mehr?“, fragt er und streicht mit der Feder über die Stelle, die er gerade noch geküsst hat.

„Das tue ich. Bitte gib mir mehr, Cyprian.“

„Wie du willst.“

Erneut berühren mich weiche Lippen und küssen mich so innig und intim, dass ich es kaum glauben kann. Ich könnte das ewig so weitergehen lassen. Es fühlt sich so gut an. Ich bin mir nicht sicher, wie er es schafft, so sanft zu küssen. *Es ist unglaublich.*

Seine Hände streichen über den Spitzenstoff des Negligés, das meinen Bauch bedeckt. Seine Berührungen sind ebenso sanft. Ich schätze, das hat er damit gemeint, als er erklärt hat, heute Abend werde es sanfter zugehen.

Sein intimer Kuss zeigt seine Wirkung bei mir und ich bäume mich auf, während ich komme. „Gut, Cami, lass alles raus.“

Ich bäume mich auf und stöhne, während der Kuss weitergeht, dann höre ich das Geräusch eines Vibrators. Seine Lippen sind neben meinem Ohr während sein Körper über meinem schwebt. Ich spüre die Spitze des Vibrators am Rande meiner Vagina. „Lass alles raus, Cami.“

Er lässt ihn in mich gleiten und zieht ihn wieder raus. Er stützt sich über mir ab und kann sich irgendwie so bewegen, als hätte er das Ding umgeschnallt.

„Hast du ihn dir umgeschnallt, Cyprian?“, frage ich, denn so fühlt sich das für mich an.

Seine Lippen berühren wieder mein Ohr. „Schh, gefällt es dir?“

Es fühlt sich schön warm an und die Vibrationen sind auch toll. „Ja.“

„Willst du es härter und schneller?“, fragt er mich.

„Ja", sage ich, stöhne und er kommt meinem Wunsch nach.

Immer wieder stößt er in mich hinein, bis ich ein zweites Mal komme. Dann spüre ich weiche Lippen auf den meinen und schmecke mich selbst, während eine kleine Zunge sich in meinen Mund vorwagt, der Vibrator weiter in mich hineingleitet und mein Körper explodiert.

Diese Lippen sind so weich und klein und die Zunge an in meinem Mund fühlt sich irgendwie anders. Der Körper, der nun auf meinem liegt, ist federleicht.

Himmel! *Es ist eine Frau!*

Was hat er bloß getan ...?

DER LOTHARIO

Camilla

„Zitrone! Zitrone! Zitrone!“, kreische ich, als es mir gelingt, meinen Kopf so zur Seite zu drehen, dass die Frau mich nicht mehr küssen kann.

„Zitrone?“, fragt Cyprian, als sei er völlig überrascht. „Du hast doch keine Schmerzen, oder?“

„Du kleiner Wichser!“, brülle ich. „Hol sie von mir runter und befreie mich verdammt noch mal von diesen Handschellen!“

Die Frau erhebt sich von mir. „Sie ist sauer, Cyprian. Das war keine gute Idee.“

„Sauer ist noch gar kein Wort dafür“, sage ich so ruhig wie möglich, um meine Achterbahnfahrt der Gefühle ein wenig einzudämmen.

„Baby“, sagt Cyprian mit beruhigender, tiefer Stimme.

„Halt die Fresse!“, kreische ich. „Mach mich los!“

Endlich spüre ich, wie er die Handschellen aufsperrt. Als ich eine Hand freihabe, reiße ich mir die Augenbinde herunter und sehe die andere Frau, eine kleine Blondine, in einer Ecke stehen. Sie hat das

Gleiche an wie ich und ich sehe, dass Cyprian immer noch die blaue Schlafanzughose trägt.

Er beugt sich über mich, um die andere Handschelle zu lösen, und sobald er das tut, verpasse ich ihm eine gehörige Ohrfeige. „Fick dich, du Widerling!“ Ich rolle mich aus dem Bett, während er mich völlig entgeistert anblickt. Auf seiner Wange ist bereits ein roter Abdruck meiner Hand sichtbar. Dieses Gesicht hat so hübsch ausgesehen, aber jetzt macht es mich einfach nur noch wütend.

„Cami?“, fragt er, während ich ins Bad renne. „Cami, es hat dir doch gefallen.“

„Halt's Maul!“, brülle ich ihn an, knalle die Badezimmertür zu und drehe die Dusche auf brühheiß.

Ich reiße mir das Negligé vom Leib, werfe es in den Müll, stelle mich unter die Dusche, schnappe mir das Shampoo und seife mein Haar ausgiebig ein, ebenso wie mein Gesicht und meinen Körper. Die ganze Zeit über schreie ich, ich kann gar nicht damit aufhören.

Irgendwann öffnet sich die Badezimmertür. Dabei hatte ich sie doch abgeschlossen, oder nicht?

„Cami, mein Schatz“, sagt er beruhigend. „Es hat dir ...“

„Ich bringe dich um! Verpiss dich!“, brülle ich so laut, dass ich mir sicher bin, die Nachbarn hören mich schon.

Er lacht. Dieser Mistkerl lacht mich auch noch aus und da brennen bei mir alle Sicherungen durch. Ich springe aus der Dusche und bringe ihn zu Fall. Ich kratze und beiße ihn und prügle auf ihn ein, wo ich nur kann.

Ich höre ihn immer noch lachen und das macht mich nur noch wütender. „Camilla Petit, bitte beruhige dich.“ Er kichert noch mehr und ich kann es gar nicht glauben.

Erschöpft lasse ich von ihm ab, denn ich habe ihn zwar zu Boden geworfen und sitze auf ihm, aber nackt wie ich bin, fühle ich mich auf einmal schrecklich schwach und traurig. Schnell ist mein Gesicht nass vor Tränen und ich erhebe mich von ihm und steige wieder in die Dusche, um die Seife von mir abzuwaschen.

Ich kann ihn nicht anblicken. Ich kann nicht mit ihm reden. *Er ist krank.*

„Cami", sagt er beruhigend, während er zu mir in die Dusche kommt, nachdem er seine Schlafanzughose ausgezogen hat. Er legt seine Arme um mich und ich versuche, sie wegzuschieben.

„Lass mich, Cyprian", keife ich ihn an. „Bleib mir bloß fern. Das war's mit uns."

„Nein, das war es nicht, Cami. Ich bin einfach nur schneller und weiter gegangen, ohne dass du bereit warst. Es tut mir leid, Baby. Ich wusste nicht, dass du so schlecht darauf reagieren würdest. Es hat dir gefallen."

Mir dreht sich auf einmal der Magen um und ich übergebe mich. Ich stütze mich an der gefliesten Wand ab und kotze und kotze, bis ich völlig leer bin. Cyprian hält mir die Haare hoch und massiert mir die Schultern.

Ich blicke mit Tränen in den Augen zu ihm auf und kann gar nicht glauben, dass er mir so etwas antun würde. „Ich habe dir vertraut", krächze ich. „Und du tust mir so etwas an. Ich kann dir nie wieder vertrauen. Nie wieder. Es ist aus. Ich will nicht einmal mehr mit dir befreundet sein. Du bist krank."

Er verdreht die Augen und lächelt mich an. „Ich bin nicht krank. Viele Leute machen das genauso. Und wenn du erst einmal das Video siehst, wirst du auch sehen, wie sehr es dir gefallen hat. Mir hat es übrigens auch gefallen. Zu sehen, wie du so geil wirst …"

Ich würge noch einmal bei seiner Beschreibung der Dinge, die gerade geschehen sind. Er schildert es, als wäre es ein schönes Erlebnis gewesen. Als ich mich wieder beruhigt habe, blicke ich ihn wieder an. „Ich gehe jetzt. Ich sehe mir das sicher nicht an."

„Bist du etwa homophob, Cami?", fragt er und kichert sanft.

Ich schüttle den Kopf, winde mich aus seinem Griff, schnappe mir ein Handtuch und wickle mich darin ein. „Bin ich ganz und gar nicht. Die Leute sollen machen, was sie wollen. Du hast mir das angetan, ohne mich vorher zu fragen. Das ist unverzeihlich."

Er dreht das Wasser ab, kommt auch aus der Dusche, wickelt sich in ein Handtuch und zieht mich in seine Arme. „Ich kann dich nicht gehen lassen. Du bist gerade sauer und ich kann dich unmöglich ziehen lassen. Wir trinken einfach was und dann …"

Ich brülle los, sodass er aufhört zu reden. „Ich gehe jetzt und du wirst mich verdammt noch mal in Ruhe lassen. Ich bin in meinem Leben noch nie so sauer gewesen. Wenn ich eine Knarre hätte, wärst du schon längst tot."

Er sieht mich schockiert an, nachdem ich das gesagt habe, und lässt mich los. „Weißt du was? Dann geh doch! Es hat dir verdammt noch mal gefallen und das weißt du ganz genau. Dein braves Gehabe kaufe ich dir sicher nicht ab. Dir hat gefallen, was ich mit dir angestellt habe. Also geh doch, wenn du willst!"

Ich bleibe verdattert im Bad zurück, während er nach draußen rennt. Meine Klamotten sind hier drin, ich ziehe sie mir also an, fahre mir durch die nassen Haare und versuche, meinen Mumm zusammenzunehmen, um aus der Tür zu gehen und mir wahrscheinlich das Bild geben zu müssen, dass er gerade diese andere Frau vögelt.

Ich schließe meine Augen, verlasse das Bad und gehe in sein Zimmer. Er liegt dort in seinem Bett und ich sehe die andere Frau nirgendwo. „Wo ist sie hin?"

Er blickt nicht einmal auf und sagt: „Ich habe sie nach Hause geschickt. Sie hatte Schiss, dass du sie verprügelst."

„Ich bin nicht einmal sauer auf die Arme. Sie hat nur getan, wofür du sie bezahlt hast. Ich bin sauer, nein, sauer ist gar kein Ausdruck, ich bin fuchsteufelswild darüber, was du getan hast. Und dir scheint es völlig egal zu sein." Ich bleibe stehen und beobachte ihn, während er seine Augen schließt.

„Camilla, ich sage das jetzt nur noch ein letztes Mal. Du hast gesagt, du würdest mir vertrauen, dass ich dir Lust bereiten würde und das habe ich. Diskussion beendet." Er öffnet seine Augen, blickt mich an, nimmt dann die Fernbedienung von seinem Nachttischchen und drückt einen Knopf. Der große Bildschirm an der Wand gegenüber schaltet sich an.

Auf der großen Leinwand sieht man mich, wie ich auf dem Bett liege, und mein Magen dreht sich wieder um. „Cyprian", sage ich und drehe mich um, um zu gehen.

„Komm her, Camilla", befiehlt er mir.

Ich drehe mich um und blicke ihn mit traurigem Herzen an. Ich habe diesem Mann vertraut und er hat mir mehr Leid zugefügt als mir verständlich ist.

Der Ton ist an und ich höre mich selbst stöhnen und keuchen, während die andere Frau meine Intimzone verwöhnt. „Ich kann nicht glauben, dass du von mir erwartest, mit deinen Handlungen einverstanden zu sein. Sie sprechen Bände darüber, wer du wirklich bist. Du bist ein sexueller Perversling in einer sehr hübschen Hülle. Du denkst wohl, ich wäre genauso und verberge es nur. Ich wollte aber nur mit dir zusammen sein. Mit niemandem sonst. Ich habe mich dir hingegeben, niemandem sonst – egal ob Frau oder Mann. Ich habe meine Hemmungen mit dir überwunden und ich wollte das immer nur mit dir tun. Und dann hast du mein Vertrauen einfach so missbraucht. Tschüss, Cyprian. Ich lasse mich nicht herumkommandieren. Es ist vorbei."

Ich gehe davon und als meine Hand die Türklinke berührt, höre ich ihn sagen: „Bitte geh nicht."

Ich stehe eine Weile lang nur da, während ich über den Mann nachdenke, darüber, was er alles schon durchgemacht hat und wie anders als ich er ist. Ich denke langsam, dass er das, was er getan hat, vielleicht gar nicht so gemeint hat. Aber schlussendlich kann ich ihm eben nicht mehr vertrauen. Ich kann nicht erlauben, dass meine Moralvorstellungen so kompromittiert werden und wenn ich bei ihm bleibe, dann wirft er mit Sicherheit alle meine Prinzipien über Bord.

Ich drücke die Klinke herunter, verlasse ihn und sage nichts weiter, denn keine Worte könnten jetzt noch helfen. Das Vertrauen ist dahin und ohne Vertrauen hat man nichts.

Wenn das die richtige Entscheidung ist, warum schmerzt sie mich dann so sehr ...?

35

CYPRIAN

Es ist diesmal so viel schwerer, sie gehen zu sehen. Ich weiß, dass sie zu dem werden kann, was ich will, aber ihre Moralvorstellungen sind im Weg.

Ich wende mich wieder dem Fernseher zu, auf dem sie sehr glücklich mit der Aufmerksamkeit aussieht, die ihr widerfährt. Ich habe keine Ahnung, warum sie so ausgeflippt ist. Erst als die andere Frau sie auf den Mund geküsst hat, wollte sie, dass es aufhört.

Manche Frauen mögen das nicht und vielleicht hätte ich Cami und ihre intimsten Sexfantasien besser kennenlernen sollen, bevor ich die andere Frau mit ins Spiel gebracht habe. Ich wollte schließlich nicht mit der anderen Frau vögeln, ich wollte nur, dass Cami die Berührung einer Frau genießen darf. Beinahe jede Frau, mit der ich bis jetzt etwas gehabt hatte, hat das schön gefunden.

Ich sehe mir den Film weiter an und sehe, wie ihr Körper sich anspannt, sobald ihre Lippen sich berühren. Sie dreht ihren Kopf weg und beendet den Kuss, dann ruft sie das Sicherheitswort und ich blicke nur noch verwirrt drein.

Als ich ihre Handschellen abgenommen habe, konnte ich ihr Gesicht nicht sehen. Jetzt erkenne ich, dass sie angewidert und ziemlich verletzt aussieht. Dann holt sie aus und scheuert mir eine.

Ich streiche über meine Wange, die von der Ohrfeige immer noch heiß ist. Ich schlage die Decke zurück und entdecke kleine Kratzspuren von ihren Fingernägeln. Auf meinem Arm entdecke ich eine Bissspur und das bringt mich auf einen anderen Gedanken.

Sie war wie ein wildes Tier!

Kann sie also wirklich so sauer auf mich gewesen sein? Oder ist sie einfach nur wütend, weil ich sie weiter getrieben habe, als sie bereit war?

Ich schalte den Fernseher aus, denn im Film läuft gerade nichts mehr so, wie ich mir das vorgestellt habe. Ich habe zusammenpassende Klamotten gekauft, damit wir ein schönes Video von uns hätten. Es sollte eine romantische Erinnerung werden.

Ich hülle mich wieder in die Decke, lege mich hin und denke darüber nach, schlafen zu gehen. Ich brauche Schlaf. Morgen muss ich früh arbeiten und nur meine Abendplanung hat mich heute angetrieben. So wie es heute gelaufen ist, glaube ich allerdings nicht, dass ich morgen zu etwas zu gebrauchen bin.

Die Dunkelheit hüllt mich ein, als ich meine Augen schließe und versuche, an nichts zu denken. Aber ihr Gesicht schwebt immer vor meinem inneren Auge. Sie war offensichtlich sauer. Ich lüge mich selbst an, wenn ich glaube, dass sie nicht angeekelt war von mir.

Ist sie jetzt wirklich mit mir durch? Kann sie es wirklich einfach so beenden? *Wird sie das tun?*

Ich denke lieber gar nicht über ihre Worte nach, denn sie war wütend und meistens nimmt man ja dann doch seine Worte zurück. Vielleicht sieht sie die Sache morgen schon ganz anders.

Wenn die Lage umgekehrt wäre und sie mich gefesselt und heimlich einen anderen Mann zu mir geführt hätte, der genau das Gleiche mit mir angestellt hätte, wie hätte ich darauf reagiert?

Ich liege da und stelle mir das vor und mir dreht sich der Magen um. Ja, das fände ich auch ziemlich uncool. Aber Frauen sind anders. Ich habe schon unzählige Frauen gesehen, wie sie sich voneinander befriedigen lassen. Cami wird ihre Meinung schon noch ändern. Das muss sie einfach.

Aber was, wenn nicht?

Was muss ich tun, um sie zurückzugewinnen?

36

CAMILLA

Der Geruch von Bleiche steigt mir in die Nase, während ich den Putzeimer ausleere. „Gina, du verstehst das nicht. Ich kann dir nicht sagen, warum ich mit ihm Schluss gemacht habe. Es ist zu schrecklich."

Sie blickt mich stirnrunzelnd an. „Wie schrecklich kann das schon sein? Der Mann sieht aus wie eine römische Gottheit. Er müsste schon großen Mist bauen, damit ich mich von ihm trenne. Und dann noch das viele Geld – du hast echt eine Goldader entdeckt, Schätzchen. Und aus irgendeinem Grund machst du immer wieder mit ihm Schluss. Bis du sicher, dass du nicht völlig durchgeknallt bist?" Sie lacht und ich habe es endlich satt zu hören, wie sie von Cyprian schwärmt und wie dumm ich doch sei.

Ich stelle den leeren Putzeimer in seine Ecke, gehe zu ihr und blicke mich im Laden um, um sicherzugehen, dass dort niemand ist. „Du willst also wissen, was er mir angetan hat?"

Sie nickt und wirft ihren Putzlappen in die Spüle. Ihre Augen und Ohren sind weit aufgesperrt. „Erzähl mir alles."

„Er hat mich an sein Bett gefesselt und mir die Augen verbunden", sage ich.

Sie lacht und schüttelt den Kopf. „Schätzchen, das macht doch Spaß!"

Ich schüttle den Kopf. „Nein, das war es nicht, was mich gestört hat. Verstehst du, in der Nacht davor hat er mir gezeigt, wie er es gerne mag, und das hat mir auch gefallen. Es hat mir sehr gefallen und das hat ihm vielleicht einen falschen Eindruck von mir vermittelt. Vielleicht dachte er danach, ich sei eine Hure und er könne alles mit mir machen, was er wolle. Weiß ich nicht. Auf jeden Fall ist dieser Kerl zu weit gegangen."

„Wie weit denn?", fragt sie und macht noch größere Augen. „Hat er dich ausgepeitscht? Mein erster Ehemann fand das auch heiß und ich mochte es erst, aber dann habe ich mich damit gelangweilt."

„Nein, das hat er nicht getan. Ich habe irgendwie so etwas erwartet und war darauf auch vorbereitet. Aber er hat etwas noch viel Schlimmeres getan. Er hat mein Vertrauen missbraucht", sage ich, denn ich bekomme die Worte nicht einmal über die Lippen.

„Wie das, Camilla?", fragt sie. „Hat er dir körperlich Schmerzen zugefügt?"

„Nein", sage ich und hole mir eine Tasse Kaffee.

Sie folgt mir bis zur Ladentheke und scheint verwirrt. „Er hat also einfach dein Vertrauen missbraucht, sagst du. Aber wie denn?"

Mein Magen verknotet sich, als ich mich daran erinnere, und ich muss auf die Toilette rennen. „Ich muss mich übergeben."

Gina wartet und sagt: „Himmel! Was hat er dir bloß angetan?"

Ich schaffe es kaum zur Toilette, bevor alles rauskommt. Alles, was ich an diesem Tag gegessen habe, was nicht viel ist, denn Appetit habe ich keinen gehabt. Ich wasche mir das Gesicht, blicke mich im Spiegel an und möchte heulen.

Ich sehe die gleiche Frau wie gestern um diese Zeit, aber ich weiß, dass ich jetzt völlig verändert bin. Ich bin eine Frau, die etwas mit einer anderen Frau gehabt hat. Wenn die Leute mich fragen, werde ich sagen müssen, dass ich so etwas schon ausprobiert habe und das macht mich richtig wütend auf Cyprian. *Darüber hätte nur ich entscheiden sollen!*

Ich werde nicht lügen, es hat sich gut angefühlt, was sie mit mir gemacht hat. Aber ich dachte die ganze Zeit, dass wäre er und deshalb macht mich das so krank. Mein Herz hämmert und ich lehne mich an die Wand, um mich zu beruhigen, denn meine Atmung läuft langsam außer Kontrolle. „Schluss damit. Beruhige dich."

Schließlich gelingt es mir, wieder zu Atem zu kommen, und ich gehe wieder in den Laden hinaus. Jetzt sind mehrere Kunden da und ich sehe, wie Gina sich um einen von ihnen kümmert. Ein nett aussehender Mann kommt zu mir und fragt mich: „Entschuldigen Sie, sind die Kondome bei Ihnen hinter der Theke? Ich kann hier keine finden."

Wut kocht in mir hoch und ich brülle ihn an. „Perversling!" Dann wirbele ich herum, gehe zum begehbaren Kühlschrank und versuche, mein Zittern zu beruhigen und die Wut, die mich vereinnahmt.

Mir kommen die Tränen und ich kann gar nichts dagegen tun. Ich renne aus dem Kühlschrank, gehe zur Ladentheke, nehme mein Zeug und gehe ohne ein Wort, denn ich kann gerade einfach nicht reden.

Alle sehen mir nach, während ich zu meinem Auto eile und dann wie angewurzelt stehenbleibe, denn neben meinem Auto steht Cyprian. Ich blicke mich um und entdecke keines seiner Autos. Er hat sich wieder absetzen lassen, damit ich ihn nach Hause fahren muss. „Nein!" Ich drehe mich um und renne los.

Ich habe keine Ahnung, wo ich hinrenne, aber ich renne so schnell wie der Wind, um von ihm wegzukommen. Er wird mich nicht wieder auf sein Niveau herunterziehen. *Ich mache da nicht mit!*

Auf einmal schlingen sich starke Arme um mich und halten mich auf. „Hey, was ist los?"

Ich blinzele ein paar Tränen weg und als ich wieder sehen kann, erkenne ich den Typen, der mich mal um ein Date gebeten hat. „Tut mir leid, ich muss los." Ich blicke über meine Schulter und sehe Cyprian auf mich zukommen.

„Halte sie für mich fest, in Ordnung?", ruft er dem Mann zu, der mich im Arm hält.

„Oh mein Gott", flüstere ich. „Bitte lass mich los. Lass ihn nicht an mich ran."

„Hat er dir etwas angetan, Camilla?“, fragt mich der Typ und ich nicke.

Dieser Typ ist nicht annähernd so durchtrainiert wie Cyprian und ich mache mir sofort Sorgen um ihn, als er sagt: „Bleib, wo du bist, Kumpel. Sie sagt, du hast ihr etwas angetan.“

Ich vergrabe mich in der Brust des Fremden und hoffe, dass er mich loslässt, damit ich vor Cyprian weglaufen kann. Ein paar Leute versammeln sich bereits um uns, denn dieser Typ hat noch mehr Aufmerksamkeit auf mich gelenkt.

Cyprian kommt mir nahe genug, um mir zuzuflüstern: „Bist du jetzt zufrieden, Camilla? Jetzt hast du eine richtige Szene gemacht.“ Er packt mich an der Schulter. „Komm mit.“

Ich blicke angsterfüllt zu dem anderen Mann auf. „Lass nicht zu, dass er mich mitnimmt. Bitte.!

Er blickt Cyprian an. „Weißt du was, lass sie besser ein wenig in Ruhe. Es sieht so aus, als hättet ihr beiden euch gestritten und sie müsste sich erst einmal beruhigen.“

„Cami, komm mit“, sagt Cyprian wieder. „Du weißt, dass ich dir nie wehgetan habe und das auch nie tun würde. Jetzt komm schon. Mach nicht so ein Theater. Wir müssen reden.“

Gina kommt raus und ruft uns zu: „Soll ich die Bullen rufen, Camilla?“

„Soll sie?“, fragt Cyprian. „Oder solltest du besser einfach aufhören, so einen Terz zu machen?“

Jetzt hat er mich wütend gemacht und ich richte mich auf, während der Mut mich wieder erfasst. „Weißt du was, du hast recht.“ Ich blicke alle Leute an, die sich um uns versammelt haben. „Komm, Cyprian, ich bringe dich nach Hause.“

„Schon viel besser“, sagt er, während der Typ mich loslässt, und Cyprian und ich gehen Seite an Seite zu meinem Auto.

Gina blickt mich verwirrt an. „Fährst du nach Hause, Camilla?“

„Das tue ich. Bitte stemple mich aus. Ich muss noch etwas erledigen.“

Sie nickt mir zu und ich gehe mit dem Mann davon, dem noch gar nicht klar ist, dass er gleich von mir die Leviten gelesen bekommt.

Sein Arm legt sich um meine Schultern und er beugt sich zu mir vor. „Ich habe mir schon Sorgen gemacht, Baby."

„Das solltest du auch", sage ich, während ich die Beifahrertür aufsperre und sie ihm aufhalte, bevor ich mich selbst hinters Steuer setze. Er blickt mich seltsam an und steigt dann ein.

Ich schätze, er glaubt, er wird mit mir fertig, aber da hat er sich geschnitten. Ich lasse mich auf den Sitz gleiten, lasse den Motor an und fahre vom Parkplatz, schön langsam. Die kleine Menschenmenge hängt immer noch rum und möchte wahrscheinlich sichergehen, dass alles in Ordnung ist.

„Cami, ich konnte heute an nichts anderes denken, als an die Tatsache, dass du sauer auf mich bist", sagt er und legt seine Hand auf meine.

Ich ziehe meine Hand weg, nachdem ich in den vierten Gang geschaltet habe. „Ist mir egal."

„Das kann es dir nicht sein", sagt er, streckt seine Hand aus und zieht mir meinen Haargummi aus meinen Haar. Mein Haar fällt über meine Schultern, er zieht eine Strähne zu sich heran und riecht daran. „Ich habe diesen Duft heute Morgen vermisst, als ich alleine aufgewacht bin."

Ich antworte ihm gar nicht erst, denn ich bereite mich mental auf das vor, was jetzt kommt. Ich muss ihm klarmachen, dass es das war mit uns. Wir erreichen sein Tor, ich gebe den Code ein und wir fahren hinein.

Als ich vor seiner Tür halte, blickt er mich einen Augenblick lang an, packt dann die Schlüssel, dreht den Motor ab, reißt sie heraus und steigt aus.

Ich will erst schreien, denn ich werde ganz panisch. Doch dann erinnere ich mich, dass er sie mir schon bald wieder zurückgeben wird und mir sagen wird, ich solle mich verziehen.

Ich steige also aus, gehe hinter ihm her, ziehe meinen grünen Overall aus und werfe ihn durch das offene Fenster auf den Beifahrersitz. Ich lasse meinen Nacken und meine Knöchel knacken und sehe, wie er sich nach dem Geräusch umdreht. „Denkst du darüber nach, mir eine zu verpassen?"

Ich schüttle den Kopf. „Denkst du darüber nach, zu versuchen, meine Meinung über dich zu ändern?“

Er nickt, gibt den Sicherheitscode ein, öffnet seine Tür und wir treten ein. Er nimmt mich an der Hand, führt mich durch das Haus und in die Garage. Er hängt meine Schlüssel an das Schlüsselbrett, nimmt die Schlüssel des Lamborghini und gibt sie mir. „Ich schenke dir den Lambo, Cami.“ Er greift in seine Innentasche und zückt ein Stück Papier. „Ich habe ihn heute auf deinen Namen überschrieben. Er gehört dir.“

Ich nehme die Schlüssel, mache einen Schritt zur Seite, blicke ihn an und lächle. „Nein, danke.“ Ich hänge sie wieder an das Schlüsselbrett und nehme meine Schlüssel zurück. „Und mit diesem Fetzen Papier kannst du dir den Arsch abwischen, du Mistkerl.“

Ich drehe mich um, um wieder hineinzugehen, doch er legt seine Hand auf meine Schulter. „Cami, hör auf mit dem Scheiß. Das passt überhaupt nicht zu dir.“

Ich fahre herum und schleudere meine Hand durch die Luft, um ihm gehörig eine zu verpassen, aber er packt mich am Handgelenk. „Fick dich!“

„Ich lasse nicht zu, dass du mich schlägst, Cami.“ Er zieht mich hinter sich her und wir gelangen in der Küche an. „Du siehst blass aus und ich bin mir sicher, dass du heute nicht viel gegessen hast.“ Er lässt mich immer noch nicht los, als er etwas aus einer Tüte holt, die auf der Anrichte liegt. „Ich habe dir das auf dem Nachhauseweg geholt. Es ist ein Cheeseburger und du wirst ihn aufessen.“

„Klar“, sage ich und setze mich auf einen der hohen Stühle an der Kücheninsel. „Ganz plötzlich habe ich richtig Hunger.“ Ich nehme den Burger und fange an zu essen. Er lässt mein Handgelenk los und blickt mich misstrauisch an.

„Kann ich dir etwas zu Trinken holen?“, fragt er mich und geht zum Kühlschrank.

„Ein Bier. Weißt du was, ich nehme gleich drei. Ist mir egal, welche Sorte. Irgendwas starkes, bloß nichts von dem leichten Scheiß“, sage ich und esse einen weiteren Bissen. Ich bereite mich auf den Kampf vor und auf leeren Magen fällt es mir sicher nicht so leicht, ihm zu sagen, was ich von ihm halte.

Er stellt ein Bier auf die Kücheninsel. „Erst mal eines."

Ich blicke in seine dunklen Augen, nehme das Bier und trinke es aus. Ich stelle die leere Flasche wieder ab und sage: „Noch eines, bitte."

Er runzelt die Stirn und wirft die leere Flasche in die Recycling-Tonne. Ich esse einen weiteren Bissen, während ich ihm zusehe, wie er zum Kühlschrank geht und ein zweites Bier holt. Der Burger ist lecker und ich will wissen, wo er ihn her hat, aber das wäre zu zivilisiert und ich möchte zu diesem Kerl nicht zivilisiert sein. Ich will ihn wütend machen. *Und zwar so wütend wie möglich!*

Er schiebt das Bier zu mir herüber und setzt sich. „Wegen letzter Nacht."

Ich hebe die Hand. „Darüber will ich nicht sprechen. Ich esse gerade und bei dem Gedanken daran muss ich kotzen."

Er nickt und wendet den Blick ab. „Ich habe darüber nachgedacht. Ich habe mich gefragt, wie ich es fände, wenn du mir das angetan hättest. Nicht mit einer anderen Frau, das wäre klargegangen, aber mit einem anderen Mann. Ich habe festgestellt, dass ich das gar nicht mögen würde."

„Toll. Aber leider zu spät für mich", sage ich und nehme einen weiteren Bissen, den ich mit einem Schluck Bier herunterspüle. „Du meinst also, wenn ich eine andere Frau mit ins Schlafzimmer brächte, die dir den Schwanz lutschen und dich vögeln würde, fändest du das geil?"

„Ja", sagt er und blickt mich an. „Schließlich habe ich das schon unzählige Male gemacht."

„Vielleicht solltest du es einfach weiter machen, Cyprian. Ich bin mir sogar ganz sicher. Du solltest mich verdammt noch mal in Ruhe lassen und dein altes Leben wieder aufnehmen. Lass mich bloß nicht in die Quere kommen", sage ich und kippe den Rest des Bieres runter. „Ich hätte gern noch eines."

„Du willst dich besaufen?", fragt er, aber er holt mir noch ein Bier.

„Das will ich. Ich will mich heute Abend besaufen und diese ganzen ekligen Erinnerungen ausspülen. Ich will wieder zu der Frau werden, die ich war, bevor ich dich kennengelernt habe." Ich esse den Burger auf und beobachte ihn, während er mich trotzig ansieht.

„Verstehe." Er bringt mir ein drittes Bier, hält es aber fest, zieht mich an der Hand hoch und schlingt seine Arme um mich. „Ich liebe dich, Camilla Petit." Er nähert sich mir mit seinen Lippen.

„Wenn deine Lippen meine berühren, beiße ich dich", sage ich und er hält inne.

„Du hast mir erst gestern gesagt, dass du mich auch liebst. Wie kann es dir nur so schnell vergangen sein? Außer du hast das nur gesagt, weil du dachtest, ich wolle es hören?"

„Ich dachte, dass ich dich liebe. Aber das war, bevor ich dein wahres Gesicht gesehen habe. Du bist ein Perversling, der das Vertrauen von Frauen missbraucht."

„Wenn du mich noch einmal einen Perversling nennst, muss ich dich vielleicht bestrafen, Camilla." Seine Augen verdunkeln sich, als meine er das wirklich ernst.

„Wenn du mir auch nur ein Haar krümmst, Cyprian, mache ich dich fertig. Ich bin nicht die Art Frau, die sich sowas gefallen lässt." Ich blicke ihm in die Augen und er lässt mich los.

„Du bist immer noch zu wütend. Ich hätte gedacht, dass du dich mittlerweile beruhigt hättest. Es war überhaupt nicht schlimm oder pervers. Du hast wunderschön ausgesehen. Ich habe mir die Aufnahme schon unzählige Male angesehen und dein Gesicht und dein Körper haben mir verraten, dass es dir gefallen hat." Er entfernt sich langsam von mir.

„Ist ja klar, dass du dir das so oft reingezogen hast. Wie hat dir eigentlich der Teil gefallen, wo ich dir eine verpasse?", frage ich und nehme mir dann das Bier, das er auf der Kücheninsel abgestellt hat.

Mein Körper fängt an zu zittern, als ich mich an letzte Nacht erinnere. Ich trinke einen Schluck und blinzele die Tränen weg, die mir in die Augen steigen. „Ich habe heute öfter gekotzt, als je in meinem Leben. Nicht mal, als ich die Grippe hatte, ging es mir so dreckig. Ich habe auch noch nie so viel geheult. Meinst du also wirklich, dass mir das gefallen hat?“

„Das hat es, bis deine überzogenen Moralvorstellungen in die Quere gekommen sind. Es ist nur Sex, Cami. Das ist alles. Leute bescheren einander lustvolles Vergnügen. Du bist zu sehr von den Vorstellungen der Gesellschaft geprägt.“ Er lässt seine Jacke von seinen Schultern gleiten, knöpft dann sein weißes Hemd auf und zieht es aus. „Mein Körper kann deinem Körper viel Lust bereiten und umgekehrt. Wieso kämpfst du also so sehr dagegen an?“

„Du hättest das niemals tun sollen, Cyprian. Und die Tatsache, dass du dich immer noch nicht entschuldigen kannst, verrät mir viel über dich. Dieser Mann gefällt mir nicht. Du weißt selbst, dass viele Frauen alles tun würden, was du willst. Hol dir eine von denen.“ Ich trinke wieder einen Schluck, während er mich anblickt wie ein hungriger Wolf.

„Camilla Petit, ich will nur dich. Ich brauche nur dich. Ich begehre dich. Ich wollte mich sogar für dich ändern. Als ich herausgefunden habe, dass du auf den gleichen Kram stehst wie ich, musste ich ein Risiko eingehen und prüfen, ob du auch so weit gehen kannst. Wenn dir das nicht gelingt, kann ich mich für dich ändern.“

Ich schüttle den Kopf. „Ich habe dich nie darum gebeten, dich für mich zu ändern. Kein einziges Mal. Ich habe dir mehrmals gesagt, es nicht zu tun. Es hat mir gut gefallen, was wir beiden alleine gemacht haben, aber ich will niemals jemand anderen in unser Bett einladen. Aber stell dir mal bitte Folgendes vor: Ich im Bett mit dir und noch einem anderen Mann. Stell dir das mal bildlich vor, Cyprian.“

„Das habe ich noch nie ausprobiert. Ich bin gerne dominant im Schlafzimmer. Ich bestimme gerne über die Frauen, die ich mir ins Bett hole. Ich führe gerne Regie, damit alle befriedigt werden. Und ich hätte dich dabei gern an meiner Seite.“

„Ich will deinen Schwanz aber in keinem anderen Loch sehen, ob das jetzt von einem Mann oder von einer Frau ist. Ich will nicht, dass deine Lippen andere Lippen berühren. Ich will nicht, dass dich andere Lippen küssen – egal wo. Ich will dich nur für mich allein. Vielleicht findest du das egoistisch, aber in einer normalen Gesellschaft ist das völlig akzeptiert." Ich stelle die Bierflasche auf die Kücheninsel und ködere ihn noch mehr. „Ich werde dich also um etwas bitten und wir werden sehen, ob du mir das geben kannst."

„Schieß los", sagt er. „Ich erfülle dir jeden Wunsch."

„Bring mich an diesem Freitagabend zu der Party deines Vaters und lass mich einen anderen Mann vögeln, während du zusiehst. Aber nur, wenn es dir gefällt dabei zuzusehen, wie eine andere Person mich sexuell beglückt." Ich beobachte, wie er völlig ausdruckslos dreinblickt und sein Adamsapfel auf und ab hüpft, während er heftig schluckt.

„Ich dachte, du müsstest erst Gefühle für einen Mann haben, bevor du mit ihm ins Bett gehst? Mich hast du jedenfalls ziemlich lange warten lassen", sagt er und blickt mir in die Augen. Ich glaube, er will abschätzen, ob ich es wirklich ernst meine.

Ich bin mir selbst nicht so ganz sicher. Trotzdem sage ich: „Da du ja auch eine Person zu mir gebracht, für die ich keine Gefühle hatte, denke ich mir jetzt: Scheiß drauf, ich kann es auch mit einem willkürlichen Kerl treiben. Ich bin schließlich schon beschmutzt worden, ein weiterer Typ macht den Kohl auch nicht mehr fett."

Er geht auf und ab und scheint nachzudenken, denn eine Ader tritt auf seiner Stirn hervor. Das habe ich bei ihm noch nie gesehen. Schließlich bleibt er stehen und blickt mich an. „Das kann ich nicht tun. Ich kann nicht dabei zusehen, wie ein anderer Mann dich anfasst, oder noch schlimmer: dich nimmt."

„Aber dieser Frau hast du es erlaubt", sage ich und er schüttelt den Kopf.

„Das ist nicht das Gleiche. Vielleicht deshalb, weil sie dich nicht schwängern kann und ein Mann könnte das. Ich weiß es auch nicht so genau. Ich weiß nur, dass ich den Gedanken an einen anderen Mann in dir drin nicht ausstehen kann. Das macht mich verrückt. Und wieso solltest du das überhaupt wollen, wenn du mich doch liebst?" Er funkelt mich an, während ich mit den Schultern zucke.

„Ich meine ja nur, wenn du es heiß findest, das eine andere Frau es mir besorgt, warum sollte es dann nicht ein anderer Mann dürfen?"

„Hör mal, ich kann mein Leben auch weiterleben, wenn ich das nie wieder sehen darf. Ich tue alles, was du willst. Du willst ein langweiliges 08/15-Sexleben? Damit komme ich klar. Ich habe schließlich schon jede Menge aufregenden Sex gehabt." Er geht um die Kücheninsel herum auf mich zu.

Ich stehe auf und entferne mich von ihm. „Langweiliges Sexleben? Du denkst also, dass ich das will? So fandest du es, als wir nur zu zweit waren?"

„Nein, das habe ich nicht so gemeint. Jetzt verdrehst du mir aber die Worte im Mund." Er kommt auf mich zu und packt mich am Arm, bevor ich fliehen kann.

Er schlingt seine Arme um mich und schiebt seine Hand unter mein Shirt. Seine Hand legt sich um eine meiner Brüste und ich atme scharf ein. „Cyprian, lass das."

„Ich übernehme die volle Verantwortung dafür, dass ich dich verletzt habe, Cami. Ich verspreche dir, dass ich das nie wieder tun werde. Können wir jetzt wieder anknüpfen, wo wir aufgehört haben? Ich will dich. Ich tue alles für dich." Seine Lippen berühren mein Ohr und er knabbert an meinem Ohrläppchen. „Ich bin süchtig nach dir. Du bist süßer als jede Droge der Welt."

Ich drücke meine Hände gegen seine Brust, denn mein Körper spielt langsam verrückt. „Cyprian, bitte tu mir das nicht an. Ich kann nicht", sage ich, doch seine Lippen berühren bereits meine und bringen mich zum Verstummen."

Mein Verstand sagt mir, ich solle ihn wegschieben und gehen, doch mein Körper verzehrt sich nach dem Kerl. Er nimmt mich bei der Hand und legt sie um seinen Hals, dann hebt er mich hoch und trägt mich aus der Küche.

Ich will aufhören, ihn zu küssen, ich will nicht mehr, dass mir das gefällt. Ich will mehr Willensstärke beweisen. Aber ich werde langsam schwach. *Meine Wut verpufft.*

Er legt mich auf ein Sofa, drückt einen Knopf auf einer Fernbedienung auf dem Tisch und das Feuer im Kamin entfacht sich. „Ich liebe dich, Cami. Vergib mir."

Ich blicke ihm in die Augen und erkenne darin mehr als zuvor. Vielleicht liebt er mich wirklich. *Aber liebe ich ihn noch?*

Ich setze mich auf, stehe dann auf und schüttle den Kopf. „Ich kann jetzt nicht. Ich vertraue dir nicht. Ich weiß nicht, ob du mein Vertrauen je zurückgewinnen kannst. Außerdem ist es ein Warnsignal für mich, dass du immer noch mit anderen Frauen vögeln willst."

Er packt meine Hand, als ich gehen will. „Also ist mir meine Ehrlichkeit zum Verhängnis geworden. Willst du mir das sagen? Ich will nämlich nicht in einer Beziehung sein, wenn das bedeutet, dass ich Seiten an mir verbergen oder sogar verleugnen muss."

„Du kapierst es immer noch nicht, Cyprian. Du hast mir doch gesagt, du seist ein Wunderkind gewesen? Wann hast du aufgehört, zuzuhören? Ich möchte, dass du ganz du selbst bist. Ich werde dich akzeptieren oder eben nicht. Aber die Person, die du jetzt bist, mit der kann ich eben nicht zusammen sein. Ich möchte dir vertrauen können und das kann ich jetzt nicht."

„Wie kann ich es wieder gut machen?", fragt er mich und zieht mich wieder an seine Brust. Seine Lippen streichen mir über die Stirn, dann küsst er mich erneut. „Cami, lass mich nicht so stehen. Das ist so hart für mich."

„Ich muss mir selbst treu bleiben. Tut mir leid, wenn du das nicht verstehst. Lass mich einfach in Ruhe. Ich brauche meine Ruhe und ich brauche Zeit. Vielleicht komme ich darüber hinweg und vielleicht nicht. Aber dass du mich so kurz danach unter so viel Druck setzt, schlägt mich nur in die Flucht." Ich schiebe ihn von mir weg und er lässt mich los.

„Nimm das Auto, das ich dir geschenkt habe", sagt er, steckt seine Hand in die Hosentasche und zieht einen Packen Geld heraus. „Und das hier auch." Er hält es mir hin.

„Nein, Cyprian. Ich bin nicht käuflich." Ich drehe mich um und gehe, doch er bleibt stehen.

Mein Herz tut mir weh, aber ich weiß, dass ich das Richtige für mich tun muss. Ich muss mich an erste Stelle setzen. *Ich kann mich nicht in dem Kerl verlieren.*

„Cami, bitte sieh mich an“, sagt er.

Ich bleibe stehen und drehe mich um. „Was?“

„Ich liebe dich“, sagt er und wirft mir eine Kusshand zu. „Ich werde hier bleiben und auf dich warten. Du kannst kommen oder mich anrufen oder mir schreiben und ich werde da sein. Es tut mir leid, dass ich dich verletzt habe und du das Vertrauen in mich verloren hast. Und ich hoffe, dass du mir vergeben kannst. Darf ich noch einmal aus deinem Mund hören, dass du mich liebst? Verstehst du, das hat noch nie jemand zu mir gesagt außer dir. Niemand. Und du bist auch die einzige Person, zu der ich das je gesagt habe.“

Seine Worte sollten mich nicht schockieren, doch das tun sie. Er ist ein 35 Jahre alter, umwerfender Mann mit jeder Menge Geld und niemand hat ihm je gesagt, dass er ihn liebt. Nicht einmal seine Eltern.

„Ich liebe dich, Cyprian. Das werde ich wahrscheinlich immer tun. Aber ich liebe auch mich selbst und ich muss meinen Prinzipien treu bleiben, nach denen ich mein Leben gestalten möchte. Hoffentlich verstehst du das.“

Er nickt. „Danke, Cami.“

Ich nicke und gehe. Schon wieder wende ich mich von ihm ab. Jedes Mal denke ich, dass dies das letzte Mal sein wird, dass ich ihn verlasse. Aber immer komme ich wieder zurück. Diesmal ist er jedoch wirklich zu weit gegangen und ich kenne jetzt sein wahres Gesicht. Mit jemandem wie ihm kann ich nicht zusammen sein.

Ich frage mich, wie lange es dauern wird, bis der Schmerz weggeht?

37

CYPRIAN

Der Mond leuchtet immer noch hell und die Sterne funkeln immer noch am dunklen Nachthimmel. Das Leben geht weiter, obwohl mein Leben sich so anfühlt, als wäre es vorbei. Sie hat mich wieder verlassen und diesmal glaube ich nicht, dass sie zurückkommt.

Ich habe keine Ahnung, mit wem ich reden soll, denn ich habe mich nie besonders darum gekümmert, Freunde zu finden. Deshalb bitte ich Ashton zu mir, um mit ihm zu reden. Die Leere in mir ist überwältigend. Und die Ratschläge meines Vaters passen wohl kaum auf diese Situation. Wir beide ähneln uns zu sehr, als dass er mir wirklich helfen könnte.

„Du hast also eine Frau in euer Liebesleben integriert, ohne dass Camilla ihre Zustimmung dazu gegeben hätte?", fragt er mich und zieht dann an seiner Zigarre.

Ich habe ihm alles erzählt und jetzt schweigt er schon seit etwa fünf Minuten. „Das habe ich. Was kann ich also tun, dass sie mir vergibt und versteht, dass ich ein Idiot gewesen bin?"

Ashton schüttelt den Kopf und blickt zum Nachthimmel hinauf. Wir sitzen auf einer der Terrassen, das Licht stört mich schon den ganzen Tag lang und sogar in der Nacht stört es mich noch. Ich habe eine Bombenmigräne.

„Cyprian, du kannst gar nichts tun. Das war einfach schrecklich. Wahrscheinlich fühlt sie sich total misshandelt. Wie ein Vergewaltigungsopfer“, sagt er und blickt mich erneut an. Nicht so, als würde er mich verurteilen, sondern so, als wolle er mir helfen zu verstehen, was richtig ist und was falsch.

Die Trennlinie zwischen richtig und falsch ist meiner Meinung nach so schmal, dass sie praktisch unsichtbar ist. „Vergewaltigung ist nun wieder auch übertrieben, Ashton. Und es hat ihr gefallen, bis sie gemerkt hat, dass ich es nicht war.“

„Weil sie darauf vertraut hat, du wärest es. Das weißt du ganz genau und du wusstest auch genau, was du da tust. Du wusstest, dass sie keine Ahnung hatte, dass du es nicht warst. Noch schlimmer, sie weiß, dass du das geplant hast. Es war keine spontane Aktion. Lass mich dir sagen, diese Wunde wird so eine tiefe Narbe hinterlassen, dass sie möglicherweise nie verheilen wird.“ Er wendet seinen Blick ab und schüttelt wieder den Kopf. „Sieh dich besser nach etwas anderem um und lass diese Frau in Ruhe. Und zwar wirklich in Ruhe, Cyprian.“

Seine Worte dringen zu mir vor. Ich wollte nie, dass ihr mein Verhalten so ein Gefühl gibt. Ich wollte nur, dass sie sich gut fühlt. *Das ist alles!*

„Ashton, ich muss es wieder gut machen. Das muss ich einfach! Ich habe nicht so darüber nachgedacht, wie du nun darüber denkst. Ich glaube, du schätzt ihre Gefühlslage genau richtig ein. Himmel! Ich muss es wieder gut machen. Ich muss einfach!“

„Es ist zu spät, mein Junge.“ Er steht auf, geht zu der großen Topfpflanze am Rande der Terrasse hinüber und drückt in ihr seine Zigarre aus. „Lass sie in Ruhe. Dein Gesicht wird sie nur daran erinnern, was ihr in dieser verrückten Nacht widerfahren ist, als sie in einen Mann verliebt war, der sie zu etwas gezwungen hat, wofür sie nicht bereit war.“

Ich krümme mich zusammen, denn auf einmal habe ich schreckliche Magenkrämpfe. „Mein Gott! Was habe ich nur getan? Ich bin ein Monster, nicht wahr?“

„Du bist so geschaffen worden, Cyprian. Bleib bei dem, was du kennst. Du bist nicht dafür bestimmt, mit einer normalen Frau zusammen zu sein. Du bist ein Mann, der Geld liebt und jede Menge Frauen. Camilla ist eine ganz besondere Frau und verdient ein normales Leben. Du wirst ihr nur wehtun. Du bist für so ein Leben nicht bestimmt.“

Die Schmerzen, die ich verspüre, sind qualvoll. „Ashton, irgendetwas stimmt nicht mit mir.“

Er kommt zu mir herüber und berührt meinen Kopf. „Deine Stirn ist nicht heiß. Du hast kein Fieber. Warum krümmst du dich so zusammen?“

„Ashton, irgendwas stimmt nicht. Ich kann mich nicht aufrichten. Ich glaube, ich muss ins Krankenhaus.“ Ich blicke zu ihm auf und sehe, wie er den Kopf schüttelt.

„Das sind die Schuldgefühle. Tut weh, was?“, fragt er und streicht mir über den Kopf. „Ich hole dir etwas zu trinken. Das lindert deine Schmerzen.“

Er geht davon, während ich die Zähne zusammenbeiße. Mein Unterleib tut so weh. Ich muss schon zugeben, dass ich noch nie solche Schuldgefühle gehabt habe, aber es tut unglaublich weh.

Ich nehme mein Telefon und rufe Cami an. Es klingelt und klingelt, aber sie nimmt nicht ab. Ich weiß nicht, wieso ich gedacht habe, sie würde es vielleicht tun. Sie hat mich erst vor einer Stunde verlassen. Bestimmt ist sie noch unglaublich sauer.

Warum habe ich ihr das angetan? Was ist bloß los mit mir? Kann ich das, was ich getan habe, noch ändern?

Ashton kommt mit einem dunklen Glas zurück und gibt es mir. „Trink das und nimm dann ein heißes Bad. So fühlt es sich eben an, wenn du erkennst, welche Rolle du in ihren Schmerzen gespielt hast. Bei dir äußert sich das jetzt körperlich. Ihre Schmerzen sind unsichtbar. Doch in ihrem Herzen spürt sie es bestimmt. Ich habe dir ja gesagt, du solltest sie in Ruhe lassen. Du hättest dich ihr nicht aufdrängen sollen. Sie war ein echt nettes Mädchen, Cyprian. Mit Sicherheit fühlt sie sich von deinen Handlungen beschmutzt.“

Ich stehe auf, wanke ins Haus und schaffe es ins Bad. Dort lasse ich Wasser in die Badewanne, ziehe mich aus und lege mich in die Badewanne, um diese Schmerzen in meinem Unterleib zu lindern. Es tut so weh, dass ich gar nicht mehr denken kann.

Und die Gedanken an sie, die mir nun kommen, machen alles nur noch schlimmer.

Was habe ich nur getan ...?

38

CAMILLA

„Hast du von dem reichen Typen gestern Nacht gehört, Camilla?“, fragt mich Kyle, als ich meine Nachtschicht im Laden antrete.

Ich ziehe mir meinen grünen Overall an und schüttle den Kopf. „Meinst du den Typen, mit dem ich mal aus war?“

„Ja, Cyprian Girard. Es war in den Nachrichten. Ich bin die Straße entlanggefahren, als ein Krankenwagen gestern Abend von seinem Anwesen weggefahren ist. Dahinter fuhr ein langes, schwarzes Auto und hinter dem ein BMW.“

Ich bleibe wie angewurzelt stehen und blicke ihn an. „Was ist mit ihm passiert? Ich habe ihn erst gestern gesehen.“ *Und ich habe fünf Anrufe von ihm ignoriert, nachdem ich gegangen bin!*

„Er hatte einen Blinddarmdurchbruch. Man hat ihn operiert und jetzt wartet man darauf, dass er aus der Narkose aufwacht. Der Reporter hat gesagt, dass das manchmal passiert. Anscheinend liegt er im Koma.“

Meine Knie geben nach und ich muss mich am Tresen festhalten, damit ich nicht umfalle. „In welchem Krankenhaus? Haben sie das gesagt?“ Ich hole mein Handy heraus und rufe ihn an. Ich drücke die

Daumen, dass er vielleicht auf magische Weise rangeht und mir sagt, dass es ihm gut geht. Aber das geschieht nicht.

„Ich weiß nicht, ob sie das Krankenhaus genannt haben. Ich habe es auf dem Channel Six gesehen. Vielleicht kannst du es auf ihrer Webseite nachsehen“, sagt er und ich tue es sofort.

Ich finde heraus, in welchem Krankenhaus er ist und blicke Kyle an. „Ich muss gehen.“

Er schüttelt den Kopf. „Ich weiß nicht, wie man den Laden abschließt. Du musst bleiben, Camilla.“

Ich sitze in der Klemme! *Ich sitze wirklich in der Klemme!*

Ich eile ins Büro und versuche, jemanden zu finden, der meine Schicht übernimmt und den Laden schließen kann. Mein erster Anruf wird nicht abgenommen. „Natürlich geht Gina nicht ran. Sie hat doch heute ihr Klassentreffen. Verdammt!“

Es gibt nur drei Mitarbeiter, die wissen, wie man diesen verdammten Laden abschließt. Ich fasse einen Entschluss. Ich werde gehen und werde zurückkommen, bevor der Laden geschlossen werden muss. Ich stehe auf und gehe hinaus, um Kyle meinen Beschluss zu verkünden, als auf einmal drei Männer in Anzügen eintreten.

Ich starre sie an, während Kyle sie begrüßt. „Wir sind vom Firmenmanagement. Wir müssen den Laden prüfen und die Finanzen unter die Lupe nehmen. Sind Sie die Nachtaufseherin?“, fragt mich einer der Männer.

Ich nicke und ein weiterer Mann deutet auf das Büro. „Wir sollten so schnell wie möglich anfangen. Das könnte lange dauern.“

„Der Laden schließt heute um viertel nach eins. Ich kann nicht länger als das“, sage ich und folge ihnen in das Büro.

„Möglicherweise dauert es länger. Es könnte bis vier oder fünf dauern. Kommt darauf an, wie gut hier alles in Schuss ist“, sagt der dritte Typ und ich werde leichenblass.

„Die ganze Nacht lang?“, frage ich. „Ich muss unbedingt zumindest kurz weg. Ich habe gerade herausgefunden, dass mein Freund im Krankenhaus im Koma liegt.“

Einer der Männer seufzt. „Schätzchen, wir haben schon tausend

Ausreden gehört. Du gehst nirgendwo hin, außer du willst deinen Job los sein."

Einer der Männer hebt seine Hand. „Und das will ich dir nicht geraten haben. Wenn du jetzt gehst und irgendetwas nicht stimmt oder Geld fehlt, dann wirst du dafür belangt. Also setz dich besser, damit wir loslegen können."

Mein Herz hämmert und ich blicke zu Kyle hinaus. Er sieht auch ein wenig panisch aus. Er zuckt mit den Schultern, dreht sich um und ich fühle mich unsicherer denn je.

Himmel, ich hoffe, dass er aufwacht ...

39

CAMILLA

Als die Sonne aufgeht um sechs Uhr aufgeht, blinzle ich und setze meine Sonnenbrille auf. Der Manager kommt, als die drei Männer und ich nach der langwierigen Prozedur endlich nach Hause gehen. Gottseidank hat alles gestimmt.

Sie blickt mich an, als sie durch die Tür tritt, aus der wir gerade hinausgehen wollen. „Was ist los?"

Einer der Männer überreicht ihr ein Blatt Papier. „Hier ist eine Kopie unserer Ergebnisse. Sie haben bestanden. Ihre Nachtaufseherin ist sehr kompetent. Gute Arbeit."

„Ich will heute Abend frei haben", sage ich ihr, während ich zu meinem Auto gehe.

„Geht klar!", ruft sie aus. „Nimm dir die nächsten drei Nächte frei. Und danke!"

Ich bin wie ein Zombie, während ich zu meinem Auto gehe und nach Hause fahre. Ich werde duschen und mich umziehen und dann das Krankenhaus anrufen, um zu fragen, ob Cyprian aufgewacht ist. Wenn er wach ist, telefoniere ich mit ihm und gehe dann schlafen. Wenn er nicht wach ist, fahre ich ins Krankenhaus.

Ich werde den Gedanken nicht los, dass das meine Schuld ist. Vielleicht hat die Belastung durch die Trennung das hervorgerufen.

Ich bin Wissenschaftlerin und weiß, dass das nicht sehr plausibel ist, aber Stress kann dem Körper alles Mögliche antun.

In einem Experiment mit Laborratten hat ein sehr dominantes Weibchen alle anderen Weibchen unfruchtbar gemacht, weil sie so aggressiv zu ihnen war, sobald ein Männchen auftauchte. Verrückt, aber wahr.

Ich betrete mein Haus und merke, wie mein Körper langsam aufgibt. Meine Augen suchen schon mein Bett und mein Körper geht wie von einer unsichtbaren Hand geleitet dorthin. „Nein! Cyprian geht es nicht gut. Komm schon!"

Ich schüttle den Kopf, um die Müdigkeit zu verjagen, und gehe duschen. Das erfrischt mich und weckt mich auf. Ich beeile mich, ziehe dann schnell eine Jeans und ein T-Shirt an und schlüpfe in ein paar Sandalen. Mein Haar muss ein wenig gebändigt werden, also befestige ich meine wilden Locken mit einer Spange. Dann gehe ich aus dem Bad und hole mein Handy.

Der verdammte Akku ist leer, also stecke ich es ans Ladekabel und mache mir einen Kaffee, während es lädt, damit ich es anschalten kann. Die Hand, mit der ich die Tasse halte, zittert, während ich mir Wasser einschenke.

Auf einmal werde ich überwältigt von Traurigkeit und sinke langsam auf den Boden und fange an zu weinen. Die Kaffeetasse stelle ich einfach in die Spüle. „Wieso bin ich nur nicht rangegangen?"

Habe ich meine Chance verpasst, je seine Stimme wieder zu hören? Habe ich jede Chance verpasst, ihn wieder in mein Leben zu lassen? Was habe ich nur getan?

Mein Handy piept, als es wieder zum Leben erwacht. Ich ziehe mich hoch, drehe das Wasser ab, wende mich wieder meinem Handy zu und finde die Telefonnummer des Krankenhauses. „AnMed, an wen kann ich Sie weiterleiten?", fragt mich eine Frau.

„Ich brauche eine Auskunft über einen Patienten."

Ich höre ein Klicken in der Leitung und werde mit einer anderen Frau verbunden. „Patientenpflege."

„Hallo, ich wollte wissen, ob Cyprian Girard bereits aufgewacht ist“, platze ich heraus.

„Und wie sind Sie mit ihm verwandt?“, fragt sie professionell.

„Ich bin seine Freundin.“ Ich drücke die Daumen.

„Ach so. Ähm. Ich darf ihnen leider höchstens seine Zimmernummer verraten. So hat es seine Familie angewiesen.“

„Dann geben Sie mir die Zimmernummer.“ Ich nehme einen Stift und schreibe die Nummer 228 auf meine Hand, die sie mir diktiert. „Dankeschön.“

Ich lasse den Stift fallen, schnappe mir meine Handtasche und Schlüssel und fahre ins Krankenhaus. Es ist etwa vierzig Minuten von hier entfernt.

Vierzig ewig lange Minuten ...

40

CYPRIAN

Helles Licht fällt durch die beigen Vorhänge, neben meinem Kopf ertönt ein beständiges Piepsen und in meine Nase steigt der Geruch von Desinfektionsmittel. „Geschafft", krächze ich.

Die Schmerzen waren unerträglich. Ich habe Ashton gebeten, mich ins Krankenhaus zu fahren, aber er meinte, es sei besser, wenn ein Krankenwagen mich hole. Er hat meinen Vater angerufen und er war noch vor dem Krankenwagen da.

Ich habe Cami unendlich oft angerufen. Sie ist kein einziges Mal rangegangen. Wahrscheinlich will sie nichts mehr mit mir zu tun haben. Und ich nehme es ihr nicht einmal übel.

„Hallo", höre ich eine sanfte Stimme.

Ich drehe meinen Kopf und sehe eine Schwester in pinkem Kittel zu mir ins Zimmer kommen. „Hi", sage ich und stelle fest, wie trocken mein Hals eigentlich ist.

Sie lächelt, nimmt einen Becher Wasser mit einem Strohhalm und lässt mich daraus trinken. „Die Infusion sorgt dafür, dass Sie nicht austrocknen, aber den Mund schützt es leider nicht davor. Wie stark sind Ihre Schmerzen, Mr. Girard?"

Ich erinnere mich daran, dass die Notärzte mich auch gebeten haben, meine Schmerzen auf einer Skala von eins bis zehn zu bewerten. Als sie mich abgeholt haben, habe ich ihnen eine glatte zehn genannt. „Bei fünf." Ich zeige auf meine Seite. „Hier tut es weh."

Sie nickt. „Dort hat man hineingeschnitten, um den Blinddarm zu entfernen, der vor ein paar Nächte durchgebrochen ist. Jetzt wird er Ihnen keine Sorgen mehr bereiten."

„Was habe ich nur getan, dass er nicht mehr mitspielt?", frage ich, denn ich habe das noch nicht herausgefunden. „Was bringt sie zum Durchbrechen?"

„Dagegen kann man nichts tun. Das passiert manchen Leuten einfach. Man kann das auch gar nicht voraussagen. Aber Sie können sich sicher sein, dass es nun nicht mehr passieren wird. Das Ding ist Geschichte!" Sie lacht und prüft die Geräte um mich herum. „Ihre Familie war ganz schön besorgt, nachdem Sie so lange nicht aufwachen wollten. Sie werden froh sein, endlich wieder Ihre hübschen, braunen Augen zu sehen."

„Hat mich sonst noch jemand besucht?", frage ich. „Eine schöne, junge Frau mit schwarzen Locken und dunkelblauen Augen vielleicht?"

Ihre grünen Augen hören auf einmal auf zu leuchten und ihr Mund verzieht sich zu einem Strich. „Nein. Soll ich Ihnen helfen, diese schöne Frau anzurufen?"

„Nein", sage ich und überlege es mir dann anders. „Vielleicht."

Sie nimmt das Telefon neben dem Bett. „Geben Sie mir Ihre Nummer und ich rufe Sie für Sie an."

„Ist mein Handy zufällig hier?", frage ich. „Ich weiß ihre Nummer nicht auswendig."

Sie schüttelt den Kopf. „Hier ist kein Handy. Tut mir leid. Vielleicht sieht sie in den Nachrichten, dass Sie aufgewacht sind, und besucht Sie."

„Ich bin in den Nachrichten?"

Sie nickt. „Ja, über Ihre Geschichte ist berichtet worden. Clemson wartet schon darauf, zu hören, dass Sie aufgewacht sind. Alle werden so erleichtert sein. Viele haben sich Sorgen gemacht."

„Mich kennt doch kaum jemand“, sage ich, denn ich zweifle ihre Worte an.

Sie macht eine Geste in den Raum hinein. „Woher kommen dann all diese Blumen und Genesungswünsche?“

Ich drehe meinen Kopf und sehe eine Menge Karten, Blumen und Ballons. „Wow!“

„Ja, wow. Ich eile also jetzt zur Schwesternstation und gebe die guten Neuigkeiten kund und dann schicke ich Ihnen den Doktor. Soll ich Ihren Vater und Ihre Mutter anrufen? Wir haben Ihre Nummern.“

Ich nicke und sie geht. Mein Herz hämmert in meiner Brust, denn ich weiß jetzt, dass meine Geschichte in den Nachrichten war und Cami trotzdem nicht nach mir gesehen hat.

Tief in mir drin hätte ich doch gedacht, dass es sie kümmert. Aber was ich getan habe, war anscheinend so schlimm, dass sie mich nie wieder sehen will. Und es ist ziemlich offensichtlich, dass es ihr egal ist, ob ich lebe oder sterbe.

So gesehen ist es sowohl gut als auch schlecht, lebendig aufzuwachen. Einerseits bin ich noch am Leben. Aber andererseits – wozu ist das gut, wenn ich es völlig alleine zubringen muss?

Ein Mann in dunkelblauem Kittel kommt ins Zimmer und sieht ziemlich gut gelaunt aus. „Hey, freut mich echt, Ihre Augen offen zu sehen. Mr. Girard, ich habe mich um die Narkose bei Ihrer OP gekümmert. Als Sie nicht aufgewacht sind, war ich mit den Nerven völlig am Ende.“

„Tut mir leid, dass ich Ihnen das angetan habe“, sage ich und blicke aus dem Fenster. „Wie spät ist es?“

„Kurz nach sieben Uhr morgens. Fühlen Sie sich erschöpft?“

„Nein, ich habe Schmerzen, aber mein Geist wird immer wacher.“ *Und mir wird immer klarer, wie Cami wirklich über mich denkt.*

Sie ist durch mit mir. Ich sollte von hier wegziehen. Wenn ich sie zufällig sehe, wird mich das nur noch fertiger machen.

„Haben Sie jemanden zu Hause, der Ihnen unter die Arme greifen könnte, Mr. Girard?“, fragt er mich, als ein weiterer Mann mit brauner Anzughose, grauem Hemd und einem Klemmbrett unter dem Arm hereinkommt.

„Ich habe mein Personal."

„Super", sagt der andere Mann. „Ich bin Dr. Wilkins. Ich habe Sie operiert. Sie haben mich davor nicht kennengelernt. Dieser Typ hatte sie schon ausgeschaltet, als ich dazugekommen bin. Der Blinddarm konnte komplett entfernt werden und Sie brauchen nun etwa eine Woche, um wieder gesund zu werden."

Die Schwester kommt wieder rein und ergänzt die Worte des Chirurgen. „Nichts Schweres heben. Nichts schwerer als zwei Kilo. Keine Bäder. Nur Duschen."

Mein Vater tritt ein und fragt: „Was ist mit Sex, Doc?"

Die Schwester blickt ihn an und dann mich. „Erst wieder in einem Monat, fürchte ich."

Der Chirurg tippt mir ans Bein, um meine Aufmerksamkeit auf sich zu lenken. „Im Ernst. Kein Sex, bis Sie einen Monat nach der Operation bei ihrem Arzt gewesen sind und er Sie noch einmal durchgecheckt hat. Und dieser Arzt wird derjenige sein, der dann die Entscheidung fällt. Wenn Sie sich nicht gut um die Einschnittwunde kümmern und die Anweisungen befolgen, wird der Genesungsprozess noch länger dauern."

Ich blicke die Schwester an, die mein Krankenhausgewand hochschiebt, damit der Doktor seinen Schnitt begutachten kann. „Ihrem Sixpack nach zu urteilen, sind Sie regelmäßiges Training gewöhnt", sagt sie.

„Das stimmt. Ich trainiere jeden Tag eine Stunde." Ich freue mich über meine eigene Disziplin, wenn es um Fitness geht.

„Tja", sagt der Chirurg. „Auch damit müssen Sie pausieren. Ihr Arzt muss ihnen erst das OK dafür geben. Sie dürfen Spaziergänge unternehmen von maximal einem Kilometer. Später dürfen es dann auch zwei sein."

Die Schwester ergreift wieder das Wort. „Nicht mehr als das."

„Ich weiß, ich weiß. Bis mein Hausarzt mich entlässt. Verstanden. Wann kann ich nun endlich hier raus und nach Hause?", frage ich alle.

„Sind Sie sicher, dass man sich zu Hause ordentlich um Sie kümmert?“, fragt mich die Schwester. „Wir haben jede Menge Schwestern, die sich schichtweise um Sie kümmern würden. Ihr Vater hat uns schon gesagt, dass Sie ein großes Anwesen haben und ständig versorgt sein könnten. Wenn das sonst niemand tut. Sie werden jede Menge Hilfe brauchen, Mr. Girard. Das kann ich gar nicht genug betonen.“

„Ich werde mich darum kümmern, mein Sohn. Die Schwestern werden dir helfen. Keine Sorge“, sagt mein Vater und dann tritt auch meine Mutter ein.

„Cyprian, du bist wach!“ Sie klingt so glücklich. Sie übersät mein Gesicht mit Küssen.

„Mutter!“, sage ich und lache. „Du bist noch nie so liebevoll gewesen.“

Sie nimmt meine Hand und legt sie an ihre Wange. „Mein kleiner Schatz ist nicht mehr aufgewacht. Ich war fertig. Total fertig, Cyprian. Habe ich gehört, dass du Schwestern brauchst?“

„Das hast du. Ich glaube aber, dass mein Personal ausreichen wird. Ich brauche keine Schwestern. Es wird alles gut sein.“

„Unsinn“, sagt Papa und stellt sich neben mein Bett.

Ich lache ein wenig, doch das tut mir weh, also höre ich wieder damit auf.

Aber der Gedanke, lauter Frauen um mich herum zu haben, die in meinem Haus leben, bereitet mir ganz schön Sorgen.

Was wird Cami bloß denken ...?

41

CAMILLA

Der sterile Geruch des Krankenhauses kitzelt mich an der Nase und ich muss fast niesen. Es sind noch nicht so viele Leute unterwegs, denn es ist noch ziemlich früh.

Ich steige in den Aufzug und zwei weitere Leute steigen mit mir ein. Ich drücke auf den Knopf für den zweiten Stock und sie drücken beide Knöpfe für andere Stockwerke. Wir erreichen zuerst mein Stockwerk und ich steige aus und blicke den langen Gang entlang.

Ich gehe ihn hinab und versuche, mich zu beruhigen, indem ich mir die Hände knete. Doch das hilft leider nicht.

Ich weiß, dass Cyprian sich freuen wird, mich zu sehen, wenn er wach ist. Wenn er nicht wach ist, weiß ich nicht, wie ich damit umgehen soll. Wenn ich nie wieder seine Stimme höre, weiß ich nicht, was ich tun werde.

Ich komme der richtigen Nummer immer näher. Ich gehe an einem Zimmer vorbei, in dem jemand bitterlich weint. Es bricht mir das Herz. Die Tür ist leicht geöffnet und ich werfe unwillkürlich einen Blick hinein. Drinnen sehe ich einen alten Mann, der neben einer alten Frau sitzt, die scheinbar im Krankenbett schläft. „Bertha, bitte komm zurück zu mir", flüstert er.

Der Anblick und die Worte tun mir im Herzen weh und ich frage mich, was ich Cyprian bieten möchte, wenn er aufwacht. Ich sehe, dass die nächste Tür die Nummer 228 ist und mein Herz bleibt fast stehen.

Ich gehe zu der Tür und horche daran. „Keine Sorge, mein Sohn. Man wird sich gut um dich kümmern. Ich stelle nur die hübschesten Schwestern für dich ein."

Ich drücke mein Ohr noch fester an die Tür und lausche weiter. „Papa, du verwöhnst mich."

Es ist Cyprian!

Er ist wach!

Und er bittet um Schwestern?

„Nur das Beste für unseren Kleinen", sagt eine Frau. Ich nehme an, das ist seine Mutter. „Nur die Hübschesten."

Ich höre, wie er lacht, und schüttle den Kopf darüber, wie sehr ich mir Sorgen gemacht habe. *Und wozu das Ganze?*

„Ich hole Ihnen eine Liste der verfügbaren Schwestern, Mr. Girard", sagt eine andere Frau.

„Bitte mit Bildern", sagt der Mann, der wahrscheinlich sein Vater ist.

Cyprian lacht erneut und ich gehe. Er braucht mich offensichtlich nicht.

Jede Frau ist ihm gut genug ...

DER SINNLICHE

Cyprian

Der Himmel vor meinem Krankenhausfenster ist pink und grün. Mein Vater sitzt auf einem der Stühle und starrt aus dem Fenster, genau wie ich.

„Ein Hurrikan", sagt mein Vater. „Du bist so stur, Cyprian. Es zieht ein Hurrikan auf und du wirst in ein paar Stunden entlassen, aber statt mit mir nach Hause zu fahren, willst du zu dir und nicht einmal eine Schwester mitnehmen. Bist du lebensmüde?"

„Nein", erkläre ich ihm, während ich aus dem Bett aufstehe und ihm zeige, wie gut ich bereits unterwegs bin. „Sieh mich an. Es ist erst zwei Tage her und spüre kaum noch etwas. Es geht mir gut. Und ich würde lieber den Sturm bei mir zu Hause aussitzen. Ich habe bereits mein Personal angerufen und sie haben alles nötige ins Haus gebracht. Selbst wenn der Strom ausfällt, wir haben einen Generator für die Küche."

Er wendet seine Aufmerksamkeit mir zu, anstatt sie den Gewitterwolken zu schenken. „Es geht mir darum, dass du dann ganz alleine bist, Cyprian. Lass wenigstens mich zu dir kommen. Ich verstehe dich schon. Du willst keine Frauen um dich herum haben, wenn du aufgrund deiner Verletzung nicht leistungsfähig bist."

„Darum geht es nicht. Ich brauche einfach Zeit für mich. Ich habe bisher alles so falsch gemacht. Ich möchte mich einfach ins Bett legen und lesen, bis ich weiß, wie ich mich sinnvoll ändern kann."

„Dein plötzliches Bedürfnis, dich zu ändern, ist ziemlich nervig." Mein Vater steht auf und holt sich eine Tasse Kaffee. „Ich verstehe das gar nicht. Die Frau, für die du es tun wolltest, hat das Interesse an dir verloren. Siehst du das nicht? Du bist schon seit fünf Tagen in diesem Krankenhaus und sie hat noch nicht einmal angerufen, um zu sehen, ob es dir gut geht. Sie muss wissen, dass du hier bist. Schließlich war das in den Nachrichten."

Ich sehe ihm dabei zu, während er einen Schluck des mittlerweile kalten Kaffees trinkt. Er verzieht das Gesicht und stellt die Tasse wieder ab. „Papa, du solltest gehen. Geh nach Hause. Entspann dich und bereite dich auf den Sturm vor. Sie haben gesagt, es ist gegen zehn oder elf Uhr abends soweit. Ashton fährt mich ohnehin nach Hause. Er wartet schon draußen auf mich. Sobald der Arzt zum letzten Mal nach mir gesehen hat, bin ich frei."

Er nickt und nimmt seine Jacke. „Ich dringe ohnehin nicht zu dir durch. Ruf mich an, wenn du zu Hause bist. Und wenn irgendwas ist, dann sag mir Bescheid. Egal, was du brauchst..."

„Ich weiß", unterbreche ich ihn. „Ich rufe dich an. Jetzt geh nach Hause. Mutter ist schon gestern zurück nach L.A. geflogen. Es wird mir helfen, zu wissen, dass du zu Hause bist und eine Hurrikan-Party feierst, anstatt hier einsam und gelangweilt bei mir zu sitzen."

Er tätschelt mir den Rücken und geht ohne ein weiteres Wort. Zu seiner Verteidigung muss ich sagen, dass er bereits den ganzen Tag versucht, mich zu beschwatzen, mit ihm nach Hause zu kommen.

Ich gehe auf Toilette, fahre mir mit der Hand durch das Haar und blicke mich im Spiegel an. „Für wen versuchst du, dich zu ändern?"

Ich schüttle meinen Kopf, gehe wieder ins Zimmer und setze mich auf den Stuhl, auf dem mein Vater vorher gesessen hat. Ich kann niemandem erklären, warum ich das Gefühl habe, ich müsse etwas an mir ändern. An der Oberfläche sieht alles super aus. Aber in mir drin herrscht Chaos.

Ich habe jetzt schon zweimal sexuelle Dinge getan, mit denen ich es mir mit Cami versaut habe. Ich scheine einfach nicht den Unterschied zwischen richtig und falsch zu kapieren. Es hätte mir sehr geholfen, das viel früher zu lernen.

Ein geringerer Mann als ich würde einfach darauf beharren, dass ihm diese Praktiken beigebracht worden sind, und das wäre es dann. Frauen würden sich damit entweder abfinden oder von ihm abserviert werden.

Warum liegt mir dann trotzdem so viel an Camilla Petit?

Ihr bin ich offensichtlich egal. Dass sie mich im Krankenhaus so alleine lässt, ist der Beweis dafür. Aber ich habe immer noch Gefühle für sie. Ich muss versuchen sie anrufen, um sicherzugehen, dass es ihr gut geht und sie während des Sturmes in Sicherheit sein wird. Wenn sie abnimmt natürlich.

Mein Handy ist immer noch zu Hause. Sobald ich dort bin, werde ich versuchen, sie zu erreichen, und sichergehen, dass alles in Ordnung ist. Es ist mir egal, ob sie mich jetzt vielleicht hasst, ich werde nicht zulassen, dass ihre Wut sie davon abhält, sich für die Dauer des Sturmes an einen sicheren Ort zu begeben. Ihre kleine Zweizimmerwohnung ist alles andere als gut genug für so eine Unwetterwarnung.

Die Tür geht auf und der Arzt kommt herein. „Hallo, Mr. Girard. Sind Sie bereit, uns zu verlassen?"

Ich stehe auf und schüttle seine Hand. „Das bin ich." Ich hebe mein Shirt an und zeige ihm die Nähte, die sehr gut verheilen. „Sehen Sie, sieht toll aus, oder nicht?"

Er nickt und notiert etwas auf seinem Klemmbrett. „Das tut es tatsächlich. Wenn Sie all diese Papiere für mich unterschreiben, hole ich Ihnen einen Rollstuhl und eine Krankenschwester und Sie können los. Sie genesen wirklich schnell. Ich glaube, es war übertrieben, Ihnen rund um die Uhr Schwestern an die Seite stellen zu wollen. Es wird Ihnen gut gehen. Hat Ihr Personal zu Hause schon für den Hurrikan vorgesorgt?"

„Das haben sie“, sage ich ihm, während ich die ganzen Entlassungspapiere unterschreibe. „Es wird schon alles in Ordnung sein. Mein Anwesen ist riesig.“

„Ach, das weiß ich. Ich habe es erst vor ein paar Tagen gesehen. Eine ehemalige Studentin von mir wohnt dort in der Nähe. Wir haben uns getroffen, als sie zufällig hier im Krankenhaus war. Ich hatte sie bereits ein paar Jahre nicht mehr gesehen und diesmal hat es einfach bei mir gefunkt. Sie ist nicht mehr meine Studentin und damit verfügbar – ich habe sie zum Abendessen eingeladen und sie hat meine Einladung angenommen. Es war ein netter Abend. Ich hoffe, wir sehen uns bald wieder, aber sie hat mir erzählt, dass sie gerade eine üble Halbbeziehung hinter sich hat und wollte darüber lieber nicht reden.“

Meine Nackenhaare stellen sich auf, als er mir von dieser Frau erzählt. Ich unterschreibe das letzte Formular und gebe ihm sein Klemmbrett zurück. „Sie ist also eine Nachbarin von mir?“, frage ich und spüre, wie mein Bauch sich zusammenzieht.

„Ja, sie hat mir Ihr Anwesen gezeigt. Sie hat gesagt, sie hätte in den Nachrichten gehört, dass Sie ins Krankenhaus eingeliefert worden seien, und wollte wissen, ob ich irgendetwas über Sie wüsste.“

Als er nicht fortfährt, frage ich ihn: „Und Sie haben ihr etwas erzählt?“

Er schüttelt den Kopf. „Ich habe ihr gesagt, dass ich nicht über Patienten sprechen dürfe.“

Ich nicke und frage ihn schließlich: „Wie heißt sie?“

„Camilla.“

Verdammte Scheiße!

„Ich glaube, sie ist eine der Kassiererinnen in dem Laden am Rande der Stadt. Ich glaube, ich habe sie schon mal gesehen. Langes, dunkles, lockiges Haar, nicht wahr?“

Er nickt und lächelt. „Ihre Haare sind toll. Ihre Augen sind wie Juwelen, finden Sie nicht?“

„Ich habe sie mir wirklich nicht so genau angesehen. Sie ist ein bisschen zu mollig für mich“, sage ich und versuche, sie ihm unschmackhaft zu machen.

„Ihre Kurven sind unglaublich“, sagt er und schüttelt den Kopf, „und erst ihre vollen Lippen. Der Hammer!“

Auf einmal fühle ich mich schrecklich. „Dann habe ich sie wohl nicht richtig angesehen. Denken Sie, das wird noch was mit Ihnen?“

„Hoffentlich. Sie ist eine tolle Frau. Und eine umwerfende Wissenschaftlerin. Sie wird noch Großes leisten, da bin ich mir sicher.“ Er geht zur Tür, um zu gehen. „Sie müssen noch auf ihren Chauffeur warten. Aber sobald er da ist, dürfen Sie gehen.“

Er geht und ich setze mich auf das Bett und blicke aus dem Fenster auf die Wolken, die sich mittlerweile am Himmel aufgetürmt haben. Ich kann nur daran denken, dass sie mit jemand anderem auf ein Date gegangen ist. Sie ist mit Sicherheit durch mit mir. Und jetzt steht auch noch ein Arzt auf sie.

Ein normaler Mann mit Geld und einer Karriere. Ein toller Fang für jedes normale Mädchen wie sie. Und sie verdient einen tollen Fang. Wirklich. Ich darf mich ihr nicht in den Weg stellen.

Ein Pfleger kommt herein und schiebt einen alten Rollstuhl vor sich her. „Ihr Schlitten, Sir.“ Er grinst mich an.

Ich setze mich hinein und sage nichts. Ich bin äußerst übler Laune. Er fährt mich aus dem Zimmer und ich denke nur an Cami und meinen Arzt und ihr romantisches Dinner zu zweit. Essen, Tanzen, Cocktails, dieser ganze normale Kram!

Eifersucht macht sich in mir breit und mir kommen die abscheulichsten Gedanken. Gedanken, die gar nicht da sein sollten. Zum Beispiel will ich sie auf einmal aus ihrer Wohnung holen und zu mir nach Hause zerren, bis sie mir zeigt, wie ich der Mann sein kann, den sie braucht.

Wenn sie mir eine Gebrauchsanleitung schreiben würde, könnte ich mich daran halten und sie würde sich nie wieder nach einem anderen Mann umsehen müssen. Ich wäre ihr Ein und Alles. Ich wäre der einzige Mann, den sie je brauchen würde.

Die Glastüren öffnen sich und ich zeige auf den BMW, in dem Ashton mich abholt. „Da ist er.“

Ashton sieht uns, steigt aus dem Auto und öffnet mir die Tür. „Cool", kommentiert der Pfleger, während Ashton seinen Hut lüpft.

„Danke, Sir", sagt Ashton, während ich aufstehe und ins Auto steige.

In dem Moment, als die Tür zugeht, fällt mir ein, dass der Arzt gesagt hat, er habe sie im Krankenhaus getroffen. Das bedeutet also, dass sie mich doch besuchen wollte. Aber was ist dazwischen gekommen? Hat sie ihn einfach gesehen und mich links liegen lassen?

Das kann ich mir nicht vorstellen. *Aber was hat sie dazu gebracht, zu gehen, ohne mich zu besuchen ...?*

42

CAMILLA

„Haben Sie im Lager noch Klopapier?“, fragt mich eine Frau aufgeregt.

„Nein, tut mir leid. Klopapier ist ausverkauft“, sage ich ihr, während ich die drei Kästen Wasser einlese, die sie kaufen möchte. „Haben Sie zu Hause keines mehr?“

„Doch, ich habe noch zwanzig Rollen, aber bei einem Hurrikan weiß man ja nie. Es könnte Tage dauern, bis die Läden wieder offen sind“, sagt sie und blickt sich im Laden nach anderen Dingen um, die sie vielleicht horten möchte.

„Ich bin mir sicher, dass wir schon bald wieder für unsere Kunden da sind, Ma’am. Ist das dann alles?“, frage ich sie und versuche, die Massen an anderen Kunden zu ignorieren, die alles von den Regalen räumen, was sie nur mitnehmen können.

Die Frau blickt an mir vorbei zu den sechs Dosen Suppe, die ich gekauft habe, bevor das jemand anders tun konnte. „Kann ich die haben?“

„Ich habe sie schon gekauft. War es das dann?“

Sie zückt einen Hunderter und legt ihn auf den Tresen. „Ich gebe Ihnen das, wenn Sie mir die Suppe geben. Alle sechs Dosen.“ Ihre dunklen Augen blicken fest in meine, sie meint das wirklich ernst.

Freundlich schiebe ich den Hunderter zu ihr zurück. „Nein, Ma'am. Das macht sechzehn fünfzig."

„Ich habe nur ausreichend Essen für neun Tage zu Hause. Vielleicht brauche ich diese Suppe. Bitte", sie stampft mit dem Fuß auf, als sie das Wort ausspricht, sodass es offensichtlich ist, dass es keine wirkliche Bitte ist.

„Neun Tage! Wow!", ich schüttle den Kopf, nehme die Suppendosen, stecke sie in eine Tasche und verstecke sie unter der Ladentheke, damit sie niemand mehr sieht und versucht, sie mir abzukaufen. Ich habe sonst kein Essen.

Sie knallt einen zwanziger auf die Theke und funkelt mich an, als hätte ich gerade ein Kapitalverbrechen begangen. Ich gebe ihr das Wechselgeld heraus und sehe zu, wie sie davongeht, schwer beladen mit Wasserflaschen.

Der nächste Kunde ist an der Reihe. „Ich brauche Benzin im Wert von dreihundert Dollar an der Säule 1. Mir gehört der LKW da draußen", erklärt mir ein kleiner, rothaariger Mann.

„Ich kann von dieser Säule nicht so viel abzapfen. Wie wäre es mit Benzin im Wert von neunzig Dollar? Das ist mehr als genug, um diesen Hurrikan zu überleben." Ich warte ab, was er darauf erwidert, doch er scheint gar nicht erfreut.

„Ich habe jede Menge Milchkrüge geladen. In die kann ich das Benzin füllen", sagt er. „Verkaufen sie mir das Benzin portionsweise. Das dürfte funktionieren."

„Nein, das werde ich nicht tun. Verstehen Sie, ich darf Ihnen kein Benzin in einen Behälter schütten, der nicht dafür gemacht ist. Sie können es nicht einfach in Milchkrüge kippen. Tut mir leid. Ich kann Ihnen den Tank vollmachen, aber das war's dann auch, außer Sie haben noch ein geprüftes Behältnis." Ich sehe zu, wie er knallrot wird.

„Hören Sie, ich brauche dieses Benzin. Nehmen Sie einfach mein Geld und drehen Sie dir verdammte Zapfsäule an. Schauen Sie einfach nicht hin, wo ich das Benzin hineinfülle. Ich verrate es niemandem."

Ich seufze, schüttle den Kopf und lasse meinen Blick über den

Laden schweifen, in dem richtiges Chaos herrscht. Der Kühlschrank ist leergeräumt, die Regale auch und ein Piepton, der plötzlich ertönt, verrät mir, dass der Herr vor mir gleich ganz schlechte Laune haben wird. „Dieses Piepsen bedeutet, dass die unterirdischen Tanks leer sind. Wir haben kein Benzin mehr, Sir", sage ich ihm und beobachte ihn beim Explodieren.

Er rastet richtig aus und erinnert mich dabei an Yosemite Sam in den Cartoons im Fernsehen, der in die Luft geht. Gina gelingt es, das Piepsen auszuschalten, aber es hat seine Wirkung auf unsere Kunden nicht verfehlt.

Sie scheinen davon verrückt zu werden, noch verrückter als zuvor. Auf einmal blitzt es und alle verstummen. Dann ruft jemand: „Verdammt, der Hurrikan ist da!"

Der Mann hört auf, auszurasten – er hat nun keine Zeit mehr zu verlieren und flieht einfach aus der Tür, wahrscheinlich zu einer anderen Tankstelle. Ich schalte auf Autopilot um und lese wie ein Roboter Waren ein, nehme Geld entgegen und gebe Wechselgeld heraus.

Gina und ich arbeiten Seite an Seite, um die Kunden aus dem Laden zu bekommen. Als auch die letzten Waren unseres Ladens über die Theke gewandert sind, sind wir endlich fertig.

Ich beeile mich, die Türen abzusperren und die Lichter auszuschalten. Gina macht die Kasse fertig und ich blicke mich in dem leeren Laden um. „Wow, der erste Tag nach dem Sturm wird auch ein Albtraum."

„Mit Sicherheit", stimmt sie mir zu, „aber das ist das Problem der Frühschicht. Jetzt beeile dich und mach deine Kasse auch fertig. Wir müssen hier raus."

Ich gehe zu meiner Kasse, hole das Geld heraus, lege es in den Safe und sperre ihn ab. Diese Maschine hat heute auf Hochtouren gearbeitet, so viel haben wir verkauft.

Gerade als wir fertig werden, wird der Wind stärker. Ich schaudere davon, wie er um den Laden heult, und sehe, dass es bereits in Strömen regnet. „Wir werden nass werden", sagt Gina und blickt aus dem Fenster.

Die Fenster haben wir mit Brettern geschützt und man hat uns angewiesen, ein Stück Sperrholz an der Tür anzubringen, bevor wir gehen. Es lehnt an der Wand daneben und ich weiß nicht, wie wir das jetzt noch schaffen sollen, wo es bereits so stark bläst.

Gina nimmt sich einen Hammer und sechs Nägel, die man uns dafür dagelassen hat. „Ich halte es hoch und du hämmerst", sage ich und hebe das schwere Teil hoch.

Dann treten wir hinaus in den Regen – ich mit dem schweren Brett und Gina mit den Sachen, mit denen wir es festnageln wollen. Ich kann meine Hand vor den Augen kaum erkennen, so sehr peitscht mir der Regen ins Gesicht. Der Wind weht seitlich auf uns ein.

Gina sperrt die Tür ab und dann gebe ich mein Bestes, das Stück Holz gegen die Tür zu halten, während sie alle sechs Nägel einhämmert. Sie wirft den Hammer in die leere Gefriertruhe und sperrt sie ab.

Endlich können wir nach Hause gehen. Also steigen wir in unsere Autos, patschnass und durchgefroren. „Viel Glück!", rufe ich ihr zu.

„Dir auch, Camilla. Hoffentlich bis bald!"

Ich steige in mein Auto, aber ich bin ganz schön fertig mit den Nerven. Ich lasse es an und fahre vom Parkplatz, aber ich sehe kaum etwas durch den dichten Regen.

Wir hätten vor einer Stunde schon schließen sollen, aber es waren noch so viele Kunden da, dass wir es nicht geschafft haben, bevor der Sturm losgebrochen ist, obwohl man uns angewiesen hatte, den Laden vorzeitig zu schließen. Jetzt ist es doch bereits Mitternacht.

Ich fahre etwa 20 km/h und selbst das kommt mir zu schnell vor. Die Straße ist voller Wasser. Die Scheibenwischer richten schon nichts mehr aus. Wahrscheinlich lande ich gleich irgendwo im Straßengraben.

Bin ich dazu verdammt, diesen Hurrikan in einem Straßengraben auszusitzen, in dem mich nur mein Auto vor dem Sturm schützt ...?

43

CYPRIAN

Es schüttet wie aus Kübeln und es donnert so laut, dass ich es sogar höre, bevor ich die Garagentür öffne. Ich hole jetzt Cami. Sie hat kein einziges Mal abgenommen, aber ich habe jede Menge Leute bei ihr im Laden gesehen und ihr Auto stand davor, also weiß ich, dass sie einfach nur beschäftigt war und mich nicht ignoriert hat. Es ist Mitternacht und ich nehme an, dass sie es nach Hause geschafft hat, aber ich kann sie nicht einfach dort lassen.

Ich nehme meinen Geländewagen mit Vierradantrieb und fahre aus der Garage in das unsägliche Unwetter hinein. Ich habe mir gedacht, dass es schlimm sein würde, aber so schlimm...

Ich muss langsam fahren, denn schon in der Ausfahrt fließt das Wasser über den Asphalt als wäre es ein Fluss und keine geteerte Straße. Ich muss das Fenster runterlassen, um den Torcode einzugeben, und bin danach patschnass.

Als ich aus dem Tor hinausfahre, sehe ich die Lichter eines Autos und drehe mich zu ihnen hin, um zu sehen, ob sie das ist. Das Auto fährt im Schneckentempo. Es regnet so stark, dass ich erst erkennen kann, wer es ist, als ich direkt neben dem Auto stehe.

Ich lasse mein Fenster herunter und sehe, dass sie es ist, bedeute ihr dann, dass sie mir folgen soll, drehe um und fahre vor sie, um anzuführen. Mein großer Geländewagen wird den Regen ein wenig von ihr fernhalten, hoffe ich.

Ich fahre unendlich langsam, nehme mein Handy und rufe sie an. „Cyprian." Sie nimmt ab.

„Folge mir zu mir nach Hause", sage ich so bestimmend, wie ich es mich bei dieser starken Frau traue.

„Ich werde nicht mit dir streiten. Ich flippe gerade aus. Ich hatte schon gedacht, ich müsste im Straßengraben übernachten. Dein Haus hört sich gerade himmlisch für mich an. Ich habe außerdem die Dosensuppen vergessen, die ich mir extra noch gekauft hatte. Ich wäre also sicher auch verhungert. Danke."

Ich bin froh, dass sie mir dankbar ist und mich nicht fertigmachen wird, weil ich ihr helfe, also sage ich: „Gut, ich habe jede Menge Essen, folge mir einfach, Cami." Ich beende das Gespräch, denn ich will, dass sie sich ganz auf die Straße konzentriert, doch ich grinse wie ein Honigkuchenpferd, als ich ihre Scheinwerfer im Rückspiegel entdecke.

Sie wird bei mir zu Hause sein und sie kann nicht weg, denn der Hurrikan verhindert das. Okay, das klingt vielleicht ein bisschen creepy, aber ich nehme eben, was ich kriegen kann.

Endlich erreichen wir mein Tor und ich werde wieder nass, als ich das Fenster öffne, um den Code einzugeben. Das Tor geht auf und wir fahren hinein, bis in die Garage. Ich öffne zwei der Tore, damit sie in eine Parklücke fahren kann, die ich extra für sie frei gelassen habe.

Als das Garagentor zu ist, geht es mir sofort so viel besser. Ich steige aus, bemerke, wie nass ich bin, und sehe, dass auch sie komplett durchnässt ist. „Meine Güte, sieh dich nur an!"

Sie runzelt die Stirn. „Mir ist eiskalt, Cyprian. Kann ich mir vielleicht einen Schlafanzug von dir ausleihen?"

Ich nicke, nehme sie bei der Hand und führe sie in das warme Haus. „Natürlich. Außerdem solltest du erstmal schön warm duschen. Ich mache uns etwas zu Essen warm, während du das tust. Du kannst im Schlafzimmer gegenüber von meinem schlafen."

Ich sehe, wie sie lächelt. „Das ist aber nett von dir, vielen Dank. Warst du auf der Suche nach mir oder einfach unterwegs?"

„Ich war auf der Suche nach dir. Ich habe mehrmals versucht, dich anzurufen, aber ich habe gesehen, dass du auf der Arbeit viel zu tun hattest. Ich wollte dich ohnehin fragen, ob du herkommen möchtest. Deine kleine Wohnung ist meiner Meinung nach nicht robust genug." Ich bringe sie nach oben in ihr Schlafzimmer.

Als ich die Tür öffne, blickt sie sich um und pfeift durch die Zähne. „Krass, das ist echt viel schöner als der Ort, an dem ich diesen Sturm aussitzen wollte. Ich wollte während des Sturms in der Badewanne schlafen. Für den Fall, dass Teile meines Hauses weggeweht werden."

Ich schaudere bei dem Gedanken und sage dann: „Das Bad ist voll ausgestattet und ich habe mir bereits erlaubt, ein paar Klamotten für dich in den Schrank zu hängen. Ich hatte dir schließlich ein paar Sachen gekauft, falls du dich erinnerst." Ich bedeute ihr, einzutreten. „Ich warte in der Küche auf dich. Dann können wir etwas essen."

Sie blickt mich fragend an. „Du hattest vor, dass ich länger bleibe, was?"

„Ich hätte kein Nein akzeptiert. Deine Sicherheit ist mir wichtiger als alles andere. Ich hätte dich auch an den Haaren herbeigezogen, wenn ich gemusst hätte." Dann schließe ich die Tür und lasse sie in Ruhe.

Ich gebe mir solche Mühe, mir keine Hoffnungen zu machen, dass sie mir vergibt. Ich weiß, dass jetzt nichts Körperliches zwischen uns geschehen kann. Wenigstens verspüre ich dann keinen Druck, sie ins Bett zu kriegen.

Nachdem ich mir einen dunkelbraunen Schlafanzug angezogen habe, gehe ich in die Küche, öffne einen teuren Rotwein, nehme ein Blech mit Hummerpastete, das mein Koch für mich dagelassen hat, und stelle es in den vorgeheizten Ofen. Ich entdecke auch eine Auflaufform mit Nudelauflauf und stelle auch die in den Ofen. In einer weiteren Schüssel ist ein Salat und ich gebe ihn in eine hübsche Kristallschüssel. Dann beschließe ich, den Tisch in dem kleinen Esszimmer mit den großen Fenstern zu decken, damit wir den Sturm beobachten können, während wir im Schein des Lagerfeuers essen.

Im Geschirrschrank entdecke ich lange, weiße Kerzen und auch das Geschirr, das ich hernehmen will. Ich lächle die ganze Zeit über, während ich das dunkelrote Tischtuch auf dem kleinen, runden Tisch ausbreite.

Das weiße Porzellan hebt sich perfekt dagegen ab und ich finde, dass das ganze Setting einfach toll und sehr romantisch aussieht. Ich hoffe, dass es nicht bei nur einem romantischen Dinner bleibt.

Der Timer am Ofen piepst und ich gehe zurück in die Küche, wo das Essen schon so gut wie fertig ist. Ich bringe den Salat und den Wein ins Esszimmer und hole dann die warmen Gerichte aus dem Ofen.

Als ich die Küche wieder betrete, sehe ich sie an der Kücheninsel stehen. Sie ist barfuß und trägt den dunkelblauen Seidenschlafanzug, den ich ihr bei unserem Date gekauft habe, das den ganzen Tag gedauert hat.

Ihre Haare sind nass und fallen ihr in wilden Locken ums Gesicht. „Du siehst toll aus."

Sie lächelt und senkt den Blick. „Ich sehe aus wie eine nasse Ratte, aber danke."

Mit Ofenhandschuhen packe ich die Auflaufform an und nicke in Richtung der Schublade mit den Untersetzern. „Kannst du zwei Untersetzer mit rüberbringen?"

Sie nimmt sich ein paar und folgt mir ins Esszimmer. Ich höre sie nach Luft schnappen, als sie sieht, wie hübsch ich alles hergerichtet habe. „Cyprian, das ist ja wunderschön!"

„Danke. Kannst du bitte die Untersetzer ablegen, damit ich die hier auf den Tisch stellen kann?"

Sie beeilt sich und ich stelle die heißen Gerichte ab und ziehe dann ihren Stuhl zurück. Sie blickt zu mir auf, während sie sich setzt. „Danke. Das ist wirklich schön. Ich hätte sonst kalte Suppe aus der Dose gegessen, weil ich wahrscheinlich keinen Strom mehr gehabt hätte. Das hier ist so viel besser."

Ich setze mich und schenke uns je ein Glas Wein ein. „Angesichts der Tatsache, dass wir hier festsitzen, möchte ich einen Waffenstillstand schließen. Wir sprechen über nichts, was einen Streit entfachen könnte. Ich möchte nicht, dass wir während dieses Sturmes böse aufeinander werden. Einverstanden?“

Sie nickt und nippt an ihrem Wein. „Einverstanden. Wir sind einfach zwei Menschen, die von den Naturgewalten dazu gezwungen werden, Zeit miteinander zu verbringen. Wir können über alles Mögliche reden. Aber nicht über uns als Paar oder unsere Vergangenheit. Abgemacht, Cyprian. Also, erzähl mir von deinem Blinddarmdurchbruch. War es das Schmerzhafteste, was du je erlebt hast?“

Nein, sie zu verlieren war schmerzhafter.

Doch um keinen Streit auszulösen, spreche ich meinen Gedanken lieber nicht aus. „Ich hatte noch nie stärkere körperliche Schmerzen. Ich dachte, ich muss sterben.“

Ihre Hand berührt meine und sie blickt mir in die Augen. „Cyprian, ich habe dich im Krankenhaus besucht. Als ich davon gehört habe, habe ich sofort versucht, aus der Arbeit zu verschwinden und dich zu besuchen. Aber auf einmal mussten wir den Laden einer Finanzprüfung unterziehen und ich wollte, dass du weißt, dass ich mir Sorgen um dich gemacht habe.“

„Hast du das wirklich?“, frage ich sie, während sie sanft meine Hand streichelt. „Warum hast du mich dann nicht besucht, Cami?“

„Vielleicht klingt das jetzt blöd, aber ich stand vor deiner Tür und habe gehört, wie alle geredet und gelacht haben. Es ging um Schwestern. Hübsche Schwestern, die sich um dich kümmern sollten. Das hat mir übel aufgestoßen und ich bin gegangen.“ Sie sieht verlegen aus.

Ich möchte ihr Date mit meinem Arzt zur Sprache bringen, aber das löst mit Sicherheit einen Streit aus, also lasse ich diese Info einfach weg. „Wie du siehst, habe ich den Rat meiner Eltern nicht befolgt. Und zwar ganz von selbst. Ich musste mich ihnen widersetzen, aber ich habe es geschafft.“

Sie blinzelt mich ein paar Mal an und zeigt dann auf eine der Auflaufformen. „Würdest du mir die reichen? Das sieht köstlich aus.“

Scheinbar verkneift sie sich etwas, was sie gerne sagen möchte, aber ich hake nicht nach, sondern nehme stattdessen ihren Teller.

„Ich lege es dir auf den Teller. Das ist noch heiß. Wir haben hier Hummerpastete, Nudelauflauf und Salat. Mein Koch hat es für den Sturm vorbereitet."

„Für uns?", fragt sie und blickt mich überrascht an. „Wie lange hatestt du bitte schon vor, mich für die Dauer des Sturmes zu dir zu holen?"

„Seit ich den Wetterbericht gesehen habe, der uns davor gewarnt hat. Das Personal musste Überstunden machen, um alles herzurichten, damit wir in Sicherheit wären. Du bist mir wichtig, Cami." Ich lege ihr Essen auf den Teller und stelle ihn vor ihr ab, doch ich sehe, wie sie die Stirn runzelt. Ich frage sie nicht, wieso – ich glaube, das weiß ich schon.

Wahrscheinlich schießen ihr tausend Sachen durch den Kopf, die sie gerne zu mir sagen möchte, aber sie hält sich zurück. Ich tue so, als würde ich das gar nicht bemerken, während ich mir meinen eigenen Teller voll lade. Aus dem Augenwinkel sehe ich, wie sie an ihrem Wein nippt und dann den Kopf schüttelt, als wolle sie unangenehme Gedanken loswerden.

Ich höre sie seufzen, dann sagt sie: „Ich bin auf jeden Fall froh, dass du gekommen bist, um mich zu holen, und ich freue mich über deine Gastfreundschaft. Ich bin dir dankbar und ich möchte, dass du auch weißt, dass ich Gefühle für dich habe, Cyprian. Wenn die Dinge anders wären ..."

Ich unterbreche sie. „Nein, stopp. Über so etwas reden wir heute nicht. Erzähl mir lieber, wie verrückt die Kunden in deinem Laden gespielt haben. Ich habe in den Nachrichten Bilder aus verschiedenen Supermärkten gesehen, und es war das reine Chaos. War es bei euch auch schlimm?"

Sie nickt und schluckt einen Bissen Essen. „Es war der totale Albtraum. Außer mir war nur Gina im Laden. Und als wir den Laden geschlossen haben, mussten wir ein Stück Sperrholz an die Tür nageln. Dabei sind wir bis auf die Knochen nass geworden. Die Leute waren total am Ausflippen."

„Wenigstens ist dir nichts passiert, Cami. Das ist das Einzige, was zählt. Ich habe einen Bericht gesehen, in dem eine Kassiererin umgeschubst wurde, als sie einem kleinen Typen, der Milchkrüge mit Benzin füllen wollte, nicht genügend verkaufen konnte. Das haben sie in den Zehn-Uhr-Nachrichten gebracht."

„Ein kleiner Mann mit rotem Haar?", fragt sie überrascht.

„Ich glaube schon", sage ich und sehe, wie sie große Augenmacht.

„Er war auch bei mir im Laden. Der ist total durchgedreht, als ich ihm erklärt habe, dass ich ihm das Benzin nicht verkaufen kann. Ich hatte wohl Glück, dass er bei uns nicht hinter den Tresen kommen kann." Sie lacht und lächelt dann. „Ganz schön witzig, was?"

„Ich schätze, so kann man das auch sehen. Ich wäre allerdings ziemlich sauer gewesen, wenn ich gesehen hätte, wie er dich rumkommandiert." Ich trinke einen Schluck Wein, um meine plötzlichen beschützerischen Gefühle zu unterdrücken.

Sie lächelt, während sie einen Bissen Hummerpastete isst. Ich lächle auch, denn bisher läuft es wirklich fantastisch. Und ich frage mich, ob es uns beiden gelingen wird, unsere Worte und Launen unter Kontrolle zu halten – die gesamte Dauer des Hurrikans lang. Wenn uns das gelingt, gibt sie mir vielleicht noch eine Chance, um ihr zu beweisen, dass ich der Mann sein kann, den sie verdient.

Aber was werde ich tun, wenn nicht ...?

44

CAMILLA

Während wir die Treppe hochgehen, um zu Bett zu gehen, bemerke ich, wie Cyprians Gesicht sich verzieht und er seine Hand an seine rechte Leiste legt. „Tut es dir noch weh?“, frage ich ihn und stütze seinen Rücken.

„Beim Treppengehen noch am meisten“, sagt er mir. „Sonst merke ich es nicht mehr wirklich.“

Ich nehme meine Hand nicht von seinem Rücken und stabilisiere ihn so gut es geht, bis wir die letzte Stufe erreicht haben. Ich habe irgendwie das Gefühl, ich muss ihm sagen, dass ich mit seinem Arzt auf einem Date war. Mein Gewissen drängt mich, die Wahrheit zu sagen, bevor er es auf anderem Wege erfährt.

Aber wir haben Waffenstillstand ausgerufen und das würde mit Sicherheit einen Streit entfachen. Ich halte also lieber meinen Mund. Stattdessen sage ich: „Darf ich deine Wunde pflegen, Cyprian?“

Er nickt und wir gehen in sein Schlafzimmer. „Ich habe hier die Utensilien.“

Ich folge ihm. In diesem Schlafzimmer haben wir Höhenflüge ebenso wie Tiefpunkte erlebt. Der Fernseher an der Wand läuft und es erinnert mich an das, was ich darin gesehen habe, als ich das letzte

Mal hier war. Mein Magen zieht sich zusammen und ich muss die schlechten Gefühle abschütteln.

„Leg dich ins Bett, ich kümmere mich um dich“, sage ich, während ich ihm ins Bett helfe.

Nachdem er sich hingelegt hat, schiebe ich sein Shirt hoch und sehe den kleinen Einschnitt, den sie gemacht haben, um seinen Blinddarm zu entfernen. Er ist mit sechs Stichen genäht worden und die Wunde sieht eigentlich recht gut aus. „Wie ist ihre Meinung, Doc?“, fragt er mich grinsend.

„Ausgezeichnete Arbeit, aber von Dr. Jenkins hätte ich nichts anderes erwartet.“ Ich nehme ein Desinfektionstuch aus der Packung und sehe, wie er die Stirn runzelt. „Das brennt jetzt ein wenig, ich weiß. Aber es ist wichtig, dass du den Bereich steril hältst.“

„Nein, das ist es nicht. Ach, es ist nichts“, sagt er aber ich spüre, dass ihm etwas auf dem Herzen liegt. „Mach nur.“

Kurz bevor ich ihn mit dem Tuch abtupfe, frage ich auf einmal: „Wenn du etwas sagen willst, dann sag es ruhig, Cyprian. Ich verspreche dir, dass ich nicht wütend auf dich werde.“

„Woher kennst du den Namen meines Chirurgen?“, fragt er und beißt dann die Zähne zusammen, als ich das Tuch auf seine Nähte drücke.

Auf einmal wird mir klar, was ich da gesagt habe, und ich werde panisch. „Ähm, äh, ich habe dir doch gesagt, dass ich ins Krankenhaus gefahren bin. Ich habe ihn dort gesehen. Ich habe ihn aus deinem Zimmer kommen sehen.“

„Er trägt kein Namensschild“, sagt er und blickt mich an.

„Nein, das weiß ich. Er war einer meiner Professoren im College. Daher kenne ich ihn.“ Ich habe starke Schuldgefühle, weil ich ihm etwas verschweige. Trotzdem reibe ich die Wunde nur mit antibiotischer Tinktur ein und verbinde sie. „Du solltest die Wunde bedeckt halten. Dann bleiben die Fäden nicht an irgendwas hängen und außerdem bleibt sie sauber und heilt schneller ab.“

„Gut zu wissen“, sagt er und zieht sein Shirt herunter, um sich zu bedecken. „Könntest du vielleicht ins Bad gehen und meine Antibiotika holen? Ich soll in dieser Stunde noch eine nehmen.“

Ich nicke, hole die Medizin und stelle fest, wie wütend ich auf mich bin, dass ich mich hin und her gerissen fühle dazwischen, ihm von dem Date zu erzählen oder eben nicht. Dieser Typ hat mir viel Schlimmeres angetan, als wir noch zusammen waren, also brauche ich wirklich keine Schuldgefühle haben.

Warum habe ich sie aber dann?

Er sitzt im Bett, als ich mit der Medizin und einem kleinen Glas Wasser wieder hereinkomme. „Bittesehr", sage ich und überreiche ihm beides.

Er nimmt beides entgegen, schluckt die Tablette, trinkt das Wasser und stellt das leere Glas auf das Nachttischchen. „Danke, Schwester." Er lächelt und klopft neben sich auf die Matratze. „Du willst wahrscheinlich nicht kuscheln heute Nacht, oder? Der Sturm wütet und vielleicht fällt der Strom aus."

Wie durch Zauberhand tut es auf einmal einen lauten Donnerschlag und die Lichter erlöschen.

„Verdammt!", sage ich und muss mich am Bett abstützen, um auf die andere Seite davon zu kommen. „Wir können unsere Klamotten anbehalten. Dann ist das schon in Ordnung."

Ich klettere in das Bett und spüre, wie er seinen linken Arm um mich schlingt. Er zieht mich an sich ran. „Außerdem kann ich die Gesellschaft gebrauchen. Dieser Wind hört sich gruselig an, oder nicht?"

„Das tut er wirklich. Dieser Blitz und Donner, der starke Regen und der Wind geben echt ein unheimliches Konzert ab." Ich kuschle mich an ihn und genieße das tolle Gefühl. „Cyprian, warum kann es nicht immer einfach so sein?" Dann bemerke ich, dass ich gerade etwas angesprochen habe, was im Waffenstillstand tabu ist. „Tut mir leid, darauf musst du nicht antworten."

Er drückt mir seine Lippen an die Schläfe. „Die Antwort ist, dass es das wohl sein kann. Es kann so sein oder wie du es gerne haben möchtest."

Mein Herz hämmert, so sehr möchte ich ihm glauben. „Reden wir lieber über etwas anderes. Ich habe etwas auf dem Herzen und will es schon lange loswerden. Vor allem, weil es nur einmal passiert ist und nie wieder passieren wird."

„Was belastet dich?", fragt er, streicht mir über die Haare und ich merke, wie er daran schnuppert und dann seufzt.

„Ich bin mit deinem Arzt ausgegangen." Ich hätte gedacht, dass mich das schon erleichtern würde, aber ich fühle mich immer noch schlecht. „Wir sind Essen gegangen und dann hat er mich nach Hause gebracht und wir haben uns vor der Tür geküsst."

„Oh", sagt er, aber ich spüre, wie sein Herz schneller schlägt. „Du hast ja gesagt, dass es nicht mehr vorkommt. Also war der Kuss wohl nicht so toll."

„Er war in Ordnung, aber es war so viel schöner, dich zu küssen. Hast du mich vielleicht für alle zukünftigen Männer verdorben?", frage ich lachend.

„Ich hoffe es", sagt er und küsst mich auf den Kopf. „Danke, dass du mir das erzählt hast. Ich möchte auch etwas loswerden."

Jetzt habe ich Angst!

Die Sachen, die Cyprian belasten, lösen bei mir entweder Würgereiz oder extreme Eifersucht aus. „Okay", sage ich recht zögerlich.

„Ich wusste, dass du mit ihm aus warst. Er hat es mir gesagt, bevor er mich heute entlassen hat. Er hatte keine Ahnung, dass wir uns kennen."

Ich stütze mich auf, um ihn anzublicken im schummrigen Licht des Gewitters, und frage: „Das wusstest du also?"

Er nickt und küsst mich auf die Nasenspitze. „Ich war eifersüchtig, als er mir den Namen der Frau verraten hat, für die er sich interessiert. Und du musst ihm sagen, dass ihr euch nicht mehr treffen werdet."

Ich lege mich wieder auf seine Brust und sage: „Ich weiß. Ich habe ihm gesagt, dass ich gerade eine Beziehung hinter mir habe. Aber ich schätze, er wird nicht aufhören, anzurufen, wenn ich ihm keine Absage erteile. Er ist echt nett. Ein toller Fang. Aber ich kann mit niemandem zusammen sein, der mich nicht stimuliert. Ich meine, er stimuliert mich geistig. Wir haben jede Menge gemeinsam."

„Aber sexuell stimuliert er dich nicht?“, fragt er mich leise. Leise und samtig und sexy.

„Genau das meine ich“, sage ich und streiche sanft über sein Pyjamaoberteil. „Ich sehe keinen Grund, den Mann an der Nase herumzuführen, wenn dieser Kuss mir nicht einmal Lust auf mehr gemacht hat.“

„Du sagst das jetzt nicht nur so, oder?“, fragt er mich und streichelt mir über die Schulter.

„Wirklich nicht. Ich wünschte, ich täte es. Ehrlichgesagt glaube ich, dass ein anderer Mann genau das richtige wäre, um über dich hinwegzukommen.“

„Ich möchte nicht, dass du über mich hinwegkommst. Ich möchte, dass du mir sagst, was du in einem Mann suchst. Dann will ich das sein, was du auch willst.“

Ich liege still und kämpfe gegen mich an, denn ich darf mich nicht in diesen Streit verwickeln lassen. Wir sind einfach nur zwei Leute, die sich darüber unterhalten, was sie bei einem zukünftigen Partner wichtig fänden. *Das ist alles!*

„Sag du mir erst, was du in einer Frau suchst.“

„Nun, ich habe noch nie eine Frau gehabt, bevor ich dich kennengelernt habe, Cami. Aber ich schildere dir gerne meine Traumfrau. Sie muss intellektuell mit mir auf einer Augenhöhe sein. Sie muss liebevoll und unterstützend sein. Sie muss von innen und außen schön sein. Ihre Haare müssen sich wie Seide anfühlen, wenn ich sie berühre, und toll riechen, wenn ich neben ihr liege. Ihre Stimme muss etwas tief sein, so geschmeidig wie ein Tennessee-Whiskey und so weich wie Kaschmir. Aber das ist nicht alles. Sie muss auch diese blauen Augen haben, in die ich stundenlang blicken könnte, ohne mich je zu langweilen. Ihre vollen, roten Lippen sollen hübsch aussehen, wenn sie lächelt oder schmollt. Sie muss Dinge in mir erwecken, die noch nie zuvor jemand erweckt hat. Sag mir, Camilla Petit, kennst du jemanden wie die Frau, die ich dir gerade beschrieben habe?“

Bei seinen Worten fängt mein Herz an zu hämmern und Tränen steigen mir in die Augen, aber ich möchte nicht weinen. Ich muss den Kloß in meinem Hals runterschlucken, um ihm zu antworten. „Du bist echt ein klasse Redner, Cyprian."

„Das ist nur das, was ich von dir denke, Cami. Die Worte sprechen mir direkt aus dem Herzen. Ich habe jedes einzelne Wort ernst gemeint. Also bist du jetzt damit an der Reihe, mir den Mann zu schildern, nach dem du suchst."

„Was, wenn ich dir sage, dass ich keine Ahnung habe, wie der Mann aussieht, mit dem ich den Rest meines Lebens verbringen will?", frage ich ihn, denn ich weiß es wirklich nicht.

„Sagst du mir deshalb immer, dass ich ich selbst sein soll und du mich dann eben mögen wirst oder nicht? Weil du nicht einmal weißt, was du willst? Das macht jetzt auf einmal viel mehr Sinn."

„Gut, dann kannst du ja einfach du selbst sein und ich kann aufhören, dich daran zu erinnern. Das war jetzt echt ein gutes Gespräch."

„Für dich vielleicht. Aber nicht für mich", sagt er und hält mich eng umschlungen, während der Wind immer stärker weht. „Ohje, da draußen wird es langsam echt übel."

„Warum war es für dich kein gutes Gespräch, Cyprian?", frage ich, lege meine Hand auf seine Brust und spüre seinen Herzschlag.

„Ich bin einfach jemand, der sein Wissen aus Büchern bezieht. Das hat mich zu dem Mann gemacht, der ich heute bin. Ich habe mich nie auf meine Instinkte verlassen. Ich nehme alles sehr wörtlich. Ich treffe meine Entscheidungen aufgrund von wissenschaftlichen Befunden und ich treffe sie nie aus dem Bauch heraus. Das mache ich erst, seit ich dich kennengelernt habe. Es war wie ein Schlag in die Magengrube und ich wusste instinktiv, dass ich dich haben muss. Ich habe erst dagegen angekämpft. Ich habe es für animalische Anziehungskraft, für Lust gehalten. Ich habe mich belogen, dass das alles sei."

„Also habe ich das in dir geweckt. Deinen Instinkt. Das ist ziemlich cool. Als Wissenschaftlerin verlasse ich mich auch auf Daten und Fakten. Wir sind uns also ähnlich. Aber vor allem in meinem Privatleben verlasse ich mich auch manchmal auf meinen Instinkt."

Ich hebe den Kopf, um ihn anzublicken, und sehe, dass er meinen Blick erwidert.

Es blitzt und meine Augen flackern auf und schon drücke ich meine Lippen auf seine, ohne darüber nachzudenken. Vielleicht denke ich generell zu viel nach.

Unsere Lippen bewegen sich miteinander, nicht voller Leidenschaft, es ist eher, als würden sie sich begrüßen. Sie sagen einander, dass sie einander vermisst haben. Sie sagen auch: Ich liebe dich.

Als unsere Lippen sich wieder von einander lösen, sehe ich, wie er mich ganz sanft anblickt. „Camilla Petit, ich liebe dich. Ich liebe dich mehr, als ich es je für möglich gehalten hätte.

Ich schlucke und sage dann: „Ich liebe dich auch, Cyprian. Aber ich weiß nicht, ob das genug ist. Ich weiß nicht, ob du dein altes Leben hinter dir lassen kannst. Ich habe echt Angst, dass du dich irgendwann mit mir langweilst. So große Angst, dass ich kaum Vertrauen in eine Beziehung mit dir schöpfen kann."

„Ich glaube nicht, dass ich mich je mit dir langweilen werde, Cami. Ich weiß nicht, was die Zukunft bringen wird, aber ich weiß, was ich jetzt will und ich will nur dich. Ich weiß, dass ich große Fehler gemacht habe, die dir ungeahnte Schmerzen zugefügt haben. Aber ich kann sie wieder gut machen. Ich wünschte, ich könnte die Zeit zurückdrehen und alles ändern, aber wir wissen beide, dass das nicht geht. Also sag mir, was du von mir erwartest. Vielleicht klingt das verrückt für dich, aber ich muss es wissen."

„In Ordnung", sage ich, denn ich erkenne auf einmal, dass mehr in ihm steckt, als ich dachte. „Ich erwarte von dir, dass du mir treu bist. Ich erwarte von dir, dass du nie etwas ins Schlafzimmer bringst, das wir nicht vorher abgesprochen haben. In nächster Zeit musst du akzeptieren, dass ich dir nicht vertraue. Bevor du irgendetwas Neues einbringst, musst du mich vorwarnen."

„Verstanden", sagt er und seufzt erleichtert auf. „Das kann ich machen. Ich kann alles machen. Wenn ich mit dir zusammen bin, Cami, fühlt sich ohnehin alles so toll an. Einfach hier zu liegen und mit dir zu reden ist besser als jede wilde Nacht bei den Partys, die ich je gehabt habe. Das schwöre ich dir."

Ich streiche ihm über die Wange und küsse ihn wieder. Ich weiß, dass er nichts Sexuelles versuchen darf und mache einen keuschen Kuss daraus, damit ich ihn nicht provoziere. Dann löse ich meine Lippen von seinen, lege mich wieder hin, gebrauche seinen großen Bizeps als Kissen und blicke zur Decke hinauf, auf der die Schatten von draußen tanzen. „Cyprian, das ist jetzt unsere letzte Chance. Ich kann nicht immer wieder zurückkommen."

„Das weiß ich. Aber du musst wissen, dass wir uns immer noch streiten werden. Ich verspreche aber, dass ich keine riesigen Fehler mehr begehen werde, in Ordnung?"

„In Ordnung, ich weiß, dass man sich ab und zu mal streitet, aber lass einfach andere Frauen aus dem Spiel und ich komme mit so gut wie allem klar. Wir einigen uns also darauf, einen letzten Versuch zu starten", sage ich, kuschle mich an ihn ran und fühle mich erleichterter denn je.

„Willst du schlafen, Baby?", fragt er mich und küsst mich auf die Wange.

„Zu gerne", sage ich und es geht mir viel besser.

Wie ist es uns bloß gelungen, uns mitten in einem Sturm zu finden und so einen Entschluss zu fassen? Wie wird das alles ausgehen?

Kann ich wirklich glauben, dass Cyprian mit mir allein glücklich wird ...?

45

CYPRIAN

Trotz des Sturmes habe ich mit Cami an meiner Seite wie ein Babygeschlafen. Ihr leises Schnarchen wärmt meinen Nacken, an den sie ihr Gesicht geschmiegt hat. Ich streichle ihren Rücken, der von dem seidigen Pyjama-Stoff bedeckt ist.

Ich bin absolut zufrieden. Glücklich, befriedigter als ich es je für möglich gehalten hätte – ohne Sex. Sie ist mit Sicherheit die Richtige für mich. *Ich wusste nicht einmal, dass man sich so fühlen kann!*

Ich denke vor allem darüber nach, wie lange ich jetzt warten muss, bevor ich ihr einen Antrag machen kann. Außerdem denke ich noch über den perfekten Verlobungsring und die perfekte Hochzeitslocation nach. Ich frage mich, wie lange ihrer Meinung nach eine Verlobung andauern sollte. *Hoffentlich nicht allzu lange!*

„Cyprian", murmelt sie und regt sich. Sie streicht über meine Brust und ihre Lippen berühren meinen Hals. „Bist du wach, Baby?"

„Das bin ich", sage ich und küsse sie auf den Kopf. Ihre Haare sind total wirr – es sieht fantastisch aus!

Sie hebt den Kopf und blickt mich an. „Haben wir den Sturm überlebt?"

„Ich bin mir nicht sicher. Ich könnte auch im Himmel sein, so fühlt es sich an, an deiner Seite zu sein.“ Ich küsse ihre rote Wange, die einen Abdruck vom Kissen hat.

Sie lächelt und legt ihren Kopf auf meine Brust. Ich konnte im Schlafanzug nicht schlafen, denn ich schlafe sonst immer nackt, also bin ich irgendwann aufgestanden und habe mich ausgezogen. Das wird ihr nun auch klar, als sie mit ihrer Hand über meine Brust streicht. Sie wandert weiter hinunter, bis sie feststellt, dass ich völlig nackt bin. „Du Schlingel“, murmelt sie.

Ich knurre sanft und sage: „Nur, wenn du dabei bist.“ Ich nehme ihre Hand, küsse sie und wünschte, ich könnte mehr tun als nur das.

„Ich gehe nach unten und mache uns Frühstück. Dann bringe ich es hoch zu dir. Du kannst ja duschen, während ich das tue.“ Sie will aufstehen, doch ich halte sie fest.

„Du vergisst, dass wir keinen Strom haben. In der Küche läuft wahrscheinlich alles, wenn der Generator funktioniert. Aber wir haben einen Wasserbrunnen, das bedeutet, wenn wir keinen Strom haben, haben wir auch kein Wasser. Also kann ich bis dahin nicht duschen.“

„Es regnet doch immer noch, oder nicht?“, fragt sie, während sie sich aufsetzt und aus einem der Fenster blickt.

„Ja“, sage ich und blicke auch aus dem Fenster. „Aber ich wette, die Handwerker kümmern sich schon darum, die Leitungen wieder in Schuss zu bringen. Wir müssen einfach damit fertigwerden, was wir haben. “

Sie streicht sich mit der Hand durch die Haare. „Kein Wasser! Meine Haare!“

Ich unterdrücke ein Kichern, stehe auf und höre, wie sie ein wenig stöhnt, als ich nackt ins Bad gehe. Ich schlinge ein Handtuch um meinen Arsch, damit ich nicht allzu geil werde, und suche das Päckchen Haargummis, das ich vor einiger Zeit für sie gekauft habe. Als ich damit zurückkomme, sehe ich, wie sich ein Lächeln über ihre Lippen legt. „Damit rette ich wohl den Tag.“

Sie nimmt sie mir ab und stimmt zu. „Das stimmt.“ Sie steigt aus dem Bett und eilt ins Bad. „Ich richte meine Haare und gehe runter, um Frühstück zu holen.“

„Ich kann auch runtergehen, du musst es nicht zu mir hochbringen“, sage ich ihr, während ich meinen Schlafanzug wieder anziehe.

Sie bleibt stehen, dreht sich um und droht mir mit dem Finger. „Nein, bloß nicht. Du hast mir gesagt, dass die Treppen dir zu schaffen machen, also lasse ich dich mindestens einen ganzen Tag lang nicht mehr Treppensteigen. Ich kümmere mich heute um dich, Cyprian.“

Obwohl sich das toll anhört, muss ich ein wenig protestieren, nur um sie ein bisschen zu triezen. „Ich kann das, Cami. Du musst mich nicht verwöhnen.“

Ich sitze auf der Bettkante und beobachte, wie sie auf mich zukommt. Ihre Hände legen sich auf meine Schultern und sie blickt mich ernst an. „Ich verwöhne dich damit nicht. Ich möchte mich einfach nur um dich kümmern. Bitte erlaube es mir.“ Sie schließt ihre Bitte mit einem Kuss auf meine Lippen, der mich durch und durch glücklich macht.

„Na, wenn du mich so fragst, dann muss ich es dir eben erlauben. Seit meinem Kindermädchen hat sich noch nie jemand um mich gekümmert. Das könnte schön werden.“ Ich lege mich hin, nachdem sie mich ein wenig nach hinten drückt.

„Gut, dann wäre das geklärt. Da wir heute alleine sind, gehe ich jetzt in die Bücherei und hole uns etwas zum Lesen. Schwebt dir was Bestimmtes vor?“ Sie geht davon, um sich zurechtzumachen, und ich denke darüber nach, was ich gerne lesen würde.

Als sie wieder herauskommt, sage ich ihr, was ich will. „Könntest du mir das große Buch auf dem mittleren Regalbrett des ersten Regales neben der Tür bringen? Da sind die gesammelten Stücke von Shakespeare drin. Ich möchte, dass wir beide gemeinsam Romeo und Julia lesen. Das hört sich spaßig an.“

Sie lacht und geht aus dem Schlafzimmer. „Solange dir klar ist, dass wir die Liebesszenen nicht nachstellen können, mein Romeo.“

„Ich bin mir über meine Einschränkungen im Klaren, meine Julia.“

Sie verlässt mich, aber ich habe mich noch nie in meinem Leben so unverlassen gefühlt. Sie ist hier bei mir und ich möchte nie wieder eine Nacht ohne sie verbringen. Und ich will, dass sie ihren Job kündigt, bei dem sie jede Nacht so spät arbeiten muss.

Es ist schon schlimm genug, dass die Uni bald wieder anfängt. Aber während sie tagsüber in Vorlesungen sitzt, bin ich ohnehin auf der Arbeit. Die Abende müssen für uns reserviert sein. Und jetzt muss ich herausfinden, wie ich sie dazu bringen kann.

Ehe ich es mich versehe, ist sie wieder im Schlafzimmer mit einem Tablett frischen Essens und dem Buch. „Ich habe Ananas, Orangensaft, Rührei, Speck und Milch für die Extraportion Kalzium. Außerdem habe ich noch Vollkorntoast." Sie stellt mir das Tablett auf den Schoß und als ich mich aufsetze, küsst sie mich auf die Wange. „Darf es sonst noch etwas sein, mein Herr?"

Ich muss darüber schmunzeln, wie sehr sie mich versorgen will, und sage: „Nur, dass du dich hier zu mir ins Bett legst. Ich muss meine Dame schließlich füttern, damit auch sie zu Kräften kommt. In nur einem Monat werde ich dich mit einem besonderen Vorhaben in meine Schlafkammer bringen."

Sie lacht und klettert neben mir ins Bett. „Ein besonderes Vorhaben, sagt Ihr? Was hat mein Herr nur mit mir vor?"

Ich beiße mir auf die Unterlippe, während ich ein Stück Speck an ihre Lippen führe und sie es in ihren Mund nimmt. „Ich habe vor, meine Saat in euren Bauch zu pflanzen, meine Dame."

Sie verschluckt sich und macht große Augen. Ich bekomme glatt Schuldgefühle, dass ich ihr das enthüllt habe, als ich ihr gleichzeitig etwas zu Essen gegeben habe. Ich überreiche ihr ein Glas Saft und sie trinkt ein paar Schluck, dann sagt sie: „Cyprian, das ist doch wohl ein Witz, oder?"

Ich schüttle meinen Kopf und nehme ihre Hand. „Ich mache keine Witze, Cami. Ich möchte, dass wir das jetzt alles richtig machen, und vielleicht muss es nicht gleich in einem Monat sein. Aber ich will das alles mit dir. Die Hochzeit, die Familie, alles, Baby. Ich denke an nichts anderes mehr, seit wir uns gestern versöhnt haben."

Sie sieht verdattert aus und ich finde das schwer zu glauben. Ihre Lippen öffnen und schließen sich mehrmals, bis sie sagt: „Ich stehe noch ganz am Anfang meiner Karriere. Ich habe noch ein Jahr am College vor mir und dann möchte ich in dem Gebiet arbeiten, auf das ich schon so lange hinarbeite. Kinder sind noch lange nicht geplant. Vielleicht in fünf Jahren oder sogar noch später."

„So lange können wir gerne noch warten. Obwohl ich auch gerne hätte, dass du dir zumindest überlegst, ob du es nicht in weniger als fünf Jahren schon versuchen möchtest. Aber darüber können wir reden. Wir können über alles reden." Ich füttere sie mit ein wenig Ei. „Wie lange stellst du dir deine Verlobung vor?"

Sie schüttelt den Kopf, schluckt und sagt: „Cyprian, wir sind gerade wieder zusammen gekommen. Mehr machen wir im Augenblick nicht. Wir schauen einfach mal, ob wir zu echt verlässlichen Partnern für den anderen werden können."

„Haben wir das nicht gerade unter Beweis gestellt? Ich habe dich geholt, um sicher zu gehen, dass du während diesem Sturm in Sicherheit bist, und du möchtest dich um mich kümmern, wenn ich gesundheitlich angeschlagen bin. Was für Beweise sollen wir uns noch liefern?", frage ich sie und biete ihr einen Schluck Milch an.

Sie hält die Hand hoch. „Laktoseintolerant. Trink du das mal lieber."

Ich trinke die Milch und sehe förmlich, wie es in ihrem Kopf rattert. Da kann ich auch gleich alles raushauen, denke ich mir, wenn wir schon beim Thema sind. „Ich möchte auch, dass du deinen Job kündigst. Ich möchte, dass du bei mir einziehst und deine Wohnung aufgibst. Ich möchte, dass du das Auto fährst, das ich dir geschenkt habe. Dass du ins College gehst und weiter nichts machst. Ich bezahle alles. Und ich eröffne ein eigenes Konto für dich, auf das ich regelmäßig Geld einzahle."

„Ich will mich doch nicht von dir aushalten lassen." Sie schüttelt den Kopf, um zu betonen, wie sehr ihr das widerstrebt.

„So wird das gar nicht sein. Ich will dir einfach nur durch dein schwierigstes Schuljahr helfen. Wenn du erst einmal in deinen Beruf einsteigst und dann kein Geld mehr von mir willst, stelle ich die Überweisungen ein und du kannst mit dem Konto machen, was du willst. Und wenn du weiter mein Geld willst, zahle ich es dir auch weiter. Was auch immer du willst, Cami. Ich gebe dir liebend gern alles, was du haben möchtest." Ich nehme ihre Hand und lächle, obwohl sie schockiert aussieht.

Ich spüre, wie ihre Hände zittern, ihr ganzer Körper zittert sogar. „Cyprian, ich habe Angst, dass ich mich verliere, wenn ich das zulasse."

„Wie sollte denn das passieren?", frage ich, denn sie macht wirklich eine zu große Sache daraus. „Dein Auto bleibt in der Garage. Du wirst genügend Zeit und Geld haben, das zu tun, was du tun musst, um die tolle Wissenschaftlerin zu werden, von der ich weiß, dass du sie sein kannst. Ich will dir nur helfen, dein Potential auszuschöpfen. Lass mich das tun, Cami. Lass mich dir helfen. Das wäre das erste Mal, dass ich etwas für einen anderen Menschen tue. Bitte lass mich!"

„Darüber muss ich erst nachdenken. Ich schätze meine Unabhängigkeit sehr", erklärt sie mir und blickt suchend in meine Augen.

„Ich bin schon mein ganzes Leben ziemlich unabhängig. Ich war finanziell immer gesichert, aber Sicherheit von Leuten hat es nie gegeben. Ich möchte dir das geben, was mir gegeben worden ist. Und von dir möchte ich eben die Sicherheit, einen Partner im Leben zu haben. Ich wusste ja nicht einmal, dass ich so etwas will, bevor ich dich kennengelernt habe."

„Cyprian, ich habe das Gefühl, du investierst gerade ausgesprochen viel in mich", sagt sie und Tränen steigen ihr in die Augen.

„Das tue ich. Und wenn wir erst einmal Kinder haben, werde ich in sie genauso viel investieren." Ich küsse ihre warme Wange. „Mach dir keine Sorgen. Lass deine Angst, dass ich dich langweilig finden könnte, nicht zwischen uns kommen. Hab keine Angst, ich habe schließlich auch keine."

„Nur weil du mir sagst, ich solle keine Angst haben, geht die Angst nicht automatisch weg. Und jetzt habe ich Angst, dass du mich in einen Teufelskreis bringst, aus dem ich als verwöhnte, reiche Frau herausgehe. Zu so etwas wollte ich nämlich nie werden." Sie blickt mich angsterfüllt an und ich finde das witzig.

Kichernd sage ich: „Ich habe Geld. Wenn du dir mich angelst,

angelst du dir das auch. Wir werden unser Leben teilen. Wenn ich mir dich angele, bekomme ich Liebe und Gemeinschaft. Keine Sorge, wir teilen einfach alles."

Sie nimmt den Saft vom Tablett und kippt ihn runter wie einen Shot, dann blickt sie in die Ferne, während sie sagt, „Ich werde also mit einem Lamborghini zur Vorlesung fahren. Ich werde Zugriff auf mehr Geld als je zuvor haben. Ich werde eines Tages Mrs. Cyprian Girard sein."

„Und zwar schon bald, hoffe ich. Wenn du möchtest", sage ich und stecke dann schnell ein Stück Toast in ihren offen stehenden Mund.

Sie kaut darauf herum und blickt mich an. „Ich habe dir nichts zu bieten."

Ich greife sie unter dem Kinn und zwinkere ihr zu. „Was du mir zu bieten hast, ist mehr wert als alles Geld der Welt. Verstehst du, ich war schon mein ganzes Leben lang arm an Liebe. Du warst das fehlende Puzzlestück meiner Welt. Denkst du so auch über mich?"

Sie blinzelt schnell und denkt nach. „In meinem Leben hat schon etwas gefehlt. Ich wusste nicht, was. Es war nicht so offensichtlich. Weißt du, ich verliebe mich immer ziemlich schnell. Und die meisten Männer verlieben sich in mich auch genauso schnell. Cyprian, alle meine Beziehungen, auch wenn das nicht so viele waren, haben damit geendet, dass die Männer mich verlassen haben. Ich selbst habe noch nie mit jemandem Schluss gemacht, außer mit dir."

„Und ich habe auch einmal mit dir Schluss gemacht. Das ist alles in der Vergangenheit passiert. Ich bin darüber hinweg und wir sind jetzt ganz anders. Damals warst du noch jung. Du musst dir keine Sorgen mehr darüber machen, dass ich dich verlassen könnte. Ich liebe dich. Ich verehre dich. Ich schätze dich. Und ich werde dich nie mehr loslassen. Ich gehe für dich durch die Hölle. Ich erklimme Berge, damit du das bekommst, was du willst." Ich verstumme, denn nun sieht sie noch trauriger aus.

„Cyprian, ich hasse deine Eltern. Das hier wird nie funktionieren", sagt sie und bricht in Tränen aus.

Ich lache und umarme sie. „Hassen Ehefrauen nicht immer ihre

Schwiegereltern? Ist doch nicht so schlimm. Wir müssen nicht einmal die Feiertage mit ihnen verbringen. Sie feiern ohnehin auf eine Art und Weise, die für unsere Kinder ganz und gar nicht angemessen wäre."

„Meine Eltern werden dich allerdings lieben, glaube ich. Ich meine, du bist sehr nett zu mir. Und die Tatsache, dass du mich aus diesem Sturm gerettet hast, wird für sie ein Beweis von einem echt starken Charakter sein. Aber eine Hochzeit würde auch bedeuten, dass beide unsere Familien aufeinander treffen müssen, und das bereitet mir Sorgen."

„Dann brennen wir einfach durch. Dir fällt kein Problem ein, für das ich keine Antwort habe", sage ich ihr, schiebe dann das Tablett weg und küsse sie, damit sie weiß, dass alles gut wird.

Solange wir zusammen sind, wird alles gut, nicht wahr ...?

DER LIBERTIN

Camilla

Das wunderschöne Blätterdach von New Orleans leuchtet unter uns, während Cyprians Privatjet über meine Heimatstadt fliegt. Er blickt aus dem Fenster und beugt sich über mich, denn er hat mir den Fenstersitz überlassen. „Es sieht dort unten praktisch unbewohnt aus. Wo wohnen die ganzen Leute?"

„Unter dem Blätterdach. Bist du schon einmal mit dem Luftkissenboot gefahren?", frage ich, denn das wilde Terrain scheint ihm zu gefallen.

„Noch nie. Meinst du, das könnten wir unternehmen? Besitzt deine Familie eines?" Er sieht aufgeregt aus.

Ich kichere. „Nein, aber es gibt jede Menge Touren durch das Moor. Es ist schon eine Weile her, dass ich eine mitgemacht habe. Aber diesmal ist meine ganze Familie für meinen letzten Besuch im Sommer daheim, also könnte das tatsächlich auf der Agenda stehen. Ich hoffe, du hast keine Angst vor Krokodilen. Die Männer, die die Dinger fahren, finden es total witzig, all jenen einen Schrecken einzujagen, bei denen sie sehen, dass sie Angst vor ihnen haben."

„Ich habe noch nie welche gesehen." Er schlingt seine Arme um mich und hält mich fest. „Kann ich darauf zählen, dass du mich beschützt, Cami?“

„Klar, Cyprian. Ich gebe mein Bestes“, sage ich, als der kleine Privatflughafen in der Nähe des Anwesens meiner Familie in Sicht kommt. „Da sind wir schon. Jetzt dauert es nicht mehr lang. Papa wartet schon mit dem Auto auf uns.“

„Ich werde langsam nervös“, sagt er mir, nimmt seinen Arm von meiner Schulter und nimmt mich bei der Hand. „Hast du ihnen alles erzählt?“

Ich nicke. „Das habe ich. Ich habe ihnen erzählt, dass wir uns schon seit ein paar Monaten treffen und vor zwei Wochen zusammengezogen sind. Ich habe ihnen erzählt, dass ich meinen Job gekündigt habe und dass du mich bis zum Abschluss finanziell unterstützen wirst. Mein Vater hatte Bedenken, aber er hat gemeint, er traut mir die Entscheidung zu.“

„Okay, also muss ich sonst nichts wissen, oder?“, fragt er und ich schüttle den Kopf. „Was ist mit meinen Eltern? Was hast du ihnen über sie erzählt?“

„Ach so.“ Ich kratze mich am Kopf, denn seine Eltern habe ich ein wenig beschönigt. „Verstehst du, ich habe eine etwas rosigere Version geschildert.“

„Rosig? Du hast also gelogen, Cami?“ Er blickt mich angsterfüllt an.

„Gelogen ist jetzt auch wieder übertrieben. Ich habe ihnen gesagt, dass dein Vater im Ruhestand ist und alleine in einer Villa in Clemson wohnt. Und das stimmt ja auch. Ich habe ihnen erzählt, dass deine Mutter einen Nachtclub in L.A. besitzt und das stimmt auch.“ Ich blicke ihn an, um herauszufinden, was er davon hält.

„Es ist ein Nachtclub für Erwachsene“, sagt er. „Und sie ist eine ehemalige Stripperin.“

„Wen interessiert, was sie in der Vergangenheit getan hat? Mich jedenfalls nicht!“

Er schüttelt den Kopf. „Und ich soll diese Details wohl auch unterschlagen.“

„Bitte“, sage ich, während wir zur Landung ansetzen. „Sie müssen schließlich nicht alles wissen. Wenn wir unsere Karten richtig ausspielen, sind wir verheiratet und haben drei Kinder, bevor unsere Familien sich je kennenlernen."

Er lächelt über meine Worte und küsst mich sanft. „Wenn du das so sagst, was soll ich dann dagegen halten?"

„Nichts", sage ich und atme tief durch, als wir kurz vor der Landung stehen. „Diesen Teil mag ich immer gar nicht."

Er hält meine Hand, während wir landen, ein wenig fester und schenkt mir dieses Lächeln, von dem mein Herz immer schneller schlägt. Die letzten beiden Wochen sind so schön und ruhig und einfach toll gewesen. Ich habe noch gearbeitet, da ich erst meine Kündigung einreichen und ihnen Zeit geben musste, Ersatz für mich zu finden. Aber jetzt bin ich endlich diesen Job los und freue mich schon darauf, im Herbst wieder ans College zu gehen und ohne sonstige Ablenkungen lernen zu können.

Als der Jet gelandet ist, steigen wir aus und mein Vater und mein kleiner Bruder steigen aus Papas Lincoln Continental, um uns zu begrüßen. Die warme, schwüle Luft schlägt uns ins Gesicht, während wir die Treppen hinuntergehen, die ein Flughafenmitarbeiter an unsere Tür herangeschoben hat. Ich winke, als sei ich Teil einer Parade, während mein Vater und Bruder uns beobachten. „Hi!"

Papa holt uns am Fuß der Treppe ab und hebt mich hoch, wobei er mich fest umarmt. „Mon canard, ich habe dich so sehr vermisst", sage Papa mit seinem starken, französischen Akzent.

„Ich habe dich auch vermisst", sage ich, als er mich loslässt. Dann zeige ich auf den umwerfenden Mann neben mir. „Das ist Cyprian Girard. Cyprian, das ist mein Vater, Thomas Petit."

Cyprian streckt seine Hand aus und mein Vater schüttelt sie ihm fest, während Cyprian sagt: „Es ist eine Ehre, den Mann kennenzulernen, der so eine tolle Frau großgezogen hat."

Papa lächelt mich an, blickt sich dann wieder zu Cyprian um und lässt seine Hand los. „Nenn mich Tommy, Cyprian." Er deutet auf meinen Bruder. „Das ist Camillas jüngerer Brüder Carlyle."

Mein Bruder gibt ihm die Hand. „Freut mich, dich kennenzulernen, Cyprian."

„Ebenso, Carlyle. Deine Schwester hat mir erzählt, dass du in Baton Rouge auf die LSU gehst. Sie sagt, du hast Wirtschaft im Hauptfach."

Wir folgen ihnen zum Auto, während Carlyle über seine Schulter hinweg ruft: „Das stimmt."

Cyprian blickt mich an und zwinkert mir zu. „Du solltest mir sagen, wenn du Lust auf ein Praktikum hast. Ich kann dir im nächsten Sommer eines bei Libertine Investments anbieten, wenn du möchtest. Es ist ein Firmenwagen und eine Einzimmerwohnung in dem Vertrag mit inbegriffen."

Ich sehe, wie die Augen meines Bruders anfangen zu leuchten. „Ach, tatsächlich?"

„Ja", sagt Cyprian lächelnd. „Also sag mir einfach vor März des kommenden Jahres Bescheid und ich lasse das vom Vorstand genehmigen."

Papa blickt uns an, während er ins Auto steigt. „Warte nicht zu lange, mein Sohn. Sag dem Mann sofort zu!"

Carlyle lächelt und nickt. „Ich würde das sehr gerne machen, Cyprian. Vielen herzlichen Dank."

Cyprian öffnet die Hintertür und lässt mich als Erste einsteigen. Dabei flüstert er: „Das läuft doch gut bis jetzt, findest du nicht?"

„Doch, finde ich", sage ich und küsse ihn auf die Wange.

Ich sehe, wie mein Vater uns im Rückspiegel einen Blick zuwirft und er lächelt. „Ihr beiden seht zusammen süß aus. Meine Tochter hat noch nie so glücklich ausgesehen wie in deinen Armen, Cyprian."

Ich werde rot und lehne meinen Kopf an seine Schulter. „Danke, Papa."

Cyprian seufzt erleichtert, nehme ich an. Es läuft gut. Es sieht so aus, als gäbe es mit meiner Familie keine Probleme. Aber er muss noch meine große Schwester kennenlernen. Sie war schon immer meine Beschützerin. Bei ihr habe ich mich über meine letzten Freunde ausgeheult, die mich verlassen haben. Beide haben mir nicht wirklich eine Erklärung geliefert, sie fanden es einfach besser, mich zu verlassen, als an der Beziehung zu arbeiten.

Sie hält mich für perfekt, obwohl ich weiß, dass ich das nicht bin.

Ich weiß, dass ich manchmal ganz schön anstrengend bin. Ich weiß schon, wie ich mich bei diesen Typen verhalten habe. Manchmal war ich kühl und distanziert. Manchmal war ich sogar zickig. Mit Cyprian versuche ich wirklich, ein solches Verhalten zu vermeiden. Ich gebe mir wirklich Mühe bei ihm, mehr als bei allen anderen zuvor.

„Deine Schwester ist vor ein paar Tagen angekommen, Camilla. Ihr Ehemann musste der Arbeit wegen in Kapstadt bleiben", erzählt mir mein Vater. „Aber sprich sie besser nicht darauf an, denn dann fängt sie immer fast an zu heulen. Ich glaube, sie durchleben gerade eine Ehekrise."

Das Blut gefriert mir in den Adern. Wenn es ihr schlecht geht, dann sorgt sie normalerweise auch dafür, dass es allen anderen schlecht geht. „Reißt sie sich wenigstens für die Kinder zusammen? Lässt sie wenigstens nicht ihre Laune an ihnen aus?", frage ich hoffnungsvoll.

Mein Bruder blickt sich zu mir um. „Angesichts der Tatsache, dass wir sie alle ganz anders kennen, schlägt sie sich ganz gut." Er blickt Cyprian an. „Unsere ältere Schwester ist manchmal ein bisschen schwierig. Sie ist französischer als alle anderen, sogar französischer als Papa. Und dein Nachname ist auch französisch, Cyprian. Erzähle uns doch mal etwas über deine Familie. Ist dein Vater ein leidenschaftlicher Mann? Ist er mit einer Französin verheiratet?"

„Mein Vater ist nicht verheiratet", sagt Cyprian und ignoriert meine Hand, die ich ihm auf den Schenkel lege, um ihm zu signalisieren, dass er jetzt besser aufpasst, was er sagt. „Meine Mutter ist Amerikanerin und mein Vater hat französische Wurzeln, aber er war noch nie im Ausland. Er ist in den Staaten in eine Familie hineingeboren worden, die Einwanderer in der dritten Generation waren. Er hat keine Verbindung mehr zu diesem Land."

„Also sind deine Eltern geschieden?", fragt mein Vater. „Mon canard hat uns nicht besonders viel über deine Familie erzählt."

Ich beuge mich zu Cyprian und flüstere ihm zu: „Das ist sein Spitzname für mich. Er bedeutet, ‚kleine Ente'."

Er küsst mich auf die Wange. „Ich weiß. Das finde ich süß."

Ich werde rot, denn ich habe scheinbar vergessen, dass Cyprian sehr gebildet ist. Ich scheine so viel über ihn zu vergessen und darüber, wer er ist. Vielleicht habe ich ein Problem damit, Leute wirklich kennenzulernen. Vielleicht sind deshalb meine anderen Beziehungen in die Brüche gegangen. Ich sollte mehr darauf Acht geben, was er mir erzählt.

„Sie sind also geschieden?“, fragt Papa wieder.

Bevor Cyprian es tun kann, antworte ich. „Nein, sie waren nie verheiratet. Kann dieses Verhör jetzt bitte aufhören? Ich möchte nicht, dass Cyprian lauter unangenehme Fragen über seine Familie gestellt werden. Seine Familie ist sehr klein. Sie besteht nur aus ihm, seinem Vater und seiner Mutter. Und die beiden sind ganz schön beschäftigt mit ihrem eigenen Leben.“

Cyprian legt seine Hand auf mein Knie. „Die Fragen deines Vaters machen mir wirklich nichts aus.“

„Aber mir machen sie etwas aus“, sage ich und küsse ihn auf die Wange. „Ich muss dich schon ein wenig beschützen. Wenn wir erst einmal bei mir daheim sind, kommt noch einiges auf dich zu.“

„Da hat sie recht“, sagt Carlyle und blickt sich auch zu ihm um. „Catarina ist eine Wucht von einer großen Schwester.“

Cyprian kichert. „Ist das so? Eine leidenschaftliche Kreatur, die sich um ihre kleinen Geschwister kümmert. Was sollte man daran nicht mögen?“

„Das wirst du schon sehen“, sage ich, während wir auf das bescheidene Anwesen unserer Eltern am Rande von New Orleans zufahren. „Denn hier sind wir schon.“

Warum habe ich nur beschlossen, ihn meiner Familie vorzustellen?

46

CYPRIAN

Türkise Augen mustern mich, als wir das Haus der Petits betreten. Ihr molliges, schönes Gesicht wird umrahmt von glattem, schwarzen Haar. Ihre vollen Lippen öffnen sich leicht, während sie mich von oben bis unten mustert. „Du bist wohl Cyprian Girard. Nur, damit du es weißt, ich habe schon Recherchen über dich angestellt. Du warst neulich in den Nachrichten. Wie geht es dir nach der Blinddarm-OP?"

„Das ist meine Schwester Catarina", sagt Cami und deutet auf die forsche Frau, die mich immer noch mustert.

Ich strecke ihr meine Hand hin und sie legt ihre in meine. Ich küsse sie auf den Handrücken und sie verengt den Blick. „Es freut mich, dich kennenzulernen, Catarina. Deine Schwester hat mir schon viel von dir erzählt."

„Dann hast du wohl Verständnis, wenn ich dich ganz genau unter die Lupe nehmen möchte, Cyprian", sagt sie und mir läuft ein kalter Schauer den Rücken runter.

Camilla hat mir klar gemacht, dass ich nicht zu viel über meine Vergangenheit mit Frauen verraten darf. Sie glaubt, dass ihre Familie ihr nie erlauben würde, mit mir zusammen zu sein, wenn sie die Wahrheit wüsste.

Cami schüttelt den Kopf. „Nein, Rina. Du wirst ihn ja nicht mit deiner Neugierde nerven. Seine OP ist erst zwei Wochen her und ich muss ihn vor euch beschützen. Also reiz mich nicht."

Catarina grinst ihre kleine Schwester hämisch an. „Irgendwann musst du ihn mal alleine lassen, Schwesterlein."

Cami blickt mich an und zwinkert. „Bleib in meiner Nähe, Cyprian. Die Löwen haben Hunger."

Ich nicke und sehe, wie eine weitere Frau den Raum betritt. „Und das ist also der neue Mann im Leben meiner kleinen Tochter. Schön, dich kennenzulernen, Cyprian. Ich bin Anashe, aber nenn mich ruhig Ana." Camis Mutter hat einen britischen Akzent, aber so sprechen wahrscheinlich die meisten Leute aus Kapstadt in Südafrika.

Ich gebe auch ihr einen Handkuss und verbeuge mich dabei leicht. „Freut mich, dich kennenzulernen, Ana. Ich sehe schon, woher deine Tochter ihre Schönheit hat."

Aus dem Augenwinkel sehe ich Cami lächeln. Aus dem anderen Augenwinkel sehe ich Catarina die Stirn runzeln. „Ganz schön libertinär", sagt sie.

Ich kneife meine Augen zusammen und antworte: „Offensichtlich kennst du den Namen der Anlagefirma, die mein Vater vor meiner Geburt gegründet hat. Weißt du, er hat damit gar nicht auf einen Mann angespielt, der sich sexual amoralisch verhält. Er bezieht sich eher auf die Definition des freien Denkers. Aber das weißt du wahrscheinlich, wenn du dich richtig über die Firma informiert hast, deren Geschäftsführer ich jetzt bin."

Sie nickt und schenkt mir ein gruseliges Lächeln. „Natürlich sagst du das jetzt, Cyprian. Wir haben bei Gelegenheit jede Menge zu besprechen. Vielleicht löst sich deine Zunge ein wenig, wenn wir nachher auf der Terrasse einen Wein trinken. Dann erfahre ich vielleicht auch etwas über deine Vergangenheit, über der bis jetzt noch ein Schleier liegt."

Ich merke, das Cami an mir zieht, damit ich ihr irgendwohin folge. „Hör nicht auf sie, Cyprian. Komm mit, wir legen unsere Sachen in mein altes Schlafzimmer." Wir rollen unsere Koffer den

Gang entlang. Dann öffnet sie die dritte Tür links zu einem pinken Schlafzimmer.

„Deine Mutter hat wohl nichts hieran geändert, seit du ausgezogen bist, was?“, frage ich und trete nach ihr ein.

Sie schüttelt den Kopf und schließt die Tür hinter uns. „Nein, sie hat alle unsere Schlafzimmer genau so gelassen. Hat meine Schwester dir einen Schrecken eingejagt, Cyprian? Das tut mir echt leid.“

„Sie liebt dich. Ich finde das eigentlich süß. Ich werde schon mit ihr fertig, Cami. Keine Sorge.“

Ich nehme sie in meine Arme, halte sie fest umschlungen und küsse sie leidenschaftlich. Als ich ihre Lippen freigebe, blicke ich tief in ihre Augen und stelle fest, dass sie noch hübscher aussieht. „Deine Familie ist echt toll. Unsere Kinder werden tolle Gene haben. Wir bekommen ein ganzes Haus voll hübscher Racker.“

Sie lächelt und boxt mir sanft in den Arm. „Ein ganzes Haus voll ist vielleicht ein bisschen übertrieben. Vor allem, wenn man bedenkt, wie groß dein Haus ist.“

„Ich habe Platz für mindestens neun Kinder. Neun kannst du mir doch machen, oder nicht?“, necke ich sie.

„Du spinnst wohl“, erwidert sie, schlingt ihre Arme um meinen Hals und küsst mich leidenschaftlicher, als sie es bisher seit der OP getan hat.

Ihre Zunge massiert sanft meine und ihre Haare streichen durch mein Haar, während meine Hände über ihren wohlgeformten Popo gleiten. Ich ziehe sie an mich und merke, wie mein Schwanz zum Leben erweckt. Das darf noch nicht geschehen, also löse ich mich von ihr. „Du versautes Stück.“

Sie grinst und lehnt sich an meine Brust. „Das bin ich nur bei dir.“

Ich sehe das kleine Bett an und stelle fest, dass wir praktisch aufeinander schlafen werden. „Über die nächsten paar Tage muss ich echt lernen, mich zusammenzureißen. Du liegst ja hier fast auf mir.“

Sie löst sich aus meinen Armen und kichert. „Ich kann dir auch etwas auf dem Boden herrichten, wenn du das Vertrauen in dich verlierst, Cyprian."

Ich ziehe sie zurück in meine Arme und küsse sie wieder. „Auf keinen Fall. Ich werde den Rest meines Lebens neben dir einschlafen. Ein Mangel an Selbstkontrolle meinerseits wird uns nie wieder entzweien."

Sie streicht über meine Wange und ich sehe in ihren Augen meine Welt reflektiert. Ich nehme ihre Hand, halte sie an meine Lippen, blicke sie versonnen an und denke darüber nach, was für ein Glück ich habe, sie in dieser riesigen Welt entdeckt zu haben.

Ist es möglich, jemanden mit Haut und Haar zu lieben ...?

47

CAMILLA

Der Duft von Hähnchen und Knödeln steigt mir in die Nase, als Cyprian und ich die Küche meiner Mutter betreten. Wir finden sie am Herd vor, wo sie in einem Topf rührt, während meine Schwester Teigkugeln in einen riesigen Topf mit kochendem Wasser wirft.

Meine dreijährige Nichte Sadie und mein einjähriger Neffe Sax kommen auf mich zu, bleiben aber dann plötzlich stehen. Beim Anblick von Cyprian scheinen sie schüchtern zu werden. Ich lasse seine Hand los und nehme je einen von ihnen auf einen Arm.

„Himmel, du gibst ein tolles Bild ab mit diesen Kindern", sagt Cyprian kichernd.

„Alles der Reihe nach, Cyprian", sagt meine Schwester.

„Ruhe jetzt", schimpft meine Mutter sie. „Deine Schwester ist fünfundzwanzig, sie ist ja wohl alt genug, um an Kinder zu denken. Und ich fände ein paar weitere Enkelkinder toll."

„Ich meinte damit, dass sie erst verheiratet sein sollten, bevor so etwas passiert. Das ist alles." Meine Schwester blickt an mir vorbei und sieht Cyprian an. „Kannst du dir das vorstellen?"

Er lacht und setzt sich an den kleinen, runden Küchentisch.

„Dazu möchte ich mich noch nicht äußern, Catarina. Du bist ja wirklich eine fürsorgliche große Schwester, was?"

„Das bin ich", sagt sie und äugt ihn misstrauisch. „Und du bist ein Buch mit sieben Siegeln, Cyprian."

„Du glaubst, dass ich deine Schwester schlecht behandeln werde?", fragt er.

Ihr Gespräch nervt mich und ich unterbreche sie. „Ist doch egal, was sie denkt. Mama, kannst du bitte deiner Ältesten sagen, sie soll ihre Nase nicht in Dinge stecken, die sie nichts angehen?"

Meine Mutter nickt, während sie in dem köstlich duftenden Topf rührt. „Camilla hat recht, Catarina. Lass ihren Freund in Ruhe."

Ich setze die Kinder wieder ab und nehme neben Cyprian Platz, der sich vorbeugt und mir ins Ohr flüstert: „Ich mag es, wenn man mich deinen Freund nennt." Er küsst mich sanft hinters Ohr und mir wird ganz heiß.

Diese Abstinenz, bis er wieder gesund ist, ist die reinste Hölle für mich. Ich schlafe jede Nacht neben ihm und jeden Morgen ist er plötzlich nackt, obwohl ich meinen Schlafanzug anbehalte. Wer weiß, was passieren würde, wenn wir beide nackt wären.

Er hat eine eiserne Selbstkontrolle und das finde ich unglaublich. Dieser Mann scheint sich vor meinen Augen zu ändern. Der unersättliche Sexhunger, den er sonst an den Tag legt, scheint völlig verschwunden zu sein.

Ich sehe, wie er meine Nichte und meinen Neffen versonnen anblickt, die jetzt wieder an dem kleinen Tisch spielen, den meine Mutter nur für sie in die Küche gestellt hat. „Du erinnerst dich doch daran, dass ich dir ihre Namen gesagt habe, oder nicht?", frage ich ihn.

Er nickt. „Sadie und Sax, oder nicht?"

„Ja", sagt meine Schwester. „Mein Mann musste leider in Kapstadt bleiben. Meine Mutter ist von dort. Hat Camilla dir das erzählt?"

„Das hat sie. Wir haben in den letzten zwei Wochen über so viel gesprochen. Wir kennen einander in- und auswendig." Er legt einen Arm um meine Schultern. „Ich bin mir sicher, dass dein Ehemann

Peter dich und die Kinder wie verrückt vermisst. Er ist der Manager eines Hotels dort, nicht wahr?"

„Das ist er. Wenn er uns vermisst, dann lässt er sich zumindest nichts anmerken. Ich habe noch kein Wort von ihm gehört, seit wir hier angekommen sind. Er geht nicht ans Handy", sagt sie und blickt in den Topf anstatt in unsere Gesichter.

„Bist du sicher, dass es ihm gut geht?", frage ich sie, denn ich fände es überhaupt nicht in Ordnung, wenn jemand nach so einer langen Reise meine Anrufe nicht entgegennimmt.

„Na, bestimmt. Ich habe das Hotel angerufen und seine Assistentin hat mich beruhigt. Er will einfach nicht mit mir reden, das ist alles." Sie wirft den letzten Knödel in den Topf und geht zur Spüle, um sich die Hände zu waschen.

Ich stehe auf, um den beiden zu helfen, indem ich die Schüssel mit Mehl nehme, den Rest wegwerfe und die Schüssel wasche, während meine Mutter Catarina schimpft. „Nicht vor den K-i-n-d-e-r-n."

„Warum buchstabierst du Kindern, Oma?", fragt Sadie.

Cyprian unterdrückt ein Lachen, denn er schlägt die Hand über den Mund. Dann steht er auf und geht zu dem kleinen Tisch, an dem die Kinder mit einem Malbuch und ein paar Farben spielen. „Wow, du bist ja ganz schön schlau. Kannst du lesen, Sadie?", fragt er sie und lenkt sie ab.

Meine Schwester blickt mich an und ich muss über seine Mühe lächeln. Ihre Schulter berührt meine, während sie flüstert: „Ich sehe schon, du hältst ihn für den besten Kerl der Welt, kleine Schwester. Aber glaub mir, Männer können die Fassade des netten Kerls nicht ewig aufrecht erhalten. Denn es ist nichts weiter als eine Fassade. Wenn sie dich erst einmal in der Falle haben – oder das zumindest denken –, wenn sie dich geheiratet und Kinder mit dir gezeugt haben, dann werden sie wieder ganz der Alte. Pass bloß auf, Camilla."

Ich antworte nichts. Sie hat offensichtlich eine Ehekrise, das ist alles. Sie war sonst immer glücklich mit ihrem Ehemann. Ich habe keine Ahnung, was da passiert ist, aber ich bezweifle nicht, dass sie mir noch vor Ende der Nacht mit den Details ein Ohr abkauen wird. Sie behält ihre Probleme nicht für sich, ganz im Gegensatz zu mir.

Ich kann nicht anders als Cyprian dabei zuzusehen, wie er mit den Kindern Bilder ausmalt und dabei auf einem winzigen Stuhl sitzt. Sadie, die zuvor so schüchtern war, wird immer mutiger und liest ihm aus einem ihrer Kinderbücher vor. Er scheint beeindruckt zu sein und sie ist stolz auf sich.

Sax blickt Cyprian durch seine vollen Wimpern hindurch an. Ich sehe, wie er immer neugieriger wird, je länger Cyprian mit seiner Schwester redet. Bevor Cyprian weiß, wie ihm geschieht, ist Sax von seinem Stuhl gesprungen und lehnt sich an Cyprians Bein, um seiner Schwester beim Lesen zuzuhören und Cyprian beim Ausmalen zu helfen.

Cyprian blickt mich über seine Schulter hinweg an und grinst mich auf eine Art und Weise an, die mir verrät, dass er ziemlich glücklich ist. „Sieht so aus, als hättest du ein paar neue Freunde gefunden", sage ich, wische mir die Hände an einem Geschirrtuch ab und gehe zu ihm.

Er nickt und ich sehe, dass sich seine Wangen leicht gerötet haben. Dann fällt mir wieder ein, dass er mir erzählt hat, dass er nie wirklich Freunde gefunden hat. Sein Vater hat ihm schließlich eingeredet, dass die Schule zum Lernen da ist, nicht für Freunde. Dann hat er angefangen zu arbeiten und sein Vater hatte genau den gleichen Ratschlag für ihn. Mein armer Cyprian hat so eine eingeschränkte Existenz geführt.

Ich streiche ihm über die breiten Schultern und stelle mich hinter ihn. Dann sehe ich, wie meine Schwester uns anblickt und seufzt, kurz bevor sie aus der Küche geht. Meine Mutter schüttelt den Kopf, dreht den Ofen aus und stellt den Topf auf eine kalte Platte, damit die Soße ein wenig zieht. „Sie braucht deine Hilfe, Camilla. Sie ist gar nicht sie selbst und sie erzählt uns irgendetwas nicht. Kannst du mal sehen, ob du es aus ihr herauskitzeln kannst? Ich unterhalte solange den jungen Mann hier, wenn du möchtest."

Ich küsse Cyprian auf den Kopf, nicke ihr zu und mache mich dann auf die Suche nach meiner Schwester. Als ich das Wohnzimmer betrete, sehe ich, wie sie auf die Terrasse hinausgeht, als folge ich ihr und sehe, wie sie sich eine Zigarette anzündet. „Was machst du da, Catarina?", frage ich und schließe die Tür hinter mir. „Mama und Papa bringen dich um, wenn sie dich dabei erwischen. Das weißt du doch."

„Ich muss mich irgendwie beruhigen. Du hast einfach keine Ahnung." Sie nimmt einen langen Zug, dann nehme ich ihr das Ding ab, werfe es auf den Boden und trample darauf herum, bis es aus ist.

„Ein langsamer Selbstmord ist auf jeden Fall keine Lösung." Ich ziehe sie hinter mir her, damit wir uns in die Schaukelstühle setzen können. „Rede mit mir."

Ihre Finger verknoten sich in ihrem Schoß. „Peter hat sich eine Geliebte zugelegt und er erwartet von mir, dass ich das akzeptiere."

„Was!", sage ich und pfeife durch die Zähne. „Krass, ich muss schon sagen, das kommt jetzt nicht völlig unerwartet, wenn man seine Religion bedenkt. Mama und Papa haben dich ja schon davor gewarnt. Aber du hast gesagt, es sein eine Mätresse, keine Ehefrau. Heiraten will er sie also nicht?"

„Ich nehme an, er probiert sie noch aus. Aber ich finde es schrecklich. Ich finde das alles ganz schrecklich", sagt sie und dann fließen ihr Tränen über die Wangen.

„Hör mal", sage ich und streiche ihr über das Bein, um sie zu beruhigen. „Vielleicht können wir mit ihm reden. Vielleicht kommt er dann wieder zu Verstand."

Sie schüttelt heulend den Kopf. „Er geht nicht einmal ans Telefon. Ich habe ihn angefleht, mit mir mitzukommen, und er hat nur gemeint, das sei die perfekte Gelegenheit, mal allein mit dieser Frau zu sein, die ich noch nicht einmal kennenlernen durfte. Also sitze ich jetzt hier in New Orleans und weiß, dass mein Mann gerade in unserem Bett einen andere Frau vögelt."

Ich muss fast kotzen und weiß genau, wie es ihr gerade gehen muss. „Dann verlass ihn, Rina. So eine Ehe ist nichts wert."

Sie schüttelt den Kopf. „So leicht ist das nicht. Er kann mir den Zugang zu den Kindern wegnehmen, wenn ich das tue. Schließlich sind sie südafrikanische Staatsbürger."

„Da sitzt du echt in der Zwickmühle. Dann wirst du dich wohl mit der Sache abfinden müssen. Du hast einen Mann geheiratet, der mehr als eine Ehefrau haben darf. Du wusstest, dass das passieren könnte. Dann musst du da jetzt eben durch. Du bist ein Risiko eingegangen und hast verloren. Das Leben geht weiter. Schließlich ist es nur Sex, nicht wahr?“, sage ich und zitiere dabei Cyprian.

„Wenn das alles ist, warum tut es dann so weh?“, fragt sie mich und versucht, sich zusammenzureißen.

„Ich wünschte, ich wüsste das.“

Die Terrassentür quietscht und wir drehen uns beide um, um zu sehen, wer da heraus kommt. Es ist Cyprian. „Catarina, dein Sohn hat seine Windeln vollgemacht. Deine Mutter schickt mich, um dir das zu sagen. Tut mir leid, wenn ich nur so schlechte Neuigkeiten bringe.“ Sie steht auf und läuft an ihm vorbei, wobei sie sich über die Augen wischt. Er nimmt sie am Arm und hält sie auf. „Du weinst ja.“

Sie nickt und windet sich aus seinem Griff. „Es ist nichts.“

Er lässt sie los und sie eilt nach drinnen, dann kommt er zu mir und setzt sich in ihren leeren Stuhl. „Willst du mir erzählen, was los ist?“

„Ich sollte das wohl nicht tun, aber ich habe das Gefühl, dass du ihr vielleicht helfen könntest. Ihr Ehemann gehört einer Religion an, die ihm erlaubt, mehr als eine Ehefrau zu haben, und er ist gerade dabei, sich eine zweite auszusuchen.“

„Oh“, sagt er, blickt zu Boden und blickt dann wieder mich an. „Sie wusste doch schon vorher, dass das passieren könnte.“

„Das habe ich ihr auch gesagt, aber trotzdem macht es sie fertig.“

„Wenn das Teil einer Religion ist, dann geht es dabei eher darum, mehr Kinder zu produzieren. Das habe ich zumindest gelesen. Also geht es im Kern nur um Sex.“ Er blickt mich an, als könne ich dieses Konzept verstehen.

„Wir beiden kommen aus einer Familie, in der niemand glaubt, dass es so etwas wie ‚nur Sex‘ gibt. Ich habe keine Ahnung, wieso sie einen Typen geheiratet hat, der legalerweise mehr als eine Frau haben darf. Aber das hat sie nunmal. Wir haben sie alle gewarnt, aber sie hat es trotzdem getan. Peter hat ihr versprochen, dass er niemals so etwas tun würde. Aber scheinbar hat er gelogen."

Cyprian nickt. „Männer lügen eben, um das zu bekommen, was sie wollen."

Ich unterdrücke ein Keuchen, als er mir so eine offene Enthüllung macht. „Aber du bist auch ein Mann."

„Das bin ich", sagt er und legt seine Hand auf meinen Arm. „Aber ich bin ein Mann, der schon sein halbes Leben damit verbracht hat, bedeutungslosen Sex mit unzähligen Frauen zu haben. Und ich habe einfach die Frau gefunden, die mich körperlich und geistig mehr stimuliert als alle anderen. Ich will gar keine andere."

„Aber eines Tages bin ich dir vielleicht auch nicht mehr genug. Das musst du zugeben." Ich sehe, wie er die Stirn runzelt.

„Bitte denk so etwas nicht. Ich kann schließlich auch nicht die Zukunft voraussagen. Es kann genauso gut sein, dass du mich irgendwann satt hast. Du könntest auch diejenige sein, die plötzlich lügt oder mich betrügt. Niemand weiß, was geschehen wird. Wir können nur über die Gegenwart sprechen."

Ich sage nichts und erinnere mich daran, wie sehr Peter meine Schwester geliebt hat. Er hat sie wie eine Prinzessin behandelt. Er hat ihr jede Menge Schmuck geschenkt, hat sie nach Kapstadt geholt und ihnen ein riesiges, wunderschönes Haus gekauft. Und jetzt will er eine Zweitfrau. Und mir könnte das Gleiche passieren, schätze ich. Cyprian hat mir schließlich ehrlich gesagt, dass er zwei oder mehr Frauen auch okay fände.

„Cyprian, wenn ich dir sagen würde, dass es in Ordnung ist, würdest du dann gerne eine weitere Frau in unser Schlafzimmer holen?"

„Lass das, Cami. Bitte tu das nicht. Das ist eine Sache zwischen deiner Schwester und ihrem Mann. Einem Mann, von dem sie wusste, dass er vielleicht irgendwann eine zweite Frau haben wollen würde. Bei uns ist das nicht so. Wir werden eine traditionelle Ehe führen. Vergleiche uns nicht mit ihnen, okay?"

„Ich diskutiere ja nur Möglichkeiten", sage ich. „Was, wenn du einer Religion angehören würdest, bei der du mehr als eine Frau haben könntest. Würdest du dann noch eine wollen?“

Er rutscht von seinem Stuhl und kniet sich vor mir hin. „Camilla Petit, du bist die einzige Frau, mit der ich mir bisher je eine Zukunft vorstellen konnte. Denk nicht über irgendwelche verqueren Möglichkeiten nach. Wir gehen den Pfad, den wir jetzt gehen. Wir wollen heiraten und eine eigene Familie gründen. Denk an nichts anderes.“

Ich blicke ihn an und weiß, dass er recht damit hat, mich nicht an andere Dinge denken zu lassen, die unsere Beziehung in Gefahr bringen könnten. Ich sehe, dass er an uns glaubt, und das macht auch mir Hoffnung.

Meine Schwester war vielleicht leichtsinnig genug, einen Mann zu heiraten, der ihr versprochen hat, nie eine zweite Frau zu nehmen, obwohl seine Religion ihm das erlaubt. Ich bin nicht sie und Cyprian und ich sind ganz anders als die Beziehung, die sie hatte.

Sie war schließlich vorgewarnt. Sie hätte ihn nicht heiraten sollen. Sie hätte diesem Mann nie vertrauen sollen.

Ich blicke Cyprian an, der so gut aussieht, Geld hat und charmant ist. Ich sollte mich vor ihm in Acht nehmen. Eine Frau verfällt so einem Typen leicht. Ein Mann wie Cyprian kann einer Frau alles erzählen.

Ein Mann wie er kann mich in Stücke brechen. Er könnte mir das Herz aus der Brust reißen.

Aber würde er mir so etwas antun ...?

48

CYPRIAN

Obwohl Cami aufgehört hat, mir diese stichelnden Fragen zu stellen, die eigentlich nur mit ihrer Schwester zu tun haben, ist sie immer noch ein wenig kühl und distanziert. Das macht es mir schwer, das mit ihr zu machen, was ich bei unserem Besuch in ihrem Elternhaus eigentlich machen wollte.

Das Abendessen ist gut gelaufen. Ihr Vater scheint mich zu mögen, ihre Mutter auch. Als Cami ihnen erzählt hat, dass ich sie in der Nacht der Hurrikans zu mir geholt habe, haben sie mich beide liebevoll angesehen.

Ihre Schwester hingegen hat mich böse angeblickt. Sie scheint den Mann, der ich werden will, überhaupt nicht zu sehen – nur den Mann, der ich früher war.

Der Garten ist riesig und Cami und ich sitzen draußen und genießen die Nachtluft, während wir an einem Weißwein schlürfen. Die Terrassentür quietscht und knallt dann wieder zu. Wir drehen uns um, um zu sehen, wer sich zu uns gesellt, sodass wir den Blick von den Sternen abwenden müssen.

Als ihre Schwester sich mit einer Flasche Bier in der Hand neben uns setzt, läuft es mir kalt den Rücken runter. „Catarina“, sagt Cami. „Hast du die Kinder schon ins Bett gebracht?“

„Das habe ich. Ich brauche ein paar Ratschläge von deinem Freund, Camilla.“ Sie trinkt einen großen Schluck und wartet dann ab, ob Cami ihre Anfrage genehmigt.

Ohne mich anzublicken, nickt sie einfach und mir wird ganz heiß. *Was hat sie mir da nur eingebrockt?*

Catarina blickt mich an, während sie die große Flasche von ihren Lippen nimmt. „Findest du mich hübsch, Cyprian?“

Ach du Scheiße!

„Wenn das ist mal keine Fangfrage ist“, sage ich kichernd.

Cami stupst mich an. „Schon in Ordnung, du kannst ehrlich antworten.“

Ich überlege gut, bevor ich etwas sage. „Du bist sehr hübsch, genau wie deine Mutter und deine Schwester. Eure ganze Familie sieht aus wie Personen aus einem Film.“

Cami lächelt und lehnt sich an mich. Wir sitzen auf einer großen Hollywoodschaukel unter einer riesigen, alten Eiche. „Das hast du schön gesagt, Babe.“

Ihre Schwester beäugt mich. „Du bist wirklich wortgewandt. So einen Mann kannte ich auch mal.“

Cami warnt sie. „Er ist nicht Peter, Rina. Werd jetzt bloß nicht feindselig.“

„Wenn du mich als deine Frau hättest, würdest du dann noch eine wollen?“, fragt Catarina mich.

„Schon wieder so eine Fangfrage“, sage ich. „Ich kenne dich nicht. Wenn du mich nur auf Grundlage deines Aussehens fragst, muss ich sagen, ich hatte schon viele schöne Frauen und wollte oft noch mehr. Erst als ich diese Schönheit an meiner Seite kennengelernt habe, wollte ich keine andere mehr.“

Cami blickt mich stirnrunzelnd an. „Das stimmt jetzt auch wieder nicht.“

„Von mir aus, am Anfang war das nicht so. Aber jetzt stimmt es. Das weißt du“, sage ich und küsse sie auf die Schläfe.

„Hast du meiner Schwester wehgetan?“, fragt mich Catarina und trinkt noch etwas.

„Das habe ich“, muss ich zugeben. „Ich habe sie tief verletzt und ich schäme mich für das Leid, die ich bei ihr verursacht habe. Ich habe ihr und mir geschworen, dass ich das nie wieder tun werde."

„Pf", sagt sie und stellt ihre Flasche neben sich auf den Boden. „Wie hast du ihr wehgetan, Cyprian?"

„Ist doch egal", sagt Cami und nimmt meine Hand. „Das geht nur uns etwas an und es liegt hinter uns. Es hat uns viel Mühen gekostet, es zu überwinden, und ich werde es jetzt sicher nicht noch einmal aufwärmen. Verstanden?"

Cami spricht so voller Überzeugung, dass mir davon das Herz aufgeht. Das ist das erste Mal, dass sie so etwas gesagt hat. Ich hatte ehrlichgesagt Angst, dass meine Taten uns ewig verfolgen würden. Aber es hört sich so an, als meine sie wirklich, das alles läge hinter uns.

Ich drücke ihre Hand. „Ich liebe dich, Cami."

Sie lächelt und klimpert mit ihren langen Wimpern. „Ich liebe dich auch."

Ihre Schwester räuspert sich, sodass wir ihr wieder unsere Aufmerksamkeit schenken. „Ich nehme an, meine kleine Schwester hat dir schon von meinem Problem erzählt."

Ich nicke. „Das hat sie."

„Und hast du einen Rat, wie ich damit umgehen soll, dass ich meinen Ehemann mit einer anderen Frau teilen soll?" Ihre Augen glänzen, als ihr die Tränen hochkommen.

„Du wusstest, wer er war und dass er das vielleicht tun würde, als du ihn geheiratet hast. Cami hat mir erzählt, dass ihr zwei Jahre zusammen wart, ein Jahr verlobt und dann geheiratet und sofort Familie gegründet habt. Sag mir, hat er dir gesagt, wie viele Kinder er will?"

„So viele wie möglich", sagt sie, nimmt ihre Bierflasche und trinkt sie leer.

„Und das war in Ordnung für dich?", frage ich sie, denn so sieht sie gar nicht aus.

Sie schüttelt den Kopf und das verrät mir, dass sie sich in etwas gestürzt hat, ohne wirklich darüber nachzudenken. „Nein, war es nicht. Weißt du, ich habe in seinen Augen ein Verbrechen gegen unsere Ehe begangen. Als Sax zwei Monate alt war und ich meine Eltern besucht habe, bin ich zum Arzt gegangen und habe mir eine Hormonspritze setzen lassen, die mir drei Monate als Verhütungsmittel gedient hat. Alle drei Monate habe ich dann meine Eltern besucht, um wieder geimpft zu werden. Davon habe ich ihm nicht erzählt."

„Ach du Scheiße!", sagt Cami. „Warum hast du das getan?"

„Natürlich weil ich eine Pause nach den ganzen Babys wollte. Nach Sadie habe ich das Gleiche getan. Aber jetzt bin ich noch nicht wieder schwanger und Peter ist mir auf die Schliche gekommen." Catarina blickt gen Himmel. „Ich wollte doch einfach nur eine kleine Pause, das ist alles."

„Seine Religion erlaubt das aber nicht", sage ich ihr. „Ich weiß, dass du das weißt. Ich weiß, dass es nicht gerade hilft, dass ich dir das so sage. Aber du hast dich in diesem Wissen mit ihm vermählt. Befolgt die Frau, für die er sich jetzt interessiert, die gleiche Religion wie er?"

Sie nickt und Cami murmelt: „Dann bist du am Arsch."

Ich werfe ihr einen Blick zu, der sie mahnt, ein wenig mehr Mitleid zu haben. „Hör mal, Catarina, du kannst dagegen jetzt nicht recht viel tun sondern musst es einfach akzeptieren. Außer du willst deine Kinder nicht mehr in deinem Leben haben."

„So weit würde ich es nie kommen lassen", sagt sie und ich sehe, wie ihre Tränen im Mondenschein glitzern.

„Dann musst du dein Schicksal annehmen. Du hast dich mit offenen Augen in diese Ehe begeben. Du warst dir des Risikos bewusst und dachtest, dass du damit umgehen kannst. Aber einen Rat möchte ich dir schon geben: Setz die Hormonbehandlung ab und gib deinem Mann, was du ihm versprochen hast. Aber bevor du dich zu einem weiteren Kind verpflichtest, frage ihn, ob er sich dann doch keine zweite Frau nimmt, wenn du das für ihn und eure Ehe tust."

„Das möchte ich nicht tun. Ich will weiter verhüten und wenn die Kinder erwachsen sind, verlasse ich ihn." Sie blickt mich an, als wolle sie von mir wissen, ob das überhaupt geht.

„Er kann sich von dir scheiden lassen und die Kinder für sich behalten, wenn du diesen Plan durchziehst. Das muss dir doch klar sein", sage ich und sehe, wie sie in Tränen ausbricht.

Cami steht auf und geht zu ihrer großen Schwester, um sie zu umarmen und ihr gut zuzureden. Hört sich nicht so an, als würde wirklich alles gut werden, aber darauf werde ich jetzt selbstverständlich nicht hinweisen.

Cami blickt mich an und ihre Augen leuchten auf einmal auf. „Catarina, lass mich mal unter vier Augen mit Cyprian reden. Wenn er einwilligt, erzähle ich dir morgen Früh meinen Plan."

Ihre Schwester nickt und schnieft, während sie versucht, sich zusammenzureißen, und ich Cami einen Blick schenke, der sagt: Ich kann ihr bei ihrem Ehemann und ihrer Ehe nichts helfen.

Cami kommt zu mir und nimmt mich an der Hand, führt mich wieder ins Haus und bis in ihr altes Schlafzimmer. „Cami, ich kann wirklich nichts für sie tun."

„Was, wenn doch?", fragt sie mich, während sie sich ihren Schlafanzug anzieht.

Ich ziehe mich auch aus und liege noch vor ihr im Bett. Wir beäugen uns gegenseitig. „Ich werde nicht einmal versuchen, im Schlafanzug zu schlafen. Es ist unglaublich heiß hier drin."

Sie nickt zustimmend und entdeckt in einem Schrank ein dünnes Nachthemd. Ich seufze, als sie es sich überzieht. Ich wünschte, es wäre schon ein Monat seit der OP vergangen.

Ich schlage die Decke zurück und sie schlüpft neben mich in das winzige Bett, stützt sich dann auf ihrem Ellenbogen an und blickt auf mich herab. „Okay, lass mich bitte erst ausreden."

Ich nicke, aber es gibt keinen Plan, der ihrer Schwester irgendwie helfen könnte. Ich wünschte, es gäbe einen, aber da kann man einfach nichts machen. Ihre Schwester hat sich die Suppe eingebrockt, jetzt muss sie sie auch auslöffeln.

Und zwar vielleicht mit der Hilfe einer anderen Frau ...?

49

CAMILLA

„Siehst du, das könnte funktionieren. Peter ist kein schlechter Kerl. Nach dem, was meine Schwester abgezogen hat, dachte er wahrscheinlich, er hätte keine andere Wahl, als sich eine zweite Frau zu nehmen. Wenn er mehr Zeit mit uns verbringen würde, würde er wahrscheinlich einsehen, dass sie zwischen den Kindern ein wenig Zeit braucht. Ich glaube, dass er nur sein Gesicht wahren will, weil er in seinem Heimatland lebt."

Cyprian wendet den Blick ab und sieht mich dann wieder an. „Er wird höchstens ein Arbeitsvisum bekommen. Das heißt, dass er das Land mindestens einmal verlassen muss."

„Und dann bringst du ihn einen Monat nach Frankreich, damit dieser Manager auch mal Urlaub macht. Er kann Catarina und die Kinder mitnehmen. Das wird funktionieren, ich weiß es einfach!" *Ich bin total aufgeregt, dass mir so ein grandioser Plan eingefallen ist.*

„Dir ist aber schon klar, dass ich dann zwei Hotels kaufen muss. Und einen weiteren Manager für das Hotel in Frankreich anstellen muss. Und ich bin nicht mal im Hotelgeschäft. Ich bin im Anlagengeschäft", sagt er und sieht nicht gerade überzeugt aus.

„Dann kaufe eben zwei Hotels und stelle Manager an, die sich um den Rest kümmern. Du bist reich und du hast mir schließlich gesagt, dass du mir alles geben würdest, was ich wollte. Nun, ich will eben zwei Hotels, damit meine Schwester ihre Familie behalten kann." Ich blicke ihm tief in die Augen und bitte ihn zum ersten Mal um etwas und warte ab, ob er es mir auch tatsächlich geben wird.

„Vielleicht sollte ich diesen Kerl erst kennenlernen, bevor ich mich wegen ihm in die Hotelindustrie einkaufe, Schätzchen?", fragt er mich, zieht mich an sich heran und küsst mich auf die Stirn. „Für dich würde ich es tun. Ich möchte nur wissen, ob ich einen echten Manager einstellen muss, der ihn überwacht, oder ob er schon alleine klarkommt."

Ich klatsche in die Hände, kichere und bedecke sein Gesicht mit Küssen. „Danke, danke, danke!"

Er lacht über meine Küsse und hält mich dann kurz fest. „Ich nehme an, du willst, dass das Hotel in den USA in Clemson ist, damit sie mehr Zeit mit uns verbringen, richtig?"

Ich nicke und er lächelt mich an. „Langsam fange ich an, dich zu durchschauen."

„Das stimmt", sage ich und schmiege mich an ihn. „Wow, dieses Bett ist vielleicht klein." Ich muss weiter rein rutschen und liege schließlich links von ihm, damit ich nicht aus dem Bett falle.

„Ich bin froh, dass deine Einstellung schon positiver geworden ist. Das lässt mein Herz schneller schlagen." Er zieht mich ein wenig enger an sich heran und ich umarme ihn fest.

Ich habe ihn also um einen riesigen Gefallen gebeten und er hat eingewilligt. Vielleicht entwickelt sich unsere Beziehung ja doch noch zu etwas.

Aber sollte ich wirklich so früh schon meine Familie miteinbeziehen ...?

50

CYPRIAN

„Das ist aber eine großzügige Geste“, sagt Camis Vater, nachdem wir allen unseren Plan verkündet haben, mit dem wir Catarinas Familie helfen wollen. „Peter ist ein schlauer Mann. Ich kann dir versichern, dass er hart für dich arbeiten wird, Cyprian.“

Die ganze Familie freut sich riesig, also gehe ich noch einen Schritt weiter. „Ich weiß nicht viel darüber, wie man ein Hotel führt. Ich kann die Immobilie sichern, aber das ist dann auch schon alles.“ Ich wende mich an Carlyle. „Kann ich auf dich zählen, dass du Peter bei diesem Vorhaben hilfst? Das könnte dein Praktikum sein und wenn dir die Arbeit gefällt, kannst du ein fester Partner in dem Geschäft werden.“

Er nickt und ich sehe, wie sein Vater ihn voller Stolz ansieht. „Das wäre eine tolle Gelegenheit. Danke!“

Catarina sieht ein wenig besorgt aus und sagt: „Aber er wird auch fragen, wo wir wohnen werden.“

„Im Hotel“, sagt Cami. „Das oberste Stockwerk wird komplett renoviert, damit ihr euch dort einrichten könnt.“

Catarina nickt und blickt mich dann an. „Bist du ein Engel, Cyprian?“

Ich lache. „Ganz im Gegenteil."

Cami blickt mich an und lacht auch, denn sie weiß genau, dass ich kein Engel bin. „Nun denn, wir machen mal eine Sumpftour. Will jemand mit?"

Niemand meldet sich, also lassen wir ihre Familie zurück und machen uns auf den Weg, um ein paar Krokodile zu sehen. Wir halten Händchen, während wir zum Auto ihres Vaters gehen und ich ihr die Tür öffne. „Die Dame."

Sie küsst mich auf die Wange und steigt ein. Als ich mich hinters Steuer setze, merke ich, wie sie mich ansieht. „Ich liebe dich mehr als du denken kannst."

„Baby, du hast mein Leben unwahrscheinlich bereichert. Ich fühle mich zum ersten Mal Teil einer Familie. Und das fühlt sich toll an." Ich nehme ihre Hand, küsse sie und streiche dann damit über meine Wange. „Danke."

„Danke dir, Cyprian. Danke für alles. Für die schlechten und die guten Zeiten. Ich habe so viel Glück mit dir."

Sie so lächeln zu sehen lässt mein Herz Purzelbäume schlagen. „Das fühlt sich wirklich toll an. Glaubst du, wir können deinen Familie wirklich zu uns nach Clemson holen?"

Da senkt sich ihr Kopf. „Meine Mutter und mein Vater werden nie meine Großeltern im Stich lassen. Sie werden nie von hier wegziehen."

„Tut mir leid", sage ich, hebe ihr Kinn sanft an und küsse sie auf den Mund. „Aber wir können sie ganz oft besuchen. Ich liebe sie, Cami. Sie sind echt toll. Unser nächster Besuch gilt deinen Großeltern. Wir können gleich nach unserer Sumpftour zu ihnen fahren."

Das muntert sie wieder auf und das Lächeln kehrt auf ihr Gesicht zurück. „Vielleicht läuft es genauso gut, wenn ich deine Eltern kennenlerne."

Ich nicke und fahre los, aber ich habe das Gefühl, dass es eben nicht so gut laufen wird, wie es mit ihrer Familie gelaufen ist. Meine Eltern sind überhaupt nicht so wie ihre. Sie hat eine echte Familie und ich habe einfach zwei Menschen, die nie richtig erwachsen geworden sind. Das ist mir jetzt umso klarer, da ich Zeit mit einer richtigen Familie verbracht habe.

„Kannst du mal richtig ehrlich zu mir sein, Cami?"

Sie nickt. „Natürlich."

„Glaubst du, ich werde ein guter Vater?"

Sie blickt mich lächelnd an und seufzt. „Das glaube ich. Das glaube ich wirklich."

„Darf ich dich dann noch etwas fragen?"

„Klar."

„Wann machst du mich zu einem?"

Sie lacht unbekümmert. Das verrät mir, dass der Gedanke ihr nicht ganz fernliegt. „Wir müssen mal sehen, Romeo."

Ich halte die Klappe und beschließe, abzuwarten. Sie gibt viel schneller nach, als ich erwartet hatte. Vielleicht dauert es doch nicht Jahre, bevor ich zum Vater werde. Vor allem, wenn wir Tanten und Onkel um uns herum haben, die uns bei der Erziehung helfen.

Ich blicke zu ihr hinüber und stelle sie mir mit Babybauch vor. Das macht mich geil. Ich wende meinen Blick ab, denn das ist immer noch nicht erlaubt. Verdammt, diese Genesungsperiode dauert viel zu lang an.

Kann ich wirklich so lange warten ...?

51

CAMILLA

Wir verlängern unseren Besuch um zwei Tage, damit Peter herfliegen und Cyprian kennenlernen kann. Cyprian lässt ihn mit dem Privatjet holen und Peter hat sich zumindest schon mal interessiert angehört, als er mit Catarina telefoniert hat.

Cyprian, Catarina und ich holen Peter mit Papas Auto von dem kleinen Flughafen ab, an dem wir selbst vor ein paar Tagen gelandet sind. Meine Familie hat Cyprian besser aufgenommen, als ich gedacht hätte.

„Ist es komisch, dass ich mich so sehr darauf freue, meinen Ehemann zu sehen?“, fragt uns Catarina. „Ich meine, ich weiß, dass er mit einer anderen Frau geschlafen hat, während ich weg war.“

„Vergiss das einfach, Rina“, rate ich ihr. „Glaub mir, du kommst darüber hinweg.“ Ich blicke Cyprian an, der auf einmal rot wird.

Meine Schwester beugt sich vom Rücksitz vor und tätschelt ihm die Schulter. „Ich wusste doch gleich, dass du ein Bad Boy bist. Aber scheinbar hast du diese Masche abgelegt.“

„Toll“, sagt er, denn er weiß nicht, was er sonst sagen soll.

Wir lachen ein wenig, als er auf den Flughafenparkplatz fährt und wir den schwarzen Jet landen sehen. „Gerade rechtzeitig“, sage ich, als wir halten.

Wir steigen alle aus und kurze Zeit später schließt meine Schwester schon ihren Mann in die Arme, während Cyprian und ich zusehen. „Ein Ehepaar macht echt die unterschiedlichsten Sachen durch, was, Baby?“, meint Cyprian und zieht mich an sich.

„So etwas tust du mir besser nie an“, sage ich, kneife ihm in den Po und er gibt mir einen sanften Klaps.

„Und du mir auch nicht.“

„Einverstanden“, sage ich, als meine Schwester und mein Schwager ihren Kuss beenden und auf uns zukommen.

Cyprian lässt mich los, macht einen Schritt nach vorne und streckt seine Hand aus. „Hallo, Peter. Ich bin Cyprian Girard, Geschäftsführer von Libertine Investments. Freut mich, dich kennenzulernen.“

„Ganz meinerseits“, sagt Peter und umarmt dann mich. „Wie geht es meiner wunderbaren Schwägerin?“

„Alles bestens“, sage ich und tätschle ihm den Rücken.

„Wollen wir?“, fragt Cyprian und zeigt auf das Auto. „Ich habe zum Mittagessen einen Tisch im Grill Room reserviert, von dem mir Cami versprochen hat, dass das Essen und das Ambiente dort toll sind.“

Peter nickt und öffnet die Tür für meine Schwester, die einsteigt und dabei den Blick von ihrem gutaussehenden Ehemann nicht abwendet. Kein Wunder, dass sie ihn nicht teilen will. *Dieser Kerl ist echt eine außergewöhnliche Schönheit!*

Ich setze mich neben Cyprian, während meine Schwester und ihr Mann anfangen, auf der Rückbank herumzuknutschen. „Tut mir leid“, flüstere ich Cyprian zu und drehe die Musik lauter, damit wir ihr schweres Atmen nicht hören müssen.

Er beugt sich zu mir und flüstert: „Hol dein Handy raus und reservier ihnen ein sündteures Hotel im Französischen Viertel für die nächsten zwei Nächte. Ich glaube, sie müssen ein wenig Dampf ablassen lassen.“

Ich folge seinem Rat und muss darüber lächeln. Cyprian überrascht mich immer mehr, Tag für Tag. Er ist mitfühlend und hilfsbereit und einfach wunderbar!

„Ich liebe dich", erkläre ich ihm, nachdem man mir die Reservierung im Ritz-Carlton bestätigt hat.

Er greift tief in seine Tasche und holt einen Batzen Geld heraus. „Steck das deiner Schwester zu, wenn du Gelegenheit hast. Ich möchte nicht, dass sie sich ohne Geld ins Abenteuer stürzt."

Als ich das Geld zähle, schüttle ich den Kopf. „Baby, das ist zu viel."

Er schüttelt selbst den Kopf. „Nein, ist es nicht. Gib es ihr einfach."

Ich stecke das Geld in meine Tasche und halte ihn für verrückt, aber wahrscheinlich hat er mehr Geld, als ich mir je vorstellen kann. Wenn er meine Schwester und ihren Mann verwöhnen möchte, wieso sollte ich ihn daran hindern?

Als wir vor dem Restaurant halten, damit ein Bediensteter unser Auto entgegennehmen kann, muss meine Schwester sich von ihrem Ehemann lösen, damit wir hineingehen können. Sie strahlen beide und ich glaube, es war goldrichtig von mir, die beiden zusammenzubringen.

Als wir Platz genommen haben, erklärt Cyprian Peter seinen Pläne. Wir möchten nicht, dass Peter glaubt, dass das nur eine Strategie ist, damit er das tut, was meine Schwester von ihm will. Cyprian erklärt ihm stattdessen den Plan und bittet ihn um Hilfe.

Peter glaubt, er verhandelt, aber er weiß noch gar nicht, dass Cyprian ihm mehr geben wird, als er überhaupt von ihm verlangt. Als Peter gerade so aussieht, als wolle er eine Entscheidung fällen, mache ich den Mund auf. „Er hat den wichtigsten Teil vergessen. Du wirst jedes Quartal einen Anteil der Gewinne bekommen und das wird auch mit deinen Kindern so gehen, wenn sie achtzehn werden. Genauer gesagt bekommst du die Hälfte der Umsätze."

Seine dunkelbraunen Augen blicken mich an. „Du machst doch wohl Witze."

Cyprian unterbricht mich. „Nein, tut sie nicht. Ich wollte, dass sie dir das sagt. Verstehst du, ich bin ein Anleger, aber ich weiß nichts über Hotelführung. Deshalb zahle ich dir nicht nur ein Gehalt sondern gebe dir auch einen Anteil an den Gewinnen. Außerdem mag ich deine Kinder und ich möchte ihnen etwas geben, damit sie von deiner harten Arbeit profitieren können."

„Das ist zu nett von dir. Ich kann das nicht annehmen", sagt Peter und wir starren ihn alle entsetzt an.

Cyprian stupst mich an. „Geh mit deiner Schwester mal auf Toilette."

Ich nicke und strecke meine Hand nach ihr aus. „Komm schon, Schwester. Die Männer müssen Geschäftliches klären." Sobald wir außer Hörweite sind, erzähle ich ihr von Cyprians Geschenk. „Mein Schatz hat was Schönes für euch geplant, Rina. Du und dein Ehemann werden zwei Nächte im Ritz verbringen."

„Was?", fragt sie und macht große Augen.

Wir schlüpfen in die Toilette und ich öffne meine Handtasche. „Hier, nimm das. Cyprian hat es mir gegeben, damit ich es dir gebe. Er hat gemeint, ihr bräuchtet ein wenig Taschengeld, um euch in eurem Urlaub etwas zu gönnen. Ich helfe Mama mit euren Kindern. Keine Sorge. Findet einfach wieder zu euch und versuch du mal, dass du ihn von diesem Geschäft überzeugen kannst."

„Was, wenn er es wirklich nicht will, Camilla?", fragt sie und sieht besorgt aus.

„Gib einfach dein Bestes. Für die Kinder wäre das auch fantastisch. Euer Leben würde sich dadurch komplett ändern. Wenn ihr schlau damit umgeht, natürlich. Aber ich bin mir sicher, dass Cyprian tolle Ideen haben wird, wie man das Geschäft zum Laufen bringen kann. Er sagt immer, dass er keine Ahnung von Hotelerie hat, aber dieser Kerl kann sich ein Buch durchlesen und dann komplett Bescheid wissen. Er ist der schlauste Kerl, den ich je kennengelernt habe, und ich kenne brillante Ärzte und Wissenschaftler!"

„Ich hoffe, ich kann Peter überreden. Ich weiß nicht, was ich tun soll, wenn er ablehnt."

Ich weiß es auch nicht …

52

CYPRIAN

„Okay, von Mann zu Mann, ich verurteile dich für nichts“, sage ich Peter. „Aber warum würdest du so ein Angebot ausschlagen?“

„Ich habe meine Gründe, in Südafrika bleiben zu wollen. Es ist mein Heimatland. Ich möchte, dass meine Kinder dort aufwachsen. Ich möchte, dass sie meine Religion und meine Ahnengeschichte kennenlernen“, sagt er und das sind tatsächlich triftige Gründe.

„Clemson hat eine Gemeinde, in der sie die gleichen Erfahrungen machen können. Denn deine Kinder sind auch zur Hälfte Amerikaner. Sollten sie nicht auch erfahren dürfen, wie eine Kindheit in dieser Kultur ist?“, frage ich ihn.

Er blickt mir nicht in die Augen und ich glaube, dass er noch andere Gründe hat, dort bleiben zu wollen. „Außerdem wohnt meine Familie in Kapstadt.“

„Du hättest sehr viel Jahresurlaub. Immer, wenn du auf Urlaub gehen willst, könntest du dir frei nehmen und hättest außerdem meinen Privatjet zur Verfügung.“ Ich mache ihm das Angebot noch schmackhafter, denn ich weiß, dass dieser Kerl an seine andere Frau denkt.

Er blickt mich einen Augenblick an und sagt dann: „Ich nehme an, meine Frau hat euch erzählt, dass ich eine Mätresse habe."

Ich nicke. „Das hat mit diesem Angebot allerdings nichts zu tun. Verstehst du, ich habe vor, Camilla zu heiraten. Ich hatte nie eine Familie und ich möchte sicher gehen, dass deine Familie alles hat, was sie braucht. Ich möchte wie ein Brüder für dich sein, Peter."

Er nickt. „Ich habe viele, viele Brüder, Cyprian."

„Da bin ich mir sicher. Und das ist ja auch toll für dich. Du hast so eine große, liebevolle Familie", sage ich, aber er schüttelt den Kopf.

„Liebevoll nicht. Nur groß. Aber das ist alles, was ich weiß. Darf ich ehrlich zu dir sein?", sagt er und blickt sich kurz um, um festzustellen, ob seine Frau in der Nähe ist.

„Das wäre toll."

„Meine Familie macht mir echt Druck, weil meine Frau nicht schneller mehr Kinder gebiert. Sie haben mir die zweite Frau ausgesucht. Sie möchte mir liebend gern alle Kinder schenken, die ich nur will. Von zu Hause wegzugehen, würde also unsere Familien zerrütten. Diese Frau ist die Cousine einer der Frauen meines Bruders. Ihre Familie steht uns nah und wir gehen schon seit Generationen solche Handel mit ihnen ein."

„Ich verstehe schon dein Problem, aber darf ich fragen, ob du deine Frau liebst?"

Er blickt mich lange an. „In meiner Kultur ist eine Frau ein Besitztum. Die Liebe sollte da keine Rolle spielen. Sie hat mich geheiratet und eingewilligt, meine Kinder auszutragen. So viele, wie der liebe Gott uns eben schenkt. Als sie angefangen hat, zu verhüten, hat sie unseren Vertrag nichtig gemacht. Das habe ich noch niemandem erzählt. Und ich werde es auch nicht tun. Weißt du warum, Cyprian?"

„Lass mich raten, weil du, mein Lieber, deine Frau liebst."

Er nickt, doch er sagt kein Wort sondern trinkt einfach noch einen Schluck Wein. Einen langen Augenblick später sagt er: „Aber mit so vielen Worten habe ich ihr das noch nie gesagt."

„Das solltest du aber. Du solltest dein Leben nur nach deinen

Vorstellungen führen und nicht so, wie deine Familie es vielleicht will. Ich wurde auch in einer Familie groß, in der Liebe keine große Rolle spielte. Aber meine Eltern hatten unrecht. Ich habe mein Leben ungefähr so geführt wie du. Ich habe Frauen nur für Sex benutzt und ihnen im Gegenzug nichts gegeben. Bis ich Camilla Petit kennenlernte. Sie hat mir die Augen geöffnet und hat mir einen erfüllenderen Lebensweg gezeigt. Du solltest vergessen, was du da hinter dir lässt."

„Kann ich das überhaupt?", fragt er. „Da bin ich mir nicht so sicher."

„Wenn du mit deiner Frau schläfst, findest du das dann schöner, als wenn du mit deiner Mätresse schläfst?", frage ich und blicke ihm in die Augen, damit er mich nicht anlügen kann.

„Ich habe nichts gespürt, als ich mit der Mätresse im Bett war, außer Scham. Das ist die ganze Wahrheit."

„Okay, Folgendes, Peter. Ich liebe Cami und ich liebe jetzt auch ihre Familie. Deine Familie wird dich in dieser Entscheidung in Ruhe lassen. Und weißt du auch, warum?"

Er blickt mich an und sagt: „Das wüsste ich nur zu gerne."

Ich zwinkere ihm zu. „Weil ich ihnen so viel Geld nach Hause schicken werde, dass sie es nicht wagen würden, schlecht über dich zu reden. Sonst ist das Geld ganz schnell wieder weg."

„Wie viel Geld glaubst du überhaupt, dass dieses Hotel abwerfen wird?", fragt er mich.

„Nun ja, es wird zwei Hotels geben, um genau zu sein. In Paris wird es noch eines geben. Du wirst nur einen Monat im Jahr dort arbeiten. Aber du und deine Kinder bekommen auch von diesem Hotel fünfzig Prozent der Umsätze. Wieviel Geld du also verdienst, hängt allein von dir ab."

„Das ist doch zu schön, um wahr zu sein", sagt er und ich nicke. „Genau das sage ich ja."

„Ich habe allerdings noch eine geheime Bedingung", sage ich ihm.

„Und die wäre?", fragt er mich und beugt sich vor.

Das war der einzige Grund, dass ich die Frauen weggeschickt habe. Ich bin mir nicht sicher, wie Cami oder ihre Schwester das finden würden. Aber ich habe das Gefühl, ich müsse ihre Familie schützen, also werde ich tun, was ich zu ihrem Schutz für nötig halte.

„Wir beide werden noch einen separaten Vertrag abschließen, den mein Anwalt verwahren wird. Nur wir drei werden davon in Kenntnis sein. Darin steht, dass wenn du dir jemals wieder eine Mätresse oder Zweitfrau zulegst, dein gesamtes erwirtschaftetes Vermögen an Catarina geht. Du wirst dann deportiert, ohne einen müden Penny und ohne deine Frau und deine Kinder. Das ist meine einzige Bedingung. Solange du dich daran hältst, wird deine ganze Familie davon profitieren. Wenn du dich nicht daran hältst, geht es für dich zurück nach Südafrika, ohne Geld und ohne Familie."

„Du bist ein ganz schön finsterer Kerl", sagt er und mustert mich.

„Ich bin pechschwarz innen drin. Weißt du, ich habe mein Leben noch schlechter geführt als du. Ich hätte schon immer Liebe und Gesellschaft haben können, aber es wurde mir verwehrt. Jetzt, da ich es habe, werde ich dafür sorgen, dass es auch so bleibt. Cami ist mein Leben und ihre Familie bedeutet mir alles. Ich werde sie also alle beschützen, so wie ich sie beschütze."

„Wenn ich nicht einwillige, was passiert dann?", fragt er mich.

„Ich würde dir davon abraten, Peter. Wie gesagt, ich würde alles tun, um sie zu schützen."

„Würdest du mich auch umbringen?", fragt er.

Ich schüttle den Kopf. „So weit würdest du es doch sicher nicht kommen lassen. Ich biete dir unermesslichen Reichtum an. Eine schöne Frau, die dir Kinder schenken will. Sie will nur zwischen den Kindern ein wenig Pause. Das ist meiner Meinung nach keine allzu hohe Forderung. Du wirst so glücklich sein, Peter. Triff die richtige Entscheidung."

Er trommelt mit den Fingern auf dem Tisch und blickt dann zu mir auf. „Ich habe keine Wahl, Cyprian. Ich nehme dein Angebot an."

Ich halte mein Glas Wein hoch, um mit ihm anzustoßen. „Auf

viele Jahre der Schwippschwägerschaft, Peter, und der Geschäftspartnerschaft.“

Er sagt nichts, denn er weiß, dass ich ihn in der Hand habe. Wenn jemand meiner Familie gefährlich wird, bin ich offensichtlich zu drastischen Maßnahmen fähig. Aber Peter ist doch genauso.

Wer könnte meine Handlungen also verurteilen ...?

DER EINSCHÜCHTERER

Camilla

Ich fahre mit dem roten Lamborghini vor dem College vor und fühle mich ein bisschen wie auf dem Präsentierteller. Alle glotzen mich an, als ich aus dem Auto aussteige. Die Tür, die nach oben aufgleitet, erregt noch mehr Aufmerksamkeit.

„Wow“, sagt ein junger Typ mit dunklem Haar, bleibt stehen und glotzt das Auto an. „Was haben wir denn da?“

Ich schließe die Tür, drücke auf den Knopf des Autoschlüssels, um abzusperren, und trete einen Schritt zurück, um gemeinsam mit dem Typen das Auto zu bewundern. „Wir haben da einen ziemlich schicken Schlitten, den mir mein Freund geschenkt hat.“

Er lässt den Wagen nur einen Augenblick aus den Augen, um mich anzublicken und mir zu sagen: „Den Kerl solltest du heiraten.“ Dann wendet er sich wieder dem Wagen zu.

Ich gehe davon, denke darüber nach, was er gesagt hat, und frage mich auch, warum Cyprian mir diese Frage aller Fragen noch stellen muss. Wir wohnen jetzt schon über einen Monat zusammen und er redet die ganze Zeit so, als würden wir auf jeden Fall heiraten und er redet auch ständig vom Kinder kriegen. Aber einen Antrag hat er mir noch nicht gemacht und ich habe auch noch keinen Verlobungsring am Finger.

Ich habe es jetzt nicht eilig, aber ich frage mich doch, ob ich wirklich einen Antrag bekommen werde oder ob er mir einfach eines Tages sagen wird, ich solle meine Sachen packen, wir fahren nach Las Vegas. *Ich weiß nicht, wie ich das fände, wenn ich keinen Antrag bekäme.*

Vielleicht sollte ich Cyprian das einfach sagen. Nein, das ist viel zu forsch. Ich warte besser einfach ab, mal sehen, was er sich so einfallen lässt.

Ich gehe ins Labor für meine erste Vorlesung des Jahres, dieses letzten College-Jahres. Der Geruch von Formaldehyd steigt mir in die Nase und ich stelle mich sofort darauf ein, so viel wie nur möglich zu lernen, während das noch geht.

Ich werfe einen Blick auf mein Handy, bevor ich es für die Stunde ausschalte, und sehe, dass meine Schwester mir eine SMS geschrieben hat, in der sie mich bittet, mit ihr zu Mittag zu essen. Sie, ihr Ehemann und ihre Kinder wohnen in einem Haus, das Cyprian für sie gemietet hat, während sie nach einer tollen Immobilie für das Hotel suchen.

Catarina ist total begeistert und will mir wohl etwas zeigen oder erzählen. Ich antworte ihr, dass ich zum Mittagessen zu ihr kommen werde und schalte dann mein Handy aus, um mich voll zu konzentrieren.

Dieses Jahr wird so anders werden, da ich nicht mehr abends arbeiten muss. Und das habe ich Cyprian zu verdanken. Er ist so ein toller Typ, jetzt, da seine Vergangenheit hinter ihm zu liegen scheint.

53

CYPRIAN

„Danke, dass du dich mit mir triffst, Peter“, sage ich zu Catarinas Ehemann, der gerade aus dem Aufzug meines Büroturmes steigt. „Folge mir. Mein Anwalt wartet schon auf uns im Besprechungsraum.“

„Du hast also wirklich den Vertrag aufsetzen lassen?“, fragt er mich, als hätte das je infrage gestanden.

Ich bleibe stehen und blicke ihn von oben bis unten an. Der Mann ist groß, dunkelhaarig und sieht mysteriös aus. Ich verstehe schon, warum Camis Schwester sich in ihn verliebt hat. Er ist charismatisch und scheint daran gewöhnt zu sein, seinen Willen durchzusetzen. Er ist gar nicht glücklich über den Vertrag, mit dem unser Deal steht und fällt.

„Peter, würdest du ihr gegenüber wirklich richtig handeln, wenn es diesen Vertrag nicht gäbe?“, frage ich ihn und er blickt mich schweigend an. Das verrät mir, dass er das nicht tun würde.

„Catarina und ich haben unsere Gelübde abgelegt und sie weiß ganz genau, was das beinhaltet hat, was sie tun und lassen kann und was ich tun und lassen kann. Ich habe nicht das Gefühl, dass wir diesen Vertrag brauchen, damit ich meiner Frau und meiner Familie gerecht werde.“ Er vergräbt seine Hände in den Hosentaschen seines teuren Armani-Anzuges, den ich ihm habe liefern lassen, zusammen mit einer Menge Kleidung für seine Frau und Kinder.

Ich habe ihm und seiner Frau Autos gegeben, ich habe schon angefangen, ihm sein Gehalt für die Führung des Hotels zu zahlen, das wir noch nicht einmal gekauft haben. Ich habe sie in einem schönen Zuhause untergebracht. Ich habe all das getan und er glaubt immer noch, dass ich ihm einfach vertrauen sollte, dass er den Wünschen seiner Frau nachkommen wird.

Ich durchschaue Peter mit Leichtigkeit. Wenn ich ihn nicht zwinge, diesen Vertrag zu unterschreiben, geht er nach Südafrika zurück und fügt diese andere Frau seinem Leben hinzu – und damit auch Catarinas Leben. Ich weiß, dass diese Frau daran zerbrechen würde.

Ich bringe ihn in mein Büro anstatt in den Besprechungsraum und beschließe, ihm zwei Angebote zu machen. „Treten wir noch kurz in mein Büro. Ich würde dir da gerne noch etwas anderes anbieten."

Er folgt mir ins Büro und ich schließe die Tür hinter uns. „Gut, ich bin froh, dass du die Dinge endlich aus meinem Blickwinkel betrachtest", sagt er.

Ich kichere und sage: „Ich bin weit davon entfernt, Peter. Verstehst du, ich habe eine Seite an mir kennengelernt, von der ich nicht wusste, dass ich sie hatte. Ich sehe Cami als meine Zukunft und deshalb sehe ich auch ihre Familie so. Ich will sie beschützen und deshalb glaube ich, dass du eine Chance verdienst, deine Meinung zu ändern."

„Worüber?", fragt er und ich bedeute ihm, sich mir gegenüber zu setzen, während ich hinter dem Schreibtisch Platz nehme.

„Wie fändest du es, neu anzufangen?", frage ich und sehe, wie er mich verwirrt anblickt.

Seine dunklen Augenbrauen ziehen sich zusammen und er fragt: „Ich wüsste zunächst einmal gerne, was du damit meinst."

Ich verschränke die Finger und stütze mein Kinn darauf auf, während ich meine Ellbogen auf dem Schreibtisch abstütze, und sage ihm, was ich meine. „Lass dich von deiner Frau scheiden. Lass sie und deine Kinder hier und ich werde dafür sorgen, dass es ihnen immer gut gehen wird. Du kannst zurück nach Hause und dein Leben so leben, wie du dir das vorstellst. Ich werde dich dafür bezahlen."

„Ich soll meine Frau und meine Kinder verlassen?", fragt er und schüttelt den Kopf. „Glaubst du etwa, das könnte ich? Sie gehören zu mir!"

„Was ist dann so schlimm an dem, worum ich dich bitte? Ich bitte dich ja nur, mein tolles Jobangebot anzunehmen und mir zu erlauben, mich um deine Familie zu kümmern. Du stellst es gerade so hin, als wolle ich dich zwingen, etwas zu tun, was du nicht tun möchtest."

„Ich sollte mir eine zweite Frau nehmen dürfen, wenn ich wollte. Das gehört zu meiner Religion", sagt er und ich werde langsam wütend auf ihn.

„Und das kannst du auch, aber erst musst du dich von Catarina scheiden lassen. Lass sie gehen. Es ist nicht ihre Religion, solche Dinge zu tun", erkläre ich ihm und er blickt mich stur an.

„Sie gehört mir. Die Kinder gehören mir. Ich werde sie nicht gehen lassen", sagt er mit zusammengebissenen Zähnen.

„Dann möchtest du also den Vertrag unterschreiben, der festlegt, dass du zurück nach Südafrika geschickt wirst, wenn du je eine zweite Frau heiratest, und zwar alleine, ohne deine Frau und deine Kinder."

„Verdammt! Von mir aus unterschreibe ich den verdammten Vertrag, aber freiwillig geschieht das sicher nicht. Du zwingst mich viel eher." Er funkelt mich an und ich spüre, wie sich ein Lächeln über meine Lippen legt.

„Peter, du bist ein absoluter Glückspilz. Du hast eine tolle Familie und jetzt wirst du auch noch steinreich. Davon träumen viele", sage ich ihm, doch er blickt grimmig drein. „Komm, wir unterschreiben das Ding und dann zeige ich dir ein Gebäude, das wirklich perfekt für das neue Hotel sein könnte. Ich habe mir auch schon einen Namen überlegt, Catarina's Quarters. Schließlich ist nur sie der Grund, dass du überhaupt etwas hast."

Er knallt seine Faust auf den Tisch und knurrt: „Ich kann das nicht! Ich werde das nicht zulassen! Sie ist meine Ehefrau und das sind meine Kinder und ich werde sie mit nach Hause nehmen. Ich lasse mich nicht einfach so herumschubsen. Fick dich, Girard!“

Ich lasse ihn aufstehen und aus der Tür gehen und sage dann: „Ganz wie du willst, Peter.“

Er bleibt stehen und dreht sich langsam zu mir um. „Du willst mich wohl nicht aus dem Gebäude lassen, ohne dass ich diesen Vertrag unterschrieben habe, was?“

„Wenn du das Gebäude verlässt, ohne dass du diesen Vertrag unterschrieben hast, wird dir leider ein schrecklicher Unfall passieren. Aber die Entscheidung liegt bei dir. Mir macht das alles nichts aus.“ Ich blicke ihn an und vermittle ihm damit, dass ich derjenige bin, dem die Entscheidungsgewalt obliegt, und nicht er.

Ich stehe auf, gehe zu der Tür, öffne sie, gehe nach draußen und merke, dass er mir folgt. Ich nehme an, dass er seine Entscheidung getroffen hat. Es ist wirklich schade, dass er zu der grundlegendsten Regel einer Ehe gezwungen werden muss, nämlich der, treu zu sein.

Als ich die Tür zum Besprechungsraum öffne und meinen Anwalt sehe, der am Tisch sitzt und auf uns wartet, fällt mir auf, dass Peter lächelt. Vielleicht hat er beschlossen, die Dinge positiv zu sehen. Das sollte er. Er bekommt mehr, als er sich je hätte träumen lassen.

Hoffentlich tue ich hiermit das Richtige ...

54

CAMILLA

„Ich treffe mich mit Catarina zum Mittagessen, du solltest auch kommen, Cyprian“, sage ich ihm, als ich ihn anrufe, um zu sehen, wie sein Tag so läuft. „Ich habe jetzt keinen Unterricht mehr bis zwei, also muss ich ein wenig Zeit totschlagen.“

„Dann treffen wir uns mit euch. Ich habe Peter dabei. Ich habe ihm ein Gebäude gezeigt, das sich meiner Meinung nach hervorragend für das Hotel eignet. Uns mit euch zu treffen, wird mir die Gelegenheit geben, euch den Namen zu verraten, den ich mir ausgedacht habe.“

„Toll, dann bis nachher.“ Ich lege auf, fahre vor dem Haus meiner Schwester vor und hupe.

Sie eilt heraus und lässt die Kinder bei dem Kindermädchen, das sie schon bald gefunden hat, nachdem sie nach Clemson gezogen ist. Sie sieht glücklicher aus denn je, als sie in das Auto steigt. „Wow, dieses Auto ist echt der Hammer!“

„Es drehen sich einige Köpfe nach mir um, das kann ich dir sagen“, sage ich und fahre los. „Unsere Männer kommen zu uns ins Restaurant. Schreib deinem, wo wir gerade hinfahren.“

Sie zieht ihr Handy aus der Handtasche, schreibt eine Nachricht, legt es dann in ihren Schoß und seufzt. „Ich bin so glücklich, Camilla. Glücklicher denn je."

„Gut", sage ich und schenke ihr ein Lächeln. „Es macht mich glücklich, dich so zu sehen, Catarina. Ich habe dich schon eine Woche lang nicht mehr gesehen. Wie läuft es bei dir?"

„Toll." Sie nickt und blickt aus dem Fenster, wo sie Leute sieht, die mit Fingern auf das Auto zeigen. Sie winkt ihnen zu, doch aufgrund der verdunkelten Fenster können sie sie nicht sehen. „Peter hat viel ihm Kopf aufgrund der ganzen Veränderungen, aber er gewöhnt sich schon noch daran. Noch nie hat man ihm so eine Gelegenheit geboten. Ich glaube, er ist davon ein bisschen durch den Wind."

„Cyprian ist wirklich großzügig gewesen, das stimmt schon." Ich blicke zu ihr hinüber, als ich an einer Ampel halte. „Aber ich muss schon sagen, ich liebe diesen Kerl nun noch mehr, da ich weiß, dass er für mich und meine Familie alles tun würde. Den geb ich nicht mehr her, so viel steht fest."

Bei Grün fahre ich los und sehe, wie ein Auto mit lauter jungen Typen mit uns gleichzieht, die Catarina bedeuten, sie solle das Fenster runterlassen. Sie kichert und öffnet das Fenster. „Hey, Jungs!"

Sie lachen und johlen. Sie lacht auch und schließt das Fenster wieder. „Du hast einen Fanclub, Camilla."

„Ich weiß. Hat Peter eigentlich irgendwas über Cyprian gesagt? Du weißt schon, mag er ihn?", frage ich, denn Cyprian selbst hat noch nicht viel erzählt.

„Ich glaube schon. Peter war noch nie der Typ, der mir Dinge mitteilt. Er ist reserviert und ehrlichgesagt gefällt mir das. Der Kerl ist immer noch ein Rätsel für mich und deshalb versiegt mein Interesse an ihm auch nicht. Aber ich bin mir sicher, dass er das alles toll findet, was Cyprian für ihn tut." Sie holt ihren Lippenstift aus ihrer Handtasche und klappt den Sonnenschutz herunter, um sich im Spiegel zu betrachten.

„Cyprian ist super darin, mir alles Mögliche zu erzählen. Aber über Peter hat er noch fast gar nichts gesagt, obwohl sie schon Zeit miteinander verbracht und Immobilien angesehen haben. Cyprian weiß nicht so recht, wie man Freunde findet. Das hat sein Vater nie unterstützt. Er wurde darauf ausgerichtet, die Rolle seines Vaters als Geschäftsführer seiner Firma zu übernehmen. Freunde zu finden, hätte das nur schwieriger gemacht."

Sie legt Lippenstift auf und blickt mich an. „Camilla, hast du seine Familie schon kennengelernt?"

„Nein", sage ich und will mich weiter nicht dazu äußern. Ich halte Cyprians Familie und seine Vergangenheit schließlich geheim.

Wir erreichen das Restaurant und ich fahre davor vor, während Cyprians BMW mit Ashton am Steuer kurz hinter uns eintrifft. Zwei Männer öffnen unsere Türen und ich blicke demjenigen, der mein geliebtes Gefährt parken wird, direkt in die Augen. Er nickt, bevor ich auch nur ein Wort sage. „Schon verstanden, Ma'am. Ich werde besonders vorsichtig sein. Keine Sorge. Ich werde sie behandeln, als gehörte sie mir."

Ich drücke ihm einen Zwanziger in die Hand und sage: „Ich bitte darum."

Catarina lacht über mich, als wir auf den Eingang des Restaurants zugehen und unsere Männer beobachten, wie sie aus dem Auto hinter uns steigen. „Du hast dich schnell an die Rolle der reichen Ehefrau gewöhnt."

„Ist schon komisch, ich weiß. Aber mit Cyprian zusammen zu sein, färbt eben auf mich ab. Ist das schlecht?", frage ich sie.

Sie schüttelt den Kopf und sagt: „Nein, ich glaube nicht. Er ist wirklich toll. Ich hoffe ehrlichgesagt, dass er auch auf Peter abfärbt."

Unsere Männer begrüßen uns mit Küsschen auf die Wange und wir gehen alle nach drinnen. Cyprians Arme legen sich um meine Taille und wir werden von der Platzanweiserin zu einem Tisch gebracht. Seine Lippen berühren mein Ohr, während er flüstert: „Hast du mich vermisst, Baby?"

Ein Schauer läuft mir über den Rücken und ich lächle. „Das habe ich. Und du mich?"

„Das habe ich und ich habe tolle Neuigkeiten. Ich hatte heute Morgen meine Nachuntersuchung beim Arzt und habe die Erlaubnis, wieder alles zu tun. Stell dich darauf ein, die ganze Nacht lang vernascht zu werden.“ Er knabbert an meinem Ohrläppchen und ich werde sofort feucht.

Er zieht mir den Stuhl heraus, ich setze mich und er setzt sich neben mich und rückt seinen Stuhl so nah an meinen, dass unsere Beine sich berühren. Seine Hand streicht über meinen Oberschenkel, bleibt dann auf meinem Knie liegen und bringt mich praktisch um den Verstand.

Der Monat hat sich ewig hingezogen und ich bin mehr als bereit, eine schlaflose Nacht mit ihm zu verbringen, obwohl ich morgen in die Uni muss. Ich streiche auch mit meiner Hand über sein Bein, atme seinen Duft ein und atme auf einmal schwerer als es für die Situation angemessen ist.

Als ich meinen Blick von Cyprian abwende, bemerke ich, wie Peter uns beobachtet. „Wir haben heute ein Anwesen gefunden“, sagt er. „Cyprian hat das Hotel bereits getauft. Er hat es nach deiner Schwester benannt. Was hältst du davon, Camilla?“

Ich wende mich an Cyprian, der lächelt. „Wie heißt es?“

„Catarina’s Quarters“, sagt er mir und meine Schwester und ich lächeln, aber Peters Gesicht bleibt regungslos.

„Das ist ja so lieb, Cyprian!“, schwärmt Catarina und schlingt ihren Arm um Peter. „Es gefällt mir wirklich gut.“

„Das habe ich mir gedacht“, sagt er und lehnt sich an mich. „Gefällt dir der Name auch, Cami?“

„Und wie. Du musst wirklich der netteste Mann sein, den ich je kennengelernt habe.“ Ich küsse ihn auf die Wange und er blickt mich mit funkelnden Augen an.

„Dich glücklich zu machen, macht mich glücklich“, sagt er und küsst mich auf die Nasenspitze.

„Er ist wirklich toll“, sagt Catarina und ich bemerke, wie Peter kurz die Stirn runzelt.

„Das stimmt“, sage ich und kneife Cyprian sanft ins Knie.

„Baby, ich möchte dich um etwas bitten und du darfst gerne Nein sagen, aber ich fände es toll, wenn wir einen öffentlichen Auftritt hätten“, sagt Cyprian. „Es ist der Geburtstag meines Vaters. Er hält eine Feier ab, aber ich will nur eine Stunde vorbeischauen. Mit dir.“

„Eine Feier? Bei deinem Vater zu Hause?“, frage ich zögerlich.

„Camilla, was ist nur mit dir?“, fragt mich meine Schwester und blickt dann Cyprian an. „Natürlich geht sie gerne mit dir dorthin.“

Er blickt mich an und will es erst aus meinem Mund hören. „Baby? Was meinst du?“

Was soll ich sagen?

„In Ordnung, ich schätze, es ist an der Zeit, deine Familie kennenzulernen.“

Er zieht mich an sich und küsst mich auf den Kopf. „Ich kann es kaum erwarten. Er wünscht sich schon lange, dich kennenzulernen.“

„Wird deine Mutter auch dort sein?“ Ich will nicht beide Leute, die ihn vermasselt haben, an einem Abend kennenlernen.

„Das wird sie“, sagt er. „Also kannst du zwei Fliegen mit einer Klappe schlagen. Ich kann es kaum erwarten!“

Sein Enthusiasmus hilft mir gar nicht weiter. Ich weiß nicht, ob ich in ihrer Gegenwart meinen Rand halten kann. Die Tatsache, dass sie nicht wollten, dass er Freunde hat, ist einfach schrecklich, außerdem haben sie ihm beigebracht, sexuell auf amoralischen Pfaden zu wandeln. Das kann ich ihnen nie verzeihen.

Aber kann ich mich vor ihnen zusammenreißen ...?

55

CYPRIAN

Obwohl er den Vertrag unterschrieben hat, scheint Peter weitgehend gut durchzuhalten. Das Wichtigste ist, dass Camis Schwester zufrieden ist. Nach dem Mittagessen gehen wir alle zu unseren Autos und fahren zurück in die Arbeit.

„Kann Catarina bei euch mitfahren?", fragt Cami. „Wir haben uns ein wenig zu viel Zeit gelassen und ich muss gleich in die Uni."

„Klar", sage ich ihr und küsse sie zum Abschied, als Ashton neben uns vorfährt. „Dann sehen wir uns um fünf daheim. Sie erwarten uns um acht bei Papa."

Das mürrische Gesicht habe ich schon erwartet. Ich hätte nicht gedacht, dass sie einwilligt, aber ich muss sie dort haben. Sie muss meinen Eltern zeigen, dass sie mich liebt. Sie glauben beide, dass ich verrückt bin, weil ich so viel für ihre Familie tue. Sie glauben, ich überstürze alles.

Aber das ist nicht so. Noch nie hat sich etwas so richtig angefühlt. Es ist, als wäre ich endlich zu dem Mann geworden, der ich schon immer hätte sein können. Ein Familienmensch, der locker mit allem fertig wird. Der Mann, an den sich alle wenden, damit er alles wieder gut macht.

Ich lasse Peter und Catarina als erste einsteigen und steige dann nach ihnen ein, sodass Catarina zwischen uns sitzt. Peter flüstert ihr zu: „Hast du das bekommen, worum ich dich gebeten habe?"

„Das habe ich", sagt sie und sie scheint vor mir nicht weiter darüber zu reden wollen, was auch immer es ist.

„Gut", sagt er und legt seine Hand auf ihr Bein.

Sie kneift ihre Augen zusammen und ich merke, dass sie mir gerne etwas sagen würde. „Wie gefällt es dir in Clemson?"

„Gut. Es gefällt mir wirklich gut. Es ist toll hier. Alles, was du für uns tust, ist toll. Ich bin so froh, dass du in das Leben meiner Schwester getreten bist. Sie hat einen Mann wie dich gebraucht. Sie hatte immer nur Vollidioten." Sie hält inne und blickt Peter an, der sie düster anblickt. „Tut mir leid. Ein paar Mistkerle, die einfach mit ihr Schluss gemacht haben, ohne ihr das Ganze wirklich zu erklären."

„Ich verstehe wirklich nicht, wieso sich jemand von ihr trennen sollte. Sie ist umwerfend." Ich wende meinen Blick ab, denn ich weiß wirklich nicht, was sie getan haben könnte, dass drei Männer sie einfach so verlassen haben. Das macht überhaupt keinen Sinn.

„In ihrer Vergangenheit hat sie sich ganz anders Männern gegenüber verhalten, als das bei dir der Fall ist. Meiner Meinung nach haben sie Schluss gemacht, weil sie sich nie völlig hingegeben hat. Sie war sehr reserviert. Ich bin froh, dass du sie umwerfend findest", sagt Catarina und tätschelt mir dann das Bein. „Sie kann von Glück sagen, dich zu haben, und du genau so."

Peter räuspert sich und ich sehe, wie er ihre Hand anblickt, mit der sie mein Bein tätschelt. Sie nimmt sie schnell weg und scheint ein wenig nervös zu sein. „Aber jetzt mal was anderes. Was hältst du davon, wenn wir uns im Internet nach einem Hotel in Paris umsehen, Catarina? Ich möchte, dass das Hotel dort klein und lauschig wird, genau wie das Haus, das wir hier gefunden haben. Nicht mehr als fünfzig Zimmer. Beide werden sehr exklusiv sein. Wir werden nur eine reiche Klientel haben. Also such einmal nach etwas in der Richtung."

„Das hört sich nett an", sagt sie, holt ihr Handy heraus und fängt zweifelsohne direkt an zu suchen.

Ich lächle, denn sie sieht so aufgeregt aus, doch dann sagt Peter: „Ich werde das erledigen, wenn wir nach Hause kommen."

„Natürlich hast du das letzte Wort, Peter. Aber ich suche auch gerne", sagt sie und gibt weiterhin ein, wonach sie sucht.

„Wenn wir nach Hause kommen, schicke ich das Kindermädchen nach Hause und dann musst du dich um die Kinder kümmern", sagt er.

Er ist aus irgendeinem Grund genervt von ihr. Und das passt mir gar nicht. „Lass das Kindermädchen noch eine Weile bleiben. Was ist daran schon so schlimm, Peter?", frage ich und blicke an ihr vorbei zu ihm.

Er verstummt und blickt aus dem Fenster. Eine Weile spricht niemand, während wir den Rest der Fahrt verstreichen lassen. Dann halten wir vor ihrem Haus, er steigt aus und sie folgt ihm schnell. „Danke, Cyprian. Ich schicke dir Links zu den Häusern, die ich finde", sagt sie und steckt noch einmal kurz ihren Kopf zu mir hinein.

„Komm jetzt!", sagt Peter und sie eilt ihm hinterher.

Ich beobachte sie dabei, wie sie das Haus betreten, und muss mich doch fragen, ob er sie immer schon so behandelt hat oder ob das erst seit Kurzem so ist. Sie scheint mir nicht die Sorte Frau, die sich so etwas gefallen lässt. *Ich weiß, dass ihre Schwester das nicht ist.*

Während wir wegfahren, bemerke ich, dass Ashton mich im Rückspiegel beobachtet mit diesem Gesichtsausdruck, den er immer bekommt, wenn er sich etwas nicht verkneifen kann. „Willst du mir etwas sagen, Ashton?"

„Geht mich ja nichts an", sagt er.

Ich beende seinen Satz für ihn. „Aber trotzdem wirst du es mir mitteilen."

„Das werde ich." Er nickt. „Du solltest dich aus ihren Sachen raushalten, Cyprian. Ich sehe schon, dass dir nicht gefällt, wie dieser Typ seine Frau behandelt. Das steht dir ins Gesicht geschrieben. Aber sie ist mit ihm verheiratet, also kennt sie ihn auch und weiß, worauf sie sich da eingelassen hat. Du musst dich raushalten."

„Sie wird meine Schwägerin sein, es ist meine Verantwortung, sie glücklich zu stimmen."

Er lacht und schüttelt den Kopf. „Cyprian, das ist nicht deine Verantwortung. Sie ist eine erwachsene Frau, die ihre eigenen Entscheidungen trifft. Das wird nicht gut enden, wenn du dich einmischst. Ich nehme an, du hast nicht gesehen, wie sehr er sie dominiert. Du wirst es nur schlimmer für sie machen, wenn du nicht damit aufhörst, deine Nase reinzustecken."

„Ich habe Peter in der Hand. Wenn er fies zu ihr ist, finde ich das heraus und mache ihn fertig", sage ich und spüre eine Wut in meinem Bauch darüber, wie offensichtlich er sie dominiert.

„Was soll das heißen?", fragt Ashton besorgt.

„Das bedeutet, dass ich dafür sorgen werde, dass man sich um ihn kümmert."

Er verstummt und sagt nichts mehr, während er mich ins Büro fährt. Ich weiß, dass er eine Ahnung davon haben muss, was ich mit Peter abgemacht habe. Aber er bohrt nicht weiter. Ich würde es ihm ohnehin nicht erzählen.

Davon erzähle ich niemandem ...

56

CAMILLA

Nach einem schönen, langen, heißen Bad fühle ich mich ein wenig entspannter bei der Aussicht, Cyprians Eltern kennenzulernen. *Die halbe Flasche Wein hat auch nicht geschadet!*

Ich ziehe mir ein dunkelblaues Kleid an und suche passende Schuhe, als ich höre, dass Cyprian endlich nach Hause kommt. „Ich dachte, du würdest schon längst hier sein."

Er lächelt und kommt zu mir, um mich in den Arm zu nehmen. „Ich habe noch ein paar versaute Spielsachen für später eingekauft." Die Tasche, die er in der Hand hatte, fällt hinter mir auf den Boden und ich drehe mich um, um mir anzusehen, was er mitgebracht hat.

Aber er hält mich fest und hindert mich daran, einen Blick in die Tüte zu werden. „Ich muss doch alles erst absegnen", sage ich ihm, während ich ihm mit Blicken vermittle, dass ich alles zunächst prüfen und dann entscheiden werde, ob es etwas ist, das ich will oder nicht.

„Ich verspreche dir, dass ich nie wieder etwas tun werde, um dich zu verletzen. Das schwöre ich dir." Er zieht ich eng an sich heran und küsst mich leidenschaftlich.

Seine Zunge fährt zwischen meine Lippen und er legt sanft meine Hände hinter meinen Rücken und hält sie dort fest. Ich sehe schon, dass ich mich diese Nacht nicht viel bewegen werde dürfen. Als sein Mund sich von meinem löst, atmen wir beide schwer und mein Herz rast.

Er drängt mich zurück und hält immer noch meine Hände hinter meinem Rücken fest, bis wir das Bett erreichen. Dann setzt er mich hin und holt wieder die Tüte. Als erstes holt er einen pinken Seiden-BH und ein passendes Höschen hervor. Er sagt kein Wort, hält nur das Höschen hoch und ich sehe, dass es im Schritt geöffnet ist. Er wirft es mir zu und grinst mich frech an.

„Soll ich das jetzt anziehen?"

Er nickt und zeigt mir, wie man den BH vorne öffnet, bevor er mir auch den zuwirft. „Und das auch. Und noch etwas." Er greift wieder in die Tasche und holt eine kleine, silberne Kugel heraus. „Wir fangen erst einmal mit einer an. Ich will, dass du die einführst, damit du stimuliert wirst."

„Du hast dir das wirklich gut überlegt, was?", frage ich und gehe ins Bad.

Doch er legt seine Hand auf meine Schulter. „Lass mich dir helfen."

„Das ist ein bisschen eklig, Cyprian." Ich blicke ihn nervös an.

Er schüttelt den Kopf. „Nicht eklig. Nur schmutzig." Er kichert, schiebt die Ärmel meines Kleides herunter und öffnet meinen BH. Er blickt meine nackten Brüste an und streicht darüber. „Ich kann es kaum erwarten, die in den Mund zu nehmen."

„Cyprian!", rufe ich aus, während er meine Titten anstarrt, als wären sie aus Gold oder so.

Er ignoriert mich, zieht mir den neuen BH an, zieht mir das Kleid ganz aus und mein Höschen gleich mit. Ich steige aus ihnen heraus und hebe einen Fuß an, damit er mir das schrittlose Höschen anziehen kann. Ich bemerke, dass er dabei den Kopf schüttelt.

Er hebt mich hoch, legt mich auf das Bett und schiebt meine Beine hoch, bis meine Knie gebeugt sind. Seine Augen blicken weiterhin in meine, während er die Kugel nimmt und sie in mich schiebt. Ich keuche ein wenig auf von dem kalten Gefühl und dem seltsamen Gewicht. Dann zieht er mir das Höschen an und hebt mich wieder hoch.

Er zieht mich nah an sich, unsere Lippen trennt nur eine Haaresbreite. Dann trägt er mich hinüber zu meinem Kleid, das noch auf dem Boden liegt, und setzt mich darin ab. Er streicht mit seinen Händen meinen Körper hinab, hebt mein Kleid auf und zieht es mir langsam an.

Ich bin ganz heiß und täte nichts lieber, als den Abend mit seinen Eltern sausen zu lassen und mit ihm in die Federn zu steigen. „Cyprian." Seine Finger berühren meine Lippen und unterbrechen mich.

„Schh. Ich möchte, dass du kein Wort sagst. Ich will heute nur ein Wort von dir hören. Immer, wenn dich jemand etwas fragt, möchte ich, dass du mit einem Wort antwortest. Soll ich dir sagen, welches Wort ich über diese vollen, roten Lippen kommen hören möchte?"

„Du willst das Wort ‚Ja' hören", antworte ich ihm und sehe, wie seine braunen Augen aufleuchten.

Er nickt, zieht mich an sich, umarmt mich fest und ich frage mich, worum es jetzt auf einmal geht. Aber scheinbar möchte er wirklich, dass ich schweige, bis er mich etwas fragt. Das hört sich tatsächlich ziemlich heiß und spannend an, also spiele ich einfach mit.

Heute Nacht klappt sowieso alles. Ich brauche nicht einmal ein Spiel, um zu wissen, dass ich heute in seinen Armen dahinschmelzen werde, egal was er tun möchte. Ich habe schon Lust auf ihn, seit er mich in der Nacht des Hurrikans geholt hat. Ich musste mich während seiner Genesungsphase echt zusammenreißen.

Er lässt mich in Ruhe, geht duschen und sich umziehen und ich werde ein wenig neugierig und möchte nachsehen, was er noch in seiner Tasche hat. Ich finde Handschellen mit Plüsch und keuche ein wenig erschrocken auf, als ich eine kleine Peitsche entdecke. Das Leder ist weich und fühlt sich samtig an auf meiner Handfläche.

Ich blicke mich um, um sicherzugehen, dass er noch nicht zurückgekommen ist. Scheinbar ist er noch im Bad beschäftigt. Ich hebe meinen Arm und lasse dann die Peitsche auf mein Bein niedersausen. Ich muss kichern – das tut ja gar nicht weh! Sie ist einfach zu weich.

Es geht vielmehr um den Gedanken, und das finde ich jetzt wieder süß. Er will so tun, als gäbe ich seinen Gelüsten nach. In Wirklichkeit habe ich genauso viele Gelüste. Aber ihm gefallen diese Spielchen und Fantasien. *Da will ich mich ihm doch nicht verweigern.*

Ich lege die Sachen in die Tüte zurück, setze mich auf das Bett und sehe fern, bis er fertig ist. Mein Handy klingelt und ich sehe, dass es meine Schwester ist, also gehe ich ran. „Hallo."

„Hey, gehst du heute Abend auf die Party von Cyprians Vater?", fragt sie.

„Ja, du Neugierige." Ich verdrehe die Augen, als ob sie mich sehen könnte.

„Ich wollte nur sichergehen. Ich habe das Gefühl, ich schulde dem Kerl etwas für alles, was er für uns getan hat. Ich wollte einfach nur meine Kraft als große Schwester ausspielen, damit du ihm auch das gibst, was er will."

„Du weißt doch, dass er das alles nur für dich und die Kinder tut, nicht wahr? Ich habe schon beim Mittagessen gemerkt, dass Peter nicht gerade sein Lieblingsmensch ist", sage ich ihr, sehe meine rot lackierten Nägel an und frage mich, ob ich eigentlich je zur Maniküre gegangen bin, bevor Cyprian angefangen hat, mich dort jede Woche hinzubringen.

„Nun, Peter gibt sich auch keine Mühe, anderen zu gefallen, das muss ich Cyprian schon lassen. Tatsächlich scheint es ihm in letzter Zeit sogar egal zu sein, ob ich oder die Kinder ihn mögen. Ich glaube, dass Cyprian uns so sehr hilft, kränkt ihn in seiner Männlichkeit."

„Warum sagst du so etwas?", frage ich sie und beobachte Cyprian, der aus dem Bad kommt und sich vor seinen Kleiderschrank stellt. Der Anblick seines Körpers, nur in ein Handtuch gewickelt, macht mich ganz heiß und ich muss die Augen schließen, um mich auf das zu konzentrieren, was meine Schwester sagt.

„Ach. Er hat dieses Idealbild von einem dominanten Mann. Er

will immer der sein, der in der Familie die Hosen anhat", sagt sie und lenkt mich damit von dem nackten Mann im Kleiderschrank ab.

„Dominant? Wie meinst du das?", frage ich sie, während ich mich vom Schrank abwende und aufhöre, zu versuchen einen Blick zu erhaschen.

„Er hat mir einen Keuschheitsgürtel gekauft, den ich durchgehend tragen muss, und manchmal, wenn die Kinder schon im Bett sind, muss ich ein Sklavenhalsband tragen. So Zeug halt. Ich muss ihn baden, ihm die Haare waschen und die Nägel feilen. Solche Sachen eben."

„Wie bitte? Willst du mich verarschen?", frage ich, denn das sieht meiner Schwester gar nicht ähnlich. „Gefällt dir das überhaupt?"

„Gefallen?", fragt sie, als wüsste sie das selbst nicht. „Das ist noch nie mein Fall gewesen. Aber ab und zu braucht er es eben, dass ich mich ihm unterwerfe. Dann wird er immer wieder nett, sobald er wieder sieht, dass ich weiß, wo mein Platz in seinem Leben ist."

Ich sehe gerade rot beim Gedanken an Peter, der meine Schwester unter der Fuchtel hat. „Du musst diese Dinge nicht tun, wenn du nicht willst. Das weißt du doch, oder?", frage ich sie, als Cyprian aus dem Schrank kommt, gekleidet in einen Smoking. Er sieht zum Anbeißen aus.

„Das braucht er eben jetzt von mir. Ich kann das für ihn schon machen. Erzähl bitte Cyprian nichts davon. Er sieht schon so aus, als wolle er Peter jede Menge Vorschriften machen. Ich habe keine Lust darauf, dass Cyprian anfängt, sich mit meinem Ehemann darüber zu streiten, wie er mich behandelt. Ich bin das schon gewöhnt."

„Weil er dich soweit gebracht hat", sage ich und werde auf einmal ganz fuchsig.

„Verdammt! Jetzt sag bloß, du hast auch noch ein Problem damit! Ich wollte einfach nur mit dir darüber rede. Ich möchte nicht, dass irgendjemand Peter darauf anspricht. Bitte."

„Bist du soweit?", fragt Cyprian mich.

Ich lächle und erinnere mich daran, dass er nur das Wort „Ja" von mir hören will. „Ja." Ich wende meine Aufmerksamkeit wieder dem Telefongespräch zu. „Ich muss Schluss machen, Sis."

„Alles klar, viel Spaß euch beiden."

Ich stecke mein Handy in eine goldene Clutch, die er mir überreicht, und nehme ihn am Arm. Als wir das Schlafzimmer verlassen, lässt mich die Sorge über meine Schwester nicht los.

Haben wir beide wegen einem Mann den Verstand verloren ...?

57

CYPRIAN

Ich bin noch nie im Leben so nervös gewesen!

Meine Hände schwitzen, während ich die kleine Schachtel in meiner Jackentasche umfasse. Mein Vater ist nicht mehr weit entfernt und Cami sieht ein wenig hektisch aus, während sie sich im Ballsaal meines Vaters umsieht, der von einer Diskokugel in blaues Licht getaucht wird.

Er lächelt, als wir ihm näher kommen, und ich sehe, wie meine Mutter auf einmal von rechts ins Bild tritt. „Du kannst ganz offen sein, Cami."

Sie blickt mich an und zwinkert mir zu. „Hast du wirklich gedacht, ich wüsste das nicht?"

Ich lache nervös und sehe, wie ihre Augen aufleuchten. „Verdammt, ich liebe dich wie verrückt."

Ihr Mund verzieht sich zu einem schiefen Lächeln. „Und später wirst du es mir zeigen."

„Du hast ja keine Ahnung, was auf dich zukommt." Ich knurre, als sie mit ihrer Hand über meinen Po streicht.

Mein Vater streckt ihr seine Hand hin. „Corbin Girard, Camilla. Freut mich, dich kennenzulernen."

Sie schüttelt seine Hand und nickt, doch sie kann nichts sagen, denn meine Mutter streckt ihr schon gleich ihre Hand hin. „Coco Mason."

„Freut mich, euch beide kennenzulernen", sagt sie und schüttelt meiner Mutter die Hand.

„Mein Sohn hat mir erzählt, dass du einmal eine große Wissenschaftlerin wirst", sagt mein Vater.

Ich nehme einem fliegenden Kellner ein paar Drinks ab und überreiche Cami eines davon. Sie blickt mich dankbar an und wendet sich dann wieder an meinen Vater. „Ja, ich werde in diesem Bereich arbeiten, das stimmt."

„Sie ist wirklich schön, Cyprian", sagt Mutter. „Ich verstehe schon, warum du sie magst."

„Ich mag sie nicht nur, Mutter." Ich blicke Cami an und streiche ihr ein paar Locken aus dem Gesicht. „Ich liebe sie."

Cami streicht mir mit der Hand über die Wange und ich bekomme Schmetterlinge im Bauch. „Und ich liebe ihn."

„Das ist doch seltsam, oder nicht, Corbin?", fragt Mutter, während sie uns mustert.

„Er sieht zumindest glücklich aus."

Cami lächelt und blickt die beiden an. „Tut er das?"

Sie nicken und das bringt sie zum Lachen. Ich nehme sie in die Arme und drehe sie in einer Pirouette, als auf einmal ein Lied erklingt, das ich liebe. Ich gehe mit ihr auf die Tanzfläche. „Du machst mich glücklich, Baby."

Sie kichert, als ich ihren Po berühre, und legt sanft meine Hand stattdessen auf ihre Taille. „Du mich auch, du kleiner Frechdachs."

Ich bringe meine Lippen an ihr Ohr und zische: „Du hast ja keine Ahnung. Und jetzt schweig, Weib."

Sie kichert, verstummt dann und blickt mir in die Augen, während ich sie über die halbleere Tanzfläche wirbele. Still blicken wir einander an, während ich darüber nachdenke, was ich gleich tun werde.

Die Musik wird langsamer und der DJ legt einen neuen Song auf. Ich ziehe sie nah an mich, sie lehnt ihren Kopf an meine Schulter und ich sehe, wie eine Traube Frauen in den Ballsaal tritt. Die Escorts sind da und ich wollte doch schon längst weg sein, bevor sie hier aufkreuzten.

Es ist schon eine Zeit her, dass ich auf einer von Papas Partys war. Niemand spricht je über die Leute, die nicht da sind, also hat ihnen noch keiner erklärt, dass ich jetzt nicht mehr verfügbar bin. Meine Anwesenheit mitten auf der Tanzfläche verstehen einige als Einladung.

„Verdammt!", fluche ich und versuche, mit Cami davonzutanzen, bevor mich eine von ihnen erreicht. Ich bewege Cami eilig rückwärts, bis ich an der Bühne ankomme, dann unterbreche ich unseren Tanz, nehme sie an der Hand und betrete mit ihr die Bühne, während sie mich verwirrt anblickt.

„Cyprian, was zum Teufel tust du da?", fragt sie mich, als ich dem DJ zuwinke.

Ich grinse sie an. „Du darfst nicht sprechen außer ich frage dich etwas, schon vergessen?"

Sie schüttelt den Kopf und blickt in die Menge der Leute, die auf einmal erschienen sind. Der DJ kommt zu mir und ich flüstere ihm zu: „Kannst du kurz die Musik ausstellen? Ich muss eine Kundgebung machen."

Er nickt und stellt sofort die Musik aus, während er die Durchsage macht: „Cyprian möchte euch etwas mitteilen."

Ich blicke Cami an und sehe auch, dass sie total nervös ist. Ihre Augen sind so groß wie Wagenräder. Ich drücke sanft ihre Hand und versuche, sie ein wenig zu beruhigen.

Sie zuckt zusammen, als die Frauen mir zujohlen, die sich direkt vor der Bühne geschart haben. Sie rufen mir zu, ich solle eine von ihnen auswählen. Eine zeigt mir sogar ihre Brüste und ich beschließe, dass es höchste Zeit ist, sie alle ruhig zu stellen. „Meine Damen und Herren, ich möchte euch gerne etwas sagen."

„Du hältst eine Orgie in deinem Schlafzimmer ab und wir sind alle eingeladen!", ruft eine der Frauen.

Cami blickt mich an, als wären wir auf einmal im Irrenhaus gelandet – und diese Frauen sind tatsächlich irre. „Schon in Ordnung, Baby."

„Nein, ist es nicht“, flüstert sie.

Ich halte ihre Hand, blicke in die Menge und sage: „Die Frau an meiner Seite hat etwas Wundervolles vollbracht.“

„Ich kann auch Wundervolles vollbringen, Cyprian, lass mich nur mal ran“, ruft mir eine andere Frau zu.

„Nein!“, brülle ich. „Nein, ich will das nicht sehen. Lasst mich ausreden. Versteht ihr, diese unglaubliche Frau, Miss Camilla Petit, hat mir gezeigt, welcher Mensch in mir steckt, ohne es auch nur zu versuchen.“

„Ich wusste, dass da noch ein Mann in ihm steckt“, ruft eine weitere Frau. „Nur einer kann doch unmöglich so viele Frauen befriedigen!“ Alle kugeln sich vor Lachen und Cami zerrt ungeduldig an meiner Hand.

„Sei einfach geduldig, Baby“, sage ich und halte sie fest. Sie entkommt mir nicht. „In Ordnung, Ladies, obwohl auf manche von euch diese Bezeichnung nicht passt, wie wäre es, wenn ihr mich zu Ende erzählen lasst?“

„Ruhe jetzt!“, ruft mein Vater nun auch.

Alle verstummen und ich fahre fort. „Diese Frau hat Seiten an mir zum Vorschein gebracht, die ich an mir nie vermutet hätte. Sie hat mir gezeigt, dass ich lieben kann. Wirklich lieben, wie ich es nicht gekannt habe, bevor sie in mein Leben getreten ist.“

Die Menge seufzt verzückt auf.

Ich greife in meine Jackentasche, ziehe die kleine Schachtel heraus und knie mich hin, wobei ich zu Cami aufblicke. Sie klatscht sich die Hand vor den Mund ich sehe schon, wie ihr die Tränen in die Augen steigen. Ich greife nach ihrer linken Hand, sie lässt es zu und ich spüre, wie sehr sie zittert. „Camilla Petit, du bist ein Geschenk des Himmels. Dein gutes Herz, dein sanftes Gemüt und deine Art, dir nichts gefallen zu lassen, haben mein Herz erobert. Es wird für immer dir gehören. Also möchte ich, dass wir auch offiziell ein Paar werden. Camilla Petit, willst du mich heiraten?“

Ihr ganzer Körper zittert und es ist so still im Raum, dass man irgendwo in der Ferne eine Grille zirpen hört. Cami schockiert mich, indem sie sich auch auf den Boden kniet, nickt und „Ja“ sagt.

Ich stecke ihr den Ring an den Finger und sagt: „Jetzt bin ich noch glücklicher, als ich es zuvor schon war. Du bist eine umwerfende Frau und ich bin gesegnet, dich in meinem Leben zu haben."

Ich küsse sie, sodass alle um uns herum klatschen, und hebe sie dabei hoch. Als unsere Münder sich voneinander lösen, lächelt sie breit in die Menge hinein. „Ladies, dieser Kerl gehört mir! Also lasst die Finger von ihm, sonst bekommt ihr es mit mir zu tun. Ich teile nicht!"

Alle lachen und ich gebe dem DJ ein Zeichen, dass er wieder Musik spielen soll. Als wir von der Bühne treten, sehen wir meine Mutter und meinen Vater, die nach vorne gekommen sind und dort auf uns warten.

„Ich hätte nie gedacht, dass mein Cyprian sich eines Tages niederlassen würde", sagt Papa und nimmt Cami herzlich in den Arm. „Sei bitte lieb zu ihm."

„Keine Sorge", sagt Cami. „Ich liebe ihn und ich werde immer lieb zu ihm sein."

Als nächstes nimmt meine Mutter sie in die Arme, während mein Vater von ihr ablässt und mir die Hand gibt. „Verheiratet zu sein bedeutet eine Menge Verantwortung, Cyprian. Deshalb habe ich mich tunlichst davon ferngehalten. Aber ich nehme an, du hast dir das alles gut überlegt. Ich nehme an, du hast deshalb so viel in die Familie ihrer Schwester investiert. Ich hoffe, alles wendet sich zum Besten für dich."

„Danke, Papa." Ich sehe, wie meine Mutter Cami loslässt und sie zum ersten Mal Tränen in den Augen hat.

Sie nimmt mich in den Arm und flüstert: „Glückwunsch, mein Sohn. Ich hoffe, dass du nicht vorhast, mich allzu bald zur Großmutter zu machen. Das würde meinen Ruf ruinieren." Sie lacht, um mir zu zeigen, dass es nur ein Witz sein soll, aber ich wette, ein wahrer Kern steckt dahinter.

„Ich werde mein Bestes geben, dich zur Großmutter zu machen, sobald ich diese junge Dame davon überzeugen kann." Cami hört mich und schüttelt den Kopf. Ich nicke und nehme sie an der Hand. „Und jetzt müssen wir los. Wir sehen uns nächste Woche."

Sie beobachten uns, während wir davoneilen, ebenso wie die restlichen Gäste. Als ich schon glaube, wir wären frei, tritt uns auf einmal eine Frau in den Weg. „Hey."

„Trish, nicht wahr?", frage ich, als wüsste ich es nicht schon.

„Komm schon, Cyprian. Stell mich der Frau vor, die dich uns abgeluchst hat."

„Das ist Cami", sage ich und trete dann zur Seite.

Trish packt Cami an den Schultern, sodass Cami stehen bleiben und sich nach ihr umblicken muss. „Kann ich dir helfen?"

„Ich möchte nur eines wissen, Cami. Wie hast du das hingekriegt? Wie hast du es geschafft, dass er nur dich will und keine andere?"

Cami blickt mich an und dann Trish. „Ich habe nichts getan. Es ist einfach so geschehen."

„Das stimmt nicht", sage ich. „Sie hat mein Herz gestohlen und jetzt hält sie es fest."

Trish verengt ihren Blick und runzelt die Stirn. „Schade, dass du uns verlässt, Cyprian."

Cami blickt zu Boden und ich ziehe sie an mich und lege meinen Arm um sie. „Wir müssen alle irgendwann erwachsen werden, Trish. Auf Wiedersehen."

Ich nehme Cami mit und wir gehen aus dem Ballsaal hinaus, in dem ich seit meiner Kindheit eine Menge Partys erlebt habe. Und zwar Partys, die ganz und gar nicht für Kinder sind. Ich bin froh, dass ich dieses Leben hinter mir lasse. Ich bin glücklicher denn je zuvor.

Wie lange werde ich wohl so glücklich sein, frage ich mich ...?

58

CAMILLA

Der Ring an meinem Finger wiegt eine Tonne. Der Diamant ist riesig und das Platinband ist breit und voller kleinerer Diamanten. „Ich nehme an, mein Finger wird an Muskelmasse aufbauen müssen, um dieses Klunker zu stemmen."

Cyprian lächelt und küsst den Ring, den er mir auf den Finger gesteckt hat. „Ich nehme an, das wird er müssen, denn du wirst ihn niemals abnehmen."

Während Ashton von der Villa von Cyprians Vater wegfährt, blicke ich all die Autos an, die nach uns eingetroffen sind. Der Saal war brechend voll und so hat es der Mann neben mir früher jedes Wochenende erlebt.

Mir ist nur zu gut bewusst, was er da für mich aufgegeben hat. Ich habe in dem ganzen Saal keine einzige hässliche Frau gesehen. Alle wollten Cyprian ihre Körper schenken, entweder für eine Nacht oder sogar länger. Und er will nur mich. *Das kann ich kaum glauben.*

„Kannst du wirklich dieses Leben hinter dir lassen, Cyprian? Kannst du wirklich immer nur mich wollen?"

Seine Finger berühren meine Lippen. „Bleiben wir lieber bei der Regel, bei der du nicht redest. Sag nur ja, wenn ich dich um etwas bitte. Ich möchte nicht mehr über diesen Ort oder dieses Leben reden. Ich möchte nur über unsere Zukunft reden, aber heute Nacht möchte ich sogar über gar nichts reden. Ich möchte, dass wir einander mit Haut und Haar erleben. Es ist schon Ewigkeiten her, dass ich dich wirklich gespürt habe. Was hältst du davon?“

„Ja“, sage ich lächelnd und er drückt seine Lippen auf die meinen.

Ashton fährt uns in der Limousine nach Hause, also haben wir unseren kleinen Privatraum im hinteren Teil des Autos. Die Fahrt dauert etwa eine halbe Stunde und so, wie Cyprian mich umhermanövriert, scheint er das Ganze schon im Auto lostreten zu wollen.

Er schiebt mein Kleid nach oben und bringt mich dazu, mich auf ihn zu knien. Sein Mund löst sich gerade lange genug von meinem, um mich anzuweisen: „Lass mich frei, Baby.“ Seine Hände legen meine auf seinen Reißverschluss, damit ich ihn öffne, und er greift zwischen meine Beine, um den Klettverschluss meines Höschens zu öffnen. „Drücken.“

Ich gehorche ihm und spüre, wie die Kugel, die in mir drin war, herausgleitet. Dank dem Gewicht in mir war ich meines Geschlechtes durchgehend bewusst gewesen, und nun, da es weg ist, will ich von etwas viel Größerem, Beweglicheren, ausgefüllt werden.

Er hebt mich hoch, setzt mich auf seiner mittlerweile freigelegten Erektion ab und wir stöhnen beide. Er hält mich still, während mein Körper sich dehnt, um ihm Platz zu machen, und ich erbebe vor sexuellem Wohlgefühl. Mein Bauch spannt sich an, als er mich sanft anhebt.

„Cyprian, ja“, stöhne ich, als ich spüre, wie sein seidenglatter Schwanz sich in mir bewegt. Ich werde fast von Sinnen, so gut fühlt es sich an. „Oh, ich habe das ja so sehr vermisst.“

Seine Lippen drücken sich an meinen Hals und er hält mich still, dann bewegt er sich wieder. „Ich muss ganz langsam machen. Mein Körper war noch nie so lange abstinent und ich habe Angst, dass mir zu schnell einer abgeht.“

„Scheiß drauf, Baby. Machen wir einfach. Ich weiß, dass du ohnehin schnell wieder aktionsbereit bist.“ Ich bewege mich schneller und drücke seine Schultern nach hinten, damit er mich dabei beobachten kann, wie ich ihn reite.

Er schiebt mir mein Kleid von den Schultern, sodass es sich um meine Taille legt. Er öffnet vorne meinen BH und lässt meine Titten frei, sodass er sie streicheln kann, während er stöhnt: „Himmel, habe ich die vermisst."

Sein großer Schwanz berührt mich an Stellen, die viel zu lange ohne Aufmerksamkeit gewesen sind. Ich komme vor ihm, doch die Zuckungen meines Körpers bringen auch ihn zum Höhepunkt. Gleichzeitig stöhnen wir unsere Lust heraus.

Er zieht mich an ihn und küsst mich lang und sanft. „Ich liebe dich. Ich liebe dich so sehr", flüstert er euphorisch.

„Ich liebe dich auch, Cyprian. Mehr als du jemals verstehen kannst." Ich spüre, wie sein Schwanz in mir wieder zum Leben erweckt und wiege mich sanft, um das Wachstum zu bestärken.

Wir küssen einander weiter und ehe ich mich's versehe, werden aus lieblichen Küssen heiße Zungengefechte. Er bewegt sich, sodass ich auf dem Rücken auf dem Boden liege. Diesmal rammt er sich mit voller Wucht in mich hinein.

Ich gebe mich ihm voll und ganz hin. Dieser Mann kann es mir so besorgen, wie es ihm gerade passt. Zum ersten Mal gebe ich mich ganz und gar an jemanden. Mit Körper, Geist und Seele – und doch habe ich mich noch nie freier gefühlt.

Der Zufall hat mich mit dem Mann zusammengeführt, der mein fehlendes Puzzleteil war. Und ich kann die Leere in ihm füllen, die er bisher verspürt hat.

Seine Bewegungen sind rau, genau wie unsere Atemzüge. Die Straße säumen nun keine Laternen mehr und er beeilt sich, uns beide zum Höhepunkt zu bringen. Stöhnend ergießt er sich ein zweites Mal in mir. „Wir sind gleich zu Hause."

Er steht auf, zieht mich hoch und wir richten beide unsere Kleidung. Meine Haare sind ein wenig zerstrubbelt, also wird Ashton auf jeden Fall Bescheid wissen, wenn er uns die Tür öffnet. Wir fahren vor dem Tor vor und ich sehe, dass wir uns beide ausreichend hergerichtet haben. „Geschafft!"

Cyprian lacht. „Dachtest du etwa, wir würden es nicht schaffen?"

Nickend lasse ich mich auf dem Sitz nieder und lehne mich an seine Schulter. „Ich hatte da so meine Zweifel. Jetzt geht es mir so viel besser.“

„Und das war erst der Anfang“, sagt er und küsst mich auf die Wange, als wir vor dem Haus zum Stehen kommen. Cyprian drückt auf einen Knopf, der die Trennwand zwischen uns und dem Fahrer herunterlässt. „Ich habe die Sache ab hier im Griff, Ashton. Danke, wir sehen uns morgen.“

„Jawohl, Sir“, sagt Ashton und ich bin auf einmal überglücklich, dass ich ihm nicht mit meinem Sexhaar vor die Augen treten muss.

Sobald wir aus dem Auto raus sind, hebt mich Cyprian hoch, als wäre ich bereits seine Braut, und trägt mich zur Tür. „Gib den Code ein, Baby.“

Ich gebe ihn ein und er tritt mit mir durch die Haustür. Dann trägt er mich die Treppen hoch bis ins Schlafzimmer. Er stellt mich auf dem Boden ab, tritt einen Schritt zurück und bedeutet mir, dass ich mich umdrehen soll.

Ich drehe mich um und spüre, wie er ganz dicht hinter mich kommt, mein Haar aus meinem Nacken streicht und mich sanft dort küsst. „Ich habe dich vermisst.“

Seine Zunge fährt meinen Nacken hinauf, bis er mein Ohr erreicht und daran knabbert. In meinem Körper sprühen die Funken und ich bin wieder für ihn bereit. Keine Ahnung, wie das schon wieder geht, aber das tut es eben.

Er öffnet den Reißverschluss meines Kleides und lässt es auf den Boden fallen. Dann zieht er mir die Kleidung aus, bis ich nackt bin, während er noch angezogen ist. Er tritt einen Schritt zurück, beäugt mich von oben bis unten, knurrt dann und zeigt auf das Bett.

Ich entferne mich von ihm und steige auf das Bett, lehne mich dann zurück und warte ab, was er wohl von mir verlangen wird. Er kommt zu mir herüber und nimmt die Tüte mit, die er zuvor mit nach Hause gebracht hat, und leert sie auf der Bettdecke aus. Ich beobachte ihn, als er die Peitsche aufhebt. „Vertraust du mir?“

„Ja“, sage ich, denn dieses kleine Ding habe ich bereits ausprobiert. Es ist ja nicht so, als würde ich ihm nicht vertrauen. *Moment, nur deshalb habe ich es doch ausprobiert!* Aber gut, das muss er ja nicht wissen.

„Auf alle Viere, und zwar so, dass dein Arsch direkt über der Bettkante ist, Weib.“ Er lächelt, um mir zu zeigen, dass er das nicht wirklich so lümmelhaft meint.

Ich lächle auch und gehorche. Ohne ein weiteres Wort warte ich ab, dass er weitermacht. Mit einer Hand streicht er über meinen Arsch, ich bebe vor Verlangen und kämpfe gegen den Impuls an, ihn anzuflehen, schneller zu machen. Ich verzehre mich wie wild nach ihm!

Ich höre, wie er seinen Reißverschluss öffnet und seine Hand immer noch über die Hügel meines Pos streicht. Dann höre ich, wie er seine Hose auszieht und ich endlich nicht mehr alleine nackt bin. Schon bald werde ich mich an seinem köstlichen Anblick ergötzen dürfen.

Er drückt seinen Schwanz an meinen Arsch und ich zittere vor Lust. „Cyprian“, stöhne ich, während er mit mir spielt.

Er klatscht mir eine mit der Peitsche und befiehlt: „Nicht reden, Weib.“

„Ja“, sage ich, aber es klingt zu sinnlich und er peitscht mich noch zweimal. „Ja, ja!“

„Gefällt dir das, Weib? Gefällt es dir, wenn ich dich bestrafe?“ Er peitscht mich noch einmal mit dem weichen Leder und ich bin auf einmal klatschnass vor Geilheit.

„Ja.“

„Gehörst du mir?“, fragt er und peitscht mich erneut.

„Ja.“

Knurrend lässt er einen Finger in mich gleiten. „Bist du auch schön feucht für mich, Baby?“

„Ja“, stöhne ich und reibe meinen Arsch an ihm, damit sein Finger noch tiefer in mich dringt.

„Willst du, dass ich dich ficke?“, fragt er und bewegt seinen Finger sanft.

„Ja! Ja!“

Er drückt mich nach unten, dreht mich auf den Rücken und zieht mich an seinen Beinen an sich ran, sodass mein Po direkt an der Bettkante liegt und ich zu ihm aufblicke. Ich kann mich gar nicht sattsehen an seinem perfekten Körper. Sein Waschbrettbauch ist genauso straff wie seine Brustmuskeln. Seine Hände packen meinen Arsch, dabei spannt sich sein Bizeps richtig an, und er rammt sich in mich mit einem geschmeidigen Stoß. „Besser?“, fragt er mich.

Mein Körper genießt das Gefühl von ihm in mir. So perfekt, so richtig, so verdammt erfüllend. „Ja“, stöhne ich, während er meine Brüste grabscht und ich ihn anblicke, wie er sich in mir bewegt. Er macht mich so geil, dass es fast schon verboten sein sollte.

„Gehört diese Muschi mir, nur mir, und zwar für immer?“, fragt er und rammt mich hart, sodass ich aufkeuche.

„Ja!“

„Braves Mädchen.“ Er hebt mich ein wenig hoch, sodass er eine Stelle in mir berührt, die ich noch nie zuvor gespürt habe.

„Ah!“, stöhne ich, denn es fühlt sich geradezu unglaublich an, und mein Körper fängt an zu zittern, als ich mich einem markerschütternden Orgasmus nähere.

Er stößt immer härter in mich rein und zieht mich bei jedem Mal an sich heran. Es fühlt sich an, als stieße er bis auf meinen Grund vor und ich kann mich nicht länger zurückhalten. Ich komme hemmungslos, während er so tief in mich vorstößt wie niemand zuvor.

Ich schreie auf, lasse alles raus, und er vögelt mich nur noch leidenschaftlicher. Meine Beine zittern bereits, ich winde mich vor Lust. Mein Orgasmus will schier nicht mehr aufhören und er bearbeitet mich ohne Unterlass, bis er sich selbst lautstark in einem heftigen Orgasmus entlädt. Ich spüre die Vibrationen, die zwischen unseren Körpern entstehen.

Ich betrachte ihn, wie er seine Augen schließt und sein Gesicht sich rötet. Er scheint zu leuchten. Er ist wunderschön, umwerfend, und er wird mein Ehemann sein!

Womit habe ich nur so viel Glück verdient ...?

59

CYPRIAN

„Cami, du verarscht mich besser nicht!“, sage ich, während ich im Bett liege und sie anblicke nach dieser unglaublichen Liebesnacht, die wir gerade miteinander verbracht haben.

„Ich werde sofort die Pille absetzen. Ich will ein Kind von dir, Cyprian. Ich will dir das eine Geschenk machen, das du dir nicht selbst machen kannst.“ Sie beißt sich auf die Unterlippe, die von den vielen Küssen ganz angeschwollen ist, und eine Träne läuft über ihre gerötete Wange.

„Baby!“ Ich ziehe sie in meine Arme und halte sie fest, als gäbe es kein Morgen mehr. Ich küsse sie über und über, bis sich unsere Lippen treffen und wir in einem leidenschaftlichen Kuss versinken.

Sie möchte mir ein Kind schenken!

60

CAMILLA

Auf der Fahrt in die Uni rufe ich meine Schwester an, um ihr die Neuigkeiten zu verkünden. „Guten Morgen, Camilla."

„Ein toller Morgen, Catarina. Cyprian hat gestern um meine Hand angehalten und ich habe ja gesagt. Und weißt du, was noch?"

„Du fährst dieses Wochenende nach Vegas und ziehst es durch?", fragt sie.

„Nein", sage ich. „Nun ja, ich weiß nicht so genau, vielleicht hat Cyprian sich ja etwas ausgedacht. Auf jeden Fall habe ich beschlossen, sofort eine Familie mit ihm zu gründen."

„Das ist fantastisch. Meine Kinder bekommen endlich Cousins und Cousinen!"

„Ist mein Frühstück schon fertig?", höre ich Peter schroff im Hintergrund fragen.

„Er ist wohl kein Morgenmensch, was?", frage ich.

„In letzter Zeit nicht. Ich muss los."

Sie legt ohne ein weiteres Wort auf und ich bin irgendwie verärgert darüber. Ich will gerade meine Eltern anrufen, als ich sehe, wie ein kleines schwarzes Auto neben mir vorfährt.

Ich nehme den Fuß vom Gas, denn das sind wohl ein paar Abenteuerlustige neben mir, die mit einem Lamborghini um die Wette fahren wollen. Mein Handy klingelt und ich sehe, dass es eine unbekannte Nummer ist, aber ich gehe trotzdem ran. „Camilla Petit."

„Camilla Petit, Sie müssen rechts ranfahren. Ich möchte mit Ihnen etwas Wichtiges besprechen. Es geht um Ihre Schwester und ihre Kinder. Ich bin in dem schwarzen BMW hinter Ihnen. Fahren Sie auf den nächsten Parkplatz", höre ich die Stimme eines Mannes.

„Ganz sicher nicht", sage ich und fahre etwas schneller. „Sie können mir alles auch prima übers Telefon sagen."

„Das geht nicht. Dieses Handy ist möglicherweise verwanzt. Ihre Schwester und ihre Kinder sind in Gefahr. Sie müssen dafür sorgen, dass Ihr Verlobter sich nicht weiter in das Leben meines Bruders einmischt. Sonst wird das Ihre Familie teuer zu stehen kommen."

„Was hat Cyprian mit alledem zu tun?", frage ich und fahre noch ein wenig schneller.

„Er hat meinen Bruder gestern gezwungen, einen Vertrag zu unterschreiben. Wenn er sich eine zweite Frau nimmt, wird er aus Amerika fortgeschickt und muss seine Frau und Kinder zurücklassen. Meine Familie wird das nicht erlauben. Sie verstehen also, wie wichtig es ist, dass ihr Verlobter zur Vernunft kommt. Und Sie müssen da noch etwas wissen."

„Sie müssen mir nichts weiter erklären. Ich werde schon mit meinem Verlobten fertig." Ich bin so sauer, dass ich kaum ein Wort über die Lippen bringe. Wie konnte er nur?

„Das müssen Sie wissen, Camilla. Mein Bruder ist bereits mit der anderen Frau verheiratet, von der er Catarina erzählt hat. Er hat sie vor drei Monaten geheiratet und sie ist schwanger. Sie verstehen also, warum das Ganze nicht so belassen werden kann. Er muss zurückkehren, um seine Aufgaben zu übernehmen. Und er wird es nie erlauben, dass man ihm seine Kinder wegnimmt. Ihre Schwester ist vielleicht nicht zufrieden mit der Lage, aber sie hat ihn schließlich geheiratet und Kinder mit ihm gezeugt und diese Kinder gehören nun ihm. Bringen Sie ihren Verlobten zur Vernunft oder Sie und Ihre Familie sehen Ihre Schwester und Ihre Nichten und Neffen nie wieder."

„Da muss man doch etwas tun können. Meine Schwester war am Boden zerstört, dass er überhaupt darüber nachgedacht hat, sich noch eine Frau zu nehmen. Diese Neuigkeiten werden ihr den Rest geben."

„Catarina wusste, worauf sie sich eingelassen hat. Niemand hat sie gezwungen, meinen Bruder zum Mann zu nehmen. Sagen Sie das Ihrem Verlobten. Wenn er den Vertrag nicht annulliert und damit aufhört, meinem Bruder zu drohen, dann geschieht das Gleiche, was er meinem Bruder androht, Ihnen, Camilla."

Er beendet das Gespräch und ich beobachte, wie das Auto im Rückspiegel langsamer fährt und in eine Seitenstraße abbiegt. Ich beschließe, nicht mehr zur Vorlesung zu gehen und fahre stattdessen zu Cyprian ins Büro, um herauszufinden, was genau er angestellt hat, dass meine Familie nun mit der meines Schwagers auf Kriegsfuß steht.

Und womit er Peter gedroht hat – für den Fall, dass das nun mir passiert ...

DER HELD

61

CYPRIAN

Meine Sekretärin betätigt die Sprechanlage im gleichen Augenblick, als meine Bürotür aufgestoßen wird und Cami hereinstürmt. Ihr Gesicht ist feuerrot und sie keucht wie eine Wildgewordene. „Wie konntest du nur?“

„Wie konnte ich nur was?“, frage ich, stehe auf und gehe zu ihr. Ich ziehe sie ins Büro und schließe die Tür, damit die Leute draußen nichts mitbekommen.

Sie zittert, als ich versuche, sie in meine Arme zu ziehen. Doch davon will sie gar nichts wissen. Sie wirft mich wütend ab und tritt von mir weg. „Lass das! Cyprian, was hast du dir nur dabei gedacht?“

„Baby, du musst dich beruhigen und dann mit mir sprechen. Ich verstehe gar nicht, wovon du redest.“

„Peter!“

Was weiß sie bloß über meine Geschäfte mit Peter?

Ich handle nicht voreilig, um ihr nicht mehr zu verraten, als sie schon weiß. „Was ist mit ihm?“

„Erklär du mir das, und zwar jetzt sofort. Ich gebe dir nur eine Chance, ehrlich zu mir zu sein.“ Ich beobachte, wie sie den Verlobungsring abnimmt, den ich ihr erst gestern an den Finger gesteckt habe.

„Was willst du damit sagen?“, frage ich, denn ich bin ganz durcheinander von ihrem Wutausbruch.

„Ich will damit sagen, dass du eine Chance bekommst, mir zu sagen, was du getan hast, wenn du willst, dass alles so bleibt, wie es ist. Denn wenn ich dich heiraten möchte, muss ich dir auch vertrauen können.“

„Sag du mir doch lieber, was dich so wütend macht?“, frage ich und sehe ungläubig zu, wie sie zu meinem Schreibtisch hinübergeht und den Ring darauf ablegt.

„Verstehe schon“, sagt sie und versucht, mein Büro zu verlassen.

Ich packe sie am Arm, als sie an mir vorbeigeht, blicke ihr in die Augen und erkenne darin die Wut. Auf einmal weiß ich, dass ihr jemand von dem Vertrag erzählt hat. Ich habe keine Wahl. „Ich habe Peter einen Vertrag unterschreiben lassen, in dem steht, dass ich ihn ohne deine Schwester und seine Kinder deportieren lasse, falls er je eine zweite Frau nimmt.“

„Nun, ich kann nicht deportiert werden und einer von Peters Brüdern hat mir damit gedroht, dass mit das Gleiche passieren würde, was du Peter angedroht hast.“ Sie beäugt mich und ich weiß, dass ich aufgeflogen bin. Ich muss ehrlich sein, wenn ich sie behalten will. *Und ich will sie behalten.*

„Verdammt noch mal!“ Ich halte sie fest, bringe sie zum Schreibtisch, nehme den Ring und halte ihn ihr hin. Sie schüttelt den Kopf und blickt mir weiter in die Augen.

„Verdammt! Na gut, also, ich habe ihm den Tod angedroht.“

„Cyprian! Was hat dich bloß geritten, so etwas Schreckliches zu tun? Er ist der Vater der Kinder meiner Schwester. Ihr Ehemann. Er wird eines Tages dein Schwager sein! Wieso tust du bloß so etwas?“

„Ich habe dir die ganze Wahrheit gesagt. Kann ich dir jetzt wieder diesen Ring anstecken? Es macht mich ganz nervös, wenn du ihn nicht dran hast“, sage ich und halte ihn ihr hin.

„Sag mir erst, warum du das getan hast.“

„Weil ich ihn für einen schlechten Mensch halte. Einen Menschen, bei dem jemand dafür sorgen musste, dass er deiner Schwester nicht übel mitspielt. Sie wird schließlich bald meine

Schwägerin sein und ich empfinde es als meine Verantwortung, dass sie und deine gesamte Familie glücklich sind und gut behandelt werden."

Ihr Blick wird sanfter und sie hält mir eine Hand hin. Ich stecke ihr den Ring wieder an, bevor sie es sich anders überlegen kann, setze mich dann auf den Stuhl neben dem Schreibtisch und ziehe sie in meinen Schoß. Ihre Stirn berührt meine und sie murmelt: „Was soll ich bloß mit dir machen?"

„Mich lieben", flüstere ich und küsse sie auf die Wange. „Ich habe das nur deinetwegen getan, Cami."

„Du musst den Vertrag vernichten. Du musst ihm erlauben, dass er wegfährt. Und du musst wissen, dass meine Schwester ihn begleiten wird. Sie muss das tun, sonst nimmt er ihr die Kinder weg und wir sehen sie alle nie wieder. Und außerdem werde ich dann scheinbar ermordet." Sie löst sich von mir und blickt mich an. „Siehst du jetzt, was du angerichtet hast? Du hättest deine Idee vorher mit mir absprechen sollen, dann hätte ich dir erklären können, warum das gar kein guter Einfall ist."

„Also ist es dir egal, dass deine Schwester sich das alles gefallen lassen muss?", frage ich, denn schließlich hat sie mich gebeten, ihm einen Job zu geben, bei dem er hier bleiben müsste.

„Ich fürchte, meine Schwester muss einfach mit der Tatsache klarkommen, dass sie einen Kerl geheiratet hat, der auch noch weitere Ehefrauen haben darf. Sie hat schließlich absichtlich verhütet, damit sie ihm nicht unendlich viele Kinder schenken müsste, wie er es von ihr erwartete. Und nun ist es ohnehin zu spät, um noch etwas zu ändern. Sein Bruder hat mir gesagt, dass Peter diese andere Frau schon vor Monaten geheiratet hat. Sie erwarten ein Kind. Meine Schwester muss das nun akzeptieren. Egal, was ist. Und Peter muss zurück nach Südafrika, um sich um seine andere Frau zu kümmern."

„Diese Nachrichten werden sie echt fertig machen, nicht wahr?", frage ich und spiele mit einer dunklen Locke, die sich aus ihrem Knoten gelöst hat.

„Das stimmt." Sie fährt mir durch das Haar. „Kannst du mir versprechen, dass du so etwas nie wieder tun wirst?"

„Das kann ich. Tut mir leid. Ich wollte nur helfen."

„Dann schreib dir mal Folgendes hinter die Ohren:", sagt sie und nimmt mein Kinn zwischen die Finger. „Jemandem Morddrohungen zu machen ist ein totales No-Go."

„Ist notiert", sage ich und spüre, wie mir die Schamesröte ins Gesicht steigt. „Ich schätze, mir fehlt einfach etwas in meinem Hirn, dass ich so etwas Grundlegendes kapiere. Ich wollte euch einfach beschützen und da Peter so dominant ist, dachte ich, ich müsse ihn dominieren, damit deine Schwester glücklich wird."

„Meine Schwester muss ihre Suppe jetzt auslöffeln." Sie küsst mich auf die Lippen, sodass ich einen Schwarm von Schmetterlingen im Bauch spüre.

Alles wird gut. Sie wird mich deswegen nicht verlassen.

Wann lerne ich das nur ...?

62

CAMILLA

Mit dem Vertrag in der Hand verlasse ich Cyprians Büro und gehe zu Peter, um ihm den Vertrag zurückzugeben und zu versuchen, die Wogen zu glätten. Cyprian wollte, dass ich mitkomme, aber ich habe ihm erklärt, dass es wahrscheinlich nicht so toll laufen würde, wenn er dabei wäre.

Ich will nur, dass alles wieder wird wie zuvor. Meine Schwester und die Kinder kommen ein paar Mal im Jahr zu Besuch und Peter sehen wir wahrscheinlich nie wieder – auch nicht so schlimm. Jetzt, wo ich weiß, dass er eine zweite Familie hat.

Ich gehe auf dem Weg dorthin schon einmal durch, was ich sagen werde, und als ich bei ihnen ankomme, sehe ich, dass der schwarze BMW, der mich verfolgt hat, hinter dem Wagen meiner Schwester geparkt ist. Ich bleibe stehen, warte und denke nach, was ich tun soll.

Ich habe keine Ahnung, was da los ist, also rufe ich Catarina an. „Camilla!" Sie nimmt aufgeregt ab.

„Catarina, ist alles in Ordnung?"

„Nein, hat Cyprian dir gesagt, was er Peter antun würde?", fragt sie mich und ich höre jemanden im Hintergrund herumschreien.

„Das hat er. Wer schreit da?"

„Alle schreien. Hat er seinen Plan geändert?"

„Das hat er. Ich war gerade in seinem Büro, als er den Anruf getätigt hat, dass man Peter in Ruhe lassen soll. Ich habe auch den Vertrag, der total illegal ist. Er wollte ihm nur Angst einjagen, aber ich wollte ihn Peter überreichen, damit er sich besser fühlt. Vielleicht will er ihn ja selbst zerreißen.“

„Das ist echt nett von dir, aber du solltest diesem Ort hier fernbleiben. Drei seiner Brüder sind gestern angekommen. Sie sind überhaupt nicht begeistert, dass jemand ihrem Bruder mit Mord gedroht hat.“

Ich finde es schrecklich, dass meine arme kleine Nichte und mein armer kleiner Neffe das hören müssen, vor allem, da Cyprian an allem schuld ist. „Bitte lass mich versuchen, die Wogen zu glätten.“

„Catarina, mit wem zum Teufel telefonierst du da?“

„Peter, lass mich einfach in Ruhe. Das ist meine Schwester“, sagt sie erschöpft.

„Sag ihr, sie soll herkommen. Ich will mit ihr reden.“

Ich beende das Gespräch und warte nicht länger ab, bis mir meine Schwester Erlaubnis erteilt, ihr Haus zu betreten. Ich schnappe mir den Vertrag, steige aus und sperre die Tür zu. Meine Handtasche lasse ich im Auto.

Ich nähere mich der Hintertür, denn ich will mich hineinschleichen. Drinnen wird so viel herumgebrüllt, dass ich gar nicht glauben kann, dass meine Schwester dem noch kein Ende gesetzt hat. Anstatt mich also hereinzuschleichen, reiße ich die Hintertür auf und brülle: „Schluss mit diesem Theater! Ich habe den Vertrag und Peter schwebt überhaupt nicht mehr in Gefahr!“

Einer seiner Brüder reißt mir den Vertrag aus der Hand und die anderen beiden werfen mich mit dem Gesicht zu Boden, bevor mir klar wird, was sie getan haben. Ich sehe weder Peter noch meine Schwester und höre die Kinder irgendwo heulen.

„Du hast genau so gehandelt, wie Peter es vermutet hat, du dummes Weib!“, sagt einer, während er mir meine Hände hinter dem Rücken mit Kabelbindern zusammenbindet.

„Ihr müsst mich loslassen!“, brülle ich und sehe, wie meine Schwester in die Küche gerannt kommt, in der ich mich befinde.

„Lasst sie los!“, ruft sie, als Peter auf einmal hinter sie tritt. „Geh zurück ins Zimmer und kümmere dich um meine Kinder. Sie weinen, Catarina. Ich werde mich schon um deine Schwester kümmern.“

„Bitte, Peter!“, schreit sie.

Ich sehe, wie sie zittert. Sie sieht jetzt gar nicht mehr wie die große Schwester aus, als die ich sie sonst kenne. „Ich komme schon klar, Catarina. Ich erkläre ihnen, was Cyprian gemacht hat.“

Sie dreht sich um, ohne mich anzublicken, und ich weiß, dass ich etwas tun muss, um sie aus dieser Hölle zu befreien. Man hebt mich hoch und setzt mich auf einen der Stühle, die ich mit ihr ausgesucht habe und die Cyprian gekauft hat.

Peter schenkt sich ein Glas Milch ein und setzt sich auch. „Der Mann, den du in unser Leben gebracht hast, muss belehrt werden. Es genügt nicht, mir einfach den Vertrag zurückzugeben und seine Handlanger zurückzurufen, bevor sie mich umbringen für etwas, auf das ich ein Recht habe. Er muss lernen, dass er so etwas nie wieder tun darf.“

„Er weiß das schon. Wir haben uns unterhalten. Er wird nie wieder so etwas tun. Ich schwöre es dir, Peter. Bitte!“

„Ich kann dir nicht erlauben, ihn zu heiraten“, sagt er und blickt mir fest in die Augen. „Wenn du darauf bestehst, mit ihm zusammenzubleiben, wird meine Familie dich nie wieder besuchen.“

„Peter, bitte. Cyprian hatte eine Kindheit, in der er nie gelernt hat, wie man Freundschaften schließt. Das lernt er erst jetzt. Mit der Zeit kannst du dich auf eine waschechte Entschuldigung von ihm freuen. Aber jetzt wäre es erstmal ganz nett, wenn du mich losbinden würdest. Das wird ihm sonst gar nicht gefallen, wenn ich nach Hause komme.“

„Keine Sorge. Dort gehst du erst einmal nicht hin. Zumindest nicht, bis wir schon längst über alle Berge sind. Ich nehme meine Familie mit und wir verlassen noch heute das Land. Und du bleibst hier, aber nirgends, wo man dich gleich findet.“

Man bindet mir etwas über den Mund und dann um den Kopf und als sie fertig sind, sehe ich, dass es Klebeband ist. Einer seiner

Brüder hat eine Rolle davon in der Hand. Der Stuhl wird nach hintern gerissen und meine Fußgelenke werden auch damit gefesselt. Dann werde ich über die Schulter eines seiner Brüder geworfen und weggebracht.

Er bringt mich auf den Dachboden. Dort steht in einer Ecke ein altes Sofa. Doch anstatt mich darauf zu legen, legt er mich dahinter.

Der Boden ist voller Staub. Sonnenlicht lässt die Staubflusen golden tanzen und ich höre, wie die Schritte sich von mir entfernen und die Treppe hinuntergehen.

Sie wollen mich also hier lassen in der Hoffnung, dass ich niemals gefunden werde. Aber ich weiß, dass man mich doch finden wird. Mein Auto ist auf der anderen Straßenseite geparkt. Cyprian wusste, dass ich hierher fahre. Er wird jeden Zentimeter dieses Hauses nach mir absuchen.

Ich versuche, ruhig zu bleiben, als ich Catarina fragen höre, wo ich hin bin. Peter erzählt ihr, sie hätten mich freigelassen und dass sie jetzt schnell zum Privatjet seines Onkels müssten, um zurück nach Hause zu fliegen.

Ich höre, wie sie ihre Siebensachen zusammensuchen, dann herrscht er sie an, dass sie nun losmüssen und ich höre, wie die Tür ins Schloss fällt und abgesperrt wird. Jemand programmiert die Alarmanlage. Dann höre ich, wie Autos angelassen werden und aus der Ausfahrt ausfahren.

Mir kommen die Tränen. Aber ich reiße mich zusammen, damit ich überlegen kann, wie ich mich aus dieser Lage befreien kann. Ich bin schließlich nicht dumm und wenn ich mich befreien kann, kann ich zur Polizei gehen und Peter und seine Brüder wegen Entführung anzeigen.

Aber dazu muss ich mich erst einmal befreien und in mein Auto kommen, in dem ich mein Handy gelassen habe. Ich rolle mich zur Seite und wirble dabei so viel Staub auf, dass ich niesen muss. Mit zugeklebtem Mund tut das richtig weh.

Ein kleiner Teil von mir will einfach aufgeben, aber das darf ich nicht. Ich muss meine Schwester von diesem Monster befreien. Er hat sie von uns ferngehalten und ihr etwas vorgemacht.

Er ist kein guter Mensch. Er ist kein guter Ehemann. Er ist überhaupt nicht gut, damit hatte Cyprian recht. Er hat ihn sofort durchschaut.

Ich hoffe einfach, dass Cyprian immer noch so denkt wie vorher und sich auf die Suche nach mir macht. Und wenn Cyprian diesmal mit ihm kurzen Prozess machen will, werde ich mich ihm nicht in den Weg stellen.

Kann das alles überhaupt ein gutes Ende finden ...?

63

CYPRIAN

„Sie geht schon drei Stunden nicht mehr ans Handy", erkläre ich dem Polizeibeamten, den ich zu mir ins Büro bestellt habe. „Ich bin zu ihrer Schwester nach Hause gefahren, doch dort ist niemand. Camis Auto ist auf der anderen Straßenseite geparkt, es ist abgesperrt und ich habe ihre Handtasche und ihr Handy auf dem Beifahrersitz liegen sehen. Irgendwas stimmt da nicht."

„Eine Person muss erst 24 Stunden lang nicht aufgetaucht sein, bevor wir sie als vermisst melden und uns auf die Suche machen. Sie haben gesagt, ihr Auto sei noch vor dem Haus. Haben Sie versucht, sich mit ihrer Schwester in Verbindung zu setzen?"

„Natürlich. Und mit ihrem Schwager." Ich weiß, dass ich nicht preisgeben darf, dass ich Peter gedroht habe und dass schränkt mich ziemlich ein. Also überlege ich mir meine Worte gut. „Keiner von beiden nimmt ab. Ich habe ihnen jeweils ein Auto geschenkt und diese Autos sind weg. Können Sie nach diesen Autos fahnden? Sie gehören mir."

„Ich kann das tun, wenn sie einen Diebstahl anmelden möchten. Aber Sie haben mir gerade gesagt, dass Sie ihnen die Autos geschenkt haben, also ist es kein Diebstahl. Hören Sie, Mr. Girard, wenn Sie sich wirklich Sorgen machen, sollten Sie vielleicht einen Privatdetektiv anstellen. Mir sind bis morgen die Hände gebunden", sagt er mir und verstaut seinen Notizblock.

Ich nicke ihm zu, stehe auf und begleite ihn aus dem Zimmer. Ich bin völlig am Ende. Ich weiß, dass irgendwas los sein muss. Ich weiß, dass Cami mit ihnen nirgendwo hingefahren ist. Ich bin das ganze Haus durchgegangen und niemand ist da und ihre Klamotten scheinen auch weg zu sein.

Ich rufe Ashton an, denn es ist wohl an der Zeit, um ein paar Gefallen zu bitten, wo die Polizei schon nichts tun kann. „Mr. Girard, möchten Sie abgeholt werden?"

„Ja, und kennst du jemanden, der darauf spezialisiert ist, vermisste Personen aufzufinden?", frage ich ihn, schnappe mir meine Jacke und verlasse mein Büro. „Die Polizei kann bis morgen nichts für Cami tun. Aber das ist mir nicht gut genug, also nehme ich die Dinge selbst in die Hand. Allerdings brauche ich dabei auch Hilfe."

„Ich rufe ein paar Leute an. Wo möchten Sie sich mit ihnen treffen?"

„Bei mir zu Hause. Hole so viel Hilfe, wie du kannst. Ich habe das Gefühl, dass Peter mit seiner Familie gerade das Land verlassen will. Ich habe auch das Gefühl, dass nur er weiß, wo Cami sich befindet."

„Bin schon dabei, Sir."

Ich wünschte, ich fühlte mich erleichtert, dass man mir bald helfen wird, aber ich glaube, so werde ich mich erst fühlen, wenn ich Cami wieder im Arm halte.

Ich eile nach draußen, steige in die Limo und Ashton fährt los. Er telefoniert und blickt mich im Rückspiegel an. „Ich kann meinen Cousin Franco bitten, am Flughafen nach den Autos zu sehen, die Sie ihnen geschenkt haben."

„Das wäre toll. Und fahr mich zu mir nach Hause. Ich will die Ersatzschlüssel des Lamborghini holen, damit ich mich darin noch einmal umsehen kann. Kennst du vielleicht auch Privatdetektive?"

„Darum kümmert sich gerade meine Schwester Lola. Sie ruft mich gleich zurück. Ihr Exmann ist ein ehemaliger Polizist. Vielleicht kennt er jemanden", erklärt mir Ashton.

„Ich fühle mich innerlich getrieben, wie ich es sonst überhaupt nicht kenne. Ich weiß, dass sie wirklich in Gefahr ist, das spüre ich." Ich hole mein Handy raus und versuche wieder, ihre Schwester zu erreichen. Sofort geht die Mailbox ran. Ich rufe bei ihren Eltern zu Hause an.

„Hallo?", nimmt ihre Mutter ab.

„Mrs. Petit, hier spricht Cyprian."

„Ana, nenn mich Ana, Cyprian. Was kann ich für dich an diesem schönen Morgen tun?", fragt sie. Sie hört sich gut gelaunt an und es tut mir unglaublich leid, ihren Tag ruinieren zu müssen, doch genau das muss ich jetzt tun.

„Ana, hast du vielleicht noch eine zweite Telefonnummer von Catarina? Cami ist heute zu ihnen nach Hause gefahren und jetzt kann ich sie nirgends finden. Catarina und Peter sind mit ihren Kindern abgereist und die meisten ihrer Klamotten haben sie auch mitgenommen."

„Warte kurz. Ich schalte Tommy mal eben zu", sagt sie. Dann höre ich, wie sie nach ihrem Ehemann ruft, er solle das zweite Telefon abheben.

„Was ist los, Cyprian?", fragt er und ich höre ein Klacken, als er das Telefon abnimmt.

„Cami ist verschwunden. Und außerdem sind auch Catarina und die Kinder weg. Peter hat sie irgendwohin gebracht. Ich erreiche niemanden. Camis Auto ist immer noch vor ihrem Haus geparkt, aber niemand ist zu Hause. Ihre Autos sind weg und ich mache mir unglaubliche Sorgen."

„Ich versuche mal, sie von meinem Handy aus anzurufen", sagt Tommy und ich warte ab, um zu sehen, ob sie bei ihm abnimmt. „Catarina, wo seid ihr?"

Ich atme erleichtert auf, denn offensichtlich hat sie abgenommen, und drücke die Daumen, dass sie weiß, wo ich Cami finden kann. „Gottseidank."

„Was soll das heißen, ihr seid am Flughafen?", fragt Tommy sie. „Wo ist deine Schwester?"

Wieder Stille. Ich spüre, wie angespannt ich bin. „Bitte mach, dass es ihr gut geht."

„Catarina, Cyprian hat gesagt, er ist zu dir nach Hause und ihr Auto ist dort, aber sie ist nicht dort", sagt Tommy. „Und warum fliegt ihr jetzt nach Kapstadt?"

Ich beschließe, dass ich zum Flughafen muss, also rufe ich Ashton zu: „Neuer Plan. Wir fahren zum Flughafen. Dort sind Catarina und Peter."

Er wendet und fährt zum Flughafen, als ich Tommy fragen höre: „Wieso folgst du denn denen?"

„Sag ihr, dass Peter schon die andere Frau geheiratet hat und dass sie schon schwanger ist. Er ist schon seit Monaten verheiratet", sage ich Tommy.

Ana keucht auf und Tommy sagt: „Wo ist Peter gerade?"

„Sag ihr, dass ich glaube, dass Peter Cami etwas angetan hat", sage ich und hoffe, dass wir näher dran sind, sie zu finden.

„In Ordnung. Ich muss dir etwas sagen und ich fürchte, das wird dich schockieren. Cyprian hat mir gerade gesagt, dass Peter bereits eine zweite Frau geheiratet hat und dass sie schwanger ist. Er ist schon seit Monaten verheiratet. Er glaubt auch, dass Peter Camilla etwas angetan hat."

„Sag ihr, sie soll sich mit den Kindern vor Peter und seinen Brüdern verstecken, bis ich ihr helfen kann", sage ich Tommy und hoffe, dass wir rechtzeitig zu ihr kommen.

„Du musst aufhören, zu weinen", sagt er ihr. „Du musst dich zusammenreißen. Nimm die Kinder und versteckt euch vor Peter und seinen Brüdern. Cyprian holt euch Hilfe. Und jetzt denk gut nach. Wo könnte deine Schwester sein?"

Hinter uns ertönen die Sirenen von Feuerwehrwägen, sodass Ashton rechts ran fährt, damit sie vorbeikönnen. Ich sehe, wie sie die gleiche Ausfahrt nehmen, die zum Haus von Peter und Catarina führt. „Fahr diesen Wägen hinterher, Ashton. Mir schwant Übles."

Er gehorcht und ich höre Tommy sagen: „Catarina hat gesagt, Camilla muss noch in dem Haus sein. Niemand hat es verlassen, nachdem sie dort angekommen ist. Peter hat ihr gesagt, dass Camilla zusperren würde, wenn sie alle weg wären."

Mein Herz hämmert immer stärker, denn wir sind mittlerweile am Ende ihrer Straße angekommen. Ich sehe, wie Rauch aus den Fenster im ersten Stock aufsteigt.

„Sag Catarina, dass das Haus brennt. Wir sind gerade den Feuerwehrleuten hinterhergefahren. Sag ihr, sie soll sich und die Kinder verstecken und ich schicke gleich die Polizei zum Flughafen, damit ihr Ehemann und seine Brüder festgenommen werden. Wenn sie verhaftet sind, rufe ich dich wieder an, Tommy, damit du ihr sagen kannst, wo sie hin soll. Ich lasse sie abholen. Frag sie, wie viele Brüder bei ihnen sind, damit sie auch alle verhaftet werden."

„Sie sagt, es sind drei, und beeilt euch bitte. Der Jet wird schon vollgetankt", sagt Tommy mir.

„Verstanden. Ich rufe dich bald wieder an." Ich lege auf, lege das Handy neben mich auf den Sitz und steige aus.

Ashton springt aus dem Auto und packt mich am Arm. „Wo wollen Sie hin? Sie werden Sie nicht ins Haus lassen."

Ich hatte keinen konkreten Plan. „Erzähl du ihnen alles über Peter und seine Brüder. Ich gehe von hinten in das Haus, während du sie ablenkst."

„Nein!", schreit er mich an. „Auf keinen Fall!"

Ich schüttle seine Hand ab und gehe los. „Cami ist dort drin. Und ich habe überall gesucht. Außer an einem Ort. Ich muss hinein. Selbst wenn ich sterbe, sterbe ich wenigstens mit ihr. Ohne sie kann ich ohnehin nicht leben."

„Cyprian! Tu es nicht!", ruft er und läuft neben mir her. „Bitte!"

„Erzähl den Beamten, was Peter und seine Brüder getan haben, und dass sie Cami umbringen wollten, falls ich sie da drinnen finde. Sie müssen aufgehalten werden, ehe sie das Land verlassen."

Er hat keine Wahl, also rennt Ashton zu den Feuerwehrmännern und Polizisten, die vor dem Haus stehen. Ich schleiche mich in den Hintergarten der Nachbarn und klettere über den Zaun. Ich sehe, dass das Feuer momentan im vorderen Teil des Hauses wütet. Die Hintertür ist leicht geöffnet und es kommt nur Rauch heraus.

Ich habe wohl die Tür offen gelassen, als ich vorhin nach Cami gesucht habe. Ich klettere schnell über den Zaun und eile auf die Hintertür zu. Als ich gerade hineinschlüpfe, höre ich einen Mann rufen: „He, Sie! Bleiben Sie stehen!“

Aber ich kann nicht stehen bleiben ...

64

CAMILLA

Ich höre die Sirenen der Feuerwehr und mein Herz hämmert lauter denn je. Ich mache mir auch Sorgen um den Rauchgeruch und ich glaube, das laute Geräusch, das ich vor einer Weile gehört habe, war eine Explosion.

Hier auf dem Dachboden höre ich alles nur gedämpft. Ich höre Männerstimmen und Walkie-Talkies, aber ich verstehe nicht, was sie sagen. Das Paketband, mit dem sie mir den Mund verklebt haben, ist um meinen Kopf gewickelt. Meine Ohren sind auch bedeckt, also höre ich nicht viel.

Ich muss irgendwie aufstehen. Am anderen Ende des Dachbodens ist ein Fenster. Wenn ich das erreiche, sieht mich vielleicht jemand und hilft mir. Wenn nicht, verende ich wohl hier.

Ich rolle mich wieder zu dem alten Sofa und bewege meinen Körper, bis ich mit dem Gesicht auf dem Boden davor liege. Meine Hände sind mir hinter den Rücken gefesselt, also kann ich sie nicht benutzen. Ich bäume mich auf und bewege mich mit meinen Hüften auf das Sofa zu, damit ich mich mit dem Kinn abstützen und dann hochziehen kann.

Mein Nacken tut weh, denn ich belaste ihn gerade sehr stark, um meinen Körper so weit wie möglich hochzuziehen. Ich gehe schaffe es auf die Knie und kann meinen Oberkörper auf dem staubigen, stinkenden, alten roten Stoffsofa ablegen. Jetzt kann ich auch meine Füße abstellen.

Ich stehe langsam auf. Meine Fußgelenke sind so fest gefesselt, dass ich sie nicht einzeln bewegen kann. Es ist schwer, so die Balance zu halten, aber es gelingt mir und ich hüpfe über den Dachboden zu dem Fenster.

Nach dem ersten Sprung muss ich schon wieder mein Gleichgewicht finden. Ich atme schwer, so viele Mühen kostet es mich, und jetzt rieche ich den Rauch auch noch stärker. Scheinbar ist die vordere Hälfte des Hauses in Brand. Und dort ist auch das verdammte Fenster.

Ich springe noch einmal vorwärts und höre Holz zersplittern. Beim nächsten Sprung falle ich fast um. Es riecht nun stärker nach Rauch und ist hier auch viel wärmer.

Ich bleibe stehen, um die Balance wiederzufinden und mich zu orientieren, blicke mich um und sehe, dass durch Lücken im Holzboden Rauch heraufsteigt. Das Feuer arbeitet sich langsam zum Dachboden vor.

Mit einem Mal ändere ich meinen ganzen Plan. Ich muss zur Tür des Dachbodens. Vielleicht geht sie auf, wenn ich darauf auf und ab springe. Dann falle ich hindurch auf den Boden, aber wenn ich hier weitermache, falle ich direkt ins Feuer, wenn der Boden aufbricht.

Ich schaffe es zur Wand und lehne mich daran, während ich mich einen Augenblick ausruhe, um wieder zu Kräften zu kommen. Ich schließe die Augen und stelle mir Cyprian vor. Falls ich ihn nie wieder sehen sollte, will ich mich noch einmal an ihn erinnern.

Seine Berührungen, sein Geruch, sein Lächeln, sein Körper. Ich wünschte nur, ich hätte auf ihn gehört und wäre nicht alleine hierher gefahren. Er hatte recht und ich hatte unrecht und es kostet mich jetzt vielleicht mein Leben.

Mir kommen die Tränen, während ich den Kopf schüttle, um das Gefühl des Versagens loszuwerden. Ich muss mich noch einmal anstrengen. Ich weiß noch nicht, ob es mir gelingen wird, bis ich es nicht versuche.

Ich springe einmal, zweimal. Ich kann die Tür schon sehen und brauche vermutlich noch etwa drei Sprünge dorthin. Doch beim nächsten Sprung brechen meine Füße durch den Boden.

Ich falle ...

65

CYPRIAN

Damit der Feuerwehrmann, der mich gesehen hat, mich nicht finden kann, sperre ich die Küchentür hinter mir ab. Vielleicht ist das leichtsinnig, aber ich kann nicht zulassen, dass er mich aufhält. „Cami!"

Hoffentlich hat Ashton den Feuerwehrleuten gesagt, dass jemand hier drin sein könnte. Auf einmal höre ich das Geräusch quietschender Reifen und Sirenen, die sich von dem Haus entfernen. Ich hoffe, dass das bedeutet, dass die Polizei sich auf den Weg gemacht hat, um die Männer zu verhaften, die das hier angerichtet haben.

Wenn die Behörden sich nicht um sie kümmern, werde ich das tun!

Der Rauch wird immer dicker, je weiter ich ins Haus vordringe. Der Gang verläuft über die Mitte des Hauses. Die Tür zum Dachboden ist in der Decke des zweiten Stockes. Obwohl es ziemlich dumm wäre, die Treppe hochzugehen, sagt mir meine Intuition, dass Cami auf dem Dachboden ist.

„Verdammt!", brülle ich. „Wird es denn nie einfacher?"

Ich reiße die Dachbodentür auf, ziehe die Leiter herunter und klettere nach oben. „Cami!"

Ich ziehe mich auf den Dachboden, stehe auf und entdecke kurz vor der Tür ein Loch im Boden. Ich gehe hinüber und sehe darunter ein Bett. Das ist alles, was ich sehe, aber ich habe keine Ahnung, wie lange dort schon ein Loch ist.

Ich gehe noch etwas weiter, denn ich will mich genau umsehen auf diesem Dachboden. Es riecht hier fürchterlich verraucht. Und unter mir leuchtet das Feuer, als ich zur Vorderseite des Hauses hinübergehe.

Plötzlich tanzen vor mir grelle Funken und unter mir knackst der Boden so laut, dass ich schnell einen Schritt zurücktrete.

Zu schnell. Ich trete direkt in das Loch und taumele nach unten, doch ich weiß nicht, was mich dort erwartet.

Habe ich einen schrecklichen Fehler gemacht ...?

66

CAMILLA

Ich liege auf dem Boden eines anderen Zimmers und blinzele, während ich wieder zu Bewusstsein komme. Ich bin bei meinem Sturz mit dem Kopf aufgeschlagen und habe das Bewusstsein verloren. Wie lange, weiß ich nicht.

Ich weiß nur, dass es heiß ist hier und nach Feuer und Rauch riecht und ich hoffe, dass ich nicht in der Hölle bin. Ich höre Holz brechen und drehe mich um, um zu sehen, was vor sich geht, denn noch liege ich mit dem Gesicht zum Boden.

Mein Körper tut unwahrscheinlich weh und ich glaube, ich habe mir vielleicht etwas gebrochen. Ich kann kaum atmen. Das könnte daran liegen, dass ich zu viel Rauch eingeatmet habe, oder ich habe mir eine Rippe gebrochen. Oder beides.

Ich drehe mich also um und sehe, wie jemand durch das Loch in der Decke fällt, das ich aufgebrochen habe. Er kommt auf dem Bett auf und fliegt durch die Luft.

Ich rolle mich so schnell wie möglich weg, als ich seinen schockierten Gesichtsausdruck sehe. „Aus dem Weg, Cami!"

Das Rollen tut mir weh, aber es gelingt mir, ihm aus dem Weg zu gehen. Wie eine Katze landet er auf den Beinen und hebt mich auf.

Ich stöhne auf, denn es tut so weh und jetzt bin ich mir sicher, dass ich mir die rechten Rippen gebrochen habe.

„Baby, wir haben jetzt keine Zeit, diese Klebebänder loszumachen. Du musst dich an mir festhalten, während ich dich über meine Schulter werfe und hier raushole“, erklärt er mir und sieht sich in dem Zimmer um.

Er reißt die Laken vom Bett und läuft ins Bad, das zum Schlafzimmer gehört. Ich sehe zu, wie er den Wasserhahn öffnet, aber es kommt kein Tropfen heraus. Blitzschnell öffnet er stattdessen den Klodeckel und macht sie dort so nass wie möglich.

Er kommt zu mir und wickelt mich in eines der Laken ein. Das andere schlingt er sich selbst um und wirft mich dann über seine Schulter.

Ich schreie auf, so sehr tut es mir an den Rippen weh, doch er hört es nicht, weil mir immer noch der Mund verbunden ist. „Halt dich einfach fest, Baby. Ich liebe dich. Ich bringe dich in Sicherheit.“

Ich schließe die Augen und fange an zu beten, denn ich weiß, dass dieses Haus schon bald von Flammen vertilgt wird. Und dann bewegen wir uns nach unten und die Schmerzen lassen mich bald das Bewusstsein verlieren.

Ich kann einfach nicht mehr ...

67

CYPRIAN

Als ich den Gang im zweiten Stock erreiche, sehe ich, dass wir auf keinen Fall die Treppe nehmen können. Ich renne in ein Schlafzimmer am hinteren Ende des Hauses und lege Cami auf das Bett, damit ich das Fenster öffnen kann.

Sie liegt still, also ziehe ich die Decke zurück und sehe, dass sie ohnmächtig geworden ist. Ich blicke mich im Raum um, um ihr mit irgendwas wenigstens das Tape um den Mund wegzuschneiden, doch ich finde nichts und beschließe stattdessen, sie so schnell wie möglich hier raus zu bekommen.

Ich renne zum Fenster, öffne es und schiebe das Fliegengitter raus. Es fällt auf den Boden, doch dort ist niemand. Zwei Häuser weiter sehe ich einen Nachbarn in seinem Garten und rufe ihm zu: „Hey! Hey!"

Er blickt mich an und macht große Augen. „Sie müssen sofort da raus!"

„Was Sie nicht sagen! Können Sie einem der Feuerwehrmänner sagen, dass ich hier bin? Es gibt keinen anderen Ausweg. Ich brauche eine Leiter und es ist auch noch eine Frau bei mir."

Er nickt und rennt in sein Haus. Jetzt habe ich ein wenig Zeit, also versuche ich, das Tape von ihrem Mund abzumachen. Ich finde das eine Ende des Tapes und mache es langsam los. Man hat es ihr viermal um den Kopf gewickelt.

Ich ziehe es sanft von ihrer Haut weg, die schrecklich rot ist von dem Knebel. Ich küsse sie sanft. „Cami, wach auf."

Sie atmet flach und wacht nicht auf. Endlich höre ich Stimmen vor dem Fenster. „Bleibt, wo ihr seid! Wir kommen zu euch."

Ich blicke aus dem Fenster und sehe sechs Feuerwehrmänner mit einer hohen Leiter. Einer von ihnen klettert auf uns zu. „Gott sei Dank!"

Ich hole Cami und warte auf den Mann. Als er sie sieht, keucht er auf. „Jemand wollte sie umbringen!"

„Das stimmt. Können Sie sie mitnehmen? Ich komme schon alleine nach", sage ich und lege sie ihm über die Schulter.

„Ich habe sie. Kommen Sie", sagt er und geht die Treppe hinunter.

Ich warte einen Augenblick und atme tief ein. Ich bin unglaublich erleichtert, denn ich weiß, dass sie nun in Sicherheit ist. Die Schlafzimmertür wird auf einmal von der Wucht des Feuers aufgerissen. Ich klettere schnell aus dem Fenster die Leiter hinunter aus dem brennenden Haus hinaus.

Als ich auf dem Boden angekommen bin, beobachte ich die Feuerwehrmänner, die Camis Hände und Füße befreien. Zwei Sanitäter kommen mit einer Trage angerannt und legen die immer noch bewusstlose Cami darauf.

Ich bin sofort an ihrer Seite und streiche ihr über das Gesicht. „Cami, wach auf."

„Wir müssen ihre Lebenszeichen prüfen. Sie können zu uns in die Notaufnahme nachkommen."

Ich nicke und küsse sie auf die Stirn. „Sagen Sie ihr, dass ich ihr direkt auf den Fersen bin, wenn sie aufwacht. Sagen Sie ihr, dass Cyprian sie mehr liebt als alles andere auf der Welt."

Die weibliche Sanitäterin nickt mir zu und sie verfrachten sie in den Krankenwagen. Ich verschwende keine Zeit, als ich Ashton erspähe, und winke ihm, dass er das Auto holt. Er rennt auf mich zu. „Ich habe alles der Polizei erzählt. Sie sind zum Flughafen gefahren.

Ich habe keine Ahnung, was sonst noch passiert ist. Hast du sie gefunden?"

„Sie war mit Klebeband gefesselt. Ich habe sie in einem Schlafzimmer gefunden, aber ich glaube, sie ist vom Dachboden dorthin gefallen. Sie war wach, als ich sie gefunden habe, aber jetzt ist sie ohnmächtig geworden. Fahr diesem Krankenwagen hinterher." Ich steige ein und schnalle mich an, während Ashton sich hinters Steuer setzt und wir dem Krankenwagen mit der Liebe meines Lebens hinterhereilen.

Meine Hände zittern, als ich Camis Eltern anrufe. „Cyprian?", fragt ihr Vater.

„Dieser Wichser hat deine Tochter gefesselt und geknebelt auf dem Dachboden dieses Hauses gelassen. Und er hat wahrscheinlich per Zeitschalter festgelegt, wann das Haus in Flammen aufgeht. Sie wäre fast gestorben. Ich habe sie gerettet und jetzt ist sie auf dem Weg ins Krankenhaus. Ich fahre direkt hinter ihr."

„Um Himmels Willen!", ruft ihr Vater aus. „Was ist da bloß passiert? Hast du mit ihr gesprochen? Geht es ihr gut?"

„Sie war wach, als ich sie gefunden habe, aber als ich sie bewegt habe, ist sie in Ohnmacht gefallen. Sie konnte mir noch gar nichts sagen. Aber ich melde mich bei dir, sobald ich mehr weiß. Die Polizei ist schon Peter und seinen Brüdern auf den Fersen. Du solltest Catarina anrufen und sie fragen, ob es ihr gelungen ist, sich zu verstecken."

„Das werde ich tun. Ich melde mich bei dir." Er beendet das Gespräch und wir sind auch schon vor der Notaufnahme angelangt.

Ich eile aus dem Auto, um schnell wieder bei ihr zu sein, stecke mein Handy weg und sehe, dass Ashton mich begleitet. Ich drehe mich zu ihm um. „Kannst du diesen Cousin anrufen, der zum Flughafen wollte, und mir sagen, ob er irgendwas weiß?"

Er nickt und geht in einen kleinen Außenbereich, um zu telefonieren. Ich erreiche Cami und sehe, dass sie die Augen nun geöffnet hat. „Hi", flüstere ich.

„Hi", sagt sie heiser. „Danke. Du bist mein Held."

„Du bist alles für mich. Bist du verletzt?“, frage ich und streiche ihr über die gerötete Wange, während sie sie schnell hineinbringen.

„Meine Rippen sind wahrscheinlich gebrochen.“ Sie schließt die Augen.

„Ich habe das doch nicht verursacht, als ich dich über meine Schulter geworfen habe, oder?“, frage ich und bete, dass es nicht meine Schuld war.

„Nein.“ Sie öffnet die Augen und blickt mich an. „Das ist passiert, als ich durch den Boden des Dachbodens gebrochen bin.“

Wir werden in einen kleinen Untersuchungsraum gebracht und ein Arzt kommt sofort zu ihr. „Hallo, ich bin Dr. Bennet.“

Die Sanitäter geben ihm ihre Unterlagen und er leuchtet mit einer Taschenlampe in ihre Augen. Ich stehe neben ihr und halte ihre Hand, während er sie untersucht und ihr Fragen stellt. Ich kann überhaupt nicht mehr klar denken und bin mir nur noch bewusst, wie knapp ich sie verloren hätte.

Ich höre zwei Schwestern auf dem Gang plaudern. Die eine sagt zu der anderen: „Hast du das in den Nachrichten gesehen, Jules? Am Flughafen ist was los.“

Ich spitze die Ohren und höre die andere Frau sagen: „Das habe ich gehört. Echt schrecklich. Eine Frau und ihre Kinder werden von Männern aus Afrika festgehalten. Die Polizei versucht, sie freizuhandeln, aber die Männer sind bewaffnet.“

„Verdammt!“, zische ich leise.

„Wieso sagst du das?“, fragt mich Cami.

„Ach, nichts“, sage ich und küsse sie auf die Wange. „Ich muss mal eben telefonieren. Kommst du kurz ohne mich klar?“

„Wir bringen sie zum Röntgen“, sagt der Arzt. „Sie können hier auf uns warten, wenn Sie möchten.“

Ich nicke und drücke ihre Hand. „Ich werde da sein.“

Sie sieht mir nach, als ich aus dem Zimmer gehe, und ihr Blick verrät mir, dass sie weiß, dass ich nicht ehrlich zu ihr gewesen bin. Aber sie kann später auf mich sauer werden. Jetzt ist erstmal nur wichtig, dass sie wieder gesund wird.

„Hallo, Papa, du musst mir bei einem Ablenkungsmanöver am

Flughafen helfen. Sammle mal eine große Gruppe Escorts zusammen und fahr mit ihnen dorthin. Ich melde mich gleich bei dir."

„Geht es um die Geiselnahme? Kennst du diese Leute? Sie haben noch keine Namen genannt", sagt er.

„Ich weiß, wer das ist. Es ist vor allem meine Schuld, dass es so weit gekommen ist. Also muss ich es wieder gut machen." Draußen finde ich Ashton und gehe zu ihm hinüber. „Tschau, Papa."

„Ich weiß jetzt alles. Mehr als die Leute aus den Nachrichten. Zwei meiner Cousins haben sich auf die Suche nach ihnen gemacht. Sie haben alles von Anfang an miterlebt. Catarina und die Kinder sind gerade von Peter und seinen Männern aus einem der Damenklos gezogen worden. Ich konnte ihm die Bilder schicken, die ich heimlich von ihnen gemacht habe. Ich hatte irgendwie im Gefühl, dass ich die brauchen würde."

„In Ordnung, du hattest recht. Das weiß ich jetzt und ich werde ab jetzt immer deine Ratschläge befolgen, Ashton. Aber du musst schon zugeben, dass es gut war, dass ich deine Ratschläge zu Cami ignoriert habe."

„Was auch immer", sagt er und setzt sich. „Die Männer halten Catarina und die Kinder in einer anderen Toilette fest. Sie sagen, dass sie Messer haben und sie töten werden, wenn die Polizei ihnen nicht erlaubt, ihren Privatjet nach Südafrika zu borden."

„Die Neuigkeiten, dass in diesem Haus auch eine Frau war, sollte das Vorgehen in dieser Lage wohl beschleunigen", sage ich und setze mich auch.

„Vielleicht. Aber mich verwirrt vor allem, dass niemand ein Messer gesehen hat. Sie sind schon durch die Sicherheitskontrollen durch und niemand hat Messer gefunden. Ich glaube, dass sie nur bluffen. Aber die Polizei will dieses Risiko nicht eingehen."

„Ich glaube, du hast recht. Und du hast gemeint, du hättest jetzt zwei Kerle dort?"

„Das habe ich", sagt er nickend.

„Und können sie mir dabei helfen, diese Typen fertigzumachen?"

„Wenn du davon redest, sie zu bekämpfen, nicht sie zu töten", sagt er mit einem Augenzwinkern.

„Genau das meine ich. Ich will in diese Toilette vordringen und sie unter Kontrolle bekommen, während wir Catarina, Sadie und Sax in Sicherheit bringen. Dann können die Cops sich um sie kümmern."

„Kann ich helfen?", fragt er mich grinsend.

„Ich denke schon. Es sind vier Männer und wir wären dann auch zu viert. Wir sollten da etwas bewegen können. Und ich habe eine Menge Frauen auf den Weg dorthin geschickt. Sie können unser Schutzschild vor den Cops sein. Wir können aussehen wie eine Gruppe Leute, die nicht kapieren, was los ist, und dann bevölkern wir Männer die Toilette und bringen den Müll raus", sage ich und er nickt zustimmend.

„Das könnte funktionieren. Lass es uns tun, Cyprian."

Kann das wirklich klappen ...?

68

CAMILLA

„Was soll das heißen, du fährst nach Hause, um mir bequeme Klamotten zu holen?“, frage ich Cyprian, der sich gerade irgendwelche Ausreden ausdenkt, um mich im Krankenhaus alleine lassen zu können.

Ich bin jetzt wegen zwei gebrochener Rippen hier und damit sie mich 24 Stunden beobachten können, um sicherzugehen, dass es mir gut geht. Und er verhält sich einfach komisch.

„Dieser Krankenhauskittel sieht einfach so unbequem aus. Ich bringe dir einen gemütlichen Pyjama und deinen Kulturbeutel. Ich will, dass es dir richtig gut geht, Cami. Es wird nicht lange dauern, versprochen.“

„Sag mir einfach die Wahrheit, Cyprian.“

Es klopft an der Tür und wir blicken auf, um zu sehen, wer uns sprechen will. Drei Polizeibeamte in Uniform betreten den Raum. „Hallo, Camilla Petit. Wir müssen Ihre Aussage aufnehmen.“

Ich werfe Cyprian einen Blick zu und sage: „Hol mein Zeug, während ich mit ihnen rede, und dann komm bitte schnell wieder. Ich vermisse dich jetzt schon.“

Er küsst mich auf die Wange und ist dann sofort weg. Ich weiß, dass er etwas im Schilde führt, worüber er mich nicht unterrichten will. Einer der Beamten fragt mich: „Wie werden Sie mit den Neuigkeiten fertig, Miss?“

Ich lege meinen Kopf schräg und frage: „Welche Neuigkeiten?“

Der Beamte sieht traurig aus, als er sagt: „Sie wissen doch, dass Ihre Schwester und ihre Kinder von ihrem Ehemann und seinen Brüdern als Geiseln gehalten werden?“

„Ach, das“, sage ich, als wüsste ich längst Bescheid. Aber ich höre zum ersten Mal davon. Und schlagartig weiß ich, dass Cyprian dorthin will.

Er will wieder den Helden spielen ...

69

CYPRIAN

Etwa fünfzehn Frauen warten in einer Lobby in der Nähe der Situation auf uns. Der Flughafen versucht, alles unter Kontrolle zu behalten, indem er Leute um den Bereich herumführt, in dem sich alles abspielt.

Zwei der Frauen werden die Polizisten ablenken, die den Bereich bewachen, in den wir einbrechen müssen. Wir werden so tun, als wären wir eine verpeilte Gruppe Reisende.

Wir Männer haben uns mit billigen Trainingsanzügen, aufklebbaren Schnurrbärten und alten Hüten verkleidet. Dank Ashtons breit gefächerter Kollektion an Kleidung aus den Siebzigern war das ganz einfach.

Ashton, seine Cousins und ich lehnen an verschiedenen Säulen und warten ab, ob es den Mädels gelingt, die Cops von ihrem Posten wegzulocken. Die Lage ist ruhig. Niemand hat seine Waffen gezückt. Die Polizei kommuniziert überhaupt nicht mit den Leuten in der Toilette.

Sie haben wohl keine andere Möglichkeit, als abzuwarten. *Aber wir tun das!*

Ich bemerke, wie ungerührt die Beamten sind. Die meisten

schauen nicht einmal in Richtung der öffentlichen Toilette. Es gibt keine Tür, wir müssen einfach nur hineinschlüpfen.

Ich sehe, dass die Beamten mit den Frauen davongehen und mache eine Handbewegung, dass wir nun den Vorstoß wagen müssen. Wir sind ganz ruhig, aber die Frauen unterhalten sich untereinander, was ablenkend wirkt. Die anderen Männer und ich gehen langsam um sie herum. Gerade als wir die Toilette erreichen, blickt einer der Beamten auf. „Hey, Sie dürfen hier nicht rein!"

„Los!", flüstere ich und wie ich es ihnen erklärt habe, versammeln sich die Frauen zu einer Traube, sodass man uns nicht sieht.

Wir gehen in die Toilette, in der alle auf dem Boden sitzen. Das Überraschungsmoment spielt uns in die Hände und ich reiße einen der Männer hoch und binde ihm die Hände mit Kabelbinder zusammen, bevor er weiß, wie ihm geschieht.

Ashton übernimmt einen anderen und verpasst ihm einen Kinnhaken, sodass er auf dem Boden landet, wo seine Cousins sich um ihn kümmern.

Peter beäugt mich, als er sich vor Catarina und die Kinder stellt. Sein einziger noch freier Bruder gesellt sich zu ihm und ich blicke Catarina in die schönen, blauen Augen und lächle. „Hast du endlich genug von diesem Mistkerl?"

Sie nickt und als er sich zu ihr umdreht, ramme ich ihm die Faust in die Magengrube. Die anderen schnappen sich den letzten Bruder und fesseln ihn. Ich trete einen Schritt zurück und öffne die Arme, während Peter sich wieder sammelt und mich anfunkelt. „Du hast mein Leben ruiniert."

„Das hast du alleine zu verantworten", sage ich ihm. „Hast du deiner Frau erzählt, wie du ihre Schwester gefesselt und in einem brennenden Haus zurückgelassen hast?"

Catarina wird blass. „Geht es ihr gut?"

Peter fährt herum und blickt sie an. „Sprich nicht mit diesem Mann."

Er hebt die Hand, um ihr eine zu scheuern, doch bevor ich etwas tun kann, hat Catarina ihm ordentlich eine verpasst. Er taumelt zurück von dem festen Hieb und sie wirft sich auf ihn und prügelt mit Fäusten auf ihn ein. „Du verdammter Mistkerl! Ich bringe dich um!"

Ich blicke an ihnen vorbei und sehe, wie die Kinder sich die Augen zu halten. Dann gehe ich zu Catarina hinüber und löse sie von ihrem Mann. „So, Leute, fesselt ihn und wir bringen diese Schurken zu den Bullen."

Catarina schluchzt und ich nehme sie in den Arm. „Ganz ruhig. Deine Kinder sehen noch zu."

Sie reißt sich zusammen und unterdrückt ihr Heulen. „Aber später lasse ich alles raus."

„Geht in Ordnung", sage ich und lasse sie los, damit ich Sax aufheben und ihr überreichen kann, bevor ich Sadie nehme und sie nach draußen trage.

Als wir aus der Toilette kommen, ist der schockierte Gesichtsausdruck der Polizisten nur zu witzig. „Wie sind Sie da bloß reingekommen?", fragt uns einer von ihnen.

Ashton beantwortet die Frage souverän. „Wir mussten aufs Klo und haben dann diese Männer darin gefunden, die diese Frau und ihre Kinder als Geiseln gehalten haben. Warum fragen Sie?"

„Weil wir da schon die ganze Zeit ein Auge drauf haben", sagt der Beamte und beäugt uns von Kopf bis Fuß.

Ashton zuckt mit den Schultern. „Tja, was soll ich sagen. Aber hier, bittesehr." Er bugsiert den Mann in seiner Gewalt zu dem sprachlosen Cop und wir tun alle das Gleiche.

„Und jetzt entschuldigen Sie uns, wir müssen zum Gate", sagt Ashton.

„Ich komme später wieder zu euch. Keine Namen, in Ordnung?", bitte ich sie, damit sie kapiert, was wir hier spielen.

Sie nickt mir zu und wir gehen. Wir eilen davon, bevor einer der Beamten wieder zu Sinnen kommt und ihm klar wird, dass man uns befragen sollte.

Als wir wieder im Auto sind, rufe ich meinen Vater an, dass er die Mädels aus dem Flughafen wieder abzieht. Nachdem wir Ashtons Cousins bei ihren Autos abgeliefert haben, ziehe ich mich wieder um, bis wir kurz darauf vor dem Krankenhaus vorfahren.

Seine Frau hat einen Kulturbeutel zusammengestellt und ich habe einen Schlafanzug dabei, den ich Cami nun bringe. Sie ist wohl fertig mit ihrer Aussage, denn die Polizisten treten gerade aus ihrem Zimmer, als ich ankomme. „Schon fertig?“, frage ich, während ich einen Schritt zurück trete.

„Ja, das war eine einfache Sache. Passen Sie gut auf sie auf. Sie ist echt eine Liebe“, sagt einer von ihnen.

„Das werde ich“, sage ich, eile in das Zimmer und sehe, wie sie mit der Stirn runzelt. Ich lege meinen Finger an die Lippen, damit sie still bleibt. Einen Augenblick später sehe ich noch einmal nach, ob die Cops auch wirklich weg sind.

„Ich weiß alles über Catarina und die Kinder“, sagt sie und blickt mir so tief in die Augen, dass sie wahrscheinlich meine Seele sehen kann.

„Keine Sorge, Baby. Ich habe mich darum gekümmert.“ Ich setze mich auf das Bett und schiebe ihre Haare zurück. „Ich werde mich um alles kümmern.“

„Cyprian“, sagt sie, aber ich unterbreche sie mit einem Kuss.

Als ich ihn beende, blicke ich sie an. „Ich liebe dich. Ich liebe dich so sehr, ich würde alles für dich tun. Ich weiß, dass ich Dinge getan habe, die diese Ereignisse überhaupt erst hervorgerufen haben. Aber das Wichtigste ist, dass du jetzt in Sicherheit bist. Catarina wird sie nie wieder um diesen Kerl Sorgen machen müssen. Und hoffentlich war das eine Lektion fürs Leben für sie. Ich besorge ihr die besten Anwälte, damit sie sich scheiden lassen und das alleinige Sorgerecht bekommen kann. Peter wird im Knast versauern. Dafür sorge ich auch.“

„Du scheinst dir so sicher zu sein, Cyprian“, sagt sie und klingt skeptisch.

„Ich höre da Zweifel in deiner Stimme, Camilla Petit.“ Ich küsse sie auf die Wange und stehe auf, um die Vorhänge zu öffnen und Sonnenlicht hereinzulassen. „Du solltest weder mich noch meine Hingabe zu dir je anzweifeln.“

„Nun, du hast dich tatsächlich für mich in ein brennendes Haus gewagt“, sagt sie und blickt mich an. „Dann erzähl mal, wie ihr meine Schwester befreit habt.“

Ich schalte den Fernseher an und lasse sie es aus den Nachrichten hören. „Jeder Sender berichtet darüber.“

Sie hört zu, als der Reporter berichtet: „Scheinbar hatten die Geiselnehmer gar keine Messer, Steve. Der zuständige Beamte hat uns erzählt, dass eine Gruppe Frauen sie von der Toilette abgelenkt haben, in der die Geiseln festgehalten wurden. Bei dieser Gruppe waren auch Männer, die einfach die Toilette benutzen wollten. Da haben sie die Geiseln gefunden und die Männer überwältigt, sie haben sie sogar mit Kabelbindern gefesselt. Nachdem sie sie an die Polizei ausgeliefert hatten, sind die Helden einfach verschwunden.“

„Wie?“, fragt sie mich. „Wie hast du das nur hingekriegt?“

„Ich?“, frage ich mit hoher Stimme. „Wieso glaubst du, dass ich dahinter stecke?“

„Du wirst mir jedes letzte Detail erzählen, Cyprian Girard. Aber erst, wenn wir zu Hause sind.“ Sie streckt ihre Hand nach mir aus, ich nehme sie, sie zieht mich zu sich und küsst mich sanft. „Du wirst ein toller Ehemann und Vater, wenn es dir mal gelingt, nicht ständig solche Situationen herbeizuführen.“

„Das höre ich doch gerne. Also, wann wirst du mich vermutlich heiraten wollen?“, frage ich sie und setze mich auf die Bettkante.

„Ich werde mich eine Weile lang schonen müssen.“ Sie runzelt die Stirn und tut mir schrecklich leid.

„Mal sehen, was ich für dich tun kann. Vielleicht eine Hochzeit zu Hause? In unserem Schlafzimmer?“

„Dreimal darfst du raten, Liebling“, sagt sie. „Jetzt darf ich erstmal sechs Wochen nicht, während meine Rippen heilen.“

„Und ich werde genauso geduldig mit dir sein, wie du es mit mir warst, als ich mich zurückhalten musste. Das tun Paare eben für einander.“

Ich blicke sie an und denke darüber nach, wie kurz wir davor gestanden haben, dieses Gespräch nicht einmal eführen zu können, und danke innerlich Gott, dass wir beide am Leben sind.

Wie soll ich ihm je dafür danken ...?

70

CAMILLA

„Mir gefällt blau“, sage ich Catarina, die an meinem Bett sitzt und mit mir einen Hochzeitskatalog durchblättert.

„Aber apricôt ist so in.“ Sie blättert um und kreischt auf. „Nein, warte! Sieh dir das an.“ Sie zeigt mir ein tief rotes Kleid. „Weinrot!“

„Nein, ich lasse dich ganz bestimmt kein Kleid kaufen, in dem es aussieht, als heirate ich Satan! Gib mir den verdammten Katalog. Du kannst deine eigenen Hochzeitspläne schmieden mit dem heißen Polizisten, den du kennengelernt hast, als du dich um die Sache mit Peter gekümmert hast.“

„Glaubst du, dass es wirklich so weit kommt mit ihm und mir? Er sieht so gut aus und ist so beschützerisch und ich glaube, ich bin jetzt schon verliebt“, schwärmt sie. „Er hat diesen kleinen Raum betreten und hat mich mit seinen grünen Augen so mitfühlend angeblickt, dass mein Herz dahingeschmolzen ist. Dann hat er Sax auf den Arm genommen und ihn getröstet. Er hat die Dinge einfach in die Hand genommen. Und das liebe ich. Seitdem sind wir einfach unzertrennlich.“

„Ich weiß. Und wahrscheinlich sehen wir uns nie wieder, wenn du erst einmal bei ihm eingezogen bist“, sage ich und sie lächelt.

„Wenn er mich darum bittet, werde ich das auf jeden Fall tun. Der Anwalt, den Cyprian mir besorgt hat, vollbringt gerade wahre Wunder. Schon bald bin ich wieder völlig frei."

„Dann wird der Polizistenwahrscheinlich seine Chance nutzen."

Sie steht auf und tänzelt im Schlafzimmer umher. „Das hoffe ich."

Cyprian kommt mit Sax auf dem Arm herein. „Da hat jemand in die Windel gemacht."

„Natürlich hat er das", sagt Catarina, nimmt ihren Sohn mit und lässt uns alleine zurück.

„Danke nochmal für alles, was du getan hast, Cyprian", sage ich ihm, und das tue ich schon drei- bis viermal am Tag. „Sie war noch nie so glücklich. Obwohl ich glaube, dass sie sich wirklich mal eine Beziehungspause gönnen sollte."

„Nicht alle brauchen die gleichen Dinge im Leben wie du. Manche Leute warten Ewigkeiten zwischen zwei Beziehungen und andere steigen gleich wieder aufs Pferd. Deine Schwester scheint gerne einen dominanten Mann an ihrer Seite zu haben. Und der neue gefällt mir. Er ist echt ein netter Kerl."

„Ich freue mich, dass du ihn empfehlen kannst", sage ich und muss lachen, doch ich höre schnell wieder damit auf, denn es tut meinen Rippen weh.

„Hast du heute schon gelernt, Baby?", fragt er mich und nimmt meinen Laptop, der schon den ganzen Tag auf meinem Schreibtisch liegt, ohne dass ich ihn auch nur einmal angeschaltet hätte.

„Das habe ich nicht. Möchtest du mir vielleicht helfen?", frage ich, als er sich neben mir auf das Bett setzt und den Laptop gegen ein Kissen stützt.

„Ich werde meiner Geliebten dabei helfen, sich zu bilden, damit sie eine umwerfende Wissenschaftlerin wird." Er öffnet den Laptop und schaltet ihn an, während ich ihn beobachte.

„Was würde ich nur ohne dich tun?"

„Das wirst du wohl nie herausfinden. Ich werde immer da sein für dich. Also, mit welchem Kurs willst du anfangen?"

Ich zeige auf einen Ordner und er öffnet sich, als ich den Bildschirm berühre. „Weißt du, welche Farbe Catarina mir für mein Hochzeitskleid vorgeschlagen hat?“

„Nein“, sagt er und öffnet meine nächste Aufgabe für mich. „War es eine hässliche Farbe?“

„Es war weinrot. Wirklich tiefrot. Als würde ich den Teufel heiraten“, sage ich und zeige auf die Zeitschrift auf dem Bett.

Er nimmt sie und blättert durch. „Ich kann immer noch nicht glauben, dass du kein weißes Kleid willst.“

„Ich will einfach hervorstechen. Alle tragen weiß. Ich will anders sein. Man heiratet schließlich nur einmal, nicht wahr? Ich will nicht, dass unsere Hochzeitsfotos aussehen, wie alle anderen auch.“

Ich beobachte ihn dabei, wie er die Zeitschrift durchblättert, bei einer Seite innehält und dann von der Seite zu mir blickt. „Ich glaube, das hier würde dir fabelhaft stehen.“

Als er es mir zeigt, sehe ich das hellblaue Kleid, das mir gefallen und von dem mir meine Schwester abgeraten hat. „Wir scheinen wohl einen ähnlichen Geschmack zu haben. Nur Catarina hat es nicht gefallen.“

„Tja, es ist aber nicht ihre Entscheidung. Das ist dein Kleid, meine Liebe. Es ist dein Tag“, sagt er und streicht mir über die Wange.

„Und deiner“, sage ich und streiche sein hellbraunes Haar zurück. „Es ist unser Tag.“

„Unser Tag“, wiederholt er. „Ich kann immer noch nicht glauben, dass ich so lange Jahre gedacht habe, ich wolle alleine leben, in Dekadenz, ohne Verpflichtungen oder echte Leute.“

„Dann hast du beschlossen, in einen kleinen Laden zu gehen und die Kassiererin zu nerven.“

„Nerven?“, meint er. „Das würde ich so nicht sagen.“

„Ich aber“, sage ich und küsse ihn auf die Wange. „Komm, machen wir den Kurs fertig, dann kannst du mich baden. Und dann können wir Pläne für die Flitterwochen schmieden.“

„Bora Bora?“, fragt er, denn er will dort unbedingt hin.

„Frankreich“, sage ich, denn dort will ich unbedingt hin. „Und dann kommt noch der Clou, Cyprian. Ich habe an eine Hochzeit dort gedacht. Meine Familie würde nur zu gern den Ort besuchen, von dem meine Großeltern und mein Vater kommen. Dort sind auch die Wurzeln deines Vaters. Vielleicht könnte er sich ein wenig mit ihnen auseinandersetzen."

„Du willst nichts lieber, als meinen Eltern beizubringen, wie man Teil einer Familie wird, nicht wahr?", fragt er.

„Na und?", frage ich und bearbeite eine Aufgabe auf dem Display.

„Na, du wirst enttäuscht werden", sagt er. „Sie sind total eingefahren."

„Das warst du auch", sage ich und schenke ihm ein Lächeln. „Gib mir einfach Zeit. Du wirst schon sehen."

Und das wird er auch ...

DIE ÄNDERUNG

71

CYPRIAN

„Jeder Mann braucht einen Junggesellenabschied, Cyprian", erklärt mir mein Vater, während ich mit ihm ausfahre, um ein Abendessen als ungebundener Mann zu genießen. Mein Vater drängt schon seit Wochen darauf, dass ich einen Junggesellenabschied feiere. Aber ich bestehe darauf, dass ich keinen will.

Ich habe schon genug Partys in meinem Leben gefeiert!

„Papa, ich weiß, dass du findest, dass ich so etwas organisieren sollte, aber ich habe dir schon hundert Mal gesagt, dass ich eben keinen will. Genießen wir einfach das Abendessen an meinem letzten Abend als Junggeselle und belassen wir es dabei."

Ich sehe, wie sein Bein anfängt zu zucken, während wir hinten in der Limousine sitzen. Seine Finger trommeln auf seinem Bein und ich sehe, wie ihm der Schweiß auf die Stirn tritt. Er macht sogar mich nervös. Bestimmt hat er sich irgendwas ausgedacht.

Das Auto fährt vor einer alten Lagerhalle vor und mein Vater blickt mich ziemlich verlegen an. „Da wären wir, mein Sohn."

Der Fahrer steigt aus und öffnet die Tür. Er hat eine Augenbinde in der Hand und mein Vater steigt auch aus. „Papa, was geht hier vor?"

„Spiel einfach mit, Cyprian", sagt er und kichert. „Das wird Spaß machen. Versprochen."

Ich zücke mein Handy und versuche, Cami anzurufen, aber mein Vater schnappt es mir weg, wirft es wieder ins Auto und schließt die Tür. „Papa!"

„Jetzt komm, Cyprian. Die Gäste warten schon." Er packt mich an den Schultern und dreht mich um, damit der Fahrer mir die Augen verbinden kann.

„Papa, das gefällt mir gar nicht!"

„Komm jetzt, Cyprian. Sei kein Spielverderber", sagt er und führt mich vom Auto in eine Höhle der Sünde, da bin ich mir ganz sicher.

Als ich das Quietschen einer Tür vernehme, möchte ich mir am liebsten die Augenbinde abreißen und vor meinem Vater weglaufen. Aber ich bringe es einfach nicht fertig. *Obwohl ich weiß, dass ich das sollte!*

Ich höre Jubeln und Musik, als wir einen kühlen Raum betreten. Die Luft aus der Klimaanlage streicht mir sanft über das Gesicht, während wir weiter in den Raum vordringen.

Wir bleiben stehen und mein Vater erklärt mir: „Wir haben hier vier Frauen ..."

„Nein, Papa!"

„Ruhe, Cyprian, es ist nur ein Spiel. Weiter nichts", sagt er. „Wir haben hier also vier Frauen. Du darfst nur ihre Hände berühren. Ich möchte, dass du die aussuchst, die etwas in dir auslöst, wenn du sie berührst."

„Es gibt nur eine Frau, die diese Wirkung auf mich hat. Sie sitzt gerade mit ihrer Schwester und ihrer Mutter beim Junggesellinnen-Dinner. Ich werde sie also alle berühren und du wirst schon sehen, dass ich nicht lüge, wenn ich sage, dass Camilla Petit die einzige Frau ist, die etwas in mir auslöst."

„Ja, ja", sagt er und drängt mich. „Jetzt komm. Das ist das erste Paar Hände. Nimm sie, Cyprian. Sag uns, wie du dich fühlst."

Ich greife ein Paar Hände, das mir hingestreckt wird, und halte es lose fest. „Da regt sich nichts in mir. Tut mir leid."

„Jetzt die nächsten beiden“, sagt er und drängt mich einen Schritt zur Seite.

Ich keuche fast auf, als ich die Hände berühre und ihre vertraute Form erkenne. Aber in mir regt sich nichts. Ich streiche über die Handflächen der Frau, die mir so bekannt vorkommen. „Diese Hände erinnern mich an jemanden, aber sie gehören nicht zu ihr.“

„Und an wen erinnern sie dich, mein Sohn?“, fragt mein Vater kichernd.

„An Cami. Aber ich weiß, dass sie nicht ihr gehören. Sie ist ja gar nicht hier, und außerdem bringt mich die Berührung ihrer Hände immer schier in Aufruhr. Diese Hände haben nichts bei mir ausgelöst. Nehmt es mir nicht übel“, sage ich und nicke in Richtung der Frau. „Es sind schöne Hände.“

Ich höre jemanden kichern und ich glaube, ich erkenne die Stimme, aber die Musik ist so laut, dass ich mir nicht sicher sein kann. Mein Vater geht noch einen Schritt weiter mit mir. „Diese junge Dame ist als nächstes dran.“

Ich gehe einen Schritt weiter, fasse schnell die nächsten Hände an und weiß sofort, dass mir diese Hände nichts bedeuten. „Rein gar nichts. Nächste, bitte“, sage ich.

„Das sind nun die letzten, mein Sohn“, sagt Papa.

„Tut mir leid, Ladies. Nur eine hält mein Herz in Händen und das spüre ich jedes Mal, wenn unsere Hände sich berühren.“

Ich taste nach den letzten Paar Händen und finde sie zunächst nicht. Dann berührt mich eine Fingerkuppe ganz leicht und durchfährt mich wie ein Stromschlag. Ich kämpfe an gegen das Verlangen, die Augenbinde abzunehmen, als ihre Hände sich um meine schließen und mein Schwanz zum Leben erwacht.

Bitte lass das Cami sein und nicht irgendeine andere Braut!

Ich stelle nicht die Frage, die ich eigentlich stellen will, sondern sage: „Hmm, hier spüre ich vielleicht ein wenig.“

Ihre Daumen streichen sanft über meine Handrücken. Mein Schwanz wird immer härter, während ich über ihre Arme streiche und über ihren Schultern seidenweiche Korkenzieherlocken entdecke. Ich zwirbele eine um den Finger und schnuppere daran.

„Was ist mit dieser, Cyprian?“, fragt mich Papa. „Gefällt sie dir?“

„Ich glaube schon“, sage ich und nehme sie in den Arm, denn ich bin mir sicher, dass es sich um Cami handelt. „Möchtest du tanzen?“

Ich spüre, wie sie nickt, und ziehe sie mit mir auf die Tanzfläche. Ich halte sie eng umschlungen, wirbele mit ihr herum zu der schnellen Musik und weiß nun sicher, dass sie es ist – unsere Körper kennen einander einfach zu gut.

Ihre festen Nippel drücken gegen meine Brust, sodass mein Schwanz völlig steif wird und ich mich vor Lust nach ihr verzehre. Sie reibt sich an meinem Schritt und drückt ihre Lippen auf die empfindliche Stelle hinter meinem Ohr.

„Vielleicht sollten wir uns dafür ein lauschigeres Plätzchen suchen“, sagt sie.

Ich halte inne und lasse sie los. *Das ist nicht Camis Stimme!*

Als ich gerade die Augenbinde abnehmen will, packen ihre Hände meine. „Lass das!“, brülle ich.

Sie zieht mich wieder an sich und flüstert, „Komm schon. Das ist deine letzte Nacht als freier Mann.“

Ihre Stimme ist viel zu hoch, um Cami zu gehören. Ich habe mich geirrt. „Ich bin schon lange kein freier Mann mehr. Es tut mir leid. Ich kann das nicht tun. Es ist einfach nicht rechtens.“

Ich löse mich von ihr, doch sie will meine Hand nicht loslassen. „Bleib da.“

Ich schüttle den Kopf. „Nein. Das kannst du gar nicht verstehen. Du bist bestimmt eine Escort-Dame. Du weißt nicht, was es bedeutet, verliebt zu sein und geliebt zu werden. Ich weiß, dass ich nie wieder mit einer anderen Frau zusammen sein möchte als mit der Frau, die ich heiraten werde. Nichts gegen dich. Du bist bestimmt total nett.“

„Du hast etwas gespürt, als wir uns berührt haben“, sagt sie mit so hoher Stimme, dass es schon fast unnatürlich klingt. „Gib es zu.“

„Cami?“, frage ich, entreiße ihr meine Hand und nehme die Augenbinde ab.

Sie empfängt mich mit einem lieblichen Lächeln und ich knurre, während ich sie bei der Hand packe und sie von der Tanzfläche zerre. „Du scheinst nicht besonders überrascht zu sein.“

Ich setze mich an einen leeren Tisch und ziehe sie auf meinen Schoß. Sie streichelt mir die Wange, während ich mich umblicke und sehe, wie mein Vater sich mit ihrer Mutter und Schwester kaputtlacht. „Ha, ha, sehr witzig. Seid ihr ordentlich stolz auf euch, ja?“

Sie nickt und küsst mich. „Du liebst mich also wirklich.“

„Natürlich tue ich das“, sage ich ihr und küsse sie.

Unsere Zunge umspielen einander. Als wir uns wieder voneinander lösen, keuchen wir beide ein wenig. „Morgen werden du und ich wirklich vereint sein. Bist du bereit dafür, Cyprian?“

„Mehr als du denkst“, sage ich und sehe mich nach einem Ausgang um. „Willst du auch von hier verschwinden?“

„Cyprian, dein Vater hat sich echt Mühe gegeben bei der Planung. Es wäre schrecklich unhöflich, zu gehen. Außerdem bin ich bei dir, also ist alles gut. Komm, wir tanzen und trinken und essen und feiern. Es ist unser allerletztes Date, weißt du.“ Sie gleitet von meinem Schoß, steht auf und bringt mich wieder auf die Tanzfläche, auf der lauter mir unbekannte Leute sich tummeln. Es ist meinem Vater gelungen, den ganzen Raum mit Unbekannten zu füllen.

„Unsere ganz eigene Party in Paris“, sage ich, während wir ein Tänzchen wagen.

„Und ich habe noch mehr Überraschungen für dich. Manche von diesen Leuten sind deine Familie. Entfernte Verwandte, die ich gefunden habe, als ich nach Leuten in Frankreich gesucht habe, mit denen ihr vielleicht verwandt sein könntet. Du lernst hier deine Familie kennen“, zwinkert sie mir zu.

„Und das hast du alles vor mir verheimlicht?“, frage ich. „Was für Asse hast du noch im Ärmel, du ungezogenes Ding?“

„Eine Menge. Mach dich also auf etwas gefasst, Cyprian. Deine kleine Welt wird gleich ein Stückchen größer.“

Ob das wirklich so wünschenswert ist ...?

72

CAMILLA

Er liebt mich wirklich!

Ich hätte nie daran zweifeln sollen, aber manchmal muss eine Frau die Dinge einfach genauer wissen. Cyprian hat schon so viele Frauen in seinem Leben gehabt, dass ich mir nicht sicher war, ob er wirklich so starke Gefühle für mich hatte wie behauptet.

Er hat mich erkannt, sobald er meine Hand berührt hat. Ich hatte mir wirklich Sorgen gemacht, das muss ich schon zugeben. Er hat die Hand meiner Schwester länger festgehalten, als ich gedacht hätte. Fast hätte ich schon gedacht, dass mein Plan nach hinten losgehen und mir richtig miese Laune machen würde.

Wir ziehen uns von der bevölkerten Tanzfläche zurück und ich führe Cyprian zu seinem Großonkel und seiner Großtante, die er bisher noch gar nicht kannte. „Hier ist deine Überraschungsfamilie, Cyprian."

Sie umarmen und begrüßen sich alle, während ich subtil seinem Vater bedeute, sich in diesem glücklichen Augenblick zu uns zu gesellen. Ich blicke mich in dem Raum nach Cyprians Mutter um und finde auch sie.

Seine Eltern sind so seltsam. Sie sind überhaupt kein Pärchen, aber sie teilen so etwas Grundlegendes miteinander. Hoffentlich wird ihnen irgendwann klar, dass sie einander mehr bedeuten, als bisher gedacht.

„Deine Tante und dein Onkel, Corbin. Das sind die Geschwister deines Vaters, die nach ein paar Jahren in Amerika hierher gezogen sind“, erkläre ich ihm, als er näher kommt.

Er blinzelt ein paar Mal und blickt sie an, wie sie sich mit seinem Sohn unterhalten. „Wo hast du die denn aufgetrieben? Ich hatte schon mal von ihnen gehört. Sie waren lange weg, bevor ich geboren wurde. Mein Vater hat mir von ihnen erzählt.“

„Im Internet findet man einfach alles“, sage ich ihm und stupse ihn sanft an. „Los, stell dich deiner Familie vor.“

Er nickt und geht hinüber zu den Familienmitgliedern, von denen er zwar gehört, die er aber noch nie gesehen hat. Ich muss lächeln, als ich sie so fröhlich plaudern sehe. Als würden sie sich schon Jahre kennen.

Coco kommt zu mir und flüstert: „Wer sind diese Leute?“

„Diese Leute sind mit Corbin und Cyprian verwandt. Ich habe sie ausfindig gemacht und für heute und die Hochzeit morgen eingeladen. Ich habe auch ein paar Leute gefunden, die du vielleicht gerne wiedersehen möchtest. Ich bringe Cyprian zu euch, wenn er sich genug mit seiner verschollenen Familie bekannt gemacht hat.“ Ich nehme ihre Hand und ziehe sie hinter mir her. „Ich weiß, dass deine Eltern schon länger gestorben sind.“

„Ich war erst sechzehn, als sie bei einem Autounfall gestorben sind. Ich habe nur ein Jahr bei meinen Großeltern gewohnt, bevor ich mit dem Strippen angefangen habe. Ich habe ihnen erzählt, dass ich kellnere“, erklärt sie mir.

„Das habe ich auch gehört“, sage ich und kassiere einen überraschten Blick.

„Von wem?“

Ich zeige einfach auf einen kleinen Tisch am hinteren Ende des Raumes. „Na, von deinen Großeltern.“

„Das können nicht meine Großeltern sein“, sagt sie ehrfürchtig.

„Ich erkenne sie nicht mal. Ich habe sie schon ewig nicht mehr gesehen. Ehrlichgesagt dachte ich, sie wären tot."

„Sind sie nicht, sie leben und sitzen dort und wollen ihren Großenkel kennenlernen", sage ich ihr und ziehe sie hinter mir her.

„Warte!", sagt sie und blickt mich entsetzt an. „Hast du ihnen erzählt, was ich wirklich mache?"

Ich nicke und sage: „Ich habe ihnen die Wahrheit gesagt. Du bist eine wohlhabende Frau mit ihrem eigenen Nachtclub in L.A. Sie waren ziemlich stolz, das zu hören."

„Du hast das mit dem Stripclub weggelassen?", fragt sie und schlägt die Hände über den Mund.

„Das habe ich. Sie müssen ja nicht jedes kleine Detail wissen. Dir gehört ein beliebter Club. Darauf kannst du wirklich stolz sein."

„Der Club wurde mir geschenkt. Ich habe nicht ...", sagt sie, doch ich unterbreche sie.

„Der Mann, dem du ein Kind geschenkt hast, hat ihn dir geschenkt. Und du hast ihn dazu gemacht, was er heute ist. Das hast du ganz alleine geschafft. Jetzt geh und rede mit den Leuten, die dich früher großgezogen haben, Coco. Oder soll ich Delia sagen?"

Sie wird rot. „Das haben sie dir auch erzählt?"

„Das haben sie. Und sie warten schon auf dich, also geh zu ihnen." Ich schubse sie sanft an und sehe ihr nach, wie sie auf ihre Familie zugeht. Eine Familie, die sie vor so langer Zeit zurückgelassen hat, dass es schon fast unmöglich erscheint.

Da Cyprian und seine Eltern versorgt sind, gehe ich zu meiner Familie. Ich geselle mich zu meiner Mutter, meinem Vater, meiner Schwester und meinem Bruder an den Tisch und frage sie: „Und, was meint ihr?"

„Ich glaube, dein Verlobter, hätte fast mich ausgewählt", frotzelt Catarina.

„Ich habe auch schon befürchtet, dass das passiert", stimme ich zu. „Ich habe echt gezittert."

Ich setze mich zwischen meinen Bruder und meine Schwester und sehe, wie mein Bruder eine nette junge Dame mit Blicken verschlingt. „Meinst du, sie würde sich auf ein Tänzchen mit mir einlassen?“

„Bestimmt. Aber nur damit du es weißt, ich glaube, die meisten Frauen und wahrscheinlich auch Männer hier sind bezahlte Escorts. Du solltest dir nicht einbilden, dass es wirklich gefunkt hat zwischen euch. Sie wird dafür bezahlt, wenn du weißt, was ich meine.“

Er hebt die Augenbrauen und lächelt. „Der Hammer!“ Dann steht er auf und geht auf die junge Frau zu.

„Ach du liebe Zeit, hoffentlich bringt er sich nicht in die Bredouille“, sagt meine Mutter, während sie ihrem Sohn zusieht, wie er seinen Arm um eine Prostituierte schlingt und sie auf die Tanzfläche bugsiert.

„Wenigstens ist er alt genug für solchen Kram“, sage ich und blicke mich in dem Raum um. Ich kann überhaupt nicht erkennen, wer für seinen Auftritt hier bezahlt wird und wer nicht.

Meine Familie scheint sich nicht ganz wohl dabei zu fühlen, mit Cyprians Familie aufeinander zu treffen. Ich hatte ja ursprünglich vor, sie gar nicht mit so etwas zu konfrontieren. Aber je weiter die Zeit voranschritt, desto mehr wollte ich uns zu einer echten Familie machen. Und da wurde klar, dass meine Familie sich ein bisschen mit der seinen würde anfreunden müssen.

Die Ehe ist ein komplexer Tanz, in dem beide Seiten immer wieder miteinander interagieren müssen, da sie nun die neue Familie des Pärchens bilden. Cyprian und ich sind kurz davor, eine neue Familie zu gründen und damit unseren bestehenden Familien hinzuzufügen.

Können wir das wirklich meistern ...?

73

CYPRIAN

„Du bist wirklich ein Engel“, verkünde ich Cami, als ich sie auf die Daunenmatratze in unserem Hotelzimmer bette. „Du hast meine verschollene Familie mütter- und väterlicherseits aufgetrieben. Ich wusste nie, wie es sich anfühlt, neben meiner Mutter und meinem Vater noch jemanden zu haben. Es fühlt sich unglaublich an. Und ich muss dir dafür danken.“

Ich schiebe ihr das dunkelrote Kleid von den Schultern, ziehe es ihr dann ganz aus und werfe es über meine Schulter. Der rote BH und das passende Höschen sind das Einzige, was mich noch von ihr trennt, denn ich habe schon beim Betreten des Zimmers meine Klamotten abgeworfen.

Ihre Fingerspitze streicht über meinen Bauch. „Es gefällt dir also, zu wissen, dass du mehr als nur zwei Menschen auf der Welt hast?“

„Das tut es.“ Ich küsse ihre Stirn. „Und nun werden du und ich noch mehr Menschen machen.“

Sie kichert, als ich ihr den BH ausziehe. Ihre Arme legen sich um meinen Hals und sie zieht mich an sich, bevor sie mich voller Leidenschaft küsst. „Ich habe mir kurz Sorgen gemacht, als du die Hände meiner Schwester gehalten hast.“

„Sie haben eine ähnliche Form wie deine, meine Liebe“, sage ich und küsse sie wieder. „Aber nur du löst in mir ein solches Verlangen aus."

Sie stöhnt, als ich mit der Zunge ihren Nippel umspiele und dann sanft daran sauge. Ihre Hände wühlen mir durch das Haar und ich sauge noch fester. Mit meiner freien Hand streiche ich über ihre freiliegende Brust und spüre, wie ich ganz weiche Knie bekomme.

Ehe ich mich's versehe, überkommt mich eine animalische Lust und ich stürze mich auf sie. Ich reiße ihr das Höschen vom Leib und werfe es in die Ecke des Zimmers, wo ich einen Mülleimer vermute. Ich gleite an ihrem Körper herab, bis ich ihre Hitze spüre. Ich will sie noch heißer machen. Noch heißer.

Ich drücke ihre gebeugten Knie auf das Bett und öffne sie für mich, damit ich mich einen Augenblick an ihrer Schönheit ergötzen kann. „Cyprian, dir gehört mein Herz, weißt du."

„Und dir meines", sage ich und beuge mich dann vor, um aus ihrem Honigtöpfchen zu naschen. Ihr Stöhnen entlockt mir ein Knurren und ihr Körper erbebt bereits sanft.

„Ja", haucht sie, während sie ihre Hände in meinem Haar vergräbt. „Küss mich dort."

Ich gehe mit meiner Zunge auf Streifzug durch das fremde Land, das so nach meiner Aufmerksamkeit giert. Sie versucht wiederholt, ihre Beine hochzuziehen, aber ich drücke sie nach unten, damit sie so weit geöffnet ist wie möglich.

Ihre Knospe ist schon ganz geschwollen und wird unter meinen Augen noch härter. Ihre Hüften drängen nach oben, zu meinen Lippen hinauf. Ich küsse ihre Perle sanft und beobachte sie dann, wie sie von meinen Haaren ablässt und stattdessen anfängt, mit ihren Brüsten zu spielen.

Ich necke sie mit sanften Küssen, bis sie anfängt, sich an mir zu reiben. Sie will mehr. Dann lecke ich mit meiner Zunge über ihre geile, geschwollene Knospe und will sofort mehr von dieser köstlichen Frucht.

Ich sauge sanft an ihr, umspiele sie mit meiner Zunge, küsse sie so intim, so tief. Ihr Körper erbebt vor Lust und sie knurrt, stöhnt, ächzt, manchmal kreischt sie sogar. Ich küsse sie immer weiter, bis sie sich aufbäumt und sich in einem kolossalen Höhepunkt entlädt.

Ich schmecke ihre köstlichen Säfte, die nun aus ihr herausströmen. Ich lecke sie wie wild: Ich will keinen Tropfen des kostbaren Elixiers vergeuden. Als ich spüre, wie ihre Muskelkontraktionen ablassen, komme ich wieder zu ihr hoch und küsse sie sanft, damit sie sich selbst schmecken kann. Sie erwidert meinen Kuss hungrig und ihre Beine umschlingen meine Hüfte, als sie ihren Körper an meinen drängt.

Ich drücke sie wieder auf die Matratze zurück und ramme mich in ihre heißen, feuchten Mitte. Ich stöhne, als ich ihren Körper so ausfülle und spüre, wie sie mich eng umschließt. Ich besorge es ihr ganz langsam und sanft, bis ich spüre, wie sie wieder zu zittern anfängt und sich erneut ergießt. Jetzt ist sie noch feuchter. Noch geiler für unsere Spielchen.

Ihr Körper ist nun vollständig erregt und verzehrt sich nach mehr. Ihre Nägel bohren sich in meinen Rücken und reißen kleine Wunden in meine Haut. Ich packe ihre Hände, halte sie ihr über den Kopf, lasse von ihrem Mund ab und blicke in ihre tiefblauen Augen.

Sie sehen so hungrig aus, während sie sich meinen Stößen förmlich entgegenschiebt. Ihre Lippen verziehen sich zu einem sinnlichen Lächeln. „Das ist das letzte Mal, dass du mich als Camilla Petit fickst, Cyprian."

Mir geht das Herz auf bei dem Gedanken, dass sie morgen um die gleiche Zeit schon meine Ehefrau sein wird. *Meine!*

„Dann muss ich es auch richtig machen, was?" Ich beobachte sie, während ich anfange, mein Becken ein wenig kreisen zu lassen. Ihre Augen schließen sich selbstvergessen, so gut fühlt es sich für sie an.

„Cyprian, es tut so gut zu wissen, dass du und ich für immer zusammen sein werden."

„Für immer", wiederhole ich und vergrabe mich tief in ihr, bis ihr Körper unter einem dritten Orgasmus erbebt. „Öffne die Augen, Cami. Ich will hineinblicken, wenn du kommst."

Sie schlägt die Augen auf und blickt mich stürmisch an. Ich spüre, wie ihre Muskeln mich melken und ihr Blick mich völlig durchdringt. Es kommt mir vor, als wäre sie eine Erweiterung meiner selbst. Mein Körper verfällt in Zuckungen, sie nimmt mich mit auf ihren Höhenflug.

Unsere Augen halten stilles Zwiegespräch. Ohne Worte. Nur mit Blicken. Die Liebe, die Lust, das Verlangen, all das vermitteln wir mit unseren Blicken. Wenn wir nicht mehr sprechen könnten, wüssten wir immer noch, wie sehr wir einander lieben.

Ich lege mich auf sie und lehne mich ein wenig auf die Seite, um das Gewicht zu verteilen. Dann lasse ich ihre Hände los und streichle ihren Bauch, während wir wieder zu Atem kommen. In unserem Hotelzimmer hört man nur, wie zwei Menschen wieder zu sich kommen, nachdem sie einander alles gegeben haben.

„Wir werden glücklich sein, nicht wahr?“, fragt sie.

„Dafür werde ich sorgen“, sage ich ihr und küsse sie auf ihre warme Wange.

Und das meine ich auch ...

74

CAMILLA

„Wieso zittern meine Beine so?“, frage ich meine Schwester, als ich aufstehe, nachdem mir die Haare gemacht worden sind und ich geschminkt worden bin.

„Du bist eben nervös“, sagt sie, als wäre das so normal, dass ich das von selbst wissen sollte.

„Aber ich habe doch gar keinen Grund dazu. Ich liebe ihn und er liebt mich. Wir wollen beide das Gleiche. Wieso zittere ich also?“

„Hier“, sagt sie und reicht mir ein Schnapsglas. „Du brauchst das.“

„Ich will nicht lallen, wenn ich meinen Gelübte ablege, Catarina“, sage ich und versuche, es ihr zurückzugeben.

„Das wirst du schon nicht. Trink es einfach. Es wird dich beruhigen. Und du willst ja schließlich auch nicht dabei stottern“, sagt sie kichernd.

Sie hat recht, also nehme ich den Drink und spüre, wie er in meiner Kehle brennt. „Au!“

„Brennt, oder?“, fragt sie und die Damen, die mir beim Ankleiden helfen, kichern.

Ich steige in die Mitte dieses Haufens aus Seide, Spitze und Satin und halte völlig still, während die zwei Damen das Kleid an mir hochziehen und anfangen, es hinten zuzuschnüren.

Das Hellblau ist nur ein wenig anders als das traditionelle Weiß eines Hochzeitskleides. Meine dunkelblauen hohen Schuhe betonen es perfekt, aber das ist ja eigentlich egal, denn niemand wird sie unter diesem riesigen, ausladenden Rock jemals sehen.

Catarina nimmt eine Kette vom Schminktisch und ich frage: „Die hattest du doch hoffentlich nicht bei deiner Hochzeit um? Nichts für ungut, aber diese Ehe war ein Reinfall. Ich will nicht, dass sie meine Ehe mit Cyprian verhext."

Sie blickt mürrisch drein und schüttelt den Kopf. „Nein! Natürlich nicht. Das hat unserer Urgroßmutter väterlicherseits gehört. Ich habe sie von seiner Schwester, Tante Dahlia. Sie hat gemeint, du könntest sie behalten und dann an deine älteste Tochter weitergeben."

Das Kleid ist nun hinten zugeschnürt, damit es mir während der Zeremonie nicht vom Körper fällt, also drehe ich mich um, damit Catarina mir die Halskette anlegen kann. „Das ist also mein *something old*." Die anderen Frauen sind fertig und gehen leise aus dem Zimmer.

„Das ist es", sagt sie und legt mir die Goldkette mit ihrem Anhänger aus zwei Herzen auf die Brust. Sie hört kurz vor meiner Robe auf und rundet meinen Look perfekt ab.

„Wunderschon. Und was für eine tolle Geschichte ich meiner Tochter später erzählen kann, wie sie zu ihr gekommen ist." Ich blicke in den Spiegel und denke darüber nach, welch großes Glück ich habe.

Mein Haar ist zu einem Knoten frisiert, der eine griechische Göttin neidisch machen würde, und Catarina schiebt mich auf einen Stuhl, während sie in ihre Tasche greift und ein glitzerndes Diadem hervorholt. „Hier ist dein *something new*. Cyprian hat es mir gegeben, damit ich es dir gebe. Er möchte, dass seine Prinzessin auch so aussieht."

Ich nehme es ihr ab, begutachte es und frage mich laut: „Meinst du, das sind echte Diamanten?"

Sie holt die Schachtel, in der es war, aus ihrer Tasche und das Emblem von Tiffany & Co. Verrät mir, dass die Diamanten wohl echt sind. „Ich würde schon sagen", sagt Catarina, steckt die Schachtel wieder in ihre Tasche und platziert das Diadem auf meinem Kopf.

Wir blicken beide mein Spiegelbild an und sie schlingt die Arme um mich, während ich über ihren Arm streichle. „Danke, dass du für mich da bist."

„Nichts könnte mich davon abbringen, bei deiner Hochzeit dabei zu sein, Schwesterlein." Sie nimmt ein Armband ab, ein goldenes Armband, in das eine Weinranke eingraviert ist. „Und das ist dein *something borrowed*, deine Leihgabe. Dein Kleid ist schon blau, also erfüllst du alles, was das Sprichwort fordert."

„Super", sage ich. „Aber wenn alles perfekt ist, warum bin ich dann immer noch so nervös?"

Sie zuckt mit den Schultern. „Du brauchst noch mehr Hochprozentiges. Komm, ich trinke noch einen mit dir."

Diesmal widerspreche ich ihr nicht, denn ich denke daran, wie ich am Arm meines Vaters zum Altar schreite und mir dabei vor Nervosität fast in die Hosen mache. Ich kippe mir das Zeug hinter die Binde und bin immer noch total am Ausflippen.

Vielleicht hilft ja ein weiterer ...

75

CYPRIAN

Es klopft an der Tür zum Ankleidezimmer und mein Vater geht hinüber, um sie zu öffnen. „Cyprian!", ruft Cami und purzelt praktisch ins Zimmer. „Da bist du ja!"

„Cami?", frage ich, stehe auf und packe sie am Arm, denn sie steht kurz davor, umzufallen. „Wie viel hast du getrunken?"

„Zu viel. Und ich kann es nicht tun, Cyprian", lallt sie und klammert sich verzweifelt an mich. „Ich kann nicht diesen Gang entlangschreiten."

„Na, in dem Zustand zumindest nicht", sage ich. „Mutter, bitte hol Brot und Kaffee."

Meine Mutter geht nach draußen und ich sehe, wie mein Vater die Stirn runzelt. „Das arme Mädchen." Er hilft mir, sie in einen Stuhl zu setzen und blickt ihr dann in die Augen. „Möchtest du etwa nicht heiraten? Das ist schon in Ordnung. Du weißt ja, dass ich die Ehe auch nicht so toll finde. Es ist schon okay, wenn du es dir anders überlegst."

„Nein!", sagt sie, dann verdrehen sich ihre Augen und ihr Kopf sackt auf eine Seite weg.

„Cami!" Ich gebe ihr leichte Ohrfeigen, dann ein bisschen festere, als sie immer noch nicht aufwacht. „Nicht heute. Bitte nicht ausgerechnet heute!“

„Sie ist noch nicht bereit, Cyprian. Vielleicht wird sie das nie sein“, erklärt Papa. „Sieh nur, was passiert ist. Sie war so nervös, dass sie sich abgeschossen hat. Das ist ein unterbewusstes Zeichen, dass sie keine Ehe will. Obwohl sie vielleicht wie ein traditioneller Mensch wirkt, ist sie das nicht. Sieh sie nur an. Wie traurig. Du wirst sie doch nicht zur Ehe zwingen, oder, mein Sohn? Das wäre zu tragisch.“

„Papa, bist du verrückt?“, frage ich, während ich ihr weiter die Wange tätschle. „Natürlich werde ich sie nicht einfach so davonkommen lassen! Ich warte schließlich schon fast ein Jahr lang mehr als geduldig. Sie hat nur etwas getrunken, um sich zu beruhigen. Na und, ich bin auch nervös. Ich glaube, das ist ganz normal. Wir stehen kurz davor, bedeutende Schwüre vor unserer Familie abzulegen und das setzt uns ganz schön unter Druck.“

Meine Mutter kommt wieder herein und seufzt, als sie sieht, in welchem Zustand meine Verlobte ist. „Oh nein! Es ist einfach zu viel für sie. Das habe ich überhaupt nicht kommen sehen. Ich dachte, dass sie diese Hochzeit wirklich will.“

„Das will sie auch“, sage ich, nehme meiner Mutter die Tasse Kaffee ab und stelle sie auf den Tisch. „Sie trinkt eigentlich sehr wenig. Ich bin mir sicher, dass sie höchstens Bier gesüffelt hat. Das ist alles halb so wild. Sie wacht gleich auf und dann ist sie wieder fit. Da bin ich mir sicher.“

„Ich hole mal ein feuchtes Tuch, vielleicht holt sie das zurück“, sagt Mutter und geht wieder.

Als sie die Tür öffnet, erblicke ich Catarina, die erleichtert aussieht. „Gottseidank, sie ist hier. Ich musste kurz aufs Klo und als ich wieder zurückkam, war sie weg. Was hast du mit ihr gemacht, Cyprian?“

„Ich glaube, das sollte ich dich fragen, Catarina. Schließlich habe ich sie dir anvertraut. Was ist passiert?“, frage ich sie, während sie Cami anblickt und sie unsanft anstupst.

„Sie war ganz zittrig. Ich habe ihr zwei, drei Drinks verabreicht.

Vielleicht ein bisschen mehr." Sie zieht Cami am Arm. „Krass, sie ist echt völlig weggetreten."

„Ich weiß", sage ich irritiert. „Was sollen wir jetzt tun?"

„Ähm, äh, keine Ahnung." Catarina legt ihre Hand an den Mund, als wolle sie mir etwas zuflüstern. „Ich habe genauso viel getrunken wie sie."

„Das rieche ich und ich sehe es auch. Catarina, du solltest dich schämen", rüge ich sie und gebe ihr den Becher Kaffee. Cami kann ihn in ihrem bewusstlosen Zustand ohnehin nicht trinken.

„Ich frage mal den Pfarrer, wie lange er warten kann", sagt Papa und geht auch.

„Es tut mir so leid, Cyprian", fängt Catarina an zu wimmern. „Es tut mir wirklich leid. Ich habe deine Hochzeit ruiniert. Das ist alles meine Schuld!"

„Heul nicht", sage ich und versuche, sie zu beruhigen. „Du ruinierst noch dein Make-Up und du bist schließlich Trauzeugin. Sie wacht schon bald auf. Es wird ihr schrecklich gehen, aber wir sagen einfach schnell die Gelübde auf und lassen uns trauen und dann bringe ich sie ins Hotel, damit sie ihren Rausch ausschlafen kann."

„Aber dann fühlt sie sich bei ihrer einzigen Hochzeit wie ein Häufchen Elend. Ich meine, ich hoffe, dass es ihre einzige Hochzeit bleibt."

„Das hoffe ich auch", sage ich und entdecke eine Zeitschrift, mit der ich Cami Luft zufächeln kann. „Baby, bitte wach auf."

Catarina versinkt in Selbstmitleid, nimmt sich den Kaffee und setzt sich auf einen Stuhl. „Vielleicht habe ich das unterbewusst sabotiert. Vielleicht bin ich eifersüchtig, weil sie die große Liebe gefunden hat. Eine Liebe, wie ich sie nie gekannt habe. Erst war da meine Ehe mit Peter, dann hat das mit dem Polizisten auch nicht geklappt. Ich finde einfach nicht den Richtigen und Camilla verliebt sich einfach in den nächstbesten Typen, der in ihren Laden spaziert. Wieso passiert mir sowas nicht?"

„Es ist ja nicht so, als hätten wir es nicht auch schwer gehabt. Es war nicht immer so perfekt. Ganz im Gegenteil. Und du verliebst dich schon auch noch. Vielleicht solltest du damit aufhören, die Liebe bei kontrollierenden Männern zu suchen. Du verdienst echt was Besseres. Du solltest dir einen netten Typen suchen. Ich habe gestern erst einen meiner Cousins kennengelernt. Er hat ständig zu dir hinübergeschaut. Aber du hast ihn nicht einmal bemerkt."

„Hat er das wirklich?", fragt sie mich und wischt sich die Tränen ab, wobei sie ihre Wimperntusche verschmiert.

„Das hat er. Er ist ein netter Kerl. Wahrscheinlich ist er dir deshalb nicht aufgefallen. Du hast dich an einen rangehängt, der für seine Anwesenheit auf dieser Party bezahlt wurde. An einen Gigolo."

„Verdammt", sagt sie und stellt den Kaffee auf dem Tisch vor sich ab. „Ich dachte schon, er mag mich."

„Dafür wurde er bezahlt", erkläre ich ihr. „So bin ich aufgewachsen. Umgeben von Frauen, die nur dafür bezahlt wurden, mich zu mögen. Die dafür bezahlt wurden, dass ich alles mit ihnen anstellen konnte, was ich wollte."

„Das ist ja schrecklich. Und dieser Cousin von dir, sieht der auch gut aus?", fragt sie, steht auf und blickt in den Spiegel. „Mist, meine Schminke!"

Ich nehme ein Taschentuch und tupfe die schwarzen Schlieren unter ihren blauen Augen weg. „Ich kann das richten. Ja, man kann schon sagen, dass er gut aussieht. Hässlich fand ich ihn zumindest nicht. Ich stelle euch gerne bei der Hochzeit einander vor, wenn du willst."

„Meinst du wirklich? Schließlich lebt er in Frankreich", sagt sie und blickt mir in die Augen.

„Er ist nur zu Besuch", erkläre ich ihr. „Er lebt in New York. Er ist dort Finanzberater. Witzig, oder? Er arbeitet in der gleichen Branche wie ich. Ich überlege schon, ob er vielleicht für meine Firma arbeiten will."

„Stell mich ihm vor. Wenn wir uns verstehen, kannst du ihm einen Job anbieten." Sie lächelt und umarmt mich. „Du wirst bestimmt ein super Schwager, Cyprian."

„Wenn wir die Braut wach kriegen, damit wir endlich heiraten können", sage ich, während meine Mutter wieder den Raum betritt.

Sie geht zu Cami hinüber und drückt das feuchte Tuch an ihre Stirn. „Camilla, wach auf."

Camis Augen öffnen sich langsam und sie packt meine Mutter am Handgelenk. „Darf ich Mom zu dir sagen?"

Mutter lächelt und lacht dann. „Wenn du wach wirst und endlich meinen Sohn heiratest, dann schon."

„Alles klar, Mom", sagt Cami, hebt ihren Kopf und blickt Catarina an. „Du hast geheult."

„Ich habe dich abgefüllt. Tut mir so leid", sagt ihre Schwester und geht zu ihr hinüber. „Bist du jetzt soweit? Kannst du gehen?"

Ich helfe Cami auf die Beine und stelle fest, dass sie sich ganz schön an mir abstützen muss. „Dein Vater hat ein schönes Stück Arbeit vor sich, wenn er dich zum Altar führen soll."

„Ich hole ihn", sagt Catarina und wankt zur Tür.

„Lass mich mal", sagt Mutter und tätschelt Catarina den Rücken. „Trink mal lieber noch etwas Kaffee und gib deiner Schwester auch etwas ab."

Ich beobachte meine Mutter dabei, wie sie absolut mütterliche Sachen tut, obwohl sie bisher noch nie einen Mutterinstinkt bewiesen hat. „Danke, Mutter."

Sie blickt mich lächelnd an. „Gern geschehen, mein Sohn."

Ich blicke die Frau an, die ich hoffentlich bald zu meiner Frau mache, und fühle mich überwältigt von der Liebe, die ich für sie empfinde. Sie hat nicht nur mich völlig verwandelt, sondern auch eine Wirkung auf meine Mutter und meinen Vater entfaltet. „Du vollbringst wirklich Wunder."

Ihr verschlafenes Lächeln bringt mich zum Lachen, während ihr die Augen fast zufallen und sie Schluckauf bekommt. „Du bist das Wunder, mein Liebster."

Die Tür geht auf und ihr Vater tritt ein. Sofort wirft er Catarina einen strengen Blick zu. „Hat Coco mich verpetzt?", fragt Catarina.

Er nickt und droht ihr mit dem Finger. „Du bist doch die große Schwester. Du solltest dich um Camilla kümmern. Das ist ihr großer Tag."

„Es tut mir leid." Sie fängt wieder an zu heulen.

„Du musst nicht heulen, es wird schon alles gut", sage ich und bringe Cami zu ihrem Vater. „Vorsicht, sie ist wie Gummi."

„Tschüüss", flötet Cami, als ihr Vater sie entgegennimmt.

„Bis gleich." Ich sehe zu, wie sie davoneilen, damit sie sich noch einmal frisch machen kann. Dann mache ich mich daran, das Ganze ins Rollen zu bringen.

Mein Vater kommt uns im Gang entgegen. „Der Pfarrer hat noch eine Stunde Zeit, aber das ist alles."

„Sie ist wach. Ihr Vater hat sie. Wir können auf sie warten, bis sie den Gang entlangschreitet." Ich nehme meine Mutter am Arm und führe meine Eltern in die Kirche, in der wir einander ehelichen werden. Jetzt ist es also soweit. Wir werden ein Ehepaar.

Aber kann man wirklich glücklich bis in alle Zeiten leben ...?

76

CAMILLA

„Riech einfach mal hier dran“, sagt meine Mutter und hält mir dann etwas unter die Nase. Mir wird heiß, als ich den sauren Geruch einatme.

„Igitt!“, rufe ich aus und atme dabei noch einmal eine Geruchswolke ein. „Was ist das?“

„Riechsalz“, erklärt sie mir. „Ich habe das immer dabei.“

„Ich will gar nicht wissen, warum“, sage ich. „Ich bin einfach nur froh darüber. Jetzt habe ich schon fast einen klaren Kopf.“

„Super“, sagt Papa. „Dann bringen wir das Ding mal ins Rollen. Catarina, raus hier, sag ihnen, dass wir soweit sind.“

„Mache ich, Papa“, sagt sie und schnappt sich ihren Blumenstrauß. „Und tut mir leid, Camilla.“

Ich nicke ihr zu und erlaube meiner Mutter, mir den Schleier aufzusetzen. „Es wird Zeit, meine Kleine.“

„Ich bin gar nicht mehr nervös“, sage ich, hauptsächlich zu mir selbst, denn ich bin ausgesprochen überrascht, dass ich mich nur glücklich und überhaupt nicht mehr nervös fühle.

Ich höre die Musik aufspielen und nehme meinen Vater am Arm. „Du siehst umwerfend aus.“

„Und du siehst in deinem schicken Smoking auch toll aus, Papa.“

Mutter geht vor uns den Gang entlang, um sich zu setzen. „Ich liebe dich, Camilla. Bis gleich."

„Ich liebe dich auch."

Ich gehe neben meinem Vater her, der mir die Hand tätschelt und sagt: „Cyprian und du können ein langes, glückliches Leben genießen, so wie deine Mutter und ich. Es wird immer Dinge geben, die euer Glück in Gefahr bringen, aber alles kann überwunden werden. Die Liebe ist wie ein Fluss, manchmal ist sie tief und man kann sich in ihr treiben lassen, manchmal ist sie seicht und steinig und man muss vorsichtiger navigieren. Haltet euch in diesen Zeiten aneinander fest. Dann werdet ihr die Kraft aus einander schöpfen müssen. Dreh ihm nicht den Rücken zu, wenn er eine schwierige Phase durchmacht, und erinnere ihn daran, das Gleiche für dich zu tun, wenn es dir nicht gut geht. Geht nie wütend ins Bett und sagt nichts, was ihr nicht zurücknehmen könnt. Worte können genauso tiefe Wunden zufügen wie körperliche Verletzungen."

Mir treten Tränen in die Augen, sodass ich nicht sehen kann, wo ich hingehe. „Das sind echt gute Ratschläge, Papa."

„Das will ich hoffen", sagt er. „Sie kommen von Herzen, mon canard."

Die Musik verstummt, als wir uns dem Eingang der Kirche nähern. Dann wird der Hochzeitsmarsch gespielt und mein Herz fängt an, wie wild zu hämmern. Mein Vater macht einen Schritt und ich folge ihm. Ich wünschte nur, die Tränen wären weg, damit ich meinen schönen baldigen Ehemann am Ende des roten Teppichs sehen könnte, der direkt in meine Zukunft führt.

77

CYPRIAN

Sie sieht fantastisch aus in ihrem eisblauen Kleid. Hinter dem Schleier kann ich sie nicht erkennen und mein Herz hämmert, während sie auf mich zukommt. Heute wird sie endlich mein. Sie wird meinen Namen tragen und mir Kinder schenken, die diesen Namen weitertragen werden.

Mein Leben wird nicht mehr so leer sein wie früher. Ich werde in meinen Kindern weiterleben. Die Zukunft sieht nun so anders aus als ich immer gedacht hatte.

Ich dachte, ich würde so werden wie mein Vater. Ich würde nur leben, um Geld zu verdienen und mich mit Frauen zu vergnügen, die zu allem bereit waren. Stattdessen werde ich mit einer Frau zusammen sein, die mich ab und zu auf die Probe stellt. Und mich immer mit Bewunderung erfüllt.

Ich bezweifle, dass uns jemals langweilig werden wird. Wenn doch, werde ich uns diese Langeweile schnell wieder austreiben. Wir werden dafür sorgen, dass unsere Ehe glücklich wird.

Je näher sie mir kommt, desto besser erkenne ich sie unter dem hellblauen Schleier. Ihre Augen funkeln vor Tränen, aber ihr wunderschönes Lächeln verrät mir, dass es Freudentränen sind.

Ihr Vater legt ihre Hand in meine und sagt: „Pass gut auf meine Kleine auf, Cyprian. Ich vertraue sie dir an."

„Das werde ich tun, Sir. Das verspreche ich Ihnen." Ich wende mich an den Mann, der die Worte sprechen wird, die uns vereinen werden.

Ich hätte gedacht, dass sie zittert vor Angst, aber sie ist ganz ruhig. Ihre Hände sind kühl und wie immer bringt sie mit ihrer Berührung mein Blut in Wallung. Ich weiß nicht, ob das bis in alle Ewigkeit diese Reaktion in mir hervorrufen wird, aber das ist mir egal. Wenigstens habe ich es überhaupt je verspürt. Es ist unglaublich und auch die Erinnerung daran wird mich noch weit tragen.

Ihre Stimme ist ruhig, als sie die Worte des Pfarrers wiederholt. Ich werde jeden Tag meines Lebens diese Stimme hören dürfen. Ich werde sie weinen und lachen hören, ich werde sie lustvoll stöhnen hören, ich werde hören, wie sie bei der Geburt unserer Kinder keucht. *Ich darf all das hören!*

Ich wiederhole die Worte, die der Pfarrer mir vorsagt, und sehe, wie sie lächelt, als ich ihr schwöre, sie zu lieben, zu ehren und zu schätzen. Das tue ich ohnehin schon, aber diese Worte festigen das nur noch. Sie ist mein Leben. *Mein Ein und Alles!*

Ich wäre nicht der gleiche Mann ohne sie. Das weiß ich nun. Ich weiß nun so viele Dinge, die mir völlig verborgen waren, bevor ich sie kennengelernt habe. Dabei wollte ich sie erstmal zur Sau machen, nachdem ich sie an diesem Abend so über mich hatte reden hören.

Das ist alles schon so weit weg. Ich stand nur da und habe zugehört, wie sie über mich geredet hat, ohne zu wissen, dass ich zuhöre. Ich dachte damals, ich wäre jemand, der ich eigentlich gar nicht war.

Ich nehme an, ich war schon ein bisschen ein Perverser. Mein Verhältnis zu Sex war ganz und gar ungesund. Cami hat mir gezeigt, worum es dabei eigentlich gehen muss. Es ist kein Schauspiel, wie ich immer gedacht habe. Es geht so viel tiefer. Mit all den anderen habe ich mich nur verstellt. Mit Cami wird unsere Verbindung jedes Mal inniger, wenn unsere Körper sich vereinen, um einander zu verehren.

Sie ist meine Göttin. Meine Hoffnung. Meine Ewigkeit. Und nun ist sie sogar meine Ehefrau und ich bin ihr Mann. Ich nehme den Schleier von ihrem Gesicht, blicke sie an und flüstere: „Ich liebe dich." Sie flüstert es zurück. Als unsere Lippen sich treffen, um die Ehe zu besiegeln, sehe ich beinahe Sterne.

Das ist es jetzt also. Wir sind verheiratet. Bis der Tod uns scheidet.

Himmel, kann das wahr sein ...?

78

CAMILLA

Draußen regnet es und das beruhigende Geräusch lässt mich daran denken, wie damals alles anfing. Cyprian liegt neben mir, den Arm um mich gelegt, und schnarcht sanft.

Wir sind seit einer Woche wieder zu Hause. Ich bekomme immer noch Gänsehaut, wenn ich die Ringe an meinem Finger betrachte. Ich bin die Ehefrau eines Milliardärs, den ich mehr liebe, als ich je für möglich gehalten hätte.

Ich habe so viel Unsinn über diesen Kerl geredet, bevor ich ihn richtig kennengelernt habe. Wenn ich daran zurückdenke, wie ich damals über ihn dachte, und mir überlege, dass ich nun diesen Mann geheiratet habe, den ich damals für einen Perversen hielt, muss ich lächeln.

Das Leben kann man nicht planen. Es passieren immer wieder unerwartete Dinge. Hätte ich erwartet, dass der Mann, der jeden Freitag und Samstagabend bei mir im Laden von seinem Fahrer Gummis kaufen lässt, derjenige sein wird, mit dem ich mein Leben teile?

Sicher nicht!

Bin ich froh, dass es so gekommen ist?

Und wie!

Sein hellbraunes Haar fällt ihm ins Gesicht, also streiche ich es zurück. Ich liebe es, ihn zu beobachten, während er schläft. *Er ist wunderschön.*

Ich suche mir Dinge an ihm aus, von denen ich hoffe, dass er sie unseren Kindern weitergibt. Seine Nase sollen alle unsere Söhne bekommen. Sie ist perfekt. Seine Lippen sind gerade voll genug und unsere Töchter wären sehr hübsch damit. Seine Wimpern sind auch dichter als meine, ich hoffe also, dass unsere Töchter sie bekommen werden. Und seine Muskeln sollen natürlich an unsere Söhne vererbt werden.

Er ist ausgeglichener als ich, das sollen sie auch abbekommen. *In einer Familie kann es nur einen Sturkopf geben!*

Er regt sich und ertappt mich dabei, wie ich ihn ansehe. Ein träges Lächeln legt sich auf seine Lippen. „Was machst du da, Cami?“

„Nichts“, sage ich und streiche ihm über das Haar. „Schlaf wieder ein und lass mich dich weiter anhimmeln.“

Er kichert, sodass sein Körper durch und durch vibriert. „In Ordnung.“ Seine hellbraunen Augen schließen sich wieder und er kuschelt sich an mich ran, sodass er mit seinem Atem meinen Nacken kitzelt.

Ich kichere und er schlingt seine Arme um mich und küsst meinen Hals. Seine Küsse sind zunächst sanft, doch dann werden sie intensiver und er saugt auch sanft an meinem Hals. Ich stöhne leise auf.

Zwischen den Beinen werde ich feucht. Ich drehe mich ein wenig, um meinen Körper an ihn zu drängen. Sein pulsierendes Glied berührt mich und verleitet mich dazu, ein Bein über seine Hüfte zu legen, damit ich mich besser an ihn schmiegen kann.

Endlich berühren seine Lippen die meinen. Ich schlinge meinen Arm um seinen Hals und reibe mich an seinem Körper, sodass sein Schwanz rasant anwächst. Er legt sich auf mich und löst seinen Mund von mir, damit er mir ins Gesicht blicken kann, während er mit seiner Erregung in mich eindringt.

„Ja, ich sehe es schon“, sagt er, als ich aufstöhne, weil es sich so gut anfühlt. „Du leuchtest, Baby. Wenn ich in dir bin, strahlst du förmlich."

Ich wende mich ab, denn er beobachtet mich zu intensiv, doch schnell legt er seine Lippen wieder auf meine und bewegt sich in einem gleichmäßigen Rhythmus. Unsere Körper bewegen sich gemeinsam, wie Wellen im Ozean.

Er streicht mir sanft über die Schultern und die Arme, wovon ich Gänsehaut bekomme. Seine Hände nehmen meine und er drückt sie über meinem Kopf auf die Matratze.

Ich höre, wie er eine Schublade im Nachtkästchen öffnet und spüre, wie er mich mit den plüschigen Handschellen an das Kopfende des Bettes fesselt. „Sie haben das Recht, die Aussage zu verweigern", flüstert er mir zu und löst seinen Mund von meinem.

Ich stöhne ein wenig, denn er bewegt sich so, dass ich gleich noch mehr von ihm will. „Oh, Baby."

„Sch", befiehlt er mir sanft. „Sie haben das Recht, unglaublich heiß zu sein."

Ich lächle sanft, als er mich plötzlich hart in mich stößt. „Uh!"

„Sie haben das Recht, Ihre Geilheit herauszuschreien, wenn ich Sie in den siebten Himmel katapultiere", sagt er und leckt lasziv über meinen Hals.

Ich winde mich, denn es kitzelt. „Baby!"

Er erhebt sich, hebt mich hoch und dreht mich um, sodass ich schließlich vor ihm knie, die Hände immer noch gefesselt. Er streicht sanft über meinen Arsch und ich fange schon an zu zittern.

„Bitte mich darum", sagt er und streicht über eine bestimmte Stelle auf meiner rechten Pobacke.

„Bitte", stöhne ich, denn ich wünsche mir nichts sehnlicher, als dass er mir ein wenig süßen Schmerz zufügt.

Seine Hand schnalzt gegen meine Haut und an der Stelle kribbelt es angenehm. „Gefällt dir das?"

„Ja", stöhne ich und werde noch heißer. „Nochmal."

Ich spüre seine Hand erneut und schreie auf, denn sie erfüllt mich mit roher Energie. „Willst du mehr?"

„Ja", flehe ich ihn an. „Gib mir mehr."

Er versohlt mir den Hintern, wieder und wieder, bis ich „Zitrone!“ ausrufe. Mein Körper zittert und ich weine fast, als er seine Peinigung abbricht und meinen Po über und über mit Küssen übersät.

Erst küsst er mich sanft, dann leckt er an meiner Haut, knabbert und saugt an ihr, sodass ich ihn anflehe, ihn in mich zu stecken. Er knurrt und kommt meinem Wunsch nach. „Meiner Frau gefällt das, wenn ich sie ficke, nicht wahr?“

„Das tut es“, stöhne ich. „Bitte, Cyprian. Lass mich nicht länger warten, ich platze gleich.“

Sein erster Stoß drängt alle Luft aus meinen Lungen und er sagt: „Du wartest meinen Befehl ab, bis ich dir erlaube, zu kommen.“

Ich stöhne auf, denn das wird ausgesprochen schwer. „Nein, bitte.“

Er zieht seinen Schwanz wieder raus. „Na, wenn du das nicht hinbekommst …“

Ich gebe sofort nach. „Doch, ich kann es. Bitte, Cyprian, steck ihn wieder rein. Ich kann warten.“

„Braves Mädchen“, sagt er und stößt seinen harten Schwanz erneut in mich.

Die Haut an meinem Arsch kribbelt immer noch, als sein Körper nun bei jedem Eindringen dagegen rammt. Ich stöhne auf und gebe mir Mühe, nicht zu kommen. „Cyprian, oh mein Gott!“

„Noch nicht!“, befiehlt er mir mit zusammengebissenen Zähnen.

Die Welle bäumt sich auf und will sich schon brechen, doch das darf sie noch nicht. Ich muss mich sehr zusammenreißen, um mich nicht gehen zu lassen. Doch ich halte alles zurück und beiße meine Zähne fest zusammen, während er sein Schwanz in mich stößt.

Ich kann das Zittern meines Körpers nicht mehr zurückhalten und bin schon bald schweißgebadet. Unsere Körper gleiten aneinander entlang und er fängt an, zu stöhnen. Sein Schwanz zuckt einmal in mir, dann ruft er animalisch: „Gib’s mir, Baby!“

Ich zerbreche fast an meinem überwältigenden Höhepunkt, bei dem mein Kopf schier platzen will. Zuckungen der Glückseligkeit durchfahren mich und ich spüre, wie auch sein Körper zittert. „Himmel, das war unglaublich!“

Seine Lippen berühren meinen Rücken. „Das hast du gut gemacht, Baby."

Er löst meine Hände aus den Handschellen und beugt sich über mich, sodass er weiterhin in mir bleibt. Er ist immer noch hart und ich bin mir nicht sicher, ob er schon aufhören will. Er massiert kurz meine Schultern und ich stütze mich auf der Matratze auf.

Nach einer kurzen Massage zieht er sich aus mir zurück und ich falle völlig erschöpft auf das Bett. Er dreht mich um und hebt mich hoch, damit ich ihm in die Augen blicke. Ich sehe, dass sein Schwanz immer noch voll bei der Sache ist, und muss lächeln. „Du bist unersättlich."

Er nickt und nimmt meine Arme, damit er sie um seinen Hals schlingen kann. „Leg diese hübschen Beine um meine Hüften und lass mich tief in dein Innerstes eindringen."

Ich kichere ein wenig und gehorche ihm, doch es brennt ein wenig, als er wieder in mich hineingleitet. „Hast du dein Gleitgel verwendet?"

„Das habe ich", sagt er und mir wird innerlich ganz warm. „Auf der Flasche stand: garantiert lustbringend. Macht es dich geil?"

Die Wärme fühlt sich unglaublich an und ich bewege mich noch schneller auf ihm. „Ja, und wie. Oh mein Gott, Cyprian!"

Er lacht, während ich mich auf ihm bewege. „Scheint zu wirken."

„Kann man wohl sagen", sage ich und kreise sanft. „Ich brauche es härter. Härter und schneller."

Er legt mich auf das Bett, damit er es mir besorgen kann. „Besser?", sagt er und stößt tiefer in mich hinein.

Das warme Gefühl berührt mich so tief in mir, dass ich mich aufbäume, damit ich ihn noch tiefer spüre. „Ich weiß nicht, wie du dir das so schnell dran geschmiert hast, aber ich bin froh darüber. Bums mich ganz fest, Cyprian."

Er lächelt schief, anscheinend gefällt es ihm, wenn ich schmutzige Dinge zu ihm sage. „Dein Wunsch ist mein Befehl."

Er nimmt mich, als würde ich ihm gehören, was auch fast stimmt. Ich werde nie wieder einen anderen Mann brauchen. *Cyprian erfüllt all meine sexuellen Wünsche.*

Es wird so heiß, dass ich richtig heftig komme und dabei kreische, als ermorde mich jemand. Mit seinem Kuss bringt er mich zum Schweigen und fickt mich weiter so hart, bis ich wie aus Gummi bin und er endlich seinen eigenen Höhepunkt erreicht.

Mein Körper zittert immer noch, doch er zieht uns auf dem Bett nach oben, immer noch auf mir liegend. Schnell spüre ich die Erschöpfung in meinen Gliedern und sein gleichmäßiger Herzschlag beruhigt mich so sehr, dass ich bald einschlafe.

Ist es zu viel verlangt, wenn ich wünsche, dass das niemals endet ...?

79

CYPRIAN

„Sieh mal, was ich heute gefunden habe“, verkünde ich Cami und ziehe sie hinter mir her, damit ich ihr etwas zeigen kann.

Ich öffne die Tür zum Schlafzimmer, das gegenüber von unserem Schlafzimmer liegt, und sie keucht erfreut auf. „Eine Wiege?“

„Ja, ist sie nicht wunderschön?“ Wir gehen hinüber, damit sie das Kirschholz berühren kann. „Ich musste sie einfach kaufen. Ich habe noch nie so etwas Schönes gesehen. Sieh dir nur die schmuckvollen Gravuren an. Einfach wunderschön.“

„Das stimmt, aber ich bin doch noch nicht einmal schwanger. Vielleicht verhext uns das. Ich nehme schon seit Monaten die Pille nicht mehr und trotzdem ist nichts passiert“, sagt sie und streicht mit ihrer Hand über das glattpolierte Holz.

„Die Frauenärztin hat doch gesagt, es könnte ein Jahr dauern, bis dein Körper sich normalisiert hat. Es wird schon noch passieren. Dafür sorge ich“, sage ich, kichere und nehme sie in den Arm.

Sie lächelt ein wenig traurig und das bricht mir fast das Herz. „In drei Monaten ist es schon ein ganzes Jahr.“

„Ich mache mir gar keine Sorgen um dich. Das klappt schon noch. Vielleicht musst du dich dabei auf den Kopf stellen, damit es funktioniert." Ich lache und wirbele sie herum. „Ich werde alles tun, um meinen Samen in dir zu verpflanzen, meine Süße!"

„Das weiß ich doch. Ich mache mir einfach nur Sorgen", sagt sie und runzelt die Stirn.

„Baby, das musst du nicht. Wir haben genug Geld, um uns jede Behandlung der Welt zu leisten. Ich mache mir keine Sorgen und das solltest du auch nicht tun." Ich nehme sie an der Hand und führe sie aus dem Schlafzimmer. Ich hätte gedacht, dass sie sich viel mehr freuen würde.

Jetzt sehe ich, wie sehr sie das belastet, und das gefällt mir gar nicht. Dann trifft es mich wie der Schlag.

Ist das meine Strafe dafür, dass ich jahrelang sexuell über die Stränge geschlagen habe?

80

CAMILLA

Die Wahrheit belastet mich extrem, während Cyprian mich besorgt anblickt. „Cami, was, wenn das meine Strafe für mein lasterhaftes Leben ist?"

„Ach, Unsinn. So läuft das nicht, Cyprian." Ich klopfe neben mir auf die Matratze. „Ich muss ehrlich zu dir sein."

Er setzt sich und blickt mich mit gerunzelter Stirn an. „Ehrlich?"

Ich nicke und fahre fort. „Weißt du, der erste Typ, mit dem ich zusammen war, wollte, dass ich ein Kind von ihm bekomme. Ich war siebzehn und einfach dumm wie Stroh."

„Ach du liebe Zeit, Cami!" Er blickt mich mit großen Augen an. „Du hast ein Kind bekommen und es adoptieren lassen. Wir können es immer noch holen. Ich bezahle der Familie reichlich, damit sie es uns zurückgeben. War es ein Junge oder ein Mädchen?"

Ich schüttle nur den Kopf. Als er endlich aufhört, zu reden, sage ich: „Nein, so war das nicht."

„Sag bloß, du hattest eine ..."

Ich unterbreche ihn, bevor er diese Worte auch nur ausspricht. „Nein, das auch nicht. Ich bin schwanger geworden. Ich bin dreimal schwanger geworden und habe das Kind jedes Mal im dritten Monat verloren."

Er beißt sich auf die Lippe und schüttelt den Kopf. „Du warst doch noch ein Kind, Cami."

„Das weiß ich." Ich fühle mich langsam richtig schuldig. „Ich finde es schrecklich, so etwas zugeben zu müssen. Du hast ja keine Ahnung, wie sehr es mich beschämt, dass ich so etwas Dummes getan habe."

„Es war wirklich dumm. Aber gottseidank hat sich deine schlechte Entscheidung nicht wirklich ausgewirkt", sagt er und massiert mir die Schultern.

„Okay, weißt du was? Ich erzähle dir am besten gleich alles. Ich wollte nie die dummen Dinge erwähnen, die ich damals getan habe, aber ich muss dir alles gestehen, damit du verstehst, warum wir vielleicht nie eigene Kinder haben werden, Cyprian."

„Was hast du noch angestellt?" Er blickt mich verwirrt an

„Es gefällt mir, wie du mich jetzt ansiehst. Wie eine gebildete Frau, die etwas im Kopf hat. Wenn du das jetzt über mich erfährst, fürchte ich, dass du mich nie wieder so ansehen wirst", erkläre ich ihm.

Er schüttelt nur den Kopf. „Du bist für mich diejenige, die du jetzt bist, Cami. Nichts aus deiner Vergangenheit kann daran etwas ändern."

„Ich glaube, da irrst du dich, aber jetzt hast du mich schon geheiratet, also wirst du mich auch nicht mehr los, auch wenn ich früher eine totale Vollidiotin war. Okay, ich sage es dir jetzt. Nach den drei Fehlgeburten hat mein erster Typ mit mir Schluss gemacht. Und eine Weile später habe ich einen anderen Typen kennengelernt und du wirst gar nicht glauben, was ich dann getan habe."

„Du wolltest schwanger werden, was?", fragt er und sieht mich seltsam an. „Wie alt warst du da?"

„Neunzehn. Ich habe also diesen Typen belogen und ihm gesagt, ich nähme die Pille. Ich wollte mich absichtlich schwängern lassen und hatte nochmal vier Fehlgeburten. Er hat von den ersten paar nie etwas erfahren, aber die vierte Fehlgeburt ist passiert, als wir gerade miteinander schliefen. Es war das totale Blutbad und ich musste ihn bitten, mich ins Krankenhaus zu fahren."

„Und alle Fehlgeburten sind vor dem dritten Monat geschehen?", fragt er, denn er scheint in seinem Kopf etwas nachzurechnen.

„So war es."

„Du hattest danach noch einen dritten Freund. Hast du mit ihm das Gleiche gemacht?", fragt er und gibt sich echt Mühe, mich nicht zu verurteilen.

„Nein, mit ihm nicht. Da war ich schon ein wenig schlauer. Ich war einundzwanzig und im College schon voll dabei und habe andere Dinge im Leben priorisiert. Aber ich hatte immer den Verdacht, dass ich vielleicht niemals Kinder haben würde."

„Hast du mit deiner Frauenärztin darüber geredet, Cami?"

„Das habe ich. Sie musste mir versprechen, niemandem davon zu erzählen. Ich habe es nur dir verheimlicht und jetzt bekomme ich langsam das Gefühl, ich hätte es dir offenbaren sollen, bevor wir geheiratet haben." Ich senke den Blick, denn meine Schuldgefühle sind mittlerweile kaum zum Aushalten.

Sein Finger berührt mein Kinn und ich sehe, wie er mich anlächelt. „Camilla Girard. Ich hätte dich ohnehin geheiratet. Ich liebe dich. Ich liebe dich ganz und gar. Und um auf Nummer Sicher zu gehen, lasse ich mich auch untersuchen, wenn wir nach Ablauf eines Jahres noch kein Kind gezeugt haben. Du musst nicht die ganze Bürde tragen, Baby."

„Und was, wenn wir nie Kinder kriegen?", frage ich ihn, denn ich weiß, dass dieser Typ einen unheimlichen Kinderwunsch hat. Er sieht sich immer Fotos von Babys im Internet an und surft auf Namensseiten herum, also weiß ich, dass das ein wichtiges Ziel für ihn ist.

„Wir werden sicher Kinder bekommen. Schließlich gibt es da unendliche Möglichkeiten. Du bist doch Wissenschaftlerin! Du weißt das sicherlich am besten."

„Aber Babys aus der Petri-Schale sind meiner Meinung nach nicht Gottes Wille. Vielleicht weiß der Allmächtige einfach, dass ich eine schreckliche Mutter abgeben würde", sage ich und wende den Blick ab.

Wieder zwingt er mich, ihn anzublicken. „Wir wissen beide, dass du keine schreckliche Mutter sein würdest. Aber wir können auch eine Weile das Thema beiseitelegen und einfach abwarten, bevor wir wieder damit anfangen."

„Ich kann gar nicht glauben, dass du nicht sauer bist, dass ich dir das alles nicht schon früher erzählt habe, Cyprian."

„Ich weiß auch nicht, wieso. Ich vergöttere dich einfach. Ich hätte dich geheiratet, egal was in deiner Vergangenheit liegt, außer du hättest dich als Serienkillerin herausgestellt", sagt er lachend.

„Ich weiß nicht, womit ich dich verdient habe, aber ich bin so froh, dich zu haben. Du bist einfach der beste Ehemann der Welt", verkünde ich und ziehe ihn an mich, damit ich ihn küssen kann.

„Nur du hast mich zu dem gemacht, was ich heute bin. Mit dir an meiner Seite bin ich zu allem fähig. Zu allem, Cami. Keine Sorge. Deine Träume werden schon noch Wirklichkeit. Wart's mal ab."

Ist es schlecht, dass ich ihm nicht glauben kann ...?

81

CYPRIAN

D*ränge ich Cami zu etwas, das sie eigentlich gar nicht will?*

Die Monate sind verstrichen und nichts ist geschehen. Sie nimmt schon eineinhalb Jahre keine hormonellen Verhütungsmittel mehr und ihre Periode war immer pünktlich.

Sie möchte sich noch Zeit lassen, aber ich finde, wir haben lang genug gewartet. Ich möchte zu einem Spezialisten und jetzt lassen wir uns beide untersuchen, um festzustellen, an wem es liegt.

Ich hoffe, dass es an mir liegt. Das klingt vielleicht komisch, ich weiß. Aber sie ist sich einfach so sicher, dass es an ihr liegt, und es wäre so toll, wenn sie nicht mehr davon belastet würde. Jetzt hat man uns gerufen, um uns die Ergebnisse zu verkünden, und ich halte ihre Hand und bete, dass ich derjenige mit dem Problem bin und nicht sie.

„Mir liegen Ihre Ergebnisse vor, Mr. und Mrs. Girard“, sagt der Arzt und setzt sich seine Lesebrille auf.

Camis Hände fangen an zu zittern und sie schließt die Augen. „An wem liegt es, Doc? Wer hindert uns daran, das du bekommen, was wir uns so sehr wünschen?“

„Ich bin mir nicht sicher, wie ich es Ihnen vermitteln soll. Sie scheinen sich große Sorgen zu machen und Sie sind erst seit Kurzem verheiratet. Im Laufe der Zeit kann sich Einiges ändern. Stress lässt nach und die Dinge ergeben sich", sagt er.

„Sagen Sie uns schon die Wahrheit. Wir kommen schon damit klar. Wir können gut mit schlechten Neuigkeiten umgehen. Egal was passiert, uns wird es schon gut gehen", erkläre ich ihm und halte Camis Hand noch fester, während mir jede Hoffnung entgleitet, dass ich derjenige mit dem Problem sein könnte. Offensichtlich hat der Arzt erkannt, wie nervös sie ist, und weiß, dass die Nachricht sie schockieren wird.

Ich mache mich auf ihre Tränen gefasst, die sicher gleich kullern werden, als der Arzt die Ergebnisse aus dem großen Briefumschlag zieht. „Cyprians Spermienanzahl ist sehr niedrig. Das ist der Grund, warum Sie nicht schwanger werden, Mrs. Girard. Ihre Ergebnisse sind normal. Deshalb ist Ihre Periode auch so regelmäßig. Sie sind fruchtbar. Leider kann ich Ihnen nicht sagen, ob sie das Kind auch über den dritten Monat hinaus behalten. Sie müssen erst schwanger werden und dann sehen wir weiter. Wir können in jedem Fall Spendersamen verwenden, um ihre Frau zu befruchten, Mr. Girard", schließt er seine erschreckende Analyse und blickt mich dabei an.

„Nein", sage ich, bevor er weiter davon redet, Sperma von einem anderen Mann in den Körper meiner Frau einzuführen. „Auf gar keinen Fall!"

Was zum Teufel ist da gerade passiert ...?

DIE EVOLUTION¡

82

CAMILLA

Cyprian atmet schwer – anscheinend hat er einen Panikanfall. „Ashton, du solltest rechts ranfahren. Ich glaube, Cyprian braucht frische Luft", rufe ich dem Fahrer zu, als er uns von der Kinderwunschklinik nach Hause chauffiert.

Cyprians Augen blicken mich angsterfüllt an. „Was ist bloß los mit mir?"

„Du drehst gerade durch", erkläre ich ihm. „Steck deinen Kopf zwischen die Knie und hör auf, so schnell zu atmen."

„Nein, ich meine, was ist bloß los mit mir? Warum kann ich dir kein Kind machen?"

Ich schüttle den Kopf. „Das weiß ich nicht. Du hast doch selbst gesagt, es gibt unzählige Möglichkeiten, Cyprian. Du musst dir keine Sorgen machen. Denk einfach daran, was du damals zu mir gesagt hast."

„Ich hätte nicht wünschen sollen, dass ich das Problem bin", keucht er auf.

Ich bin überrascht, dass er das getan hat. Das Auto hält auf dem Parkplatz des Ladens, in dem wir uns kennengelernt haben. Ich steige aus und helfe Cyprian zusammen mit Ashton hinaus.

„Kannst du hineingehen und ihm eine Limo holen? Egal welche,

Hauptsache, viel Zucker.“ Ich nehme meinen Ehemann bei den Händen und halte ihn fest, während er in den Nachthimmel hinaufblickt und offensichtlich Tränen zurückhält.

„Ich dachte, ich würde fertig mit dieser Last, aber es geht nicht, Cami. Es ist zu schwer!“

Ich umarme ihn und versuche, ihn zu trösten. „Cyprian, alles wird gut. Das verspreche ich dir.“

Ashton kommt mit der Limo zurück und ich führe den Strohhalm an Cyprians Lippen. Er trinkt einen Schluck und dann noch einen und beobachtet mich dabei. „Ich habe dich nicht verdient“, murmelt er.

Als er wieder regelmäßig atmet, steigen wir wieder ins Auto und Ashton setzt sich hinter das Steuer. „Ich bringe euch beide mal nach Hause.“

„Danke“, sage ich und streiche Cyprian über das Bein. „Ich werde das alles bestens recherchieren. Wir werden eigene Kinder bekommen. Ich werde alles tun, was in meiner Macht steht, um dafür zu sorgen, dass wir schon bald ein paar Hosenscheißer haben, die bei uns im Garten spielen.“

Er lehnt seinen Kopf an die Sitzlehne und blickt mich tieftraurig an. „Cami, wenn du dich scheiden lassen möchtest, habe ich vollstes Verständnis.“

„Was?“, erschrecke ich, denn dieser Gedanke ist absolut verrückt. „Ich habe dich aus Liebe geheiratet. Ich nehme dich auch mit deinen Fehlern. Sag nie wieder so etwas Dummes.“

„Du wirst bestimmt eine tolle Mutter“, sagt er und wendet den Blick ab. „Du solltest echt Kinder bekommen.“

„Und das werden wir auch. Egal, was passiert, Cyprian. Wir bekommen Kinder.“ Ich streiche über seine Wange und er blickt mich an.

„Aber nicht mit Spendersamen! Wir nehmen keine Spendersamen“, sagt er und schüttelt vehement den Kopf.

„Von mir aus, diese Option müssen wir nicht in Betracht ziehen.“ Ich tätschle ihm die Hand, um ihn zu beruhigen. „Ich möchte ohnehin nur mit dir ein Kind bekommen. Ich träume schon lange davon, dass kleine Versionen von dir und mir in unserem Haus rumlaufen. Nicht von mir und jemand anderem. Keine Sorge."

Als wir vor dem Haus halten, blickt er mich an und fragt: „Hättest du je gedacht, dass ich eine geringe Anzahl Spermien habe?"

Ich schüttle den Kopf und antworte: „Nein, das hätte ich nie gedacht. Du bist so männlich. Aber ich werde unendlich viel Recherche betreiben, um herauszufinden, was wir tun können, um diese Anzahl zu erhöhen."

Wir gehen in das Haus und er nimmt mich plötzlich auf den Arm und trägt mich nach oben. „Komm, wir treiben es bis zum Umfallen."

Ich lache. „Setz mich lieber mal ab, Romeo. Ich muss wirklich Recherche betreiben, bevor wir uns wieder ins Spiel stürzen. Wir vögeln ohnehin schon täglich mehrmals."

„Ich weiß." Er setzt mich ab und lässt den Kopf hängen, sodass ich mich noch schlechter fühle als damals, als ich noch dachte, ich wäre das Problem.

„Komm schon", sage ich und ziehe ihn mit mir in die Bar. „Lass uns was trinken und ich hole meinen Laptop, damit wir uns schon einen Überblick verschaffen können. Du bist schließlich nicht der einzige Mann, dem so etwas passiert."

Er trödelt, aber ich will ihn unbedingt in einen gemütlichen Stuhl bugsieren, in dem er sich entspannen und ein bisschen Cognac schlürfen kann. „Der Spezialist hat gemeint, dass Stress ein Faktor sein könnte. Schließlich arbeite ich so viel. Vielleicht sollte ich als Geschäftsführer zurücktreten."

Ich setze ihn in einen Stuhl und lege seine Füße auf einem Polsterhocker ab, bevor ich zur Bar gehe und ihm einen Drink mixe. „Ich finde, du solltest dir einen Assistenten holen und dir mehr von anderen helfen lassen, aber auf die Stelle des Geschäftsführers der Firma deines Vaters zu verzichten, für die er so hart gearbeitet hat, halte ich für keine gute Idee. Du liebst deine Arbeit."

„Aber dich liebe ich noch mehr", sagt er, als ich ihm das Glas überreiche. Er zieht mich auf seinen Schoß und lehnt seine Stirn an meine. „Stress unter der Woche ist für mich ganz normal. Deshalb habe ich früher am Wochenende so krass gefeiert. Um mich zu entspannen. Glaubst du, dass ich deswegen jetzt so impotent bin, weil ich nicht mehr feiere?“

„Jetzt hör mal“, sage ich und lehne mich ein wenig nach hinten, damit ich ihn anblicken kann. „Du bist nicht impotent. Du hast einfach nur eine geringe Anzahl Spermien. Das kann an vielen Dingen liegen. Und wenn du glaubst, dass ich dich wieder so feiern lasse wie früher, dann hast du dich geschnitten. Diese Zeiten sind vorbei, Göttergatte!“

„Schon kapiert, Weib!“, sagt er kichernd. Ich freue mich sehr, ihn seit Empfang der Nachricht zum ersten Mal lachen zu hören. „Dann schnapp dir deinen Laptop und wir betreiben ein wenig Recherche.“

Er scheint langsam auf heitere Gedanken zu kommen, also erhebe ich mich von seinem Schoß und gehe ins Büro, um meinen Computer zu holen. Als ich nach draußen gehe, höre ich sein Handy klingeln und er stöhnt auf, als er abhebt.

Wahrscheinlich ist es sein Vater oder seine Mutter, die wissen wollen, wie es beim Arzt gelaufen ist. Sie werden sicher überrascht sein, wenn er ihnen die Neuigkeiten verkündet. Ich bin auf jeden Fall aus allen Wolken gefallen!

Könnte es sein, dass Kinder das Einzige sind, was wir nicht bekommen werden?

83

CYPRIAN

„Es liegt an mir und nicht an Cami, Papa. Kannst du das glauben?“, frage ich, denn ich realisiere es immer noch nicht ganz. „Ich habe so gehofft, dass es an mir liegt, und jetzt fühle ich mich wie ein Vollidiot.“

„Deine Gebete haben kein Wunder vollbracht, mein Sohn. Was hat der Arzt gesagt, woran es liegt?“

„Er wusste es nicht genau. Es kann viele Gründe haben“, erkläre ich ihm, während ich an meinem Drink nippe. „Eins ist sicher, ich muss an meinem Lebensstil etwas ändern. Zum Beispiel brauche ich weniger Stress.“

„Klar, so wie du arbeitest, kannst du schon unter dem Stress leiden. Vielleicht solltest du dir mal eine Weile frei nehmen“, bietet er mir an. „Ich könnte dich währenddessen vertreten.“

„Das hast du doch schon getan, damit Cami und ich vor Kurzem unseren ganzen Monat Flitterwochen genießen konnten. Und trotzdem hat diese Entspannung nichts geändert. Ich weiß nicht, was mir sonst noch helfen könnte.“

Die Tür geht auf und Cami stolziert herein. „Ich glaube, ich habe eine Lösung gefunden, Cyprian! Wir müssen weniger miteinander schlafen!“

„Um Himmels willen, nein!", rufe ich. „Papa, ich muss auflegen. Cami dreht völlig durch!"

Ich pfeffere das Handy auf den Stuhl neben mir und starre Cami an, die mich überglücklich anlächelt. „Ernsthaft, Cyprian. Ich glaube, das Problem ist, dass wir zu viel vögeln."

„Baby, Liebling, Schatz", sage ich und ziehe sie wieder auf meinen Schoß. „So macht man nunmal ein Baby."

„Ich bin Wissenschaftlerin", sagt sie und runzelt die Stirn. „Ich weiß ganz genau, wie man Babys macht. Aber lies mal diesen Artikel, den ich gefunden habe." Sie dreht mir den Laptop zu und ich sehe ein Bild von einem Mann, dessen Genitalien mit einem dicken, roten Kreuz durchgestrichen sind. „Hier steht, dass die Anzahl von Spermien sinken kann, wenn ein Mann zu häufig ejakuliert. Baby, du ejakulierst im Durchschnitt fünf bis sechs Mal am Tag."

„Und du meinst, das ist zu viel?", frage ich, denn das finde ich eigentlich gar nicht.

„Und wie", sagt sie.

„Und das sagst du mir erst jetzt?", frage ich, denn ich werde rot vor Scham.

„Naja, ich hatte ja kein Problem damit. Es ist schon schön, wie oft du mich innerhalb von 24 Stunden in den siebten Himmel katapultieren kannst. Bisher war das ja kein Problem, sondern eher ein Vorteil." Sie beißt sich auf die Unterlippe und blickt mich lustvoll an.

„Du willst also tatsächlich weniger Sex haben?", frage ich, denn meiner Meinung nach macht das gar keinen Sinn. Man macht doch kein Baby, indem man weniger Sex hat. *Das ist doch einfach verrückt!*

„Ich finde, wir sollten damit mal anfangen und dann nach und nach andere Dinge hinzufügen. Zum Beispiel deine enge Unterwäsche rausschmeißen. Du kannst lose Boxershorts tragen statt deiner engen Schlüpfer." Sie zeigt wieder auf ihren Bildschirm. „Dein durchtrainierter Body kommt davon, dass du jeden Tag sportlich ziemlich übertreibst. Wenn du das hier durchliest, dann erkennst du, dass auch das nicht besonders gut ist."

„Whoa, stopp mal!", rufe ich aus, denn sie will mir wirklich zu viel auf einmal wegnehmen. „Ich soll also weniger Sex haben und noch dazu meine Tagesroutine aufgeben? Das geht nicht! Weißt du, ich zeige nie Leuten Fotos von mir von vor meinem achtzehnten Lebensjahr, als ich anfing, Sport zu treiben. Ich war mollig. Ich will nie wieder so aussehen. Ich muss so viel Sport machen, damit ich fit bleibe."

Sie lacht und sagt: „Du bist mehr als nur fit. Du bist praktisch Bodybuilder. Du bist gebaut wie ein Gladiator, Cyprian. Ich sage ja nicht, dass du nicht leichte Übungen machen kannst, aber du darfst dich nicht zu krass verausgaben, wenn du wirklich Kinder zeugen willst, das ist alles."

„Du weiß, dass ich das will", seufze ich. „Aber so funktioniert das nicht. Ohne Sex und Sport werde ich noch gestresster sein als jetzt schon. Das brauche ich zum Ausgleich von meinem Job. Dann werde ich wohl mehr trinken müssen, nehme ich an."

Sie zeigt erneut auf den Artikel. „Nope. Das darfst du auch nicht mehr."

„Ach, komm schon! Das gibt es doch nicht!" Ich fange an zu schmollen und bekomme langsam das Gefühl, dass ich noch öfters schmollen werde, wenn ich mich hierzu entschließe.

„Wenn es an mir läge, würde ich darüber nachdenken, mich Fruchtbarkeitsbehandlungen zu unterziehen, bei denen ich mehrere Babys auf einmal austragen müsste. Aber ich würde auch das tun. Ich würde die Hormone und anderen Medikamente nehmen, von denen ich wahrscheinlich ganz gereizt würde. Aber ich würde all das auf mich nehmen."

„Du bist eine Heilige", sage ich und schüttle den Kopf. „Ich bin nicht so wie du. Ich weiß wirklich nicht so recht. Ich müsste ja mein ganzes Leben auf den Kopf stellen. Weißt du, Cami, ich stehe auf und gehe sofort in mein Gym hier zu Hause und trainiere. Dann dusche ich und gehe zur Arbeit."

„Das weiß ich. Ich wohne schließlich mit dir zusammen", sagt sie lächelnd.

„Okay, also weißt du, dass mein Leben aus Dingen besteht, die ich alle aufgeben müsste, wenn wir ein Kind haben wollen."

„Das weiß ich", sagt sie und erhebt sich von meinem Schoß. „Hör mal, ich muss mit dem Koch über das Thanksgiving-Menü sprechen. Thanksgiving ist schon in zwei Wochen und ich will, dass es ein Erfolg wird, weil wir es zum ersten Mal gemeinsam verbringen und beide unsere Familien kommen werden. Ich lasse dir meinen Computer da, damit du weiterlesen kannst. Wenn du das alles nicht tun möchtest, habe ich auch dafür Verständnis."

Ich sehe ihr zu, wie sie aus der Tür geht, und frage mich, ob sie wirklich dafür Verständnis haben wird, wenn ich nicht all das tun kann. Ich will schon Kinder, aber alles aufzugeben, was ich an meinem Leben liebe, scheint mir eine zu schwere Aufgabe.

Ich richte meinen Blick gen Himmel. „Wieso, Herr?"

Als ich wieder auf den Bildschirm blicke, flimmert er und ich stelle den Laptop ab, aus Sorge, dass ich etwas kaputt gemacht habe. Der Bildschirm wird schwarz und dann geht er auf einmal wieder an.

Mein Herz bleibt fast stehen, als ich das Bild eines kleinen Babys sehe. Sein runzliger, kleiner Körper ist noch ganz verschmiert von der Geburt. Im Hintergrund sind die Eltern. Sie lächeln und weinen und das sagt mir mehr als tausend Worte.

Ich schließe den Computer, stelle ihn neben mir auf den Tisch und stehe auf. Ich gehe zur Spüle an der Bar und kippe den Rest des Cognacs weg. Ich will ein Kind – mehr als alles andere. Mehr als Sex, mehr als einen gestählten Body, mehr als Alk. Ich will ein Baby, das mir und Cami ähnlich sieht, mehr als ich je etwas anderes gewollt habe – mal abgesehen von der Mutter des Kindes.

Die Reste des bernsteinfarbenen Schnapses verschwinden im Ausfluss und ich muss mich fragen, ob das alles genügen wird.

Werde ich es noch erleben, dass Cami mit meinem Kind schwanger wird ...?

84

CAMILLA

„Wow, hier riecht es einfach unglaublich!“, verkündet Catarina, als sie mit den Kindern hereinkommt. „Ich war schon länger nicht mehr hier. Kommt heute auch Cyprians Cousin Jasper?“

„Der ist schon da“, sage ich ihr, während ich ihren Mantel abnehme und sie die Jacken der Kinder aufhebt, die sie achtlos auf den Boden geworfen haben, um schnell zum Rest der Familie zu laufen. „Aber du musst dich langsam an ihn ranmachen, Catarina. Er ist nicht wie die harten Kerle, die du sonst immer gedatet hast. Er ist kein Höhlenmensch, der dich über seine Schulter werfen und in seine Höhle schleppen wird. Das kannst du nicht von ihm erwarten.“

„Wir haben uns seit deiner Hochzeit vor einem Jahr ein paar Mal getroffen. Aber er gibt sich einfach keine Mühe“, flüstert sie, während wir ins Wohnzimmer gehen, in dem alle sich versammelt haben und auf das Essen warten.

„Vielleicht solltest du ihm ein wenig entgegenkommen“, sage ich, denn sie hat ihn kein einziges Mal in New York besucht.

„Das ist nicht meine Art.“ Sie wirft ihr Haar über die Schulter und schmollt.

„Du musst deine Art vielleicht ändern, wenn du einen netten Kerl haben willst.“ Ich öffne die Tür und sehe, wie alle sich unterhalten und lachen. Alle außer Cyprian. Er sitzt auf dem Sofa mit einem Glas Kokosmilch und sein mürrischer Gesichtsausdruck verrät mir, dass er bald an seine Grenzen stößt mit all der Abstinenz – von Alkohol, Sex und Sport.

Ich bugsiere meine Schwester in Richtung des lächelnden Mannes, dessen Augen aufleuchten, sobald er sie sieht, und gehe zu Cyprian. Wollen wir doch mal sehen, ob ich meinen Mann nicht zum Lächeln bringen kann. Als ich mich neben ihn setze, blickt er mich an. „Sieht so aus, als wären alle da. Ich sage dem Küchenpersonal, dass sie das Essen herausbringen können.“

„Ich komme mit dir“, sage ich und nehme ihn an der Hand.

Nachdem wir aus dem Zimmer und ein Stück den Gang entlang gegangen sind, schlinge ich meine Arme um ihn und zerre ihn auf eine der Terrassen vor dem Haus. Die Luft ist kühl und frisch. „Was machst du da?“

„Ich will dich etwas fragen“, sage ich und dränge ihn gegen die Wand. „Ich wollte fragen, ob wir uns heute Nacht lieben können. Es ist schon zwei Wochen her.“

Er stottert und blickt suchend in meine Augen. „Ist das dein Ernst? Ich dachte, wir müssten jetzt bis Weihnachten warten?“

„Ich weiß schon. Aber du siehst aus, als könntest du eine kleine Pause gebrauchen von deinem sexuellen Exil. Wir können ab morgen wieder das Zölibat einführen. Und in einem Monat an Weihnachten lassen wir es dann so richtig krachen.“

„In einem Monat“, sagt er und schlingt seine Arme um mich. „Himmel, das hört sich ganz schön lange an. So weit weg.“

„Heißt das also ja?“ frage ich, während er an mir vorbei in die Natur blickt.

„Wir sollten warten. Ich will das wirklich. Ich kann warten“, sagt er und lässt mich los.

Ich nicke und gehe wieder hinein, während er mir folgt. Ich kann aber nicht mehr warten und ich werde ihn später schon noch überzeugen. Er braucht das hier. Er braucht eine Pause.

85

CYPRIAN

„Ich hätte echt nicht so viel essen sollen“, sage ich, denn ich spüre, wie voll mein Bauch jetzt ist. Normalerweise würde man mir das gar nicht ansehen, weil ich viel zu durchtrainiert wäre. Aber nun sieht mein Körper schon viel weicher aus.

Cami setzt sich neben mich auf das Sofa vor dem Kaminfeuer. Nach dem Abendessen sind alle nach Hause gegangen und jetzt sind es nur noch wir zwei. Mein Körper spannt sich an, als sie auf einmal meinen Pullover nach oben schiebt und mit der Hand über meinen Bauch streicht. Ihre Lippen berühren sanft meinen Hals und sie flötet: „Ich brauche dich, Baby.“

„Hey, das ist nicht fair“, jammere ich, während mein Schwanz sich bereits regt. Ich habe ihm nicht die geringsten Freiheiten erlaubt und jetzt wird es nur noch schwieriger für mich, ihr zu widerstehen.

„Ich weiß, aber ich will dich, Baby. Ich verzehre mich nach dir“, sagt sie und stöhnt sanft dabei. „Es ist mir egal, ob wir heute ein Kind zeugen oder nicht. Ich will dich. Bitte, Cyprian. Bitte bring mich in den Himmel, so wie immer. Entweder wir bekommen ein Kind oder eben nicht. Ich brauche dich.“ Ihr Mund fühlt sich heiß an wie Lava, während sie an meinem Hals saugt.

„Cami", stöhne ich, denn plötzlich setzt sie sich auf meinen Schoß und küsst mich.

Es ist schon zwei Wochen her, dass ich den Kuss meiner Frau geschmeckt habe. Meine Hände packen sie an den Schultern, um sie von mir wegzuschieben. Doch stattdessen legt sich die eine in ihren Nacken, während die andere sanft über ihren Rücken streicht.

Mein Mund hört nicht auf mich. Mein Schwanz erst recht nicht. Er wächst an und sie reibt sich sanft daran. Sie will ihn. Obwohl mein Kopf mich mahnt, dass ich das nicht tun sollte, sagen mein Herz und mein Schwanz ganz andere Dinge.

Ihr Mund löst sich von meinem und sie blickt mir in die Augen. „Vor dem Kaminfeuer wäre es total romantisch, oder nicht?"

Ich nicke nur, als sie sich von mir erhebt und eine weiche Decke auf den Teppich vor dem Kamin legt. Die Wärme des Feuers legt sich auf meine Haut, als sie mir den Pullover auszieht. Ihre Hände streichen über meinen nun nicht mehr ganz so stählernen Sixpack.

Ich schiebe ihr das Kleid von den Schultern und küsse eine davon, denn ihre weiche Haut scheint mich zu rufen. Ich platziere sanfte Küsse auf ihrer Haut bis zu ihrem Nacken, während sie meine Hose öffnet und sie mir auszieht.

Ich küsse ihr Ohrläppchen und flüstere dabei: „Ich liebe dich, Baby."

Ihr Mund erkundet meine Brust und sie bewegt sich immer weiter nach unten, zieht mir die Boxershorts aus und küsst die Spitze meines sehr steifen Schwanzes. „Ich liebe dich", sagt sie und streicht mit ihren Lippen über meinen besten Freund, der praktisch das gesamte Blut aus meinem Körper abgezapft hat.

Ich lege sie auf die Decke, ziehe ihren BH aus und nehme mir einen Augenblick Zeit, ihre Brüste zu bewundern, von denen ich Tag und Nacht träume. Ich massiere sie und sie legt ihre Hände dabei auf meine. „Du bist wunderschön." Ich küsse sie auf einen Nippel.

„Du auch", sagt sie und hebt ihre Hüften. „Dieses Höschen stört mich. Würdest du es mir bitte ausziehen?"

Ich gehorche und streife es ihr sanft ab. Mein Gesicht ist auf Höhe ihrer Körpermitte undich spüre ihre innere Hitze. Ich könnte es auch einfach ihr besorgen und auf meinen Erguss verzichten. „Wie wäre es, wenn wir mal etwas anderes probieren?“

Ich küsse sie sanft auf die Klit, doch ihre Hände legen sich auf meine Schultern. „Wie wäre es, wenn nicht?“ Sie zieht mich zu sich hoch und ich kann ihr einfach nicht widerstehen.

Stattdessen küsse ich mich nach oben bis zu ihrem Hals. „Du willst mich in dir, nicht wahr?“

Sie schüttelt den Kopf. „Nein, Cyprian. Ich brauche dich in mir. Ich begehre dich. Ich will spüren, wie deine weiche Haut in mein feuchtes Inneres eindringt.“

„Verdammt“, stöhne ich, denn ihre Worte machen mich noch geiler. „Baby, bist du dir sicher?“

„Bitte, Cyprian.“ Ihre Lippen pressen sich an meinen Hals. „Zeig mir, wie sehr du mich liebst. Ich habe dich vermisst, obwohl ich dich jeden Tag sehe. Ich habe deine Berührung vermisst.“

„Und ich deine“, sage ich und platziere meinen Schwanz an ihre Öffnung. Ich erbebe, als meine Eichel den Eingang ihrer göttlichen Scheide berührt.

Sie bäumt sich zu mir auf und ich rutsche noch weiter nach vorne. „Bitte.“

Ich kann mich nicht zurückhalten. Langsam dringe ich in sie ein und wir stöhnen beide gleichzeitig auf. „Ja!“

Ihre samtweiches Fleisch umgibt mich völlig. Ihre Hitze durchdringt mich durch und durch. „Bitte hass mich später nicht hierfür, Cami.“

„Ich könnte dich niemals hassen, Cyprian“, sagt sie und nimmt mein Gesicht zwischen die Hände. „Auch wenn wir niemals ein Kind bekommen, werde ich dich nicht hassen. Wir beide sind ein Herz und eine Seele. Und jetzt vergessen wir mal den ganzen Unsinn und sind einfach nur Mann und Frau, wie wir es waren, bevor wir uns so viel Sorgen machen mussten. Ich liebe dich und das will ich dir auch zeigen. Und ich will von dir sehen, wie du für mich empfindest.“

Mit einem langen, geschmeidigen Stoß sage ich: „Es gibt keine Worte, die beschreiben, was ich für dich empfinde. Also lass mich dir zeigen, wie sehr ich dich liebe und ehre.“ Ihre Lippen schmecken wie

Zitronenkuchen und sie riecht nach Salbei, Rosmarin und Thymian. In meinen Armen fühlt sie sich an wie ein Engel und ich bin bereit, ihr zu zeigen, was sie mir bedeutet.

Ob wir nun Kinder bekommen oder nicht, ich habe eine Frau, die mich so sehr liebt, dass sie auf Kinder verzichten würde, nur um meine Berührungen zu spüren. Das kann nicht schlecht sein.

Aber werde ich das am Ende noch bereuen ...?

86

CAMILLA

Seine Hände erkunden ganz sanft meine Haut. Seine Lippen streichen über mein Schlüsselbein und langsam aber sicher breitet sich in mir eine wohlige Hitze aus. Ich kann mich nicht erinnern, mich je so gut gefühlt zu haben. Ich bin nicht direkt geil. Ich habe einfach das Bedürfnis, mit ihm zusammen zu sein. Es ist seltsam, aber ich bin froh, dass er mir nachgegeben hat.

Mein Körper bäumt sich zu ihm auf, als er einmal beinahe aus mir herausgleitet. Ich kann scheinbar nicht genug von ihm bekommen. Die Muskeln in seinem Rücken spannen sich rhythmisch an und ich genieße das Gefühl unter meinen Händen.

Er beschwert sich, dass sie in den letzten zwei Wochen schon weniger geworden sind, seit er nicht mehr so hart trainiert wie zuvor. Sie fühlen sich ein wenig anders an, aber er ist immer noch unglaublich muskulös. Ich finde es bewundernswert, wie sehr er sich Mühe gibt, die Anzahl seiner Spermien zu erhöhen.

Ich weiß, es waren nur zwei Wochen, aber er überrascht mich. Nicht nur, dass er sein Training reduziert hat, etwas, was er wirklich liebt, er ist auch enthaltsam geblieben, Er hat keinen Tropfen Alkohol mehr getrunken und isst nur noch Lebensmittel, die seine

Spermienzahl erhöhen sollten. Sein Wille, Kinder zu zeugen, ist inspirierend.

Ich hätte nie gedacht, dass er so weit gehen würde. Eine Frau müsste wesentlich mehr über sich ergehen lassen, um fruchtbarer zu werden, aber für einen Mann ist das schon ein ganzes Stück Arbeit. Cyprian wird einen tollen Vater abgeben, da bin ich mir ganz sicher.

„Ich liebe dich, Cami." Seine Lippen streichen über meinen Hals und seine Haare fahren mir durch das Haar, während er meinen Duft einatmet. „Du riechst für mich wie Zuhause."

Ich atme ebenfalls seinen Duft ein und flüstere: „Du riechst so, als könnte ich in deinen Armen ewigen Frieden finden."

Seine Bewegungen bringen meinen Körper mühelos zum Mitschwingen. Ein perfekter, langsamer Tanz, der uns vereint. So schön war es noch nie. So einfach und doch intensiver als all die Male davor.

Ich fange seinen Blick, als er von der einen Seite meines Halses auf die andere wechselt. Er hält inne und wir blicken einander an. Ich streiche ihm über die Wange und spüre das Zittern, das einen Höhepunkt ankündigt.

Er spürt es auch und küsst mich auf die Wange. „Komm für mich."

Ich packe seine Schultern, schlinge meine Beine um seine Taille und halte ihn so eng an mich gedrückt, wie es nur geht, während mein Körper um ihn herum in Lust zerfällt. „Oh Gott! Ja!" Ich beiße die Zähne zusammen, während ich mich an seinem Körper reibe, bis auch seine Augen sich schließen und er sich plötzlich anspannt.

Seine Hitze durchdringt mich und bahnt sich einen direkten Weg in meine Seele. Ich spüre, wie es in meinem ganzen Körper pulsiert, während er Erlösung findet. Unsere Herzen hämmern, während er auf mir liegt. Ich habe das Geräusch in den Ohren: wie zwei Trommeln, die einen Rhythmus schlagen.

Ich öffne die Augen, als seine Lippen meine berühren. „Ich liebe dich, Camilla Girard", murmelt er bei seinem sanften Kuss.

„Ich liebe dich, Cyprian." Ich spüre, wie mir eine Träne über die Wange läuft, und ich weiß gar nicht, wieso. Wahrscheinlich war dieses Erlebnis gerade einfach zu schön. Ich muss schon sagen, das war das Schönste, was ich je verspürt habe.

Er hält mich fest, bis die Ekstase völlig überwunden ist, und Cyprian küsst mich die ganze Zeit über sanft. Ich fühle mich so sicher in seinen Armen. Ich fühle mich geliebt und gebraucht.

Und ich hoffe, dass wir damit nicht unsere Chancen vermasselt haben …

87

CYPRIAN

Ein Monat ist vergangen, seit ich meine Frau angerührt habe. Ich verzehre mich wie verrückt nach ihr. Es ist schon Weihnachten und wir machen uns auf den Weg ins Bett, sobald wir die letzten Geschenke ausgetauscht haben.

Ich könnte sofort loslegen. Einen Monat habe ich nicht abgespritzt, also sollte die Anzahl meiner Spermien ausgezeichnet hoch sein. Ich habe einen kleinen Test für Zuhause gemacht und das Ergebnis war höchst zufriedenstellend.

Anscheinend bin ich gerade ausgesprochen fruchtbar und Cami bekommt gleich die volle Ladung ab. *Hoffentlich sind ihre Eizellen bereit, sich befruchten zu lassen!*

Der Test, den ich eben heute gemacht habe, habe ich gleich zu ihrem Weihnachtsgeschenk gemacht. Das klingt vielleicht ein bisschen eklig. Aber ich habe alles in eine durchsichtige Plastiktüte gesteckt, es in eine Geschenkschachtel gelegt und für sie verpackt. Sie wird sich erst später die Hände schmutzig machen!

„Hier ist mein Geschenk für dich, Cyprian", sagt Cami und kommt in das Wohnzimmer im ersten Stock, in dem ich auf sie gewartet habe.

„Wo warst du so lange, Cami?“, frage ich, während sie auf mich zu geht und ich sie auf meinen Schoß ziehe.

„Ich habe noch kurz mit dem Christkind telefoniert und dir ein letztes Geschenk organisiert. Es hat noch kurz gedauert, aber dann wurde es geliefert“, erklärt sie kichernd.

Sie hält mir eine Schachtel hin, die geformt ist, als enthalte sie vielleicht ein Armband. Sie ist lang und schmal und in rotes Geschenkpapier mit schwarzer Schleife eingewickelt. Ich trage eigentlich keinen Schmuck, also werde ich wohl so tun müssen, als gefalle es mir.

„Mach du zuerst deines auf“, sage ich ihr und überreiche ihr die Schachtel vom Tisch neben mir.

Sie legt ihr Geschenk auf den Tisch und nimmt meines. „Was könnte das wohl sein?“ Sie löst die Schleife, hebt den Deckel an und sieht das blaue Papier, mit dem ich die Tüte mit den Testergebnissen bedeckt habe. „Cyprian, was ist das?“

„Nimm es heraus und schau es dir an“, sage ich und beobachte ihr Reaktion.

Ich spüre einen Knoten im Magen, als ich darauf warte, dass sie endlich erkennt, dass ich mittlerweile mehr als genug aktive Spermien habe. Sie nimmt die Tüte mit spitzen Fingern und beäugt das Ding darin. „Was ist denn das bitte?“

„Siehst du die Zahlen auf der kleinen Öffnung am Ende des Stäbchens?“, frage ich sie.

Sie nickt. „Was sollen die bedeuten?“

„Dass es mir gelungen ist, meine Spermienanzahl zu erhöhen. Du hast gute Chancen, heute schwanger zu werden“, sage ich und küsse sie auf die Wange. „Was hältst du davon?“

„Ich halte das leider für unmöglich“, sagt sie stirnrunzelnd. „Ich kann heute Nacht nicht schwanger werden. Tut mir leid, Cyprian. Wir werden unser erstes Kind nicht an Weihnachten zeugen.“

„Woher willst du denn das wissen, Cami?“, frage ich sie, denn so gut kennt sie ihren Körper nun auch nicht, als dass sie das wissen könnte.

„Ich weiß es einfach“, sagt sie schulterzuckend. „Vertrau mir.“

„Willst du damit sagen, dass du noch länger warten willst, bevor wir Sex haben?“, frage ich. „Ich platze nämlich gleich, Baby.“

„Wir können schon Sex haben.“ Sie schlingt ihren Arm um meinen Hals und küsst mich leidenschaftlich, erkundet mit ihrer Zunge meinen Hals, sodass mein Schwanz sich sofort kerzengerade aufstellt.

Ich stehe auf, nehme sie auf den Arm und trage sie zur Tür. Sie löst ihre Lippen von meinen und blickt mich verwirrt an. „Ich bringe dich ins Bett, Cami. Wieso schaust du mich so an?“

„Das geht noch nicht. Du musst erst mein Geschenk aufmachen. Stell mich wieder ab, damit du das machen kannst. Dann können wir ins Bett gehen und einander vernaschen, bis der Morgen kommt.“

Ach, stimmt. Das hässliche Armband, bei dem ich so tun muss, als gefalle es mir!

„Von mir aus“, sage ich und setze sie ab, sodass sie hinübergehen und es holen kann. „Dann wollen wir mal.“

Mit der Schachtel in der Hand dreht sie sich zu mir um. „Du hörst dich ja gar nicht begeistert an.“

„Klar, doch, ich will es sehen. Ich denke nur gerade daran, dich zu vernaschen und habe es damit ehrlichgesagt ziemlich eilig.“ Ich gestikuliere in Richtung meines riesigen Ständers, der sich unter meiner Schlafanzughose abzeichnet.

„Das sehe ich.“ Mit hungrigen Augen genießt sie den Anblick. „Aber ich möchte, dass du als erstes dein Geschenk öffnest. Dann können wir uns darum kümmern.“

Ich winke sie mit dem Finger zu mir her. „Bring es her, Baby.“

Ihre Finger spielen mit dem Gürtel ihres roten Kleides und sie zieht daran, lässt ihr Kleid aufgleiten und enthüllt damit ein sehr heißes, rotes Negligé, das sie darunter versteckt hat. Sie tritt einen Schritt nach vorne und hält mir das Geschenk hin, dann streicht sie mit den Händen über ihren Körper und beißt sich auf die Lippe. „Ich kann es kaum erwarten.“

Ich nehme die Schachtel, ziehe sie in meine Arme und flüstere eng an ihren Hals geschmiegt: „Ich glaube, mit dem Geschenk können wir auch bis nach unserem kleinen Schäferstündchen warten."

Ehe meine Lippen ihre berühren, dreht sie ihren Kopf weg. „Mach es bitte auf."

Ich seufze und lasse sie los, um dieses verdammte Ding zu öffnen, damit wir endlich loslegen können. „Von mir aus, wie du willst. Aber ich flippe gleich aus."

„Das ist mir klar", sagt sie und sieht mir genau dabei zu, wie ich das Geschenk auswickele und den Deckel der Schachtel öffne.

Ich erstarre, als ich sehe, was darin liegt. „Cami!"

„Ja", sagt sie, als ich die durchsichtige Tüte aus der Schachtel ziehe.

„Cami!", sage ich wieder und fühle mich langsam benebelt. „Das ist ein Plus! Da ist ein kleines Plus!"

„Stimmt genau", sagt sie kichernd. „Sieht so aus, als hätten wir schon Thanksgiving ein Kind gezeugt. Siehst du, ich habe dir doch gesagt, dass wir nicht an Weihnachten unser erstes Kind zeugen würden. Tut mir leid."

Ich lege den Schwangerschaftstest auf den Tisch, ziehe sie in meine Arme und hebe sie hoch. „Du kleiner Frechdachs! Wie lange weißt du das schon?"

„Meine Tage hatten zwei Wochen Verspätung und ich habe erst vor ein paar Minuten den Test gemacht. Deshalb habe ich so lange gebraucht. Was hältst du also von dieser Neuigkeit?" Sie lächelt so breit wie noch nie.

„Ich glaube, ich bin glücklicher denn je, mal abgesehen von dem Tag in Paris, an dem du mir das Ja-Wort gegeben hast. Und was hältst du davon, Mrs. Girard?"

„Ich bin überglücklich", sagt sie und ich eile mit ihr aus dem Wohnzimmer, damit wir im Schlafzimmer das Ende meiner Abstinenz feiern können.

„Keine Sorge, ich werde ganz sanft zu dir sein", sage ich und lege sie auf das Bett.

„Bloß nicht", knurrt sie. „Fessle mich mit Handschellen und nimm mich durch, als würde ich dir gehören."

Mein Schwanz bringt meine Hose fast zum Platzen, so geil macht mich ihre scharfe Anweisung. Aber ich weiß trotzdem noch genau, dass es nie schwer für sie war, schwanger zu werden – nur es zu bleiben.

„Keine Handschellen, kein hartes Vögeln, nur liebevoller Blümchensex, meine Liebe. Du wirst von mir verwöhnt und gehegt werden, wie es sich für einen Schatz wie dich gebührt." Ich lasse meine Klamotten auf den Boden fallen, steige auf das Bett und ziehe sie aus, während sie mich wie verrückt anlächelt.

„Womit habe ich dich bloß verdient?", fragt sie mich, als hätte sie wirklich keine Ahnung.

„Du hast mich zu dem Mann gemacht, der ich heute bin, Cami. Du hast aus einem egoistischen Playboy einen Mann gemacht, dem du nicht nur dein Leben anvertrauen kannst, sondern auch das Leben deines Kindes. In dir erwächst unser Kind und ich werde uns alle immer beschützen." Ich küsse sie voller Liebe, damit sie wirklich versteht, wie sehr ich sie schätze.

Hoffentlich verliert sie das Kind diesmal nicht ...

88

CAMILLA

„Ich wünschte, du würdest mich nicht dauernd anglotzen, Cyprian“, winsele ich, während er neben meinem Bett auf und ab geht und er scheinbar nicht den Blick von mir abwenden kann, während meine Frauenärztin mich untersucht.

Ich habe es bis in den dritten Monat geschafft. Aber als ich heute Morgen aufgewacht bin, hatte ich schwache Krämpfe, die ich Cyprian mitteilen wollte.

Er ist sofort aus dem Bett hochgeschossen und hat meine Ärztin gerufen, damit sie kommt. Sie hat ein Ultraschallgerät mitgebracht und untersucht mich gleich damit.

„An der Gebärmutter hat sich noch nichts geändert“, sagt sie, als sie die interne Untersuchung abgeschlossen hat. „Jetzt sehe wir mal nach, ob im Bauch alles normal aussieht.“

Cyprian hält inne und blickt auf den Bildschirm. Es dauert ewig, bis sie das winzige Baby gefunden hat, aber schließlich findet sie es und wir sehen, wie es sich ein klein wenig bewegt, während sie mit der Sonde über meinen Bauch fährt. Er zeigt auf den kleinen Punkt. „Da ist er ja!“

„In diesem Entwicklungsstadium sind alle Föten weiblich“, korrigiert ihn die Ärztin. „Es dauert noch ein wenig, bevor wir mit Sicherheit sagen können, ob es ein Mädchen oder ein Junge wird."

„Aber das Baby ist gesund", sagt er. „Das ist alles, was zählt." Er küsst mich auf den Kopf und seufzt. „Ich wünschte, wir könnten sie stets unter Beobachtung behalten, damit uns keine Regung des Babys entgeht."

Sie lacht, aber ich bleibe still, denn ich weiß, dass er das nicht im Scherz meint. „Was soll ich tun, damit ich dieses Baby auf keinen Fall verliere?", frage ich sie, denn der Gedanke macht mich ganz nervös.

Sie legt die Sonde weg und blickt mich ernst an. „Halte diesen Monat Bettruhe. Dann sehen wir schon, was passiert. Schaffst du das?"

„Das schafft sie", entscheidet Cyprian für mich.

„Ich arbeite schon", sage ich, denn vor ein paar Monaten habe ich einen Job in einem Labor angenommen.

„Jetzt nicht mehr", sagt Cyprian schnell. „Ich rufe dort an. Du kannst wieder anfangen, zu arbeiten, wenn das Baby auf der Welt ist. Wenn du das überhaupt möchtest."

„Ich möchte jetzt meinen Job nicht aufgeben", sage ich ihm, aber er und die Ärztin schütteln beide den Kopf.

Meine Ärztin spricht als Erste zu mir. „Du hast mir doch erzählt, dass du mit ansteckenden Krankheiten arbeitest. Das ist keine besonders gute Idee, wenn man schwanger ist, Camilla. Und auch sonstige Aktivitäten sind eher nicht ratsam, wenn du dieses Kind behalten willst."

„Das will ich ja", sage ich, denn ich weiß, dass sie recht hat. „In Ordnung, Cyprian, ich bleibe im Bett."

Er klatscht in die Hände, so sehr freut er sich, dass er sich rund um die Uhr um mich kümmern darf. „Super! Ich werde meinen Vater bitten, im Büro für mich zu übernehmen, dann kann ich immer bei dir bleiben. Tag und Nacht."

„Du hast wirklich einen tollen Ehemann, Camilla. Solche erlebe ich nur ganz selten. Lass ihn sich um dich kümmern. Er ist scheinbar ganz heiß darauf", sagt meine Ärztin und sammelt ihre Sachen zusammen, um zu gehen.

Cyprian bringt sie zur Tür des Schlafzimmers. „Um Cami müssen Sie sich keine Sorgen machen. Ich habe alles unter Kontrolle."

„Das kann ich sehen", sagt sie und blickt mich an. „Ich werde am Ende des Monats noch einmal vorbeischauen. Wenn du dich unwohl fühlst oder Zwischenblutungen hast, ruf mich an."

„Das werden wir tun", versichert Cyprian ihr und schließt die Tür hinter sich, während er ihr den schweren Apparat trägt.

Ich bleibe im Bett liegen und frage mich, was bloß mit meinem Leben geschehen ist. Auf einmal fühle ich mich wie gefangen. Das Zimmer sieht aus, als hätte es Gitterstäbe vor den Fenstern, die mich hier drin festhalten, wo ich angeblich in Sicherheit bin.

Doch ich weiß, dass ich nirgendwo sicher bin. Ich könnte das Baby überall verlieren. Und ich weiß nicht, wie Cyprian damit umgehen würde, wenn das tatsächlich geschieht.

Könnte er es verarbeiten, wenn das Leben mit mir bedeutet, dass wir Fehlgeburten erleiden werden ...?

89

CYPRIAN

Ich lasse das Wasser über ihren Kopf laufen und atme den Kokosduft ihres Shampoos ein. Ihr Bauch ist schon ganz dick von unserem Baby. Sie hat schon acht Monate durchgehalten, aber einfach war es nicht.

Sie musste die ganze Zeit über Bettruhe halten und das hat Cami zu einem reizbaren Nervenbündel gemacht. „Au! Du ziehst an meinen Haaren!"

„Tut mir leid, Baby, war keine Absicht." Ich habe sie nicht einmal angefasst, aber sie motzt mich in letzter Zeit wegen allem möglichen Zeug an.

Ich kann ihr kaum dafür die Schuld geben. Sie hat richtig viel zugenommen, seit sie sich nicht mehr frei bewegen kann. Sie beschwert sich, dass sie sich fühlt wie ein gestrandeter Wal und dass sie ständig Schmerzen hat.

Was ich über mich ergehen lassen musste, um meine Spermienanzahl zu erhöhen, ist nichts im Vergleich dazu, was sie jetzt durchmachen muss, um unseren Sohn auf die Welt zu bringen. Sie weint öfter als ich für gesund halte. Sie erklärt mir immer wieder, dass sie so etwas nie wieder durchmachen will.

Ich habe ein furchtbar schlechtes Gewissen und habe ich

versprochen, dass wir es bei einem Kind belassen können, wenn sie das wünscht. Ich will zwar mehr, aber ich würde sie nie wieder zu so einer schweren Schwangerschaft überreden.

Es ist schrecklich für sie und das dicke Ende kommt erst noch. Wahrscheinlich wird die Geburt ganz schön anstrengend. Ihre Ärztin hat uns gewarnt, dass wir wahrscheinlich einen Kaiserschnitt brauchen werden, denn sie hat kaum noch Muskeln, mit denen sie das Kind nach draußen drücken könnte.

„Hol mich einfach aus der Wanne. Mir wird kalt", sagt sie, als ich fertig damit bin, ihre Haare zu waschen.

„Wenn ich dir keine Pflegespülung reinmache, sieht dein Haar total verrückt aus, Baby", erkläre ich ihr, während ich versuche, sie fertig zu baden.

„Das ist mir doch scheißegal!", brüllt sie mich an. „Hol mich einfach aus diesem scheißkalten Wasser!"

„In Ordnung, Baby", sage ich und schnappe mir ein Handtuch, um sie aus der Wanne zu holen, die alles andere als kalt ist. Ich habe immer wieder heißes Wasser hinzugefügt, damit es nicht zu kalt wird, aber scheinbar friert sie in letzter Zeit häufiger. Ich nehme an, dass es an der schlechten Durchblutung liegt.

Ich sehe, wie ihre Beine zittern, als sie aus der Wanne steigt. Ihre Nägel bohren sich in meine Schulter und sie stützt sich an mir ab. Als sie scharf einatmet, ist mir sofort klar, dass sie eine Wehe gespürt hat.

Wir bleiben wie erstarrt stehen, als das geschieht, und ihre Augen schließen sich und sie atmet langsam ein und aus. „Bleib drinnen, Colton. Bitte bleib noch ein bisschen da drin, tu es für deine Mama", flüstert sie.

Ich wickle sie in das Handtuch, hebe sie hoch und trage sie zum Bett. „Es wird schon alles gut, Cami." Ich lege ihre Füße auf ein Kissen, um sie leicht erhöht zu halten, wie ihre Ärztin uns geraten hat.

Die Arme kann sich kaum bewegen, ohne dass davon Wehen ausgelöst werden. Ich massiere ihren Bauch, doch als ich spüre, wie sie anfängt, zu zittern, decke ich sie zu. „Ich hole dir ein Handtuch für deine Haare. Bin gleich wieder da."

„Cyprian“, sagt sie, als ich mich von ihr entferne. „Tut mir leid, dass ich so fies zu dir bin. Danke für alles.“

Ich nicke und sage: „Gern geschehen. Ich komme damit schon klar.“ Ich gehe ins Bad und höre sie auf einmal aufstöhnen.

Ich blicke mich wieder zu ihr um und sehe, wie sie sich den Bauch reibt. Sie hat schon wieder eine Wehe und ich beeile mich mit dem Handtuch. Die Frau, die nun in unserem Bett liegt, ist kaum wiederzuerkennen. Es fällt mir schwer, zu akzeptieren, dass ich so sehr ein Kind wollte, dass ich ihr das angetan habe.

Als ich wieder ins Zimmer komme, sehe ich, wie sie ganz rotgeweinte Augen hat. „Cyprian, die Wehen hören nicht auf. Ich habe eine nach der anderen.“

„Na, wir wissen doch, dass das keine echten Wehen sind. Weißt du nicht mehr, was die Ärztin gesagt hat?“ Ich nehme mein Handy und rufe die Ärztin an, um sie herzubestellen. „Sie kommt gleich und verabreicht dir eine Spritze und dann hören sie wieder auf.“

Ihre Hand packt meinen Arm, während sie die Zähne zusammenbeißt. „Sag ihr, sie soll sich beeilen.“ Sie wird ganz rot im Gesicht und hört kurz auf zu atmen.

„Weiteratmen, Cami“, sage ich und puste ihr sanft ins Gesicht, damit sie einatmet. „Hi, ich bin es wieder. Sie müssen bitte zu uns kommen. Cami hat schon wieder eine Braxton-Hicks-Wehe.“ Ich beende das Gespräch. Ihre Ärztin kennt den Ablauf schon, denn so ist es mindestens einmal im Monat gelaufen, manchmal sogar zweimal.

„Au!“, ruft sie aus und wird auf einmal blass, während sie mich anblickt. „Ich will nur, dass das alles vorbei ist.“

„Ich weiß, Baby“, sage ich, als sie sich zurücklehnt. „Das will ich auch. In einem Monat ist er endlich vollständig entwickelt. Nur noch ein Monat.“

„Ich halte es nicht länger aus. Wirklich nicht.“ Sie schüttelt den Kopf, hält dann inne und wird wieder rot im Gesicht.

Sie hat meine Hand wirklich fest gepackt und fängt vor Schmerzen an zu schwitzen. Ich setze mich an die Bettkante und lasse sie meine Hand zerquetschen, während ich ihr mit der anderen

Hand über die feuchte Stirn fahre. „Ich liebe dich, Cami. Wenn ich dir die Schmerzen abnehmen könnte, würde ich das tun."

Die Schmerzen lassen nach und sie blickt mich mit traurigen Augen an. Sie sind auf einmal blass und nicht mehr so tiefblau wie zuvor. „Das weiß ich." Sie beißt sich auf die Lippe und wendet den Blick ab. „Ich bin eine nutzlose Ehefrau. Ich könnte es dir nicht vorwerfen, wenn du mich verlassen würdest."

Die Tränen laufen ihr über die Wangen und ich küsse sie weg, so gut es geht. „Sag doch nicht so dummes Zeug. Ich würde dich niemals verlassen. Du bist mein Herz, meine Seele, mein Leben."

Jetzt fängt sie an, hemmungslos zu schluchzen. „Ich hasse die Frau, zu der ich geworden bin!"

Ich umarme sie fest und spüre, wie ihr Körper sich unter einem erneuten Schub anspannt. Ich massiere ihr die Schultern und flüstere in ihr Ohr. „Alles wird gut. Bald wird alles gut, Baby."

Sie stöhnt auf vor Schmerz und mein Herz tut mir so weh, als würde es mir gleich aus der Brust springen. Bei Gott, so etwas werde ich ihr nie wieder antun!

Kann sie mir je vergeben, dass ich ihr das angetan habe ...?

90

CAMILLA

Die Sirenen verstummen, als der Krankenwagen vor der Notaufnahme vorfährt. „Wir haben es geschafft, Baby!", sagt Cyprian, als die Notärzte aus dem Krankenwagen springen, in den sie mich vor nur einer halben Stunde verfrachtet haben.

„Das haben wir", sage ich erleichtert. „Ich dachte schon, ich müsste das Kind hier drin zur Welt bringen."

Sie schieben die Trage heraus und bringen mich eilenden Schrittes ins Krankenhaus. Ich habe keine Ahnung, warum sie es so eilig haben. Sie haben mich an den Tropf gehängt und mir Morphin verabreicht, sodass es mir schon viel besser geht.

Cyprian ist an meiner Seite, hält mir die Hand und rennt ebenso schnell wie die Sanitäter. Ich sehe, wie meine Ärztin in OP-Klamotten in den Gang kommt. Sie blickt Cyprian ernst an. „Rein da und lass dich von einer Schwester OP-fertig machen. Wir müssen einen Kaiserschnitt machen."

„Was? Wieso?", fragt er und ich beobachte, wie einer der Sanitäter ihr mein Klemmbrett überreicht.

Er blickt meinen Ehemann und sagt: „Wir hören seit etwa zehn Minuten keinen Herzschlag mehr bei dem Baby."

Schlagartig lässt die Wirkung des Morphins nach und ich kreische auf. „Nein!"

„Bleib bitte ruhig, Camilla", weist mich meine Ärztin an. „Das passiert manchmal, wir müssen dich einfach in den OP-Saal bringen und dieses Baby auf die Welt holen."

Cyprian ist wie erstarrt, als er mich anblickt. Dann rast er an meine Seite und küsst mich stürmisch auf den Mund. „Ich bleibe bei dir. Ich bin für ihn da, wenn sie ihn rausholen. Keine Sorge."

„Ich muss mir Sorgen machen!", brülle ich, doch dann rollen sie mich bereits in einen schummrigen Raum und bringen eine Maske auf meinem Gesicht an. Das Letzte, was ich sehe, ist Cyprian, wie er mich anlächelt.

Dann wird alles dunkel und ich will weinen, aber es gelingt mir nicht.

Geht es so also zu Ende ...?

91

CYPRIAN

Sein Körper ist ganz blau angelaufen, als sie ihn aus Camis Bauch holen. Die Nabelschnur ist um seinen kleinen Hals gewickelt und er bewegt sich nicht. Ich will auf die Knie sinken und Gott anflehen, stattdessen mein Leben zu nehmen, aber ich muss stark bleiben – für meine Frau.

„Ist er …?“, bringe ich hervor.

Eine Schwester packt mich an den Schultern und führt mich zu einem Stuhl hinüber. „Warten Sie hier, Mr. Girard. Wir wissen noch nichts sicher.“

Ich kann meinen Blick nicht losreißen von dem kleinen blauen Baby, während sie vorsichtig die Schnur von seinem Hals lösen. Ich frage mich wirklich, wie er sich so darin verstrickt hat.

Sie gehen alle so ruppig mit ihm um, doch sein kleiner Körper bewegt sich nicht. Dann ist er endlich von der Schnur befreit und die Ärztin reicht ihn weiter an den Kinderarzt und sein Personal.

Ich kann nicht aufstehen, denn ich fühle mich schwach wie noch nie. Ich sehe zu, wie sie ihn in den hell erleuchteten Babykasten legen und Dinge mit ihm tun.

Der Kinderarzt dreht sich zu mir um. „Kommen Sie her und reden Sie ihm gut zu, Mr. Girard.“

Ich stehe auf und sehe, dass mein kleiner Sohn immer noch blau ist und sich nicht bewegt. Ich nehme seine winzige Hand mit einem Finger und sage: „Hallo, Colton. Hier spricht dein Papa. Ich wäre so glücklich, wenn du wach würdest. Weißt du, deine Mama und ich haben eine Wette abgeschlossen, welche Farbe deine Augen haben werden. Ich glaube, sie sind blau und sie meint, sie sind braun. Wenn du sie aufmachst, dann kann ich deiner Mama sagen, dass sie unrecht hat und ich richtig liege."

Ich spüre den geringsten Druck, als seine Hand sich um meinen Finger schließt, und blicke den Arzt an. Der hält sein Stethoskop an Coltons winzige Brust. „Ich höre etwas. Sprechen Sie weiter."

„Colton, deine Mama wäre so glücklich, wenn du aufwachst und ihr in ihr liebliches Gesicht blickst. Wenn du mit uns nach Hause kommst, werden wir dich auf ewig lieben. Komm, atme einfach ein, Kleiner. Papa ist da. Ich werde immer für dich da sein, mein Kleiner."

Er gibt ein seltsames Husten von sich und ich trete einen Schritt zurück, während der Arzt mit einem Schlauch etwas aus seinem Hals absaugt. Dann hebt er ihn hoch und ich höre ihn weinen. „Komm schon, Colton!", sagt der Arzt und schüttelt das winzige Baby ein wenig.

„Colton, komm schon", sage ich und dann höre ich, wie alle in dem Raum den Namen meines Sohnes rufen.

„Colton! Komm schon, Colton!"

Er weint jetzt lauter und ich kann erstaunt beobachten, wie seine blaue Haut erst rot und dann pink wird. Jetzt wedelt er auch mit den Armen und windet sich in den Händen des Arztes, der ihn wieder ablegt. Die Schwester reicht mir eine Schere. „Jetzt ist es Zeit, die Nabelschnur zu durchtrennen, Papa."

Ich muss mir die Tränen wegwischen, damit ich überhaupt genug sehen kann. Doch dann ist es ganz schnell vorbei und sie machen ihn noch kurz sauber, bevor sie ihn einwickeln und mir überreichen.

Es ist ein Wunder für mich, ihn halten und beim Atmen beobachten zu können und ich küsse ihn auf die Stirn. „Papa liebt dich, mein Sohn. Papa liebt dich so sehr. Danke, dass du zurückgekommen bist. Danke.“ Seine Augen öffnen sich einen winzigen Spalt und er scheint nach mir zu suchen. „Blau! Ich wusste es doch.“

Ich drehe mich um, als die Tür des OPs aufgeht und ein Mann mit einer Bluttransfusion hereinkommt. „Ich brauche noch mindestens zwei mehr. Halten Sie sie bereit“, weist Camis Ärztin ihn an, während er die Transfusion an den Transfusionshälter hängt und die Schwestern sie Cami verabreichen.

Ich nehme das Baby mit und stelle mich neben Cami, die blasser aussieht denn je. „Hat sie eine Menge Blut verloren?“

„Ja, das hat sie. Sie war praktisch anämisch. Ich wusste, dass ich ihr noch mehr Blut verabreichen müsste. Sie hat neulich die Einwilligung dazu unterschrieben, als ich sie zum letzten Mal untersucht habe.“

„Du hast deine Mama echt ganz schön beansprucht, kleiner Mann“, flüstere ich ihm zu und spüre, wie eine Schwester mich antippt.

„Tut mir leid. Wir brauchen ihn nochmal kurz“, erklärt sie mir.

Widerwillig übergebe ich ihn ihr und küsse ihn noch einmal sanft auf den Kopf, bevor ich ihn loslasse. Ich sehe ihr zu, wie sie meinen Sohn davonträgt und weiß, dass er auf ewig mein einziges Kind bleiben wird.

Ich könnte nie von Cami verlangen, dass sie das alles durchmacht. Ich nehme sie an der Hand, doch die ist ganz schwach und ich frage mich, ob sie je wieder die gleiche Person sein wird wie zuvor.

Wer kann sich von so etwas erholen ...?

92

CAMILLA

Cyprian steht neben Colton, während der die Geburtstagskerzen auf dem Kuchen zu seinem dritten Geburtstag ausbläst. Ich sehe ihnen zu, wie sie gemeinsam lachen, und in meinem Herzen erwächst ein völlig unerwarteter Wunsch.

Ich will noch ein Kind!

Mein Ehemann ist strikt dagegen. Das verstehe ich wirklich. Ich war ja auch zunächst dagegen. Aber jetzt, da Colton drei ist, kann ich sehen, dass er Brüder und Schwestern braucht, und ich möchte auch noch mehr Kinder.

Cyprian erlaubt seinem Sohn, mit seinen Cousins spielen zu gehen. Catarina kommt mit ihrer jüngsten Tochter auf dem Arm auf mich zu. Vielleicht wünsche ich mir deshalb noch ein Baby. Ein Mädchen wäre schön.

„Jasper hat mich gefragt, ob Colton heute bei uns übernachten darf. Er hat zu Hause noch ein Geschenk für ihn, das er nicht mitgenommen hat", sagt sie, als sie mich erreicht hat.

Ich nehme ihr das Baby ab und sage: „Das hört sich tatsächlich super an. Weißt du, ich möchte mit meinem Ehemann ein ernstes Wörtchen reden, und da wäre es ganz gut, wenn Colton nicht da ist."

Ich schmiede langsam einen Plan und renne ins Schlafzimmer, um die Schublade voller Kondome zu leeren, die Cyprian in den letzten Jahren immer gut gefüllt hat. Er hat sich geschworen, mir nie wieder ein Kind einzupflanzen. *Aber damit ist jetzt Schluss!*

93

CYPRIAN

„Bist du verrückt geworden?“, frage ich meine Frau, die in einem knappen Negligé auf dem Bett sitzt und mich bittet, sie zu schwängern.

„Was ist daran verrückt, wenn eine Frau ihren Ehemann darum bittet, ein Kind mit ihr zu zeugen?“, fragt sie mich schmollend.

„Ähm, hast du vielleicht vergessen, was für eine Qual die letzte Schwangerschaft für dich war?“, frage ich sie, denn offensichtlich hat sie das. „Ich erinnere dich gerne daran.“

„Nein“, sagt sie und unterbricht mich. „Daran will ich nicht erinnert werden. Das wird eine ganz neue Erfahrung. Wir werden uns um nichts Sorgen machen müssen. Wir hören einfach auf, zu verhüten, und wenn es passiert, ist es Schicksal. Das ist alles. Kein Druck.“

„Außer, dass mich das total unter Druck setzt. Verstehst du, ich bin nicht stolz darauf, dass du all das meinetwegen durchmachen musstest.“ Ich setze mich neben sie auf das Bett und streichle ihre rosige Wange. „Das hat mir echt wehgetan, Baby.“

„Ich bin drüber hinweggekommen“, sagt sie. „Bitte, Cyprian. Bitte.“

„Betteln wird dir auch nichts bringen. Ich erinnere mich nur zu gut daran.“ Ich stehe auf und gehe zum Nachttischchen, um ein Kondom zu holen. „Aber deine Bedürfnisse will ich trotzdem befriedigen.“ Als ich die Schublade öffne, ist sie leer. „Cami!“

„Ich habe alle rausgeworfen.“ Sie schiebt sich verführerisch einen der dünnen Spaghettiträger von der Schulter.

„Das hättest du nicht tun sollen, ohne zuerst mit mir zu reden. Ich habe dir doch gesagt, dass ich dich nie wieder so leiden sehen will. Es ging mir richtig elend damals.“

Sie schiebt den anderen Träger auch hinunter und ihre Brüste werden enthüllt, als der seidige Stoff in ihre Taille hinabrutscht. „Bitte, Cyprian. Machen wir es einfach ohne Kondom. Ich will dich wieder Haut an Haut in mir spüren.“

„Verdammt noch mal!“ Mein Schwanz springt natürlich sofort auf ihre Worte an.

„Willst du mich nicht spüren?“, fragt sie, beißt sich auf die Unterlippe und sieht dabei total süß und sexy aus.

Ihre Hände bewegen sich über meinen Körper wie listige Spione, während sie mir tief in die Augen blickt. Sie sind wieder so tiefblau wie früher. Es hat Monate gedauert, bis diese Farbe zurückgekehrt ist. Es hat ein ganzes Jahr gedauert, bis sie ihren alten Körper wiederhatte und sie will wirklich diese Hölle noch einmal durchmachen?

Meine Schlafanzughose hängt mir schon um die Knöchel, während ihre Hand gekonnt über meinen Schwanz streicht. „Cami“, stöhne ich, während sie mich streichelt.

Sie steht auf und das Negligé gleitet von ihrem Körper. „Cyprian“, stöhnt auch sie.

Sie kniet sich stumm vor mich hin und ich spanne mich an, als sie meinen Schwanz in ihren Mund nimmt und mit ihren Fingern meine Eier verwöhnt. „Baby. Ich will dir das nicht antun.“

Sie stöhnt, nimmt mich ganz tief in den Mund und fährt mit ihrer Zunge über die Unterseite meines pulsierenden Schwanzes. Ich kann mich nicht wehren – bei ihr werde ich einfach schwach. Kurz bevor ich mich in ihren Hals ergieße, hebe ich sie hoch und werfe sie auf das Bett.

Ich knurre animalisch und bin auf einmal völlig wild auf sie. „Aber damit du es weißt, du hast das so gewollt."

„Das habe ich", sagt sie und streckt ihre Arme aus. „Komm zu mir, Baby."

Also gehorche ich, ramme mein nacktes Schwert in sie hinein und hoffe, dass ich sie diesmal nicht damit umbringe ...

EPILOG

CAMILLA

Ich sehe Cyprian dabei zu, wie er mit unseren Zwillingstöchtern schaukelt, während Colton seinen jüngsten Bruder um Buggy herumschiebt. Alles ist so anders geworden, als ich gedacht hatte. Die erste Schwangerschaft war ein Albtraum, doch die danach waren völlig problemlos. Sogar die Zwillingsschwangerschaft.

Cyprian hat sich völlig umsonst Sorgen gemacht und er will in ein paar Jahren vielleicht sogar noch ein Kind zeugen. Er hat jetzt keine Angst mehr, ebenso wenig wie ich. *Alles ist also wirklich gut geworden.*

Schon komisch, wie das so passieren kann. Was den Rest der Familie angeht: Wir sind alle aus allen Wolken gefallen, als Cyprians Vater verkündet hat, er sein nach Las Vegas gefahren und habe dort einfach geheiratet. Wir waren noch überraschter, als er uns seine neue Ehefrau präsentierte und es einfach Coco, Cyprians Mutter, war.

Anscheinend haben die beiden sich ineinander verliebt, als sie eines langen Wochenendes gemeinsam auf unsere Kinder aufgepasst haben, damit wir Urlaub machen konnten.

Cyprian hat sich natürlich tierisch gefreut. Es hat ihn immer geschmerzt, dass er scheinbar kein Kind der Liebe war, nicht wie unsere Kinder. Herauszufinden, dass seine Eltern sich doch lieben, hat ihn bestärkt.

Der Cyprian, den ich kennengelernt habe, gehört der Vergangenheit an. Ab und zu blitzen noch alte Eigenschaften von ihm hervor – aber hauptsächlich im Schlafzimmer. Da ist er noch immer eine absolute Granate.

Das Fitnessstudio in seinem Haus haben wir durch ein Spielzimmer ersetzt. Er macht immer noch Sport, aber er übertreibt nicht mehr so wie früher. Er verbringt heute lieber Zeit mit den Kindern.

Er ist wirklich ein aufmerksamer Ehemann und Vater. Er blickt sich nie nach anderen Frauen um, wie manche Männer das tun. Er scheint sich nie zu fragen, was wäre, wenn ...

Mein Ehemann hat sich schließlich schon genug rumgetrieben. Ich bin mir nicht sicher, wie ich das finde. Bin ich froh darüber, dass ich mir keine Sorgen machen muss, dass er mich betrügt?

Natürlich.

Bin ich froh, dass mein Mann so viele Geliebte hatte?

Nicht wirklich.

Trotzdem ist am Ende alles gut geworden. Mein Ehemann ist nicht der gleiche Mann, den ich kennengelernt habe. Er hat sich zu einem echten Mann entwickelt. Ein solider Mann. Ein Mann, auf den ich mich verlassen kann. Ein Mann, mit dem ich mein Leben teilen möchte.

Cyprian ist mein Leben und ich glaube, das wird er immer sein.

CYPRIAN

Mit dem Baby auf ihrer Hüfte und unserer jüngsten Tochter sind wir nun zu siebt. Nach fünf Kindern haben wir beschlossen, aufzuhören. *Aber wer weiß, was noch passieren wird?*

Das Leben mit einer Familie ist so viel erfüllender als das Leben, das ich vor Cami geführt habe. Ich kann mich kaum noch daran erinnern. Es besteht vor allem aus Diskolichtern und starkschminkte Frauen.

„Sieh mal, Papa“, ruft Colton und wirft seinem kleinen Bruder einen Baseball zu.

„Super!“, rufe ich Camden zu, als er den Ball fängt.

Er hält ihn hoch, als sei es ein Pokal, und strahlt mich an. „Ich habe ihn gefangen, Papa!“

Cami kommt herüber und setzt sich neben mich auf die Schaukel, die ich an eine der hohen Eichen im Garten gehängt habe. Ihre Schulter streift meine und sie legt das Baby auf meinen Schoß. „Bleib mal kurz beim Papa, Candace.“

Die Zwillinge Callie und Caylie jagen in pinke Federboas gehüllt an uns vorbei, während der kleine Cody sie mit einem Frosch verfolgt. „Lauft schneller“, rate ich ihnen. „Er hat euch schon fast eingeholt.“

Sie quieken und rennen noch schneller, während ihr kleiner Bruder teuflisch kichert. „Ich hab euch gleich!"

„Er ist manchmal so unheimlich", sagt Cami, lehnt sich an meinen Arm und kitzelt das Baby unterm Kinn, damit es lacht.

„Sind sie das nicht alle?", frage ich kichernd.

Meine Familie ist groß und laut und das gefällt mir richtig gut. Die Dinge haben sich geändert. *Zum Besseren.*

Wenn ich in den Spiegel blicke, sehe ich nicht mehr den Mann, der ich früher war. Ich sehe einen Vater und den Ehemann, zu dem Cami mich gemacht hat. Ich bin stolz, dieser Mann zu sein. *Ein Mann, auf den meine Familie sich verlassen kann.*

Es ist also doch alles gut geworden. Ich habe Dinge bekommen, von denen ich nicht einmal wusste, dass ich sie wollte. Ich habe ein Leben bekommen, das ich mir nie gewünscht habe. Ich habe all diese Geschenke bekommen und musste nicht einmal darum bitten.

Deshalb frage ich mich nun, was jetzt noch auf mich zukommt. Was für Wunder werden noch geschehen? Was kann noch passieren, woran ich noch nie gedacht habe?

Die Welt ist schon komisch. Man kann sein Leben auf so unterschiedliche Arten führen und ich habe solches Glück, dieses Leben mit Cami und den Kindern zu leben. Ich hätte nie gedacht, dass mich das so glücklich macht.

Ich blicke meine Familie an und danke Gott, dass er mir dieses Leben geschenkt hat. Er wusste all das, was ich nicht wusste. Ich war dazu bestimmt, Vater und Ehemann zu sein. Ich habe mich zu einem Mann entwickelt, von dem ich nie gedacht hätte, dass ich zu ihm werden könnte.

Ich bin rekonstruiert worden und bin überglücklich damit!

Ende.

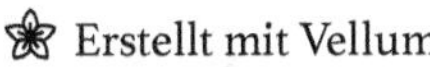
Erstellt mit Vellum

CPSIA information can be obtained
at www.ICGtesting.com
Printed in the USA
BVHW042002110321
602277BV00007B/295

9 781648 08951